DIE AUTORIN: Rosamunde Pilcher wurde 1924 in Lelant, Cornwall, geboren. Nach Tätigkeiten beim Foreign Office und, während des Krieges, beim Women's Royal Naval Service heiratete sie 1946 Graham Pilcher und zog nach Dundee, Schottland, wo sie seither wohnt. Rosamunde Pilcher schreibt seit ihrem fünfzehnten Lebensjahr. Ihr Werk umfaßt bislang vierzehn Romane, zahlreiche Kurzgeschichten und ein Theaterstück.

Rosamunde Pilcher

SEPTEMBER

Roman

Deutsch von Alfred Hans

Wunderlich Taschenbuch

Die Originalausgabe erschien 1990
unter dem Titel «September»
im Verlag St. Martin's Press, New York

Einmalige Sonderausgabe
September 2004

Veröffentlicht im Rowohlt Taschenbuch Verlag,
Reinbek bei Hamburg, November 1993

Einbandgestaltung any.way,
Barbara Hanke/Cordula Schmidt
(Illustration: Barbara Hanke)
Gesamtherstellung Clausen & Bosse, Leck
Printed in Germany
ISBN 3 499 26555 9

MAI

1. Kapitel

Dienstag, der Dritte

Anfang Mai kam der Frühling endlich auch nach Schottland. Zu lange war der Winter geblieben, nicht bereit, den Griff seiner stählernen Finger zu lockern. Den ganzen April hindurch waren eisige Winde aus Nordwest gekommen und hatten die ersten Blüten von den Wildkirschenbäumen gerissen; die frühen Narzissen waren bräunlich von Frost. Schnee überzuckerte die Gipfel der Berge und lag noch hoch in den kleinen Talkesseln. Die Bauern, die dringend auf neues Viehfutter warteten, brachten mit dem Schlepper ihre letzten Vorräte auf die leeren Felder, wo sich die Rinder in den Schutz der Trockenmauern drängten.

Selbst die Wildgänse, die gewöhnlich schon Ende März fortflogen, ließen sich Zeit mit der Rückkehr zu ihren Nistplätzen in der Arktis. Erst gegen Mitte April waren ihre letzten Züge aufgebrochen und schreiend nordwärts geflogen.

Doch dann hatte das unbeständige Klima des schottischen Hochlands über Nacht ein Einsehen. Der Wind drehte nach Süden. Den Boden bedeckte sprießendes Grün, die wilden Kornelkirschbäume erholten sich und breiteten ihre Äste aus, die über und über mit einem Dunst schneeweißer Blütenblätter bedeckt waren. Mit einem Schlag hielt Farbenpracht Einzug in die Vorgärten: gelber Winterjasmin, lila Krokusse und das satte Blau von Traubenhyazinthen. Vögel sangen, und zum erstenmal seit dem vergangenen Herbst wärmte die Sonne wieder richtig.

Jeden Morgen, den Gott werden ließ, ob bei Regen oder Sonnenschein, Winter wie Sommer, legte Violet Aird zu Fuß den Weg ins Dorf zurück, um im Supermarkt der Familie Ishak zwei Halbliterflaschen Milch, die *Times*, kleinere Mengen Lebensmittel und all das einzukaufen, was eine allein lebende ältere Dame in ihrem Haushalt so braucht.

Leicht fiel ihr das nicht, denn der Hinweg führte einen knappen Kilometer steil bergab, zwischen Feldern hindurch, die einst das baumbestandene offene Parkland des Besitzes von Croy gewesen waren, und zurück ging es denselben Weg steil bergauf. Zwar besaß sie ein Auto und hätte ihre Besorgungen ohne weiteres damit erledigen können, doch gehörte es zu ihren Überzeugungen, daß man sich in große Gefahr begibt, den Gebrauch seiner Beine zu verlieren, wenn man mit beginnendem Alter anfängt, für kurze Entfernungen den Wagen zu benutzen.

All die langen Wintermonate hindurch hatte sie bei ihrer Expedition Fellstiefel, Handschuhe, Pullover, eine regendichte Jacke sowie einen Schal getragen und sich eine Wollmütze tief über die Ohren gezogen, an diesem Vormittag ging sie einfach in Tweedrock und Strickjacke und ließ den Kopf unbedeckt. Der Sonnenschein hob ihre Laune, und sie fühlte sich wieder jung und kräftig, da kein dicker Kokon aus mehreren Schichten von Kleidungsstücken sie behinderte. Das erinnerte sie an die Erleichterung, die sie als kleines Mädchen immer dann empfunden hatte, wenn sie die langen schwarzen Wollstrümpfe nicht mehr anzuziehen brauchte, ließ sie an das Behagen denken, mit dem sie die kühle Luft auf ihren bloßen Beinen gespürt hatte.

Der Dorfladen war an diesem Morgen gut besucht, und so dauerte es eine Weile, bis sie an die Reihe kam. Das Warten machte ihr nichts aus, gab es ihr doch Gelegenheit, mit den anderen Kunden zu plaudern, die ihr, zumindest vom Sehen, alle bekannt waren, sich beglückt über das Wetter zu äußern, eine Frau nach dem Befinden ihrer Mutter zu fragen oder zuzusehen, wie ein kleiner Junge, dem die Qual der Wahl ins Gesicht geschrieben stand, lose Bonbons aussuchte, die er von seinem Taschengeld kaufte. Er ließ sich Zeit, und

Mrs. Ishak wartete freundlich und geduldig, während er überlegte. Als er sich schließlich entschieden hatte, tat sie die Bonbons in eine kleine Tüte und nahm das Geld.

«Iß nicht alle auf einmal, sonst fallen dir die Zähne aus», mahnte sie ihn. «Guten Morgen, Mrs. Aird.»

«Guten Morgen, Mrs. Ishak. Ist es nicht ein herrlicher Tag?»

«Ich konnte es nicht glauben, als ich gesehen habe, daß die Sonne scheint.» Gewöhnlich war Mrs. Ishak, die es aus Pakistans immerwährendem Sonnenschein in diese nördlichen Breiten verschlagen hatte, in mehrere Strickjacken eingemummelt und hatte ein Paraffinöfchen hinter der Theke, über das sie sich wärmesuchend beugte, sobald es einen ruhigen Augenblick gab. An diesem Morgen aber wirkte sie richtig glücklich. «Wenn es bloß nicht wieder kalt wird.»

«Glaube ich nicht. Jetzt ist Frühling. Ja, vielen Dank, meine Milch und meine Zeitung. Edie braucht Möbelpolitur und eine Rolle Haushaltspapier. Und geben Sie mir doch heute noch ein halbes Dutzend Eier.»

«Wenn Ihnen der Korb zu schwer ist, kann ich Mr. Ishak mit dem Wagen vorbeischicken.»

«Ich schaff es schon, vielen Dank.»

«Sie gehen ziemlich viel zu Fuß.»

Violet lächelte. «Stimmt. Und es tut mir gut.»

Schwer bepackt machte sie sich wieder auf den Weg zurück zu ihrem Haus Pennyburn. Den Gehsteig entlang, an den Reihen niedriger Häuschen vorbei, in deren Fensterscheiben sich die Sonne spiegelte und deren Türen offenstanden, damit die frische warme Luft herein konnte. Dann ging es durch das Zufahrtstor von Croy erneut den Hügel hinauf, einen Privatweg entlang, der die rückwärtige Zufahrt zum Herrenhaus bildete. Pennyburn lag inmitten steil abfallender Weideflächen. Ein von gestutzten Buchenhecken gesäumter schmaler Weg führte von der Zufahrt aus dorthin, und es bedeutete für Violet immer eine gewisse Erleichterung, wenn sie diese Abzweigung erreicht hatte, denn von da ab ging es nicht mehr weiter bergauf.

Violet nahm den Korb, der ihr schwer wurde, in die andere Hand und begann zu überlegen, wie sie den Rest des Tages verbringen sollte. Da es einer der Vormittage war, an denen Edie ihr half, brauchte sie selbst nicht im Haus zu bleiben, sondern konnte sich statt dessen im Garten zu schaffen machen. In letzter Zeit war es selbst ihr im Garten zu kalt gewesen, so daß sie ihn vernachlässigt hatte. Ein riesiger Haufen sorgfältig gepflegten Komposts mußte schubkarrenweise zum neuen Rosenbeet gebracht und darauf verteilt werden. Der Gedanke daran erfüllte sie mit Befriedigung und Vorfreude. Sie konnte es gar nicht erwarten, sich an die Arbeit zu machen.

Sie beschleunigte den Schritt, sah dann aber fast im selben Augenblick den ihr unbekannten Wagen vor ihrer Haustür. Besuch. Also würde der Garten für den Augenblick warten müssen. Wie ärgerlich. Wer das nur sein mochte? Mit wem würde sie herumsitzen und reden müssen?

Sie trat durch die Tür, die zur Küche führte, ins Haus und sah Edie, die Wasser in den Kessel laufen ließ.

Violet stellte den Korb auf den Tisch und fragte kaum hörbar, wobei sie mit dem Zeigefinger in Richtung Wohnzimmer wies: «Wer ist es?»

Im Flüsterton gab Edie zur Antwort: «Mrs. Steynton. Von Corriehill.»

«Seit wann ist sie da?»

«Gerade erst gekommen. Ich hab ihr gesagt, sie soll im Wohnzimmer warten. Sie möchte ganz kurz was mit Ihnen besprechen.» Edie sprach jetzt mit normaler Stimme weiter. «Ich mach für Sie beide Kaffee und bring ihn dann rein.»

Ohne die Möglichkeit, sich mit einem Vorwand zurückzuziehen oder das Weite zu suchen, stellte sich Violet ihrer Besucherin, die am Fenster des sonnendurchfluteten Wohnzimmers stand und auf den Garten hinaussah. Beim Eintreten der Hausherrin drehte sie sich um.

«Ah, Violet. Es tut mir leid, daß ich Sie so überfalle; es ist mir richtig peinlich. Ich hab Edie gesagt, ich würde später wiederkommen, aber sie hat mir versichert, Sie müßten jeden Augenblick vom Einkaufen zurück sein.»

Verena Steynton war eine hochgewachsene, schlanke Frau um die Vierzig, die sich stets untadelig und elegant kleidete. Damit stach sie deutlich von den anderen Frauen am Ort ab, die zumeist viel Arbeit mit der Landwirtschaft und weder Zeit noch Neigung hatten, sich besonders um ihr Äußeres zu kümmern. Verena und ihr Mann Angus lebten noch nicht lange in der Nachbarschaft und wohnten erst seit zehn Jahren auf Corriehill. Angus hatte, der ständigen Hetze müde, mit seinem in London als Börsenmakler erworbenen Vermögen fünfzehn Kilometer von Strathcroy entfernt Corriehill gekauft. Er war mit Frau und Tochter nach Norden gezogen und hatte sich dort nach einer anderen Tätigkeit umgesehen, von der er hoffte, daß sie ihn weniger in Anspruch nehmen würde, einen heruntergekommenen Holzhandel in Relkirk übernommen und im Laufe der Jahre ein einträgliches und blühendes Großunternehmen daraus gemacht.

Verena war Mitarbeiterin einer Organisation, die den Namen Scottish Country Tours trug und es sich angelegen sein ließ, während der Sommermonate Busladungen amerikanischer Touristen durch ganz Schottland zu transportieren und sie als zahlende Gäste in sorgfältig ausgesuchten Privathäusern unterzubringen. Zu diesen Gastgeberinnen gehörte auch Isobel Balmerino, und Violet konnte sich kaum eine erschöpfendere Art vorstellen, etwas Geld zu verdienen, denn die Betreuung der Amerikaner bedeutete durchaus anstrengende Arbeit.

Vom gesellschaftlichen Standpunkt aus hatte sich die Familie Steynton als wahrer Gewinn für die Mitmenschen erwiesen. Sie waren nicht nur umgänglich und liebenswürdig, sondern auch gastfreundlich und stets bereit, Zeit und Mühe auf die Organisation von Feiern, sportlichen Wettbewerben wie Crymkhanas und wohltätigen Veranstaltungen zu verwenden, bei denen es galt, für diese oder jene gute Sache Geld lockerzumachen. Trotzdem ahnte Violet nicht im entferntesten, was Verena zu ihr geführt haben mochte.

«Schön, daß Sie gewartet haben. Ich hätte Sie ungern verpaßt. Edie macht uns rasch Kaffee.»

«Ich hätte vielleicht anrufen sollen, aber ich war gerade auf dem Weg nach Relkirk und hab mir ganz spontan gesagt, es ist doch viel besser, einfach vorbeizukommen und zu sehen, ob Sie da sind. Es macht Ihnen hoffentlich nichts aus?»

«Nicht die Spur», log Violet tapfer. «Nehmen Sie Platz. Es tut mir leid, aber ich habe noch kein Feuer gemacht. Das läßt sich aber schnell...»

«Ich bitte Sie! Wer muß an einem solchen Tag heizen? Ist es nicht herrlich, die Sonne mal wieder zu sehen?»

Sie setzte sich auf das Sofa und schlug ihre langen, eleganten Beine übereinander. Violet ließ sich weniger anmutig in ihrem eigenen behaglichen Sessel nieder.

Sie beschloß, ohne Umschweife zur Sache zu kommen. «Edie hat gesagt, Sie wollten etwas mit mir besprechen.»

«Ich war der Ansicht... eigentlich sind Sie genau der richtige Mensch, mir zu helfen.»

Violets Herz sank. Sie hörte schon, wie man sie im nächsten Augenblick bitten würde, Teewärmer für einen Basar zu stricken, eine Gartenausstellung zu eröffnen oder Eintrittskarten für ein Wohltätigkeitskonzert zu verkaufen.

«Helfen?» fragte sie schwach.

«Nun, weniger Hilfe als Rat. Ich überlege nämlich, ein Fest zu geben, eine Art Ball.»

«Einen *Ball*?»

«Ja. Für unsere Katy. Sie wird diesen Sommer einundzwanzig.»

«Aber wie könnte *ich* Ihnen dabei raten? Ich weiß schon gar nicht mehr, wie lange es her ist, daß ich mit so etwas zu tun hatte. Fragen Sie da nicht besser jemanden, der mehr auf dem laufenden ist? Ich denke dabei an Peggy Ferguson-Crombie oder Isobel Balmerino.»

«Nun, ich dachte... Sie haben so viel Erfahrung. Sie wohnen hier schon länger als jeder andere Mensch, den ich kenne. Ich wollte gern sehen, wie Sie darauf reagieren.»

Violet wußte nicht, was sie denken sollte. Sie war richtig froh, daß Edie mit dem Kaffee kam, während sie nach Worten suchte.

Edie zog sich zurück, und bald darauf hörte man im Obergeschoß den Staubsauger brummen.

Violet goß Kaffee in die Tassen. «Woran denken Sie denn?»

«Nun, Sie wissen schon, schottische Volkstänze: Reel, Strip-the-Willow und dergleichen.»

Violet konnte es sich vorstellen. «Sicher meinen Sie Kassettenmusik von der Stereoanlage und Tanz in der Eingangshalle.»

«Nein, nicht so. Es soll ein *richtiges* Fest werden, in ganz großem Stil, mit einem großen Tanzzelt auf dem Rasen...»

«Hoffentlich meint Angus, daß er genug Geld dafür hat.»

Verena überhörte den Einwurf. «...und einer richtigen Kapelle. Natürlich nehmen wir auch die Eingangshalle dazu, aber nur zum Sitzen. Und den Salon. Katy will bestimmt für all ihre Londoner Freunde eine Diskothek haben, ohne die scheint es heute ja nicht mehr zu gehen. Die könnte in den Salon kommen. Vielleicht richten wir ihn als eine Art Höhle oder Grotte ein...»

Höhle oder Grotte, dachte Violet. Ganz offensichtlich hatte sich Verena schon tief in die Sache hineingekniet. Freundlich sagte Violet: «Sie scheinen ja schon genaue Vorstellungen zu haben.»

«Und Katy kann all ihre Londoner Freunde und Bekannten einladen... Natürlich müßten wir für sie Übernachtungsmöglichkeiten finden...»

«Haben Sie schon mit Katy über Ihr Vorhaben gesprochen?»

«Nein, Sie sind der erste Mensch, dem ich das anvertraue.»

«Vielleicht möchte sie gar kein Fest.»

«Selbstverständlich will sie. Ihr haben Gesellschaften schon immer gefallen.»

Da sie die Tochter der Steyntons kannte, mußte Violet einräumen, daß das wohl stimmte. «Und wann soll die Sache steigen?»

«Ich dachte, im September. Der Termin bietet sich dafür an. Zu der Zeit sind ohnehin viele Leute zur Jagd hier im Norden, und alle haben noch Ferien. Vielleicht wäre der 17. gar nicht schlecht, weil dann die meisten der Kleineren schon wieder im Internat sind.»

«Jetzt haben wir Mai. Bis September ist es noch lange hin.»

«Ich weiß, aber es ist nie zu früh, ein Datum festzulegen und mit den Vorbereitungen zu beginnen. Ich muß das Tanzzelt mieten, jemanden mit der Bewirtung beauftragen, Einladungen drucken lassen...» Dann rückte sie mit einem weiteren Einfall heraus. «Und, Violet, würde es nicht wunderschön aussehen, wenn wir die ganze Auffahrt entlang bis zum Haus Lichterketten anbrächten?»

Es klang alles schrecklich ambitioniert. «Das wird viel Arbeit machen.»

«Halb so schlimm. Die amerikanische Invasion ist bis dahin vorbei, denn nach Ende August kommen keine zahlenden Gäste mehr. Ich kann mich dann richtig auf die Sache konzentrieren. Finden Sie nicht auch, daß es ein guter Plan ist? Überlegen Sie doch nur, wie viele Leute ich damit von meiner Liste streichen kann, die ich hätte längst einladen müssen. Wir können die alle mit einem Schlag abhaken. Unter anderem», fügte sie hinzu, «die Barwells.»

«Ich glaube nicht, daß ich die kenne.»

«Vermutlich nicht. Es sind Geschäftsfreunde von Angus. Wir waren zweimal bei ihnen zum Abendessen eingeladen. Es war so zum Gähnen, daß einem anschließend die Kinnbacken schmerzten. Wir haben die Einladung nie erwidert, einfach, weil uns niemand eingefallen ist, dem wir es zumuten konnten, einen Abend in so unsäglich langweiliger Gesellschaft zu verbringen. Und von der Sorte gibt es noch mehr», sagte sie voll Behagen. «Wenn ich Angus an *die* erinnere, hat er bestimmt nichts dagegen, ein paar Schecks zu unterschreiben.»

Er tat Violet ein wenig leid. «Wen wollen Sie noch einladen?»

«Ach, alle. Die Millburns, die Ferguson-Crombies, die Buchanan-Wrights, die alte Lady Westerdale und die Brandons. Auch die Staffords. Ihre Kinder sind jetzt erwachsen, die können wir gleich mit einladen. Die Middletons dürften bis dahin aus Hampshire zurück sein, und die Luards aus Gloucestershire. Wir müssen eine Liste machen. Ich werde mir einen Zettel an die Pinnwand in der Küche hängen, und jedesmal, wenn mir ein Name einfällt, schreibe ich ihn drauf. Und natürlich Sie, Violet. Außerdem Edmund, Virginia und Alexa. Und die Balmerinos. Bestimmt ist Isobel bereit, für einen Teil meiner Gäste eine Abendgesellschaft zu geben.»

Mit einemmal begann Violet Gefallen an diesem Plan zu finden. Vielleicht war es gar kein schlechter Einfall. Ihre Konzentration ließ nach, ihre Gedanken wandten sich der Vergangenheit zu, vergessenen Ereignissen. Eine Erinnerung führte zur anderen. Ohne darüber nachzudenken, sagte sie mit einemmal: «Vielleicht sollten Sie auch Pandora eine Einladung schicken», und dann wußte sie beim besten Willen nicht mehr, wie sie auf diesen Vorschlag verfallen war.

«Pandora?»

«Archie Balmerinos Schwester. Bei Gesellschaften fällt einem ganz automatisch Pandora ein. Ach, Sie können sie ja gar nicht kennen.»

«Aber ich habe von ihr gehört. Aus irgendeinem Grund wird ihr Name bei Abendeinladungen immer wieder genannt. Meinen Sie, sie würde kommen? Sie war doch bestimmt seit mehr als zwanzig Jahren nicht mehr daheim?»

«Stimmt. Es war auch nur so ein Einfall. Aber warum sollte man es nicht probieren? Der arme Archie würde davon bestimmt aufblühen. Wenn es irgendwas gibt, das dieses abtrünnige Geschöpf nach Croy zurückbringen könnte, dann die Verlockung eines richtigen Balls.»

«Sie meinen also, ich sollte die Sache in Angriff nehmen, Violet?»

«Ganz und gar, vorausgesetzt, Sie haben die Energie und die Mittel. Ein herrlicher und großzügiger Plan. Es wäre für uns alle ein glänzendes Ereignis, auf das wir uns freuen könnten.»

«Sagen Sie nichts, bis ich Angus rumgekriegt hab.»

«Kein Sterbenswörtchen.»

Verena lächelte zufrieden. Dann kam ihr ein weiterer angenehmer Gedanke. «Außerdem», sagte sie, «liefert mir das einen glänzenden Vorwand, mir ein neues Kleid zu kaufen.»

Solche Schwierigkeiten gab es für Violet nicht. «Ich zieh mein schwarzsamtenes an», erklärte sie.

2. Kapitel

Donnerstag, der Zwölfte

Die Nacht war kurz, und Noel schlief nicht. Er hatte gehofft, daß er dies eine Mal würde schlafen können. Er war müde. Erschöpft. Drei Tage im für die Jahreszeit heißen New York; Tage, die bis an den Rand mit Besprechungen zum Frühstück, Geschäftsessen zu Mittag, langen Nachmittagen voll heftigen Argumentierens und Diskutierens angefüllt waren, hatten seine Energien aufgezehrt; er hatte zuviel Cola und schwarzen Kaffee getrunken, war auf zu viele Empfänge gegangen, abends zu lange aufgeblieben, zuwenig an die frische Luft gekommen und hatte sich viel zuwenig bewegt.

Jetzt war die Sache unter Dach und Fach. Leicht war es nicht gewesen. Harvey Klein war ein zäher Brocken, und es hatte durchaus Überredungskunst gekostet, ihn davon zu überzeugen, daß die von Noel vorgeschlagene Möglichkeit die beste und eigentlich auch die einzige war, den britischen Markt in die Hand zu bekommen. Die Werbekampagne, deren Entwurf er mit nach New York gebracht hatte, und zu der ein genauer Zeitplan, Mustertexte und Fotos gehörten, war genehmigt und abgesegnet worden. Er hatte den Vertrag in der Tasche und konnte nach London zurückkehren. Nur noch packen, einen letzten Anruf tätigen, Unterlagen und Taschenrechner in den Aktenkoffer stopfen, noch einen Anruf entgegennehmen, nach unten gehen, das Zimmer bezahlen, ein Taxi herbeiwinken und ab zum Kennedy-Flughafen.

Im Abendlicht sah Manhattan feenhaft aus wie immer. Eine Stadt, die nie schlief und in ihrer naßforschen und großzügigen Art alle nur denkbaren Vergnügungen bot.

Bei früheren Besuchen hatte er solche Gelegenheiten bis zur Neige ausgekostet, aber diesmal war es nicht dazu gekommen. So empfand er ein leises Bedauern darüber, daß er mit unerfüllten Wünschen schied, als hole man ihn von einer hinreißenden Party, bevor er auch nur angefangen hatte, sie zu genießen.

Der Taxifahrer setzte ihn vor dem Abfertigungsgebäude der British Airways ab. Noel reihte sich brav in die Schlange ein, wurde abgefertigt, gab seinen Koffer auf, stellte sich in eine weitere Schlange vor der Sicherheitsschleuse und ging schließlich in die Abflughalle. Im zollfreien Laden kaufte er eine Flasche schottischen Whisky und am Zeitungsstand ein Nachrichtenmagazin und eine Fachzeitschrift für Werbeleute. Dann nahm er müde auf einem der Sessel Platz und wartete, daß sein Flug aufgerufen wurde.

Wenborn & Weinburg, die Werbeagentur, für die er arbeitete, hatte ihm die Club-Klasse spendiert, so daß er an seinem Fensterplatz wenigstens die langen Beine ausstrecken konnte. Er zog das Jackett aus und machte es sich gemütlich. Er hätte gern etwas getrunken. Es wäre schön, wenn sich niemand neben ihn setzte, doch schwand diese schwache Hoffnung auch schon dahin, als ein massiger Mann in marineblauem Nadelstreifenanzug den Nachbarsitz belegte, eine Anzahl Gepäckstücke hinter der Klappe des Fachs über ihren Köpfen verstaute und schließlich in den Sessel neben ihm sank.

Der Mann beanspruchte viel Platz. Obwohl es im Flugzeug kühl war, schwitzte er sichtlich. Mit einem seidenen Taschentuch betupfte er sich die Stirn, keuchte und schnaufte, suchte nach seinem Sitzgurt und stieß dabei Noel recht schmerzlich den Ellbogen in die Seite.

«Entschuldigung. Scheint heute abend voll zu sein.»

Noel wollte mit niemandem reden. Lächelnd nickte er und schlug demonstrativ sein Nachrichtenmagazin auf.

Die Maschine startete. Es gab Cocktails und danach Abendessen.

Er hatte keinen Hunger, aß aber trotzdem, um sich die Zeit zu vertreiben. Er hatte sonst nichts zu tun. Der gewaltige Jumbo flog mit monotonem Brummen über den Atlantik. Das Geschirr wurde abgeräumt. Der Film begann. Noel hatte ihn bereits in London gesehen, und so bat er die Stewardess um einen Whisky mit Soda und trank ihn in kleinen Schlucken, wobei er das Glas in der Hand behielt. Die Lichter in der Kabine waren gelöscht, und die Fluggäste richteten sich mit Decken und Kissen für die Nacht ein. Der Dicke neben ihm faltete die Hände über dem Bauch und schnarchte los. Noel schloß die Augen, doch da sie sich anfühlten, als seien sie voll Sand, öffnete er sie wieder. Seine Gedanken jagten einander. Er hatte drei Tage lang unter Hochdruck gearbeitet und sich keine Ruhepause gegönnt. Die Möglichkeit des Vergessens schwand dahin.

Er fragte sich, warum er kein Triumphgefühl darüber empfand, daß er den wertvollen Auftrag bekommen hatte und mit ihm im Sack nach Hause zurückkehrte. Auf das Bild mit dem Sack war er wohl wegen des Firmennamens *Saddlebags* verfallen, wie Satteltaschen. *Saddlebags*. Eins jener Wörter, die um so lächerlicher klingen, je öfter man sie sich vorsagt. Aber *Saddlebags* war in keiner Weise lächerlich, sondern ganz im Gegenteil von größter Bedeutung, nicht nur für Noel Keeling, sondern auch für Wenborn & Weinburg.

Saddlebags. Ein Unternehmen mit Wurzeln im Staat Colorado, von wo aus es sich binnen weniger Jahre mit erstklassigen Lederartikeln für Viehzüchter einen Namen gemacht hatte. Sättel, Lederzeug aller Art, Zügel und Reitstiefel, alles mit dem prestigeträchtigen Markenzeichen eines von einem großen S umschlossenen Hufabdrucks.

Nach bescheidenen Anfängen hatten sich Ruf und Umsatz der Firma im ganzen Land vergrößert, bis sie in Wettbewerb mit allen Konkurrenten trat und sie überflügelte. Sie nahmen andere Artikel mit ins Programm: Koffer, Handtaschen, Mode-Accessoires, Schuhe und Stiefel. Alles aus feinstem Leder, Handarbeit, einschließlich der Nähte. Das Markenzeichen *Saddlebags* wurde zu einem Statussymbol, das es mit *Gucci* oder *Ferragamo* aufnehmen konnte und zu dem ein entsprechendes Preisniveau gehörte. Der Ruf verbreitete sich, so daß ausländische Touristen, die ein wahrhaft eindrucksvolles Andenken aus Amerika mit nach Hause bringen wollten, sich für eine Umhängetasche von *Saddlebags* entschieden oder für einen handgearbeiteten Gürtel mit goldener Schnalle.

Dann kam das Gerücht auf, *Saddlebags* wolle über ein oder zwei sorgfältig ausgewählte Geschäfte in London auch auf dem britischen Markt tätig werden. Charles Weinburg, Noels Chef, hörte zufällig bei einer privaten Abendgesellschaft in London eine entsprechende Bemerkung und berief am nächsten Morgen Noel, seinen Stellvertreter und Kreativdirektor, zu sich.

«... Ich will diesen Etat auf Biegen und Brechen haben, Noel. Kaum eine Handvoll Menschen hat in diesem Land je von *Saddlebags* gehört, also braucht die Firma eine Werbekampagne von A bis Z. Ich denke, wir haben die Nase vorn, und ich weiß, daß wir das machen können. Ich habe heute morgen um fünf mit dem Präsidenten der Firma gesprochen. Der Mann heißt Harvey Klein und sitzt in New York. Er ist mit einer Zusammenkunft einverstanden, möchte aber eine vollständige Präsentation... Druckvorlagen, die Verteilung auf die verschiedenen Medien, flotte Werbesprüche, Farbdoppelseiten, alles. Die Präsentation muß erstklassig sein. Sie haben zwei Wochen Zeit dafür. Sehen Sie zu, daß sich die Leute von der Entwurfsabteilung an die Arbeit machen. Denken Sie sich selbst auch was aus, und sehen Sie um Gottes willen zu, daß Sie einen Fotografen finden, bei dem ein männliches Fotomodell wie ein Mann aussieht und nicht wie eine Schaufensterpuppe. Notfalls besorgen Sie sich einen echten Polo-Spieler. Wenn einer mitmacht, ist mir egal, was wir ihm zahlen müssen...»

Es war nun neun Jahre her, daß Noel Keeling bei Wenborn & Weinburg eingetreten war. Neun Jahre bei ein und demselben Arbeitgeber sind in der Werbebranche eine lange Zeit, und von Zeit zu Zeit wunderte sich Noel selbst über seine außergewöhnliche Firmentreue. Gleichaltrige, die mit ihm zusammen angefangen hatten, waren längst bei anderen Agenturen, sofern sie sich nicht sogar, wie einige Kollegen, selbständig gemacht hatten. Aber Noel war geblieben.

Die Gründe für diese Beständigkeit lagen in erster Linie in seinem Privatleben. Er hatte nach einem oder zwei Jahren durchaus ernsthaft überlegt, ob er die Firma wechseln solle. Er war unruhig, unzufrieden und interessierte sich nicht besonders für seine Arbeit. Er träumte von verlockenden Aufgaben, dachte daran, sich selbständig zu machen, ganz aus der Werbebranche auszuscheiden und sich als Immobilienmakler oder im Warentermingeschäft zu etablieren. Er wußte, daß ihn an der Verwirklichung seiner Pläne, Millionär zu werden, lediglich das fehlende Kapital hinderte. Aber er hatte nun einmal keines, und der Ärger über verpaßte Gelegenheiten und ungenutzte Chancen trieb ihn nahezu zur Verzweiflung.

Und dann, vor fünf Jahren, hatten die Dinge eine grundlegende Wende genommen. Er war dreißig, Junggeselle, widmete sich intensiv einer Freundin nach der anderen und wäre nicht im entferntesten auf den Gedanken gekommen, dieser Zustand des In-den-Tag-hinein-Lebens könne je enden. Doch ganz plötzlich starb seine Mutter, und zum erstenmal im Leben sah sich Noel im Besitz nicht unbeträchtlicher Mittel.

So unerwartet kam ihr Tod, daß es ihm eine Zeitlang fast unmöglich war, den kalten Tatsachen ins Auge zu sehen und sich einzugestehen, daß sie für immer gegangen war. Zwar hatte er sie auf eine distanzierte und unsentimentale Weise stets gern gehabt, aber im wesentlichen in ihr eine nie versiegende Quelle für Mahlzeiten, saubere Kleidung, ein behagliches Bett und, wenn es nötig war, auch Aufmunterung gesehen. Außerdem hatte er respektiert, daß sie ihren eigenen Kopf hatte, und zu schätzen gewußt, daß sie sich niemals in sein Privatleben als Erwachsener eingemischt hatte. Doch zugleich hatte ihn ihr von ihm als überspannt empfundenes Verhalten geärgert. Am schlimmsten war ihre Gewohnheit, sich mit den verkommensten Typen zu umgeben. Alle Welt war ihr Freund, doch Noel sah in den Menschen, die sie als ihre Freunde bezeichnete, einen Haufen übler Nassauer. Sie nahm seine zynische Haltung nicht zur Kenntnis, und so sammelten sich alte Jungfern ohne Anhang, alleinstehende Witwen, brotlose Künstler und arbeitslose Schauspieler um sie wie Motten um eine Kerzenflamme. Er betrachtete ihre jedermann gegenüber an den Tag gelegte Großzügigkeit als unüberlegt und selbstsüchtig, denn für die Dinge im Leben, die Noel als vorrangig ansah, schien nie Geld dazusein.

Diese Großzügigkeit, mit der sie gab, ohne nachzudenken, spiegelte sich auch in ihrem Testament. So hinterließ sie einem jungen Mann, der mit der Familie nichts zu tun und den sie unter ihre Fittiche genommen hatte, weil sie ihm helfen wollte, aus welchem Grund auch immer, einen ansehnlichen Betrag.

Für Noel war das ein herber Schlag. Tief in seinen Empfindungen sowie seinem Geldbeutel getroffen, verzehrte ihn ein ohnmächtiger Zorn. Es war sinnlos, zu wüten, denn seine Mutter war nicht mehr da. Er konnte sich mit ihr nicht auseinandersetzen, ihr keine mangelnde Treue der Familie gegenüber vorwerfen und sie fragen, was zum Teufel sie sich dabei eigentlich gedacht habe. Sie hatte sich seinem Zugriff entzogen. Er stellte sich vor, wie sie seinem Zorn unerreichbar, jenseits einer tiefen Kluft oder eines unüberwindlichen Flusses saß, inmitten von Sonnenschein, Feldern, Bäumen. Wahrscheinlich lachte sie auf ihre sanfte Weise über ihren Sohn, der Anflug eines belustigten Lächelns lag um ihre Augen, und wie stets war sie von seinen Forderungen und Vorwürfen unbeeindruckt.

Da es nur noch zwei Schwestern gab, denen er Kummer bereiten konnte, kehrte er der Familie den Rücken und konzentrierte sich auf das einzige beständige Element, das ihm im Leben geblieben war, seine Arbeit. Eigentlich eher zu seiner Überraschung und zum Erstaunen seiner Vorgesetzten entdeckte er, gerade rechtzeitig, daß ihn die Werbung nicht nur interessierte, sondern er auf diesem Gebiet sogar Besonderes zu leisten vermochte. Bis die Nachlaßangelegenheiten seiner Mutter geregelt waren und er seinen Anteil auf der Bank in Sicherheit gebracht hatte, waren all seine jugendlichen Fantasievorstellungen von gewaltigen Spieleinsätzen und schnellem Gewinn auf immer zerstoben. Außerdem begriff er, daß es einen grundsätzlichen Unterschied machte, ob man mit dem unter Umständen vorhandenen Vermögen anderer Geld verdiente oder sich von seinem eigenen Geld trennte. Er entwickelte seinem Bankkonto gegenüber Beschützerinstinkte, als handle es sich dabei um ein Kind, und er war nicht bereit, dessen Sicherheit aufs Spiel zu setzen. So kaufte er ein vergleichsweise bescheidenes neues Auto und streckte vorsichtig seine Fühler aus, um zu erkunden, wo er künftig leben wolle...

Das Leben ging weiter. Doch die Jugend war vorüber, und alles hatte sich geändert. Während er sich allmählich damit abfand, merkte er, daß er nicht imstande war, den Groll gegen seine Mutter aufrechtzuerhalten. Es war viel zu erschöpfend, sinnlose Vorhaltungen mit sich herumzuschleppen. Schließlich mußte er sich eingestehen, daß er gar nicht so schlecht gefahren war. Außerdem fehlte sie ihm. Während der letzten Jahre hatte er sie, die in den Tiefen der Grafschaft Gloucestershire hauste, nur selten gesehen, aber immerhin war sie *da*gewesen. Er hatte sie anrufen und zu ihr fahren können, wenn er Londons heiße Straßen im Sommer nicht länger ertragen zu können glaubte, auch wenn es eine lange Fahrt gewesen war. Es hatte ihr nie etwas ausgemacht, ob er allein kam oder über das Wochenende ein halbes Dutzend Freunde mitbrachte. Sie hatte für alle Platz, hieß jeden freundlich willkommen und versorgte ihre Gäste glänzend. Jeder konnte tun und lassen, was ihm paßte. Es gab flackernde Kaminfeuer, duftende Blumen, ein warmes Bad, behagliche Betten, erstklassige Weine und eine ungezwungene Unterhaltung.

Alles dahingegangen. Haus und Garten waren an Fremde verkauft. Der warme Duft der Küche und das angenehme Gefühl, daß sich jemand um alles kümmerte und man selbst nicht die kleinste Entscheidung zu treffen brauchte. Dahingegangen war auch der einzige Mensch auf der Welt, dem gegenüber er sich nie hatte verstellen oder als etwas erscheinen müssen, was er nicht war. So aufreizend und kapriziös sie ihm erschienen war, das Leben ohne sie kam ihm vor wie eins, in dessen Mitte sich ein gewaltiges Loch auftat.

Alles schien so lange herzusein. Eine andere Welt. Er hatte seinen Whisky ausgetrunken und starrte in die Dunkelheit hinaus. Ihm fiel ein, wie er als kleiner Junge Masern hatte und ihm die Nächte der Krankheit so lang vorgekommen waren wie ein Leben. Jede Minute hatte eine Stunde gedauert, und die Morgendämmerung war eine Ewigkeit entfernt gewesen.

Jetzt, dreißig Jahre später, sah er den Himmel heller werden, die Sonne glitt hinter dem trügerischen Wolkenhorizont herauf, alles wurde rosa, und das Licht schmerzte in den Augen. Er sah in die Dämmerung, er mußte nicht mehr versuchen einzuschlafen. Um ihn herum regten sich Menschen. Die Kabinenbesatzung brachte Orangensaft und dampfend heiße Tücher. Während er sich damit über das Gesicht wischte, spürte er die Stoppeln an seinem Kinn. Andere Männer machten sich mit ihrem Rasierzeug auf den Weg zur Toilette – Noel blieb, wie er war.

Drei Stunden später war er daheim. Müde, ungewaschen und zerknittert stieg er aus dem Taxi und entlohnte den Fahrer. Die Morgenluft war nach New Yorks Schwüle himmlisch kühl, und leichter Nieselregen fiel. Die Bäume am Pembroke Square grünten, die Gehsteige waren naß. Er roch die Frische in der Luft, blieb, als das Taxi davonfuhr, einen Augenblick lang stehen und überlegte, ob er den Tag nicht allein verbringen, sich ein wenig erholen sollte. Ein Nikkerchen machen, einen langen Spaziergang. Aber es gab Arbeit. Die Firma wartete, sein Chef. Er nahm Koffer und Aktenkoffer, ging die kleine Treppe zum Eingang des Gebäudes hinab und schloß die Tür zu seiner Wohnung auf.

Da im hinteren Teil Fenstertüren auf einen winzigen Innenhof gingen, seinen Anteil am Garten des großen Hauses, wurde sie als Gartenwohnung bezeichnet. Abends bekam sie Sonne, doch zu dieser frühen Stunde lag der Innenhof im Schatten, und die Katze von oben hatte es sich in einem seiner Liegestühle bequem gemacht, vermutlich hatte sie die Nacht darin verbracht.

Die Wohnung war nicht groß, aber geräumig. Wohnzimmer, Schlafzimmer mit Doppelbett, eine kleine Küche und ein Bad. Übernachtungsbesuch mußte mit dem Klappsofa vorliebnehmen, ein schwierig zu handhabendes Möbel, das sich in eine Doppelliege verwandeln ließ, wenn man die Sache entschlossen anging. Mrs. Muspratt, seine Putzfrau, war wohl dagewesen, alles war sauber und ordentlich. Doch die Räume wirkten stickig und dumpf.

Er öffnete die Fenstertüren und verscheuchte die Katze. Im Schlafzimmer öffnete er den Reißverschluß des Koffers und nahm seinen Waschbeutel heraus. Während er sich auszog, ließ er die schmutzigen und zerknautschten Kleidungsstücke zu Boden fallen. Im Bad putzte er sich die Zähne, nahm eine brühheiße Dusche und rasierte sich. Was er jetzt mehr als alles andere brauchte, war ein starker Kaffee. Barfuß tappte er im Morgenmantel in die Küche, ließ Wasser in den elektrischen Kessel laufen, schaltete ihn ein und löffelte Kaffeepulver in seinen Filtertopf. Allein schon der Geruch war köstlich und herzerquickend. Während der Kaffee durchlief, holte er die Post herein, setzte sich an den Küchentisch und sah die Umschläge durch. Nichts schien besonders dringend. Dann fiel sein Blick auf eine grellbunte Ansichtskarte aus Gibraltar. Er drehte sie um. Sie war in London abgestempelt und kam von der Frau Hugh Penningtons, eines Schulfreundes, der in der Ovington Street wohnte.

> «Noel, ich habe immer wieder versucht, Dich anzurufen. Wenn wir nichts von Dir hören, erwarten wir Dich am 13. um 19 Uhr 30 zum Dinner. Wir werden zu acht sein. Straßenanzug.
>
> Liebe Grüße, Delia.»

Er seufzte. Heute abend also. Wenn wir nichts von dir hören. Na schön, vielleicht hatte er bis dahin ja seine Energien wieder beisammen. Außerdem wäre es unterhaltsamer als fernsehen. Er ließ die Karte auf den Tisch fallen, stand schwerfällig auf und goß sich den Kaffee ein.

Den größten Teil des Tages im Büro eingesperrt, hatte Noel nichts vom Leben außerhalb mitbekommen. Als er schließlich hinausging und im Schneckentempo des Stoßverkehrs heimwärts fuhr, sah er, daß eine Brise den Regen vom Vormittag fortgeblasen hatte. Es war ein vollkommener Maiabend. Er befand sich jetzt im Stadium jenseits der Erschöpfung, in dem alles hell und klar und merkwürdig körperlos ist und die Aussicht auf Schlaf so fern scheint wie der Tod. Statt dessen erneut unter die Dusche, umziehen und ein kräftigender Schluck. Den Wagen würde er stehenlassen und zu Fuß zu den Penningtons gehen. Die frische Luft und die Bewegung würden seinen Appetit für das köstliche Mahl, das ihn gewiß erwartete, anregen. Er konnte sich kaum erinnern, wann er sich zuletzt zu Tisch gesetzt und etwas gegessen hatte, das kein belegtes Brot war.

Zu Fuß zu gehen war ein guter Einfall gewesen. Er schlenderte durch belaubte Nebenstraßen, vorbei an Reihenhäusern und Gärten, in denen Magnolien aufbrachen und Glyzinien an den Fassaden teurer Londoner Häuser emporrankten. Er bog in die Brompton Road ein, überquerte sie am Michelin-Gebäude und ging zur Walton Street weiter. Dort verlangsamte er den Schritt vor den verlockenden Schaufenstern einer Kunstgalerie, die Gemälde und Drucke mit Sportmotiven verkaufte und zugleich Muster exquisiter Innendekoration zeigte. Schon seit einer Weile stach ihm ein Thorburn ins Auge. Er blieb länger stehen, als er beabsichtigt hatte, und betrachtete das Bild. Vielleicht würde er am nächsten Morgen bei den Leuten anrufen und sich nach dem Preis erkundigen. Nach einer Weile ging er weiter.

Als er in der Ovington Street eintraf, war es fünf Minuten nach halb acht. Zu beiden Seiten der Straße standen die Wagen der Anwohner dicht geparkt, und einige größere Kinder fuhren mit ihren Rädern auf der Fahrbahn hin und her. Das Haus der Penningtons lag etwa in der Mitte der Häuserzeile. Auf dem Weg dorthin kam ihm auf seiner Seite des Gehsteigs eine junge Frau mit einem kleinen weißen Schottisch-Terrier an der Leine entgegen. Vermutlich war sie auf dem Weg zum Briefkasten, denn sie hielt einen Brief in der Hand. Er musterte sie flüchtig. Sie war weder hochgewachsen noch besonders schlank, trug Jeans und ein graues Sweatshirt, und ihr Haar hatte die Farbe exquisitester Orangenmarmelade. Eigentlich entsprach sie in keiner Weise Noels Typ, dennoch sah er ihr nach, weil ihm irgend etwas an ihr bekannt vorkam und er nicht recht wußte, wo er sie schon einmal gesehen haben mochte. Vielleicht bei irgendeiner Einladung. Die Haarfarbe hätte ihm auffallen müssen …

Er war vom Gehen müde und merkte, daß er dringend etwas zu trinken brauchte. Angesichts der Genüsse, die ihn erwarteten, wandte er seine Gedanken von der jungen Frau ab, ging die Stufen zur Haustür empor und drückte der Form halber auf den Klingelknopf. Dann drehte er den Türknauf, bereit, mit einem Gruß auf den Lippen einzutreten. ‹Hallo. Delia, da bin ich.›

Aber nichts geschah. Die Tür blieb fest geschlossen. Sonderbar und ungewöhnlich. Da Delia wußte, daß er kommen würde, hätte sie die Tür bestimmt nicht abgeschlossen. Er klingelte erneut und wartete.

Weiterhin Stille. Nichts rührte sich. Sie *mußten* dasein. Aber er wußte bereits mit erschreckender Gewißheit, daß niemand an die Tür kommen würde. Die verdammten Penningtons waren nicht zu Hause.

«Hallo.»

Unter ihm stand auf dem Gehsteig die pummelige junge Frau mit ihrem Hund, vom Briefkasten zurück.

«Hallo.»

«Wollen Sie zu den Penningtons?»

«Ich bin zum Abendessen eingeladen.»

«Sie sind nicht da. Ich hab sie mit dem Auto wegfahren sehen.»

In trübsinnigem Schweigen verdaute Noel diese unwillkommene Bestätigung dessen, was er bereits wußte. Enttäuscht und im Stich gelassen, empfand er der jungen Frau gegenüber schlechte Laune, wie das so ist, wenn uns jemand etwas Unangenehmes mitteilt. Ihm kam der Gedanke, daß im Mittelalter das Leben von Boten wohl kein Zuckerlecken gewesen war. Immerhin bestand die große Wahrscheinlichkeit, daß man plötzlich keinen Kopf mehr hatte oder als menschliche Kanonenkugel für irgendein riesiges Katapult ausersehen wurde.

Er wartete, daß sie ging. Sie tat nichts dergleichen. Mist, dachte er. Dann steckte er schicksalsergeben die Hände in die Taschen und ging die Vortreppe hinab zu ihr.

Sie biß sich auf die Lippe. «So ein Ärger. Es ist wirklich schlimm, wenn einem so was passiert.»

«Ich habe keine Ahnung, was da schiefgegangen sein kann.»

«Noch schlimmer ist es», sagte sie mit dem Ton eines Menschen, der entschlossen ist, das Positive zu sehen, «wenn man am falschen Tag kommt und einen kein Mensch erwartet. Das ist mir mal passiert. Es war entsetzlich peinlich. Ich hatte einfach den Tag verwechselt.»

Es nützte nichts. «Ich vermute, Sie glauben, daß ich den Tag verwechselt habe.»

«Es passiert leicht.»

«Diesmal nicht. Ich habe die Postkarte heute morgen bekommen. Der Dreizehnte.»

Sie sagte: «Aber heute ist der Zwölfte.»

«Ist es nicht.» Er war seiner Sache sicher. «Es ist der Dreizehnte.»

«Es tut mir wirklich leid, aber heute ist der Zwölfte. Donnerstag, der zwölfte Mai.» Ihre Stimme klang, als ob sie sich entschuldigen wolle, weil das Versehen ihre Schuld sei. «Der Dreizehnte ist morgen.»

Schritt für Schritt vollzog sein benommenes Gehirn die Berechnung nach. Dienstag, Mittwoch... Der Teufel soll sie holen, sie hat recht. Die Tage waren ineinander verlaufen, und irgendwo hatte er die Übersicht verloren. Er kam sich entsetzlich töricht vor und suchte deshalb sofort Entschuldigungen für seine eigene Dummheit.

«Ich hatte zu tun. War in New York. Die ganze Zeit im Flugzeug. Bin heute morgen zurückgekommen. Die Zeitverschiebung nimmt einen entsetzlich mit. Das Gehirn wird einem ganz matschig.»

Sie machte ein mitfühlendes Gesicht. Ihr Hund schnüffelte an seiner Hose herum, und er trat beiseite, weil er nicht wollte, daß das Tier sein Bein an ihm hob. Ihr Haar wirkte im abendlichen Sonnenlicht verblüffend. Sie hatte mit grünlichen Pünktchen durchsetzte graue Augen und eine milchweiße Haut, sanft wie ein Pfirsich.

Irgendwo? Aber wo?

Er runzelte die Stirn. «Sind wir uns nicht schon mal begegnet?»

Sie lächelte. «Doch, ja. Vor etwa einem halben Jahr. Bei einer Cocktailgesellschaft. Die Hathaways in der Lincoln Street. Aber da waren irrsinnig viele Leute, und deswegen ist es verständlich, wenn Sie sich nicht erinnern.»

Er erinnerte sich tatsächlich nicht. Auf keinen Fall war sie die Art Frau, die ihm besonders auffallen würde, mit der er ein Gespräch führen oder zusammensein wollte. Außerdem war er mit Vanessa dort gewesen und hatte den größten Teil des Abends mit dem Versuch verbracht, ihr auf der Spur zu bleiben und sie davon abzuhalten, sich mit einem anderen zum Abendessen zu verabreden.

Er sagte: «Wie sonderbar. Es tut mir leid. Wirklich bemerkenswert, daß Sie sich an mich erinnern.»

«Nun, ich habe Sie eigentlich noch mal gesehen.» Sein Herz sank, denn er fürchtete eines weiteren Fauxpas überführt zu werden. «Sie arbeiten für die Werbeagentur Wenborn und Weinburg, nicht wahr? Für die hab ich vor etwa sechs Wochen einen Direktoriums-Lunch gemacht. Wahrscheinlich haben Sie mich nicht bemerkt, denn ich hatte einen weißen Overall an und habe Platten rumgereicht. Auf Leute, die kochen und servieren, achtet nie jemand. Es ist ein merkwürdiges Gefühl, so, als wäre man unsichtbar.»

Inzwischen etwas freundlicher, fragte er sie nach ihrem Namen.

«Alexa Aird.»

«Noel Keeling.»

«Ich weiß. Ich kannte den Namen noch von der Einladung bei den Hathaways, und für den Lunch mußte ich die Sitzordnung machen und die Namen der Gäste auf die Tischkarten schreiben.»

Noel ließ seine Gedanken zu jenem Tag zurückkehren und erinnerte sich recht genau an die Mahlzeit, die sie zubereitet hatte. Räucherlachs, ein erstklassig gegrilltes Filetsteak, Kressesalat und Limonensorbet. Beim bloßen Gedanken an diese Köstlichkeiten lief ihm das Wasser im Munde zusammen. Dabei kam ihm zu Bewußtsein, daß er entsetzlichen Hunger hatte.

«Für wen arbeiten Sie?»

«Auf eigene Rechnung. Ich bin selbständig.» Sie sagte das mit einem gewissen Stolz. Noel hoffte, daß sie jetzt nicht die Geschichte ihres beruflichen Werdegangs auspacken würde. Sich den anzuhören wäre über seine Kräfte gegangen. Er mußte etwas essen, vor allem aber etwas trinken. Er mußte irgendeine Ausrede finden, um sich verabschieden zu können und sie loszuwerden. Gerade, als er den Mund öffnete, um damit anzufangen, sagte sie: «Sie haben wohl keine Zeit, mitzukommen und mit mir was zu trinken?»

Die Einladung kam so unerwartet, daß er nicht sogleich antwortete. Er sah sie an, bemerkte ihren besorgten Blick und begriff, daß sie in Wirklichkeit äußerst schüchtern war und der Vorschlag sie wohl große Überwindung gekostet hatte. Außerdem war er nicht sicher, ob die Einladung für die nächste Kneipe galt oder er in irgendeine heruntergekommene Dachwohnung mitgeschleppt werden sollte, in der sie zusammen mit mehreren Kolleginnen hauste, von denen sich eine garantiert gerade die Haare gewaschen hatte.

Es hatte keinen Sinn, sich vorzeitig festzulegen. «Wo?» fragte er vorsichtig.

«Ich wohne zwei Häuser neben den Penningtons. Und Sie sehen aus wie jemand, der einen Schluck brauchen kann.»

Er warf sein Mißtrauen über Bord. «Stimmt.»

«Nichts ist schlimmer, als zur falschen Zeit am falschen Ort anzukommen und zu wissen, daß man selbst schuld ist.»

Zwar hätte man das auch taktvoller sagen können, aber sie schien ein warmherziger Mensch zu sein. «Das ist wirklich sehr freundlich von Ihnen.» Er entschied sich, ihr Angebot anzunehmen.

3. Kapitel

Das Haus sah dem der Penningtons zum Verwechseln ähnlich, nur daß die Haustür nicht schwarz war, sondern dunkelblau und daneben in einem Kübel ein Lorbeerbäumchen stand. Die junge Frau ging ihm voraus, schloß auf, und er folgte ihr ins Haus. Sie schloß die Tür hinter ihnen und bückte sich dann, um die Leine ihres kleinen Hundes zu lösen. Dieser machte sich unverzüglich daran, aus einem gleich neben der Treppe stehenden Napf mit der Aufschrift DOG reichlich Wasser zu schlappen.

Sie sagte: «Das macht er immer so, wenn er reinkommt. Wahrscheinlich glaubt er, daß er einen schrecklich langen Spaziergang gemacht hat.»

«Wie heißt er?»

«Larry.»

Der Hund füllte mit seinem lauten Schlappen die Stille, denn zum erstenmal im Leben wußte Noel Keeling nicht, was er sagen sollte.

Er war verblüfft. Zwar hatte er nicht gewußt, was ihn erwarten würde, aber bestimmt nicht das. Schon auf der Diele, von der eine steile Treppe mit poliertem Geländer ins Obergeschoß führte, drängte sich ihm der Eindruck eines mit Geschmack genutzten Wohlstandes auf. Es handelte sich um die Miniaturausgabe eines hochherrschaftlichen Londoner Hauses. Honigfarbener flauschiger Teppichboden; auf einem antiken Wandtischchen stand eine rosa blühende Azalee, die Wand schmückte ein ovaler Spiegel mit reichverziertem Rahmen. Was ihn aber vollends aus der Fassung brachte, war der schmerzlich vertraute Geruch nach Bohnerwachs, Äpfeln, einer Andeutung von frischem Kaffee. Vielleicht spielte noch eine Schale mit wohlriechenden Blättern und Sommerblumen mit hinein. Der ferne Geruch der Kindheit. Der Geruch der Häuser, in denen seine Mutter ihren Kindern ein Heim bereitet hatte.

Wer steckte hinter diesem Ansturm von Erinnerungen? Wer war Alexa Aird? Es war angebracht, wieder in das nichtssagende gesellschaftliche Geplauder zu verfallen, aber Noel fiel um keinen Preis etwas ein. Das war vielleicht auch am besten. Er stand und wartete, was als nächstes geschehen würde, darauf gefaßt, daß sie ihn nach oben in ihr gemietetes Einzimmerappartement oder ihre winzige Dachwohnung führte. Aber sie legte die Hundeleine auf den Tisch, sagte ganz im Ton einer Gastgeberin: «Kommen Sie doch rein», und führte ihn in den Raum hinter der offenen Tür.

Das Haus war zwar haargenau wie das der Penningtons, aber um ein Vielfaches eindrucksvoller. Der Raum, in den er jetzt trat, erstreckte sich lang und schmal durch das ganze Haus. Der der Straße zugewandte Teil schien als Eßzimmer zu dienen und das andere Ende als Salon – er war viel zu prächtig, um als Wohnzimmer bezeichnet zu werden. Von dort führten Fenstertüren auf einen Balkon mit schmiedeeisernem Geländer, auf dem in Tontöpfen Geranien leuchteten.

Der ganze Raum war in Gold und Rosa gehalten. Vorhänge, so dick gefüttert, als seien sie Federbetten, hingen in Falten und Bögen. Mit traumhaftem Chintz bezogene und mit Kissen in Petit-point-Stickerei bedeckte Sessel und Sofas. In kleinen Nischen stand weißblau gemustertes Porzellan, auf der Platte eines geöffneten Zylinderschreibtischs stapelten sich Briefe und Papiere.

Alles wirkte äußerst elegant und erwachsen und schien in keiner Weise zu diesem überhaupt nicht ungewöhnlich aussehenden und nicht besonders anziehenden jungen Mädchen in Jeans und Sweatshirt zu passen.

Er räusperte sich.

«Wie bezaubernd.»

«Ja, es ist hübsch, nicht wahr? Bestimmt sind Sie schrecklich müde.»

Jetzt, da sie sich auf ihrem eigenen Terrain befand und sich sicher fühlte, wirkte sie nicht mehr so zaghaft.

«Ich weiß, wie mörderisch die Zeitverschiebung ist. Mein Vater nimmt von New York nach Heathrow immer die Concorde, weil ihm Nachtflüge ein Graus sind.»

«Ach, mir geht es ganz gut.»

«Was hätten Sie gern zu trinken?»

«Haben Sie Whisky?»

«Natürlich. *Grouse* oder *Haig*?»

Er konnte sein Glück kaum fassen. «Grouse?»

«Mit Eis?»

«Gern.»

«Ich geh rasch in die Küche und hole es. Wenn Sie sich schon mal bedienen wollen... da stehen Gläser... es ist alles da, was Sie brauchen. Ich bin gleich wieder da...»

Sie verließ den Raum. Er hörte sie mit dem Hund reden, dann eilten leichte Schritte über die Treppe in das Kellergeschoß. Alles still. Wahrscheinlich war der Hund mit ihr gelaufen. Ein Schluck zu trinken. Er ging zum anderen Ende des Raumes, wo eine Anrichte stand, auf die man neidisch werden konnte und die reichlich mit Flaschen und Karaffen bestückt war.

Dort hingen herrliche Ölgemälde, Stilleben und ländliche Szenen. Seine umherschweifenden, abschätzenden Augen nahmen den silbernen Fasan in der Mitte des ovalen Tisches wahr, die wunderschönen silbernen Untersetzer aus dem 18. Jahrhundert. Er trat ans Fenster und sah in den Vorgarten hinaus. Ein kleiner gepflasterter Vorplatz, ein Hochbeet mit Goldlack. Rosen rankten an der Ziegelmauer empor. Ein weißlackierter schmiedeeiserner Tisch mit vier dazu passenden Stühlen ließ an Mahlzeiten im Freien denken, an festliche sommerliche Gesellschaften und kühlen Wein.

Ein Schluck zu trinken. Auf der Anrichte standen sechs schwere Gläser ordentlich in Reih und Glied. Er griff nach der Flasche mit

Grouse, goß sich etwas ein, fügte Soda hinzu und ging dann in den anderen Raum zurück. Neugierig trat er hierhin und dorthin. Er hob die feinen Stores an und sah auf die Straße hinab, warf einen Blick auf die Titel in den Bücherregalen, bemühte sich zu erkennen, was für ein Mensch das sein mochte, dem dies wunderbare Haus gehörte. Romane, Biographien, ein Buch über Gärten, ein weiteres über Rosenzucht.

Er begann zu überlegen und kam zu dem Schluß: das Haus gehörte Alexas Eltern. Der Vater hatte offensichtlich eine Position inne, die es ihm ermöglichte, einfach so mit der Concorde zu fliegen und obendrein noch seine Frau mitzunehmen. Wahrscheinlich befanden sie sich gerade wieder einmal in New York und würden, wenn alle Besprechungen erledigt waren, nach getaner Arbeit zu einer erholsamen Woche in der Sonne nach Barbados oder auf die Jungfraueninseln fliegen. Es paßte alles zusammen.

Alexa hütete inzwischen das Haus und hielt Einbrecher fern. Darum also war sie allein und konnte so großzügig mit dem teuren Whisky ihres Vaters umgehen. Wenn die Eltern sonnengebräunt mit Armen voller Geschenke zurückkämen, würde sie wieder ihre eigene Behausung aufsuchen – eine mit anderen jungen Leuten gemeinsam gemietete Wohnung, ein Reihenhäuschen in einem billigen Vorort.

Nachdem Noel das durchschaut hatte, fühlte er sich besser und stark genug, seinen Erkundungsrundgang fortzusetzen. Das weißblau gemusterte Porzellan erwies sich als Meißen, Zwiebelmuster. Auf dem Boden stand neben einem der Sessel ein Korb mit leuchtend bunter Wolle und einem halbfertigen Wandbehang. Auf dem Schreibtisch sah er Fotos. Hochzeitsbilder, Leute, die kleine Kinder auf den Armen hielten, Aufnahmen von Picknicks mit Thermosflaschen und Hunden. Zu erkennen war niemand. Ein Bild lenkte seine Aufmerksamkeit auf sich, und er nahm es zur Hand, um es genauer zu betrachten. Ein großer Herrensitz aus der Zeit König Edwards, dessen Mauern fast von Jungfernrebe erstickt wurden. Ein Wintergarten trat an einer Seite heraus, und im Dachgeschoß waren einige Mansarden zu erkennen. Stufen führten zu einer offenen Haustür, und auf der obersten saßen in gehorsamer Pose zwei eindrucksvolle Jagdhunde – Spaniels. Im Hintergrund winterliche Bäume, ein Kirchturm und ein Hügel.

Wahrscheinlich der Landsitz der Familie.

Die junge Frau kehrte zurück. Er hörte ihre leichten Schritte die Treppe emporkommen, stellte das Foto sorgfältig zurück und wandte sich ihr zu. Sie kam durch die Tür, auf einem Tablett stand ein Eiskübel, ein Weinglas, eine offene Flasche Weißwein und eine Schale mit Cashewnüssen.

«Ah, gut, Sie haben sich schon bedient.» Sie stellte das Tablett auf den Tisch hinter dem Sofa und schob dabei einige Zeitschriften beiseite, um Platz zu schaffen. Der kleine Terrier wich ihr nicht von der Seite, schien ihr ergeben. «Es tut mir leid, ich habe nur ein paar Nüsse gefunden...»

«Im Augenblick», er hob sein Glas, «ist das alles, was ich brauche.»

«Armer Mann.» Sie ließ einige Eiswürfel in sein Glas fallen.

Er sagte: «Ich bin in der Zwischenzeit zu dem Ergebnis gekommen, daß ich mich ganz schön blöd benommen habe.»

«Seien Sie nicht albern.» Sie goß sich Wein ein. «Das hätte jedem passieren können. Erstens können Sie sich jetzt für morgen auf eine angenehme Abendeinladung freuen und werden zweitens der Mittelpunkt der Gesellschaft sein, weil Sie sich die ganze Nacht ausruhen können. Setzen Sie sich doch. Dieser Sessel ist am bequemsten...»

Er war in der Tat sehr behaglich. Noel genoß es, endlich die schmerzenden Füße von sich strecken zu können, auf weichen Kissen zu ruhen und ein Glas Whisky in der Hand zu halten. Kaum ließ sich Alexa mit dem Rücken zum Fenster im Sessel ihm gegenüber nieder, als ihr der Hund auf den Schoß sprang, sich zurechtkuschelte und einschlief.

«Wie lange waren Sie in New York?»

«Drei Tage.»

«Sind Sie gern dort?»

«Gewöhnlich schon. Nur der Rückflug nimmt einen mit.»

«Was hatten Sie da zu tun?» Er berichtete es ihr und erklärte die Geschichte mit *Saddlebags* und Harvey Klein. Sie war beeindruckt. «Mein Vater hat mir im vorigen Jahr einen Gürtel von *Saddlebags* mitgebracht. Er ist wunderschön. Richtig dick, weich und sieht herrlich aus.»

«Nun, bald können Sie sich auch in London einen kaufen – wenn Sie bereit sind, dafür ein Vermögen auf den Tisch zu legen.»

«Wer bereitet eine solche Werbekampagne vor?»

«Das ist meine Aufgabe. Ich bin Kreativdirektor.»

«Das klingt schrecklich bedeutend. Bestimmt können Sie das sehr gut. Macht es Ihnen Spaß?»

Noel dachte über die Frage nach. «Wenn es mir keinen Spaß machte, wäre ich nicht gut.»

«Das stimmt. Ich kann mir nichts Schlimmeres vorstellen, als eine Arbeit machen zu müssen, die einem zuwider ist.»

«Kochen Sie gern?»

«Ja, mit Begeisterung. Das ist auch ganz gut so, denn es ist mehr oder weniger das einzige, was ich kann. Ich war in der Schule schrecklich schwerfällig und habe mit Ach und Krach die mittlere Reife geschafft. Mein Vater fand zwar, ich müßte unbedingt eine Ausbildung als Sekretärin oder Designerin machen, aber er hat schließlich eingesehen, daß es Zeit- und Geldverschwendung gewesen wäre, und so durfte ich Köchin werden.»

«Haben Sie da eine Lehre gemacht?»

«Klar. Ich kann alle Arten exotischer Gerichte auf den Tisch bringen.»

«Und arbeiten Sie schon immer auf eigene Rechnung?»

«Nein, angefangen habe ich für eine Agentur. Damals haben wir immer zu zweit gearbeitet, aber allein macht es mehr Spaß. Ich habe mir eigentlich einen ganz netten Kundenkreis aufgebaut. Nicht nur Direktoriums-Lunchs, sondern auch private Abendgesellschaften, Hochzeitsempfänge, oder ich mach Leuten, die das wollen, einfach die Tiefkühltruhe voll. Ich habe einen kleinen Kombi und fahre mit dem alles durch die Landschaft.»

«Und Sie kochen in Ihrer eigenen Küche?»

«Meistens. Bei Abendeinladungen in Privathäusern ist das etwas komplizierter, weil man dann in der Küche anderer Leute arbeiten muß. Und da findet man sich nie zurecht. Ich nehme immer meine eigenen scharfen Messer mit.»

«Klingt blutrünstig.»

Sie lachte. «Zum Gemüseschneiden, nicht, um die Gastgeberin zu ermorden. Ihr Glas ist leer. Möchten Sie noch was?»

«Gern», sagte Noel, der sah, daß sie recht hatte. Bevor er einen Finger rühren konnte, stand Alexa auf und ließ den kleinen Hund sacht zu Boden gleiten, nahm ihm das Glas aus der Hand und verschwand hinter seinem Rücken. Angenehmes Klirren drang an sein Ohr. Soda spritzte. Es war alles äußerst friedlich. Im Abendlüftchen, das durch das offene Fenster hereinkam, bewegten sich die hauchdünnen Stores sacht. Draußen wurde ein Wagen angelassen und fuhr davon. Die Kinder, die mit ihren Rädern herumgefahren waren, schien man ins Haus gerufen und zu Bett geschickt zu haben. Die verpatzte Abendeinladung hatte keine Bedeutung mehr, und Noel kam sich ein wenig wie jemand vor, der nach einem langen Wüstenmarsch zufällig auf eine im Schatten von Palmen liegende Oase voll blühender Vegetation gestoßen war.

Das kalte Glas wurde ihm wieder in die Hand gedrückt. Er sagte: «Ich habe schon immer gefunden, daß das hier eine der angenehmsten Straßen von ganz London ist.»

Alexa kehrte zu ihrem Sessel zurück und kuschelte sich hinein.

«Wo wohnen Sie?»

«In Pembroke Gardens.»

«Aber da ist es doch auch wunderschön. Leben Sie allein?»

Das kam unerwartet. Ihre Unverblümtheit belustigte ihn. Wahrscheinlich dachte sie an die Cocktailgesellschaft bei den Hathaways und wie er damals der hinreißenden Vanessa nicht von den Fersen gewichen war. Er lächelte. «Meistens.»

Seine ausweichende Antwort ging an ihr vorüber. «Haben Sie dort eine Wohnung?»

«Ja. Im Untergeschoß, also bekommt sie nicht viel Sonne. Allerdings bin ich nie lange da, und so ist das eigentlich eher nebensächlich. An Wochenenden schaffe ich es meistens, aus London rauszukommen.»

«Nach Hause?»

«Nein. Aber ich habe ein paar Bekannte, die dafür ganz praktisch sind.»

«Und Geschwiser?»

«Zwei Schwestern. Die eine wohnt in London, und die andere in Gloucestershire.»

«Dann fahren Sie vermutlich zu der.»

«Nur wenn es sein muß.» Schluß. Er hatte genug Fragen beantwortet. Es war Zeit, den Spieß umzudrehen. «Und was ist mit Ihnen? Fahren Sie an Wochenenden nach Hause?»

«Nein. Da arbeite ich häufig. Die meisten Leute geben ihre Abendeinladungen samstags oder laden ihre Gäste auf Sonntag mittag ein. Außerdem würde es sich kaum lohnen, für ein Wochenende nach Schottland zu fahren.»

Schottland.

«Ach... Sie wohnen in Schottland?»

«Nein. Ich wohne hier, aber meine Angehörigen sind in der Grafschaft Relkirkshire daheim.»

Ich wohne hier.

«Aber ich dachte, Ihr Vater...» Er hielt inne, weil seine Gedanken reine Spekulation gewesen waren. War es denkbar, daß er sich auf einer ganz und gar falschen Fährte befand? «...es tut mir leid, aber ich hatte den Eindruck...»

«Er arbeitet in Edinburgh. Er leitet die schottische Niederlassung von Sanford Cubben.»

Sanford Cubben, der riesige internationale Konzern. Noel korrigierte sich innerlich. «Aha. Wie dumm von mir. Ich dachte, er säße in London.»

«Ach, Sie meinen wegen der Flüge nach New York. Das ist das wenigste. Er fliegt in der ganzen Welt umher: Tokio, Hongkong. Er ist nicht oft im Lande.»

«Sehen Sie ihn häufig?»

«Manchmal, wenn er nach London kommt. Er übernachtet aber

nicht bei mir, denn er hat eine Firmenwohnung. Aber meistens ruft er an, und wenn er Zeit hat, geht er mit mir im Connaught Hotel oder im Claridges essen. Es ist fantastisch, denn das gibt mir alle möglichen Ideen für mein Kochen.»

«Ich nehme an, daß das ein ebenso guter Grund wie jeder andere ist, um ins Claridges zu gehen. Aber…»

Er übernachtet aber nicht hier. «…wem gehört das Haus?»

Alexa lächelte unbefangen. «Mir», teilte sie ihm mit.

«Ihnen?» Es war ihm unmöglich, den ungläubigen Ton in seiner Stimme zu unterdrücken.

«Ja.» Der Hund saß wieder bei ihr. Sie streichelte ihm den Kopf und spielte mit den behaarten gespitzten Ohren.

«Wie lange wohnen Sie hier schon?»

«Seit etwa fünf Jahren. Es hat ursprünglich meiner Großmutter mütterlicherseits gehört. Wir waren einander immer sehr nahe. Ich war in fast allen Schulferien bei ihr. Sie war Witwe, bis ich zu meiner Kochausbildung nach London kam, hat sie allein gelebt. Also bin ich zu ihr gezogen. Im vorigen Jahr ist sie dann gestorben und hat mir das Haus hier hinterlassen.»

«Sie muß Sie sehr geliebt haben.»

«Ich habe sie schrecklich gern gemocht. Es hat in der Familie ziemlich viel böses Blut gegeben. Ich meine, weil ich bei ihr gewohnt habe. Meinem Vater hat das gar nicht gefallen. Er konnte sie zwar gut leiden, aber er fand, ich müßte selbständiger sein, Gleichaltrige kennenlernen, mit anderen Mädchen gemeinsam in eine Wohnung ziehen und dergleichen. Aber das wollte ich eigentlich gar nicht. Ich bin in solchen Dingen schrecklich faul, und Oma Cheriton…» Unvermittelt hielt sie inne. Über den leeren Raum zwischen ihnen trafen sich ihre Blicke. Noel sagte nichts, und sie fuhr nach einer Pause mit beiläufig klingender Stimme fort, als habe, was sie sagte, nichts zu bedeuten: «…wurde allmählich alt. Es wäre nicht recht gewesen, sie allein zu lassen.»

Wieder Schweigen. Dann fragte Noel: «Cheriton?»

Alexa seufzte. «Ja.» Es klang, als gestehe sie ein abscheuliches Verbrechen.

«Ein seltener Name.»

«Ja.»

«Und sehr bekannt.»

«Ja.»

«Sir Rodney Cheriton?»

«Mein Großvater. Ich wollte es Ihnen eigentlich nicht sagen. Es ist mir so rausgerutscht.»

Das war es also. Das Rätsel war gelöst. Das erklärte das Geld, die geradezu fürstlich anmutenden Lebensumstände, den wertvollen Besitz. Sir Rodney Cheriton, inzwischen verstorben, Begründer eines weltumspannenden Finanzimperiums. Er hatte in den sechziger und siebziger Jahren bei so vielen Übernahmegeschäften die Hände im Spiel gehabt, daß sein Name kaum je aus den Spalten der Wirtschaftspresse verschwunden war. Das also war Lady Cheritons Zuhause gewesen, und die unkomplizierte kleine Köchin mit dem herzlichen Gesicht, die sich in ihrem Sessel zusammengekuschelt hatte wie ein Schulmädchen, war die Enkelin der beiden.

Er war wie vor den Kopf geschlagen. «Wer hätte das gedacht?»

«Ich sage es gewöhnlich keinem, weil ich nicht besonders stolz darauf bin.»

«Das sollten Sie aber sein. Er war ein bedeutender Mann.»

«Ich will auch gar nicht sagen, daß ich ihn nicht mag. Er war immer sehr lieb zu mir. Aber ich halte weder viel von Unternehmenszusammenschlüssen in großem Stil noch davon, daß Firmen immer gigantischer werden. Ich hätte sie eigentlich gern immer kleiner. Ich mag Tante-Emma-Läden und Metzgereien, wo der nette Mann hinter der Theke seine Kunden mit Namen kennt. Mir gefällt die Vorstellung nicht, daß Menschen geschluckt, aufgegeben oder arbeitslos werden.»

«Wir können das Rad wohl kaum zurückdrehen.»

«Ich weiß. Das sagt mein Vater auch immer. Aber es bricht mir das Herz, wenn eine kleine Häuserzeile abgerissen wird und da, wo sie gestanden hat, wieder ein abscheuliches Bürohochhaus mit schwarzen Fenstern entsteht. Wie eine Legebatterie. Das mag ich an Schottland. In Strathcroy, dem Dorf, in dem wir leben, scheint sich nie was zu ändern. Nur, daß Mrs. McTaggart, die den Zeitungs- und Gemischtwarenladen hatte, eines Tages merkte, daß ihre Beine das viele Stehen nicht mehr vertrugen. Sie hat sich zur Ruhe gesetzt, und eine Pakistanifamilie hat das Geschäft übernommen. Die Leute heißen Ishak und sind sehr herzlich. Die Pakistanifrauen tragen so wunderschöne leuchtende Seidengewänder. Waren Sie schon mal in Schottland?»

«In Sutherland, um im Oykel zu fischen.»

«Möchten Sie ein Bild unseres Hauses sehen?»

Er behielt für sich, daß er es sich bereits gründlich angesehen hatte.

«Sehr gern.»

Wieder ließ sie Larry zu Boden gleiten und stand auf. Der Hund, dem dies Hin und Her offenbar zuviel wurde, setzte sich auf den Kaminvorleger und sah gelangweilt drein. Sie nahm die Aufnahme herunter und gab sie Noel.

Nach einer Pause von angemessener Länge sagte er: «Es sieht sehr gemütlich aus.»

«Es ist herrlich. Die Hunde gehören meinem Vater.»

«Wie heißt er?»

«Edmund. Edmund Aird.» Sie stellte das Foto zurück an seinen Platz. Während sie sich umwandte, fiel ihr Blick auf die goldene Jahresuhr, die in der Mitte der Kamineinfassung stand. Sie sagte: «Es ist fast halb neun.»

«Ach du meine Güte.» Er sah auf seine Uhr. «Tatsächlich. Ich muß gehen.»

«Von mir aus nicht. Ich meine, ich könnte Ihnen was zu essen machen.»

Der Vorschlag war so verlockend, daß sich Noel verpflichtet fühlte, der Form halber Einwände zu erheben. «... Sie sind wirklich sehr liebenswürdig, aber ...»

«Bestimmt haben Sie in Ihrer Wohnung nichts zu essen. Schließlich sind Sie gerade erst aus New York zurückgekommen. Und mir macht es nichts aus, Ihnen was zu kochen. Ich würde das mit Vergnügen tun.» Er konnte ihrem Gesichtsausdruck entnehmen, daß sie es gern sähe, wenn er bliebe. Außerdem hatte er entsetzlichen Hunger. «Ich habe ein paar Lammkoteletts.»

Das gab den Ausschlag. «Ich wüßte nicht, was ich lieber hätte.»

Ein Leuchten lief über Alexas Gesicht. Sie war so leicht zu durchschauen wie klares Quellwasser. «Gut. Ich würde mir nicht sehr gastfreundlich vorkommen, wenn ich Sie mit leerem Magen gehen ließe. Wollen Sie hier oben bleiben oder mit mir in die Küche kommen und mir zusehen?»

Wenn er sitzen bliebe, wo er war, würde er einschlafen. Außerdem hätte er gern noch mehr von dem Haus gesehen. Er erhob sich aus dem Sessel, nicht ohne Mühe. «Ich komme mit und sehe Ihnen zu.»

Er hätte sich denken können, wie Alexas Küche aussah, keineswegs modern, aber durchaus heimelig und ein wenig bunt zusammengewürfelt, als sei nichts geplant worden, sondern alles im Lauf der Jahre irgendwie von selbst dazugekommen. Der Boden war gefliest, ein oder zwei Bastmatten bedeckten ihn, die Einrichtung war aus Kiefer. Ein tiefes Spülbecken aus Sanitärkeramik reichte ein Stück weit unter das Fenster bis dorthin, wo von dem kleinen Vorplatz aus eine Treppe zur Straße emporführte. Weiß-blaue Delfter Kacheln bedeckten die Wand über dem Spülbecken und die zwischen den Schränken sichtbaren Wandflächen. Alexas Handwerkszeug war auf den ersten Blick zu sehen: ein dickes Schneidbrett, eine Reihe kupferner Kasserollen, eine Marmorplatte zum Ausrollen von Teig. Es gab Regale mit Gläsern voller Gewürze und Kräutern, Zwiebeln waren büschelweise aufgehängt, und in einem Becher stand frische Petersilie.

Sie griff nach einer blau und weiß gestreiften Metzgerschürze und band sie sich um. Da sie darunter immer noch ihr dickes Sweatshirt trug, ließ sie das noch unförmiger als zuvor aussehen und betonte ihr gerundetes, in Blue jeans steckendes Hinterteil.

Er fragte, ob er ihr helfen könne.

«Ach, eigentlich nicht.» Sie war bereits eifrig an der Arbeit, schaltete den Grill ein und öffnete Schubladen. «Es sei denn, Sie möchten eine Flasche Wein aufmachen. Wäre Ihnen Wein recht?»

«Wo finde ich welchen?»

«Dahinten steht ein Regal… Auf dem Fußboden. Ich hab keinen Keller, und das ist die kühlste Stelle im ganzen Haus.»

Noel ging nachsehen. Am hinteren Ende der Küche führte ein gewölbter Gang in einen Raum, der wahrscheinlich früher eine Art Waschküche gewesen war. Auch er hatte einen Steinboden und enthielt einige leuchtendweiße elektrische Geräte. Außer Geschirrspülmaschine und Waschmaschine einen großen Kühlschrank und eine riesige Tiefkühltruhe. Am anderen Ende führte eine zur Hälfte verglaste Tür unmittelbar in den kleinen Garten hinaus. Neben der Tür standen, ganz wie auf dem Lande, ein Paar Gummistiefel und ein Pflanzkübel mit Gartenwerkzeug. An einem Haken hingen ein uralter Regenmantel und ein zerbeulter Filzhut.

Hinter der Tiefkühltruhe fand er das Weinregal. Er hockte sich davor und las einige Etiketten. Glänzend zusammengestellt. Er entschied sich für einen Beaujolais und ging damit in die Küche.

«Wie wär's damit?»

Sie warf einen Blick auf die Flasche. «Einwandfrei. Das war ein gutes Jahr. Ein Korkenzieher ist in der Schublade da.»

Er fand ihn und öffnete die Flasche. Der Korken kam leicht heraus, und er stellte die Flasche auf den Tisch. Da es für ihn nichts mehr zu tun gab, zog er sich einen Stuhl heran, setzte sich an den Tisch und genoß den Rest seines Whiskys.

Sie hatte die Koteletts aus dem Kühlschrank genommen und alles, was sie für einen Salat brauchte, herausgestellt. Daneben lag eine Weißbrotstange. Jetzt legte sie die Koteletts auf das Blech des Grills und griff nach einem Glas mit Rosmarin. Noel hatte den Eindruck, daß jeder Handgriff saß, alles wirkte wie abgezirkelt, und sie machte bei ihrer Arbeit einen durchaus selbstsicheren Eindruck. Wahrscheinlich lag das daran, daß sie nie etwas tat, wovon sie nicht sicher war, daß sie es wirklich beherrschte.

Er sagte: «Das sieht richtig professionell aus.»

«Es ist ja auch mein Beruf.»

«Machen Sie auch Gartenarbeit?»

«Warum fragen Sie?»

«Das ganze Zeug dahinten an der Tür.»

«Ach so. Ja, aber der Garten ist so winzig, daß es keine *richtige* Arbeit ist. Auf Balnaid ist der Garten riesig, da gibt es immer was zu tun.»

«Balnaid?»

«So heißt unser Besitz in Schottland.»

«Meine Mutter war von ihrem Garten förmlich besessen.» Nachdem er das gesagt hatte, wußte er nicht recht, warum er darauf zu sprechen gekommen war. Er sprach gewöhnlich nicht über seine Mutter, wenn er nicht nach ihr gefragt wurde. «Immer hatte sie was zu graben oder Riesenmengen von Kompost zu verteilen.»

«Und jetzt tut sie es nicht mehr?»

«Sie ist tot. Seit vier Jahren.»

«Das tut mir leid.»

«Sie können doch nichts dafür.»

«Ich meine... es tut mir leid, daß ich eine so törichte Frage gestellt habe.»

«Woher hätten Sie es wissen sollen?»

«Und wo hatte sie ihren Garten?»

«In Gloucestershire. Da hatte sie ein Haus mit mindestens einem Hektar Wildnis drum rum gekauft. Bis zu ihrem Tod hatte sie was ganz Besonderes daraus gemacht. Sie wissen schon, die Art Garten, in der die Leute sonntags nach dem Essen spazierengehen.»

Alexa lächelte. «Klingt ganz wie bei Vi. Das ist meine andere Großmutter. Sie lebt in Strathcroy und heißt Violet Aird, aber alle sagen Vi zu ihr.» Die Koteletts brutzelten vor sich hin, das Brot wurde aufgebacken, die Teller waren warm gestellt. «Auch meine Mutter lebt nicht mehr. Sie ist bei einem Autounfall ums Leben gekommen, als ich sechs war.»

«Jetzt bin ich an der Reihe, ‹tut mir leid› zu sagen.»

«Natürlich habe ich Erinnerungen an sie, aber keine sehr genauen. Was ich noch weiß, ist, daß sie immer zu mir gekommen ist, gute Nacht zu sagen, bevor sie zu einer Abendgesellschaft ging. Sie hatte immer wunderschöne luftige Kleider an und Pelze und hat nach Parfum gerochen.»

«Mit sechs ist man wirklich zu jung, um seine Mutter zu verlieren.»

«Es war nicht so schlimm, wie es hätte sein können. Ich hatte ein rührendes Kindermädchen, sie hieß Edie Findhorn. Und nach Mamas Tod sind wir nach Schottland gegangen und haben mit meiner Oma Vi auf Balnaid gewohnt. Also ist es mir besser gegangen als den meisten.»

«Hat Ihr Vater wieder geheiratet?»

«Ja. Vor zehn Jahren. Virginia, meine Stiefmutter, ist nicht viel älter als ich.»

«Und ist sie die böse Stiefmutter?»

«Nein, sie ist reizend. So ähnlich wie eine Schwester. Sie ist unwahrscheinlich schön. Ich habe auch noch einen kleinen Halbbruder. Er heißt Henry und ist fast acht.»

Jetzt machte sie den Salat. Mit einem scharfen Messer schnitt sie Tomaten und Sellerie, winzige frische Pilze. Ihre tüchtigen Hände waren braun, die Nägel kurz und unlackiert. Sie strahlten Ruhe und Zuverlässigkeit aus. Er versuchte sich zu erinnern, wann er zum letztenmal so gesessen hatte, leicht benommen von Hunger und Alkohol, und friedlich zusah, wie ihm eine Frau eine Mahlzeit machte. Es fiel ihm nicht ein.

Das lag natürlich daran, daß er sich nie mit häuslichen Frauen abgegeben hatte. Seine Freundinnen waren gewöhnlich ungeheuer ehrgeizige, aufstrebende junge Schauspielerinnen oder Fotomodelle gewesen, deren gemeinsamer Nenner ihr gutes Aussehen und ihr Spatzenhirn war. Er mochte sie gern sehr jung und sehr schlank, mit winzigen Brüsten und langen dünnen Beinen. Zwar diente das in glänzender Weise seiner persönlichen Befriedigung, nützte aber nicht viel, wenn es um Hausarbeit ging. Außerdem befolgten sie eine wie die andere, ganz gleich, wie dürr sie waren, immerzu irgendeine Diät, was sie nicht daran hinderte, gewaltige und kostspielige Restaurantmahlzeiten zu vertilgen. Daran aber, in ihrer eigenen oder Noels Wohnung auch nur den winzigsten Imbiß zuzubereiten, hatten sie keinerlei Interesse.

«Ach, Liebling, Kochen ist so langweilig. Iß doch einen Apfel.»

Von Zeit zu Zeit waren junge Frauen in sein Leben getreten, die so in ihn verschossen waren, daß sie keinen anderen Wunsch hatten, als den Rest ihrer Tage mit ihm zu verbringen. Sie hatten sich viel Mühe gegeben – vielleicht zu viel. Abende zu zweit am Gas-Kamin und Wochenenden mit Hunden auf dem Lande. Aber Noel, der sich nicht binden mochte, hatte sich zurückgezogen, und die betreffenden jungen Frauen hatten nach einer schmerzlichen Zeit vergeblicher Telefonanrufe und unter Tränen vorgebrachter Beschuldigungen andere Männer gefunden und sie geheiratet. So war er vierunddreißig geworden und immer noch Junggeselle. Während er über seinem leeren Whiskyglas brütete, hätte er nicht sagen können, ob ihn das mit einem Gefühl des Triumphs oder der Niederlage erfüllte.

«So.» Der Salat war fertig vorbereitet. Jetzt begann sie mit herrlich grünem Olivenöl und blassem Weinessig eine verlockend wirkende Soße dafür anzurichten. Verschiedene Gewürze und frische Kräuter kamen hinzu, und allein schon der Geruch ließ ihm das Wasser im Munde zusammenlaufen. Dann deckte sie den Tisch. Ein rotweiß gewürfeltes Tischtuch, Weingläser, je eine hölzerne Pfeffer- und Salzmühle, eine Butterschale aus Ton. Aus einer Schublade nahm sie Besteck, gab es ihm, und er legte es an Ort und Stelle. Es schien der richtige Augenblick, den Wein einzugießen, also tat er es und gab Alexa ihr Glas.

Sie nahm es. In Schürze und unförmigem Sweatshirt sagte sie, mit Wangen, die von der Hitze des Grills glühten: «Auf *Saddlebags*.»

Aus irgendeinem Grunde rührte ihn das an. «Auf Sie, Alexa. Und vielen Dank.»

Es war ein einfaches, aber köstliches Mahl, das alle gierigen Erwartungen Noels erfüllte. Die Koteletts waren zart, der Salat knackig; er hatte warmes Brot, mit dem er Bratensaft und Soße auftunken konnte, und alles wurde mit herrlichem Wein heruntergespült. Nach einer Weile hörte sein Magen auf zu knurren. Er fühlte sich unendlich besser.

«Ich kann mich nicht erinnern, je so delikat gegessen zu haben.»

«Es ist nichts Besonderes.»

«Aber vollkommen.» Er nahm sich ein weiteres Mal Salat. «Wenn Sie mal eine Empfehlung brauchen, lassen Sie es mich wissen.»

«Kochen Sie sich nie was?»

«Nein. Ich kann Eier und Speck braten, und wenn es unbedingt sein muß, kaufe ich mir fertige Feinschmeckermenüs im Kaufhaus und mach sie mir warm. Gelegentlich, wenn es mir ganz besonders dreckig geht, gehe ich auch mal abends zu Olivia, meiner Schwester hier in London. Die ist aber in der Küche genauso fähig wie ich, und deswegen essen wir gewöhnlich dann irgendwas Exotisches wie Wachteleier oder Kaviar. Zwar ein Genuß, aber nicht besonders sättigend.»

«Ist sie verheiratet?»

«Nein. Sie ist eine Karrierefrau.»

«Was macht sie denn?»

«Sie ist Chefredakteurin von *Venus*.»

«Ach du lieber Gott.» Sie lächelte. «Wir scheinen ja alle beide eine illustre Verwandtschaft zu haben.»

Nachdem er alles bis auf den letzten Rest verzehrt hatte, brachte sie Käse und grüne kernlose Trauben. Dazu tranken sie den Rest des Weines. Zum Abschluß schlug sie vor, Kaffee zu machen.

Allmählich war es dunkel geworden. Der Schein der Laternen, die inzwischen auf der dämmrigblauen Straße brannten, fiel in die Kellergeschoßküche, die zum größten Teil aber im Schatten blieb. Mit einemmal mußte Noel unmäßig gähnen. Als der Anfall vorüber war, entschuldigte er sich und erklärte: «Jetzt muß ich aber wirklich gehen.»

«Trinken Sie doch erst noch eine Tasse Kaffee. Der hält Sie bis zu Ihrer Wohnung wach. Wissen Sie was – Sie könnten schon mal nach oben gehen und sich ein bißchen ausruhen, und ich bring Ihnen den Kaffee rauf, sobald er fertig ist. Anschließend rufe ich Ihnen ein Taxi.»

Das schien ihm ein ungeheuer vernünftiger Vorschlag zu sein.

«Einverstanden.»

Allein schon das Wort herauszubringen kostete ihn große Mühe.

Er merkte, daß er Zunge und Lippen in die richtige Stellung brachte, um es zu bilden, und ihm war klar, daß er entweder betrunken war oder im Begriff stand, aus Schlafmangel wegzusacken. Kaffee war die Lösung, Kaffee war ein glänzender Gedanke. Er legte die Hände auf den Tisch und stand mit Mühe auf. Die Kellertreppe zum Wohnzimmer hinaufzugehen war noch anstrengender. Auf halbem Weg stolperte er, aber irgendwie gelang es ihm, das Gleichgewicht zu bewahren und nicht zu fallen.

Oben wartete das leere Zimmer still im Dämmerlicht. Die einzige Beleuchtung kam von den Straßenlaternen, ihr Licht spiegelte sich in der Messingumrandung des Kamins und den Facetten des Kristalleuchters, der in der Mitte des Raumes von der Decke hing. Noel mochte die friedliche Atmosphäre nicht dadurch verscheuchen, daß er Licht machte, und unterließ es daher. Da der Hund auf dem Sessel schlief, den Noel zuvor innegehabt hatte, nahm er in einer Sofaecke Platz. Der Hund fühlte sich gestört und wachte auf, hob den Kopf und sah den Eindringling an. Noel erwiderte den Blick. Aus dem Hund wurden zwei. Betrunken. Er hatte ewig nicht geschlafen. Aber jetzt würde er nicht einschlafen. Auf keinen Fall.

Er döste vor sich hin. Schlafend und zugleich wachend sah er sich in der 747, die mit monotonem Triebwerksdröhnen den Atlantik überquerte. Neben ihm schnarchte sein dicker Nachbar. Sein Chef forderte ihn auf, nach Edinburgh zu reisen, um einem Mann namens Edmund Aird Erzeugnisse des Hauses *Saddlebags* zu verkaufen. Er hörte Stimmen rufen; es waren die Kinder, die mit ihren Rädern auf der Straße hin und her fuhren. Nein, sie waren nicht auf der Straße, sondern draußen, in irgendeinem Garten. Er befand sich in einem engen Zimmer mit hoher Decke und sah aus dem Guckloch eines Fensters. Geißblattzweige klopften gegen das Glas. Sein altes Zimmer im mütterlichen Haus in Gloucestershire. Draußen auf dem Rasen spielten Kinder und Erwachsene Cricket. Oder war es Schlagball? Oder Baseball? Die Spieler hoben den Kopf und sahen sein Gesicht durch die Scheibe. Komm runter, forderten sie ihn auf. Komm runter und mach mit. Er freute sich, daß sie ihn dabeihaben wollten. Es war schön, zu Hause zu sein. Er verließ das Zimmer und ging nach unten. Trat in den Garten hinaus, aber das Crikketspiel war vorbei, und alle waren verschwunden. Es machte ihm nichts aus. Er lag im Gras und sah zum hellen Himmel empor, und alles war in bester Ordnung. Es war also doch keins von den schlimmen Ereignissen eingetreten, nichts hatte sich verändert. Er war allein, aber jemand würde kommen. Er konnte warten.

Ein anderes Geräusch wurde hörbar. Eine Uhr tickte. Er öffnete die Augen. Die Straßenlaternen brannten nicht mehr, und die Dunkelheit war geschwunden. Es war nicht der Garten seiner Mutter und auch nicht ihr Haus, aber irgendein Zimmer. Er hatte keine Vorstellung, wo er sich befand. Er lag auf dem Rücken auf einem Sofa, eine Decke war über ihn gebreitet. Ihre Fransen kitzelten ihn am Kinn, und er schob sie beiseite. An der Decke sah er die glitzernden Tropfen des Leuchters, und dann fiel es ihm ein. Er drehte den Kopf zur Seite und sah den Lehnsessel, dessen Rücken zum Fenster gedreht war; die junge Frau, die dort saß, ihr leuchtendes Haar bildete vor dem Morgenlicht, das ungehindert durch Vorhänge zum Fenster hereinschien, einen Strahlenkranz.

Er bewegte sich. Sie gab keinen Laut von sich. Er sagte ihren Namen. «Alexa?»

«Ja.» Sie war wach.

«Wie spät ist es?»

«Kurz nach sieben.»

«Morgens?»

«Ja.»

«Dann war ich also die ganze Nacht hier.» Er streckte sich, um seine langen Beine zu entspannen. «Ich bin eingeschlafen.»

«Sie schliefen schon, als ich mit dem Kaffee raufgekommen bin. Zuerst wollte ich Sie wecken, aber dann hab ich es mir anders überlegt.»

Er zwinkerte, um den Schlaf aus den Augen zu vertreiben. Er sah, daß sie nicht mehr in Jeans und Sweatshirt war, sondern einen weißen Frotteemantel eng um sich geschlungen hatte. Außerdem hatte sie sich in eine Decke gewickelt, aber Beine und Füße, die darunter hervorsahen, waren bloß.

«Waren Sie die ganze Nacht hier?»

«Ja.»

«Sie hätten ins Bett gehen sollen.»

«Ich wollte Sie nicht allein lassen. Es wäre mir nicht recht gewesen, wenn Sie wach geworden wären und den Eindruck gehabt hätten, Sie müßten gehen, und mitten in der Nacht kein Taxi gefunden hätten. Ich habe mein Gästebett hergerichtet, aber mir dann überlegt, wozu? Also habe ich Sie einfach weiterschlafen lassen.»

Es gelang ihm, seinen Traum wieder zu erhaschen, bevor er im Vergessen dahinsank. Er hatte im Garten seiner Mutter in Gloucestershire gelegen und gewußt, daß jemand kam. Nicht seine Mutter. Seine Mutter war tot. Jemand anders. Dann war der Traum verschwunden. Jetzt war er bei Alexa.

Überraschend fühlte er sich äußerst wohl, voll Schwung und erfrischt. Entschlossen. «Ich muß nach Hause.»

«Soll ich Ihnen ein Taxi rufen?»

«Nein. Ich gehe zu Fuß. Es wird mir guttun.»

«Es ist ein herrlicher Morgen. Wollen Sie etwas essen, bevor Sie gehen?»

«Nein, es ist so in Ordnung.» Er schob die Decke beiseite und setzte sich, fuhr sich mit den Fingern über die Haare und ließ die Hand prüfend über sein Stoppelkinn gleiten. «Ich muß gehen.» Er stand auf.

Alexa gab sich keine Mühe, ihn zum Bleiben zu überreden. Sie begleitete ihn einfach in die Diele, öffnete die Haustür in einen herrlich schimmernden Maimorgen. Von ferne hörte man bereits das Tosen des Verkehrs, doch auf einem Baum in der Nähe sang ein Vogel, und die Luft war kühl. Er glaubte, Flieder zu riechen.

«Auf Wiedersehen, Noel.»

Er wandte sich ihr zu. «Ich ruf Sie an.»

«Das müssen Sie nicht.»

«Nein?»

«Sie schulden mir nichts.»

«Sie sind sehr liebenswürdig.» Er beugte sich zu ihr herab und hauchte ihr einen Kuß auf die Pfirsichwange. «Vielen Dank.»

«Es hat mir Spaß gemacht.»

Er ging. Die Treppe hinab und mit raschen Schritten über den Gehsteig. Am Ende der Straße wandte er sich um. Sie war nicht zu sehen, die blaue Haustür war geschlossen. Aber Noel hatte den Eindruck, daß das Haus mit dem Lorbeerbaum irgendwie besonders aussah.

Er lächelte vor sich hin und ging davon.

JUNI

1. Kapitel

Dienstag, der Siebte

Isobel Balmerino fuhr mit ihrem Kleinbus die fünfzehn Kilometer nach Corriehill. Es war Anfang Juni, fast vier Uhr nachmittags, und obwohl die Bäume dicht belaubt waren und die Felder in verschwenderischer Fülle grünten, hatte es bisher noch keinen Sommer gegeben. Es war zwar nicht gerade kalt, aber feucht und nieselig. Wolken hingen tief über den Bergen, und alles war in Grau getaucht. Die ausländischen Besucher waren von so weit hergekommen, um Schottlands Schönheiten zu sehen, und alles, was sie vorfanden, war in Düsternis gehüllt und nahezu unsichtbar. Sie taten ihr leid.

Isobel störte das nicht. Sie hatte die anstrengende Fahrt durch Nebensträßchen und quer über Land schon so oft gemacht, daß sie manchmal dachte, wenn sie den Kleinbus allein ausschickte, werde er sicherlich wie ein treues Pferd ohne menschliche Hilfe nach Corriehill und zurück finden.

Jetzt hatte sie die vertraute Abzweigung erreicht, war fast am Ziel. Sie schaltete herunter und bog in einen zu beiden Seiten von Weißdornhecken gesäumten einspurigen Feldweg ein, der auf einen weiteren Hügel führte. Während sie ihn hinauffuhr, wurde der Dunst so dicht, daß sie vorsichtshalber das Licht einschaltete. Rechts von ihr wurde die hohe Steinmauer sichtbar, die Grenze des Besitzes Corriehill. Noch rund fünfhundert Meter bis zum großen zweiflügligen Zufahrtstor mit den beiden Wärterhäuschen. Sie bog ein und suchte sich ihren Weg durch die Schlaglöcher der zu beiden Seiten von jahrhundertealten Buchen bestandenen Auffahrt. Die großen Grasflächen links und rechts davon prangten im Frühjahr nahezu golden von Narzissen, die inzwischen längst verblüht waren. Von ihrem einstigen Glanz waren nur noch verwelkte Köpfe und abgestorbene Blätter geblieben. Eines Tages würde Verenas Mann diese Flächen mit seinem Sitz-Rasenmäher kurz scheren, und das wäre das Ende der Narzissen bis zum nächsten Frühjahr.

Ihr kam, nicht zum erstenmal, voll Trübsinn zu Bewußtsein, daß um so mehr zu tun war, je älter man wurde und die Zeit immer schneller dahinraste; die Monate drängten einander ungestüm aus dem Weg, und die Jahre glitten vom Kalender in die Vergangenheit. Früher hatte sie Zeit gehabt. Zeit, stehenzubleiben, sich hinzusetzen und sich Narzissen einfach *anzusehen*. Zeit, die Hausarbeit einfach einmal Hausarbeit sein zu lassen, durch die Hintertür aus dem Haus zu treten und den Berg hinaufzugehen, in die Lerchensang-Leere eines Sommermorgens, oder sich einen Tag frei zu nehmen, um sich in Relkirk etwas Gutes zu gönnen, hübsche Kleinigkeiten einzukaufen, sich mit einer Bekannten zum Mittagessen in einer Weinbar zu verabreden, wo die warme Atmosphäre von Menschlichkeit und Gespräch in der Luft hing und es nach Kaffee sowie der Art Speisen roch, die man für sich selbst nie kochte.

All diese Genüsse schien es aus einer Vielzahl von Gründen nicht mehr zu geben.

Die Schlaglöcher hörten auf. Unter den Reifen knirschte Kies. Das Herrenhaus ragte durch den Dunst riesig vor ihr auf. Andere Wagen waren nicht zu sehen, wahrscheinlich waren alle anderen schon dagewesen und hatten ihre Gäste abgeholt. Verena würde also schon warten. Hoffentlich hatte sie nicht die Geduld verloren.

Isobel bremste, stellte den Motor ab, stieg aus und ging durch die feuchte Luft auf die offenstehende Haustür zu. Sie führte auf eine große, durch eine innere Glastür zum Haus hin abgeschlossene gepflasterte Veranda. Auf ihr stapelte sich eine eindrucksvolle Menge exquisiter Gepäckstücke. Isobel schrak förmlich zurück. Es schien noch mehr als sonst zu sein. Koffer von gewaltiger Größe, Kleidersäcke, Reisetaschen, Golftaschen, Kartons, Päckchen und Tragetaschen, auf denen die vertrauten Namen prestigeträchtiger Geschäfte standen. Offensichtlich waren die Gäste einkaufen gewesen. An all diesen Gepäckstücken hingen unübersehbare gelbe Anhänger mit der Aufschrift SCOTTISH COUNTRY TOURS.

Sie gönnte sich einen Augenblick, um die Namen darauf zu lesen. Mr. Joe Hardwicke. Mr. Arnold Franco. Mrs. Myra Hardwicke. Mrs. Susan Franco. Die Koffer trugen auffällige Monogramme, und von den Griffen der Golftaschen hingen eindrucksvolle Klubetiketten.

Sie seufzte. Es war wieder einmal soweit. Sie öffnete die Tür, die ins Haus führte.

«Verena!»

Die rundum getäfelte Eingangshalle von Corriehill, von der aus eine geschnitzte Eichentreppe nach oben führte, war riesig. Den Boden bedeckten zahlreiche Teppiche, manche Dutzendware, andere vermutlich unbezahlbar, und in der Mitte stand ein Tisch, auf dem dies und das herumlag und -stand: eine Topfgeranie, eine Hundeleine, eine Messingschale für Briefe und ein wuchtiges ledergebundenes Gästebuch.

«Verena?»

Eine Tür schloß sich in der Ferne. Schritte kamen aus Richtung Küche durch den Korridor. Gleich darauf erschien die hochgewachsene, schlanke Verena Steynton, wie immer gelassen und so, als sei sie frisch einem Modemagazin entstiegen. Sie gehörte zu den Frauen, bei denen immer alles zueinanderpaßte, als verbringe sie Tag für Tag viel Zeit damit, ihre Kleidungsstücke zusammenzustellen: dieser Rock, diese Bluse, diese Kaschmirjacke, diese Schuhe. Es war zum Auswachsen. Nicht einmal das feuchte Schmuddelwetter, das die Frisuren der meisten Frauen ruinierte, konnte gegen Verenas Haar etwas ausrichten, das auch unter den widrigsten Umständen nicht litt und immer so ordentlich und hinreißend aussah, als habe der Friseur gerade den Fön beiseite gelegt. Isobel gab sich über ihre eigene Erscheinung keinen Täuschungen hin. Derb und gedrungen wie ein Hochlandpony, mit rosigem Teint und glänzender Haut, von der Arbeit rauhen Händen, hatte sie längst aufgehört, sich besonders um ihr Aussehen zu kümmern. Doch als sie jetzt Verena sah, wünschte sie mit einemmal, daß sie sich doch die Zeit genommen hätte, etwas anderes anzuziehen als die Kordsamthose und die schlammfarbene Steppweste, ihre getreueste Begleiterin.

«Hallo, Isobel.»

«Ich hoffe, ich komme nicht zu spät.»

«Nein. Du bist zwar die letzte, die ihre Gäste abholt, aber pünktlich. Die beiden Ehepaare Hardwicke und Franco sitzen schon gestiefelt und gespornt im Salon. Sie scheinen mir übrigens etwas robuster zu sein als unsere sonstigen Kunden.» Isobel empfand Erleichterung. Unter Umständen waren dann die Männer ja sogar imstande, ihre eigene Golftasche zu schultern. «Wo ist Archie? Bist du etwa allein gekommen?»

«Er mußte zu einer Kirchenpflegeausschuß-Sitzung nach Balnaid.»

«Wirst du es allein schaffen?»

«Ohne weiteres.»

«Bevor du mir die Leute entführst, muß ich dir noch erklären, daß es eine kleine Programmänderung gegeben hat. Vielleicht setzen wir uns kurz in die Bibliothek, um das durchzusprechen.»

Gehorsam folgte ihr Isobel, bereit, Anweisungen entgegenzunehmen. Die Bibliothek des Landsitzes von Corriehill war ein angenehmer Raum, kleiner als die meisten der anderen Herrenhäuser. In ihr roch es angenehm nach Pfeifenrauch, Holzfeuer, alten Büchern und Hunden. Ein älterer Labrador, der in der Nähe der Aschenreste eines Feuers auf seinem Kissen schlief, hob den Kopf, sah zu den beiden Damen hinüber, blinzelte würdevoll und schlief wieder ein.

Kaum hatte Verena mit «Die Sache ist die...» begonnen, als das Telefon auf dem Schreibtisch zu klingeln begann. Sie sagte: «So ein Ärger. Tut mir leid, ich mach's kurz», ging hin und nahm ab. «Hier Verena Steynton ...Ja.» Der Ton ihrer Stimme änderte sich. «Mr. Abberley. Danke, daß Sie zurückgerufen haben.» Sie zog einen Stuhl unter dem Tisch hervor und setzte sich, wobei sie nach

Kugelschreiber und einem Schreibblock griff. Es sah ganz so aus, als stelle sie sich auf ein längeres Gespräch ein, und Isobels Herz sank, denn sie wollte möglichst bald heim.

«Ja. Oh, großartig. Wir brauchen also Ihr größtes Festzelt, und ich denke mir die Innenauskleidung in Blaßgelb und Weiß. Und einen Tanzboden.» Isobel spitzte die Ohren, empfand mit einemmal keine Ungeduld mehr und lauschte schamlos. «Wann? Wir dachten an den sechzehnten September. Das ist ein Freitag. Ja, ich glaube, es wäre besser, wenn Sie selbst vorbeikommen und wir alles bereden könnten. Nächste Woche würde mir gut passen. Mittwoch morgen. Einverstanden. Bis dann. Auf Wiedersehen, Mr. Abberley.» Sie legte auf und lehnte sich mit dem befriedigten Ausdruck eines Menschen zurück, der eine Aufgabe zufriedenstellend ausgeführt hat. «Das wäre schon mal erledigt.»

«Was hast du denn vor?»

«Nun, Angus und ich hatten schon seit ewigen Zeiten vor, etwas zu unternehmen, und haben uns jetzt entschlossen, den Stier bei den Hörnern zu packen. Unsere Katy wird in diesem Jahr einundzwanzig, da richten wir ihr ein Fest mit Tanz aus.»

«Großer Gott, ihr müßt euch aber reich fühlen.»

«Eigentlich nicht. Aber es ist doch etwas Besonderes, und wir schulden zig Leuten eine Einladung. Das können wir dann alles in einem gewaltigen Aufwasch erledigen.»

«Bis September ist es doch noch ewig, wir haben erst Mai.»

«Ich weiß. Aber man kann gar nicht früh genug anfangen. Du weißt doch, was im September alles los ist.» Das wußte Isobel in der Tat. Die Jagdsaison, bei der aus dem Süden ganze Völkerscharen zur Pirsch auf das schottische Moorschneehuhn nordwärts zogen. In jedem großen Haus gab es Wochenend-Einladungen, man veranstaltete Bälle, Cricket-Wettspiele, es gab außer den altüberlieferten Hochlandspielen, bei denen urige Männer aus dem Hochland gewaltige Felsbrocken schleuderten und Baumstämme warfen, jede nur erdenkliche Art gesellschaftlicher Ereignisse, und alles gipfelte schließlich in einer erschöpfenden Woche von Jagdbällen.

«Wir brauchen ein Festzelt, im Haus ist zum Tanzen wirklich

kein Platz. Katy will unbedingt, daß wir irgendeine Ecke als Nachtklub herrichten, damit alle ihre reichen jungen Freunde aus London Gelegenheit zum Rumknutschen haben. Dann muß ich noch eine wirklich gute Instrumentalgruppe finden, die zu schottischen Volkstänzen aufspielen kann, und einen fähigen Bewirtungsservice. Das Festzelt jedenfalls habe ich schon mal. Ihr kriegt natürlich alle Einladungen.» Sie warf Isobel einen strengen Blick zu. «Ich hoffe, daß Lucilla kommt.»

Es fiel Isobel schwer, keinen Neid auf Verena zu empfinden, die dasaß und ein Fest für ihre Tochter plante, im vollen Bewußtsein, daß diese Tochter mit allem einverstanden war, bei den Vorbereitungen mithelfen und das um ihretwillen veranstaltete Ereignis vom ersten bis zum letzten Augenblick genießen würde. Ihre Lucilla war mit Katy Steynton zur Schule gegangen, und die beiden hatten sich in der Art miteinander angefreundet, wie das bei Kindern gewöhnlich der Fall ist, die durch den Einfluß ihrer Eltern miteinander in Berührung kommen. Da Lucilla nicht nur zwei Jahre jünger war als Katy, sondern auch ein gänzlich anderer Mensch, hatten sich ihre Wege getrennt, kaum daß die Schule hinter ihnen lag.

Katy, eine Tochter, wie sie sich jede Mutter erträumt, hatte pflichtschuldigst alles getan, was von ihr erwartet wurde. Ein Jahr Töchterschule in der Schweiz, dann ein Sekretärinnenkurs in London. Nach dem Abschluß suchte sie sich dort eine gutbezahlte Stelle bei einer wohltätigen Organisation und bewohnte mit drei ungemein zu ihr passenden Freundinnen ein kleines Haus im Vorort Wandsworth. Zweifellos würde sie sich in absehbarer Zeit mit einem glänzenden jungen Mann verloben, der einen der in der gehobenen Mittelschicht geschätzten Vornamen wie Nigel, Jeremy oder Christopher trug, ihr makelloses Gesicht würde die Titelseite von *Country Life* schmücken, der Zeitschrift für Leute mit Geld, die es sich leisten konnten, auf dem Lande ein mehr oder weniger müßiges Leben zu führen, und die Hochzeit würde mit Sicherheit im herkömmlichen Stil stattfinden, mit weißem Brautkleid, zahlreichen kleinen Brautjungfern und Orgelmusik in der Kirche.

Isobel wollte zwar nicht, daß Lucilla wie Katy war, konnte aber manchmal, zum Beispiel in einem Augenblick wie diesem, den Wunsch nicht unterdrücken, ihre liebe verträumte Tochter wäre ein ganz klein bißchen angepaßter und durchschnittlicher geworden. Doch schon als Kind hatte Lucilla Anzeichen von Eigensinn und unauffälligem Aufbegehren an den Tag gelegt. Ihre politischen Sympathien lagen bei der extremen Linken, und sie war bereit, sich beim unbedeutendsten Anlaß voll Leidenschaft für jede Sache einzusetzen, die ihre Aufmerksamkeit erregte. Sie war gegen Atomkraft, gegen die Fuchsjagd, gegen die Jagd mit Knüppeln auf Robbenbabies, gegen die Kürzung von Stipendien und die Anlage scheußlicher Nadelholz-Monokulturen, die keinem anderen Zweck dienten als dem, Popstars zu einem steuerfreien Einkommen zu verhelfen. Gleichzeitig äußerte sie sich höchst besorgt über das Elend der Obdachlosen, Stadtstreicher, Drogenabhängigen und der armen Unglücklichen, die an Aids dahinsiechten.

Schon in jungen Jahren hatte sie Anzeichen künstlerisch-schöpferischer Begabung erkennen lassen und wurde von der Kunstakademie in Edinburgh angenommen, nachdem sie ein halbes Jahr als Au-pair-Mädchen in Paris gearbeitet hatte. Während des Studiums freundete sie sich mit äußerst ungewöhnlichen Menschen an, die sie von Zeit zu Zeit zu längeren Aufenthalten mit nach Croy brachte. Sie sahen alle befremdlich aus, aber nicht befremdlicher als Lucilla selbst, die grundsätzlich in Altkleidern herumlief, die sie im Dritte-Welt-Laden gekauft hatte, und die ohne Bedenken zu einem Abendkleid aus Spitze eine Herren-Tweedjacke und ein Paar Schnürstiefel aus der Zeit der Jahrhundertwende trug.

Nach dem Abschluß an der Kunstakademie hatte sie nichts gefunden, womit sie ihren Unterhalt hätte verdienen können. Niemand schien geneigt, ihre unbegreiflichen Bilder zu kaufen, und keine Galerie wollte sie ausstellen. Sie hauste in einer Dachwohnung in Edinburghs India Street und mußte sich mit Putzen über Wasser halten. Das hatte sich als merkwürdig einträgliche Tätigkeit erwiesen, und sobald sie genug gespart hatte, um eine Fahrkarte über den Kanal bezahlen zu können, war sie mit Rucksack und Malzeug nach Frankreich gereist. Als ihre Mutter zuletzt von ihr gehört hatte, wohnte sie in Paris bei einem Paar, das sie auf der Straße kennengelernt hatte. Es war alles überaus beunruhigend.

Ob sie nach Hause kommen würde? Natürlich konnte Isobel an die Postlageradresse schreiben, die ihre Tochter den Eltern angegeben hatte. *Liebste Lucilla, komm im September nach Hause, denn Du bist zu Katy Steyntons Fest eingeladen.* Aber Lucilla würde kaum viel darauf geben. Sie hatte sich nie etwas aus förmlichen Gesellschaften gemacht und nie gewußt, worüber sie mit den jungen Männern mit den guten Beziehungen sprechen sollte, die sie dort getroffen hatte. *Mama, die sind alle ganz entsetzlich spießig. Und einer wie der andere hat Haare wie Tweed.*

Sie war unmöglich. Sie war aber auch herzlich, freundlich, lustig und strömte vor Liebe über. Sie fehlte Isobel entsetzlich. Seufzend sagte sie: «Ich weiß nicht. Ich glaube nicht.»

«Ach je», sagte Verena voll Mitgefühl, was die Sache nicht besser machte. «Jedenfalls schicke ich ihr eine Einladung. Katy würde sie wirklich gern wiedersehen.»

Das bezweifelte Isobel insgeheim, fragte aber: «Ist das ein Geheimnis, oder darf ich darüber sprechen?»

«Nur zu. Je mehr Leute davon wissen, desto besser. Vielleicht richten ja welche eine Abendgesellschaft aus.»

«Zähl auf mich.»

«Du bist ein Engel.» Sie hätten dort noch ewig weiter sitzen und Pläne schmieden können, wäre nicht Verena siedendheiß eingefallen, was der Zweck von Isobels Anwesenheit war. «Ach du liebe Güte, ich hab die armen Amerikaner ganz vergessen. Die werden sich fragen, was passiert ist. Also paß mal auf… es geht um folgendes…» Sie kramte auf ihrem Schreibtisch, brachte einige maschinengeschriebene Blätter zum Vorschein und erläuterte: «Die beiden Männer haben fast ihr ganzes Leben lang Golf gespielt, wollen auch morgen spielen und lassen lieber die Fahrt zum Schloß Glamis sausen. Also habe ich für sie einen Wagen bestellt, der sie morgen früh um neun von Croy abholt und zum Golfgelände am Gleneagles-Hotel bringt. Derselbe Wagen fährt sie irgendwann am Nachmittag, wenn sie mit dem Golfspiel fertig sind, wieder zurück.

Die Damen wollen aber nach Glamis. Wenn du sie bis zehn hier ablieferst, können sie mit den anderen im Bus hinfahren.»

Isobel nickte und hoffte, daß sie nichts davon vergaß. Verena war so tüchtig und mehr oder weniger Isobels Chefin. Das Unternehmen Scottish Country Tours wurde zwar von einem Hauptbüro in Edinburgh aus betrieben, aber Verena war die für die Organisation verantwortliche Vertreterin am Ort. Sie rief Isobel jede Woche an, um ihr die Anzahl der zu erwartenden Gäste und gleichzeitig kleine Eigenheiten oder Schwierigkeiten mitzuteilen, auf die sie bei ihnen achten sollte. Mehr als sechs Personen konnte Isobel nicht aufnehmen, da das Haus für eine größere Zahl nicht die erforderlichen Annehmlichkeiten geboten hätte.

Diese jeweils einwöchigen Besichtigungsreisen der Amerikaner begannen im Mai und dauerten bis Ende August. Alle liefen nach dem gleichen Muster ab. Die Gruppe kam vom New Yorker Kennedy-Flughafen, verbrachte die beiden ersten Tage in Edinburgh, um die Stadt zu besichtigen und die südlich davon gelegene Landschaft ein wenig kennenzulernen. Dienstags brachte sie der Bus nach Relkirk, wo sie sich brav die alte Kirche sowie Schloß und Park ansahen, die dem Nationalen Denkmalfonds gehörten, und von dort nach Corriehill, wo Verena sie begrüßte und ihren Gastfamilien zuwies. Diese holten sie jeweils auf Corriehill ab. Der Mittwoch war der Tag für die Besichtigung des Schlosses Glamis und eine Fahrt durch ein landschaftlich sehr reizvolles Gebiet in die von Touristen wimmelnde kleine Stadt Pitlochry, donnerstags fuhren sie mit dem Bus durch das Hochland, wobei sie Deeside und Inverness besuchten. Freitags kehrten sie nach Edinburgh zurück, und samstags flogen sie zum Kennedy-Flughafen und von dort aus gegebenenfalls weiter.

Isobel war sicher, daß sie bis dahin alle völlig erschöpft sein mußten.

Verena hatte Isobel fünf Jahre zuvor in die Sache hineingelotst, ihr erklärt, worum es dabei ging, und hatte ihr die Werbebroschüre des Unternehmens zu lesen gegeben. Darin hieß es:

Sie sind privat zu Gast in einem privaten Herrenhaus. Sie erleben am eigenen Leibe die Gastfreundschaft und den historischen Glanz einiger der prächtigsten Häuser Schottlands und lernen die alten Familien persönlich kennen, die sie bewohnen…

Dieser Art der Übertreibung ließ sich nur schwer gerecht werden.

«Wir sind keine alte Familie», meinte Isobel.

«Alt genug.»

«Und Croy ist auch nicht unbedingt historisch.»

«Einzelne Teile schon. Außerdem habt ihr eine ganze Reihe Zimmer, die leerstehen. Darauf kommt es in Wirklichkeit an. Und denk doch nur an das viele schöne Geld…»

Dieses Argument hatte Isobel schließlich überzeugt. Verenas Vorschlag war zu einer Zeit gekommen, als die Mittel der Familie Balmerino einen Tiefstand erreicht hatten. Archies Vater, der zweite Lord Balmerino, ein bezaubernder und denkbar unpraktischer Mann, war gestorben und hatte seine finanziellen Angelegenheiten in beträchtlicher Unordnung hinterlassen. Sein unerwartetes Dahinscheiden kam für alle überraschend, deshalb wurden enorme Erbschaftssteuerzahlungen fällig, die den größten Teil des ererbten Familienbesitzes aufzehrten. Das Ehepaar Balmerino sah sich gewissen Schwierigkeiten gegenüber, denn immerhin standen ihre beiden Kinder Lucilla und Hamish mitten in der Schulausbildung, das große und keineswegs praktisch eingerichtete Haus mußte unterhalten werden, und auch um die Ländereien mußte man sich zumindest ansatzweise kümmern. Archie war damals noch Berufssoldat. Er war mit neunzehn Jahren nur deswegen bei den Queen's Loyal Highlanders eingetreten, weil er nicht wußte, was er sonst gern getan hätte, und obwohl ihm die Jahre, die er bei seinem Regiment verbrachte, ausgezeichnet gefielen, war ihm ehrgeiziges Erfolgsstreben fremd, auch war ihm klar, daß er es nie bis zum Generalmajor bringen würde.

Croy gegen alle Widerstände zu halten wurde zur vornehmsten Aufgabe des Ehepaars Balmerino. Zuversichtlich schmiedeten sie Pläne. Archie würde den aktiven Dienst quittieren und sich eine Anstellung suchen, solange er dazu noch jung genug war. Doch vorher mußte er noch ein letztes Kommando übernehmen und ging mit seinem Regiment nach Nordirland.

Dieses kehrte vier Monate später wieder, aber Archie kam erst nach acht Monaten zurück, und Isobel brauchte ungefähr eine Woche, um zu begreifen, daß sich jede Art von Tätigkeit verbot, jedenfalls fürs erste. Ziemlich verzweifelt stellten sie sich in langen und schlaflosen Nächten ihrer neuen Aufgabe.

Aber sie hatten Freunde. Vor allem Edmund Aird begriff, wie ernst die Lage war, und nahm die Dinge in die Hand. Er beschaffte ihnen einen Pächter für die Landwirtschaft und kümmerte sich selbst um das Moorschneehuhn-Jagdgebiet. Zusammen mit dem Jagdhüter Gordon Gillock kümmerte er sich darum, daß das Heidekraut abgebrannt und die Brustwehr vor den Ansitzgruben instand gehalten wurde. Anschließend verpachtete er das Jagdrecht für das Ganze an ein Jagdkonsortium von Geschäftsleuten aus dem Süden, wobei als vereinbart galt, daß er und Archie jeweils einen halben Anteil behielten.

Es bedeutete für Isobel eine ungeheure Erleichterung, daß ihr zumindest ein Teil ihrer Sorgen abgenommen wurde, doch blieb das Einkommen weiterhin ein quälendes Problem. Zwar war vom ererbten Kapital noch ein wenig da, aber es war nicht nur in Aktien und Obligationen festgelegt, sondern auch alles, was Archie den Kindern würde hinterlassen können. Isobel war nicht ganz mittellos, doch reichte das auch dann nicht sehr weit, wenn man Archies Heerespension und die Rente hinzurechnete, die er für seine sechzigprozentige Erwerbsminderung bekam. Die Frage, woher die für den Unterhalt des Hauses erforderlichen Mittel kommen sollten und wovon sie die Familie ernähren und kleiden könnten, bereitete ihnen von Tag zu Tag Kopfzerbrechen, und so kam Verenas Vorschlag, auch wenn Isobel anfänglich davor zurückschreckte, geradezu wie die Erhörung eines Gebets.

«Ach, Isobel, das machst du doch mit links.»

Im Laufe der Zeit merkte Isobel, daß sie der Sache gewachsen war. Schließlich war sie es ja gewohnt, das große Haus zu führen, und Besucher waren ihr nichts Fremdes. Als Archies Vater noch lebte, mußten stets ganze Gruppen von Jagdbesuchern und Gästen für die Bälle im September untergebracht werden. Während der Internatsferien drängten sich Schulkameraden der Kinder auf Croy, und kein Weihnachts- oder Osterfest verging, ohne daß ganze Familien mit ihnen feierten.

Verglichen mit alldem schien mit Verenas Vorschlag nicht allzuviel Mühe verbunden zu sein. Der Aufwand von nur zwei Tagen pro Woche während der vier Sommermonate konnte doch nicht allzu schwer sein. Und, ein erhebender Gedanke, es würde Archie eine Abwechslung bieten. Menschen kamen und gingen. Wenn er sich an dieser Sache beteiligte, gäbe es etwas, das ihn interessierte und seine Stimmung hob, was dringend nötig war.

Nicht bedacht hatte sie, was sie schmerzlich lernen mußte, daß es eine ganz andere Sache war, statt Freunden und Bekannten zahlende Gäste im Hause zu haben. Weder konnte man ihnen offen seine Meinung sagen noch einfach freundlich schweigend herumsitzen. Auch konnte man nicht zulassen, daß sie in die Küche kamen, um einen Topf Kartoffeln zu schälen oder einen Salat zu machen. Durch die Bezahlung wurde die Gastfreundschaft auf eine gänzlich andere Ebene verlagert, denn es bedeutete, daß alles einwandfrei sein mußte. Das war der entscheidende Punkt. Die Reise war nicht billig, und Verena machte von Anfang an klar, daß den Leuten für ihre Dollars ein angemessener Gegenwert geboten werden mußte. Es gab gewisse Richtlinien für Gastgeberinnen, die ihnen auf einem besonderen gedruckten Hinweisblatt übergeben wurden. Zu jedem Zimmer mußte ein eigenes Bad gehören, am besten gleich daneben. Die Betten mußten mit Heizdecken versehen und die Räume zentralgeheizt sein. Außerdem sollte möglichst eine Zusatzheizung zur Verfügung stehen… am liebsten ein offenes Kaminfeuer, und falls das nicht möglich war, ein elektrisches Heizöfchen oder ein Kamin mit Gasfeuer. In jedem Zimmer mußten frische Blumen stehen.

Als Isobel das gelesen hatte, war Ärger in ihr hochgestiegen. Für wen hielten die sich eigentlich? Noch nie im Leben hatte sie einen Gast in einem Zimmer untergebracht, ohne daß frische Blumen auf dem Nachttisch gestanden hätten.

Weitere Vorschriften betrafen Frühstück und Abendessen. Das Frühstück mußte reichlich und nahrhaft sein. Orangensaft, Kaffee und Tee mußten auf dem Tisch stehen. Abends hatten die Gäste Anspruch auf einen Cocktail und auf Wein zum Essen. Die aus mindestens drei Gängen bestehende Mahlzeit war stilvoll zu servieren, mit Kerzen, Kristall und Silber, anschließend waren Kaffee und Konversation anzubieten. Auch andere Unterhaltungen gleich welcher Art waren denkbar. Vielleicht ein wenig Musik, oder falls jemand Dudelsack spielen konnte …?

Die Besucher aus Übersee erwarteten sie im Salon. Verena riß die Tür auf und erklärte mit ihrer gekonntesten Ausschußvorsitzenden-Stimme, die weder Fragen noch Widerspruch duldete: «Es tut mir leid, daß es so lange gedauert hat! Es mußten noch einige Dinge geklärt werden. Jedenfalls sind wir jetzt hier, und das ist Ihre Gastgeberin, die Sie nach Croy bringen wird.»

Der große und helle Salon von Corriehill, der in freundlichen Farben gehalten war, wurde nur wenig benutzt. Heute allerdings flackerte wegen des unfreundlichen Wetters ein kleines Feuer im Kamin, um den die vier Amerikaner auf einer Sitzgruppe saßen. Wohl um sich die Zeit zu vertreiben, hatten sie den Fernseher eingeschaltet. Ein Cricketspiel wurde übertragen. Man sah ihnen an, daß sie nicht so recht wußten, was sie davon halten sollten. Sie standen auf, lächelten, und einer der Männer bückte sich und schaltete höflich den Fernseher ab.

«Mr. und Mrs. Hardwicke, und Mr. und Mrs. Franco. Das ist Lady Balmerino, Ihre Gastgeberin für die nächsten beiden Tage.»

Während Isobel den Gästen die Hand schüttelte, begriff sie, was Verena damit gemeint hatte, als sie gesagt hatte, sie seien etwas robuster als die vorigen. Aus irgendeinem Grund schien die Klientel des Unternehmens Scottish Country Tours äußerst fortgeschrittenen Alters zu sein, in manchen Fällen nicht einfach nur hochbetagt, sondern auch nicht bei bester Gesundheit, kurzatmig und schlecht zu Fuß. Diese beiden Paare hingegen waren kaum über die mittleren Jahre hinaus. Zwei grauhaarig, aber offenbar voll ungebändigter Energie, und alle beneidenswert braungebrannt. Beide Francos waren zierlich, die Hardwickes hingegen groß, kräftig und schlank, sie sahen aus, als hätten sie viel Zeit ihres Lebens im Freien verbracht und viel Bewegung gehabt.

«Es tut mir leid, daß ich mich ein wenig verspätet habe», brachte Isobel heraus, obwohl sie genau wußte, daß das nicht stimmte. «Wir können aber jederzeit aufbrechen.»

Alle waren bereit. Die Damen nahmen ihre Handtaschen und ihre schönen neuen Burberry-Regenmäntel, und die kleine Gruppe zog durch die Eingangshalle auf die Veranda hinaus. Während Isobel zu ihrem Kleinbus ging und die beiden Hecktüren öffnete, schleppten die Männer die schweren Koffer über den Kies und halfen ihr beim Einladen. Auch das war neu. Gewöhnlich mußten sie und Verena das selbst tun. Als alles Gepäck verladen war, schloß sie die Hecktüren und verriegelte sie. Die beiden Ehepaare verabschiedeten sich von Verena. «Die Damen», sagte Verena, «sehe ich ja morgen. Und den Herren wünsche ich beim Golf Erfolg. Gleneagles wird Ihnen bestimmt gefallen.»

Alle stiegen ein. Isobel schwang sich hinter das Lenkrad, legte den Gurt an, startete den Motor und fuhr ab.

«Ich bitte um Entschuldigung für das Wetter. Wir hatten bisher noch keinen Sommer.»

«Ach, das hat uns überhaupt nicht gestört. Es tut uns nur leid, daß Sie an einem solchen Tag kommen und uns abholen mußten. Hoffentlich hat es Ihnen nicht zu viel Mühe gemacht.»

«Keineswegs. Das ist doch meine Aufgabe.»

«Ist es weit bis zu Ihnen, Lady Balmerino?»

«Etwa fünfzehn Kilometer. Es würde mich freuen, wenn Sie Isobel zu mir sagten.»

«Ja, vielen Dank, gern. Mein Name ist Susan, und mein Mann heißt Arnold. Die beiden Hardwickes heißen Joe und Myra.»

«Fünfzehn Kilometer», sagte einer der Männer. «Das ist ziemlich weit.»

«Ja. Gewöhnlich kommt mein Mann bei diesen Fahrten mit.

Heute hat er eine Besprechung. Er wird aber zum Tee zu Hause sein, und dann werden Sie ihn kennenlernen.»

«Ist Lord Balmerino Geschäftsmann?»

«Nein. Es ist keine geschäftliche Besprechung, sondern hat mit der Kirche zu tun. Für unsere Dorfkirche müssen Gelder aufgebracht werden, und die Mittel sind sehr beschränkt. Da der Großvater meines Mannes sie hat bauen lassen, findet mein Mann, daß die Familie in gewisser Weise dafür verantwortlich ist.»

Es regnete wieder. Die Scheibenwischer schwangen hin und her. Vielleicht würde eine Unterhaltung die Aufmerksamkeit der Besucher davon ablenken, wie bedrückend das alles war.

«Sind Sie zum erstenmal hier?»

Die beiden Damen teilten es ihr mit der Präzision eines Gesangsduos mit. Die beiden Männer waren früher schon zum Golfspielen in Schottland gewesen, wurden aber zum erstenmal von ihren Frauen begleitet. Alles, was sie sahen, gefiel ihnen, und die Geschäfte in Edinburgh hatten sie förmlich in einen Rausch versetzt. Natürlich hatte es geregnet, das aber hatte ihnen dank ihrer neuen Burberries nichts ausgemacht. Beide erklärten, Edinburgh habe im Regen ungeheuer historisch und romantisch gewirkt, so daß sie sich richtig vorstellen konnten, wie Maria Stuart mit Graf Bothwell die Straße zum Schloß, hoch über der Stadt auf dem Felsen, emporgeritten war.

Als sie ihren Bericht beendet hatten, fragte Isobel, woher sie kamen.

«Aus Rye, im Staat New York.»

«Liegt das in der Nähe des Meeres?»

«Aber ja. Unsere Kinder segeln an jedem Wochenende.»

Isobel konnte es sich vorstellen. Sie sah die jungen Leute förmlich vor sich, wie sie sonnengebräunt und winddurchweht, mit Vitaminen und frischem Orangensaft vollgepumpt und vor Gesundheit strotzend, unter dem geschwungenen Flügel eines schneeweißen Großsegels über ein strahlendes Meer glitten. Tag für Tag blauer Himmel und Sonnenschein, so daß man sich zum Tennis verabreden, Picknickausflüge planen und Grillabende im Freien veranstalten konnte, im Bewußtsein, daß es nicht regnen würde.

An solche Sommer erinnerte sie sich. Es waren die nie endenden Sommer der Kindheit. Was war aus diesen langen hellen Tagen geworden, die süß gewesen waren vom Duft der Rosen, als man nur ins Haus ging, um zu essen, und gelegentlich nicht einmal dafür? Als man im Fluß geschwommen war, im Garten gefaulenzt und den Tee im Schatten eines Baumes eingenommen hatte, weil es sonst überall zu heiß war. Sie erinnerte sich an Picknickausflüge in die Berge, die im Glanz der Sonne flimmerten. Das Heidekraut war so trocken gewesen, daß man kein Feuer machen durfte, und die Lerchen waren hochgestiegen. Was war aus ihrer Welt geworden? Welche kosmische Katastrophe hatte aus diesen hellen Tagen eine Woche um Woche andauernde wasserstarrende Düsternis gemacht?

Es war nicht nur das Wetter, es war auch so, daß das Wetter alles andere verschlimmerte. Wie Archie, dem eine Detonation das Bein abgerissen hatte und der zu wildfremden Menschen nett sein mußte, weil sie dafür zahlten, daß sie in den Gästezimmern übernachten durften. Oder daß sie selbst ständig abgearbeitet war und sich nie neue Kleider kaufen konnte, sich Sorgen um das Schulgeld für Hamish machte und Lucilla ihr fehlte.

Sie hörte, wie sie etwas gequält sagte: «Das ist das eigentlich Schreckliche am Leben in Schottland.»

Einen Augenblick sagte niemand etwas dazu – vielleicht waren ihre Gäste von diesem Ausbruch überrascht. Dann fragte eine der Damen: «Wie bitte?»

«Entschuldigung. Ich habe den Regen gemeint. Man wird seiner so überdrüssig. Diese abscheulichen Sommer.»

2. Kapitel

Das Gotteshaus von Strathcroy gehörte der in Schottland etablierten presbyterianischen Kirche. Es stand alt und ehrwürdig am Südufer des Flusses Croy in einer anmutigen Landschaft. Man erreichte es von der Hauptstraße aus, die den Ort durchzog, über eine steinerne Höckerbrücke. Zum Wasser hin fiel ein lehmiger Hang ab, gegenüber erstreckte sich eine grasbewachsene Fläche, auf der alljährlich im September die Hochlandspiele von Strathcroy stattfanden. Der Kirchhof, dem eine gewaltige Buche Schatten spendete, enthielt zahlreiche, im Laufe der Jahre schief gewordene Grabsteine, zwischen ihnen führte ein grasbewachsener Weg zum Gittertor, dem Zugang zum Pfarrhaus. Es war eindrucksvoll und solide gebaut, groß genug, um die zahlreichen Kinder früherer Geistlicher zu beherbergen. Es besaß einen beneidenswerten Garten, in dem knorrige, aber gut tragende Obstbäume und alte Rosen standen, die im Schutz einer hohen Steinmauer blühten. Die Anlage vermittelte den Eindruck von Zeitlosigkeit, häuslicher Sicherheit und gottesfürchtiger Frömmigkeit.

Im Gegensatz dazu duckte sich die kleine Episkopalkirche wie eine arme Verwandte genau gegenüber der Brücke, von ihrer Rivalin in jeder Beziehung überschattet. Die Hauptstraße verlief ganz in der Nähe, und zwischen ihr und der Kirche lag ein Grasstreifen, den der Pfarrer, Rev. Julian Gloxby, allwöchentlich selbst mähte. Ein schmaler Weg führte einen Hang hinauf zur Rückseite der Kirche und zum Pfarrhaus dahinter. Beide waren von bescheidener Größe und weiß getüncht. Die Kirche besaß einen kleinen Turm mit einer einzigen Glocke, ein hölzerner Windfang lag vor dem Haupteingang. Das Innere des Gebäudes war ebenso schlicht wie sein Äußeres. Keine schönen Bänke, keine Steinfußböden, keine historischen Überreste. Ein abgetretener grober Läufer führte zum Altar, und ein asthmatisches Harmonium diente als Orgel. In der Luft lag stets ein leicht muffiger Geruch.

Kirche wie Pfarrhaus waren um die Jahrhundertwende als Stiftung des ersten Lord Balmerino errichtet und der Diözese mit einem kleinen Betrag für den Unterhalt vermacht worden. Der Ertrag dieses Kapitals war längst zerronnen, die Gemeinde winzig, und der Kirchenpflegeausschuß mußte trotz aller Bemühungen, mit dem Geld auszukommen, immer wieder feststellen, daß die Mittel nicht ausreichten.

Als sich zeigte, daß die elektrischen Leitungen nicht einfach schadhaft, sondern geradezu lebensgefährlich verrottet waren, drohte die Belastung für die Gemeinde zuviel zu werden. Doch Archie Balmerino rief sein kleines Häuflein zusammen, übernahm den Vorsitz von Ausschüssen, suchte den Bischof auf und bekam einen Zuschuß zugesagt. Trotzdem war man auf Spenden angewiesen, und die mußten aufgebracht werden. Verschiedene Vorschläge wurden diskutiert und verworfen, und zu guter Letzt beschloß man, Zuflucht im bewährten Mittel des Kirchenbasars zu nehmen. Er sollte im Juli in der Festhalle der Gemeinde stattfinden, mit Verkaufsständen für Krimskrams, Pflanzen und Gemüse, Handarbeiten und natürlich Imbißständen.

Ein Ausschuß wurde einberufen und kam an jenem grauen und nassen Juninachmittag am Eßzimmertisch von Balnaid zusammen, dem Heim Virginia und Edmund Airds. Um halb vier war die Besprechung vorüber, die Punkte der Tagesordnung waren zur Zufriedenheit aller abgeschlossen und bescheidene Pläne gemacht worden. Zu ihnen gehörte, daß man auffällige Plakate drucken lassen, eine Anzahl großer Tische auf Böcken leihen und eine Tombola durchführen wollte.

Gloxby, der Geistliche, hatte sich samt seiner Frau bereits verabschiedet, wie auch Toddy Buchanan, der Wirt der *Strathcroy Arms*. Dermot Honeycombe, der nicht gekommen war, weil er in seinem Antiquitätenladen viel zu tun hatte, war in Abwesenheit mit einem Stand betraut worden.

Jetzt waren nur noch drei Personen anwesend. Virginia saß mit ihrer Schwiegermutter Violet an einem Ende des langen Mahagonitisches, und Archie Balmerino am anderen. Kaum waren die anderen gegangen, hatte Virginia in der Küche Tee gemacht. Die Erfrischung war willkommen, und es war angenehm, sich nach den konzentrierten Besprechungen des Nachmittags zu entspannen und unter alten Freunden einfach drauflosplaudern zu können.

Die Frage des Basars beschäftigte alle nach wie vor.

«Hoffentlich findet Dermot es nicht schlimm, daß wir so über ihn verfügt haben. Vielleicht sollte ich ihn anrufen und ihm Gelegenheit geben zu sagen, wenn er es nicht tun möchte.» Archie achtete stets darauf, daß die Gefühle anderer nicht verletzt wurden. Er wollte nicht für jemanden gehalten werden, der sich einfach über sie hinwegsetzte.

Violet machte eine abwehrende Handbewegung. «Ach was. Er springt immer gern ein. Wahrscheinlich würde es ihn viel mehr kränken, wenn wir einen anderen mit dem Verkauf der Sachen betrauten. Schließlich weiß er bei allem, was es wert ist...»

Sie war eine hochgewachsene füllige Dame von weit über siebzig, trug ein abgetragenes Kostüm und derbe Halbschuhe. Ihr strähniges graues Haar hatte sie in einem kleinen Knoten hinten am Kopf festgesteckt, und ihr Gesicht erinnerte mit seiner langen Oberlippe und den weit auseinanderstehenden Augen an das eines freundlichen Schafes. Dennoch wirkte sie weder unansehnlich noch ohne Schick. Wie sie aufrecht am Tisch saß, strahlte sie Persönlichkeit aus, und ihre klug und lustig dreinblickenden Augen ließen den Verdacht, sie könne hochnäsig sein, erst gar nicht aufkommen. Jetzt blinzelte sie belustigt. «...sogar von Keramikhündchen mit Knochen in der Schnauze und von Tischlampen aus alten Whiskyflaschen, die mit Muschelschalen beklebt sind.»

Virginia lachte. «Wahrscheinlich reißt er sich irgendeine traumhafte Gelegenheit für einen Apfel und ein Ei selbst unter den Nagel und verkauft das am nächsten Tag in seinem Laden zu einem unglaublichen Preis.»

Sie lehnte sich in ihrem Stuhl zurück und streckte sich träge. Virginia Aird war Anfang Dreißig und so blond und schlank wie an jenem Tag, an dem sie Edmund geheiratet hatte. Trotz des förmlichen Anlasses trug sie wie immer Jeans, einen marineblauen Pullover aus fester Wolle und blankgeputzte bequeme Schuhe. Sie war auf eine kesse, katzenhafte Art hübsch, aber ihre großen und glänzend saphirblauen Augen überhöhten diese Hübschheit zur Schönheit. Ihre Haut hatte auch ohne Make-up eine leicht bräunliche Färbung. Nur die kaum wahrnehmbaren Linien, die von ihren Augenwinkeln ausgingen, ließen ihr wahres Alter erkennen.

Jetzt umspannte sie mit ihren langen Fingern ihre Handgelenke, als führe sie eine vorgeschriebene Übung durch.

«Und Isobel kümmert sich um den Tee.» Sie hörte auf, sich zu räkeln. «Warum ist sie nicht gekommen, Archie?»

«Ich hab es doch gesagt... ach, vielleicht warst du gerade draußen. Sie mußte nach Corriehill, um die Ladung Amerikaner für diese Woche abzuholen.»

«Ach natürlich. Wie dumm von mir. Entschuldigung...»

«Da fällt mir ein», Violet hielt ihr den Becher hin. «Gießt du mir bitte noch einen Schluck ein, Liebste? Tee kann ich trinken, bis er mir zu den Ohren herauskommt... Ich hab übrigens gestern Verena Steynton in Relkirk getroffen, und sie hat mir gesagt, daß es jetzt kein Geheimnis mehr ist.»

Virginia runzelte die Brauen. «Was für ein Geheimnis?»

«Nun, vor ein paar Wochen hat sie mir gesagt, daß sie für Katy im September ein Fest mit Tanz geben wollen, es war aber ganz im Vertrauen, weil sie noch nicht mit Angus darüber gesprochen hatte. Inzwischen scheint sie ihn ja rumgekriegt zu haben.»

«Ach je, wie unternehmungslustig. Tänze in der Eingangshalle, oder etwas Größeres?»

«Oh, ganz groß. Mit einem Festzelt auf dem Rasen und Lichterketten, mit Stahlstich-Einladungskarten und lauter elegant herausgeputzten Leuten.»

«Fantastisch.» Wie es sich Violet gleich gedacht hatte, biß Virginia sogleich an. «Hausbälle sind einfach himmlisch. Man muß nicht wie bei öffentlichen Tanzabenden Eintritt zahlen, und obendrein gibt mir das eine wundervolle Gelegenheit, mir ein neues Kleid zu kaufen. Möglichst viele Leute müssen Gäste bei sich unterbringen, und ich muß ein Auge darauf haben, daß Edmund nicht ausgerechnet in der Woche nach Tokio fliegt.»

«Wo ist er denn jetzt?» fragte Edmunds Mutter.

«In Edinburgh. Er kommt um sechs.»

«Und was ist mit Henry? Müßte der nicht längst aus der Schule zurück sein?»

«Er ist zum Tee bei Edie.»

«Bestimmt verschafft ihr das etwas Abwechslung.»

Virginia hob erstaunt die Brauen. Dazu hatte sie allen Grund, denn gewöhnlich war es umgekehrt – Edie pflegte andere aufzumuntern. «Nanu, was ist los?»

Violet sah zu Archie hinüber. «Erinnern Sie sich an Lottie Carstairs, Edies Kusine? Sie war doch in dem Jahr, in dem Sie und Isobel geheiratet haben, Dienstmädchen auf Croy?»

«Ob ich mich an sie *erinnere*?» fragte er entsetzt. «Ein gräßliches Weib. Total verdreht. Sie hat den größten Teil von Mamas wertvollem Rockingham-Teegeschirr zerdeppert und ist immer irgendwo rumgeschlichen, wo man am wenigsten mit ihr rechnete. Ich habe nie verstanden, was Mama dazu gebracht hat, sie zu beschäftigen.»

«Sie brauchte wohl in dem Sommer ganz dringend jemanden, denn damals war viel zu tun. Ohnehin war Lottie ja nur vier Monate im Hause und ist dann zu ihren alten Eltern nach Tullochard zurückgekehrt. Sie hat nie geheiratet...»

«Das überrascht mich nicht...»

«Und jetzt sind ihre Eltern natürlich tot, und sie ist ganz allein. Wie es scheint, wird sie jeden Tag wunderlicher. Als sie schließlich ganz übergeschnappt war, hat man sie in ein psychiatrisches Krankenhaus geschafft. Edie ist ihre nächste Verwandte. Sie besucht das arme Geschöpf seitdem jede Woche. Und jetzt sagen die Ärzte, es gehe ihr so gut, daß man sie entlassen könne, aber natürlich kann sie nicht wieder allein leben. Zumindest jetzt noch nicht.»

«Jetzt sagen Sie nur, daß Edie sie zu sich ins Haus nimmt?»

«Sie sagt, sie muß. Es gibt sonst niemanden. Und Sie kennen doch Edie... Sie hat sich schon immer für die Familie verantwortlich gefühlt. Blut ist ein ganz besonderer Saft, na, Sie wissen schon.»

«Und ein widerlicher», gab Archie trocken zurück. «Lottie Carstairs. Ich kann mir nichts Schlimmeres vorstellen. Wann soll es soweit sein?»

Violet zuckte die Schultern. «Ich weiß nicht. Vielleicht nächsten Monat. Oder im August.»

Virginia fragte: «Sie will doch nicht etwa bei Edie *wohnen*?»

«Das wollen wir nicht hoffen. Es ist wohl nur eine Zwischenlösung.»

«Und wo um Himmels willen will Edie sie unterbringen? Ihr winziges Häuschen hat doch nur zwei Zimmer.»

«Ich habe sie nicht gefragt.»

«Wann hat sie das denn erzählt?»

«Heute morgen. Als sie den Teppich in meinem Eßzimmer saugte. Sie kam mir ein bißchen niedergeschlagen vor, und deshalb habe ich sie gefragt, was los ist. Sie hat mir dann bei einer Tasse Kaffee die ganze Geschichte erzählt.»

«Die arme Edie. Sie tut mir richtig leid...»

Archie sagte: «Edie ist ein Engel.»

«Das kann man laut sagen.» Violet trank ihren Tee aus, sah auf die Uhr, begann ihre Papiere zusammenzusuchen und steckte sie, wie auch die Brille, in ihre große Handtasche. «Das war wirklich sehr freundlich, Liebste. Äußerst erfrischend. Jetzt muß ich aber nach Hause.»

«Ich auch», sagte Archie. «Zurück nach Croy und da mit den Amerikanern weiter Tee trinken.»

«Bis du wegschwimmst. Was für Leute habt ihr diese Woche?»

«Keine Ahnung. Hoffentlich sind sie nicht zu klapprig. Vorige Woche dachte ich, einer von den alten Knaben würde bei der Suppe vom Stuhl fallen. Er hatte einen Herzanfall. Glücklicherweise hat er es überlebt.»

«Es ist eine schwere Verantwortung.»

«Eigentlich nicht. Am schlimmsten sind die, die geschworen haben, nie Alkohol zu trinken. Baptisten aus dem frommen Süden. Bei Orangensaft kommt die Unterhaltung nicht richtig in Gang. Sind Sie mit dem Wagen da, Vi, oder soll ich Sie nach Hause bringen?»

«Ich bin zu Fuß gekommen, aber da ging es ja auch bergab. Rauf würde ich mich ganz gern fahren lassen.»

«Wird gemacht.» Auch er sammelte seine Papiere ein und stand auf. Einen Augenblick lang hielt er in der Bewegung inne und ging dann, als er sicher war, fest auf den Füßen zu stehen, über den dicken Teppich zu den beiden Frauen am anderen Ende des Tisches. Er hinkte nur wenig, was geradezu ein Wunder war, denn sein rechtes Bein bestand, von einem Stumpf oberhalb des Knies ab, aus Aluminium.

Er war geradewegs aus dem Garten zu der Besprechung gekommen und hatte sich für seinen Aufzug entschuldigt, aber niemand achtete besonders darauf, denn so wie jetzt sah er eigentlich meistens aus. Zu einer unförmigen Kordsamthose trug er ein kariertes Hemd mit geflicktem Kragen und ein fadenscheiniges Tweedjackett, das er als Gartenjacke bezeichnete, obwohl gewiß kein auf seinen Ruf bedachter Gärtner ein solches Kleidungsstück angezogen hätte.

Virginia schob ihren Stuhl zurück und stand auf. Violet folgte ihrem Beispiel, nur viel langsamer, sie paßte ihre Bewegungen Archies Schritten an. Sie hatte es in keiner Weise eilig zu gehen, doch auch dann hätte sie es gezeigt, sie empfand Mitgefühl und hatte einen ausgeprägten Beschützerinstinkt. Schließlich kannte sie ihn schon seit seiner Geburt. Sie erinnerte sich, wie er als Junge, als draufgängerischer junger Mann und als Soldat gewesen war. Immer lachend und voller Begeisterung – es war geradezu eine Gier auf das Leben, die so ansteckend war wie die Masern. Sie erinnerte sich, daß er immer voller Tatendrang gewesen war. Er hatte Tennis gespielt, bei Regimentsbällen seine Tanzpartnerin fast von den Füßen gerissen, war bei Jagden als erster in einer Reihe von Schützen den Berg hinauf geschritten, wobei seine langen Beine das Heideland so mühelos hinter sich ließen, daß alle anderen zurückblieben.

Damals hatte er Archie Blair geheißen. Jetzt war er Lord Balmerino und damit auch Laird, wie man in Schottland den Grundherrn und das Oberhaupt eines Clans nennt. Schöne Titel für einen Mann, so dürr wie eine Bohnenstange, der noch dazu ein Blechbein hatte. In seinem schwarzen Haar zeigten sich die ersten grauen Strähnen, die Haut seines Gesichts durchzogen feine Linien, seine dunklen Augen lagen tief in den Höhlen und wurden von den vorspringenden Brauen überschattet.

Nun war er neben ihr und lächelte. «Fertig, Vi?»

«Wir können.»

«Alsdann...» Mitten im Schritt blieb er wieder stehen. «Ach Gott, da fällt mir gerade was ein. Virginia, hat dir Edmund keinen Umschlag für mich gegeben? Ich habe ihn gestern abend angerufen. Es ist ziemlich dringend. Keine Dokumente von der Forstkommission?»

Violet war sofort mißtrauisch. «Die werden doch keinen Nadelwald anpflanzen wollen?»

«Nein, es geht um eine Stichstraße, die sie am Rand des Moorschneehuhn-Jagdgebiets bauen wollen.»

Virginia schüttelte den Kopf. «Davon hat er nichts gesagt. Vielleicht hat er es vergessen, wahrscheinlich liegen die Papiere auf seinem Schreibtisch in der Bibliothek. Wir können ja mal nachschauen. Da...»

«Schön. Ich würde sie gern mitnehmen, wenn es möglich ist.»

Ohne Hast gingen sie aus dem Eßzimmer in die Eingangshalle. Sie war noch geräumiger und ganz in Kiefer getäfelt, und eine große Treppe mit einem überreich verzierten Geländer führte in drei kurzen Absätzen ins Obergeschoß. Mehrere Möbelstücke standen herum. Nichts Besonderes: eine geschnitzte Eichentruhe, ein Klapptisch, eine Chaiselongue, die bessere Tage gesehen hatte und auf der häufig Hunde lagen. Im Augenblick war sie unbenutzt.

«Ich will nicht mit euch nach Dokumenten der Forstkommission suchen», erklärte Violet. «Ich setz mich hier hin und warte, bis ihr sie gefunden habt.» Sie ließ sich majestätisch nieder, um zu warten.

«Wir sind gleich zurück.» Sie sah den beiden durch den breiten Korridor nach, der zur Bibliothek, weiter zum Salon und von dort durch Glastüren in den großen Wintergarten führte.

Sie war allein. Sie genoß die kurze Einsamkeit in der Umgebung des alten Hauses. Sie kannte es so gut, hatte es ihr ganzes Leben lang gekannt. Alles an seiner Atmosphäre war ihr vertraut. In der Eingangshalle zog es, das aber störte sie nicht. Sie war hier nicht mehr zu Hause, es war Virginias Heim. Dennoch ging von ihm derselbe Eindruck wie immer aus, als habe es im Laufe der Jahre eine ihm ganz eigene Charakterstärke gewonnen. Vielleicht lag das daran, daß dort so viel vorgefallen oder daß es Zuflucht und Daseinsmittelpunkt einer einzigen Familie gewesen war.

Dabei war Balnaid nicht nur kein besonders altes Haus, es war sogar um einiges jünger als Violet. Ihr Vater, damals Sir Hector Akenside, ein Mann von beträchtlichem Vermögen, hatte es gebaut. Sie dachte immer, daß Balnaid ein wenig wie Sir Hector war. Groß, freundlich, von verschwenderischer Großzügigkeit, und dennoch äußerst bescheiden. Zu einer Zeit, da Neureiche für sich gewaltige Monumente ihres Stolzes errichteten, die mit ihren Anklängen an mittelalterliche Schlösser von abschreckender Häßlichkeit waren, hatte Sir Hector seinen fähigen Kopf auf weniger auffällige, aber unendlich bedeutendere Dinge konzentriert.

Zentralheizung, eine ordentliche sanitäre Anlage, zahlreiche Badezimmer und Küchen, in die reichlich Sonnenlicht fiel, so daß die Dienstboten (und die gab es in großer Zahl) in einer angenehmen Umgebung arbeiten konnten. Balnaid hatte vom Tag seiner Fertigstellung an nie fehl am Platze gewirkt. Das Material waren Steine aus der Gegend, es stand südlich des Croy mit dem Rücken zum Dorf und Fluß und genoß voller Heiterkeit einen anheimelnden und zugleich großartigen Ausblick.

Der riesige Park enthielt zahlreiche Büsche und voll ausgewachsene Bäume. Da Park und Garten Sir Hectors Leidenschaft waren, hatte er alles auf dem Grundstück selbst geplant und angelegt, so daß kurzgeschorene Rasenflächen in solche mit ungemähtem Gras übergingen, auf denen Narzissen und Glockenblumen blühten. Stark duftende korallenrote und gelbe Azaleen standen in großer Zahl beieinander, und Graswege wanden sich einladend zwischen hohen Rhododendronbüschen mit rosa und scharlachroten Blüten dahin.

Hinter dem Garten, durch ein in einem flachen Graben verborgenes Mäuerchen von ihm getrennt, lag offenes Parkland, auf dem die Hochlandponies weiden konnten. Dahinter erstreckte sich erst das mit Mauern eingefriedete Weideland des benachbarten Schafzüchters und weiter in der Ferne die Berge. Sie schienen an den Himmel zu stoßen, wirkten wie eine Bühnenkulisse, waren beständig und änderten sich dennoch im Wechsel des Lichts der Jahreszeiten immer wieder. Schneebedeckt, purpurblühend von Heidekraut, grün vom Farn des Frühlings, von Sturmböen gezaust – unter allen Umständen und immer waren sie schön.

Waren es immer gewesen.

All das wußte Violet, denn Balnaid war das Zuhause ihrer Kindheit und damit ihre Welt gewesen. Sie war innerhalb dieser Wände aufgewachsen, hatte in jenem Garten allein gespielt, im Fluß Forellen zu fischen versucht, war auf ihrem struppigen Shetlandpony durch das Dorf und hinauf in die einsamen Hügel geritten, die um den Besitz von Croy herum lagen. Mit zweiundzwanzig Jahren hatte sie von Balnaid weggeheiratet.

Sie erinnerte sich, wie sie die kurze Strecke zur Episkopalkirche auf dem Rücksitz des majestätischen, zur Feier des Tages mit weißen Seidenbändern geschmückten Rolls-Royce ihres Vaters zurückgelegt hatte, mit Sir Hector in Gehrock und Zylinder neben sich. Da allerdings die Würde des Wagens ein wenig unter den weißen Seidenbändern litt, sah er beinahe so fehl am Platze aus, wie sie sich fühlte. Man hatte sie in ein cremefarbenes Atlaskleid von abscheulicher Unbehaglichkeit gezwängt, während ein Schleier aus Limerick-Spitze, ein Familienerbstück, ihre angenehmen Züge verdeckte. Sie erinnerte sich, wie sie in demselben Luxuswagen nach

Balnaid zurückgekehrt war, doch auf jenem Weg war nicht einmal der quälende Druck der Korsettstangen von Bedeutung, war sie doch endlich die Gattin Geordie Airds.

Sie hatte seither immer wieder auf Balnaid gelebt und war erst endgültig ausgezogen, als Edmund vor zehn Jahren Virginia geheiratet hatte. Als das Paar dort seinen Einzug hielt, war es Violet klar, daß für sie die Zeit gekommen war, Platz zu machen, damit das alte Haus seine neue Herrin willkommen heißen konnte. Sie hatte das Eigentum an Edmund überschrieben und von Archie Balmerino ein verfallenes Gärtnerhäuschen erworben. Es hieß Pennyburn, und dort hatte sie innerhalb der Grenzen des Besitzes von Croy ein neues Heim gefunden. Ein ganzes Jahr lang hatte sie voll Freude das kleine Haus instand gesetzt und eingerichtet, nur mit dem Garten war sie nach wie vor nicht fertig.

Das Leben hat es gut mit mir gemeint, sagte sie sich.

Während sie so auf der nach Hund riechenden Chaiselongue saß, ließ sie den Blick um sich schweifen. Er fiel auf den abgewetzten Orientteppich, die Einrichtungsstücke unterschiedlichster Herkunft, die sie ihr ganzes Leben lang gekannt hatte. Es war angenehm, wenn sich die Dinge nicht zu sehr änderten. Als Violet diesem Haus Lebewohl gesagt hatte, hätte sie nicht gedacht, daß sich so wenig ändern würde. Bestimmt war Edmunds neue Frau der neue Besen, der gekommen war, all die verstaubten alten Überlieferungen hinwegzufegen, und sie war sogar gespannt darauf gewesen zu sehen, was Virginia – so jung und voller Leben wie ein frischer Atemzug – bewerkstelligen würde. Doch davon abgesehen, daß sie das große Schlafzimmer vollständig neu eingerichtet, das Wohnzimmer mit einer Schicht Farbe aufgefrischt und aus einer alten Speisekammer einen Hauswirtschaftsraum gemacht hatte, für Tiefkühltruhe, Waschmaschine, Trockner und andere Luxusgeräte, hatte Virginia nichts in dieser Richtung unternommen. Zwar nahm Violet das zur Kenntnis, fand es aber seltsam. An Geld fehlte es schließlich nicht, und es kam ihr sonderbar vor, daß sich Virginia mit einem Leben inmitten verschlissener Teppiche, verblichener Samtvorhänge und Tapeten aus der Zeit der Jahrhundertwende zufriedengeben sollte.

Vielleicht hatte es mit Henry zu tun. Schon bald nach seiner Geburt hatte Virginia alle anderen Interessen aufgegeben und sich ausschließlich ihrem Söhnchen gewidmet. Das war zwar sehr erfreulich, hatte Violet aber verblüfft. Für so mütterlich hätte sie ihre Schwiegertochter nicht gehalten. Da Edmund so viel reisen mußte und Mutter und Kind allein blieben, hatte Violet insgeheim Bedenken hinsichtlich dieser allumfassenden Zuwendung, und es erstaunte sie immer wieder, daß aus Henry trotz allem so ein bezaubernder Junge geworden war. Vielleicht hing er ein bißchen zu sehr am Rockzipfel der Mutter, aber jedenfalls war er nicht verzogen und ein wirklich entzückendes Kind. Vielleicht…

«Tut mir leid, Vi, daß wir Sie haben warten lassen.»

Überrascht zuckte sie zusammen. Sie wandte sich um und sah Archie und Virginia auf sich zukommen. Archie schwang den großen braunen Umschlag, als sei er eine hart erstrittene Siegesfahne. «…hat ein bißchen gedauert, bis wir ihn gefunden haben. Jetzt fahren wir aber nach Hause.»

3. Kapitel

Der achtjährige Henry Aird hämmerte energisch mit dem wie ein irischer Waldgeist gestalteten Klopfer an Edie Findhorns Tür. Sie bewohnte ein ebenerdiges Reihenhäuschen an der Hauptstraße von Strathcroy, das dadurch von den anderen abstach, daß es ein moosbewachsenes Reetdach hatte und auf dem Stückchen Erde zwischen Gehsteig und Hausmauer Vergißmeinnicht blühten. Henry hörte jetzt ihre Schritte. Sie entriegelte die Tür und öffnete ihm.

«Na, da bist du ja wieder. Unkraut vergeht nicht.»

Sie lachte stets. Er hing an ihr und nannte sie stets als erste, wenn man ihn fragte, wer seine besten Freunde seien. Sie war nicht nur gemütlich, sondern auch dick, hatte weißes Haar und rosige Wangen und wirkte appetitlich wie ein frisch gebackenes Törtchen.

«Nun, wie war der Tag denn so?»

Das fragte sie ihn immer, obwohl sie ihn täglich zur Mittagszeit sah, denn sie stand in der Schulkantine an der Theke und teilte das Mittagessen aus. Für ihn war es praktisch, daß Edie diese Aufgabe hatte, denn das bedeutete, daß sie ihm von allem, was er nicht mochte, wie Hackfleisch mit Curry und dicke Vanillesoße, nur winzige Portionen auf den Teller gab, bei Kartoffelbrei und Schokoladenpudding hingegen äußerst großzügig verfuhr.

«Ach, ganz ordentlich.» Er ging in ihr Wohnzimmer, wo er Anorak und Schultasche auf das Sofa warf.

«Wir hatten Kunst und mußten was malen.»

«Was?»

«Ein *Lied.*» Er machte sich daran, die Schnallen seiner Schultasche zu öffnen. Vielleicht konnte ihm Edie aus seiner Verwirrung helfen. «Wir haben das Lied von dem Boot gesungen, das pfeilschnell nach Skye rüberfährt, und mußten dann ein Bild dazu malen. Alle haben Ruderboote und Inseln gemalt, und ich *das* hier.» Er holte ein durch die unmittelbare Nachbarschaft mit Turnschuhen und Federtasche zerknittertes Blatt hervor. «Mr. McLintock hat *gelacht*, und ich weiß nicht, warum.»

«So, gelacht hat er?» Sie nahm das Blatt, suchte nach ihrer Brille und setzte sie auf. «Und nicht gesagt, warum?»

«Nein. Dann hat es geläutet, und die Stunde war um.»

Edie ließ sich auf ihr Sofa nieder, und er setzte sich neben sie. Gemeinsam betrachteten sie schweigend sein Werk. Er fand, es sei eins seiner besten Bilder. Ein wunderschönes Rennboot, das durch blaues Wasser schnitt. Am Bug stieg Gischt auf, und am Heck rauschte eine schneeweiße Welle. Den Himmel bevölkerten Möwen, und vorn auf dem Deck lag ein in ein Umschlagtuch gewikkelter Säugling. Der war sehr schwer zu malen gewesen, denn Säuglinge haben so komische Gesichter, ohne Nase und Kinn. Außerdem sah dieser hier aus, als könne er jeden Augenblick abrutschen und ins Wasser fallen. Aber er war da.

Edie sagte nichts. Henry erklärte: «Es ist ein Rennboot, und das ist der Junge, der geboren wurde.»

«Das kann ich erkennen.»

«Aber warum hat Mr. McLintock dann gelacht? Es ist doch überhaupt nicht lustig?»

«Nein. Es ist ein herrliches Bild. Es ist nur, nun ja, mit dem ‹pfeilschnell› in dem Lied ist gemeint, daß die Männer das Boot über das Wasser rudern, so schnell sie können. Es ist aber kein Rennboot, so was gab's damals noch nicht. Und der ‹Junge, der geboren wurde, um König zu werden›, war Bonnie Prince Charlie, Charles Edward Stuart, der schottische Thronanwärter. Er war damals schon erwachsen und wurde von seinen treuen Anhängern nach der

Schlacht bei Culloden, in der die Schotten geschlagen wurden, auf der Hebrideninsel Skye vor den Engländern in Sicherheit gebracht.»

Damit war alles klar. «Aha», sagte Henry, «ich verstehe.»

Sie gab ihm das Bild zurück. «Aber es ist trotzdem sehr schön, und ich finde es nicht nett von Mr. McLintock, daß er gelacht hat. Steck's in die Tasche, und nimm es deiner Mutter mit nach Hause. Ich mach dir jetzt deinen Tee.»

Sie stand auf, legte die Brille wieder auf den Kaminsims, durchquerte das Zimmer und verschwand durch eine Tür in den Flur, der zur Küche und zum Bad führte. Diese Räume befanden sich mitsamt dem Flur in einem Anbau aus neuerer Zeit, denn als Edie ein kleines Mädchen war, hatte es in dem Häuschen lediglich zwei Räume gegeben: Wohnküche und Schlafzimmer. Von fließendem Wasser war damals keine Rede gewesen, und das hölzerne Toilettenhäuschen hatte am anderen Ende des Gartens gestanden. Noch erstaunlicher fand Henry, daß Edie vier Geschwister hatte, so daß früher sieben Menschen diese Räume bewohnt hatten. Ihre Eltern hatten in einem Schrankbett in der Küche geschlafen, auf einer Art Regalbrett über ihnen schlief das Jüngste, die übrigen Kinder drängten sich im anderen Zimmer. Wasser hatte Edies Mutter jeden Tag an der Dorfpumpe geholt, und gebadet wurde einmal wöchentlich in einer Zinkwanne vor dem Küchenherd.

«Aber wie habt ihr denn alle in das Schlafzimmer gepaßt, Edie?» fragte Henry erstaunt. Selbst jetzt, da nur Edies Bett und ihr Kleiderschrank darin standen, wirkte es entsetzlich klein.

«Wir waren ja nicht alle gleichzeitig drin. Als der Jüngste zur Welt kam, hat mein ältester Bruder schon beim Bauern gearbeitet und mit den anderen Landarbeitern in einer Baracke gewohnt. Und als die Mädchen alt genug waren, haben sie in einem herrschaftlichen Haus Dienst genommen. Der Abschied war jedesmal schlimm, alles schwamm in Tränen, aber hier war kein Platz, und außerdem waren zu viele Mäuler zu stopfen, und meine Mutter hat das Geld gebraucht.»

Sie erzählte ihm so manches. Wie sie beispielsweise an Winterabenden das Feuer mit Kartoffelschalen zudeckten und sich alle darum scharten, während ihnen der Vater aus Rudyard Kipling oder aus John Bunyans Erbauungsbuch *Des Pilgers Reise* vorlas. Die kleinen Mädchen strickten dabei Socken für Vater und Brüder. Wenn es darum ging, an der Ferse abzunehmen, mußte die Mutter oder eine ältere Schwester helfend eingreifen.

Zwar klang das alles nach großer Armut, war aber auch sehr gemütlich. Es fiel Henry schwer, sich vorzustellen, wie das kleine Haus früher gewesen war. Jetzt bot es sich ihm so hell und freundlich dar, wie man es sich nur vorstellen konnte. Das Schrankbett war fort, und den Boden bedeckten wunderschöne Teppiche mit bunten Mustern. Auch das alte offene Feuer in der Küche gab es nicht mehr. Dort stand jetzt ein herrlicher grüner Kachelofen, vor den Fenstern hingen geblümte Vorhänge, außerdem gab es einen Fernseher und allerlei hübsche Nippesfiguren.

Nachdem er sein Bild eingepackt hatte, schloß er die Schultasche wieder. Das pfeilschnelle Boot. Er hatte es falsch verstanden. Das ging ihm des öfteren so. Sie hatten in der Schule ein weiteres Lied gelernt, *Ho, ro, mein braunes Mädchen.* Während Henry mit den anderen munter drauflossang, stand ihm die Situation klar vor Augen: ein dunkelhäutiges kleines Pakistanimädchen wie Kedejah Ishak mit ihren glänzenden Zöpfen ruderte wie verrückt über einen windgepeitschten schottischen Bergsee.

Seine Mutter hatte ihm erklären müssen, daß es sich in Wirklichkeit um ein altes Liebeslied handelte, in dem die Schönheit eines schottischen Mädchens besungen wurde, das gewiß nicht aus Pakistan kam.

Auch ganz alltägliche Wörter konnten verwirrend sein. Die Menschen sagten Dinge, er hörte sie, verstand sie aber nur dem Klang nach. Das Wort oder das von ihm heraufbeschworene Bild blieb in seinem Gedächtnis haften. Erwachsene fuhren im Urlaub nach Ma Jorka, Ma Rocko oder Nie geh ria. Nigeria klang so, als ob eigentlich niemand dahin sollte, jedenfalls nicht, um sich zu erholen. Edie hatte ihm einmal von einer Frau erzählt, der es das Herz gebrochen hatte, weil ihre Tochter einen Tunichtgut geheiratet hatte, der nicht wert war, ihr das Wasser zu reichen. Danach hatte er wochenlang angstvoll von einer Frau geträumt, deren Herz in Stücken war.

Das schlimmste Mißverständnis aber hatte es bei seiner Großmutter gegeben, und es hätte zu einer beständigen Entfremdung zwischen ihnen führen können, hätte nicht endlich seine Mutter begriffen, was ihn bedrückte, und die Dinge wieder ins Lot gebracht.

Er war eines Tages nach der Schule wieder einmal für den als ‹Tee› bezeichneten Nachmittagsimbiß zu seiner Großmutter Vi nach Pennyburn gegangen. Ein Sturm tobte, heulte und pfiff um das kleine Haus. Sie saßen am Kamin, mit einemmal hatte Vi verärgert etwas gebrummt, war aufgestanden und hatte von irgendwo einen Paravent geholt, den sie vor die Terrassentüren zum Garten stellte. Henry fragte sie, wozu sie das tue, und als sie es ihm sagte, war er so entsetzt, daß er während des restlichen Nachmittags kaum ein Wort herausbrachte. Als ihn seine Mutter holen kam, war er bei ihrem Anblick so froh gewesen wie noch nie und konnte es gar nicht abwarten, sich den Anorak überzuziehen und das Haus zu verlassen. Fast hätte er vergessen, sich bei Oma Vi für den ‹Tee› zu bedanken.

Es war entsetzlich. Er hatte den Eindruck, er würde nie wieder nach Pennyburn gehen, und gleichzeitig wußte er, daß er es tun müßte, und sei es nur, um Oma Vi zu beschützen. Jedesmal, wenn seine Mutter vorschlug, er solle hingehen, fand er eine Ausrede oder sagte, er wolle lieber zu Edie. Schließlich kam sie eines Abends, als er badete, setzte sich auf den Toilettensitz und redete mit ihm... Vorsichtig brachte sie das Gespräch auf den empfindlichen Gegenstand und fragte ihn schließlich geradeheraus, ob es irgendeinen Grund dafür gebe, daß er nicht mehr zu Oma Vi gehen wolle.

«Du bist doch früher so gern hingegangen. Ist was passiert?»

Es war eine richtige Erleichterung, daß er endlich darüber sprechen konnte.

«Es ist entsetzlich.»

«Was ist entsetzlich, Liebling?»

«Er kommt aus dem Garten ins Wohnzimmer. Oma Vi hat so eine Klappwand davorgestellt, aber die kann er ganz leicht umwerfen. Er kann ihr weh tun. Ich finde, sie sollte da ausziehen.»

«Wovon redest du um Himmels willen?»

Er konnte ihn sich genau vorstellen. Eine riesige stählerne Masse schoß heran, zerschmetterte das ganze Häuschen und mit ihm seine Großmutter.

«Ein entsetzlicher *Zug.*»

Seine Mutter verstand nicht.

«Was meinst du damit?»

«Oma hat es selbst gesagt», sagte er, ob ihrer Begriffsstutzigkeit verzweifelt. «Sie hat gesagt, sie müsste die Klappwand aufstellen, damit der fürchterliche Zug aus dem Garten nicht in das Wohnzimmer komme. Sie hat wirklich gesagt ‹der gräßliche Zug›.»

Ein langes Schweigen trat ein. Er hielt den Blick angstvoll auf seine Mutter gerichtet, und sie sah ihn mit ihren leuchtend blauen Angen an, ohne zu lächeln.

Schließlich erklärte sie: «Natürlich hat sie gesagt: ‹der gräßliche Zug›. Sie hat damit gemeint, daß es dort zog, verstehst du, Luft, die durch die Ritzen zieht – keine Eisenbahn. Auch wenn es zieht, spricht man von Zug.»

Es zog. Kein zermalmender Zug. So viel Theater um Luft, die durch die Türritzen drang. Er hatte sich zum Narren gemacht, war aber so erleichtert darüber, weil seine Großmutter keine Angst vor Zügen zu haben brauchte, daß es keine Rolle spielte.

«Sag's bitte keinem», bat er sie.

«Ich muß es Vi erklären. Aber sie sagt es nicht weiter.»

«Schön, ihr kannst du es sagen. Aber sonst keinem.»

Seine Mutter hatte das versprochen, er war tropfnaß aus der Wanne gesprungen, von den Armen seiner Mutter in einem großen weichen Handtuch aufgefangen worden, und sie hatte ihn an sich gedrückt und zu ihm gesagt, sie würde ihn auffressen, so sehr habe sie ihn lieb, dann hatten sie gemeinsam ein fröhliches Lied gesungen, und zum Abendessen hatte es Makkaroni-Käse-Auflauf gegeben.

Edie hatte ihm zum ‹Tee› Würstchen gebraten, Teeküchlein aus Kartoffelmehl gebacken und eine Dose mit gebackenen Bohnen aufgemacht. Während er das alles am Küchentisch in sich hineinschaufelte, saß sie ihm gegenüber und trank Tee. Sie würde erst später etwas essen.

Während er kaute, fiel ihm auf, daß sie ungewöhnlich still war. Sonst redete sie bei solchen Gelegenheiten unaufhörlich, und er hörte sich immer bereitwillig den neuesten Klatsch aus dem ganzen Tal an. Wer gestorben war und wieviel er hinterlassen hatte, wer seinen Vater auf seinem Hof hatte allein sitzenlassen und nach Relkirk gegangen war, um dort in einer Autowerkstatt zu arbeiten, wer ein Kind kriegte, und man wisse ja auch, was man von ihr zu halten habe. Doch heute bekam er keinerlei Mitteilungen dieser Art. Statt dessen saß Edie, die Ellbogen mit den Grübchen darin auf den Tisch gestützt, und sah durch das Fenster auf den sich lang hinziehenden schmalen Garten hinter ihrem Haus.

Er sagte: «Ich gäb was drum, wenn ich wüßte, was du jetzt denkst.» Das hatte er von ihr gehört, denn sie sagte es immer dann, wenn sie den Eindruck hatte, daß ihn etwas bedrückte.

Sie seufzte tief auf. «Ach, Henry, ich weiß nicht. Das ist es ja gerade.»

Das sagte ihm nichts. Doch als er in sie drang, erklärte sie ihre mißliche Lage. Sie hatte eine Kusine, die früher in Tullochard gewohnt hatte und Lottie Carstairs hieß. Sie war nie besonders helle gewesen und hatte nie geheiratet. Sie war Dienstmädchen gewesen, aber selbst dieser Aufgabe war sie nicht gewachsen. Hatte bei ihren Eltern gelebt, bis die alten Leute starben, war dann immer sonderbarer geworden und mußte ins Krankenhaus. Edie sagte, es sei ein Nervenzusammenbruch gewesen, sie komme aber wieder auf die Beine. Eines Tages werde sie aus dem Krankenhaus entlassen und dann bei Edie wohnen, weil das arme Ding sonst überhaupt nicht wisse, wohin.

Henry war dagegen. Er wollte Edie gern für sich selbst behalten. «Aber du hast doch gar kein Zimmer frei.»

«Sie muß dann eben mein Schlafzimmer nehmen.»

Er war empört. «Und wo schläfst *du*?»

«Auf dem Sofa im Wohnzimmer.»

Sie war viel zu dick für das Sofa, auch wenn man es als Liegefläche ausklappen konnte. «Warum kann Dotty da nicht schlafen?»

«Weil sie der Gast ist, und sie heißt Lottie.»

«Bleibt sie lange?»

«Das wird sich zeigen.»

Henry dachte darüber nach. «Teilst du dann weiter Essen in der Schule aus und hilfst Mama und Oma Vi in Pennyburn?»

«Großer Gott, Henry, Lottie ist nicht bettlägerig.»

«Ob sie mir gefällt?» Das war wichtig.

Edie wußte nicht, was sie sagen sollte. «Ach, Henry, woher soll ich das wissen? Sie ist ein armes Geschöpf. Mein Vater hat immer gesagt, daß sie zu kurz gekommen ist. Ein Mann mußte nur sein Gesicht zur Tür reinstecken, da hat sie geschrien wie am Spieß, und *ungeschickt* ist sie! Vor Jahren hat sie mal ganz kurz beim alten Lord Balmerino auf Croy gearbeitet, aber sie hat dabei so viel Porzellan zerteppert, daß man sie wegschicken mußte. Danach hat sie nie wieder gearbeitet.»

Henry war entsetzt. «Dann darfst du sie auf keinen Fall abwaschen lassen, sonst macht sie dir all deine hübschen Sachen kaputt.»

«Und bestimmt nicht nur das Porzellan...» malte Edie die Zukunft schwarz. Doch bevor Henry diesen interessanten Gedanken weiter verfolgen konnte, nahm sie sich zusammen, setzte eine muntere Miene auf und wechselte unvermittelt das Thema. «Möchtest du noch einen von den Teekuchen, oder willst du zum Nachtisch deinen Schokoladeriegel?»

4. Kapitel

Als Violet mit Archie und Virginia aus der Tür von Balnaid trat und die Treppe zur kiesbestreuten geschwungenen Auffahrt hinabging, sah sie, daß der Regen aufgehört hatte. Es war zwar noch naß, aber viel wärmer. Sie hob den Kopf und spürte auf ihrer Wange eine frische Brise. Sie kam von Westen und vertrieb die tiefhängenden Wolken allmählich, so daß sich hier und da ein Stück blauer Himmel zeigte und ein Sonnenstrahl hindurchdrang, wie es häufig auf Bildern zur biblischen Geschichte für die Zeit nach der Sintflut zu sehen ist. Es würde ein schöner Sommerabend werden. Zu spät, um irgend jemandem von Nutzen zu sein.

Bevor sie in Archies alten Landrover stiegen, verabschiedete sich Violet mit einem Küßchen auf die Wange ihrer Schwiegertochter.

«Grüß Edmund.»

«Ich werd's ausrichten.»

Nicht ohne Mühe kletterten beide in das Fahrzeug, Violet, weil sie nicht mehr die Jüngste war, und Archie wegen seines Blechbeins. Sie fuhren durch das Tor auf den schmalen Feldweg, der an der presbyterianischen Kirche vorbeiführte, und über die Höckerbrücke.

Das Kirchlein der Episkopalgemeinde duckte sich demütig. Der Geistliche, Mr. Gloxby, mähte den Rasen.

Archie sagte: «Er arbeitet so schwer. Ich hoffe, daß wir mit dem

Basar ordentlich Geld zusammenbekommen. Es war liebenswürdig von Ihnen, daß Sie heute gekommen sind. Bestimmt hätten Sie viel lieber im Garten gearbeitet.»

«Das Wetter war so widerwärtig, daß ich mein Unkraut bestimmt in Frieden gelassen hätte. So konnte ich den Tag ebensogut einer Sache widmen, die es wert ist.» Sie dachte darüber nach. «Das ist so ähnlich, wie wenn man sich um ein Kind oder einen Enkel sorgt, ohne daß es was nützt, und dann geht man hin und putzt den Waschküchenboden. Danach sorgt man sich zwar immer noch, hat aber zumindest eine saubere Waschküche.»

«Sie machen sich doch nicht etwa Sorgen um Ihre Familie, Vi? Was für Schwierigkeiten könnte es da geben?»

«Alle Frauen machen sich Sorgen um ihre Familie», teilte sie ihm mit.

Sie fuhren an der Tankstelle, einst eine Schmiede, und dann am Supermarkt der Ishaks vorbei. Beide Flügel des Tors, durch das es zur hinteren Auffahrt von Croy ging, standen offen. Archie schaltete herunter, denn gleich hinter dem Tor ging es steil bergauf. Vor langer Zeit waren die angrenzenden Ländereien eine offene Parklandschaft gewesen, jetzt wurden sie landwirtschaftlich genutzt. Auf der einen Seite lagen Felder, und auf der anderen weidete Vieh. Einige dichtbelaubte Bäume ragten hier und da als Zeugen früheren Glanzes auf.

«Was haben Sie auf dem Herzen?»

Violet zögerte. Sie kannte Archie lange genug, um zu wissen, daß sie offen mit ihm reden konnte. Eigentlich stand sie zu ihm fast wie zu einem eigenen Sohn, denn obwohl er fünf Jahre jünger war als Edmund, waren die beiden miteinander aufgewachsen, hatten ihre gesamte Freizeit gemeinsam verbracht und waren nahezu unzertrennliche Freunde geworden.

War Edmund nicht auf Croy zu finden, war er bei Archie auf Balnaid, oder beide zogen mit ihren Gewehren und Hunden durch die Hügellandschaft, machten Jagd auf Hasen und Kaninchen, halfen dem Jagdhüter Gordon Gillock, die Heide abzuflämmen und die gemauerte Brustwehr vor den Ansitzgruben für die Moorschneehuhnjagd instand zu setzen. Oder sie ruderten auf einem der Bergseen, versuchten an den seichteren Stellen des Croy mit der Hand Forellen zu fangen, spielten Tennis oder liefen Schlittschuh auf dem Eis überschwemmter Wiesen. Wie Brüder, hatte es immer wieder geheißen.

Aber sie waren keine Brüder, und sie mußten sich trennen. Edmund, der ein helles Köpfchen hatte und seinen keineswegs dummen Eltern haushoch überlegen war, hatte sein wirtschaftswissenschaftliches Studium in Cambridge mühelos mit einem Prädikatsexamen abgeschlossen und sofort bei einer der besseren Handelsbanken in der Londoner City eine Anstellung bekommen.

Archie hingegen, dem es schwerfiel, sich theoretisches Wissen anzueignen, beschloß, es beim Militär zu probieren, da er nicht so recht wußte, was er tun sollte. Er wurde tatsächlich angenommen, denn die vier höheren Offiziere, aus denen die Aufnahmekommission bestand, waren offenkundig zu dem Ergebnis gekommen, daß Archies offene, freundliche Art und seine beeindruckende Lebensfreude seine bescheidenen schulischen Leistungen ausglichen.

Er durchlief die Militärakademie in Sandhurst, trat in sein Regiment ein und wurde nach Deutschland geschickt. Edmund blieb in London. Es überraschte niemanden, daß er großen Erfolg hatte und binnen fünf Jahren schon für ein bedeutendes Unternehmen angeworben wurde. Als er heiratete, erwies es sich, daß er selbst mit dieser privaten Entscheidung den Glanz seines Namens zusätzlich aufpolierte. Violet erinnerte sich, wie sie Arm in Arm mit Sir Rodney Cheriton den langen Mittelgang von St. Margarets in Westminster entlanggeschritten war und dabei aus tiefstem Herzen gewünscht hatte, Edmund heiratete Caroline, weil er sie wahrhaft liebte, und nicht etwa, weil ihm der Reichtum ihrer Familie ins Auge stach.

Und jetzt hatte sich der Kreis geschlossen. Beide Männer waren wieder in Strathcroy gelandet, Archie auf Croy und Edmund auf Balnaid. Als Männer in mittleren Jahren waren sie nach wie vor Freunde, aber nicht mehr Vertraute. Zu viel hatten beide erlebt, und nicht alles war gut gewesen. Zu viele Jahre waren dahingeglitten. Sie hatten sich auseinanderentwickelt. Der eine war ein wohlhabender Geschäftsmann, der andere stets knapp bei Kasse und ständig bemüht, mit seinen bescheidenen Mitteln auszukommen. Aber nicht deshalb herrschte zwischen ihnen eine gewisse höfliche Förmlichkeit.

Sie waren nicht mehr wie Brüder.

Violet seufzte tief auf. Archie lächelte. «Na hören Sie, so schlimm kann es doch nicht sein.»

«Natürlich nicht.» Er hatte genug eigene Sorgen. Sie würde ihre herunterspielen. «Aber ich mache mir Gedanken um Alexa. Sie scheint so allein zu sein. Ich weiß natürlich: sie geht in ihrer Arbeit auf und hat ihr bezauberndes Häuschen. Außerdem hat ihr Lady Cheriton so viel hinterlassen, daß es ihr für den Rest ihres Lebens an nichts fehlen wird. Aber ich fürchte, ihr Privatleben ist katastrophal. Bestimmt ist sie fest davon überzeugt, daß sie unansehnlich, langweilig und für Männer unattraktiv ist. Sie hat kein Selbstvertrauen. Als sie nach London ging, hatte ich so sehr gehofft, sie würde dort gleichaltrige junge Leute kennenlernen und aus ihrem Leben was machen. Aber sie hat einfach bei ihrer Großmutter in der Ovington Street gewohnt, wie eine Art Gesellschafterin. Wenn sie nur einen lieben Mann kennenlernen würde, der sie heiratet. Sie müßte einen Mann haben, um den sie sich kümmern kann, und Kinder. Alexa ist die geborene Mutter.»

Archie hörte sich das alles mitfühlend an. Da er Alexa ebenso gern hatte wie alle anderen, sagte er: «Daß sie ihre Mutter verloren hat, als sie noch so klein war... vielleicht hat ihr das mehr zu schaffen gemacht, als wir annehmen, und ihr möglicherweise den Eindruck vermittelt, sie sei anders als andere Mädchen. Irgendwie unvollständig.»

«Ja, unter Umständen. Nur war Caroline ohnehin nie eine besonders liebevolle Mutter und hat ihre Zuneigung nicht nach außen gekehrt. Sie hat auch nie viel Zeit mit Alexa verbracht. Zärtlichkeit und Sicherheit hat sie bei Edie gefunden, und die war immer da.»

«Aber Sie haben Caroline doch gemocht.»

«Natürlich. Wir hatten eine gute Beziehung zueinander, und ich denke, sie war Edmund eine gute Ehefrau. Aber sie war merkwürdig zurückhaltend. Manchmal bin ich nach London gefahren, um ein paar Tage bei ihnen zu bleiben. Caroline hat mich eingeladen, ganz zauberhaft, weil sie wußte, daß ich gern mit Alexa und Edie zusammensein würde. Das stimmte natürlich auch, aber ich hab mich da nie richtig zu Hause gefühlt. Mir sind Städte sowieso zuwider. Von Straßen, Häusern und Verkehr fühle ich mich bedrängt. Richtig eingeschlossen. Aber davon ganz abgesehen war Caroline nie eine Gastgeberin, bei der man sich wohl fühlen konnte. Ich hatte immer den Eindruck, im Weg zu sein, und man konnte unmöglich mit ihr reden. Wenn ich mit ihr allein war, hat es mich manchmal richtig Mühe gekostet, ein Gespräch in Gang zu bringen, und Sie wissen genau, daß ich, wenn es nötig ist, den Leuten die Ohren vom Kopf reden kann. Aber immer wieder ist ein Schweigen zwischen uns getreten, das kein Schweigen des Einverständnisses war. Ich habe dann versucht, diese Pausen durch Sticken zu überbrücken.» Sie sah zu Archie hinüber. «Klingt das albern, oder verstehen Sie, was ich sagen will?»

«Ich denke schon. Ich habe Caroline zwar kaum gekannt, aber die paar Mal, die ich sie gesehen habe, hatte ich immer den Eindruck, daß meine Hände und Füße viel zu groß waren.»

Doch selbst dieser freundliche Versuch, die Sache auf die leichte Schulter zu nehmen, entlockte Violet kein Lächeln. Zu sehr nagte die Sorge um ihre Enkelin an ihr. Sie verstummte und gab sich ihren grüblerischen Gedanken um Alexa hin.

Sie hatten inzwischen die steile Auffahrt nach Croy zur Hälfte hinter sich gebracht und näherten sich der Abzweigung nach Pennyburn. Dort gab es kein Tor; lediglich eine Öffnung im Zaun links von der Straße. Archie bog ein und fuhr die rund hundert Meter über den asphaltierten Weg, der zu beiden Seiten von gemähten Rainen und einer gestutzten Buchenhecke gesäumt wurde. An deren Ende mündete er in einen größeren Hof, auf dessen einer Seite das kleine weiße Haus und auf der anderen Seite eine Doppelgarage stand. Ihre Tore waren offen, so daß man nicht nur Violets Wagen sah, sondern auch Schubkarre, Rasenmäher und Gartenwerkzeug. Zwischen der Garage und der Hecke lag ihre Trockenwiese. Sie hatte am Vormittag gewaschen, und eine Leine voll Wäsche flatterte in der Abendbrise. Hölzerne Pflanzkübel mit Hortensien von der Farbe rötlichen Löschpapiers standen zu beiden Seiten der Haustür, und eine Lavendelhecke schob sich bis dicht ans Haus.

Archie hielt den Wagen an und stellte den Motor ab, doch Violet machte keine Anstalten auszusteigen. Nachdem sie diese Unterhaltung begonnen hatte, wollte sie sie auch zu Ende führen.

«Ich glaube nicht, daß der tragische Tod ihrer Mutter oder Edmunds neue Ehe der eigentliche Grund für Alexas mangelndes Selbstvertrauen ist. Niemand hätte liebevoller und verständnisvoller sein können als Virginia; sie entspricht in keiner Weise dem Bild der Stiefmutter. Henrys Geburt war für alle eine ungetrübte Freude, und es hat zwischen den Geschwistern nicht die Spur von Rivalität gegeben.» Als Violet Henrys Namen aussprach, fiel ihr ein weiterer großer Kummer ein. «Und jetzt mach ich mir Sorgen um Henry, denn ich fürchte, Edmund will ihn auf Biegen und Brechen ins Internat nach Templehall geben. Ich halte das für zu früh, denn er scheint mir dafür noch nicht reif. Falls er fort muß, mach ich mir aber auch Sorgen um Virginia, denn Henry ist ihr ein und alles, und wenn Edmund ihr ihn entreißt, ist es ohne weiteres möglich, daß sich die beiden auseinanderleben. Er ist so selten zu Hause. Manchmal hält er sich die ganze Woche in Edinburgh auf, dann wieder auf der anderen Seite der Erde. Einer Ehe bekommt so etwas nicht.»

«Aber das hat Virginia doch vorher gewußt. Machen Sie sich keine unnötigen Gedanken, Vi. Ich halte viel von Templehall. Es ist eine gute Schule, und Colin Henderson ist ein überaus verständnisvoller Schulleiter. Unser Hamish ist wirklich gern dort, und es gefällt ihm sehr.»

«Ja, aber er war mit acht Jahren auch ganz anders als Henry. Er konnte sich da ohne weiteres schon um sich selbst kümmern.»

«Das stimmt», mußte Archie nicht ohne Stolz eingestehen. «Er ist ein stabiler Bursche.»

Ein weiterer schrecklicher Gedanke meldete sich bei Violet. «Archie, die schlagen da doch nicht etwa die kleinen Jungen, oder?»

«Um Himmels willen, nein. Die schlimmste Strafe besteht darin, daß man auf einem harten Holzstuhl im Vorraum draußen sitzen muß. Aus irgendeinem Grund macht das den widerspenstigsten Jungen lammfromm.»

«Nun, wenigstens etwas. Es ist richtig barbarisch, kleine Kinder zu schlagen. Und dumm. Wer von jemandem geschlagen wird, den er nicht mag, empfindet nichts als Haß und Angst. Wenn einen jemand, den man achtet oder gar mag, hinausschickt, damit man sich auf einen harten Stuhl setzt, ist das viel vernünftiger.»

«Hamish hat den größten Teil seines ersten Jahres da auf dem Stuhl zugebracht.»

«So ein schlimmer Junge. Ach je, am besten denkt man gar nicht darüber nach. Auch nicht über Edie. Jetzt muß ich mir auch noch Sorgen um Edie machen, die sich diese schreckliche, verrückte Kusine auf den Hals lädt. Wir haben uns alle so lange von ihr helfen lassen und dabei ganz vergessen, daß sie nicht mehr die Jüngste ist. Ich hoffe nur, daß ihr das nicht alles zuviel wird.»

«Nun, noch ist es nicht soweit. Vielleicht kommt es nie dazu.»

«Wir dürfen der armen Lottie Carstairs ja wohl nicht den Tod wünschen, aber das scheint mir der einzige denkbare Ausweg zu sein.»

Sie sah zu Archie hinüber und stellte überrascht fest, daß er kurz davor stand, in Lachen auszubrechen. «Wissen Sie was, Vi? Sie deprimieren mich.»

«Das tut mir leid.» Sie schlug ihm kameradschaftlich aufs Knie. «Was für eine alte Quasselstrippe ich doch bin. Achten Sie nicht drauf. Gibt's Neues von Lucilla?»

«Das letzte, was ich gehört habe, war, daß sie auf irgendeinem Dachboden in Paris haust.»

«Es heißt immer, Kinder sind eine Freude, aber sie können einem mitunter auch entsetzliche Kopfschmerzen machen. Jetzt darf ich Sie aber nicht länger mit meinem Gerede aufhalten. Bestimmt wartet Isobel schon auf Sie.»

«Wollen Sie nicht auf einen Schluck Tee mit nach Croy kommen und uns helfen, die Amerikaner zu amüsieren?» Es klang bittend.

Bei dieser Aussicht sank Violets Herz. «Archie, ich glaube nicht, daß ich mich dazu imstande fühle. Ist das selbstsüchtig von mir?»

«Aber nein. Manchmal wird mir all dies Bellen und Schwanzwedeln zuviel. Aber es ist natürlich nichts im Vergleich zu dem, was die arme Isobel tun muß.»

«Es muß entsetzlich schwere Arbeit sein. All das Abholen und Hinbringen und Kochen und Tischdecken und Bettenüberziehen. Und dann noch Konversation machen. Es ist zwar immer nur für zwei Nächte pro Woche, aber gibt es keine bessere Möglichkeit, Geld zu verdienen?»

«Wissen Sie eine?»

«Nicht so aus dem Stegreif. Aber ich fände es schön, wenn das Leben für Sie beide etwas einfacher wäre. Natürlich kann man die Uhr nicht zurückdrehen, aber manchmal denke ich mir, wie hübsch es wäre, wenn sich auf Croy nichts verändert hätte. Wenn Ihre wunderbaren Eltern noch am Leben und Sie alle wieder jung sein könnten. All das Kommen und Gehen, Wagen in der Auffahrt und Stimmen und Gelächter.»

Er betrachtete ihren Wäschetrockenplatz so aufmerksam, als wären Violets Geschirrtücher und Kissenbezüge, ihr mächtiger BH und ihre seidene Unterwäsche der interessanteste Anblick auf der Welt.

Sie dachte, *und Sie und Edmund die engsten Freunde*, aber sie sagte es nicht.

«Und Pandora wäre da. Das schreckliche, liebe Kind. Ich hatte immer das Gefühl, sie hat einen großen Teil des Gelächters mitgenommen, als sie fortging.»

Archie verharrte in seinem Schweigen, sagte dann «Ja» und kein Wort mehr.

Eine leichte Spannung lag zwischen ihnen. Um sie zu überbrükken, machte sich Violet geschäftig daran, ihre Sachen zusammenzusuchen. «Ich darf Sie nicht länger aufhalten.» Sie öffnete die Tür und kletterte von dem hohen Sitz herunter.

«Danke, daß Sie mich mitgenommen haben, Archie.»
«War mir ein Vergnügen, Vi.»
«Grüße an Isobel.»
«Natürlich. Bis dann.»

Sie wartete, während er den Wagen wendete, und sah ihm den ganzen Weg nach, bis er über die Kuppe des Hügels verschwand. Ihr schlechtes Gewissen regte sich. Sie hätte doch mitfahren sollen, um mit Isobel Tee zu trinken und mit den unbekannten Amerikanern höflich zu plaudern. Jetzt war es zu spät, er war fort. Sie kramte den Schlüssel aus ihrer Handtasche und ging ins Haus.

Der Weg wurde steiler. Als Archie die Bäume erreichte, schwang der Weg, der bis zum höchsten Punkt gestiegen war, nach links und wurde eben. Vor ihm führte die Buchenallee zum Haus. Ein Quellbach, Pennyburn, ergoß sich von den Bergen herunter, wobei er immer wieder in Gestalt kleiner Teiche eine Pause einlegte, bis er, an der Zufahrt von einer steinernen Bogenbrücke überquert, weiter unten durch den Garten hinter Violet Airds Haus floß, das ihm seinen Namen verdankte.

Unter den Buchen war es schattig, das Licht war gedämpft und wirkte grünlich. Die belaubten Äste überspannten den Weg vollständig, und man kam sich ein wenig so vor, als fahre man durch das Mittelschiff eines riesigen Domes. Mit einemmal blieb dann die Allee zurück, und das Haus wurde sichtbar, das genau am jähen Abhang des Berges errichtet war, so daß ihm das ganze Tal wie ein Panorama zu Füßen lag. Die Abendbrise hatte ihr Werk vollendet, die Wolken waren vertrieben, der Dunst hatte sich gehoben. Die fernen Berge und die friedlich daliegenden Äcker waren in goldenes Sonnenlicht getaucht.

Archie empfand das Bedürfnis, einige Augenblicke für sich allein zu sein. Es war egoistisch, denn er kam bereits ziemlich spät, Isobel wartete auf ihn und brauchte seine moralische Unterstützung. Doch er schob das Schuldgefühl beiseite, hielt außer Hörweite des Hauses an und stellte den Motor ab.

Es war sehr still. Er hörte nichts als das Säuseln des Windes in den

Bäumen und den Ruf des Brachvogels. Er lauschte der Stille. Mit einemmal meinte er Violets Stimme zu hören: *Sie alle wieder jung. All das Kommen und Gehen. Und Pandora wäre da.*

Das hätte sie nicht sagen sollen. Er wollte nicht, daß an diese Erinnerungen gerührt wurde. Er wollte von dieser Sehnsucht nach der Vergangenheit nicht verzehrt werden. *Sie alle wieder jung.*

Er dachte daran, wie Croy einst gewesen war. Er erinnerte sich, wie er als Schuljunge nach Hause gekommen war, später als junger Soldat auf Urlaub. Da war er mit der Selbstsicherheit der Jugend in seinem offenen Sportwagen den Berg emporgefegt, daß ihm der Wind durch das Gesicht fuhr. Im vollen Bewußtsein dessen, daß alles genauso sein würde wie bei seinem Weggang. Mit kreischenden Bremsen war er vor dem Haus zum Stehen gekommen, die Hunde waren bellend aus der offenen Tür gestürmt, um ihn zu begrüßen, und der Lärm rief die anderen herbei, so daß alle versammelt waren, kaum daß er in der Eingangshalle stand – die Eltern, der Butler Harris und seine Frau, die als Köchin tätig war, und alle Dienstmädchen oder Zugehfrauen, die gerade aushalfen.

«Archie. Ach Liebling, wie schön, daß du wieder da bist.»

Und dann Pandora. *Ich hatte immer das Gefühl, sie hat einen großen Teil des Gelächters mitgenommen, als sie fortging.* Seine jüngere Schwester. In seiner Erinnerung war sie etwa dreizehn, und da bereits schön. Er sah, wie sie langbeinig die Treppe herabgeflogen kam, um sich in seine ausgestreckten Arme zu stürzen. Er sah sie mit dem vollen, geschwungenen Mund und ihren aufreizenden schrägen Augen, schon ganz Frau. Er spürte die Leichtigkeit ihres Körpers, als er sie hochriß, so daß sie mit den Füßen den Boden nicht mehr berührte. Er hörte ihre Stimme. «Du bist wieder da, du Scheusal, und hast einen neuen Wagen. Ich hab's aus dem Fenster gesehen. Nimm mich ein Stück mit, Archie. Ich möchte gern hundertsechzig fahren.»

Pandora. Er merkte, daß er lächelte. Immer war sie ein Mensch gewesen, der das Leben verstärkte, schon als Kind, ein Mensch, der in die langweiligsten Anlässe Schwung und Gelächter brachte. Woher sie das hatte, war ihm nie klargeworden. Sie war eine Blair wie alle anderen, doch in jeder Weise so anders als sie, daß sie ohne weiteres ein Wechselbalg hätte sein können.

Er erinnerte sich, wie sie als Säugling gewesen war, als kleines Mädchen, als süßer langbeiniger Backfisch, denn sie hatte nie unter Babyspeck, Pickeln oder Mangel an Selbstvertrauen gelitten. Mit sechzehn sah sie aus wie zwanzig. Jeder Freund, den sie mit ins Haus brachte, war, wenn schon nicht in sie verliebt, auf jeden Fall von ihr fasziniert.

Das Leben hatte für die jungen Blairs vor Aktivität förmlich gesprüht. Gesellschaften, Jagdausflüge, Tennis, im August Picknickausflüge. Ein Picknick fiel ihm ein, bei dem Pandora über die große Hitze geklagt und vor aller Augen, ohne auch nur einen Gedanken an die erstaunten Zuschauer zu verschwenden, splitternackt in den Bergsee gesprungen war. Er erinnerte sich an Abende mit schottischen Tänzen, bei denen sie in einem weißen Chiffonkleid mit bloßen braunen Schultern von einem Mann zum anderen geflogen war, ob *Strip the Willow* getanzt wurde oder *The Duke of Perth*.

Sie war fort, seit mehr als zwanzig Jahren. Als Achtzehnjährige war sie, wenige Monate nach Archies Hochzeit, mit einem verheirateten Amerikaner durchgebrannt, den sie im Laufe des Sommers irgendwo in Schottland kennengelernt hatte, war mit ihm nach Kalifornien geflogen und irgendwann seine Frau geworden. Entsetzen und Schauder hatte wie eine große Welle die Grafschaft durchzogen, aber die Balmerinos waren so beliebt und geachtet, daß man ihnen viel Mitgefühl und Verständnis entgegenbrachte. Vielleicht wird sie zurückkommen, sagten die Menschen voller Hoffnung. Aber sie dachte nicht daran, kam nicht einmal zur Beerdigung ihrer Eltern. Statt dessen flog sie, launisch wie immer, von einem Liebhaber zum anderen, so, als handle es sich um einen endlosen *Strip the Willow*. Nach der Scheidung von ihrem amerikanischen Gatten zog sie nach New York und später nach Frankreich, wo sie einige Jahre in Paris lebte. Die Beziehung zu Archie erhielt sie durch Postkarten aufrecht, die – selten genug – hin und wieder ins Haus flatterten und eine hingekritzelte Adresse enthielten, irgendeine Mitteilung über ihr Leben und ein gekrakeltes Kreuz als Symbol für einen Kuß.

Jetzt schien sie in einer Villa auf Mallorca gelandet zu sein. Gott mochte wissen, wer ihr gegenwärtiger Lebensgefährte war.

Obwohl Archie und Isobel die Hoffnung, sie könne je zur Vernunft kommen oder einmal nach Hause zurückkehren, längst aufgegeben hatten, ertappte er sich immer wieder dabei, daß sie ihm mehr fehlte als sonst irgendein Mensch. Die Jugend war vorüber, und das Herrenhaus von Croy, in dem es zu Lebzeiten seines Vaters eher wie an einem Fürstenhof zugegangen war, hatte seinen einstigen Glanz eingebüßt. Da Harris und seine Frau längst ihren Ruhestand genossen, war Isobels einzige Hilfe im Haushalt Agnes Cooper, die zweimal wöchentlich den Hügel vom Dorf emporgestiegen kam.

Was den großen Besitz anging, standen die Dinge kaum besser. Der Jagdhüter Gordon Gillock wohnte nach wie vor hinten beim Zwinger mit der Hundemeute in seinem kleinen Steinhaus, aber für sein Gehalt kam Edmund Aird auf. Die Moorschneehuhnjagd war verpachtet, wie auch die Landwirtschaft, und das umgepflügte offene Parkland diente jetzt als Ackerland. Als der alte Gärtner gestorben war, ein wettergegerbter zäher Mann, der in Archies Kindheit eine wichtige Rolle gespielt hatte, blieb die Stelle unbesetzt. Sein großartiger ummauerter Garten war jetzt grasüberwachsen. Da niemand die Rhododendren stutzte, wucherten sie wild in die Breite, und der Tennisplatz war mit Moos bewachsen. Jetzt gehörte die Park- und Gartenpflege zu Archies Aufgaben. Von Zeit zu Zeit unterstützte ihn bei dieser Arbeit Willy Snoddy, der in einem verfallenen Häuschen am Ende des Dorfes wohnte. Er fing Wildkaninchen in Schlingen, angelte unerlaubterweise Lachse und war froh, wenn er sich von Zeit zu Zeit ein bißchen Geld zum Vertrinken verdienen konnte.

Und was war mit ihm selbst? Archie legte sich Rechenschaft ab. Abgehalfterter Oberstleutnant bei den Queen's Loyal Highlanders, dienstunfähig, Blechbein, sechzig Prozent Erwerbsminderung und entsprechende Pension, und zu viele Alpträume. Doch immer noch dank Isobel im Besitz seines Erbes. Croy war nach wie vor sein, und es würde, so Gott wollte, eines Tages Hamish gehören. Zwar war

Archie ein Krüppel und tat sich entsetzlich schwer, finanziell über die Runden zu kommen, aber er war immer noch Lord Balmerino auf Croy.

Mit einemmal kam ihm das lachhaft vor. Lord Balmerino auf Croy. Ein so hochtrabender Titel und eine so lächerliche Situation. Es hatte keinen Sinn, dahinterkommen zu wollen, warum alles so schiefgegangen war, denn er konnte ohnehin nicht viel daran ändern. Schluß mit den Gedanken an die Vergangenheit. Die Pflicht rief, und Lady Balmerino wartete.

Aus irgendeinem sonderbaren Grund fühlte er sich fröhlicher. Er ließ den Motor an und fuhr das kurze Stück über den Kies zum Eingang des Hauses.

5. Kapitel

Es hatte fast den ganzen Tag genieselt. Jetzt aber war es schön, und so ging Henry nach seinem ‹Tee› mit Edie in den Garten hinaus. Dieser neigte sich zum Fluß hinab, und Edies Wäscheleine hing zwischen zwei Apfelbäumen. Er half ihr beim Abnehmen der Wäsche und legte sie in den Weidenkorb. Danach legten sie die Laken zusammen, nachdem sie kräftig daran geruckt hatten, um alle Falten zu beseitigen. Als das erledigt war, kehrten sie ins Haus zurück. Edie stellte das Bügelbrett auf und machte sich daran, die Kissenbezüge, ihre Schürze und eine Bluse zu bügeln. Henry sah ihr zu. Ihm gefiel der Geruch und die Art, wie das heiße Eisen die verknitterte feuchte Wäsche glatt und glänzend machte, so daß sie einem ganz frisch vorkam.

Er sagte: «Du bügelst sehr gut.»

«Das muß ich ja wohl nach all den Jahren.»

«Wie viele sind es denn?»

«Nun», sie setzte das Eisen nieder und faltete mit ihren knotigen roten Händen den Kissenbezug. «Ich bin jetzt achtundsechzig und hab mit achtzehn angefangen, bei Mrs. Aird zu arbeiten. Rechne es dir selbst aus.»

Das konnte sogar Henry. «Fünfzig Jahre.»

«Wenn man die Zukunft vor sich sieht, dehnen sich fünfzig Jahre schrecklich lang, aber im Rückblick kommen sie einem vor wie nichts. Man fragt sich, worum es im Leben überhaupt geht.»

«Erzähl mir von Alexa und London.» Henry war noch nie in London gewesen, Edie aber hatte dort eine ganze Weile gelebt.

«Ach, Henry, die Geschichten hab ich dir schon tausendmal erzählt.»

«Ich möchte sie aber *noch* mal hören.»

«Schön...» Sie bügelte eine Falte so scharf wie die Schneide eines Messers. «Vor vielen Jahren hatte dein Vater eine Frau, die Caroline hieß. Sie haben in London geheiratet, in der Kirche von St. Margaret in Westminster, und wir sind alle hingefahren und haben in einem Hotel gewohnt, das *Berkeley* hieß. Und was für eine Hochzeit das war! Zehn reizende Brautjungfern, alle in Weiß, wie die Schwäne. Und nach der Hochzeit sind wir alle in ein anderes großartiges Hotel gegangen, das *Ritz*. Da hatten die Kellner Fräcke an und sahen so blendend aus, daß man gedacht hätte, sie wären selbst Hochzeitsgäste. Es gab Champagner und so viel zu essen, daß man nicht wußte, womit man anfangen sollte.»

«Auch Wackelpudding?»

«In allen Farben. Gelb und Rot und Grün. Nur hieß das da nicht Wackelpudding, sondern Götterspeise. Außerdem gab es kalten Lachs und winzige belegte Brote, die man mit den Fingern essen konnte, und mit Zucker bestreute Weintrauben. Caroline hatte ein Kleid aus Wildseide mit einer riesigen Schleppe an, und auf dem Kopf ein Diamant-Diadem, das ihr Vater ihr zur Hochzeit geschenkt hat. Sie sah aus wie eine Königin.»

«War sie hübsch?»

«Ach, Henry, alle Bräute sind wunderschön.»

«War sie so hübsch wie meine Mutter?»

Aber Edie ließ sich nicht in die Falle locken. «Sie sah auf eine andere Weise gut aus. Sie war sehr groß und hatte einfach zauberhaftes schwarzes Haar.»

«Hast du sie gemocht?»

«Natürlich. Sonst wär ich doch nicht nach London gefahren.»

«Erzähl mir davon.»

Edie legte die fertigen Kissenbezüge beiseite und nahm sich ein blau und weiß gewürfeltes Tischtuch vor.

«Nun, es war unmittelbar nachdem dein Opa Geordie gestorben war. Ich hab damals noch auf Balnaid gewohnt und für deine Oma Vi gearbeitet. Wir beide waren allein im Haus und haben uns gegenseitig Gesellschaft geleistet. Wir wußten, daß Caroline ein Kind erwartete, denn Edmund war zur Beerdigung seines Vaters raufgekommen und hatte es uns gesagt. Für deine Oma Vi war es ein herrlicher Trost, zu wissen, daß ein neues winziges Leben unterwegs war, weil Geordie nicht mehr bei ihr war. Dann hieß es, Caroline suchte ein Kindermädchen, und deiner Oma Vi war die Vorstellung unerträglich, irgendein wildfremder Trampel in Schwesterntracht würde sich um ihren Enkel kümmern, das winzige Köpfchen mit falschen Gedanken anfüllen, sich nicht die Zeit nehmen, mit dem Kind zu reden oder ihm vorzulesen. Ich wär nie auf den Gedanken gekommen, daß ich hinfahren könnte, bis mich deine Oma Vi dazu aufgefordert hat. Ich wollte gar nicht von Balnaid und Strathcroy weg. Aber... wir haben darüber geredet, bis ich schließlich den Eindruck hatte, daß mir gar nichts anderes übrigblieb. Also bin ich nach London gefahren...»

«Bestimmt hat sich Papa gefreut, dich zu sehen.»

«Ach ja, das schon. Und letzten Endes war es nur gut, daß ich hingefahren bin. Alexa ist zwar gesund und munter zur Welt gekommen, aber danach wurde Caroline sehr, sehr krank.»

«Hatte sie die Masern?»

«Nein.»

«Keuchhusten?»

«Nein. Die Art Krankheit war es nicht. Es hatte mehr mit den Nerven zu tun. Die Ärzte nennen es postnatale Depression, und es ist schlimm, wenn man das mit ansehen muß. Caroline mußte ins Krankenhaus, und als sie wieder nach Hause durfte, konnte sie wirklich rein gar nichts machen und sich auf keinen Fall um ihr Kind kümmern. Schließlich hat sie sich ein bißchen erholt, und ihre Mutter, Lady Cheriton, hat sie auf eine herrliche Kreuzfahrt nach Madeira mitgenommen, das ist eine Insel im Meer. Nach ein oder zwei Monaten ist es Caroline wieder bessergegangen.»

«Und du warst solange ganz allein in London?»

«Nicht *ganz* allein. Jeden Morgen ist eine reizende Frau gekommen, um das Haus zu putzen, und dann war ja auch dein Vater ab und zu da.»

«Und warum seid ihr nicht nach Schottland zurückgekommen und habt bei Oma Vi gewohnt?»

«Eine Zeitlang haben wir das überlegt, jedenfalls für eine Weile, zu einem Besuch. Es war die Woche, in der Lord Balmerino Isobel geheiratet hat. Nur hieß er damals noch Archie Blair und war ein wirklich gutaussehender junger Offizier. Caroline war immer noch auf der schönen Insel Madeira, und Edmund schlug vor, wir sollten doch alle zusammen zur Hochzeit kommen und auf Balnaid bleiben. Deine Oma Vi war richtig aufgeregt, als sie hörte, daß wir zu Besuch kämen. Sie hat das Kinderbettchen vom Dachboden geholt, die Säuglingsdecken gewaschen und den alten Kinderwagen abgestaubt. Dann hat Alexa ihre ersten Zähnchen bekommen... sie war ja noch winzig, und es ist ihr ganz schlimm gegangen. Jede Nacht hat sie am Stück geschrien, und ich konnte sie mit nichts beruhigen. Ich glaub, ich hab vierzehn Tage lang keine Nacht ordentlich geschlafen, und schließlich hat Edmund gesagt, die lange Reise nach Norden wär wohl für uns beide zuviel. Er hatte natürlich recht, aber ich hätte vor Enttäuschung heulen können.»

«Bestimmt war Oma Vi auch enttäuscht.»

«Ja, das glaube ich schon.»

«Ist Papa zur Hochzeit gekommen?»

«Ja, er schon. Er und Archie waren ja gute alte Freunde. Er mußte unbedingt dabeisein. Aber er ist allein gefahren.»

Sie war mit dem Tischtuch fertig und begann, ihre beste Bluse zu bügeln. Vorsichtig fuhr sie mit der Spitze des Eisens in eine Falte an der Schulter, so weit sie konnte. Das sah noch schwieriger aus als das Bügeln von Kissenbezügen.

«Erzähl mir über das Haus in London.»

«Ach Henry, kriegst du von all den alten Geschichten nie genug?»

«Ich hör es so gern, wenn du von dem Haus erzählst.»

«Na schön. Es stand in Kensington, ein Reihenhaus. Unheimlich hoch und ganz schmal. Was für eine Arbeit man hatte! Die Küche lag im Kellergeschoß und das Kinderzimmer unterm Dach. Mir ist es so vorgekommen, als ob ich immerzu Treppen steigen müßte. Aber es war wirklich ein wunderschönes Haus, und es war mit kostbaren Dingen angefüllt. Immer war irgendwas los. Besuch kam, oder es gab Abendgesellschaften, dann sind Gäste in ihren schönen Kleidern zur Haustür hereingekommen. Bei solchen Gelegenheiten haben Alexa und ich immer auf dem Treppenabsatz gesessen und durch die Geländerstäbe zugeguckt.»

«Und ihr wart unsichtbar.»

«Ja. Es war wie beim Versteckspielen.»

«Und dann seid ihr zum Buckingham-Palast gegangen...»

«Ja, um uns den Wachwechsel anzusehen. Manchmal sind wir mit einem Taxi in den Zoo zu den Löwen gefahren. Als Alexa etwas älter war, hab ich sie immer zur Schule und zum Tanzunterricht gebracht. Ein paar von den anderen Kindern waren echte Lords und Ladies – die hatten vielleicht eingebildete Kindermädchen!»

Kleine Lords und Ladies und ein Haus voll kostbarer Gegenstände. Edie, fand Henry, hatte herrliche Dinge erlebt. «Hat es dir leid getan, als du aus London weg mußtest?»

«Ach Henry, der Grund, warum ich fort mußte, war so bedrükkend. Eine schreckliche Tragödie. Denk doch nur, da fährt ein Mann mit seinem Auto zu schnell, ohne an andere Menschen auf der Straße zu denken, und von einem Augenblick auf den anderen hatte Edmund keine Frau und Alexa keine Mutter mehr. Die arme Lady Cheriton. Ihr einziges Kind, ihre einzige Tochter. Tot.»

Tot. Ein schreckliches Wort. Es war wie das Geräusch einer Schere, die ein Stück Bindfaden zerschnitt, und man wußte, daß man die Stücke nie im Leben wieder zusammensetzen konnte.

«Hat das Alexa was ausgemacht?»

«‹Ausmachen› ist nicht das richtige Wort, wenn es um so entsetzliche Dinge geht.»

«Aber du konntest dadurch nach Schottland zurückkommen.»

«Ja.» Seufzend faltete Edie die Bluse zusammen. «Ja, wir sind zurückgekommen. Wir alle. Dein Vater, um in Edinburgh zu arbeiten, und Alexa und ich, um auf Balnaid zu leben. Allmählich ist es dann besser geworden. Mit dem Kummer ist es eine sonderbare Sache, denn man braucht ihn nicht den Rest seines Lebens mit sich herumzuschleppen. Nach einer Weile stellt man ihn am Straßenrand ab, geht weiter und läßt ihn, wo er ist. Für Alexa war es ein neues Leben. Sie ist in die Grundschule von Strathcroy gegangen, so wie du jetzt, und hat sich mit all den Kindern im Dorf angefreundet. Deine Oma Vi hat ihr ein Fahrrad und ein Shetlandpony geschenkt. Schon bald hätte niemand geglaubt, daß sie je in London gewohnt hatte. Und doch ist sie, kaum daß sie alt genug war, um allein zu reisen, in allen Ferien wieder hingefahren, um eine Weile bei Lady Cheriton zu bleiben. Es war das mindeste, was wir für die arme Frau tun konnten.»

Sie war mit dem Bügeln fertig, schaltete das Eisen aus, stellte es zum Abkühlen auf den Kaminrost und klappte das Bügelbrett zusammen. Aber Henry hatte nicht die Absicht, diese spannende Unterhaltung zu beenden.

«Und vor Alexa hast du dich um Papa gekümmert, nicht wahr?»

«Ja. Bis zu dem Tag, als er acht Jahre alt war und ins Internat kam.»

Henry sagte: «Ich möchte nicht ins Internat.»

«Ach was», Edies Stimme nahm einen entschlossenen Klang an. «Warum nicht? Da gibt es viele Jungen in deinem Alter, ihr spielt Fußball und Cricket, und ständig ist was los.»

«Ich kenne da doch keinen, und hab auch bestimmt keine Freunde. Außerdem darf ich Mu da nicht mit hinnehmen.»

Edie wußte, was es mit Mu auf sich hatte. Es bestand aus Satin und Wolle, Resten der Decke aus Henrys Kinderbett, wohnte unter seinem Kopfkissen und half ihm nachts einschlafen. Ohne Mu konnte Henry nicht schlafen. Mu war für ihn sehr wichtig.

«Nein», räumte sie ein, «das darfst du bestimmt nicht. Aber niemand würde was sagen, wenn du einen Teddybär mitnähmst.»

«Mit Teddies funktioniert es nicht. Und Hamish Blair sagt, nur Säuglinge nehmen Teddybären mit.»

«Hamish Blair redet viel Unsinn.»

«Und du bist dann nicht da, um mir mittags mein Essen zu geben.»

Die Munterkeit fiel von Edie ab. Sie fuhr ihm mit der Hand durchs Haar. «Kleiner Mann. Wir alle müssen erwachsen werden, weitermachen. Die Welt käme zum Stillstand, wenn wir alle blieben, wo wir sind. Jetzt aber», sagte sie mit einem Blick auf die Uhr, «ist es Zeit, daß du nach Hause gehst. Ich hab deiner Mutter versprochen, daß du um sechs wieder da bist. Schaffst du es allein, oder soll ich dich ein Stück begleiten?»

«Nein», teilte er mit. «Ich schaff es allein.»

6. Kapitel

Als Edmund Aird zum zweitenmal eine Ehe einging, war er nahezu vierzig Jahre alt, seine Braut Virginia hingegen erst dreiundzwanzig. Im Unterschied zu ihm stammte sie nicht aus Schottland, sondern aus der südenglischen Grafschaft Devon, wo sie auf dem Landgut ihres Vaters aufgewachsen war, das sich zwischen dem unwirtlichen Dartmoor und der Küste erstreckte. Als er es erbte, hatte er, um sich dessen Verwaltung zu widmen, den Dienst als Offizier im Devon and Dorset-Regiment quittiert. Virginias Mutter war Amerikanerin und flog mit ihrer Tochter alljährlich über den Atlantik, wo die beiden die heißen Sommermonate Juli und August im elterlichen Haus in Leesport, einem Dorf am Südufer von Long Island, zu verbringen pflegten.

Das alte, mit Schindeln verkleidete Haus von Virginias Großeltern war groß und luftig. Die Seebrise bauschte die hauchdünnen Stores und trug die Gerüche des großen Gartens, den ein weißer Staketenzaun von der stillen Straße trennte, ins Haus. Entlang seiner Wände gab es breite kühle Veranden mit Fliegengittern, auf denen man nicht von Insekten belästigt wurde, sowie große Lattenrost-Flächen als Unterlage für Tische und Stühle. Der größte Vorzug des Hauses aber war, daß es ans Gelände des Country Club stieß, der mit seinen Restaurants und Bars, mit Golfplatz, Tennisplätzen und einem riesigen türkisfarbenen Schwimmbecken den Mittelpunkt des gesellschaftlichen Lebens am Ort bildete.

Welten lagen zwischen diesem Leben und dem feuchten und dunstigen Devon. Durch dieses jährlich wiederkehrende Erlebnis bekam die junge Virginia eine Weltläufigkeit, die sie von ihren Altersgenossinnen in England abhob. Ihre Kleidung, die bei ausgedehnten Einkaufsbummeln über die Fifth Avenue für sie gekauft wurde, war gediegen und zugleich modisch. Sie bemühte sich, die bezaubernde Klangfärbung in der Stimme ihrer Mutter nachzuahmen, und wenn sie nach den Sommerferien in die Schule zurückkehrte, war sie zwar mit ihrer gepflegten blonden Mähne und den langen schlanken Beinen, wie man sie bei Amerikanerinnen häufig findet, Gegenstand des Staunens und der Bewunderung, aber auch unvermeidlich Opfer boshaften Neides, mit dem sie früh fertig zu werden lernte.

Die Schulfächer lagen ihr nicht besonders. Weit lieber als im Klassenzimmer hielt sie sich an der frischen Luft auf, und Sport war ihre Leidenschaft. Auf Long Island spielte sie Tennis, segelte und schwamm, in Devon ritt sie und beteiligte sich jeden Winter an Fuchsjagden. Im Lauf der Jahre fühlten sich junge Männer zu ihr hingezogen, waren wie gebannt von dem Anblick, den sie bot, wenn sie im Reitdress auf einem beneidenswerten Pferd saß oder in einem weißen Röckchen, das kaum ihr Gesäß bedeckte, über den Tennisplatz huschte. Bei Weihnachtsbällen drängten sie sich wie die Bienen um den sprichwörtlichen Honigtopf. Daheim klingelte das Telefon unausgesetzt, und alle Anrufe waren für sie. Ihr Vater beschwerte sich zwar, da er aber auf die Beliebtheit seiner Tochter insgeheim stolz war, gab er das Klagen auf und ließ einen zweiten Apparat installieren.

Nach ihrem Schulabschluß belegte sie in London einen Kurs im Maschineschreiben. Das war zwar äußerst langweilig, aber da sie keinerlei besondere Begabung oder Ehrgeiz hatte, schien es ihr das einzige, was sie tun konnte. Sie teilte sich mit anderen eine Wohnung im Vorort Fulham und arbeitete ausschließlich als Aushilfskraft, weil ihr das Zeit ließ, angenehmen Einladungen Folge zu leisten. Immer noch wurde sie von Männern umschwärmt, aber es waren jetzt andere – ältere, wohlhabendere und mitunter auch bereits verheiratete. Sie ließ zu, daß sie enorme Beträge für sie ausgaben, sie zum Abendessen ausführten und ihr teure Geschenke zu Füßen legten. Wenn sie dann nicht mehr wußten, wohin mit ihrer Ergebenheit und unerfüllten Begierde, verschwand sie ohne Vorankündigung aus London – sei es, um einen weiteren Sommer bei ihren Großeltern zu verbringen, einer Einladung in ein Haus auf Ibiza zu folgen, auf einer Yacht vor der schottischen Westküste zu segeln oder Weihnachten im Elternhaus in Devon zu verbringen.

Bei einem dieser unbeschwerten Aufenthalte hatte sie Edmund Aird kennengelernt. Es war September, die Eltern einer Schulfreundin, die aus Relkirkshire im schottischen Hochland stammte, veranstalteten einen Jagdball und hatten dazu für mehrere Tage Gäste ins Haus geladen. Vor dem Tanzen gab es eine Abendgesellschaft, bei der sich die Tische bogen, und alle Gäste – sowohl die im Hause wohnenden wie auch jene, die für den Abend eingeladen waren – versammelten sich zuvor in der großen Bibliothek.

Virginia trat als letzte ein, in einem trägerlosen Kleid von so blassem Grün, daß es nahezu weiß aussah. Es wurde über der Schulter von einem Efeuzweig gehalten, dessen dunkle Blätter aus schimmerndem Atlas bestanden.

Sie sah ihn sofort. Er stand mit dem Rücken zum Kamin. Quer durch den Raum trafen sich ihre Augen und wichen einander nicht aus. Er war groß, hatte schwarzes Haar, das silbergraue Fäden durchzogen. Sie war an den Anblick von Männern gewöhnt, die in der Pfauenpracht auftraten, mit der sich der Hochlandschotte traditionell kleidet – karierte Kniestrümpfe, Kilt, mit blitzenden Silberknöpfen besetztes dunkles flaschengrünes Jackett –, aber nie zuvor war sie einem begegnet, der darin so gut aussah.

«... da sind Sie ja, liebste Virginia.» Das war die Gastgeberin. «So, wen kennen Sie schon, und wen nicht?» Unbekannte Gesichter, neue Namen. Sie hörte sie kaum. Schließlich: «... und das ist Edmund Aird. Edmund, das ist Virginia. Sie ist eigens aus Devon gekommen und wohnt bei uns, Sie dürfen jetzt noch nicht mit ihr reden, denn sie ist Ihre Tischdame. Nachher können Sie nach Herzenslust miteinander plaudern...»

Nie zuvor hatte sich Virginia so schlagartig und rückhaltlos verliebt. Natürlich hatte es Affären gegeben, hatte sie sich in den Zeiten des Country Club von Leesport bis über beide Ohren verschossen gehabt, aber so etwas hatte nie länger als ein paar Wochen gedauert. Jener Abend war anders, und sie wußte ohne jeden Zweifel, daß ihr hier der Mann begegnet war, mit dem sie ihr Leben zu teilen wünschte. Es dauerte nicht lange, bis sie begriff, daß das unglaubliche Wunder tatsächlich geschah und Edmund ihre Gefühle erwiderte.

Die Welt wurde strahlend und schön. Nichts konnte mißlingen. Vom Glück geblendet war sie bereit, ihr Schicksal in Edmunds Hände zu legen, Vernunft und alle ermüdenden Grundsätze fahrenzulassen, ihm ihr Leben zu schenken, wenn nötig, im Hintergrund; auf dem Gipfel eines Berges; in unverhohlener Sünde zu leben. Es war unwichtig. Nichts war mehr wichtig.

Zwar hatte Edmund sein Herz verloren, aber nicht den Kopf, und so erläuterte er ihr ausführlich, wie es um ihn stand. Als Leiter der schottischen Filiale von Sanford Cubben war er ein Mann, auf dem das Auge der Öffentlichkeit und der Medien ruhte. Edinburgh war keine besonders große Stadt, er hatte dort viele Bekannte und Geschäftsfreunde, an deren Achtung und Vertrauen ihm gelegen war. Würde er zu offen aus der Reihe tanzen und womöglich zulassen, daß sein Name in den Klatschspalten der Regenbogenpresse auftauchte, wäre das nicht nur töricht, sondern könnte auch zu einer Katastrophe führen.

Außerdem, erklärte er, müsse er an seine Familie denken.

«Ihre Familie?»

«Ja. Ich war schon mal verheiratet.»

«Es wäre mir auch sehr sonderbar vorgekommen, wenn es sich anders verhielte.»

«Meine Frau ist bei einem Autounfall ums Leben gekommen. Aber ich habe eine Tochter. Alexa ist zehn und lebt bei meiner Mutter in Strathcroy.»

«Ich habe kleine Mädchen gern. Ich würde mich wie eine große Schwester um sie kümmern.»

Es gab aber noch andere Hürden.

«Virginia, ich bin siebzehn Jahre älter als du. Findest du einen Mann mit vierzig schon sehr hinfällig?»

«Die Jahre sind unerheblich.»

«Und du müßtest im hintersten Winkel von Relkirkshire leben.»

«Ich werde mich in Schottenkaros kleiden und dazu einen Hut mit einer Feder daran tragen.»

Er lachte trocken. «Unglücklicherweise ist nicht das ganze Jahr September mit seinen gesellschaftlichen Höhepunkten. Alle Freunde und Bekannten wohnen weit weg, und die Winter sind lang und dunkel. Jeder hält Winterschlaf. Ich fürchte, du würdest dich tödlich langweilen.»

«Edmund, das klingt ganz so, als wolltest du einen Rückzieher machen und mich vergraulen.»

«Nein. Aber du mußt wissen, worauf du dich einläßt. Du sollst dir keine Illusionen machen. Du bist so jung, so schön und so voll Lebensfreude. Du hast das ganze Leben vor dir...»

«Ich möchte es mit dir verbringen.»

«Auch das ist so eine Sache. Meine Aufgabe erfordert den ganzen Mann. Ich bin häufig fort. Oft im Ausland, manchmal zwei oder drei Wochen am Stück.»

«Aber du wirst zu mir zurückkommen.»

Sie ließ sich nicht abschrecken, und das bewunderte er an ihr. Er seufzte. «Ich wünsche um deinet- und meinetwillen, daß es anders sein könnte. Daß ich wieder jung wäre und keine Verantwortung auf mir lastete. Mein eigener Herr und frei in meinen Entscheidungen. Dann könnten wir zusammenleben und hätten Zeit, einander kennenzulernen. Bis wir ganz sicher wären.»

«Ich bin ganz sicher.»

Das stimmte. Unverrückbar. Er nahm sie in die Arme und fragte: «Dann gibt es für mich keine andere Möglichkeit, als dich zu heiraten.»

«Du armer Mann.»

«Wirst du glücklich sein? Ich möchte dich so glücklich machen.»

«Ach Edmund. Liebster Edmund. Wie könnte ich nicht glücklich sein?»

Zwei Monate später, Ende November, heirateten sie in Devon. Es war eine stille Hochzeit in der winzigen Kirche, in der Virginia getauft worden war.

Kein Bedauern. Die Zeit der unverbindlichen Affären war vorüber, und sie ließ sie hinter sich, ohne auch nur ein einziges Mal zurückzublicken. Sie war Mrs. Edmund Aird.

Nach der Hochzeitsreise fuhren sie nordwärts zu Virginias neuer und schon vollständiger Familie, zu Violet, Edie und Alexa, um sich auf Balnaid niederzulassen. Auch wenn für Virginia das Leben in Schottland völlig neu und ganz anders war als alles, was sie vorher gekannt hatte, gab sie sich die größte Mühe, sich einzufügen, und sei es nur, weil andere das auch taten. Violet hatte das große Herrenhaus bereits verlassen und sich in Pennyburn eingerichtet, entschlossen, sich jeder Einmischung zu enthalten. Edie war ebenso taktvoll und erklärte, auch für sie sei die Zeit gekommen, als im Hause lebende Dienstbotin abzutreten. So bezog sie das Häuschen im Dorf, in dem sie aufgewachsen war und das sie von ihrer Mutter geerbt hatte. Allerdings war sie bereit, als Zugehfrau täglich wiederzukommen und ihre Zeit zwischen Virginia und Violet zu teilen.

Edie war in jenen Tagen der ruhende Pol. Von ihr strahlte Kraft aus, sie hielt für Virginia Rat in allen Lebenslagen sowie den neuesten Klatsch bereit. Um Alexas willen teilte sie ihr einige Einzelheiten über Edmunds erste Ehe mit, kam aber danach nie wieder auf das Thema zu sprechen. Das war vorbei. Virginia war ihr dankbar. Ihr war klar, daß Edie, die alte Getreue, die als Dienstbotin alles mitbekommen hatte, ohne weiteres imstande gewesen wäre, querzuschießen. Statt dessen aber wurde sie eine von Virginias engsten Vertrauten.

Alexas Zuneigung ließ sich nicht so ohne weiteres gewinnen. Das sanfte Geschöpf ging nicht leicht aus sich heraus. Sie war pummelig und kein schönes Kind, hatte rötliches Haar und die weiße Haut, die meist damit einhergeht. Ihrer Position in der Familie zuerst ungewiß, bemühte sie sich geradezu rührend, Virginia zu Gefallen zu sein. Diese ging darauf ein, so gut sie es vermochte. Immerhin war sie Edmunds Tochter und wichtiger Bestandteil ihrer Ehe. Eine Mutter konnte sie ihr nicht sein, wohl aber eine ältere Schwester. Stück für Stück lockte sie Alexa aus ihrem Schneckenhaus, sprach mit ihr, als seien sie gleichen Alters, und vermied es schonungsvoll, empfindliche Punkte zu berühren. Sie zeigte sich an allem interessiert, was Alexa tat, begutachtete ihre Puppen wie auch die Bilder, die sie malte, und beteiligte sich, wo immer das möglich war, an allem, was sie tat. Manchmal paßte ihr das zwar nicht besonders, aber wichtig war, daß sich Alexa nie verlassen fühlte.

Es dauerte fast ein halbes Jahr, lohnte aber die Mühe. Sie wurde dadurch belohnt, daß Alexa sie spontan ins Vertrauen zog, bewunderte und in geradezu rührender Weise an ihr hing.

Neben der Familie galt es auch mit Freunden und Bekannten auszukommen. Sie mochten Virginia wegen ihrer Jugend, ihrer Liebe zu Edmund und hießen sie willkommen, weil er sich entschieden hatte, sie zu seiner Frau zu machen. Das galt nicht nur für Lord und Lady Balmerino, sondern auch für andere. Virginia war ein geselliger Mensch, ihr lag Einsamkeit nicht, und sie fand sich von Menschen umgeben, bei denen sie gern gesehen zu sein schien. Sofern Edmund geschäftlich unterwegs war, was bereits von Anfang an häufig vorkam, behandelten sie alle äußerst freundlich und zuvorkommend, luden sie von sich aus ein und riefen regelmäßig an, um zu verhüten, daß sie sich einsam oder unglücklich fühlte.

Sie war keins von beiden. Insgeheim genoß sie beinahe auf eine eigentümliche Weise Edmunds häufige Abwesenheit, die alles verstärkte. Er war zwar fort, doch sie wußte, daß er zurückkommen würde, und dann war das Bewußtsein, mit ihm verheiratet zu sein, noch ausgeprägter als sonst. Zwar füllten Alexa, das Haus und die neuen Bekannten die leeren Tage, dennoch zählte Virginia die Stunden bis zu Edmunds Rückkehr. Er mußte nach Hongkong, dann wieder nach New York. Sie hatten eine Woche Urlaub in

Leesport gemacht, und die Erinnerung an diese Zeit gehörte zu den schönsten ihres bisherigen Lebens.

Und dann kam Henry, und das änderte alles.

Nicht etwa zum Schlechteren, sondern zum Besseren, wenn das überhaupt möglich war. Nach seiner Geburt wollte sie nicht mehr fort. Nie hätte sie es für möglich gehalten, daß sie zu solch selbstloser Liebe fähig war. Sie war ganz anders geartet als die, die sie für Edmund empfand, aber um so kostbarer, als sie völlig unerwartet kam. Sie hatte sich selbst nie für mütterlich gehalten, sich nie nach dem eigentlichen Sinn des Wortes gefragt. Doch dieses winzige Wesen, dieses kleine Leben, ließ sie sprachlos werden.

Alle neckten sie deshalb, doch das berührte sie nicht. Sie teilte Henry mit Violet, Edie und Alexa und genoß das Teilen, weil er letztlich doch ihr gehörte. Sie beobachtete, wie er wuchs, und sie war von jedem Fortschritt, den er machte, fasziniert. Ob er krabbelte, ob er ging oder seine ersten Worte sagte, stets war sie bezaubert. Sie spielte und malte mit ihm, sah zu, wie ihn Alexa in ihrem alten Puppenwagen über den Rasen schob. Im Gras liegend sahen sie den Ameisen zu, gingen zum Fluß hinab und warfen Kiesel in das dahinströmende braune Wasser. Im Winter saßen sie am Kamin und betrachteten Bilderbücher.

Er wurde zwei. Er wurde drei, er wurde fünf. Sie begleitete ihn am ersten Schultag zur Grundschule von Strathcroy und sah ihm vom Tor aus nach, wie er von ihr fort der Tür des Schulhauses zustrebte. Um ihn herum waren lauter Kinder, aber keins von ihnen nahm Notiz von Henry. In jenem Augenblick wirkte er besonders klein und äußerst verletzlich, und sie konnte es kaum ertragen, ihn fortgehen zu sehen.

Drei Jahre später war er immer noch klein und verletzlich, und sie hatte ein größeres Bedürfnis denn je, ihn zu beschützen. Das war der Grund für die dunkle Wolke, die sich zusammengezogen hatte. Henrys Zukunft machte ihr angst.

Von Zeit zu Zeit kam das Gespräch darauf, aber sie hatte sich nicht dazu bereit finden können, das Thema mit Edmund bis ins letzte durchzusprechen. Allerdings wußte er, was sie darüber dachte. In letzter Zeit war nichts gesagt worden. Es war ihr recht, da sie den Grundsatz hatte, man solle schlafende Hunde nicht wekken. Sie wollte nicht mit Edmund streiten müssen. Sie hatte sich ihm noch nie widersetzt, weil es ihr immer recht gewesen war, wichtige Entscheidungen ihm zu überlassen. Schließlich war er älter, klüger und sehr viel tüchtiger als sie. Hier aber lag die Sache anders. Es ging um Henry.

Vielleicht würde sich die Schwierigkeit von selbst lösen, wenn sie nicht hinsah und keine Notiz davon nahm.

Als Archie und Violet gegangen waren und in dem klapprigen alten Landrover die Auffahrt hinabgefahren waren, stand Virginia immer noch vor dem Haus. Sie hatte ein Gefühl unbefriedigter Ziellosigkeit, wußte nicht recht, was sie tun sollte. Die Sitzung der Kirchenpflegschaft hatte den Tag zerschnitten, aber es war zu früh, ins Haus zu gehen und sich Gedanken über das Abendessen zu machen. Das Wetter wurde jeden Augenblick besser, allmählich kam die Sonne zum Vorschein. Vielleicht war ein wenig Gartenarbeit das richtige. Sie entschied sich dagegen. Schließlich ging sie ins Haus, nahm die Teebecher vom Eßtisch und trug sie in die Küche. Edmunds Spaniels dösten in ihren Körben unter dem Tisch. Sobald sie Schritte hörten, waren sie jedoch hellwach, sprangen auf und warteten, daß man mit ihnen hinausging.

«Ich tu die nur schnell in die Spülmaschine», teilte sie den Hunden mit, «dann gehen wir ein bißchen an die frische Luft.» Sie sprach immer laut mit den Hunden, und manchmal, wie jetzt zum Beispiel, beruhigte es sie, ihre eigene Stimme zu hören. Alte Leute, die nicht mehr ganz richtig im Kopf sind, führen Selbstgespräche. Manchmal fällt es nicht schwer zu verstehen, warum.

In der Küche nahm sie, von den Hunden umtänzelt, eine alte Jacke vom Haken und zog Gummistiefel an. Dann ging es hinaus, die Hunde tobten voraus, den baumbestandenen Weg entlang, der sich am Südufer des Flusses dahinzog. Drei Kilometer flußaufwärts überquerte eine weitere Brücke das Gewässer und führte zur Hauptstraße und damit zum Dorf zurück. Doch sie ging an ihr vorbei, dorthin, wo die Bäume aufhörten und das von Heidekraut, hohem Gras und Efeu bedeckte Ödland begann, das sich kilometerweit in die Berge dahinzog. In der Ferne weideten Schafe. Nur das Geräusch des fließenden Wassers war zu hören.

Sie erreichten die Stelle, wo der Fluß aufgestaut war und das Wasser sacht über den Rand des Staudamms rann. Hier schwamm Henry am liebsten. Sie setzte sich ans Ufer. Den Hunden gefiel es am Fluß, sie standen jetzt knietief im Wasser und schlappten, als hätten sie seit Monaten nichts zu trinken bekommen. Die Nachmittagssonne wärmte. Sie zog ihre Jacke aus und hätte noch lange im Sonnenschein sitzen können, doch die Stechmücken kamen in Scharen und piesackten sie. Also ging sie.

Als Edmund zurückkehrte, war sie mit der Zubereitung des Brathuhns für das Abendessen beschäftigt. Sie mahlte Stückchen altbackenen Brotes, die sie für eine Brotsoße in Milch einweichen wollte. Als sie den Wagen hörte, hob sie überrascht den Blick zur Uhr. Erst halb sechs. Er kam sehr früh. Wenn er in seinem Büro in Edinburgh arbeitete, war er gewöhnlich nicht vor sieben zurück. Was konnte es gegeben haben?

Während sie überlegte und hoffte, es sei nichts Schlimmes vorgefallen, gab sie die Brotstückchen in die Kasserolle mit der Milch, den Zwiebeln und den Nelken und rührte um. Sie hörte seine Schritte im Flur. Die Tür öffnete sich, Virginia wandte sich um, lächelnd, wenn auch nicht ohne Besorgnis.

«Da bin ich wieder», teilte ihr Edmund überflüssigerweise mit.

Wie immer erfüllte sie seine männliche Erscheinung mit Befriedigung. Er trug einen Nadelstreifenanzug, hellblaues Hemd mit weißem Kragen und eine Seidenkrawatte von Dior, ihr Weihnachtsgeschenk. Daß er ein wenig abgekämpft aussah, durfte nach einem anstrengenden Tag im Büro und einer langen Autofahrt nicht weiter verwundern – aber wirklich erschöpft wirkte er nie.

Er wirkte so jugendlich wie eh und je. Sein gut geschnittenes Gesicht mit den ruhigen überschatteten Augen zeigte kaum Falten. Nur sein einst schwarzes Haar war jetzt silbrigweiß, aber dicht und glatt wie eh und je. Sein altersloses Gesicht zusammen mit diesem weißen Haar ließ ihn anziehender und eindrucksvoller aussehen als je zuvor.

Sie fragte: «Wieso kommst du so früh?»

«Ich erklär es dir gleich.» Er trat auf sie zu, gab ihr einen Kuß und sah dann in die Kasserolle. «Hm. Riecht gut. Brotsoße. Heißt das, es gibt Brathuhn?»

«Natürlich.»

«Wo ist der Junge?»

«Bei Edie, zum Tee. Er kommt erst nach sechs.»

«Gut.»

Sie runzelte die Brauen. «Wieso ist das gut?»

«Ich möchte mit dir sprechen. Vielleicht sollten wir dazu in die Bibliothek gehen. Laß jetzt die Soße Soße sein, du kannst später weitermachen...»

Er war schon halb aus der Küche. Verwirrt und furchtsam stellte Virginia die Kasserolle beiseite und folgte ihm. Er hockte vor dem Kamin und begann, ein Feuer in Gang zu bringen.

Sie meinte, sich verteidigen zu müssen, als kritisiere er sie damit. «Edmund, ich wollte Feuer machen, sobald ich die Soße fertig und die Kartoffeln geschält hatte. Aber heute ist ein komischer Tag. Wir haben den ganzen Nachmittag wegen der Kirchenpflegschafts-Besprechung im Eßzimmer gesessen und waren hier gar nicht drin...»

«Ist doch nicht wichtig.»

Das Zeitungspapier hatte Feuer gefangen, das Holz begann zu knistern. Er richtete sich auf, klopfte sich den Staub von den Händen und sah den emporzüngelnden Flammen zu.

Sie setzte sich auf eine Sessellehne. «Der Basar soll im Juli stattfinden. Ich hab die schlimmste Arbeit von allen. Muß den Flohmarktkram einsammeln. Archie wollte irgendwelche Papiere von der Forstverwaltung mitnehmen... Er sagte, du wüßtest Bescheid. Wir haben sie in deinem Schreibtisch gefunden.»

«Stimmt. Ich hatte sie dir rauslegen wollen.»

«Ach, und dann noch was schrecklich Aufregendes. Die Steyntons wollen für Katy ein Fest geben, im September...»

«Ich weiß.»

«Nanu?»

«Angus hat es mir heute mittag gesagt. Ich war mit ihm im New Club essen.»

«Sie wollen die Sache ganz groß aufziehen, mit Festzelt, Kapelle, Party-Service und so weiter. Ich besorg mir ein ganz tolles Kleid...»

Er wandte ihr den Kopf zu und sah sie an, so daß ihr die Worte auf den Lippen erstarrten. Sie überlegte, ob er überhaupt zugehört hatte. Nach einer Weile fragte sie: «Was ist?»

Er sagte: «Ich bin so früh zurückgekommen, weil ich heute nachmittag nicht im Büro war. Ich hab statt dessen in Templehall mit Colin Henderson geredet.»

Templehall. Colin Henderson. Sie spürte, wie ihr das Herz in die Magengrube sank, und ihr Mund war mit einemmal wie ausgetrocknet. «Wozu, Edmund?»

«Ich wollte die Sache mal mit ihm durchsprechen. Ich war mir noch nicht sicher, was wir mit Henry tun wollen, aber jetzt weiß ich, daß es das richtige für ihn ist.»

«Was?»

«Daß er ab September hingeht.»

«Ins Internat?»

«Er kann da wohl kaum als Externer hingehen.»

Die Angst war jetzt fort. An ihre Stelle war eine alles verzehrende Wut getreten. So hatte sie Edmund gegenüber noch nie empfunden. Neben die Wut trat Entsetzen. Ihr war bekannt, daß er herrisch, ja sogar diktatorisch sein konnte, aber hinterhältig war er nie gewesen. Jetzt aber kam es ihr so vor, als habe er sie verraten. Sie war wehrlos und vernichtet, bevor sie auch nur Zeit gehabt hatte, einen einzigen Schuß abzugeben.

«Dazu hattest du kein Recht, Edmund.» Es war Virginias Stimme, aber sie klang fremd. «Dazu hattest du kein Recht.»

Er hob die Brauen. «Kein Recht?»

«Jawohl, kein Recht, ohne es mir zumindest vorher zu sagen. Ich hätte dabeisein müssen, um die Sache durchzusprechen, wie du es nennst. Henry ist ebenso mein Kind wie deins. Wie kannst du es wagen, hinter meinem Rücken etwas einzufädeln, ohne mir auch nur ein Wort darüber zu sagen!»

«Ich habe nichts eingefädelt, und ich sage es dir jetzt.»

«Ja, als vollendete Tatsache. Ich mag nicht wie jemand behandelt werden, auf den es nicht ankommt und der nichts zu sagen hat. Wieso mußt eigentlich jedesmal *du* die Entscheidungen treffen?»

«Wahrscheinlich, weil ich das schon immer getan habe.»

«Das war unaufrichtig von dir.» Sie stand auf, die Arme vor der Brust verschränkt, als müsse sie sie festhalten, um ihren Mann nicht zu schlagen. Sie, die stets so bereitwillig ja und amen gesagt hatte, war jetzt eine Tigerin, die für ihr Junges kämpfte. «Du weißt längst, daß ich Henry nicht nach Templehall geben möchte. Er ist zu klein. Zu jung. Ich weiß, du bist mit acht Jahren ins Internat gekommen, und mir ist auch bekannt, daß Hamish Blair da ist – aber warum eine starre Tradition fortsetzen? Kleine Kinder aus dem Elternhaus zu geben ist archaisch und überholt. Noch schlimmer aber ist, daß es nicht mal nötig ist. Henry kann ohne weiteres auf der Schule in Strathcroy bleiben, bis er zwölf ist, und dann ins Internat gehen. Das ist vernünftig, Edmund, aber nicht jetzt.»

Er sah sie verblüfft an. «Warum tust du so, als wäre Henry anders als andere Jungen? Aus welchem Grund soll er vor seinen Alterskameraden als Sonderling dastehen, der zu Hause bleibt, bis er zwölf ist? Vielleicht verwechselst du ihn mit amerikanischen Kindern, die in der Familie den Ton angeben, bis sie praktisch erwachsen sind...»

Empört gab Virginia zurück: «Das hat mit Amerika überhaupt nichts zu tun. Wie kannst du so was sagen? Es hat mit der Haltung jeder normal empfindenden vernünftigen Mutter ihrem Kind gegenüber zu tun. Du siehst die Dinge falsch, Edmund. Aber du bist ja nicht mal bereit, die Möglichkeit zu erwägen, daß du unrecht haben könntest. Du führst dich auf wie ein Vertreter des Männlichkeitswahns aus dem neunzehnten Jahrhundert. Du bist altmodisch und halsstarrig.»

Er ließ keinerlei Reaktion auf diesen Ausbruch erkennen. Der Ausdruck seines Gesichts blieb unverändert. Bei solchen Gelegenheiten hielt er wie ein Pokerspieler die Augen halb geschlossen, der Mund lächelte nicht. Würde er sich doch natürlich benehmen, sich gehenlassen, seine Wut herausschleudern, sie anbrüllen. Das aber entsprach nicht seiner Art. Im Geschäftsleben war er als ‹kalter Fisch› bekannt. Er blieb unbewegt, beherrscht, ließ sich nicht provozieren.

Er sagte: «Du denkst nur an dich selbst.»

«Ich denke an *Henry*.»

«Nein. Du willst ihn behalten und deinen Kopf durchsetzen. Das Leben hat es gut mit dir gemeint. Stets hast du deinen Willen bekommen, deine Eltern haben dich verwöhnt und verzogen. Vielleicht habe ich da weitergemacht, wo sie aufgehört haben. Aber es kommt eine Zeit, da jeder erwachsen werden muß. Ich schlage vor, daß du jetzt damit anfängst. Henry ist nicht dein Eigentum, und du mußt ihn gehen lassen.»

Sie konnte kaum glauben, daß er das zu ihr sagte.

«Ich sehe ihn *nicht* als Eigentum an. Mit dieser Unterstellung kränkst du mich zutiefst. Er ist ein eigener Mensch, und ich habe ihn dazu gemacht. Aber er ist erst acht, kaum aus dem Kindergarten. Er braucht sein Zuhause. Er braucht *uns*. Er braucht die Sicherheit einer Umgebung, die er von klein auf kennt, und er braucht sein Mu unter dem Kissen. Wir *können* ihn nicht einfach wegschicken. Ich möchte es nicht.»

«Das ist mir bekannt.»

«Er ist noch zu klein.»

«Dann muß er eben wachsen.»

«Er wird von mir fortwachsen.»

Dazu sagte Edmund nichts. Der Zorn, der ihr Kraft gegeben hatte, war dahingeschwunden. Jetzt war sie verletzt, besiegt und den Tränen nahe. Um sie zu verbergen, wandte sie sich von ihrem Mann ab, trat ans Fenster und preßte die Stirn gegen das kühle Glas. Mit heißen Augen sah sie in den Garten hinaus, ohne etwas zu erkennen.

Ein langes Schweigen folgte. Dann begann Edmund zu sprechen, so vernünftig wie immer: «Templehall ist eine gute Schule, Virginia. Colin Henderson ist ein guter Schulleiter. Die Jungen werden zu nichts gedrängt, aber sie lernen arbeiten. Das Leben wird für Henry schwer sein. Es wird für all die Jungen schwer sein. Sie werden hart ranmüssen, wenn sie aus ihrem Leben was machen wollen. Je eher sie sich dem stellen und lernen, die Dinge zu nehmen, wie sie kommen, desto besser. Füg dich. Mir zuliebe. Sieh es mit meinen Augen. Henry ist viel zu sehr von dir abhängig.»

«Ich bin seine Mutter.»

«Du erstickst ihn.»

7. Kapitel

Im Abendlicht ging Henry nach Hause. Nur wenige Menschen hielten sich auf der Straße auf, kurz vor sechs waren die meisten beim Abendessen. Er stellte sich das behagliche Mahl vor. Vielleicht Suppe, dann Schellfisch oder Koteletts, anschließend Kuchen oder Gebäck und dazu kräftigen und brühheißen Tee. Er war zwar satt von Würstchen, aber vielleicht fand sich vor dem Schlafengehen noch Platz für einen Becher Kakao.

Er ging über die geschwungene Brücke, die den Croy zwischen den beiden Kirchen überquerte. In der Mitte des Brückenhöckers blieb er stehen und beugte sich über das alte steinerne Geländer. Es hatte stark geregnet, und der Fluß führte Hochwasser. Henry sah einzelne Stücke Treibgut, Äste und Stroh. Einmal hatte er von der Brücke aus gesehen, wie ein totes Lämmchen im Wasser trieb. Weiter unten im Tal, wo das Geländer weniger steil abfiel, wurde der Croy breiter und wand sich gemächlich durch Acker- und Weideland. Aber hier toste er wild über die Felsen.

Das Lied des Croy gehörte zu Henrys frühesten Erinnerungen. Nachts konnte er es durch das offene Fenster seines Schlafzimmers hören, und jeden Morgen, wenn er wach wurde, vernahm er das Rauschen des Flusses. Weiter oben lag der kleine Stausee, in dem ihm Alexa das Schwimmen beigebracht hatte. An seinen Ufern hatte er mit seinen Schulfreunden so manches Mal Dämme gebaut und so getan, als führten sie ein wildes Lagerleben.

Hinter ihm schlug die große Uhr vom Turm der presbyterianischen Kirche die volle Stunde. Zögernd wandte er sich von der Steinbrüstung ab und ging weiter.

Als er das offene Tor von Balnaid erreichte, konnte er mit einemmal gar nicht schnell genug nach Hause kommen und begann zu rennen, so daß ihm die Schultasche gegen die Hüfte schlug. Auf dem Hof sah er den dunkelblauen BMW seines Vaters stehen. Wunderbar, Papa war schon daheim, noch dazu völlig unerwartet. Gewöhnlich kam er erst nach Hause, wenn Henry schon im Bett lag. Jetzt würde er die Eltern in der Küche finden, wo sie freundlich miteinander plauderten und sich gegenseitig die Neuigkeiten des Tages mitteilten, während seine Mutter das Abendessen für die Erwachsenen machte und sein Vater eine Tasse Tee trank.

Aber daß sie nicht in der Küche waren, merkte er, als er das Haus betrat. Er hörte Stimmen hinter der geschlossenen Bibliothekstür. Nur Stimmen und die geschlossene Tür. Wieso hatte er gleich das Gefühl, daß etwas nicht stimmte, nichts so war, wie es sein sollte?

Sein Mund fühlte sich trocken an. Auf Zehenspitzen schlich er den breiten Flur entlang; er wollte hineingehen und sie überraschen. Dann aber blieb er vor der Tür stehen und lauschte: «...kaum aus dem Kindergarten. Er braucht sein Zuhause. Er braucht *uns.*» Seine Mutter sagte das mit einer Stimme, die er noch nie zuvor gehört hatte, sich überschlagend und so, als werde sie gleich in Tränen ausbrechen. «Wir *können* ihn nicht einfach wegschicken. Ich möchte es nicht.»

«Das ist mir bekannt.» Die Stimme seines Vaters.

«Er ist noch zu klein.»

«Dann muß er eben wachsen.»

«Er wird von mir fortwachsen.»

Sie stritten sich. Das Unglaubliche war geschehen, seine Eltern stritten sich. Starr vor Entsetzen wartete Henry, was als nächstes geschehen würde. Nach einer Weile sprach sein Vater wieder. «Templehall ist eine gute Schule, Virginia. Colin Henderson ist ein guter Schulleiter. Die Jungen werden zu nichts gedrängt, aber sie lernen arbeiten. Das Leben wird für Henry schwer sein...»

Darum also ging es. Man wollte ihn nach Templehall schicken. Ins Internat.

«...und lernen, die Dinge zu nehmen, wie sie kommen, desto besser.»

Fort von seinen Freunden, fort von Strathcroy und Balnaid, von Edie und Oma Vi. Er dachte an Hamish Blair, der so viel älter, so überlegen und so grausam war. *Nur Säuglinge nehmen Teddybären mit.*

«...Henry ist viel zu abhängig von dir.»

«Ich bin seine Mutter.»

«Du erstickst ihn.»

Henry konnte nicht weiter zuhören. Alle Ängste, die er je durchgemacht hatte, stürmten auf ihn ein. Vorsichtig zog er sich von der Tür der Bibliothek zurück, bis er die Sicherheit der Eingangshalle erreicht hatte. Dann lief er. Die Treppe hinauf, den Gang entlang zu seinem Zimmer. Er ließ die Tür hinter sich ins Schloß fallen, riß die Schultasche herunter, warf sich aufs Bett und kuschelte sich in die Daunendecke. Unter dem Kissen tastete er nach Mu.

Henry ist viel zu abhängig von dir.

Ich bin seine Mutter.

Du erstickst ihn.

Er steckte den Daumen in den Mund, drückte Mu an seine Wange und war für den Augenblick sicher. So getröstet, würde er nicht weinen. Er schloß die Augen.

8. Kapitel

Wegen seiner gewaltigen Ausmaße blieb der Salon auf Croy gewöhnlich besonderen Gelegenheiten vorbehalten. Die hohe Decke und die mit schneckenförmigen Verzierungen versehenen Gesimse waren weiß, die Wände mit verblaßtem rotem Damast bespannt, den Boden bedeckte ein riesiger Orientteppich, der zwar hier und da fadenscheinig war, dessen Farben aber immer noch leuchteten. Mehrere Sofas und Sessel, die weder eine Garnitur bildeten noch sonstwie zueinander paßten, standen darin. Auf einigen lagen lose Polster, andere waren mit Samt bezogen. Auf kleinen Tischen sah man Dosen aus Battersea-Email, Fotos in silbernen Rahmen und ganze Stapel alter Nummern von *Country Life*. An den Wänden hingen zahlreiche dunkle Ölgemälde, teils Porträts, teils Blumenstücke, und auf dem Tisch hinter dem Sofa stand eine chinesische Porzellanvase mit stark duftenden Alpenrosen.

Im Kamin brannte knisternd ein Feuer. Davor lag ein abgewetzter weißer Vorleger, der stark nach Schaf roch, wenn sich nasse Hunde darauf legten. Auf dem marmornen Kaminsims stand ein Paar mit Email verzierter vergoldeter Kandelaber, zwei Meißner Figurinen und eine mit Ornamenten überladene Kaminuhr aus dem vorigen Jahrhundert.

Sie schlug jetzt mit anmutigem Klang elf.

Alle waren davon überrascht. Die mit schwarzer Seidenhose und cremefarbener Bluse aus Crêpe de Chine elegant herausgeputzte

Mrs. Franco stand auf und erklärte, sie könne nicht glauben, daß es so spät sei. Man habe so angeregt geplaudert, daß der Abend förmlich dahingeflogen sei. Sie müsse zu Bett, wie auch ihr Gatte, damit er am nächsten Morgen für das Golfspiel in Gleneagles ausgeruht sei. Dieser, ein kahlköpfiger Mann, erhob sich ebenfalls, und Mrs. Hardwicke folgte dem Beispiel der beiden.

«Es war hinreißend. Eine so stilvolle Abendmahlzeit... Ihnen beiden vielen Dank für Ihre Gastfreundschaft...»

Man wünschte einander gute Nacht. Isobel, die ihr grünseidenes Kleid trug, ihr bestes, das sie schon seit zwei Jahren hatte, ging voraus, um ihre Gäste sicher nach oben zu geleiten. Als sich die Tür zum Salon hinter ihnen schloß, war Archie mit Joe Hardwicke allein, dem es noch zu früh schien, ins Bett zu gehen. Er hatte wieder in seinem Sessel Platz genommen und erweckte ganz den Eindruck, als sei er imstande, es dort ohne weiteres einige Stunden auszuhalten.

Archie hatte nichts dagegen, er war mit Joe Hardwickes Gesellschaft einverstanden. Er war einer ihrer besseren Gäste, ein kluger Mann mit liberalen Ansichten und trockenem Humor. Er hatte während des Abendessens – häufig eine sich zäh dehnende Angelegenheit – dazu beigetragen, daß die Unterhaltung munter dahinplätscherte, indem er unter anderem eine oder zwei äußerst lustige Geschichten auftischte, in denen er selbst nicht besonders gut abschnitt, unerwarteterweise hatte er sich auch als Weinkenner erwiesen, so daß das Gespräch über Archies ererbte Weinbestände fast den gesamten zweiten Gang in Anspruch genommen hatte.

Als ihm Archie jetzt noch ein Glas Whisky als Schlummertrunk anbot, akzeptierte der Amerikaner dankbar. Archie goß sich selbst nach, legte noch ein oder zwei Scheite aufs Feuer und ließ sich wieder in seinen Sessel sinken. Joe Hardwicke begann, ihm Fragen über den Besitz Croy zu stellen. Ihn faszinierten solche alten Anwesen, und er wollte allerlei wissen: wie lange die Balmerinos schon dort lebten, woher der Titel stamme, wie die Baugeschichte des Hauses aussah.

Es war keine Neugier, sondern echtes Interesse, und Archie beantwortete die Fragen seines Gastes gern. Sein Großvater, der erste Lord Balmerino, erklärte er, ein recht bekannter Industrieller, der sein Vermögen mit Textilien gemacht hatte, womit seine Erhebung in den Adelsstand zusammenhänge, habe gegen Ende des neunzehnten Jahrhunderts Croy mitsamt den dazugehörigen Ländereien erworben.

«Damals stand hier noch kein Wohngebäude, nur ein befestigter Turm aus dem sechzehnten Jahrhundert. Mein Großvater hat beim Bau des Hauses diesen Turm mit einbezogen. Wenn also auch dies und das im hinteren Teil alt ist, stammt die Anlage doch in erster Linie aus der Regierungszeit Königin Viktorias.»

«Eine sehr imposante Anlage.»

«Ja. Damals haben die Leute auf großem Fuß gelebt...»

«Und die Ländereien...?»

«Sind größtenteils verpachtet. Die Moorschneehuhnjagd ist an ein Konsortium gegangen, und ein guter Freund, Edmund Aird, kümmert sich darum. Mir gehört ein anteiliges Jagdrecht, und ich gehe bei Treibjagden hin. Einen Teil der Hochwildjagd habe ich behalten, aber nur für gute Bekannte und mich selbst. Das Ackerland ist verpachtet.» Er lächelte. «Sie sehen also, auf mir lastet keinerlei Verantwortung.»

«Und was tun Sie?»

«Ich helfe meiner Frau, füttere die Hunde und gehe mit ihnen raus, wenn ich kann, kümmere mich um Fallholz, sorge dafür, daß genug Brennmaterial im Haus ist. Wir haben in einem der Nebengebäude eine Kreissäge, und von Zeit zu Zeit kommt ein alter Mann aus dem Dorf und hilft mir. Ich mähe die Grasflächen...» Er hielt inne. Viel war das nicht, aber mehr fiel ihm nicht ein.

«Angeln Sie?»

«Ja. Ich habe ein Revier, vom Dorf aus etwa drei Kilometer flußaufwärts, und außerdem Angelrecht an einem See oben in den Bergen. Wir nennen ihn Loch Croy. Es ist schön, abends dahin zu fahren. Ich rudere gern, es ist dort sehr friedlich. Im Winter wird es immer früh dunkel, da arbeite ich in einer Werkstatt im Keller. Um irgendwas muß man sich immer kümmern. Ich repariere Zauntore, Fußleisten, baue Schränke für Isobel, bringe Regale an, und erledige, was sonst noch so getan werden muß. Ich arbeite gern mit Holz. Es ist so ein natürliches Material. Vielleicht hätte ich statt Soldat lieber Tischler werden sollen.»

«Waren Sie in einem schottischen Regiment?»

«Ja, bei den Queen's Loyal Highlanders. Fünfzehn Jahre lang. Zwei davon in Berlin, wegen des Vier-Mächte-Status...»

Von Berlin kam das Gespräch auf den Ostblock und die Politik im allgemeinen. Sie füllten ihre Whiskygläser nach und achteten nicht mehr auf die Uhr. Als sie schließlich fanden, es sei Zeit, ins Bett zu gehen, war es nach eins.

«Ich habe Sie am Schlafengehen gehindert», sagte Joe Hardwicke entschuldigend.

«Nicht die Spur.» Archie trug die leeren Gläser zum Flügel, auf dem das Tablett stand. «...ich brauche nicht viel Schlaf. Je kürzer die Nächte, desto besser.»

«Ich...» Joe Hardwicke zögerte. «Ich hoffe, Sie halten mich nicht für impertinent, aber ich sehe, daß Sie hinken. Hatten Sie einen Unfall?»

«Nein. Mir hat es in Nordirland ein Bein weggerissen.»

«Sie tragen eine Prothese?»

«Ja. Aus Aluminium. Ein außerordentliches Erzeugnis menschlichen Erfindungsgeistes. Um wieviel Uhr wollen Sie frühstücken? Ist Ihnen Viertel nach acht recht? Das müßte für eine ordentliche Grundlage genügen, bevor der Wagen Sie nach Gleneagles bringt. Soll ich Sie wecken?»

«Falls Ihnen das möglich ist, gern. Gegen acht. In dieser Gebirgsluft schlafe ich bestimmt wie ein Stein.»

Archie ging voraus. Sein Gast erbot sich, das Tablett in die Küche zu bringen. Dankbar, aber standhaft sagte Archie: «Kommt nicht in Frage. Sie sind Gast. Sie dürfen hier keinen Finger krumm machen.»

Sie traten in die Eingangshalle. Am Fuß der Treppe sagte Joe Hardwicke: «Vielen Dank.»

«Ich danke Ihnen. Gute Nacht, und schlafen Sie gut.»

Archie wartete am Fuß der Treppe, bis sich die Schlafzimmertür des Amerikaners geöffnet und wieder geschlossen hatte. Dann kehrte er in den Salon zurück, schob die Glut im Kamin auseinander, rückte das Gitter vor die Öffnung und zog die schweren Vorhänge zurück. Der Park lag im Mondlicht. Er ließ das Getränketablett stehen, wo es war, löschte das Licht, verschloß die Tür des Salons und ging durch die Eingangshalle ins Eßzimmer. Dort waren alle Spuren des Abendessens beseitigt und der Tisch schon für das Frühstück gedeckt. Er hatte ein schlechtes Gewissen, denn das war eigentlich seine Aufgabe, und Isobel hatte sie allein erledigt, während er am Plaudern war.

Er ging in die Küche. Auch hier war alles in bester Ordnung. Die beiden schwarzen Labrador-Hündinnen schliefen in ihren runden Körben. Unruhig wachten sie auf, hoben die Köpfe und schlugen mit den Schwänzen.

«Wart ihr schon draußen?» fragte er sie. «Hat euch Frauchen noch mal rausgelassen, bevor ihr in die Heia gegangen seid?»

Klopf, klopf machten die Schwänze. Die Tiere waren zufrieden und glücklich. Er brauchte nichts mehr zu tun.

Ins Bett. Mit einemmal merkte er, daß er sehr müde war. Er stieg die Treppe hoch, schaltete überall das Licht aus. In seinem Ankleidezimmer zog er sich aus: Smoking, Querbinder, das weiße Hemd mit den Manschettenknöpfen, Schuhe und Socken. Die Hose war am schwierigsten, aber auch das hatte er inzwischen gelernt. Der hohe Spiegel in der Tür des Kleiderschranks zeigte sein Bild, aber er sah bewußt nicht hin. Der Anblick seines unbekleideten Körpers war ihm zuwider; der bläuliche Stumpf seines Oberschenkels, das glänzende Metall der Prothese, die Schrauben und Scharniere, die Bänder, die alles zusammenhielten, alles lag offen, wirkte schamlos und irgendwie obszön.

Rasch griff er nach seinem Nachthemd und zog es sich über. Im riesigen Schlafzimmer brannte kein Licht, der Mond schien durch das vorhanglose Fenster. Auf ihrer Seite des großen Doppelbetts schlief Isobel, sie wurde unruhig und erwachte.

«Archie?»

Er setzte sich auf seine Seite des Bettes.

«Ja.»

«Wie spät ist es?»

«Gleich halb zwei.»

Sie dachte eine Weile nach. «Habt ihr euch so lange unterhalten?»

«Ja. Tut mir leid. Ich hätte dir helfen sollen.»

«Macht nichts. Sie waren nett.»

Er öffnete die Verschlüsse der Befestigungsriemen und löste vorsichtig das Lederpolster von seinem Stumpf. Dann bückte er sich, um den verhaßten Fremdkörper neben dem Bett zu Boden gleiten zu lassen, wobei er darauf achtete, daß die Gurtbänder ordentlich ausgelegt waren, damit er die Prothese am nächsten Morgen so einfach wie möglich wieder anlegen konnte. Ohne sie kam er sich unsymmetrisch und merkwürdig gewichtslos vor; der Stumpf brannte und schmerzte. Es war ein langer Tag gewesen.

Er legte sich neben Isobel und zog das kühle Laken bis zu den Schultern hoch.

«Alles in Ordnung?» Ihre Stimme klang schläfrig.

«Ja.»

«Wußtest du, daß Verena Steynton für Katy ein Fest gibt? Im September.»

«Ja. Violet hat es mir gesagt.»

«Da brauch ich ein neues Kleid.»

«Ja.»

«Ich habe nichts anzuziehen.»

Sie war wieder eingeschlafen.

Sobald es anfing, wußte er, daß es geschah, wußte, was geschah. Es war jedesmal dasselbe. Verlassene, öde Straßen, überall Graffiti. Dunkler Himmel und Regen. Er saß in einer schweren kugelsicheren Jacke am Steuer eines gepanzerten Landrover. Aber etwas stimmte nicht. Sie hätten zu zweit sein müssen, doch er war allein.

Er brauchte lediglich die Sicherheit seiner Einheit zu erreichen, eine requirierte Wache der nordirischen Polizeitruppe, die in jeder nur denkbaren Weise befestigt war und vor Waffen starrte. Falls er es bis dorthin schaffte, ohne daß sie kamen, war alles in Ordnung. Aber sie waren da. Jedesmal kamen sie. Vier Gestalten, die sich vom Regen getarnt auf der Straße vor seinem Fahrzeug verteilt hatten, gesichtslos, mit schwarzen Masken. Ihre Waffen hielten sie auf ihn gerichtet. Er griff nach seinem Schnellfeuergewehr, aber es war nicht mehr da. Der Landrover war zum Stillstand gekommen. Er konnte sich nicht erinnern, angehalten zu haben. Die Tür stand offen, und sie stürzten sich auf ihn, zerrten ihn aus dem Wagen. Vielleicht würden sie ihn diesmal zu Tode prügeln. Aber es war dasselbe wie immer: eine Bombe. Der Gegenstand sah aus wie ein Päckchen, aber es war eine Bombe. Sie legten sie auf die Ladefläche des Landrover, und er stand dabei und sah zu. Dann saß er wieder hinter dem Steuer. Jetzt begann der Alptraum wirklich, denn er würde mit seiner Ladung durch das offene Tor auf das Kasernengelände fahren. Dort würde die Bombe detonieren und jeden töten.

Er fuhr wie ein Wahnsinniger. Immer noch regnete es. Er konnte nichts sehen, aber bald würde er da sein. Er mußte nur durch das Tor, das Fahrzeug in die Bombengrube fahren, irgendwie rauskommen und rennen, so schnell er konnte, bevor die tödliche Fracht hochging.

Panik zerrte an ihm, und in seinen Ohren dröhnte sein eigener Atem. Das Tor schwang auf, er war hindurch, raste die Rampe hinab, hinein in die Bombengrube. Ihre Betonwände erhoben sich zu beiden Seiten, so daß er nichts sah. Weg. Er riß am Griff der Tür, aber sie klemmte, ließ sich nicht öffnen. Er war gefangen. Der Zeitzünder der Bombe tickte wie eine Uhr, tödlich und mörderisch, und er saß in der Falle. Er schrie. Niemand wußte, daß er da war. Er schrie und schrie …

Er fuhr mit einem Schrei aus dem Schlaf hoch. Sein Mund stand offen, Schweiß lief ihm über das Gesicht. Arme fingen ihn auf …

«Archie.»

Isobel war da. Sie hielt ihn. Nach einer Weile zog sie ihn sanft aufs Kissen hinab. Sie tröstete ihn wie ein Kind, machte leise Geräusche.

Sie küßte ihn auf die Augen. «Alles ist in Ordnung. Es war ein Traum. Du bist hier. Ich bin hier. Alles ist vorüber. Du bist wach.»

Sein Herz schlug wie ein Hammer. Er lag bewegungslos in ihrer Umarmung, und allmählich beruhigte sich sein Atem.

Als er zur Ruhe gekommen war, sagte sie mit dem Anflug eines Lächelns: «Ich hoffe nur, daß du von denen keinen geweckt hast. Die glauben sonst, daß ich dich umbringe.»

«Ich weiß. Tut mir leid.»

«War es … wieder dasselbe?»

«Ja. Immer dasselbe. Regen, die Masken, die Bombe und die verdammte Grube. Warum habe ich eigentlich Alpträume über Sachen, die mir nie passiert sind?»

«Ich weiß nicht, Archie.»

«Ich will, daß das aufhört.»

«Ich weiß.»

Er drehte ihr den Kopf zu und barg sein Gesicht an ihrer weichen Schulter. «Wenn es doch nur aufhörte. Vielleicht wäre ich dann wieder imstande, mit dir zu schlafen.»

AUGUST

1. Kapitel

Montag, der Fünfzehnte

Das Eintreffen des Briefträgers Tom Drystone war jeden Morgen ein Fest auf Croy. Er versorgte mit seinem scharlachroten Postauto ein riesiges Gebiet und brauchte dafür den ganzen Tag. Lange, gewundene, einspurige Fahrwege führten in Hochtäler hinauf, zu den abgelegenen Höfen von Schafzüchtern und zu einsamen Katen. Junge Ehefrauen, die tagsüber mit ihren Kindern allein waren, erwarteten seine Ankunft, während sie im kalten frischen Wind Wäsche aufhängten. Alten, allein lebenden Menschen brachte er die ihnen verschriebenen Medikamente aus der Apotheke mit, blieb zu einem Schwätzchen oder setzte sich sogar hin und trank mit ihnen eine Tasse Tee. Im Winter kam er statt mit dem Lieferwagen in einem Landrover, und nur die schlimmsten Schneestürme konnten ihn daran hindern, mit seinem geländegängigen Fahrzeug irgendwie durchzukommen, um den schon lange erwarteten Brief aus Australien zuzustellen oder eine im Versandhauskatalog ausgesuchte neue Bluse ins Haus zu bringen. Wenn durch die heulenden Nordweststürme Telefon- und Stromleitungen ausfielen, stellte häufig er die einzige Verbindung zur Außenwelt her.

Daher hätte man Tom auch dann Tag für Tag willkommen geheißen, wenn er ein mürrischer Finsterling gewesen wäre, mit dem man kein vernünftiges Wort hätte wechseln können. Aber er war ein munterer Bursche aus Tullochard, den weder das Toben der Elemente noch die Wildheit der Landschaft zu erschüttern vermochte. In seiner Freizeit spielte er zur allgemeinen Begeisterung mit seinem Akkordeon zu *ceilidhs* auf, Tanzabenden mit schottischen Volkstänzen, und war nicht zu übersehen, wenn er, ein großes Bier auf dem Boden neben sich, auf dem Podium saß und eine Weise nach der anderen spielte. Diese ansteckende Musik begleitete ihn, wo er ging und stand, denn beim Austragen der Post pfiff er unablässig.

Ein Montag Mitte August, windig und ziemlich bewölkt. Es war zwar nicht warm, aber zumindest regnete es nicht. Isobel Balmerino saß mit vorgebundener Schürze an einem Ende ihres Küchentisches und rupfte drei Paar am Freitag der Vorwoche, dem berühmten zwölften August, geschossene Moorschneehühner. An diesem ersten Tag der Jagdsaison hallen sämtliche Täler und Berge Schottlands vom Knall der Flinten wider. Vielleicht hätten die Tiere etwas länger abhängen müssen, aber Isobel wollte die widerwärtige Arbeit hinter sich bringen und die Vögel in der Tiefkühltruhe haben, bevor die nächste Ladung Amerikaner kam.

Die riesige Küche aus dem neunzehnten Jahrhundert war voller unübersehbarer Hinweise darauf, wie beschäftigt Isobel war. Auf einer Anrichte stapelte sich angeschlagenes Fayencegeschirr, an einer Pinnwand drängten sich Postkarten, Adressenzettel, erinnerte eine Notiz daran, daß dringend der Klempner angerufen werden mußte. Die Hundekörbe standen in der Nähe des gewaltigen Herdes mit vier Backöfen, und große Büschel trocknender Blumen hingen von Deckenhaken, die einst Räucherschinken getragen hatten. Über dem Herd befand sich ein Trockengestell, das man mit einer Art Flaschenzug zur Decke hochziehen und herunterlassen konnte und auf dem nach einem in den Bergen verbrachten Tag durchnäßte Kleidungsstücke oder nach dem Bügeln noch nicht ganz trockene Bett- und Tischwäsche zum Auslüften aufgehängt wurden. Es war keine wirklich befriedigende Lösung, denn wenn es zum Frühstück Bücklinge gab, rochen die Kissenbezüge ein wenig nach Fisch. Da aber Isobel über keinen Trockenschrank verfügte, ließ sich das nicht ändern.

Vor langer Zeit, als die frühere Lady Balmerino noch lebte, war dieses Trockengestell Gegenstand einer immer wieder erzählten lustigen Familiengeschichte gewesen. Die damalige Köchin, Mrs. Harris, kochte zwar glänzend, war aber von Vorurteilen in bezug auf Hygiene nicht angekränkelt. Gewöhnlich stand auf dem Herd ein riesiger schwarzer Topf aus Gußeisen, in dem unablässig ein Fond vor sich hin köchelte. In diesen gab sie nicht nur Knochen, sondern auch alle Gemüsereste, die sie von abgegessenen Tellern kratzte: das Ausgangsmaterial ihrer berühmten Suppen. In einem Jahr waren mehrere Tage lang Jagdgäste im Hause. Da das Wetter wirklich scheußlich war, hing das Trockengestell über dem Herd ununterbrochen voller durchnäßter Jacken, Knickerbocker, Pullover und wollener Kniestrümpfe. In jenen zwei Wochen wurde die Suppe von Tag zu Tag besser und wohlschmeckender. Die Gäste wollten das Rezept haben. «Wie machen Sie das nur, Mrs. Harris? Ein herrlicher Geschmack! Einfach delikat.» Aber die Köchin verweigerte jede detaillierte Auskunft und erklärte selbstgefällig, es handele sich um einen kleinen Kniff, den sie von ihrer Mutter gelernt habe. Als am Ende der Woche die Gäste aufbrachen, drückte ihr jeder ein ansehnliches Trinkgeld in die rote Hand. Als man später den Topf vollständig leerte, um ihn zu putzen, fand sich auf seinem Boden ein verfilzter und vermutlich nicht besonders sauberer Wollstrumpf.

Vier gerupft, noch zwei. Alles lag voller Federn. Sorgfältig sammelte Isobel sie ein, wickelte sie in Zeitungspapier, steckte die Bündel in einen schwarzen Plastik-Abfallsack, breitete frisches Zeitungspapier auf dem Boden aus und machte sich an Nummer fünf. Dann hörte sie, wie jemand pfiff.

Die Hintertür wurde aufgerissen, und Tom Drystone stürmte fröhlich herein. Der Zug ließ die Federn herumwirbeln, so daß Isobel unwillkürlich aufschrie. Eilig schloß er die Tür hinter sich.

«Aha, der Herr des Hauses hat für Arbeit gesorgt.» Die Federn sanken zu Boden. Isobel nieste. Tom warf einen ganzen Stapel Briefe auf die Anrichte. «Könnte Ihnen nicht Ihr Hamish helfen?»

«Der ist mit Schulfreunden für eine Woche in Argyll.»

«Wie war hier auf Croy die Jagd am vorigen Freitag?»

«Leider enttäuschend.»

«Drüben in Glenshandra haben sie vierunddreißig Paar geschossen.»

«Wahrscheinlich alles unsere, die zu einem Besuch bei ihren Freunden über den Grenzzaun geflogen sind. Wollen Sie eine Tasse Kaffee?»

«Vielen Dank. Heute nicht. Ich habe den Wagen randvoll. Eine Wurfsendung von der Kreisverwaltung. Ich muß wieder los...»

Schon war er wieder davon und begann zu pfeifen, kaum daß er die Tür richtig hinter sich geschlossen hatte.

Isobel riß weiter Federn aus dem Vogel. Sie brannte darauf zu sehen, ob etwas Interessantes in der Post war, beherrschte sich aber. Erst wollte sie mit dem Rupfen fertig sein und alle Federn beiseite räumen. Anschließend konnte sie sich die Hände waschen und die Post durchsehen. Dann würde sie sich an die unangenehme Aufgabe machen, die Tiere auszunehmen.

Das Postauto fuhr davon. Von der Eingangshalle her hörte sie Schritte, quälend und ungleichmäßig. Die wenigen Steinstufen hinab, eine nach der anderen. Die Tür öffnete sich, und ihr Mann trat ein.

«War das Tom?»

«Hast du sein Pfeifen nicht gehört?»

«Ich warte auf ein Schreiben der Forstverwaltung.»

«Ich hab noch nicht nachgesehen.»

«Warum hast du nichts davon gesagt, daß du dir die Vögel vorgenommen hast?» Seine Stimme klang eher vorwurfsvoll als schuldbewußt. «Ich hätte dir doch geholfen.»

«Vielleicht möchtest du sie ausnehmen?»

Er machte ein angewidertes Gesicht. Zwar konnte er ohne weiteres auf Moorschneehühner schießen, angeschossenen Tieren den Hals umdrehen und brachte es notfalls auch über sich, sie zu rupfen. Aber er war zimperlich, sobald es darum ging, sie aufzuschneiden und ihnen die Eingeweide herauszunehmen. Das hatte immer zu gewissen Reibereien zwischen ihm und Isobel geführt, und so wechselte er, wie nicht anders zu erwarten, rasch das Thema.

«Wo ist die Post?»

«Drüben auf der Anrichte.»

Er humpelte hin, nahm die Umschläge und legte sie in sicherer Entfernung auf das andere Ende des Tisches. Dann setzte er sich und ging sie durch.

«Mist. Nichts dabei. Die könnten sich ruhig mal ein bißchen beeilen. Aber Lucilla hat geschrieben...»

«Schön. Das hatte ich gehofft...»

«...und hier ist was Großes, Steifes und Dickes. Vielleicht eine Aufforderung, vor der Königin zu erscheinen.»

«In Verenas Handschrift?»

«Möglich.»

«Unsere Einladung zu Katys Fest.»

«Und zwei ganz ähnliche Briefe. Einer ist für Lucilla und der andere für...» Er zögerte. «...für Pandora. Die sollen wir wohl weiterschicken.»

Isobels Hände hielten inne. Über den langen, mit Federn bedeckten Tisch trafen sich ihre Blicke. «Sie haben Pandora eingeladen?»

«Scheint so.»

«Wie merkwürdig. Davon hat mir Verena gar nichts gesagt.»

«Warum sollte sie?»

«Wir müssen es ihr unbedingt schicken. Mach doch mal unseren Brief auf.» Archie tat es.

Mrs. Angus Steynton
lädt ein
für Katy
Freitag, 16. September 1988

Tanz ab 22 Uhr

R. s. v. p.
Corriehill, Tullochard
Relkirkshire

«Wirklich eindrucksvoll.» Er hob die Brauen. «Gehämmertes Papier, Stahlstich und Goldrand. Verena hat sich ziemlich lange Zeit gelassen, was? Bis zum sechzehnten September ist es kaum noch einen Monat.»

«Es war von vorn bis hinten eine Katastrophe. Der Drucker hat die ersten Karten versehentlich auf der falschen Seite des Papiers bedruckt, und Verena hat sie alle zurückgehen lassen. Was steht drauf?»

«An Lord und Lady Balmerino. Mrs. Angus Steynton lädt ein, für Katy. Blabla. Tanz ab zehn. Um Antwort wird gebeten.» Er hielt die Karte hoch. «Beeindruckt?»

Da Isobel ihre Lesebrille nicht da hatte, kniff sie die Augen zusammen und sah angestrengt hin. «Sehr. Das wird sich auf dem Kaminsims großartig machen. Bestimmt denken die Amerikaner, daß wir zu einer Gesellschaft bei der Königin eingeladen sind. Und jetzt lies mir Lucillas Brief vor. Der ist viel wichtiger.»

Archie öffnete den dünnen Umschlag und entfaltete zwei Bogen billigen und sehr dünnen linierten Papiers.

«Sieht aus, als hätte sie auf Klopapier geschrieben.»

«Lies schon.»

«Paris, 10. August. Liebe Mama, lieber Papa. Es tut mir leid, daß ich ewig nicht geschrieben habe. Keine Zeit für Neuigkeiten. Auch das wird nur eine kurze Mitteilung, damit Ihr wißt, was ich treibe. In ein paar Tagen fahre ich in den Süden. Mit dem Bus, Ihr müßt Euch also keine Sorgen wegen Autostop machen. Ich habe einen jungen Australier kennengelernt, aus Queensland. Er heißt Jeff Howland und studiert nicht an der Kunstakademie, sondern ist Schafzüchter und will sich ein Jahr lang in Europa umsehen. Er hat Freunde auf Ibiza, also fahren wir da vielleicht auch hin. Ich habe keine Ahnung, wie es da aussieht, aber soll ich mal versuchen, Pandora aufzusuchen, sofern ich eine Möglichkeit habe, nach Mallorca rüberzufahren? Falls ja, könntet Ihr mir ihre Adresse schicken, denn ich habe sie nicht mehr. Außerdem bin ich ziemlich knapp bei Kasse, und es wäre schön, wenn Ihr mir auf den nächsten Wechsel was vorschießen könntet. Schickt alles an

Hans Bergdorf, Postfach 73, Ibiza. Hier in Paris war es himmlisch, aber jetzt wimmelt die Stadt von Touristen. Alle anderen sind schon ans Meer oder in die Berge geflohen. Neulich habe ich eine großartige Matisse-Ausstellung gesehen. Alles Liebe für Euch und MACHT EUCH KEINE SORGEN. Lucilla. PS. Vergeßt das Geld nicht.»

Er faltete den Brief zusammen und steckte ihn wieder in den Umschlag.

Isobel sagte: «Ein Australier.»

«Schafzüchter.»

«Der sich in Europa umsieht.»

«Zumindest fahren sie mit dem Bus.»

«Na ja, es könnte schlimmer sein. Aber ist es nicht großartig, daß sie vielleicht zu Pandora fährt? Monatelang haben wir ihren Namen nicht in den Mund genommen, und dann taucht er unverhofft aus allen Richtungen auf. Ist es von Ibiza sehr weit bis Mallorca?»

«Nein.»

«Käme Lucilla doch nur nach Hause.»

«Isobel, sie genießt das Leben in vollen Zügen.»

«Das arme Kind hat so wenig Geld.»

«Ich schick ihr einen Scheck.»

«Sie fehlt mir so.»

«Ich weiß.»

Sie war mit dem Rupfen fertig; alle Federn waren eingesammelt und in dem schwarzen Abfallsack gelandet. Es war ein mitleiderregender Anblick, wie die sechs kleinen Kadaver mit zur Seite hängenden Köpfen dalagen, die krallenbewehrten Füße wie zum Tanz von sich gespreizt. Isobel griff nach ihrem scharfen Messer und schnitt ohne Umstände in den ersten der kleinen schlanken Leiber. Dann legte sie das Messer beiseite und griff mit der Hand in den Vogel. Blutrot kam sie mit einer erstaunlichen Menge von Gedärmen wieder zum Vorschein, die alle auf dem Zeitungspapier landeten. Der Geruch war abstoßend.

Archie erhob sich, so rasch er konnte. «Ich geh schon mal und schreib den Scheck aus, bevor ich es vergesse.» Er nahm die Post an sich und verließ eilends den blutrünstigen Schauplatz Küche, wobei er die Tür fest hinter sich schloß.

In seinem Arbeitszimmer wog er den für Pandora bestimmten Umschlag mit Verenas Einladung einen Augenblick lang in der Hand und überlegte, ob er ein Briefchen mitschicken sollte. Es wird eine muntere Gesellschaft, könnte er schreiben, es würde Dir gefallen. Komm doch einfach und bleib eine Weile bei uns auf Croy. Wir würden Dich gern wiedersehen. Bitte, Pandora. Bitte.

Aber so hatte er schon einmal geschrieben, und sie hatte sich kaum die Mühe gemacht, darauf zu antworten. Es nützte nichts. Seufzend versah er Verenas Umschlag mit der neuen Anschrift und einem Luftpostetikett und frankierte ihn. Dann legte er ihn beiseite.

Er stellte einen Scheck über fünfzig Pfund aus, zahlbar an Lucilla Blair, und begann dann einen Brief an seine Tochter.

Liebste Lucilla, Croy, 15. August

wir danken Dir sehr für Dein Lebenszeichen, das wir heute morgen bekommen haben. Ich hoffe, daß Du eine gute Reise nach Südfrankreich hast und Dein Geld bis Ibiza reicht, denn ich schicke den Scheck, um den Du mich gebeten hast, dorthin. Bestimmt würde sich Pandora riesig freuen, Dich zu sehen, aber ich würde vorschlagen, Du rufst sie erst an und sagst ihr, daß Du sie gern besuchen würdest, bevor Du etwas in die Wege leitest.

Sie wohnt in Casa Rosa, Puerto del Fuego, Mallorca. Ihre Telefonnummer habe ich nicht, aber bestimmt kannst Du sie in Palma aus dem Telefonbuch heraussuchen.

Außerdem schicke ich Dir die Einladung zu einer Gesellschaft der Steyntons mit, die sie in einem Monat für Katy geben. Vielleicht hast Du anderes und Besseres zu tun, aber ich weiß, daß sich Deine Mutter sehr freuen würde, wenn Du kommen könntest.

Der erste Tag der Moorschneehuhnjagd, Du weißt ja, der zwölfte August, war sehr schön. Ich habe nur beim Treiben am Vormittag mitgemacht, und alle waren sehr nett zu mir. Man hat mir die unterste Ansitzgrube überlassen, damit ich nicht zu weit hangaufwärts gehen mußte. Hamish ist mitgekommen, hat mir Gewehr und Jagdtasche getragen und seinem alten Vater geholfen, wenn es bergauf ging. Obwohl Edmund Aird erstklassig geschossen hat, betrug unsere Strecke nur dreiundvierzig Vögel und zwei Hasen. Hamish ist gestern mit einem Schulkameraden für eine Woche nach Argyll gegangen. Er hat seine Forellenangel mitgenommen, hofft aber, daß er die Möglichkeit hat, auf See zu fischen. Alles Liebe, mein gutes Kind.

Papa

Er las das Geschriebene durch, faltete das Blatt und steckte Briefbogen, Scheck und Verenas Einladung in einen großen kräftigen Umschlag, verschloß ihn, klebte Marken darauf und adressierte ihn an die von Lucilla angegebene Anschrift auf Ibiza. Beide Briefe legte er auf die Truhe neben der Tür in der Eingangshalle. Wer als nächster ins Dorf ging, würde sie mitnehmen.

2. Kapitel

Mittwoch, der Siebzehnte

Die Einladung der Steyntons traf am Mittwoch jener Woche in der Ovington Street ein. Es war früh am Morgen. Alexa wartete in der Küche barfuß und im Morgenmantel darauf, daß das Wasser siedete. Die Tür zum Garten stand offen, und Larry stöberte wie gewöhnlich draußen herum. Wenn er auf Katzenspuren stieß, wurde er sehr aufgeregt. Es war ein grauer Morgen. Später würde vielleicht die Sonne durchkommen und den Dunst verscheuchen. Sie hörte die Briefklappe an der Tür und sah durch das Fenster die Beine des Briefträgers auf dem Gehsteig.

Sie richtete ein Tablett her und legte Teebeutel in die Kanne. Das Wasser kochte jetzt. Sie goß den Tee auf und ging mit dem Tablett ins Erdgeschoß hinauf. Der Hund konnte sich um sich selbst kümmern. Die Post lag auf der Fußmatte. Mit dem Tablett jonglierend, bückte sie sich, um die Briefe aufzuheben, und schob sie in die große Tasche ihres Morgenmantels. Dann ging sie nach oben. Der dicke Teppichboden fühlte sich unter ihren bloßen Füßen weich an. Die Schlafzimmertür stand offen, die Vorhänge waren bereits zurückgezogen. Den nicht besonders großen Raum nahm das Messingbett, das sie von ihrer Großmutter geerbt hatte, nahezu vollständig ein. Es war ein eindrucksvolles Möbelstück, breit und weich, mit einem hohen Fuß- und Kopfende. Alexa setzte das Tablett ab und glitt wieder unter das Laken.

Sie fragte: «Bist du wach? Ich habe Tee raufgebracht.»

Der Höcker auf der anderen Seite des Bettes reagierte nicht sogleich, dann stöhnte und bewegte er sich. Ein bloßer brauner Arm arbeitete sich unter der Decke vor, und Noel wandte ihr sein Gesicht zu. «Wie spät ist es?» Sein Schopf, der auf dem weißen Kissenbezug besonders dunkel wirkte, war verstrubbelt, sein Kinn stoppelig.

«Viertel vor acht.»

Er stöhnte erneut und fuhr sich mit den Fingern durchs Haar. Sie sagte: «Guten Morgen», und beugte sich über ihn, um ihn auf die unrasierte Wange zu küssen. Er legte ihr die Hand auf den Hinterkopf und hielt sie eng an sich. Dabei brummelte er, kaum verständlich: «Du riechst großartig.»

«Zitronenshampoo.»

«Nein, nicht das. Einfach du.»

Er nahm die Hand fort. Sie gab ihm erneut einen Kuß und machte sich dann daran, ihm Tee einzugießen. Er schob Kissen hinter seinem Rücken zusammen und setzte sich auf. Mit seinem braunen Oberkörper wirkte er wie jemand, der gerade erst aus einem Urlaub aus den Tropen zurückgekehrt war. Sie gab ihm den dampfenden Becher in die Hand.

Er trank bedächtig und schweigend. Er brauchte morgens lange, um richtig wach zu werden, und sprach vor dem Frühstück nur selten. Das hatte sie schon gemerkt. Einige seiner kleinen Alltagsgewohnheiten kannte sie bereits: die Art, wie er Kaffee machte, seine Schuhe putzte oder einen Martini Dry mixte. Abends leerte er seine Taschen und legte ihren Inhalt ordentlich auf den Nachttisch, immer in derselben Reihenfolge. Geldbeutel, Kreditkarten, Taschenmesser und Kleingeld, wobei er die Münzen ordentlich stapelte. Das Schönste war, wenn sie schon im Bett lag und ihm dabei zusah, dann beobachtete, wie er sich auszog, wartete, bis er fertig war, bereit, zu ihr zu kommen.

Jeder Tag brachte neue Einblicke, jede Nacht neue süße Entdekkungen. Alles fügte sich so, daß jeder Augenblick, jede Stunde schöner war als die Stunde und der Augenblick davor. Mit Noel zusammenzusein, seine wunderbare Mischung aus Beherrschtheit und Leidenschaft zu genießen, ließ sie zum erstenmal begreifen, warum Menschen den Wunsch hatten zu heiraten. Von ihr aus konnte es für alle Zeiten so weitergehen.

Dabei hatte sie noch vor drei Monaten geglaubt, sie sei in jeder Hinsicht wunschlos glücklich. Sie wohnte allein in ihrem Haus, hatte als einzige Gesellschaft Larry, war von ihrer Arbeit und von den Dingen, die sie immer tat, erfüllt, ging hin und wieder abends aus oder besuchte Bekannte. Es war nur ein halbes Leben gewesen. Wie hatte sie das überhaupt ertragen?

Was man nicht kennt, fehlt einem auch nicht. Edies Stimme, laut und deutlich. Beim Gedanken an Edie mußte Alexa lächeln. Sie goß sich Tee ein, stellte den Becher neben sich, nahm die Briefe aus der Tasche des Morgenrocks und breitete sie vor sich auf dem Federbett aus. Eine Rechnung von einem Bekleidungshaus, eine Reklame für Isolierverglasung, eine Postkarte von einer Frau aus dem Südlondoner Vorort Barnes, die dies und jenes für ihre Tiefkühltruhe gekocht haben wollte, und schließlich der große, steife weiße Umschlag.

Er war in Schottland abgestempelt. Eine Einladung? Vielleicht zu einer Hochzeit...

Sie riß den Umschlag mit dem Daumen auf und nahm die Karte heraus.

«Ach je», sagte sie.

«Was ist los?»

«Eine Einladung zu einem Tanzfest. Du *wirst* zum Ball gehen, sagte die gute Fee zu Aschenputtel.»

Noel griff nach der steifen Karte.

«Wer sind diese Steyntons?»

«Leute ganz bei uns in der Nähe. Sie wohnen etwa fünfzehn Kilometer entfernt.»

«Und Katy?»

«Ihre Tochter. Sie arbeitet hier in London. Vielleicht bist du ihr schon begegnet.» Sie dachte darüber nach und befand dann: «Nein, ich glaube nicht. Sie hat es eher mit jungen Männern von der Königlichen Garde... mit denen geht sie immer zum Rennen.»

«Sechzehnter September. Fährst du hin?»

«Ich glaube nicht.»

«Warum nicht?»

«Weil ich ohne dich keine Lust habe.»

«Ich bin aber nicht eingeladen.»

«Ich weiß.»

«Schreibst du ihnen, du kommst, wenn du deinen Liebhaber mitbringen kannst?»

«Niemand weiß, daß ich einen habe.»

«Du hast deiner Familie vorenthalten, daß ich zu dir gezogen bin?»

«Ja.»

«Hat das einen bestimmten Grund?»

«Ach, Noel… ich weiß nicht.» Aber sie wußte es sehr wohl. Sie wollte alles für sich behalten. Sie lebte mit Noel in einer geheimen Zauberwelt der Liebe und der Entdeckung und fürchtete, der Zauber würde verfliegen und alles dahinschwinden, wenn sie jemandem von außen einen Blick da hinein gestattete.

Außerdem, und das war ein entmutigendes Eingeständnis, fehlte ihr jede Art moralischen Mutes. Es nützte ihr nichts, daß sie einundzwanzig Jahre alt war, denn im Inneren kam sie sich immer noch wie fünfzehn vor und hatte nach wie vor das Bedürfnis, anderen zu Gefallen zu sein. Der Gedanke an mögliche Reaktionen ihrer Angehörigen erfüllte sie mit ängstlichen Bedenken. Sie stellte sich die Mißbilligung ihres Vaters vor, Vis entsetztes Erstaunen und Virginias Sorge. Und dann die Fragen.

Wer ist das nur? Woher kennst du ihn? Ihr lebt zusammen? In der Ovington Street? Aber wieso haben wir davon noch nichts gehört? Was für einen Beruf hat er? Wie heißt er?

Und Edie. *Lady Cheriton dreht sich bestimmt im Grab um.*

Nicht, daß sie nicht verstehen würden. Sie waren in keiner Weise engstirnig oder heuchlerisch. Es war auch nicht so, daß sie Alexa nicht mochten. Aber der bloße Gedanke, auch nur einen von ihnen vor den Kopf zu stoßen, war ihr zuwider.

Sie trank einen Schluck Tee.

Noel sagte: «Du bist kein kleines Mädchen mehr.»

«Ich weiß. Ich bin erwachsen. Wäre ich doch nur kein so feiger Erwachsener.»

«Schämst du dich unseres Zusammenlebens in Sünde?»

«Ich schäme mich nicht die Spur. Es ist nur... ich möchte meinen Angehörigen nicht weh tun.»

«Meine Liebe, denen tut es bestimmt viel mehr weh, wenn sie von dritter Seite erfahren, was wir hier treiben.»

Alexa wußte, daß er recht hatte. «Aber wie soll das zugehen?» fragte sie.

«Wir leben hier in London. Alle Welt redet. Erstaunlich genug, daß dein Vater es nicht längst weiß. Hör auf mich und sei ein tapferes Mädchen.» Er gab ihr seinen leeren Becher und einen raschen Kuß auf die Wange. Dann griff er nach seinem Morgenmantel und schwang die Beine aus dem Bett. «Dann kannst du auch deiner Mrs. Stiffden, oder wie sie heißt, schreiben, daß du gern kommen würdest, wenn du deinen Märchenprinzen mitbringen darfst.»

Unwillkürlich mußte Alexa lächeln. «Würdest du denn hinfahren?»

«Voraussichtlich nicht. Stammestänze sind nicht unbedingt mein Fall.» Mit diesen Worten verschwand er im Badezimmer. Nahezu im selben Augenblick hörte sie die Dusche laufen.

Erneut nahm Alexa die Einladung zur Hand und sah sie mit gerunzelter Stirn an. Ich wollte, du wärest nie gekommen, sagte sie ihr. Du hast eine ganze Menge Schwierigkeiten aufgerührt. Ich wollte, der Briefträger hätte dich nie durch die Klappe geworfen.

3. Kapitel

Montag, der Zweiundzwanzigste

In jenem August brütete die ganze Insel unter einer nie dagewesenen Hitzewelle. Schon morgens war es heiß, und mittags herrschten unerträgliche Temperaturen, die jeden einigermaßen vernünftigen Menschen ins Haus trieben, wo man den Nachmittag untätig auf dem Bett liegend oder auf einer schattigen Terrasse schlafend verbrachte. Die alte Stadt hoch auf ihrem Berg hielt, still und von der Außenwelt abgeschlossen, eine mehrstündige Siesta. Die Straßen lagen verlassen, und die Geschäfte waren geschlossen.

Der Hafen allerdings bot ein anderes Bild. Zu viele Menschen waren dort, zu viel Geld stand auf dem Spiel, als daß man den alten Brauch pflegen mochte. Die Touristen wollten von einer Siesta nichts wissen, keinen Augenblick ihrer kostbaren Ferien mit Schlaf vergeuden. Da aber die Besucher tagsüber nicht wußten, wohin sie gehen konnten, saßen sie in großen Scharen rot und schwitzend in Straßencafés oder liefen ziellos durch klimatisierte Souvenirläden. Der Strand war übersät mit riesig großen Strohhüten und halbnackten, in der Sonne röstenden Leibern, und am Anleger drängten sich seetüchtige Boote aller Arten und Größen. Nur ihre Besatzungen schienen genau zu wissen, was gut für sie war. Die Yachten und Barkassen, auf denen es sonst so geschäftig zuging, dümpelten träge im Wellenschlag des öligen Wassers, während im Schatten von Sonnensegeln lang hingestreckte mahagonibraune Körper wie tot an Deck lagen.

Pandora erwachte spät. Unruhig hatte sie sich die ganze Nacht hindurch hin und her geworfen, schließlich um vier Uhr morgens eine Schlaftablette genommen und war endlich in einen schweren, von Träumen zerrissenen Schlaf gefallen. Sie hätte gern weitergeschlafen, aber Seraphina, die in der Küche herumfuhrwerkte, störte sie in ihrem Schlummer. Das Geklapper zerriß ihren Traum, und nach einer Weile öffnete sie zögernd die Augen.

Der Traum hatte ihr Regen gebracht, braune Flüsse, kühle, feuchte Düfte und das Geräusch des Windes. Tiefe schottische Lochs und dunkle Berge mit verschlammten Wegen, die zu ihren schneebedeckten Gipfeln führten. Aber am wichtigsten war der Regen. Er fiel nicht in Strömen, nicht wie ein Gewitterregen, wie der auf der Insel, sondern sanft und fein sprühend. Wolken trugen ihn heran, zerfasert wie Rauch...

Sie bewegte sich unruhig. Die Bilder lösten sich auf, waren verschwunden. Warum sollte sie von Schottland träumen? Warum zerrten sie nach all den Jahren diese alten, kalten Erinnerungen am Ärmel? Vielleicht lag es an der Hitze dieses grausamen Augusts, den endlosen Tagen erbarmungslosen Sonnenscheins, am Staub und der Dürre, an den scharf umrissenen schwarzen Mittagsschatten. Man sehnte sich förmlich nach dem sanft fallenden, wohlriechenden Sprühregen.

Sie wandte den Kopf auf dem Kissen und sah hinter den gläsernen Schiebetüren, die die ganze Nacht offengestanden hatten, das Terrassengeländer, das grelle Leuchten der Geranien, den Himmel. Blau, wolkenlos und schon jetzt vor Hitze kochend.

Sie stützte sich auf einen Ellbogen und nahm über das breite leere Bett hinweg ihre Uhr vom Nachttisch. Neun. Der Lärm aus der Küche wurde lauter. Rumpelnd setzte sich die Spülmaschine in Gang. Seraphina sorgte dafür, daß niemand ihre Anwesenheit überhörte. Wenn sie da war, bedeutete das, daß auch Mario – ihr Mann und Pandoras Gärtner – schon mit seiner vorsintflutlichen Hacke im Garten herumkratzte. Also war es nichts damit, rasch unbekleidet ins Schwimmbecken zu springen. Mario und Seraphina, die in der Altstadt lebten, kamen jeden Morgen auf Marios Moped mit

Vollgas den Hügel heraufgebrummt, wobei Seraphina züchtig im Damensitz hinter ihm saß und ihn mit ihren kräftigen braunen Armen umschlungen hielt. Ein Wunder, daß das Dröhnen dieses lärmenden Gefährts Pandora nicht schon früher geweckt hatte. Die Schlaftabletten waren ziemlich stark.

Es war so warm, daß sie unmöglich weiter in ihrem zerwühlten Bett liegen konnte. Sie hatte lange genug darin zugebracht. So warf sie das dünne Laken beiseite und ging nackt über die große Fläche des Steinfußbodens zum Badezimmer. Dort zog sie ihren Bikini an, der letztlich aus nichts als zwei Stücken zusammengeknoteten Taschentuchs bestand, trat durch das Schlafzimmer auf die Terrasse und stieg die Stufen zum Schwimmbecken hinab.

Sie sprang hinein. Das Wasser war zwar kühl, aber nicht kühl genug, um sie wirklich zu erfrischen. Sie schwamm. Sie stellte sich vor, wie sie in das eiskalte Loch Croy sprang und vor Schmerz aufschreiend wieder hochkam, weil die betäubende Kälte, die einem den Atem raubte, förmlich in jede Pore biß. Wie hatte sie nur da schwimmen können? Es war sozusagen geschmolzenes Schneewasser. Wie hatten sie, Archie und die anderen, sich solchen masochistischen Wonnen hingeben können? Aber es hatte Spaß gemacht, anschließend, ohne richtig abgetrocknet zu sein, in die warmen Pullover zu kriechen, auf dem mit Kieseln bedeckten Ufer des Sees ein Feuer zu machen und über der rauchenden Glut Forellen zu braten, wie sie nirgendwo besser schmeckten. Nie wieder war Forelle so köstlich gewesen.

Sie schwamm weiter. Hin und her, immer wieder die Länge des Beckens ausmessend. Wieder Schottland. Diesmal keine Träume, sondern bewußte Erinnerungen. Warum nicht? Sie würde sich ihnen nicht in den Weg stellen. Mochten sie sie von dem Bergsee fortführen, den holprigen grasbewachsenen Fahrweg entlang, der dem Lauf des Bachs folgte, bis dieser am Fuße des Hügels schließlich in den Croy mündete. Torfiges Wasser ergoß sich braun und schäumend wie Bier über Felsen und klatschte in tiefe natürliche Becken, in deren Schatten die Forellen hausten. Im Laufe der Jahrhunderte hatte sich dieser Bach ein schmales Tal geschaffen, seine vor den

Nordwinden geschützten Ufer waren mit saftigem Grün bestanden und leuchteten von Wildblumen. Fingerhut wuchs dort und Härtling, grüner Farn und hohe Disteln mit lila Blüten. In einem kleinen Talkessel gab es eine ganz besondere Stelle, wo sie häufig im Winter und Frühjahr Picknick machten, denn dann waren die Nordwinde für ein Lagerfeuer am See zu kalt.

Dieser Talkessel. Sie ließ nicht zu, daß sich ihre Erinnerung länger damit beschäftigte. Der Fahrweg wurde steiler und wand sich zwischen massigen Granitformationen dahin, die älter waren als die Zeit. Nach einer letzten Biegung lag das Tal in seiner ganzen pastoralen Schönheit weit unter ihnen, sonnenbeschienen und hier und da von Wolkenschatten verdunkelt. Der Croy war ein glänzender Faden, durch die Bäume konnte man die beiden Höckerbrücken, die ihn überspannten, gerade erkennen, wie auch das Dorf, das aus der Ferne wie Spielzeug wirkte, das jemand auf den Teppich im Kinderzimmer gestellt hatte.

Der Weg wurde allmählich eben. Das Wildgatter kam in Sicht, das große Tor. Die ersten Bäume. Schottische Kiefern und hinter ihnen das Grün der Buchen. Dann Gordon Gillocks Haus, vor dem Mrs. Gillocks Wäsche wie eine Girlande aus Kleidungsstücken im Wind flatterte, und die Jagdhunde, die aufgestört aus ihrem Zwinger ihr wildes Bellen ertönen ließen.

Fast zu Hause. Jetzt war aus dem Weg eine richtige Teerstraße geworden, die zwischen großen und kleinen bäuerlichen Anwesen, Scheunen und Stallungen dahinführte. Es roch nach Schafen, Rindern und Dung. Noch ein Tor, vorbei am Bauernhaus mit seinem bunten Gärtchen und der von Geißblatt überwucherten Trockenmauer. Der in den Weg eingelassene Gitterrost, der verhindern sollte, daß Vieh auf das Grundstück gelangte. Die von Rhododendren gesäumte hintere Auffahrtsallee...

Croy.

Genug. Pandora hatte nicht den Wunsch, ihren Erinnerungen und Empfindungen weiter nachzugeben. Genug von Schottland. Sie schwamm eine letzte Länge und verließ dann das Becken über die kurze Leiter. Die Steinplatten unter ihren bloßen Füßen waren bereits heiß. Tropfnaß ging sie ins Haus zurück. Im Badezimmer duschte sie, wusch sich die Haare, zog ein ärmelloses weites Kleid an, das kühlste Kleidungsstück, das sie besaß. Sie ging aus dem Badezimmer durch die Diele in die Küche.

«Seraphina.»

Die Angesprochene wandte sich von dem Spülbecken ab, in dem sie eifrig einen Kunststoffeimer voll Muscheln abschrubbte. Sie war klein, gedrungen und braun, mit stämmigen bloßen Beinen. An den Füßen trug sie Leinenschuhe, ihr dunkles Haar war im Nacken zu einem Knoten zusammengefaßt. Sie trug stets Schwarz, weil sie ständig in Trauer war. Kaum war das Trauerjahr für einen Großvater, eine Großmutter oder einen fernen Verwandten vorüber, starb ein weiteres Mitglied ihrer Sippe, und wieder war sie in Schwarz. All ihre schwarzen Kleider sahen vollständig gleich aus, doch als wolle sie deren Düsternis ein wenig aufhellen, waren ihre Kittel und Schürzen grell und unruhig gemustert.

Seraphina gehörte zur Casa Rosa. Sie hatte dort schon fünfzehn Jahre lang für das englische Paar gearbeitet, das sich das Haus hatte bauen lassen. Als die beiden vor zwei Jahren, teils unter dem Druck der Familie, teils aus Gesundheitsgründen, zögernd nach England zurückgekehrt waren, hatte ihnen Pandora das Anwesen abgekauft. Dabei merkte sie, daß sie Seraphina und Mario geerbt hatte. Zuerst war Seraphina nicht sicher, ob sie für Pandora arbeiten wollte, und Pandora war hinsichtlich Seraphinas geteilter Meinung. Sie sah nicht besonders anziehend aus und wirkte häufig ziemlich brummig. Aber sie hatten es einen Monat miteinander versucht, aus dem Monat wurden drei, schließlich ein Jahr, und die Sache regelte sich von selbst, ohne daß irgend jemand ein Wort darüber verlor, was Pandora ganz recht war.

«Buenos días, Señora. Sie sind wach.»

Nach fünfzehn Jahren bei ihren früheren Arbeitgebern war Seraphinas Englisch akzeptabel. Für diese kleine Wohltat war Pandora dankbar. Französisch sprach sie zwar fließend, aber Spanisch war für sie ein Buch mit sieben Siegeln. Allgemein hörte man, für jemanden, der in der Schule Latein gelernt habe, sei die Sprache leicht zu erlernen, aber das war bei Pandora nicht der Fall gewesen, und sie hatte nicht die Absicht, jetzt noch damit anzufangen.

«Frühstück?»

«Steht auf dem Tisch. Ich bring den Kaffee.»

Sie hatte auf der Terrasse gedeckt, von der man einen Blick über die Auffahrt hatte. Hier war es schattig, und eine kühle Brise wehte vom Meer herüber. Während Pandora durch das Wohnzimmer ging, fiel ihr Blick auf einen großen, farbenprächtigen Band mit dem Titel *Wainwright in Schottland*, der auf einem niedrigen Tischchen lag. Archie hatte ihn ihr zum Geburtstag geschickt. Ihr war klar, warum. Er gab es nie auf, sie auf seine treuherzige und durchsichtige Weise nach Hause zurück zu locken. Das war auch der Grund, warum sie das Buch bisher nicht ein einziges Mal aufgeschlagen hatte. Doch jetzt hielt sie inne, ihre Aufmerksamkeit war geweckt. *Wainwright in Schottland*. Wieder Schottland. Sollte dieser ganze Tag in sehnsüchtiger Erinnerung versinken? Sie lächelte über die Schwäche, die plötzlich über sie gekommen war. Warum nicht? Sie nahm das Buch und ging damit auf die Terrasse hinaus. Während sie sich eine Orange schälte, schlug sie es auf.

Es enthielt wunderschöne Feder- und Tuschzeichnungen, großartige Karten, wenig Text. Auf jeder Seite farbige Fotos: der silbrige Sand von Morar. Ben Vorlich. Die Fälle von Dochart. Die vertrauten Namen rollten wie Trommelwirbel, taten ihr gut.

Sie begann, die Orange zu essen. Saft tropfte auf die Blätter des Buches, sie wischte ihn einfach weg, so daß Flecken blieben. Seraphina brachte Kaffee, aber sie hob nicht einmal den Blick, so sehr war sie in das Buch vertieft.

Hier legt der Fluß nach einem langen gemächlichen Weg mit einemmal eine geradezu tosende Wildnis an den Tag, stürzt in einem Katarakt weißen Schaums durch einen breiten Felskanal herab, der ein grandioses Bild bietet. Zwischen den Stromschnellen liegen bewaldete Inseln, von denen eine einst der Begräbnisplatz des Clans MacNab war. Ein kleines Gehölz mit herrlichen Bäumen hebt die Schönheit dieser Szenerie besonders hervor...

Sie las weiter.

Wainwright in Schottland beschäftigte sie den ganzen Tag. Sie nahm den Band vom Frühstückstisch mit zu einem Liegestuhl am Schwimmbecken und nach dem Mittagessen von dort ins Bett. Um fünf Uhr hatte sie ihn von vorn bis hinten durchgelesen, klappte ihn zu und ließ ihn zu Boden fallen.

Jetzt war es kühler, aber heute hatte sie die Hitze kaum gespürt. Sie stand von ihrem Bett auf, ging hinaus und schwamm noch einmal. Dann zog sie eine weiße Baumwollhose und ein blau und weiß gestreiftes Hemd an. Sie frisierte sich, legte Augen-Make-up auf und schmückte sich mit Ohrringen und einem goldenen Armband. Weiße Sandalen. Ein wenig Parfum. Ihr Flakon war fast leer. Sie brauchte neues. Die Aussicht auf diesen kleinen Luxuseinkauf erfüllte sie mit Vorfreude.

Sie verabschiedete sich von Seraphina und verließ das Haus, stieg in ihren Mercedes und fuhr das kurvenreiche Sträßchen bergab, bog unten in die Hauptstraße ein, die zum Hafen führte. Dort stellte sie den Wagen im Hof des Postamts ab, holte ihre Post, legte sie in ihren Korb mit den ledernen Tragriemen und ging dann langsam durch die immer noch bevölkerten Straßen, warf hier und da einen Blick in ein Schaufenster, wenn ihr ein Kleid gefiel oder um zu sehen, was ein hübsches Schultertuch aus Spitze kostete, das ihr ins Auge stach. Nachdem sie im Kosmetikgeschäft einen Flakon *Poison* erstanden hatte, ging sie weiter, immer dem Meer zu, bis sie schließlich den großen palmenbestandenen Boulevard erreichte, der parallel zum Strand lief. Er wirkte am Ende des Tages so geschäftig wie eh und je. Zahlreiche Menschen lagen im Sand, und viele schwammen im Meer. Weit draußen nutzten Windsurfer die Abendbrise; die Segel zogen wie Vogelflügel über die Wasserfläche dahin.

Vor einem kleinen Café standen Tische auf dem Gehsteig. Sie nahm an einem von ihnen Platz und bestellte Kaffee und Cognac. Sie lehnte sich auf dem unbequemen Eisenstuhl zurück, schob die Sonnenbrille nach oben, griff in ihren Korb und nahm die Briefe heraus. Einer kam aus Paris, einer von ihrem Anwalt in New York.

Dann war da noch eine Postkarte aus Venedig. Sie drehte sie um. Von Emily Richter, immer noch im Cipriani. Ein nach Croy adressierter großer, steifer weißer Umschlag, den Archie ihr hierher nachgeschickt hatte. Sie öffnete ihn und las ungläubig und nicht ohne Belustigung Verena Steyntons Einladung.

Lädt ein
für Katy.

Nicht zu fassen. Als locke sie eine andere Epoche, eine andere Welt. Doch war es eine Welt, in der sie sich, ob ihr das recht war oder nicht, den ganzen Tag aufgehalten hatte. Unsicherheit überkam sie. Hatte das etwas zu bedeuten? Sollte sie das Vorzeichen beachten? Und wenn es eines war, glaubte sie überhaupt an solche Vorzeichen?

Lädt ein, für Katy. Andere Einladungen fielen ihr ein, die auf dem Kaminsims der Bibliothek auf Croy geprangt hatten. Archie und sie hatten «Pappdeckel» dazu gesagt. Es waren Einladungen zu Gartenfesten, Cricket-Wettspielen und Bällen. Bälle hatte es in Hülle und Fülle gegeben. In manchen Septemberwochen war man kaum zum Schlafen gekommen, hatte irgendwie überlebt, indem man auf dem Rücksitz von Autos verstohlen ein wenig geschlummert oder in der Sonne gedöst hatte, während die anderen Tennis spielten. Sie erinnerte sich an einen Schrank voller Ballkleider und daran, daß sie sich immer wieder bei ihrer Mutter darüber beklagte, sie habe nichts anzuziehen. Alle Welt kannte das eisblaue Atlaskleid, denn sie hatte es schon beim großen Hochlandball in Inverness angehabt, bei dem es praktisch jeder gesehen hatte. Außerdem hatte irgendein Tölpel Champagner darüber gegossen, und der Fleck ging nicht mehr heraus. Und das Roséfarbene? Der Saum hing herunter, und einer der Träger war abgerissen. Also war ihre Mutter, die geduldigste und nachgiebigste Frau, die man sich denken konnte, statt zu sagen, Pandora solle sich Nadel und Faden nehmen und es in Ordnung bringen, mit ihrer Tochter nach Relkirk oder Edinburgh gefahren und dort dem launenhaften Geschöpf zuliebe von Laden zu

Laden gezogen, bis sie schließlich das herrlichste – und unvermeidlich teuerste – Kleid aufgetrieben hatten.

Wie verzogen sie gewesen war, wie sehr man sie bewundert und verhätschelt hatte. Sie wiederum …

Sie legte die Karte auf den Tisch und sah zum Meer hinüber. Während sie in winzigen Schlucken den bitteren schwarzen Kaffee trank, sah sie den Surfern und dem langsam dahintreibenden Strom der Vorübergehenden zu. Die Abendsonne glitt vom Himmel zum Horizont hinab, und die See verwandelte sich in geschmolzenes Gold.

Sie war nie zurückgekehrt. Es war ihre eigene Entscheidung gewesen. Niemand sonst stand dahinter. Man hatte sie zwar nicht gerade bestürmt, aber die Verbindung nie abreißen lassen. Stets kamen Briefe, und jeder von ihnen war liebevoll. Nach dem Tod der Eltern hatte sie angenommen, daß keine mehr kommen würden. Das aber war nicht der Fall gewesen, denn jetzt hatte Archie die Sache in die Hand genommen. Ausführliche Beschreibungen von Jagden, Neuigkeiten über die Kinder, ein wenig Dorfklatsch. Und alle Briefe endeten mit dem gleichen Refrain: Du fehlst uns. Warum kommst Du nicht für ein paar Tage her? Wir haben Dich schon so lange nicht gesehen.

Eine Yacht schob sich sacht vom Anleger, bis sie so weit vom Strand entfernt war, daß der Wind ihre Segel füllen konnte. Müßig sah Pandora zu. Sie nahm zwar wahr, was geschah, doch vor ihrem inneren Auge standen Bilder von Croy. Wiederum stürmten ihre Gedanken davon, und diesmal gebot sie ihnen keinen Einhalt. Das Haus. Die Stufen zur Tür hinauf. Sie stand offen. Nichts hielt sie auf. Sie konnte hineingehen …

Sie stellte die Kaffeetasse unsanft auf den Tisch. Was sollte das alles? Die Vergangenheit war stets golden, weil man sich nur an das Gute erinnerte. Was aber war mit den dunkleren Seiten der Erinnerung? Ereignisse, die man besser ließ, wo sie waren, wie Trauer hervorrufende Erinnerungsstücke, die man in einem Koffer verschlossen hielt. Außerdem bestand die Vergangenheit aus Menschen, nicht aber aus Orten. Orte ohne Menschen waren wie Bahnhöfe, an denen keine Züge vorbeikamen. Dafür bin ich zu alt. Ich bin neununddreißig. Der Blick zurück in die Vergangenheit lenkt alle Energien von der Gegenwart fort.

Als sie nach dem Cognacglas griff, trat ein Schatten zwischen sie und die Sonne und verdunkelte den Tisch. Sie hob den Blick und sah das Gesicht des Mannes, der neben ihr stand. Er verbeugte sich leicht.

«Pandora.»

«Ach du bist es, Carlos! Was schleichst du denn hier herum?»

«Ich war in der Casa Rosa, habe aber niemand angetroffen. Und wenn du nicht zu mir kommst, muß ich zu dir kommen.»

«Es tut mir *aufrichtig* leid.»

«Also hab ich's am Hafen versucht. Ich dachte mir schon, daß ich dich hier irgendwo finden würde.»

«Ich war einkaufen.»

«Darf ich mich zu dir setzen?»

«Selbstverständlich.»

Er zog einen Stuhl herbei und setzte sich ihr gegenüber. Er war etwa Mitte vierzig, hochgewachsen, untadelig gekleidet, trug eine Krawatte und ein leichtes Jackett. Sein Haar war so dunkel wie seine Augen, und selbst an diesem schwülen Abend wirkte er wie jemand, dem die Hitze nichts anhaben konnte. Er sprach perfekt Englisch und sah, dachte Pandora immer, wie ein Franzose aus. Aber er war Spanier.

Außerdem war er äußerst anziehend. Lächelnd sagte sie: «Laß mich dir einen Cognac bestellen.»

4. Kapitel

Mittwoch, der Vierundzwanzigste

Virginia Aird schob sich durch die Pendeltüren des Kaufhauses Harrod's und trat auf die Brompton Road hinaus. Drinnen waren Hitze und Hetze bedrückend geworden, und draußen war es kaum besser. Der Tag war feuchtschwül. Bewegungslos standen die Autos Stoßstange an Stoßstange, Benzindämpfe hingen in der Luft, und sie fühlte sich von dem dichten Menschenstrom eingeengt, der sich quälend langsam voranschob. Virginia hatte vergessen, daß es in den Straßen der Städte so viele Leute geben konnte. Sicherlich waren die einen oder anderen von ihnen Londoner, die ihren täglichen Verrichtungen nachgingen, aber im großen und ganzen kam es ihr vor, als hielten sich hier Touristen und Besucher aus allen Teilen der Erde auf. Es waren mehr, als man für möglich halten sollte. Hochgewachsene blonde Studenten mit Rucksäkken kamen vorüber, ganze Familien von Italienern – es mochten auch Spanier sein –, Inderinnen in leuchtend bunten Saris. Und natürlich Amerikaner. Meine Landsleute, dachte sie mit leisem Spott. Man erkennt sie sofort an ihrer Kleidung und der aufwendigen Fotoausrüstung, die ihnen um den Hals hängt. Ein hünenhafter Mann trug einen breitrandigen Cowboyhut.

Halb fünf. Den ganzen Tag hatte sie mit Einkaufen verbracht und war jetzt über und über mit Tragetüten und Päckchen beladen. Ihre Füße schmerzten, sie blieb eine Weile stehen, unschlüssig, was sie als nächstes tun sollte.

Es gab zwei Möglichkeiten. Die eine war, mit dem nächstbesten Verkehrsmittel in die Cadgewith Mews zurückzukehren, wo sie in größter Behaglichkeit bei ihrer Freundin Felicity Crowe untergebracht war. Da ihr diese einen Hausschlüssel gegeben hatte, war es nicht wichtig, ob Felicity da war. Sie konnte die Schuhe von den Füßen streifen, sich etwas Tee machen und sich erschöpft aufs Bett fallen lassen – eine äußerst verlockende Vorstellung.

Sie konnte aber auch Alexa in der Ovington Street aufstöbern. Sie empfand das geradezu als ihre Pflicht, auch wenn es keine war, die sie bedrückte. Unmöglich konnte sie nach Schottland zurückkehren, ohne sich irgendwie mit ihrer Stieftochter in Verbindung gesetzt zu haben. Anläufe dazu hatte sie bereits unternommen und beispielsweise am Vorabend von Felicitys Wohnung aus angerufen. Nachdem sich allerdings längere Zeit niemand meldete, hatte sie aufgelegt und war zu dem Ergebnis gekommen, daß Alexa außer Haus war, um sich zu amüsieren. Am Vormittag und gegen Mittag hatte sie es wieder versucht, und dann noch einmal vom Friseur aus, wo sie in der Hitze des Föns fast dahingeschmolzen war. Wieder nichts. Sollte Alexa womöglich gar nicht in London sein?

In diesem Augenblick stieß sie ein kleingewachsener Japaner, der nicht aufgepaßt hatte, an, so daß eins ihrer Päckchen zu Boden fiel. Er entschuldigte sich übertrieben mit fernöstlicher Höflichkeit, hob das Päckchen auf, wischte es ab, gab es ihr, verbeugte sich lächelnd, lüftete seinen Hut und ging weiter. Das genügte. Als ein Taxi an den Bordstein fuhr, um Leute aussteigen zu lassen, machte sich Virginia bemerkbar, bevor ihr jemand zuvorkam.

«Wohin?»

«Zur Ovington Street.» Sie war entschlossen. Sie würde das Taxi in der Ovington Street einen Augenblick lang warten lassen und zu Felicity weiterfahren, falls Alexa nicht daheim war. Nachdem sie diese unbedeutende Entscheidung getroffen hatte, fühlte sie sich besser. Sie öffnete das Fenster, lehnte sich aufatmend zurück und überlegte, ob sie die Schuhe ausziehen sollte.

Es war nicht weit. Als das Taxi in die Ovington Street einbog, beugte sie sich vor, um nach Alexas Wagen Ausschau zu halten. Virginia sah den kleinen weißen Mini-Kombi mit den roten Streifen vor der blauen Haustür. Erleichtert sagte sie dem Taxifahrer, wo er anhalten sollte, und er blieb mitten auf der Straße stehen.

«Können Sie einen Augenblick warten? Ich möchte nur sehen, ob jemand zu Hause ist.»

«In Ordnung.»

Sie nahm ihre Einkäufe, stieg aus, ging die Treppe hoch und drückte auf den Klingelknopf. Larry bellte, und Alexa sagte ihm, er solle ruhig sein. Virginia ließ ihre Tüten und Päckchen auf der Schwelle zu Boden gleiten, öffnete die Handtasche und ging zum Taxi zurück, um zu bezahlen.

Alexa bemühte sich in der Küche, nach einem in Chiswick verbrachten Arbeitstag Ordnung zu schaffen. Sie hatte Kasserollen, Plastikbehälter, hölzerne Salatschüsseln, Besteck, Schneebesen und einen ganzen Weinkarton voll schmutziger Gläser aus ihrem Kombi ausgeladen. Wenn alles sauber, trocken und an Ort und Stelle geräumt war, wollte sie nach oben gehen, den verknitterten Baumwollrock und das verschwitzte Hemd ausziehen und nach dem Duschen frische Kleidung anziehen. Danach würde sie sich Tee machen – Lapsang Souchong mit einer Scheibe Zitrone – und Larry ein wenig ausführen. Später würde sie sich um das Abendessen kümmern. Auf dem Rückweg von Chiswick hatte sie beim Fischhändler angehalten und Regenbogenforellen gekauft. Forelle im Mandelkleid war Noels Leibgericht. Und vielleicht...

Sie hörte ein Taxi langsam durch die Straße fahren. Da sie am Spülstein stand, konnte sie kaum etwas sehen. Das Taxi hielt an. Eine Frauenstimme. Hohe Absätze klapperten über den Gehsteig. Alexa spülte unter dem Wasserhahn ein Weinglas aus. Dann klingelte es an ihrer Haustür.

Larry, der die Klingel nicht mochte, fing sofort zu bellen an. Alexa hatte so viel zu tun, daß auch sie sich über die Störung ärgerte. Wer in aller Welt mochte das sein? «Sei doch ruhig, du dämliches Vieh.» Sie stellte das Glas hin, nahm die Schürze ab und ging nach oben. Hoffentlich war es niemand, dem sie sich längere Zeit widmen mußte. Als sie die Tür öffnete, fiel ihr Blick auf einen Stapel teuer aussehender Päckchen. Das Taxi wendete und fuhr davon. Und…

Alexas Mund blieb offen stehen. Virginia, stadtfein im schwarzem Kleid, scharlachrotem Jäckchen, Lacklederpumps und einer neuen Frisur. Unübersehbar war ihr zurückgekämmtes Haar, das hinten von einer riesigen Samtschleife gehalten wurde, erst vor ganz kurzer Zeit den Händen eines exklusiven Fachmanns anvertraut gewesen war.

Sie sah hinreißend aus, kam aber nicht nur unangekündigt, sondern auch gänzlich unerwartet. Das vertrieb Alexa alle Gedanken bis auf einen.

Noel.

«*Virginia.*»

«Krieg bloß keinen Schlaganfall. Ich habe das Taxi vorsichtshalber warten lassen, weil ich dachte, daß du vielleicht nicht da wärst.» Sie gab Alexa einen Kuß. «Ich war einkaufen», erklärte sie überflüssigerweise und bückte sich, um ihre Tüten und Päckchen aufzuheben. Alexa nahm sich zusammen, was ihr nicht leichtfiel, und half ihr dabei.

«Ich wußte gar nicht, daß du in London bist.»

«Nur für einen oder zwei Tage.» Sie legten alles auf das Dielentischchen. «Frag bloß nicht, warum ich mich nicht gemeldet habe, denn ich habe pausenlos bei dir angerufen. Ich dachte schon, du wärst gar nicht zu Hause.»

«Nun», Alexa schloß die Tür. «Wir… ich war gestern abend zum Essen aus; und heute war ich den ganzen Tag außerhalb, um einen Auftrag zu erledigen. Ich bin gerade beim Abwaschen. Deswegen seh ich so aus…»

«Großartig siehst du aus.» Virginia faßte sie ins Auge. «Hast du abgenommen?»

«Keine Ahnung. Ich stell mich nie auf die Waage.»

«Was für einen Auftrag hattest du?»

«Eine Mittagsgesellschaft für einen neunzigsten Geburtstag. In

Chiswick. Der Mann hat ein wunderhübsches Haus, gleich an der Themse. Zwanzig Gäste, alles Verwandte. Zwei Urenkel.»

«Was hat es Schönes gegeben?»

«Kalten Lachs und Champagner. Das hatte er sich gewünscht. Und einen Geburtstagskuchen. Aber warum hast du denn nicht vorher gesagt, daß du nach London kommst...?»

«Ich weiß nicht. Ich habe mich mehr oder weniger spontan entschlossen. Ich hatte einfach den Eindruck, daß ich für ein, zwei Tage weg mußte. Ich war den ganzen Tag einkaufen.»

«So sieht es aus. Deine Frisur finde ich hinreißend. Du mußt total erschöpft sein. Geh rein und mach es dir bequem...»

«Nichts lieber als das», Virginia trat ins Wohnzimmer, warf ihr Jäckchen beiseite und ließ sich in den größten Sessel sinken. Sie schleuderte die Schuhe von sich und legte die Füße auf einen Hocker. «Himmlisch.»

Alexa blieb stehen und sah sie an. Wie lange sie wohl bleiben wollte? Warum...

«Warum hast du dich nicht bei mir einquartiert?» Es war ihr zwar mehr als recht, aber diese Frage wurde von ihr erwartet.

«Das hätte ich natürlich liebend gern getan, aber ich hatte Felicity Crowe versprochen, daß ich bei meinem nächsten London-Besuch bei ihr logieren würde. Du weißt doch, sie ist meine Jugendfreundin und wäre meine Brautjungfer gewesen, wenn wir nicht darauf verzichtet hätten. Wir sehen uns so selten, und dann reden wir bei den wenigen Gelegenheiten immerfort und kichern wie die Backfische.»

Der Punkt war erledigt. «Und wo wohnt sie?»

«In einem hübschen kleinen Haus in Cadgewith Mews. Allerdings muß ich sagen, daß es nicht so schön ist wie deins hier.»

«Möchtest du... möchtest du eine Tasse Tee?»

«Nur keine Umstände. Etwas Kaltes genügt.»

«Ich hab eine Dose Cola im Kühlschrank.»

«Genau das Richtige.»

«Ich... ich hol sie.»

Alexa ging hinunter in die Küche, um die Cola zu holen. Jetzt kam es darauf an, gelassen zu bleiben und überlegt zu handeln. Das war nicht unbedingt ihre Stärke. Hier unten wies so gut wie nichts auf Noel hin. Seine Regenjacke und eine Tweedmütze hingen in der Toilette im Kellergeschoß. Im Wohnzimmer lag eine Financial Times. Das war alles. Aber oben – da sah es anders aus. Überall lagen Dinge, die ihm gehörten, und das Bett war unübersehbar für zwei Personen gemacht. Unmöglich, alles zu verbergen. Sofern Virginia nach oben ging...

Alexa war vor Unentschlossenheit wie gelähmt. Vielleicht war es ohnehin so am besten. Sie hatte nichts geplant, und nun war es geschehen, Virginia war da. Da sie jung war und genaugenommen nicht richtig zur Familie gehörte, würde sie hoffentlich Verständnis aufbringen und die Sache womöglich billigen. Schließlich hatte Virginia ganze Scharen von Männern gehabt, bevor sie geheiratet hatte. Sie konnte Alexas Fürsprecherin sein, eignete sich am besten von allen dazu, die Neuigkeit zu verbreiten, daß die einsiedlerisch lebende puddingrunde Alexa nicht nur endlich einen Mann gefunden, sondern ihn auch in ihr Herz und ihre Wohnung aufgenommen hatte und ganz unverhohlen mit ihm zusammenlebte.

Andererseits wäre dann das Geheimnis kein Geheimnis mehr. Man würde von ihr erwarten, daß sie Noel mit anderen teilte, über ihn sprach und ihn allen vorstellte. Sie malte sich aus, wie ihr Vater nach London kam und anrief. «Ich lade euch zum Abendessen im *Claridges* ein.» Der bloße Gedanke daran ließ ihre Knie zittern, aber ihr war klar, daß sie mit einer solchen Situation fertig würde. Die Frage war: Wie würde Noel reagieren? Falls er den Eindruck gewann, man übe unauffällig Druck auf ihn aus, wäre das katastrophal. Nach drei Monaten des Zusammenlebens mit ihm, in denen sie seine kleinen Eigenheiten kennengelernt hatte, war ihr klar, daß das zu den Dingen gehörte, die er nicht ausstehen konnte.

In dieser Situation der Unsicherheit gab sie sich große Mühe, vernünftig zu reagieren. Du kannst nichts daran ändern, sagte sie sich mit Edies Stimme. Du mußt die Dinge einfach nehmen, wie sie kommen. Der Gedanke an Edie machte ihr ein wenig Mut. Sie schloß die Kühlschranktür, nahm ein Glas und ging wieder hinauf.

«Tut mir leid, daß es so lange gedauert hat.» Sie sah, daß Virginia rauchte. «Ich dachte, du hast damit aufgehört.»

«Hab ich auch, dann aber wieder angefangen. Sag es deinem Vater nicht weiter.»

Alexa öffnete die Coladose, goß das Glas voll und gab es Virginia.

«Ach, großartig. Köstlich. Ich dachte schon, ich sterbe vor Durst. Warum ist es in den Geschäften nur immer so heiß? Warum sind überall so viele Menschen?»

Alexa kuschelte sich in eine Sofaecke.

«Auswärtige. Es hat Stunden gedauert, bis ich aus Chiswick zurück war. Außerdem hast du zum Einkaufen die falschen Schuhe an. Turnschuhe sind dafür genau das richtige.»

«Ich weiß. Es ist verrückt, nicht wahr? Da putzt man sich für einen Besuch in London heraus. Die Macht der Gewohnheit.»

«Was hast du gekauft?»

«Was anzuziehen. In erster Linie für das Fest bei den Steyntons. Du hast deine Einladung ja bekommen, wie ich sehe.»

«Ich hab noch nicht geantwortet.»

«Natürlich kommst du.»

«Ich... ich weiß nicht. Ich hab um die Zeit ziemlich viel zu tun.»

«Aber du mußt unbedingt kommen. Wir rechnen fest damit.»

Ausweichend fragte Alexa: «Was für ein Kleid hast du dir gekauft?»

«Ein Traum von mehreren Schichten schwarzgepunktetem Voile mit winzigen Spaghettiträgern. Ich muß bis dahin unbedingt noch ein bißchen Bräune kriegen.»

«Woher ist es?»

«Von Caroline Charles. Ich zeig es dir nachher. Alexa, sieh unbedingt zu, daß du kommen kannst. Da es im September ist, werden alle da sein, und es wird eine ganz große Sache.»

«Ich sehe, was ich machen kann. Wie geht's Va?»

«Blendend.» Virginia wandte sich ab, um ihre Zigarette auszudrücken. Alexa hoffte, daß dieser knappen Mitteilung einige Erläuterungen folgen würden, aber Virginia sagte nichts mehr dazu.

«Und Henry?»

«Ebenfalls.»

«Und was treiben die so?»

«Edmund hat sich für diese Woche in der Wohnung in Edinburgh einquartiert, und Henry ist mit seinem Schlafsack nach Pennyburn zu Vi gezogen. Ich war in den Sommerferien mit ihm drei Wochen lang in Devon. Es war sehr schön. Er ist zum erstenmal in seinem Leben geritten, hat sich mit all den Tieren auf dem Bauernhof angefreundet und ist mit meinem Vater angeln gegangen.» Eine weitere Pause trat ein, sie wirkte unbehaglich. Oder bildete sie sich das nur ein? Dann fuhr Virginia fort: «Ich hatte plötzlich solche Sehnsucht nach Leesport und Long Island und wollte eigentlich mit ihm in die Staaten zu meinen Großeltern. Aber die waren auf einer langen Kreuzfahrt in der Karibik, da hatte es nicht viel Sinn hinzufliegen.»

«Wohl nicht.» Ein Wagen wurde angelassen und fuhr die Straße entlang. «Und wie steht es zu Hause?»

«Wie immer. Nichts Besonderes. Wir hatten im Juli einen Basar, um Geld für die Erneuerung der elektrischen Leitungen in der Kirche aufzubringen. Es war mehr Arbeit, als du dir vorstellen kannst, und wir haben schließlich etwa vierhundert Pfund zusammenbekommen. Ich finde zwar, daß das kaum die Mühe gelohnt hat, aber Archie und der Pfarrer scheinen ganz zufrieden zu sein. Henry hat bei der Verlosung eine Flasche Rhabarberwein gewonnen; er will sie Vi zum Geburtstag schenken.»

«Die Glückliche. Wie geht es ihr? Und wie geht's Edie?»

«Ach, mit Edie ist es ein wirkliches Problem. Hast du noch nichts davon gehört?»

Es klang entsetzlich. «Was soll ich gehört haben?»

«Ihre widerliche Kusine wohnt seit voriger Woche bei ihr, und Edie selbst sieht jetzt auch schon ganz verrückt aus.»

Schon die Vorstellung, daß Edie verrückt aussehen könnte, erschreckte Alexa. «Was für eine widerliche Kusine?»

Virginia berichtete ausführlich die Geschichte von Lottie Carstairs. Alexa war entsetzt. «An die Carstairs erinnere ich mich. Sie waren sehr alt und haben in einer Kate am Hang über Tullochard gewohnt. Manchmal sind sie sonntags nach Strathcroy gekommen, um bei Edie zu essen.»

«Stimmt.»

«Sie hatten einen klapprigen Kleinwagen. Die beiden kleinen alten Leute haben vorn gesessen, und ihr Elefantenbaby von Tochter hinten.»

«Nun, die beiden alten Leute sind jetzt tot, und das Elefantenbaby hat, vorsichtig gesagt, den Verstand verloren.»

Alexa war empört. «Aber warum muß sich Edie um sie kümmern? Sie hat auch ohne eine solche zusätzliche Verantwortung genug zu tun.»

«Das haben wir ihr alle gesagt, aber sie wollte nichts davon wissen. Sie sagt, daß die Arme sonst nirgendwo anders hinkönnte. Jedenfalls ist Lottie vorige Woche mit dem Krankenwagen gekommen und wohnt seitdem bei Edie.»

«Aber doch nicht für immer? Bestimmt zieht sie wieder in ihr eigenes Haus?»

«Das wollen wir hoffen.»

«Hast du sie gesehen?»

«Und ob! Sie taucht überall im Dorf auf und redet mit jedem. Und nicht nur da streicht sie herum. Neulich war ich mit den Hunden oben am Staudamm und hab mich ein bißchen am Ufer ins Gras gesetzt. Nach ein paar Minuten hatte ich so ein merkwürdiges Gefühl, hab mich umgedreht, und da schlich sich Lottie von hinten an.»

«Wie unheimlich.»

«Das kannst du laut sagen. Edie weiß nie, wo sie ist. Und das ist noch nicht das Schlimmste. Sogar nachts lungert sie an allen möglichen Stellen herum. Vermutlich ist sie durchaus harmlos, aber die Vorstellung, daß sie durch sämtliche Fenster späht, genügt, um allen Leuten einen Schrecken einzujagen.»

«Wie sieht sie aus?»

«Überhaupt nicht verrückt. Nur ein bißchen eigenartig. Sie hat eine sehr blasse Haut und Augen wie Stiefelknöpfe. Sie lächelt unaufhörlich und sieht damit noch unheimlicher aus als so schon. Es ist so ein süßliches Lächeln. Ja, ich glaube, das ist das richtige Wort. Edmund und Archie Balmerino sagen, daß sie schon immer so war. Früher war sie mal ein Jahr lang Hausmädchen auf Croy, weil Lady Balmerino sonst niemand finden konnte. Vi sagt, das war in dem Jahr, in dem Archie und Isobel geheiratet haben. Archie behauptet, man hätte jede beliebige Tür aufmachen können, und immer hätte Lottie dahinter gehorcht. Und sie hat so viel Porzellan zerschlagen, daß Lady Balmerino sie an die Luft gesetzt hat. Du kannst dir ausmalen, daß sie alles in allem eine ziemliche Bürde ist.»

Das Telefon klingelte.

«Ach.» Ganz in die Ereignisse von Strathcroy versunken, fühlte sich Alexa durch die Unterbrechung gestört. Zögernd stand sie auf und trat an ihren Schreibtisch, um den Anruf entgegenzunehmen.

«Hallo?»

«Ist dort Alexa Aird?»

«Mit wem spreche ich?»

«Sie werden sich nicht an mich erinnern. Mein Name ist Moira Bradford. Ich war in der vorigen Woche bei der Abendgesellschaft der Thomsons und wüßte gerne...»

Geschäftlich. Alexa setzte sich hin und griff nach Notizblock, Stift und Terminkalender.

«...zwar erst im Oktober, aber ich hielt es für besser, die Sache gleich unter Dach und Fach zu bringen...»

Vier Gänge für zwölf Personen. Ob Alexa, erkundigte sich Mrs. Bradford, eine ungefähre Vorstellung von den Kosten hatte?

Alexa hörte zu, beantwortete Fragen, machte sich Notizen. Sie merkte, daß Virginia hinter ihrem Rücken aufgestanden war und zur Tür ging. Sie hob den Blick. Gestikulierend erklärte Virginia, daß sie zur Toilette wolle, und bevor Alexa Gelegenheit hatte, ihr zu sagen, sie solle die Gästetoilette benutzen und nicht nach oben gehen, war sie schon fort.

«...natürlich wird sich mein Mann um den Wein kümmern...»

«Wie bitte?»

«Ich sagte, mein Mann wird sich um den *Wein* kümmern.»

«...ach ja, natürlich... Soll ich Sie später zurückrufen?»

«Können wir das nicht jetzt gleich erledigen? Das wäre mir lieber. Noch etwas: Wie steht es mit dem Servieren? Haben Sie eine Kollegin, oder machen Sie das selbst?»

Virginia war nach oben gegangen. Sie würde alles sehen und unvermeidlich den richtigen Schluß daraus ziehen. Seltsamerweise spürte Alexa eine Art resignierter Erleichterung. Sinnlos, etwas zu unternehmen, dazu war es zu spät.

Tief einatmend sagte sie, so sachlich sie konnte: «Nein. Ich habe keine Kollegin. Aber Sie brauchen sich keine Sorgen zu machen. Ich werde mit der Sache gut fertig, ganz allein.»

Während Virginia nach oben stieg, ging ihr, wie jedesmal, wenn sie bei Alexa in der Ovington Street war, durch den Kopf, wie ausnehmend hübsch dieses Häuschen war – bestimmt eins der schönsten in London. Allein schon die Tapete und die glänzende weiße Farbe wirkten so frisch. Und wie behaglich es eingerichtet war, mit flauschigem Teppichboden und Vorhängen in verschwenderischer Fülle. Auf dem Absatz angekommen, sah sie, daß die Türen zum Schlafzimmer und zum Bad offenstanden. Sie ging ins Badezimmer und sah, daß Alexa dort neue gefütterte Vorhänge aus Chintz mit einem Laub- und Vogelmuster angebracht hatte. Bewundernd sah sie sich um und suchte nach anderen Hinweisen auf Neuerungen.

Dabei fielen ihr außer dem riesigen türkischen Schwamm neben der Wanne und der Seifenkugel, die an einer Schnur vom Wasserhahn hing, Gegenstände ins Auge, die sie überraschten. Die Schlußfolgerungen, die sich ihr dazu aufdrängten, verscheuchten alles andere aus ihrem Kopf. Zwei Zahnbürsten im Zahnputzbecher. Auf der Ablage vor dem Spiegel Rasierzeug, ein hölzerner Napf mit Rasierseife und ein Rasierpinsel. Aftershave – Antaeus von Chanel. Das verwendete Edmund ebenfalls. An Haken hinter der Tür hingen zwei Morgenmäntel, ein großer mit blauen und weißen Streifen und ein kleinerer weißer.

Sie hatte völlig vergessen, was sie hier oben gewollt hatte, und trat aus dem Bad auf den Treppenabsatz. Unten war alles still. Offenkundig telefonierte Alexa nicht mehr. Virginia sah zögernd auf die Schlafzimmertür, stieß sie dann ganz auf und ging hinein. Auf dem Bett nebeneinander zwei Kissen. Alexas ordentlich zusammengelegtes Nachthemd auf der einen Seite; ein himmelblauer Männerpyjama auf der anderen. Auf dem Nachttisch tickte kaum hörbar ein Reisewecker in einem Etui aus Schweinsleder. Den hatte Alexa früher nicht gehabt. Virginias Augen suchten weiter. Silberne Bürsten auf der Frisierkommode, Seidenkrawatten hingen vom Spiegel. Mehrere Paar Herrenschuhe. Hinter einer Schranktür, die ein wenig offenstand – vielleicht ließ sie sich nicht richtig schließen – sah sie Anzüge auf Bügeln und auf der Kommode einen Stapel mustergültig gebügelter Hemden.

Sie hörte Schritte auf der Treppe hinter sich und wandte sich um. Alexa stand da in ihrem zerknitterten Aufzug und sah mehr oder weniger aus wie immer. Und trotzdem anders. «Hast du abgenommen?» hatte Virginia gefragt, aber sie wußte jetzt, Alexas nicht näher zu beschreibendes Strahlen, das ihr sofort aufgefallen war, hatte nichts mit einer Abmagerungskur zu tun.

Ihre Blicke trafen sich. Alexa hielt stand, sah nicht beiseite. Kein Schuldgefühl, keine Scham. Virginia freute sich für ihre Stieftochter, die endlich erwachsen geworden zu sein schien. Lange genug hatte es gedauert, immerhin war Alexa inzwischen einundzwanzig Jahre alt.

Während sie einander gegenüberstanden, mußte sie daran denken, wie Alexa gewesen war, als sie sie kennengelernt hatte: ein schüchternes und unsicheres Kind, das ständig darauf bedacht war, anderen zu Gefallen zu sein. Die frisch verheiratete Virginia hatte sich die größte Mühe gegeben, nichts zu zerstören, hatte sorgfältig jedes Wort abgewogen, sich stets schmerzlich bewußt, was sie falsch sagen oder machen konnte.

Jetzt war es wieder so.

Alexa brach als erste das Schweigen und sagte: «Ich wollte dich eigentlich bitten, die untere Toilette zu benutzen.»

«Entschuldige. Ich wollte nicht herumschnüffeln.»

«Davon kann keine Rede sein. Ein Blinder mit dem Krückstock kann es merken.»

«Ist es schlimm, daß ich es jetzt weiß?»

«Nein. Irgendwann hättest du es so und so erfahren.»

«Willst du darüber reden?»

«Falls du es hören möchtest.»

Virginia trat aus dem Schlafzimmer und schloß die Tür hinter sich. Alexa sagte: «Ich erzähl dir alles. Laß uns runtergehen.»

«Ich war noch nicht mal auf dem Klo.» Mit einemmal mußten beide lachen.

«Er heißt Noel Keeling. Ich habe ihn buchstäblich auf der Straße kennengelernt, ein paar Häuser weiter. Er war zum Abendessen bei Leuten gekommen, die auch in der Ovington Street wohnen – die Penningtons –, aber er hatte sich im Datum geirrt und hing in der Luft.»

«Und vorher hattest du ihn noch nie gesehen?»

«Doch, zweimal, bei einer Cocktailgesellschaft und später bei einem Direktoriums-Lunch für seine Firma. Aber er hat sich nicht an mich erinnert.»

«Was macht er eigentlich?»

«Er ist in der Werbung. Bei Wenborn & Weinburg.»

«Wie alt ist er?»

«Vierunddreißig.» Alexas Gesicht nahm einen träumerischen Ausdruck an. Sie wirkte ganz wie ein junges Mädchen, das endlich über den Mann reden darf, den sie liebt. «Er ist... ach, ich kann ihn nicht beschreiben. So was habe ich noch nie gekonnt.»

Eine Pause trat ein. Virginia wartete und sagte dann, im Bemühen, Alexa wieder auf das Thema zurückzubringen: «Er war also am falschen Abend zu einer Abendeinladung in die Ovington Street gekommen.»

«Ja. Er war völlig erschöpft. Man konnte es richtig sehen. Er war gerade aus New York angekommen und hatte die ganze Nacht nicht geschlafen. Er sah so total fertig aus, daß ich ihn ins Haus eingeladen habe. Wir haben miteinander einen Schluck getrunken und dann was gegessen. Ich hab ihm Koteletts gemacht. Danach ist er auf dem Sofa eingeschlafen.»

«Da warst du wohl keine besonders gute Gastgeberin.»

«Ach, Virginia, ich hab's dir doch *gesagt*. Er war zum Umfallen müde.»

«Verzeih mir. Erzähl weiter.»

«Der nächste Abend war der, an dem er eigentlich bei den Penningtons eingeladen war. Vorher ist er auf einen Sprung vorbeigekommen und hat mir einen großen Rosenstrauß mitgebracht. So eine Art Dankeschön. Ein paar Abende später sind wir miteinander essen gegangen. Und... nun ja, von da an hat sich das einfach so entwickelt.»

Virginia überlegte, ob ‹entwickeln› unter den Umständen das richtige Wort war, sagte aber dann: «Aha.»

«Dann sind wir an einem Wochenende für einen Tag aufs Land gefahren. Es war sehr warm, der Himmel war blau, und wir sind mit Larry ein paar Kilometer durch das Hügelland südlich von London gelaufen. Auf dem Rückweg haben wir irgendwo zu Abend gegessen und später in seiner Wohnung Kaffee getrunken. Hinterher dann... nun ja... es war schon schrecklich spät...»

«Und da bist du über Nacht bei ihm geblieben.»

«Ja.»

Virginia steckte sich erneut eine Zigarette an, ließ ihr Feuerzeug zuschnappen und fragte: «Hast du es am nächsten Morgen nicht bereut?»

«Nein. Überhaupt nicht.»

«War es... für dich... das erste Mal?»

«Ja. Das mußtest du ja wohl nicht fragen, oder?»

«Ach Herzchen, ich kenn dich doch so gut.»

«Das war zuerst ziemlich peinlich. Ich konnte ja nicht gut warten, daß er von selbst dahinterkommt, aber auch nicht so tun, als wüßte ich schon alles. Das wäre wohl so ähnlich, als wenn jemand so tut, als könnte er wer weiß wie gut schwimmen, ins Wasser springt und absäuft. Ich wollte nicht absaufen. Davor hatte ich Angst. Also hab ich es ihm gesagt. Ich war sicher, daß er denken würde, ich benehme mich wie ein Schulmädchen oder eine Zimperliese. Aber weißt du, was er gesagt hat? Das wäre so, als kriegte man ein hinreißendes Geschenk, mit dem man überhaupt nicht gerechnet hat. Am nächsten Morgen hat er mich damit geweckt, daß er den Korken von einer Champagnerflasche knallen ließ. Wir haben im Bett gesessen und sie zusammen ausgetrunken. Danach...»

Sie ließ eine Pause eintreten. Offenbar waren ihr sowohl der Atem als auch die Worte ausgegangen.

«Hat sich die Sache weiterentwickelt...?»

«Nun, du kannst es dir denken. Wir waren immer zusammen, ich meine, wenn wir nicht arbeiten mußten. Nach einer Weile haben wir es albern gefunden, wenn wir einen Abend miteinander verbracht hatten, in unterschiedlichen Richtungen davonzufahren oder sich die Zahnbürste des anderen auszuborgen, und so haben wir über die Sache geredet. Er hat eine sehr hübsche Wohnung in Pembroke Gardens, in die ich liebend gerne eingezogen wäre. Aber ich kann doch unmöglich das Haus mit all den Kostbarkeiten von Oma Cheriton leerstehen lassen und war auch nicht besonders darauf erpicht, es zu vermieten – aus demselben Grund. Ein bißchen schwierig war das schon, aber dann hat Noel Bekannte getroffen, die gerade geheiratet hatten und was suchten, wo sie so lange bleiben könnten, bis sie selbst was gefunden hatten. Also hat er ihnen seine Wohnung überlassen und ist bei mir eingezogen.»

«Wann war das?»

«Vor ungefähr zwei Monaten.»

«Und du hast keinem Menschen ein Sterbenswörtchen darüber gesagt.»

«Aber nicht etwa, weil ich mich geschämt hätte oder es verschweigen wollte. Es war alles so unglaublich und himmlisch, daß ich es für mich behalten wollte, eine Art Geheimnis. Irgendwie war es ein Teil des Zaubers.»

«Hat er Angehörige?»

«Beide Eltern sind tot, aber er hat zwei Schwestern. Die eine ist verheiratet und wohnt irgendwo in Gloucestershire, und die andere lebt hier in London.»

«Hast du sie schon kennengelernt?»

«Nein, und ich möchte auch gar nicht unbedingt. Sie ist viel älter als Noel, und was er mir über sie erzählt, macht mir eigentlich angst. Sie ist Chefredakteurin bei der Mode- und Gesellschaftszeitschrift *Venus* und platzt vor Energie und Tatendrang.»

«Soll ich den anderen davon erzählen, wenn ich nach Hause komme?»

«Das mußt du wissen.»

Virginia dachte darüber nach. «Du weißt, wie die Leute reden. Vor allem Männer. Immerhin hat Edmund häufig in London zu tun. Da wäre es sicher besser, wenn ich es sagte, bevor er es von einem anderen erfährt.»

«Das sagt Noel auch. Wäre es sehr schwierig für dich, es Va zu sagen? Und Vi?»

«Nicht im geringsten. Vi ist großartig. Sie nimmt alles, wie es kommt. Und was deinen Vater betrifft, ist es mir im Augenblick ziemlich egal, was ich ihm mitzuteilen habe.»

Alexa runzelte die Stirn. «Was willst du damit sagen?»

Virginia zuckte die Schultern. Auch sie hatte die Stirn gerunzelt. Dabei sah man all die feinen Linien auf ihrem Gesicht deutlich ausgeprägt, und sie wirkte plötzlich nicht mehr so jung. «Warum soll ich es dir nicht sagen? Wir vertragen uns offen gestanden zur Zeit nicht besonders gut und streiten uns ständig. Zwar fallen zwischen uns keine harten Worte, aber es herrscht eine gewisse kühle Höflichkeit.»

«Ach, wie entsetzlich!» Für den Augenblick war Noel vergessen. Alexa empfand Angst. Noch nie hatte sie Virginia in diesem kalten Ton über ihren Vater sprechen hören, konnte sich nicht erinnern, daß sie je gestritten hatten. Stets hatte Virginia ihn bewundert, all seinen Plänen zugestimmt, war mit allem einverstanden gewesen, was er anregte. Es hatte nie etwas anderes als liebende Übereinstimmung zwischen den beiden gegeben, alles deutete auf körperliche Zuneigung hin, und stets hatte man – sogar durch verschlossene Türen – Gelächter und munteres Plaudern gehört, wenn sie zusammen waren. Ihnen schien der Gesprächsstoff nie auszugehen, und die stabile Ehe der beiden war einer der Gründe dafür gewesen, warum Alexa von London immer nach Balnaid zurückgekehrt war, wenn sie Ferien machen konnte. Sie war gern bei ihnen. Der bloße Gedanke, daß sie sich zerstritten hatten, nicht miteinander sprachen, einander nicht mehr liebten, war ihr unerträglich. Wenn sie einander nie wieder liebten, sich womöglich scheiden ließen...

«Was ist denn bloß passiert?»

Als Virginia sah, daß alle Freude aus Alexas Gesicht gewichen war, hatte sie ein schlechtes Gewissen und begriff, daß sie zuviel gesagt hatte. Bei ihrer Unterhaltung über Noel hatte sie ganz vergessen, daß Alexa ihre Stieftochter war, und ihre eigenen Schwierigkeiten so geradlinig und kalt zur Sprache gebracht, als spreche sie mit einer vertrauten alten Freundin, einer Gleichaltrigen. Aber Alexa war nicht in ihrem Alter.

Rasch sagte sie: «Sieh nicht so ängstlich drein. So schlimm ist es nun auch wieder nicht. Es hat damit zu tun, daß er Henry unbedingt ins Internat geben will. Ich bin dagegen, weil ich finde, daß er mit seinen acht Jahren dafür zu jung ist. Edmund kennt meine Ansicht schon lange, trotzdem hat er die Sache eigenmächtig entschieden, ohne vorher mit mir darüber zu sprechen. Das hat mich tief verletzt. Dinge, über die man nicht miteinander spricht, spitzen sich zu. Wir vermeiden das Thema. Beide haben wir unseren festen Standpunkt, und dabei scheint es zu bleiben. Diese Situation war einer der Gründe dafür, warum ich mit Henry in Devon war. Er weiß, daß er ins Internat soll, und er weiß auch, daß sein Vater und ich zur Zeit nicht gut aufeinander zu sprechen sind. Ich versuche ihn aufzuheitern und verhalte mich ihm gegenüber wie immer. Nicht im Traum würde ich daran denken, ein Wort gegen Edmund zu ihm zu sagen. Du weißt, wie er seinen Vater bewundert. Aber leicht ist es nicht.»

«Der arme kleine Henry.»

«Ja. Ich dachte, es würde ihm vielleicht guttun, einen oder zwei Tage bei Vi zu verbringen. Du weißt ja, wie die beiden aneinander hängen. Also hab ich zu Edmund gesagt, daß ich ein neues Kleid brauche und dich besuchen möchte, und bin für ein paar Tage nach London gekommen. Das mit dem Kleid hat keine Eile, aber ich habe ganz den Eindruck, daß der Besuch bei dir die Reise wert war.»

«Aber du mußt doch wieder nach Balnaid zurück.»

«Ja. Möglicherweise geht es jetzt schon etwas besser.»

«Wie leid mir das Ganze tut. Aber ich kann dich verstehen. Ich weiß ja, wie Va sein kann, wenn er sich was in den Kopf gesetzt hat. Wie eine Ziegelmauer. Wahrscheinlich ist er deshalb so erfolgreich im Beruf, weil er so ist. Aber es ist nicht leicht für jemand, der auf der anderen Seite steht und eine eigene Meinung hat.»

«Da hast du recht. Manchmal denke ich, er wäre etwas menschlicher, wenn er ein einziges Mal im Leben etwas richtig falsch machte. Das würde ihm die Möglichkeit geben einzugestehen, daß auch er Fehler machen kann. Aber so was ist bei ihm noch nie vorgekommen und wird es wohl auch nie.»

In vollständigem Einverständnis sahen sie einander betrübt an. Dann sagte Alexa: «Vielleicht gefällt es Henry ja im Internat, wenn er erst mal da ist.» Es klang nicht sehr überzeugt.

«Wie sehr ich das um unser aller willen hoffe. Vor allem in Henrys Interesse wäre ich dankbar, wenn ich unrecht behielte. Aber ich fürchte, daß es ihm gar nicht gefallen wird.»

«Und was wirst du dann tun …? Ach Virginia, ich kann mir dich ohne Henry gar nicht vorstellen.»

«Das ist der springende Punkt – ich auch nicht.»

Sie nahm eine weitere Zigarette, und Alexa, die fand, daß es an der Zeit war, die Initiative zu ergreifen, sagte: «Laß uns einen Schluck trinken. Nach all dem können wir den beide brauchen. Was nimmst du? Whisky?»

Virginia sah auf die Uhr. «Eigentlich müßte ich gehen. Felicity erwartet mich zum Abendessen.»

«Bis dahin ist noch reichlich Zeit. Du mußt unbedingt hierbleiben und Noel kennenlernen. Er kommt bestimmt bald. Bitte geh nicht, jetzt, wo du Bescheid weißt. Wenn du ihn gesehen hast und sagen kannst, ob du ihn magst, wird es für dich auch viel leichter sein, Va darüber zu berichten.»

Virginia lächelte. Alexa war zwar einundzwanzig und inzwischen auch eine Frau mit einer gewissen Lebenserfahrung, aber nach wie vor unvorstellbar naiv.

«Von mir aus. Aber für mich viel Wasser und wenig Whisky.»

Noel hatte die Blumen bei einer Straßenhändlerin in der Nähe seines Büros gekauft. Nelken, Wicken und ein wenig Schleierkraut. Eigentlich hatte er nicht die Absicht gehabt, Blumen mitzubringen. Aber als er sie im Vorübergehen sah, dachte er an Alexa und kehrte um. Die Blumenverkäuferin, die offenbar dringend nach Hause wollte, hatte ihm zwei Sträuße zum Preis von einem überlassen.

Seit er in der Ovington Street wohnte, ging er täglich vom Büro zu Fuß heim. Das verschaffte ihm etwas Bewegung, war aber nicht so weit, daß es ihn nach einem Arbeitstag ermüdet hätte. Es war ein schönes Gefühl, in die Straße einzubiegen und zu wissen, daß er jetzt dort hingehörte.

Die Häuslichkeit mit Alexa hatte für ihn viele Vorteile, denn sie war nicht nur eine bezaubernd anschmiegsame Geliebte, sondern auch eine äußerst anspruchslose Gefährtin. Zuerst hatte er befürchtet, sie könne Besitzansprüche geltend machen und eifersüchtig sein, wenn er nicht ständig bei ihr war. Damit hatte er Erfahrungen und war sich dabei zum Schluß immer wie jemand vorgekommen, dem ein Mühlstein um den Hals hing. Doch Alexa war anders, großzügig und verständnisvoll, wenn er abends mit auswärtigen Auftraggebern zum Essen gehen mußte oder zweimal wöchentlich in seinem Club Squash spielte.

Er wußte, daß sie daheim sein würde, wenn er die blaue Haustür öffnete, sie würde auf das Geräusch seines Schlüssels im Schloß warten und die Kellertreppe emporgelaufen kommen, um ihn zu begrüßen. Er malte sich aus, wie er sich bei einem Gläschen entspannen und anschließend duschen würde, danach würde es ein ausgezeichnetes Abendessen geben, später würde er die Nachrichten im Fernsehen ansehen oder vielleicht ein bißchen Musik hören und zu guter Letzt Alexa ins Bett tragen.

Sein Schritt beschleunigte sich. Er nahm mehrere Stufen auf einmal und jonglierte dabei mit den Blumen, während er in seiner Hosentasche nach dem Hausschlüssel angelte. Er hörte Stimmen hinter der Tür zum Wohnzimmer. Offensichtlich hatte Alexa Besuch. Das war ungewöhnlich, denn seit Noel bei ihr eingezogen war, hatte sie entschlossen alle Vorstöße in dieser Richtung abgewimmelt.

«... es wäre schön, wenn du zum Abendessen bliebest», sagte sie gerade. Er schloß die Tür und achtete darauf, kein Geräusch zu machen. «Kannst du nicht Felicity anrufen und eine Entschuldigung finden?»

Der Dielentisch war mit Päckchen und Tragetaschen aus teuren Läden bedeckt. Er stellte seine Aktentasche zu Boden.

«Nein, das wäre wirklich unhöflich.» Eine Frauenstimme. Er blieb einen Augenblick vor dem ovalen Spiegel in der Diele stehen, um sich zu begutachten, und strich sein Haar zurück.

«Es gibt Forelle im Mandelkleid...»

Er öffnete die Tür. Alexa saß mit dem Rücken zu ihm auf dem Sofa, aber die Besucherin sah ihn sogleich, und sein Blick begegnete dem ihren quer durch den Raum. Sie hatte Augen von einem Blau, wie er es noch nie zuvor gesehen hatte, deren heller Glanz eine kühle Herausforderung war.

«Hallo!» grüßte sie ihn.

Alexa schnellte vom Sofa empor. «Noel! Ich hab dich gar nicht reinkommen hören.» Sie wirkte von der Hausarbeit ein wenig schmuddelig, sah aber rosig und schön aus. Er gab ihr den Strauß und beugte sich über sie, um sie auf die Stirn zu küssen.

«Ihr habt so laut geredet», sagte er dabei und wandte sich der Besucherin zu, die sich währenddessen erhoben hatte. Eine hochgewachsene, hinreißende, schlanke Blondine. «Guten Abend. Mein Name ist Noel Keeling.»

«Virginia Aird.» Ihr Händedruck war fest und freundlich und paßte, wie er meinte, nicht so recht zu dem Schimmer in ihren glänzenden Augen. Ihm war sogleich klar, daß sich Alexa diesem bezaubernden Geschöpf rückhaltlos offenbart hatte. Jetzt mußte er die Situation retten.

«Sind Sie nicht...?»

«Meine Stiefmutter, Noel», sagte Alexa rasch, offenbar ein wenig erregt und unsicher. «Sie ist nach London gekommen, um Einkäufe zu machen, und völlig unvermutet hier aufgetaucht. Eine großartige Überraschung. Sind das herrliche Blumen. Du bist wirklich lieb.» Sie steckte die Nase in den Strauß und sog lustvoll deren

Duft ein. «Wieso muß ich bei Nelken eigentlich immer an Brotsoße denken?»

Noel lächelte Virginia zu. «Sie denkt immer nur an Eßbares.»

«Ich stell sie rasch ins Wasser. Wir haben uns gerade was zu trinken gemacht, Noel.»

«Das sehe ich.»

«Willst du auch was?»

«Natürlich. Aber laß gut sein, ich mach mir selbst was zurecht.»

Sie ging mit dem Strauß in die Küche. Noel wandte sich der Besucherin zu. «Behalten Sie doch Platz. Ich wollte nicht stören.» Sie setzte sich wieder und schlug anmutig ihre langen Beine übereinander. «Seit wann sind Sie in London? Wie lange wollen Sie bleiben?»

Sie erklärte. Eine Augenblicksentscheidung, die Einladung einer alten Freundin. In ihrer tiefen Stimme schwang erregend die Andeutung eines amerikanischen Akzents. Vergeblich habe sie Alexa telefonisch zu erreichen versucht, fuhr sie fort, und sei dann schließlich einfach vorbeigekommen und habe sie überrascht.

Während sie sprach, goß er sich etwas ein, kam mit seinem Glas in der Hand zur Sitzgruppe zurück und nahm im Sessel ihr gegenüber Platz. Ungewöhnlich schöne Beine, mußte er denken.

«Und wann fahren Sie wieder nach Schottland?»

«Vielleicht morgen. Oder übermorgen.»

«Ich habe gehört, wie Alexa Sie zum Abendessen eingeladen hat. Es wäre schön, wenn Sie bleiben könnten.»

«Das ist sehr freundlich von Ihnen, aber ich habe bereits anderweitig zugesagt und muß bald gehen. Ich bin nur so lange geblieben, weil Alexa unbedingt wollte, daß ich bis zu Ihrer Rückkehr warte.» Ihre Augen leuchteten wie Saphire. Sie blinzelte nicht. «Sie wollte, daß ich Sie kennenlerne.» Sie war von berückender Unmittelbarkeit, redete nicht um den heißen Brei herum. Er beschloß, sich der Herausforderung zu stellen.

«Ich nehme an, daß sie Ihnen alles erklärt hat.»

«Ja. Ich bin voll und ganz im Bilde.»

«Das freut mich. Das wird für uns alle die Dinge einfacher machen.»

«Waren sie denn schwierig?»

«Überhaupt nicht. Aber ich habe den Eindruck, daß ihr Gewissen sie bedrückt hat.»

«So war sie schon immer.»

«Sie hat sich ein wenig Sorgen wegen ihrer Angehörigen gemacht.»

«Ja, die Familie bedeutet ihr viel. Sie hatte keine alltägliche Kindheit. Das ist wohl der Grund dafür, warum sie in manchen Dingen sehr reif und in anderen eher wie ein Kind ist.»

Noel überlegte, warum sie das gesagt haben mochte. Ihr mußte klar sein, daß er es bereits selbst gemerkt hatte. Er sagte: «Sie wollte niemandem weh tun.»

«Sie hat mich gebeten, es ihrem Vater zu sagen.»

«Das ist ein großartiger Gedanke. Ich habe sie stets gedrängt, das zu tun.» Er lächelte. «Meinen Sie, daß er mit der Reitpeitsche in der Hand vor der Tür auftaucht?»

«Ich glaube nicht.» Virginia nahm eine Zigarette aus ihrer Handtasche und zündete sie mit ihrem goldenen Feuerzeug an. «Er ist nicht der Mann, der seinen Empfindungen ungezügelten Lauf läßt. Aber ich denke, daß Sie so bald wie möglich seine Bekanntschaft machen sollten.»

«Dem Gedanken habe ich mich nie widersetzt.»

Sie sah ihn durch den Rauch ihrer Zigarette an. «Ich denke, es wäre am besten, wenn Sie nach Balnaid kämen. Wir wären alle da, und das gäbe Alexa ein wenig moralischen Rückhalt.»

Was das bedeutete, war ihm klar – eine Einladung in das solide alte Herrenhaus aus der Zeit um die Jahrhundertwende, mit den Hunden, dem Wintergarten und dem großen Landbesitz. Alexa hatte ihm eingehend und voll Begeisterung die Freuden des Lebens auf Balnaid geschildert. Der Park, die Picknicks, der kleine Halbbruder, die Großmutter, die alte Kinderfrau. Er hatte sich höflich interessiert gezeigt, war aber nicht darüber hinaus gegangen. Es klang nicht wie ein Ort, an dem amüsante Dinge geschahen, und Noel kannte keine schrecklichere Vorstellung, als im Haus anderer als Gast gefangenzusitzen und sich zu langweilen.

Doch jetzt, in Anwesenheit von Virginia Aird, verkehrten sich seine vorgefaßten Ansichten über Balnaid in ihr Gegenteil. Diese elegante Dame von Welt mit den faszinierenden Augen und dem reizenden Akzent konnte unmöglich langweilig sein. Gewiß war sie als Gastgeberin aufmerksam genug, Besucher mit der *Times* allein zu lassen, sofern sie das wünschten, aber dennoch imstande, aus dem Stegreif eine neue und vergnügliche Unterhaltung vorzuschlagen oder spontan interessante Bekannte zum abendlichen Plausch bei einem Glas zusammenzurufen. Er malte sich weitere Vergnügungen aus. Wahrscheinlich würde man angeln und jagen gehen. Zwar würde ihm das nicht viel nützen, weil er noch nie auf der Jagd gewesen war, trotzdem...

Er sagte: «Es ist wirklich sehr freundlich von Ihnen, mich einzuladen.»

«Am besten wäre es, wenn es ganz beiläufig aussähe... so, als kämen Sie zufällig vorbei.» Sie dachte darüber nach, und mit einemmal hellte sich ihr Gesicht auf, als sei ihr ein guter Einfall gekommen. «Natürlich. Das Fest bei den Steyntons. Was könnte es Natürlicheres geben. Zwar weiß Alexa nicht recht, ob sie gehen soll oder nicht, aber...»

«Sie hat gesagt, sie würde ohne mich nicht hinfahren, und ich war ja nicht eingeladen.»

«Kein Problem. Ich werde mit Verena Steynton darüber sprechen. Bei solchen Gelegenheiten sind nie genug Männer da. Sie wird entzückt sein.»

«Vielleicht müssen Sie Alexa überreden.»

Während er das sagte, kam Alexa mit einem großen rosa-weißen Krug zurück, in dem sie die von Noel mitgebrachten Blumen lose arrangiert hatte. «Redet ihr hinter meinem Rücken über mich?» Sie stellte den Krug auf den Tisch hinter dem Sofa. «Sind die nicht herrlich? Du bist wirklich lieb, Noel. Ich komme mir wie ein ganz besonderer Mensch vor, weil du mir Blumen mitbringst.» Sie zupfte eine vorwitzige Nelke zurecht und kehrte dann an ihren Platz in der Sofaecke zurück. «Wozu soll ich überredet werden?»

«Daß du zum Fest bei den Steyntons kommst», sagte Virginia.

«Ich sorge dafür, daß Mr. Keeling eine Einladung bekommt, dann kannst du ihn mitbringen. Unterkommen könnt ihr beide auf Balnaid.»

«Aber vielleicht möchte Noel gar nicht hingehen.»

«Das hab ich nie gesagt.»

«Na hör mal!» sagte Alexa empört. «An dem Morgen, als die Einladung kam, hast du gesagt, Stammestänze wären nicht unbedingt dein Fall. Ich dachte, damit wäre die Sache für dich erledigt.»

«Wir haben nie darüber gesprochen.»

«Heißt das, du *würdest* mitkommen?»

«Selbstverständlich, wenn du das möchtest.»

Alexa schüttelte ungläubig den Kopf. «Aber Noel, es *werden* Stammestänze sein. Reels, St. Bernard's Waltz und solche Sachen. Könntest du das ertragen? Es macht keinen Spaß, wenn man sie nicht kann.»

«Ganz ahnungslos bin ich nicht. In dem Jahr, in dem ich zum Angeln in Sutherland war, gab es in unserem Hotel eines Abends ein großes Fest, und alle sind wie die Wilden umhergehopst. Soweit ich mich erinnern kann, habe ich zu den besten Hopsern gehört. Ein paar Gläser Whisky reichen aus, damit ich alle Hemmungen über Bord werfe.»

Virginia lachte. «Nun, wenn es dem armen Mann zuviel wird, gibt es bestimmt auch einen Nachtklub oder eine Diskothek, wo er schmusen kann.» Sie drückte ihre Zigarette aus. «Was sagst du dazu, Alexa?»

«Bleibt mir noch etwas zu sagen? Ihr beide scheint ja schon alles abgemacht zu haben.»

«Das würde dann auch unsere kleine Schwierigkeit ausräumen.»

«Welche kleine Schwierigkeit?»

«Wie man es einrichten kann, daß sich Noel und Edmund ganz zufällig begegnen.»

«Ach so.»

«Schau nicht so geknickt drein. Der Plan ist einwandfrei.» Sie sah auf die Uhr und stellte ihr Glas hin. «Jetzt muß ich aber gehen.»

Noel stand auf. «Kann ich Sie irgendwo hinfahren?»

«Nein. Es ist zwar sehr freundlich, aber wenn Sie mir ein Taxi besorgen könnten, wäre ich wunschlos glücklich...»

Als er fort war, zog sich Virginia wieder die Schuhe an, überprüfte den Sitz ihrer traumhaften Frisur und griff nach ihrem scharlachroten Jäckchen. Während sie es zuknöpfte, fiel ihr Blick auf Alexas besorgte Miene, und sie lächelte ihr ermutigend zu.

«Mach dir keine Sorgen. Ich bring die Sache in Ordnung, bevor ihr auch nur einen Fuß ins Haus gesetzt habt.»

«Aber du und Va streitet euch doch dann nicht mehr, nicht wahr? Es wäre mir unerträglich, wenn dort eine gespannte Atmosphäre herrschte und ihr beide aufeinander losgeht.»

«Natürlich nicht. Vergiß das Ganze. Ich hätte es dir gar nicht erst erzählen sollen. Wir werden uns großartig amüsieren. Und daß du da bist, wird mir ein bißchen darüber weghelfen, daß der kleine Henry ins Internat muß.»

«Der arme Junge. Ich mag gar nicht daran denken.»

«Ja. So stehen die Dinge nun mal, und wir können wohl beide nicht viel daran ändern.» Sie küßten einander zum Abschied. «Danke für den kräftigen Schluck.»

«Danke für deinen Besuch. Und dafür, daß du so großartig bist. Er... er gefällt dir doch, nicht wahr, Virginia?»

«Sehr. Und jetzt wirst du auch die Einladung beantworten?»

«Selbstverständlich.»

«Ach, Alexa, und kauf dir ein richtig schickes neues Kleid.»

5. Kapitel

Donnerstag, der Fünfundzwanzigste

Edmund Aird steuerte seinen BMW gerade in dem Augenblick auf den Parkplatz des Edinburgher Flughafens Turnhouse, als die Siebenuhrmaschine aus London zur Landung ansetzte. In aller Ruhe suchte er einen freien Platz, stieg aus und schloß den Wagen ab. Dabei sah er zu dem Flugzeug hinüber, das kurz vor dem Aufsetzen war. Er hatte alles genau berechnet und war mit sich sehr zufrieden. Es machte ihn ungeduldig, herumzustehen und zu warten, ganz gleich, worauf oder auf wen. Für ihn war jeder Augenblick kostbar, und es ärgerte ihn schon, wenn man ihn veranlaßte, auch nur fünf Minuten müßig zu verbringen.

Er überquerte vom Parkplatz aus die Fahrbahn und ging ins Abfertigungsgebäude. Die Maschine mit Virginia an Bord war gelandet. Zahlreiche Menschen, die gekommen waren, um Freunde oder Bekannte abzuholen, umringten den Ausgang. Manche schienen schrecklich aufgeregt, andere wiederum völlig gelassen. Eine junge Mutter, um deren Knie sich lautstark drei kleine Kinder drängten, verlor die Geduld und schlug eins von ihnen, was es mit empörtem Gebrüll quittierte. Das Gepäckkarussell begann sich zu drehen. Edmund wartete, mit Münzen in der Hosentasche klimpernd.

«Hallo, Edmund.»

Er wandte sich um und sah einen Mann, mit dem er fast täglich im New Club zu Mittag aß.

«Wen holst du ab?»

«Virginia.»

«Und ich meine Tochter. Sie kommt mit ihren Kindern für eine Woche zu Besuch. Die beiden kleinen Mädchen sollen bei irgendeiner Hochzeit Brautjungfern sein. Wenigstens ist die Maschine pünktlich. Vorige Woche habe ich den Flieger genommen, der um drei von Heathrow starten sollte, und wir sind erst um halb fünf weggekommen.»

«Kenn ich. Eine Katastrophe.»

Die Türen oben an der Treppe hatten sich geöffnet, und die ersten Fluggäste kamen herunter. Einige von ihnen wirkten verloren und sahen sich suchend um, vermutlich hofften sie, daß jemand gekommen war, um sie abzuholen. Andere schleppten sich mit zu viel Handgepäck ab. Mit der Maschine war der übliche Anteil von Geschäftsleuten gekommen, die aus London von Besprechungen und Konferenzen zurückkehrten; sie waren an ihren Aktentaschen, Schirmen und gefalteten Zeitungen zu erkennen. Einer trug völlig unbefangen einen Strauß roter Rosen in der Hand.

Edmund sah ihnen zu, während er auf Virginia wartete. Wie er dastand, hochgewachsen und elegant gekleidet, verriet sein unbewegliches Gesicht nichts über seine innere Unsicherheit. Weder wußte er, ob Virginia sein Kommen überhaupt recht war, noch wie sie reagieren würde, wenn sie ihn dort stehen sah.

Seit jenem Abend, da er ihr mitgeteilt hatte, er werde Henry ins Internat geben, war die Beziehung zwischen ihnen äußerst gespannt. Zuvor hatten sie nie auch nur den kleinsten Streit gehabt. Auch wenn er nicht zu den Menschen gehörte, die auf die Billigung anderer angewiesen waren, war ihm die ganze Angelegenheit doch lästig, und er hätte viel darum gegeben, die kühle Förmlichkeit zwischen ihm und Virginia beenden zu können. Er wollte mit ihr Frieden schließen.

Besonders große Hoffnungen hatte er allerdings nicht. Kaum hatten in der Grundschule von Strathcroy die Sommerferien begonnen, war Virginia mit Henry nach Devon gefahren, um mit dem Jungen drei lange Wochen bei ihren Eltern zu verbringen. Edmund hatte gehofft, daß diese Trennung irgendwie die Wunden heilen und Virginias Schmollen beenden werde, doch schienen die in Gesellschaft ihres geliebten Kindes verbrachten Ferientage ihre Haltung nur noch mehr verhärtet zu haben, und sie kehrte so distanziert und wenig gesprächsbereit wie zuvor nach Balnaid zurück.

Ihn selbst störte das nicht sonderlich, doch war ihm klar, daß Henry die zwischen seinen Eltern bestehende kühle Atmosphäre durchaus mitbekam. Der Junge hatte sich zurückgezogen, brach leicht in Tränen aus und war mehr denn je auf sein geliebtes Mu angewiesen. Edmund haßte Mu. Er hielt es für unnatürlich, daß sein Sohn nach wie vor nicht imstande war, ohne diesen widerwärtigen alten Fetzen aus seinen Säuglingstagen zu schlafen. Schon seit einigen Monaten hatte er angeregt, Virginia möge Henry von Mu entwöhnen, doch soweit er sehen konnte, hatte sie seinen Rat in den Wind geschlagen. Jetzt, da es nur noch wenige Wochen waren, bis Henry nach Templehall mußte, würde ihr gar nichts anderes übrigbleiben, als hart durchzugreifen.

Nach der Angelegenheit mit den Ferien in Devon und von Virginias unnachgiebigem Schweigen gelangweilt, hatte Edmund überlegt, ob er nicht einen erneuten Streit mit seiner jungen Frau vom Zaun brechen solle, um die Sache zur Entscheidung zu treiben. Dann aber befand er, das könne die Situation nur verschlimmern. Er hielt Virginia in ihrer gegenwärtigen Stimmung durchaus für fähig, ihre Sachen zusammenzupacken und nach Leesport auf Long Island zu entschwinden, wo sie bei ihren Großeltern Zuflucht finden würde, die inzwischen von ihrer Kreuzfahrt in der Karibik zurück waren. Da diese ihrer Enkelin jeden Wunsch von den Augen ablasen, würden sie sie hätscheln und verwöhnen wie eh und je, ihr den Rücken stärken und die Ansicht vertreten, daß sie im Recht und Edmund ein Ungeheuer sei, wenn er auch nur im Traum daran denke, den kleinen Henry ins Internat zu schicken.

Also hatte sich Edmund zusammengenommen und beschlossen, mit seinen Gefühlen allein fertig zu werden. Er dachte nicht daran, seine Meinung zu ändern oder Kompromisse zu schließen. Es war an Virginia, die Dinge in Ordnung zu bringen.

Ihre Ankündigung, sie werde allein für einige Tage nach London reisen, hatte er voll Erleichterung begrüßt. Henry, hatte sie ihm mitgeteilt, werde solange bei Vi bleiben, und er selbst könne tun, wonach ihm der Sinn stehe. Also hatte er die Hunde bei Gordon Gillock untergebracht, das Haus abgeschlossen und die Woche in seiner Wohnung in Moray Place in Edinburgh verbracht.

Die Zeit allein zu verbringen war ihm nicht schwergefallen. Er hatte seine Eheschwierigkeiten einfach verdrängt, sich in die Arbeit vergraben und im Büro geradezu mit Vergnügen lange produktive Arbeitstage hinter sich gebracht. Auch hatte es sich bald herumgesprochen, daß Edmund Aird allein in der Stadt war, und da es bei Abendgesellschaften nie genug attraktive Männer ohne Begleitung gab, war er mit Einladungen geradezu überschüttet worden. Während Virginias Abwesenheit hatte er keinen einzigen Abend in seiner Wohnung zugebracht.

Doch die Sache war die, daß er seine Frau liebte und ihm dieser ungelöste Konflikt, der schon so lange wie eine unüberwindbare Schranke zwischen ihnen stand, in tiefster Seele zuwider war. Während er dastand und auf sie wartete, hoffte er um ihrer selbst willen aufrichtig, daß die Tage in London sie zur Vernunft gebracht hatten.

Er wollte keinen Tag länger unter der finsteren Wolke ihrer Zurückweisung leben und war entschlossen, in Edinburgh zu bleiben und nicht nach Balnaid zurückzukehren, sofern sie nicht nachgab.

Virginia kam als eine der letzten. Er sah sie sofort, kaum daß sie durch die Tür des Flugzeugs trat, und betrachtete sie. Sie schien eine neue Frisur zu haben. Unter einem endlos langen Regenmantel, der ihr fast bis zu den Knöcheln reichte, trug sie eine schwarze Hose und eine saphirblaue Bluse. Alles war offensichtlich völlig neu; jedenfalls hatte er noch nichts davon gesehen. Sie sah hinreißend und jünger aus als je zuvor. So, wie sie jetzt die Treppe herabgeschritten kam, mit einer Vielzahl von Schachteln und Tragetaschen exklusiver Geschäfte bepackt, war sie das Urbild einer eleganten Dame, die von einem ausgedehnten Einkaufsbummel zurückkehrte.

Sie war *seine* Frau. Er merkte, wie sehr sie ihm trotz allem gefehlt hatte. Zwar rührte er sich nicht vom Fleck, spürte aber, wie sein Herz schlug.

Sie sah ihn und verhielt den Schritt. Ihre Blicke begegneten sich. Was für leuchtend blaue Augen sie hatte! Eine ganze Weile sahen sie einander einfach an. Dann kam sie ihm lächelnd entgegen.

In dem tiefen Atemzug, den er tat, mischten sich Erleichterung, Freude und das Empfinden jugendlichen Wohlergehens. Es schien, als habe London den Wandel bewirkt. Alles würde gut werden. Er merkte, daß er lächelte, und ging auf Virginia zu, um sie zu begrüßen.

Zehn Minuten später saßen sie in seinem Wagen. Virginias Gepäck war im Kofferraum verstaut. Sie waren allein, und sie waren beisammen.

Mit dem Wagenschlüssel spielend, fragte Edmund: «Wonach steht dir der Sinn?»

«Was schlägst du vor?»

«Wir können entweder gleich nach Balnaid fahren oder erst zu mir in die Wohnung. Oder wir essen in der Stadt zu Abend und fahren dann nach Hause. Henry ist noch bis morgen bei Vi, wir sind also vollständig ungebunden.»

«Dann bin ich für Nummer drei – Essen in der Stadt und anschließend nach Balnaid.»

«Dein Wunsch ist mir Befehl.» Er steckte den Schlüssel ins Zündschloß und ließ den Wagen an. «Ich hab einen Tisch bei Rafaelli's bestellt.» Er lenkte den Wagen durch die dicht an dicht geparkten Autos zur Ausfahrt, zahlte und fuhr auf die Straße hinaus.

«Wie war's in London?»

«Heiß und voll. Aber es hat richtig Spaß gemacht. Ich hab unheimlich viele Leute getroffen, war auf vier Parties, und Felicity hatte Karten für das *Phantom der Oper* besorgt. Ich habe so viel ausgegeben, daß du bestimmt vor Schreck umfällst, wenn die Rechnungen kommen.»

«Hast du auch ein Kleid für das Fest bei den Steyntons?»

«Ja. Von Caroline Charles. Ein Traum. Und eine neue Frisur.»

«Ist mir schon aufgefallen.»

«Magst du sie?»

«Sehr elegant. Der Mantel ist auch neu.»

«Ich bin mir in London richtig wie eine Landpomeranze vorgekommen und habe deshalb den Bogen wahrscheinlich ein bißchen überspannt. Er ist aus Italien. In Strathcroy wird er mir wohl nicht besonders nützlich sein, aber ich konnte einfach nicht widerstehen.»

Sie lachte. Seine freundliche Virginia. Ihn erfüllte dankbare Befriedigung, und er nahm sich vor, dieses Gefühl nicht zu vergessen, wenn die Abrechnung der Kreditkartengesellschaft kam. Sie sagte: «Ich sehe schon, ich muß öfter nach London fahren.»

«Warst du auch bei Alexa?»

«Ja, und ich hab dir viel über sie zu erzählen. Aber das spar ich mir bis zum Essen auf. Wie geht es Henry?»

«Ich habe vor ein paar Tagen bei Vi angerufen. Wie immer geht es ihm bei ihr blendend. Sie hatte an dem Nachmittag Kedejah Ishak mit nach Pennyburn eingeladen, und die Kinder haben den Bach aufgestaut und Papierboote fahren lassen. Henry war sehr zufrieden, als er hörte, daß er noch eine Nacht bei Vi bleiben darf.»

«Und was hast du getrieben?»

«Gearbeitet. Abends war ich meistens zum Essen eingeladen. Eine Woche voller Gesellschaften.»

Sie sah ihn abschätzend an. «Kann ich mir denken», sagte sie nicht ohne Herzlichkeit.

Er fuhr über die alte Landstraße von Glasgow in die Stadt, und während sie näher kamen, sah Edinburgh unter dem weiten stahlgrauen Himmel wie auf einem romantischen Stich aus. Die breiten Straßen waren mit grünbelaubten Bäumen bestanden, Türme ragten in den Himmel, und das Schloß auf seinem Felsen beherrschte mit der hoch am Mast flatternden Fahne das Ganze. Am Rande der Altstadt kamen sie an den Reihen wohlproportionierter Häuser aus dem frühen 18. Jahrhundert mit ihren klassizistischen Fenstern und Säulenvorhallen, ihren hellen fächerförmigen Oberlichtern vorbei. Im Abendlicht glänzten deren frisch sandgestrahlte Fassaden honigfarben.

Zielsicher fuhr Edmund durch das verwickelte Einbahnstraßensystem und hielt schließlich vor einem kleinen italienischen Restaurant. Gegenüber erhob sich eine von Edinburghs zahlreichen schönen Kirchen. Die vergoldeten Zeiger ihrer Uhr zeigten neun, und gerade in dem Augenblick, als sie ausstiegen, ertönte hell das Schlagwerk über die Dächer. Taubenschwärme stoben, davon aufgescheucht, himmelwärts von dannen. Als der neunte Stundenschlag verhallt war, kehrten sie an ihre alten Plätze auf Brüstungen und Mauervorsprüngen zurück, legten die Flügel zusammen, gurrten und taten, als sei nichts vorgefallen, so, als schämten sie sich ihrer törichten Aufregung.

«Man sollte glauben», sagte Virginia, «daß sie sich an den Krach gewöhnt hätten und richtig hochnäsig geworden seien.»

«Ich habe noch nie eine hochnäsige Taube gesehen. Du etwa?»

«Wenn ich es mir recht überlege, nein.»

Er nahm ihren Arm und führte sie in das schummrig beleuchtete Restaurant. Dort roch es nach frisch gemahlenem Kaffee, Knoblauch und köstlichen mittelmeerischen Speisen. Das Lokal war gut besucht, die meisten Tische besetzt, doch der Oberkellner kam sofort auf Edmund und Virginia zu, um sie zu begrüßen.

«Guten Abend, Mr. Aird, guten Abend, Madame.»

«Guten Abend, Luigi.»

«Ihr Tisch ist bereit.»

Edmund hatte einen Ecktisch am Fenster reservieren lassen. Auf der gestärkten rosafarbenen Damastdecke lagen rosa Damastservietten, und in der Mitte stand in einer schlanken Vase eine einzelne Rose. Es war ein intimer, geradezu verführerischer Ort, der ideale Rahmen, um einen Streit zu beenden.

«Großartig, Luigi. Vielen Dank. Wie steht es mit dem Champagner?»

Sie tranken Moet & Chandon. Virginia berichtete eingehend, welche Gesellschaften sie besucht und welche Kunstausstellungen sie gesehen hatte, erzählte vom Konzert in der Wigmore Hall. Sie bestellten und genossen in aller Ruhe das köstliche Essen, das aus Entenpâté, kaltem Tay-Lachs und frischen Himbeeren mit einer Schicht dicker Sahne bestand. Zum Abschluß gab es einen Brie, der genau den richtigen Reifegrad hatte. Virginia schilderte, ohne daß Edmund so recht verstand, worum es genau ging, die Handlung des *Phantoms der Oper*. Abschließend gab es Espresso und dazu oblatendünne Pfefferminztäfelchen mit Schokoladenüberzug.

Die meisten Tische waren inzwischen leer. Außer ihnen saß nur noch ein Paar am Tisch, beide tranken Cognac. Der Mann rauchte eine Zigarre.

«Möchtest du einen Cognac?» fragte Edmund.

«Nein danke, nichts mehr.»

«Ich würde jetzt ganz gern einen Schluck Cognac trinken, aber ich muß fahren.»

«Das könnte ich doch tun.»

Er schüttelte den Kopf. «Es geht auch ohne.» Er lehnte sich behaglich zurück. «Du hast mir zwar alles mögliche gesagt, aber noch kein Wort über Alexa.»

«Das habe ich mir bis zum Schluß aufgehoben.»

«Bedeutet das, es ist was Gutes?»

«Ich glaube schon. Natürlich habe ich keine Ahnung, wie du dazu stehst.»

«Probier's.»

«Du wirst doch nicht den Moralapostel herauskehren, oder?»

«Ich glaube nicht, daß ich das je tue.»

«Alexa hat nämlich einen Geliebten. Er wohnt bei ihr.»

Edmund antwortete nicht sofort darauf und sagte dann gelassen: «Seit wann?»

«Ich glaube, seit Juni. Sie hat uns nichts davon gesagt, weil sie fürchtete, wir würden uns aufregen oder dagegen sein.»

«Hat sie Angst, wir können ihn nicht leiden?»

«Ich glaube nicht. Sie scheint mir fest davon überzeugt, daß er dir gefallen wird. Sie war einfach nicht sicher, wie du das aufnehmen würdest. Also hat sie mich gebeten, es dir zu sagen.»

«Hast du ihn gesehen?»

«Ja, aber nur ein paar Minuten, mehr Zeit war nicht. Wir haben ein Glas miteinander getrunken.»

«Und – gefällt er dir?»

«Ja. Er sieht sehr gut aus und ist sehr charmant. Er heißt Noel Keeling.»

Edmunds Tasse war leer. Er winkte den Kellner herbei, ließ sie neu füllen und rührte mit gesenktem Blick nachdenklich um.

«Was hältst du davon?» fragte Virginia.

Er hob den Blick und lächelte. «Ich glaube, ich habe angenommen, das würde nie passieren.»

«Aber du findest es gut so?»

«Ich finde es gut, daß Alexa jemanden kennengelernt hat, der sie so sehr mag, daß er viel Zeit mit ihr verbringen möchte. Es wäre für alle einfacher, wenn die Sache weniger spektakulär abgelaufen wäre, aber vermutlich müssen die jungen Leute heute erst mal zusammenziehen und alles ausprobieren, bevor sie folgenschwere Entscheidungen treffen. Das Kind ist nun mal nicht weltgewandt.»

«Alexa ist kein Kind mehr, Edmund.»

«Man kann sie sich nur schwer als was anderes vorstellen.»

«Das müssen wir aber.»

«Das merke ich gerade.»

«Sie hat sich ziemlich große Sorgen gemacht, wie du die Mitteilung aufnehmen würdest. Sie *wollte* zwar, daß ich es dir sage, aber sie hatte wohl irgendwie Angst davor, daß das Geheimnis herauskommen würde.»

«Und was soll ich deiner Ansicht nach jetzt tun?»

«Gar nichts. Sie bringt ihn im September für das Wochenende mit her, an dem die Steyntons ihr Fest geben. Wir benehmen uns einfach alle ganz normal... als wäre er ein alter Kindheitsgefährte oder Schulkamerad. Ich glaube nicht, daß wir mehr tun können. Schließlich geht die Sache nur die beiden was an.»

«Stammt der Einfall von dir oder von Alexa?»

«Von mir», sagte Virginia, nicht ohne Stolz.

«Was für ein kluges Mädchen du doch bist.»

«Ich habe ihr noch mehr gesagt, Edmund, nämlich, daß wir in den letzten Wochen nicht gerade die besten Freunde waren.»

«Zurückhaltender kann man das nicht formulieren.»

«Ich habe es mir nicht anders überlegt. Meine Haltung ist unverändert. Ich möchte nicht, daß Henry dort hingeht, denn ich halte ihn nach wie vor für zu jung und bin davon überzeugt, daß du einen schrecklichen Fehler machst. Da Henry diese Streiterei weh tut, finde ich, wir sollten aufhören, an uns selbst zu denken und statt dessen an die Kinder. Alexa hat gesagt, sie würde nicht mit Noel herkommen, wenn wir uns weiterhin in den Haaren liegen, weil ihr der Gedanke unerträglich wäre, daß zwischen uns was nicht stimmt.» Sie wartete auf Edmunds Antwort. Da er schwieg, fuhr sie fort: «Ich habe mir vorzustellen versucht, wie es wäre, wenn ich nach Leesport zurückkehrte und meine Großeltern sich ständig anblafften, aber ich konnte mir das nicht vorstellen. Ich gebe nicht nach, Edmund. Ich werde in diesem Punkt nie deiner Meinung sein. Aber man muß hinnehmen, was sich nicht ändern läßt. Außerdem hast du mir gefehlt. Ich bin nicht gern allein und habe mir in London immer wieder gewünscht, daß du da wärst.» Sie stützte die Ellbogen auf den Tisch, das Kinn in ihre Hände. «Ich liebe dich nämlich.»

Nach einer Weile sagte Edmund: «Es tut mir leid.»

«Daß ich dich liebe?»

Er schüttelte den Kopf. «Nein. Daß ich nach Templehall gefahren bin und die Sache mit Colin Henderson perfekt gemacht habe, ohne vorher mit dir darüber zu sprechen. Ich hätte Rücksicht nehmen müssen. Es war anmaßend von mir.»

«Ich habe dich noch nie einen Fehler eingestehen hören.»

«Ich hoffe, du mußt es nie wieder. Es schmerzt.» Er nahm ihre Hand. «Wollen wir Frieden schließen?»

«Unter einer Bedingung.»

«Und die wäre?»

«Daß nicht ich den armen Henry selbst nach Templehall bringen muß, wenn es soweit ist. Ich glaube nämlich nicht, daß ich dazu imstande wäre. Später vielleicht, wenn ich mich ein wenig daran gewöhnt habe, ohne ihn zu leben. Aber nicht gleich beim erstenmal.»

«Ich fahre ihn hin», sagte Edmund.

Es wurde spät. Die Kellner standen gelangweilt herum und taten so, als warteten sie nicht darauf, daß Edmund und Virginia aufbrachen, damit sie das Lokal schließen konnten. Edmund verlangte die Rechnung, lehnte sich dann auf seinem Stuhl zurück, steckte die Hand in die Jackettasche und holte ein in kräftiges weißes Papier eingewickeltes und mit rotem Wachs versiegeltes kleines Päckchen hervor.

«Für dich.» Er legte es auf den Tisch zwischen sie. «Ein Geschenk, das dir sagt, daß du daheim willkommen bist.»

6. Kapitel

Beinahe ebenso gut wie daheim auf Balnaid gefiel es Henry bei Vi. In Pennyburn hatte er sein eigenes Zimmer. Es war ein winziger Raum über dem alten Vordereingang, von dem er durch ein schmales Fenster über den Garten hinweg ins Tal und bis zu den Hügeln dahinter sehen konnte. Wenn man den Kopf schief hielt, war sogar jenseits von Fluß und Dorf das halb hinter den Bäumen versteckte Balnaid zu erkennen, und wenn er sich morgens nach dem Aufwachen im Bett aufsetzte, konnte er sehen, wie die aufgehende Sonne lange Bahnen frühen Lichts über die Felder schickte, und dem Lied der Amsel lauschen, die ihr Nest in den obersten Zweigen des knorrigen Holunderbaums am Bach hatte.

Der Raum war so klein, daß Henry beinahe den Eindruck hatte, in einem Puppenhaus oder einem Schrank zu schlafen. Das aber trug nur zum Zauber bei, der davon ausging. Er bot gerade genug Platz für ein Bett und eine Kommode, über der ein Spiegel hing – mehr hätte nicht hineingepaßt. Einige Haken an der Innenseite der Tür ersetzten den Kleiderschrank, und am Kopfende des Betts war eine kleine Lampe angebracht, so daß er dort lesen konnte, wenn ihm danach war. Den Boden bedeckte ein blauer Teppich, und die Wände waren weiß getüncht. An einer von ihnen hing ein hübsches Bild mit Glockenblumen im Wald, und die weißen Vorhänge waren mit bunten Feldblumensträußen übersät.

Es war die letzte Nacht, die er bei Vi verbrachte. Morgen würde ihn seine Mutter nach Hause holen. Es waren eigentümliche Tage gewesen, denn da in der Grundschule von Strathcroy der Unterricht nach den Sommerferien wieder begonnen hatte, war er ohne Spielgefährten gewesen, all seine Kameraden mußten hin, nur er nicht, er sollte ja ins Internat nach Templehall. Aber irgendwie war das gleichgültig gewesen. An den meisten Vormittagen war Edie da, und Vi quoll förmlich vor Einfällen über, wenn es darum ging, einen kleinen Jungen zu unterhalten. Sie hatten im Garten gearbeitet, Edie hatte ihm beigebracht, wie man Teeküchlein backt, und abends ein riesiges Puzzle hervorgeholt, das sie gemeinsam zusammenzusetzen versuchten. Einmal war nachmittags nach der Schule Kedejah Ishak zum Essen gekommen, und er hatte mit ihr den Bach aufgestaut, wobei beide von Kopf bis Fuß naß geworden waren. Ein anderes Mal hatte er mit Vi an einem der Bergseen ein Picknick gemacht und vierundzwanzig verschiedene Wildblumen gesammelt. Sie hatte ihm gezeigt, wie er sie zwischen Lagen von Löschpapier unter einem dicken Bücherstapel trocken pressen konnte. Wenn sie fertig waren, wollte er sie in ein altes Schreibheft kleben.

Jetzt lag er nach dem Abendessen und einem Bad in seinen Schlafsack gekuschelt im Bett und las Enid Blytons *Fünf Freunde*, das er aus der Leihbibliothek hatte. Er hörte, wie die Uhr in der Diele acht schlug, dann ertönten Vis Schritte auf der Treppe, die ihm gute Nacht sagen kam.

Die Tür stand offen. Er legte das Buch beiseite und wartete, daß sie hereinkam. Er sah sie groß und breit im Türrahmen, dann setzte sie sich auf das Fußende seines Bettes. Er hatte es gern, wenn jemand auf seinem Bett saß, weil dann die Decke fest über die Beine gespannt war und er sich sehr sicher fühlte.

Den Kragen ihrer Seidenbluse hielt eine Kameenbrosche zusammen, darüber trug sie eine weiche Strickjacke. Da sie ihre Brille mitgebracht hatte, würde sie ihm ein oder zwei Kapitel aus *Fünf Freunde* vorlesen, wenn er das wollte.

«Morgen schläfst du wieder im eigenen Bett», sagte sie. «Aber wir hatten doch Spaß miteinander, nicht wahr?»

«Ja.» Er dachte an all den Spaß zurück, den sie miteinander gehabt hatten. Vielleicht war es nicht richtig, daß er nach Haus gehen und sie verlassen wollte, aber zumindest wußte er, daß sie allein in ihrem Häuschen sicher und glücklich war. Gern hätte er dasselbe über Edie gedacht.

Er war in letzter Zeit nicht mehr zu ihr gegangen, weil ihm Lottie angst machte. Sie kam ihm ein bißchen wie eine Hexe vor, mit ihren sonderbaren dunklen Augen, die nie zwinkerten, ihren staksigen Bewegungen und ihrem endlosen Gebrummel, das keinen rechten Sinn ergab, so daß man nicht gut von einer Unterhaltung sprechen konnte. Meist ahnte Henry nicht im entferntesten, wovon sie sprach, und er wußte, daß das viele Reden Edie ermüdete. Sie hatte ihn aufgefordert, freundlich zu Lottie zu sein, und er hatte sein Bestes getan, aber in Wahrheit verabscheute er sie und fand den Gedanken unerträglich, daß Edie Tag für Tag mit dieser schrecklichen Kusine eingesperrt war und mit ihr auskommen mußte.

Ab und zu hatte er Zeitungsschlagzeilen gesehen, in denen es hieß, Menschen seien mit einer Axt oder einem Schlachtermesser umgebracht worden, und er war sicher, daß Lottie ohne weiteres imstande wäre, über die liebe Edie herzufallen – vielleicht spätnachts im Dunkeln – und sie tot und blutig auf dem Küchenfußboden liegenzulassen.

Der Gedanke ließ ihn schaudern. Vi entging nicht, wie er zusammenzuckte, und sie fragte: «Ängstigt dich was? Gerade ist ein Geist über dein Grab gegangen.»

Diese Aussage war ihm unbehaglich. «Ich mußte an Edies Kusine denken. Ich mag sie nicht.»

«Ach, Henry.»

«Ich glaube nicht, daß Edie bei ihr sicher ist.»

Vi verzog das Gesicht. «Ehrlich gesagt, ist mir bei der Vorstellung auch nicht besonders wohl. Für Edie ist es eben eine schlimme Zeit. Lottie ist strapaziös und bringt sie zur Verzweiflung, aber ich glaube nicht, daß sie für Edie irgendeine Gefahr bedeutet. Jedenfalls nicht so, wie du dir das ausmalst.»

Er hatte ihr nicht gesagt, was er sich ausmalte, aber sie wußte es. So etwas wußte Vi immer.

«Du kümmerst dich doch aber um sie, nicht wahr, Vi, und paßt auf, daß ihr nichts passiert?»

«Natürlich. Und ich besuch sie jeden Tag und behalt die Sache im Auge. Ich lad auch Lottie mal zum Tee ein, damit Edie ein bißchen verschnaufen kann.»

«Was meinst du, wann Lottie wieder geht?»

«Ich weiß nicht. So was braucht Zeit.»

«Edie war allein so glücklich. Jetzt ist sie überhaupt nicht mehr glücklich und muß auf dem Sofa schlafen. Bestimmt ist es entsetzlich für sie, daß sie nicht mal in ihrem eigenen Zimmer schlafen kann.»

«Edie ist ein sehr freundlicher Mensch. Mehr als die meisten anderen. Sie bringt ihrer Kusine ein Opfer.»

Henry mußte an Abraham und Isaak denken. «Ich hoffe, Lottie opfert sie nicht.»

Vi lachte. «Deine Phantasie geht mit dir durch. Mach dir keine Sorgen um Edie, wenn du einschläfst. Denk daran, daß du morgen deine Mutter wiedersiehst.»

«Ja.» Das war schon viel besser. «Was meinst du, wann sie kommen?»

«Nun, du hast ja morgen mit Willy Snoddy und seinen Frettchen draußen viel zu tun. Vielleicht am Nachmittag. Wenn du zurückkommst, ist sie bestimmt da.»

«Glaubst du, daß sie mir aus London was mitbringt?»

«Sicher.»

«Vielleicht bringt sie dir auch was mit.»

«Ich erwarte keine Geschenke. Außerdem hab ich bald Geburtstag, und dann bekomm ich sowieso was. Sie schenkt mir immer was Besonderes, irgendwas, wovon ich nie gewußt hätte, daß ich es so gern habe.»

«Wann ist dein Geburtstag?» Er hatte das Datum vergessen.

«Am fünfzehnten September. Einen Tag vor der Gesellschaft bei den Steyntons.»

«Machst du dann ein Picknick?»

Vi veranstaltete zu ihrem Geburtstag alljährlich einen Picknickausflug zum Loch Croy. Alle Freunde und Verwandten kamen dort zusammen, man entzündete ein Feuer, briet Würste, und Vi brachte in einer großen Schachtel ihren Geburtstagskuchen mit. Wenn sie ihn anschnitt, stellten sich alle um sie herum und sangen «Zum Geburtstag viel Glück». Manchmal war es ein Schokoladenkuchen, und manchmal, wie im vorigen Jahr, ein Orangenkuchen.

Er erinnerte sich an den scheußlichen Tag des Vorjahres, an den starken Wind und die Regenschauer, die aber niemandes Begeisterung zu dämpfen vermocht hatten. Er hatte Vi ein Bild geschenkt, das er mit seinen Filzstiften gemalt und das seine Mutter wie ein richtiges Bild hatte rahmen lassen. Es hing jetzt bei Vi im Schlafzimmer. In diesem Jahr würde er ihr die Flasche Rhabarberwein schenken, die er auf dem Kirchenbasar bei der Tombola gewonnen hatte.

In diesem Jahr... Er sagte: «Dieses Jahr bin ich nicht da.»

«Nein. Dieses Jahr bist du im Internat.»

«Kannst du nicht früher Geburtstag haben, damit ich dabeisein kann?»

«Ach Henry, so geht das mit Geburtstagen nicht. Aber ohne dich ist es bestimmt nicht dasselbe.»

«Schreibst du mir einen Brief und erzählst mir darin alles ganz genau?»

«Natürlich. Und du mußt mir auch schreiben. Es gibt so viel, was ich von dir hören möchte.»

Er sagte: «Ich will nicht weg.»

«Das kann ich mir denken. Aber dein Vater meint, du mußt, und er weiß fast immer, was am besten ist.»

«Auch Mami wollte nicht, daß ich gehe.»

«Weil sie dich so lieb hat. Sie weiß, daß du ihr fehlst, wenn du fort bist.»

Ihm fiel auf, daß er mit Vi zum erstenmal über den unumstößlichen Entschluß seines Vaters gesprochen hatte, ihn ins Internat zu schicken. Er wollte darüber weder nachdenken noch reden, und Vi hatte das Thema von sich aus nie angeschnitten. Er merkte, daß es ihn erleichterte, mit ihr darüber zu sprechen. Er wußte schon seit langem, daß er mit Vi über alles sprechen konnte, und auch, daß sie nie weitersagen würde, was er ihr anvertraute.

Er sagte: «Sie haben sich gestritten. Sie sind schon eine ganze Zeit böse miteinander.»

«Ja», sagte Vi. «Ich weiß.»

«Woher?»

«Ich bin zwar alt, aber nicht blöd. Außerdem ist dein Vater mein Sohn. Mütter wissen viel über ihre Söhne – das Gute und das, was nicht so gut ist. Es hält sie nicht davon ab, sie zu lieben, aber es macht sie ein wenig verständnisvoller.»

«Es war so entsetzlich, daß sie sich gegenseitig so schlecht behandelt haben.»

«Das kann ich mir denken.»

«Ich will nicht weg, aber ich finde es *abscheulich*, wenn sie so böse aufeinander sind. Alles im Haus ist dann richtig krank, es macht einem Kopfschmerzen.»

Vi seufzte. «Wenn du wissen möchtest, was ich denke, Henry, muß ich sagen, daß beide sehr kurzsichtig waren und nur an sich selbst gedacht haben. Aber ich konnte nichts dazu sagen, denn es geht mich nichts an. Eine Mutter darf sich in so was nie einmischen.»

«Ich möchte morgen wirklich gern nach Haus, aber…» Er sah sie an, ließ den Satz unvollendet, weil er nicht genau wußte, was er eigentlich sagen wollte.

Vi lächelte. Wenn sie lächelte, war ihr Gesicht voller Falten. Sie legte eine Hand auf seine. Sie fühlte sich warm und trocken an und rauh von der vielen Gartenarbeit.

Sie sagte: «In einer alten Redensart heißt es ‹Die Ferne bringt die Menschen einander näher›. Deine Eltern waren ein paar Tage lang für sich allein und hatten Zeit und Gelegenheit, über alles nachzudenken. Bestimmt haben sie gemerkt, daß keiner von beiden ganz recht hatte. Weißt du, sie haben sich sehr gern, und wenn man einen Menschen lieb hat, muß man möglichst viel in seiner Nähe sein. Man muß sich Dinge anvertrauen und darüber lachen können. Das ist fast genauso wichtig wie das Atmen. Bestimmt haben sie das jetzt selbst gemerkt. Und ich bin ganz sicher, daß alles wieder wird wie früher.»

«Bestimmt, Vi?»

«Ganz bestimmt.»

Sie sagte das mit solchem Nachdruck, daß Henry beruhigt war. Er fühlte sich erleichtert, so, als sei ihm damit eine schwere Bürde von den Schultern genommen. Alles sah jetzt besser aus. Selbst die Aussicht, das Elternhaus verlassen zu müssen und nach Templehall ins Internat geschickt zu werden, hatte einen Teil ihres Schreckens verloren. Nichts konnte so schlimm sein wie der Gedanke, sein Elternhaus werde nie wieder sein, wie es war. Beruhigt und voll dankbarer Liebe für seine Großmutter streckte er ihr die Arme entgegen. Sie beugte sich über ihn, er umarmte sie ganz fest und bedeckte ihre Wange mit vielen Küssen. Als er sich aufs Kissen sinken ließ, sah er, daß ihre Augen glänzten.

Sie sagte: «Es ist Zeit zu schlafen.»

Mit einemmal war er müde. Er tastete unter dem Kissen nach Mu.

Liebevoll spottete Vi: «Du brauchst das alte Stück Decke doch nicht. Du bist kein kleines Kind mehr, sondern ein großer Junge. Du kannst schon kleine Teekuchen backen, Puzzles zusammensetzen und dir die Namen von all den Wildblumen merken. Du kommst bestimmt ohne Mu aus.»

Henry zog die Nase kraus. «Aber nicht heute abend.»

«Von mir aus. Heute nicht, aber vielleicht morgen.»

«Ja.» Er gähnte. «Vielleicht.»

Sie beugte sich über ihn, gab ihm einen Kuß und erhob sich dann. «Gute Nacht, mein Liebling.»

«Gute Nacht, Vi.»

Sie löschte das Licht und verließ das Zimmer, ließ aber die Tür offenstehen. Die Dunkelheit war weich, und die leichte Brise trug den Geruch der Hügel herüber. Henry drehte sich auf die Seite, rollte sich zusammen und schloß die Augen.

7. Kapitel

Freitag, der Sechsundzwanzigste

Damit, daß Violet Aird vor zehn Jahren das kleine Anwesen Pennyburn von Archie Balmerino gekauft hatte, war sie Eigentümerin eines ziemlich heruntergekommenen Häuschens geworden, an dem es außer dem herrlichen Blick und dem Bächlein, das am Westrand des Grundstücks vom Hügel herabkam und dem Haus seinen Namen gegeben hatte, nur wenig Gutes gab.

Es stand inmitten von Archies Besitz an der Flanke des Hügels, der vom Dorf aus allmählich anstieg. Man gelangte über die hintere Auffahrt zum Besitz Croy dorthin, von der ein mit Disteln bewachsener und von tiefen Wagenspuren durchzogener Weg abging. Die Grenze markierte ein Zaun, dessen Pfosten stellenweise nur noch vom hier und da schon gerissenen Stacheldraht gehalten wurden.

Der Garten nahm den Hang südlich des Hauses ein. Auch um ihn zog sich ein Zaun aus verfaulenden Pfosten und erneuerungsbedürftigem Draht. Er umfaßte eine kleine Wiese, die zum Wäschetrocknen diente, sowie ein von Unkraut überwuchertes Stück Gemüseland. Ein Geräteschuppen stand kurz vor dem Einsturz, überall wucherten die Brennesseln.

Das Haus, das schon seit einigen Jahren unbewohnt war, bestand aus stumpfem Stein und hatte ein graues Schindeldach. Die überall abblätternde dunkelbraune Farbe hätte dringend erneuert werden müssen. Betonstufen führten vom Garten zur Haustür; in die kleinen Räume fiel nur wenig Licht, die Tapeten hingen in Fetzen von den Wänden, es roch muffig und feucht, und unablässig hörte man einen Wasserhahn tropfen.

So wenig verlockend war das Ganze, daß Edmund Aird, als er es zum erstenmal sah, seiner Mutter nachdrücklich abriet, sich dort anzusiedeln und sich lieber nach etwas anderem umzusehen.

Doch aus Gründen, die nur ihr bekannt waren, gefiel Violet das Haus, und es erschien ihr trotz aller Schattenseiten angenehm. Außerdem gab es auf dem Grundstück das Bächlein, das den Berg herabkam, und eine herrliche Aussicht. Während Violet das Haus in Augenschein nahm, machte sie von Zeit zu Zeit eine kleine Pause und sah aus dem Fenster, wozu sie eine verstaubte Scheibe sauberreiben mußte. Sie sah das Dorf unter sich, den Fluß, das Tal, die fernen Berge. Nie wieder würde sie ein Haus mit einem solchen Ausblick finden, und so schlug sie den Rat ihres Sohnes in den Wind.

Es hatte ihr ungeheuren Spaß gemacht, das Ganze wieder in Ordnung zu bringen. Sechs Monate hatte sie dazu gebraucht und während jener Zeit in einem Wohnwagen gehaust, den sie auf einem Campingplatz einige Kilometer weiter talaufwärts gemietet hatte. Edmunds Einladung, auf Balnaid zu bleiben, bis sie in ihr neues Heim einziehen konnte, hatte sie höflich unbeachtet gelassen. Zwar hatte sie noch nie in einem Wohnwagen gelebt, doch war ihr der Gedanke stets verlockend erschienen, und so nutzte sie nur allzu gern die Gelegenheit. Der Wagen stand hinter dem Haus in unmittelbarer Nachbarschaft von Betonmischmaschine, Schubkarren, Schaufeln und Schutthaufen, und so konnte sie aus dessen geöffneter Tür die Arbeiter beaufsichtigen und hinauseilen, sobald sie das Auto des Architekten kommen sah, um dem leidgeprüften Mann ihre Vorstellungen klarzumachen. Da die ersten beiden Monate dieses fröhlichen Vagabundenlebens in den Sommer fielen, drohten als einzige Gefahren Stechmücken und ein undichtes Dach, wenn es regnete. Doch als die Herbststürme einsetzten, erzitterte der Wohnwagen unter ihrem Anprall, von seinen Verankerungen im Boden kaum gehalten. Violet genoß diese aufregenden dunklen Sturmnächte. Sie lag in ihrer für eine so imposante Dame viel zu kurzen und schmalen Koje, lauschte auf das Heulen des Windes und sah den Wolken zu, die über den kalten mondhellen Himmel rasten.

Doch sie verbrachte nicht ihre ganze Zeit damit, die Handwerker abwechselnd zur Eile zu mahnen und anzufauchen. Für Violet war ein Garten noch wichtiger als ein Haus. Bevor mit den Reparaturen im Haus begonnen wurde, hatte sie bereits jemanden gefunden, der alle alten Zaunpfosten mitsamt den daran hängenden Drahtresten herausriß. Statt des Zauns pflanzte sie zu beiden Seiten des Weges eine Buchenhecke. Sie war zwar nach zehn Jahren immer noch nicht besonders hoch, aber dicht und fest, und da sie stets belaubt war, bot sie Vögeln Schutz und Unterschlupf.

Innerhalb des von der Hecke umgebenen Geländes pflanzte sie Bäume – im Westen Holunder, Weiden, die über den Bachlauf hingen, und eine doppelte Reihe Kornelkirschbäume. Im Osten entschied sie sich für Nadelbäume. Sie mochte sie zwar nicht besonders, aber da sie rasch wuchsen, würden sie schon bald die Gewalt der kalten Winde brechen können. Ans untere Ende des Gartens kamen niedrige Pflanzen, damit sie den weiten Ausblick behielt. Dort wuchsen Azaleen und Fingerkraut, und dazwischen standen Gruppen von Tulpen und Narzissen, die im hohen Gras wuchsen.

Zwei geschwungene Blumenbeete hatte sie angelegt, eins mit Stauden und eins mit Rosen, und zwischen ihnen erstreckte sich eine große Rasenfläche, die nur schlecht zu mähen war, da sich das Grundstück neigte. Violet hatte sich einen elektrischen Rasenmäher zugelegt, aber da Edmund – er konnte es nicht lassen, sich einzumischen – befürchtete, sie werde beim Darüberfahren das Kabel zerschneiden und einen elektrischen Schlag bekommen, hatte er Willy Snoddy dazu gebracht, einmal pro Woche zu kommen, um den Rasen zu mähen. Obwohl Violet genau wußte, daß Willy weit weniger als sie imstande war, mit komplizierten Geräten umzugehen, fügte sie sich, weil das der Weg des geringsten Widerstandes war. Konnte Willy, was gelegentlich vorkam, wegen eines entsetzlichen Katers nicht kommen, mähte sie gern und mit bestem Ergebnis selbst, ohne das allerdings ihrem Sohn auf die Nase zu binden.

Das Haus hatte sie von Grund auf umgekrempelt und das Beste

aus den engen und verwinkelten Räumen gemacht. Der Haupteingang lag jetzt im Norden, und an der Stelle der ursprünglichen Eingangstür führte jetzt eine verglaste Tür vom Wohnzimmer in den Garten. Wo einst die Betonstufen gewesen waren, schwang sich eine halbkreisförmige Treppe aus Naturstein empor. Aus Spalten zwischen den Steinen sprossen Zitronenthymian und Blaukissen, die herrlich dufteten, wenn man auf ihre Blätter trat.

Nach längerem Überlegen beschloß Violet, daß sie die stumpfe Farbe der Steinmauern von Pennyburn nicht ertragen konnte, und ließ das Ganze weiß tünchen. Fenster- und Türrahmen wurden davon schwarz abgesetzt, was das Haus weniger langweilig erscheinen ließ. Zur Auflockerung hatte sie eine Glyzinie gepflanzt, die aber nach zehn Jahren kaum schulterhoch war. Wahrscheinlich würde Vi es nicht mehr erleben, daß sie bis zum Dach reichte.

Für einen siebenundsiebzigjährigen Menschen mochte es besser sein, sich für robuste einjährige Pflanzen zu entscheiden.

Jetzt fehlte nur noch ein Wintergarten. Der von Balnaid war zusammen mit dem Haus erbaut worden, und zwar auf Betreiben von Violets Mutter, Lady Primrose Akenside, die nicht viel vom Leben im Freien gehalten hatte. Ihrer Ansicht nach war ein Wintergarten unbedingt erforderlich, wenn man schon gezwungen war, in Schottlands Wildnis zu leben. Einmal davon abgesehen, daß man in ihm Topfpflanzen und Weintrauben ziehen konnte, war er ein Ort, an dem man sich aufhalten konnte, wenn zwar die Sonne schien, aber zugleich ein eiskalter Wind blies. Solche Tage gab es im Winter, Frühjahr und Herbst erstaunlich häufig. Doch Lady Primrose hatte darin auch einen großen Teil ihrer Sommer verbracht, ihre Bekannten bewirtet und Bridge gespielt.

Violet war der Wintergarten von Balnaid weniger aus gesellschaftlichen Gründen ans Herz gewachsen. Ihr gefielen die Wärme, der Frieden sowie der Geruch nach feuchter Erde, Farnen und Freesien. Wenn das Wetter Gartenarbeit nicht zuließ, konnte man sich an den Pflanzen im Wintergarten zu schaffen machen – und gab es einen besseren Ort, um nach dem Mittagessen das Kreuzworträtsel in der Zeitung zu lösen?

Ja, ein Wintergarten fehlte ihr. Doch nach längerem Nachdenken war sie zu dem Ergebnis gekommen, daß Pennyburn für einen solch extravaganten Anbau zu klein und bescheiden sei. Er würde das Haus protzig erscheinen lassen, und sie war nicht bereit, ihrem neuen Heim das anzutun. Außerdem bedeutete es keine besondere Härte für sie, das Kreuzworträtsel in ihrem windgeschützten und sonnigen Garten zu lösen.

Jetzt saß sie in ihrem Garten. Sie hatte den ganzen Nachmittag draußen gearbeitet und ihre Herbstastern hochgebunden, damit die Stürme sie nicht knickten. Es war der rechte Tag, um an den Herbst zu denken. Er war nicht kalt, aber frisch, und in der Luft lag ein gewisser Geruch. Die Bauern ernteten das letzte Getreide, und von den Gerstefeldern herüber hallte das ferne Dröhnen der Mähdrescher. Es gehörte zur Jahreszeit und wirkte sonderbar beruhigend. Über den blauen Himmel zogen Wolken, die der Westwind vor sich hertrieb.

Im Unterschied zu vielen anderen beklagte Violet das Ende des Sommers nicht, jammerte nicht über den bevorstehenden langen und dunklen Winter. «Wie hältst du es nur aus, in Schottland zu leben», wurde sie manchmal gefragt. «Das Wetter ist dort so unsicher, es regnet soviel und ist immer so kalt.» Doch Violet wußte, daß sie woanders gar nicht hätte leben können, und hatte nie den Drang gehabt fortzuziehen. Als Geordie noch lebte, waren sie viel gereist. Sie hatten miteinander Venedig und Istanbul durchstreift, die Kunstgalerien von Florenz und Madrid eingehend besichtigt. In einem Jahr hatten sie eine archäologische Kreuzfahrt nach Griechenland unternommen, waren in einem anderen durch Norwegens Fjorde gefahren, bis hinauf zum Polarkreis und zur Mitternachtssonne. Doch ohne ihn empfand sie kein Bedürfnis, ins Ausland zu reisen. Sie blieb lieber, wo sie tief verwurzelt war, in einer Landschaft, die sie seit ihrer Kindheit kannte. Auf das Wetter achtete sie nicht weiter, es war ihr gleichgültig, ob es fror, schneite, stürmte, regnete oder ob die Sonne vom Himmel brannte, vorausgesetzt, sie konnte draußen sein und daran teilhaben.

Ihr Gesicht legte Zeugnis davon ab, denn es war so wettergegerbt und verrunzelt wie das eines alten Landarbeiters. Doch was bedeuteten bei einer Siebenundsiebzigjährigen ein paar Falten? Sie waren ein mäßiger Preis für ein erfülltes Alter.

Sie trieb den letzten Stecken in die Erde und wand das letzte Stück Draht um die Herbstasternstaude. Fertig. Sie trat zurück aufs Gras, um ihr Werk zu begutachten. Wenn die Blumen noch ein bißchen wuchsen, würde man die Stäbe nicht mehr sehen. Sie warf einen Blick auf die Uhr. Fast halb drei. Sie seufzte, denn es war ihr nie recht, mit der Gartenarbeit aufzuhören und ins Haus zu gehen. Trotzdem zog sie die Handschuhe aus, warf sie in die Schubkarre, nahm dann ihr Werkzeug auf, die letzten Stäbe, die Drahtrolle und schob die Karre um das Haus herum in die Garage, wo sie alles an seinen Platz räumte. Dann trat sie durch die Küchentür ins Haus, stieß ihre Gummistiefel von den Füßen und hängte ihre Jacke an einen Haken. Sie ließ Wasser in den Kessel laufen und schaltete ihn ein. Dann stellte sie zwei Tassen mit Untertassen, ein Milchkännchen, eine Zuckerschale und einen Teller mit Schokoladenkeksen auf ein Tablett. Zwar aß Virginia nie etwas zum Nachmittagstee, aber Violet hatte gegen einen kleinen Imbiß nichts einzuwenden.

Sie ging nach oben in ihr Schlafzimmer, wusch sich die Hände, zog sich Schuhe an und brachte ihre Frisur in Ordnung. Während sie ihre glänzende Nase ein wenig puderte, hörte sie, wie ein Wagen den Berg heraufkam. Kurz darauf fiel eine Wagentür ins Schloß, die Haustür wurde geöffnet, und sie hörte Virginias Stimme.

«Vi!»

«Ich komme.»

Sie zupfte eine Haarsträhne zurecht, sah nach, ob ihre Perlenkette gerade saß, und ging nach unten. Ihre Schwiegertochter wartete in der Diele auf sie; sie trug eine Kordsamthose und hatte sich die Lederjacke lose über die Schultern gehängt. Violet fiel auf, daß sie eine neue Frisur hatte. Sie sah so unauffällig elegant aus wie immer, wirkte aber glücklicher, als Violet sie in letzter Zeit gesehen hatte.

«Virginia. Wie schön, daß du wieder da bist. Und wie schick du aussiehst. Deine Frisur gefällt mir.» Sie küßten einander. «Bestimmt warst du in London beim Friseur.»

«Ja. Ich dachte, es wäre an der Zeit, mir ein anderes Aussehen zu verpassen.» Sie sah sich um. «Wo ist Henry?»

«Er ist mit Willy Snoddy auf Frettchenjagd.»

«Ach, *Vi.*»

«Es ist schon in Ordnung. In einer halben Stunde ist er wieder da.»

«Das meinte ich doch gar nicht. Aber was hat er mit dem verkommenen alten Kerl zu tun?»

«Nun, Kinder, mit denen er spielen kann, sind nicht da, weil sie alle wieder in der Schule sind. Und als Willy diese Woche zum Mähen da war, hat Henry mit ihm geredet, und Willy hat ihn zur Frettchenjagd eingeladen. Dem Jungen schien sehr daran zu liegen, und deswegen hab ich es ihm erlaubt. Du hast doch hoffentlich nichts dagegen?»

Lachend schüttelte Virginia den Kopf. «Nein, natürlich nicht. Es ist nur so unerwartet. Glaubst du, er begreift, worum es dabei geht? Eine Frettchenjagd ist immerhin eine ziemlich blutrünstige Angelegenheit.»

«Ich habe wirklich keine Ahnung. Bestimmt erzählt er uns alles haarklein, wenn er wieder da ist. Willy sorgt dafür, daß er pünktlich ist, da bin ich ganz sicher.»

«Ich dachte immer, du hältst den alten Trunkenbold für völlig unzuverlässig.»

«Er würde es nicht wagen, sein Versprechen zu brechen, und nachmittags ist er nie betrunken. Nun, und wie geht's dir? Hast du dich in London schön amüsiert?»

«Hinreißend. Hier...» Sie drückte Violet ein luxuriöses flaches Päckchen in die Hand. «Ich hab dir aus der Großstadt auch was mitgebracht.»

«Das wäre aber wirklich nicht nötig gewesen, meine Liebe.»

«Nur ein kleines Dankeschön dafür, daß du dich um Henry gekümmert hast.»

«Es hat mir großen Spaß gemacht. Aber er sehnt sich nach dir und nach Balnaid. Schon vor dem Frühstück hatte er längst alles fertiggepackt. Jetzt mußt du mir aber genau erzählen, wie es in London war. Komm mit, ich pack mein Geschenk gleich aus.»

Sie ging ins Wohnzimmer voraus und machte es sich in ihrem Sessel am Kamin bequem, erleichtert, die Füße von sich strecken zu können. Virginia setzte sich auf eine Sofalehne und sah zu, wie Violet die Schleife und das Band öffnete. Ein flacher Karton, orange und braun, kam zum Vorschein. Sie nahm den Deckel ab und sah unter mehreren Lagen Seidenpapier ein Hermès-Tuch. «Aber Virginia! Das ist doch viel zuviel.»

«Du hast es dir redlich verdient.»

«Aber Henry im Haus zu haben war für mich die reine *Wonne.*»

«Ihm hab ich auch was mitgebracht. Es ist im Wagen. Ich dachte, er könnte es hier noch aufmachen, bevor wir nach Hause fahren.»

Das Tuch leuchtete in Rosa-, Blau- und Grüntönen. Genau das Richtige, um Vis graues Wollkleid nicht so trist erscheinen zu lassen. «Ich weiß gar nicht, wie ich dir danken soll. Es gefällt mir riesig. Und jetzt...» Sie faltete es zusammen, legte es wieder in seine Schachtel und schob sie beiseite. «Jetzt wollen wir miteinander Tee trinken, und du kannst mir alles erzählen, was du erlebt hast. Und zwar in Einzelheiten...»

«Wann bist du wiedergekommen?»

«Gestern abend mit dem Flugzeug. Edmund hat mich in Turnhouse abgeholt, wir haben in Edinburgh bei Rafaelli's gegessen und sind anschließend nach Hause gefahren.»

«Hoffentlich habt ihr die Zeit genutzt», sagte Violet, wobei sie Virginia fest ansah, «eure Meinungsverschiedenheit beizulegen.»

Virginia sah ein wenig niedergeschlagen drein. «Ach Vi, war das so deutlich zu sehen?»

«Man hätte blind sein müssen, um es nicht zu merken. Ich habe mich bewußt herausgehalten, aber du mußt dir klarmachen, daß es für Henry sehr schlimm ist, wenn sich seine Eltern zanken.»

«Hat er mit dir darüber gesprochen?»

«Ja. Er ist ganz verstört. Ich glaube, er findet es schlimm genug, daß er nach Templehall muß, aber daß du und Edmund aufeinander herumhackt, ist mehr, als er ertragen kann.»

«Nun, wir haben nicht gerade aufeinander herumgehackt.»

«Eiskalte Höflichkeit ist fast noch schlimmer.»

«Ich weiß, und es tut mir leid. Edmund und ich vertragen uns wieder. Das heißt zwar nicht, daß sich was geändert hätte, denn er will von seiner Entscheidung nicht abrücken, und ich halte sie nach wie vor für falsch. Aber zumindest haben wir eine Art Waffenstillstand geschlossen.» Lächelnd hielt sie ihrer Schwiegermutter ihr schmales Handgelenk hin, das ein breiter Goldreif schmückte. «Das hat er mir als Willkommensgeschenk beim Abendessen gegeben.»

«Es erleichtert mich sehr, daß die Dinge wieder im Lot zu sein scheinen. Ich habe Henry erklärt, daß ihr beide zu Verstand kommen und euch wieder vertragen würdet. Ich bin euch dankbar, daß ich ihm nicht zuviel versprochen habe. Er braucht Bestätigung, Virginia. Er fühlt sich sehr unsicher.»

«Vi, als ob ich das nicht wüßte.»

«Und noch eins. Er macht sich große Sorgen um Edie, denn er hat Angst vor Lottie und glaubt, sie könnte Edie was antun.»

Virginia runzelte die Brauen. «Hat er das gesagt?»

«Wir haben darüber gesprochen.»

«Meinst du, daß er recht hat?»

«Kinder bekommen viel mit. Sie wittern das Böse, wo wir Erwachsenen vielleicht nichts merken.»

«Das Böse ist ein starkes Wort, Vi. Zwar läuft es mir auch jedesmal kalt über den Rücken, wenn ich Lottie sehe, aber ich habe mir immer gesagt, daß sie einfach eine harmlose Verrückte ist.»

«Ich weiß nicht», sagte Violet. «Aber ich habe Henry versprochen, daß wir achtgeben werden. Wenn er mit dir darüber spricht, mußt du ihm zuhören und versuchen, ihn zu beruhigen.»

«Selbstverständlich.»

Violet lenkte das Gespräch in eine angenehmere Richtung. «Nun erzähl mir aber, was du in London erlebt hast. Hast du dir ein Kleid gekauft? Und was hast du noch getan? Hast du übrigens Alexa gesehen?»

«Ja, ich habe mir ein Kleid gekauft, und ich war auch bei Alexa. Gerade darüber möchte ich mit dir reden. Edmund hab ich es bereits gesagt.»

Violets Herz sank. Was um Himmels willen mochte da geschehen sein?

«Dem Kind geht es doch hoffentlich gut?»

«Besser als je zuvor.» Virginia lehnte sich zurück. «In ihrem Leben gibt es einen Mann.»

«Aber das ist ja großartig! Ich hatte schon gefürchtet, der Armen würde nie was Aufregendes passieren.»

«Sie wohnen zusammen.»

Einen Augenblick lang schwieg Violet. Dann fragte sie: «Was sagst du da? Sie *wohnen* zusammen?»

«Ja. Sie hat mich ausdrücklich darum gebeten, es euch zu sagen.»

«Und *wo*?»

«In der Ovington Street.»

Violet suchte aufgeregt nach Worten.

«Und... seit wann... geht das so?»

«Seit etwa zwei Monaten.»

«Wie heißt er?»

«Noel Keeling.»

«Und was tut er?»

«Irgendwas in der Werbebranche.»

«Wie alt ist er?»

«Etwa so alt wie ich. Sieht gut aus, ist sehr charmant.»

Ungefähr in Virginias Alter. «Hoffentlich ist er nicht schon verheiratet?»

«Nein, ein durchaus begehrenswerter Junggeselle.»

«Und Alexa...?»

«Strahlt vor Glück.»

«Glaubst du, daß sie heiraten wollen?»

«Keine Ahnung.»

«Ist er lieb zu ihr?»

«Ich glaube schon. Ich habe ihn nur kurz gesehen. Er kam vom Büro zurück, und wir haben alle drei ein Glas miteinander getrunken. Er hat Alexa Blumen mitgebracht. Da er nicht wissen konnte, daß ich dasein würde, ist es unmöglich, daß er mich damit beeindrucken wollte.»

Violet bemühte sich, diese erstaunliche Enthüllung zu verdauen, und schwieg eine ganze Weile. Alexa lebte mit einem Mann zusammen. Sie teilten Bett und Leben miteinander, ohne verheiratet zu sein. Sie billigte das zwar nicht, aber es war wohl besser, wenn sie ihre Ansichten für sich behielt. Entscheidend war einzig und allein, daß Alexa wußte, sie alle würden sie unterstützen, ganz gleich, was geschah.

«Was sagt Edmund dazu?»

Virginia zuckte die Schultern. «Nicht viel. Auf jeden Fall wird er nicht mit einer geladenen Schrotflinte nach London fliegen, um eine Heirat zu erzwingen. Aber ich glaube schon, daß er sich Sorgen macht, und sei es nur, weil Alexa nicht unbemittelt ist... Immerhin hat sie von Lady Cheriton außer dem Haus auch Vermögen geerbt, und zwar ein durchaus beträchtliches, wie mir Edmund erklärt hat.»

«Fürchtet er, der junge Mann könnte hinter Alexas Geld her sein?»

«Möglich ist so was immer.»

«Du hast ihn gesehen. Was hältst du von ihm?»

«Mir hat er gefallen.»

«Aber du machst Vorbehalte?»

«Er ist sehr umgänglich. Gelassen. Wie ich schon gesagt habe, charmant. Ich bin aber nicht *sicher*, daß ich ihm traue.»

«Ach je.»

«Das ist nur meine persönliche Ansicht. Vielleicht sehe ich das völlig falsch.»

«Was können wir denn tun?»

«Gar nichts. Alexa ist alt genug, um selbst zu wissen, was sie tut.»

Es war Violet klar, daß ihre Schwiegertochter damit recht hatte. «Sie wohnt... so weit fort. In London. Wenn wir ihn doch nur *kennenlernen* könnten. Damit würde alles auf eine viel normalere Ebene gestellt.»

«Das finde ich auch. Du wirst ihn übrigens kennenlernen.» Auf Virginias Gesicht trat ein selbstzufriedenes Lächeln. «Ich hab nämlich schon wie eine richtige Glucke mit den beiden geredet, und sie sind bereit, an dem Wochenende herzukommen, an dem die Steyntons ihr Fest geben. Wohnen werden sie auf Balnaid.»

«Was für ein großartiger Einfall!» Violet hätte ihre Schwiegertochter küssen können, so entzückt war sie. «Das hast du wirklich gut gemacht, du kluges Mädchen. Besser hätte man es gar nicht einfädeln können, noch dazu ohne jedes Aufheben!»

«Das dachte ich auch. Selbst Edmund ist einverstanden. Aber wir müssen die Sache ganz beiläufig, taktvoll und sachlich angehen. Keine bedeutungsschweren Blicke oder irgendwelche Andeutungen.»

«Du meinst, ich soll das Thema Heirat nicht ansprechen?» Virginia nickte. Violet dachte darüber nach. «Ich tu es nicht. Ich weiß, wann ich meinen Mund halten muß. Aber die jungen Leute bringen sich doch damit, daß sie zusammenleben, in eine schwierige Situation. Vor allem *uns* machen sie es so schwierig. Wenn wir uns zuviel um den jungen Mann kümmern, meint er bestimmt, daß wir ihn unter Druck setzen wollen. Dann zieht er sich zurück und bricht Alexa das Herz. Beschäftigen wir uns auf der anderen Seite nicht genug mit ihm, wird Alexa glauben, daß wir mit ihm nicht einverstanden sind, und *das* bricht ihr das Herz ebenso.»

«Da wäre ich nicht so sicher. Sie kommt mir erwachsener vor als früher und hat viel Selbstvertrauen. Sie ist ein ganz anderer Mensch geworden.»

«Ich könnte es nicht ertragen, wenn man ihr weh täte.»

«Ich fürchte, wir können sie nicht länger beschützen. Dafür ist die Sache bereits zu weit gediehen.»

«Ja», sagte Violet, die das als Tadel empfand. Es war nicht der richtige Zeitpunkt für ängstliche Besorgnis. Wenn sie jemandem nützen wollte, mußte sie vernünftig bleiben. «Du hast völlig recht. Wir alle müssen...»

Aber mehr konnte sie nicht sagen. Die Haustür öffnete sich und wurde krachend ins Schloß geworfen. «*Mami!*»

Henry war zurück. Virginia stellte ihre Tasse ab und sprang auf, Alexa war vergessen. Sie eilte zur Tür, aber Henry war schneller und stürmte mit vor Aufregung geröteten Wangen herein, atemlos von dem langen Weg, den er aus dem Dorf den Berg hinaufgerannt war.

«Mami!»

Sie öffnete die Arme, und er warf sich ihr an die Brust.

8. Kapitel

Samstag, der Siebenundzwanzigste

Häufig fragten wohlmeinende Gäste bei Abendgesellschaften Edmund, ob es ihm nicht zuviel werde, zweimal täglich die lange Strecke zwischen Edinburgh und Strathcroy zurückzulegen. Doch ihn störte das nicht weiter. Daß er abends nach Balnaid und zu seiner Familie zurückkehren konnte, war ihm wichtiger als die damit verbundene Anstrengung. Wenn ihn aber ein Geschäftsessen noch spätabends in der Stadt hielt, er frühmorgens ein Flugzeug bekommen mußte oder die Straßen im Winter schwer passierbar waren, blieb er über Nacht in seiner Wohnung am Moray Place.

Das Autofahren genoß er. Sein Wagen war stark und sicher, und die Autobahn, die sich über den Firth of Forth und durch die Grafschaft Fife bis Relkirk schwang, war ihm vertraut. Obwohl ihn hinter Relkirk die schmalen Straßen zu einer langsameren Gangart zwangen, dauerte die Fahrt dennoch selten länger als eine Stunde.

Diese Zeit nutzte er, um am Ende eines Tages voller beruflicher Belastungen und Entscheidungen abzuschalten und sich statt dessen auf die vielen anderen, ebenso fesselnden Facetten seines Lebens zu konzentrieren. Im Winter hörte er Radio. Nicht Nachrichten oder politische Diskussionen – von beidem hatte er genug, wenn er seinen Schreibtisch aufräumte und die vertraulichen Papiere wegschloß –, sondern klassische Musik und ausgewählte Hörspiele. Während der übrigen Monate des Jahres, in denen er nicht im Dunkeln fahren mußte, kostete er in vollen Zügen den Wechsel der Jahreszeiten in der Landschaft um ihn herum aus. Pflügen und Aussaat, das Grünen der Bäume; die ersten Lämmer auf den Weiden, die Getreidefelder, die sich golden färbten, die Himbeerpflükker an den Waldrändern, die Erntezeit, das Herbstlaub, der erste Schnee.

Jetzt war wieder Erntezeit. Während er an diesem schönen Abend, an dem ein leichter Wind wehte, heimfuhr, empfand er die Landschaft gleichzeitig friedlich und aufregend. Wiesen und Akkerland lagen im Schein der Sonne da. Der Himmel dehnte sich ins Unendliche. Es war so klar, daß sich jede Einzelheit der fernen Berge mit verblüffender Genauigkeit erkennen ließ. Das Licht überflutete sie, so daß ihre Gipfel erglänzten, das Wasser des Flusses, dem der Lauf der Straße folgte, blitzte und glitzerte.

Er fühlte sich so zufrieden wie schon lange nicht mehr. Virginia war wieder da, hatte sich mit ihm ausgesöhnt. Der Armreif, den er ihr geschenkt hatte, war so etwas wie eine Entschuldigung für all das, was er ihr am Tag ihres Streites vorgeworfen hatte: daß sie Henry ersticke und ihn aus Selbstsucht bei sich behalten wolle, daß sie an niemanden als sich selbst denke. Sie hatte das Geschenk dankbar angenommen, und ihre ungetrübte Freude daran war so gut wie ein Verzeihen.

Als sie am Abend nach dem gemeinsamen Abendessen bei Rafaelli's nach Balnaid heimgekehrt waren, hatte die Landschaft unter einem Abendhimmel gelegen, der geradezu abenteuerlich aussah: rötlich im Westen und mit tiefschwarzen Wolken bedeckt, als sei ein gewaltiger Pinsel über ihn hinweggefahren.

Sie waren in ihr leeres Haus zurückgekehrt. Er konnte sich nicht erinnern, wann das zum letztenmal der Fall gewesen war, und das betonte das Besondere ihrer Heimkehr noch. Er hatte das Gepäck hineingeschafft, zwei Gläser mit Malt-Whisky ins Schlafzimmer mitgenommen, sich aufs Bett gesetzt und ihr beim Auspacken zugesehen. Es gab keinen Anlaß zur Eile, das ganze Haus, die Nacht, die süße Dunkelheit gehörte ihnen. Später duschte er, Virginia nahm ein Bad, dann kam sie zu ihm, parfümiert und angenehm frisch, und sie verbrachten tief befriedigende und selige Stunden in den Armen des anderen.

Ihm war klar, daß der Streitpunkt nicht ausgeräumt war. Virginia wollte Henry nicht verlieren, und Edmund war entschlossen, ihn ins Internat zu schicken. Aber für den Augenblick hatten sie aufgehört, sich zu streiten, und vielleicht geriete die Sache ja im Laufe der Zeit in Vergessenheit.

Es gab andere Dinge, auf die er sich freuen konnte. Nach einer Woche der Trennung würde er am heutigen Abend seinen kleinen Sohn wiedersehen. Es würde so viel zu erzählen geben. Und im kommenden Monat, im September, würde Alexa mit dem jungen Mann für einige Tage nach Norden kommen.

Virginias Mitteilung über Alexa hatte ihn wie eine Bombe getroffen, doch bei aller Verblüffung empfand er weder Entsetzen noch Mißbilligung. Er liebte seine Tochter sehr und wußte ihre zahlreichen positiven Eigenschaften zu schätzen, doch hatte er im Verlauf der letzten ein, zwei Jahre insgeheim mehr als einmal gedacht, es sei an der Zeit, daß sie allmählich erwachsen werde. Mit ihren einundzwanzig Jahren waren ihm ihre mangelnde Weltläufigkeit, ihre Schüchternheit und ihre Rundlichkeit allmählich unangenehm geworden. Gewohnt, von eleganten und mondänen Damen umgeben zu sein, konnte er sich wegen seiner Ungeduld und seines Ärgers über Alexa selbst nicht ausstehen. Jetzt aber hatte sie ganz allein einen Mann gefunden, und noch dazu einen äußerst netten, wenn Virginia mit ihrem Urteil richtig lag.

Vielleicht sollte er doch eingreifen. Aber er hatte die Vorstellung des strengen Familienvaters nie sonderlich geschätzt, und ihm lag mehr an der menschlichen als an der moralischen Seite der Frage.

Wie stets, wenn es um eine schwierige Entscheidung ging, war er entschlossen, seine eigenen Regeln zum Maßstab zu machen. Nichts erwarten, so handeln, als sei der Erfolg gewiß, das Scheitern aber einkalkulieren. Schlimmstenfalls würde Alexa seelischen Schaden leiden. Das wäre für sie zwar eine schreckliche neue Erfahrung, aber zumindest würde sie das erwachsener und hoffentlich auch stärker machen.

Gerade, als er in Strathcroy einfuhr, schlug die Kirchenglocke sieben. Voll Vorfreude malte er es sich aus, wie es zu Hause sein würde. Bestimmt hatte Virginia schon die Hunde geholt, und Henry saß entweder in der Badewanne oder würde in der Küche zu Abend essen. Er würde sich dazusetzen, während Henry seine Fischstäbchen, Frikadellen – oder welche Abscheulichkeiten auch immer – aß, und sich alles anhören, was der Junge während der Woche getrieben hatte, wobei er sich selbst einen kräftigen Gin mit Tonic gönnen würde.

Dabei fiel ihm ein, daß kein Tonic mehr im Hause war. Eigentlich hatte er in Edinburgh einen Karton kaufen wollen, es aber vergessen. Also ließ er die Brücke rechts liegen, über die er hätte nach Balnaid fahren müssen, fuhr weiter ins Dorf und hielt vor dem Supermarkt der Ishaks an.

Alle Geschäfte waren längst geschlossen und hatten die Läden herabgelassen, nur die pakistanische Familie schien nie Feierabend zu machen. Bis in den späten Abend, noch lange nach neun, konnte man dort Milch, Brot, Pizza und tiefgekühlte Fertiggerichte kaufen.

Er stieg aus und betrat den Laden. Die Kunden waren damit beschäftigt, ihre Drahtkörbe zu füllen, und da Mr. Ishak gerade jemand anders bediente, begrüßte seine Frau Edmund von ihrem Platz hinter der Theke. Sie sah ihn freundlich an, hatte mit Kajalstift umrandete große dunkle Augen, trug ein Kleid aus buttergelber Seide und ein Tuch von blasserem Gelb um Kopf und Schultern gelegt.

«Guten Abend, Mr. Aird.»

«Guten Abend, Mrs. Ishak. Wie geht es?»

«Sehr gut, vielen Dank.»

«Und Kedejah?»

«Hockt vor dem Fernseher.»

«Hat sie nicht mit Henry einen Nachmittag auf Pennyburn verbracht?»

«Und was für einen – sie ist patschnaß nach Hause gekommen.»

Edmund lachte. «Die Kinder haben wohl den Bach aufgestaut. Ich hoffe, Sie waren nicht ärgerlich.»

«Überhaupt nicht. Es hat ihr großartig gefallen.»

«Ich hätte gern Tonic, Mrs. Ishak.»

«Selbstverständlich. Wie viele Flaschen brauchen Sie?»

«Zwei Dutzend.»

«Einen Augenblick. Ich hol sie rasch.»

Während Edmund geduldig auf ihre Rückkehr wartete, wurde er plötzlich von hinten angesprochen.

«Mr. Aird.»

Die Stimme war so nahe, daß er herumfuhr. Ihm gegenüber stand Lottie Carstairs. Seit sie bei ihrer Kusine Edie wohnte, hatte er sie ein- oder zweimal im Dorf gesehen, war ihr aber immer ausgewichen; er wollte keinesfalls mit ihr zusammentreffen. Jetzt schien es kein Entrinnen zu geben.

«Guten Abend.»

«Kennen Sie mich noch?» sagte sie ziemlich neckisch. Edmund war der Gedanke nicht angenehm, dieser Frau mit ihrer bleichen Haut und dem kräftigen Haarwuchs auf der Oberlippe so nahe zu sein. Ihr Haar hatte die Farbe von Stahlwolle, und unverwandt blickten unter stark geschwungenen Brauen ihre Augen, die so rund und braun waren wie Rosinen. Ansonsten wirkte sie mehr oder weniger normal. Sie trug Rock und Bluse, eine lange grüne Strickjacke, die sie keck mit einer blitzenden Brosche verziert hatte, und Stöckelschuhe, auf deren hohen Hacken sie ein wenig hin und her schwankte, als sie Edmund ins Gespräch zog. «Ich war früher bei Lady Balmerino, und jetzt wohne ich bei Edie Findhorn. Ich hab Sie im Dorf gesehen, aber nie Gelegenheit gehabt, in Ruhe mit Ihnen zu plaudern...»

Sie war sicher an die Sechzig, dennoch hatte sie sich kaum verändert, seit sie auf Croy gearbeitet und jeden im Hause damit verärgert oder erschreckt hatte, daß sie stets dann auftauchte, wenn niemand etwas von ihr wollte oder mit ihr rechnete. Archie hatte geschworen, daß sie an Schlüssellöchern lauschte, und versuchte immer wieder, Türen aufzureißen, in der Hoffnung, Lottie dabei zu ertappen. Edmund erinnerte sich, daß sie stets ein braunes Wollkleid mit einer Musselinschürze getragen hatte. Letztere ging nicht etwa auf eine Anregung Lady Balmerinos zurück, sondern war Lotties Einfall. Archie sagte, sie wolle damit servil wirken. Das braune Kleid war unter den Achseln fleckig gewesen, und zu den unangenehmsten Dingen an Lottie hatte der starke Geruch gehört, der von ihr ausging.

Da sich die Familie lautstark beklagte, verlangte Archie von seiner Mutter, etwas zu unternehmen – entweder das verdammte Weib vor die Tür zu setzen oder dafür zu sorgen, daß sie ein bißchen appetitlicher wirkte. Aber die arme Lady Balmerino, der Archies bevorstehende Hochzeit genug Sorgen bereitete, hatte nicht die Kraft gehabt, ihr Dienstmädchen zu entlassen. Überdies war sie viel zu gutmütig, als daß sie Lottie hätte ins Gesicht sagen können, daß sie roch.

Archies Vorwürfen begegnete sie mit schwachen Entschuldigungen.

«Jemand muß die Zimmer putzen und die Betten machen.»

«Wir können unsere Betten selbst machen.»

«Die Arme hat nur das eine Kleid.»

«Dann kauf ihr ein anderes.»

«Vielleicht ist sie nervös.»

«Doch wohl nicht so nervös, daß sie sich nicht waschen kann. Schenk ihr ein Stück Kernseife.»

«Ich bin nicht sicher, daß es viel nützen würde. Vielleicht... könnte ich ihr zu Weihnachten... Talkumpuder schenken...?»

Doch nicht einmal aus diesem halbherzigen Ansatz wurde etwas, denn schon bald nach der Hochzeit ließ Lottie das Tablett mit dem kostbaren Rockingham-Porzellan fallen, wobei viele Teile zerbrachen, so daß sich Lady Balmerino schließlich doch gezwungen sah, sie zu entlassen. Zu Weihnachten war sie nicht mehr auf Croy. Jetzt, in die Enge getrieben, überlegte Edmund, ob sie immer noch so roch. Er war nicht bereit, das herauszufinden, und trat unauffällig einige Schritte zurück.

«Ja», sagte er mit so freundlicher und angenehmer Stimme, wie er nur konnte. «Natürlich kenne ich Sie...»

«Waren das herrliche Tage auf Croy! In dem Jahr haben Archie und Isobel geheiratet. Ach, waren das schöne Zeiten. Ich weiß noch, wie Sie zur Hochzeit aus London gekommen sind und die ganze Woche Lady Balmerino bei diesem und jenem geholfen haben.»

«Es ist schon so lange her.»

«Ja.»

«Und Sie waren alle so jung. Lord und Lady Balmerino waren so gut und freundlich. Ich hab gehört, daß es auf Croy jetzt anders, und keineswegs besser, zugeht. Aber so was kann jeden treffen. Es war ein schlimmer Tag, als Lady Balmerino starb. Sie war stets so gut zu mir, und auch zu meinen Eltern. Sie leben nicht mehr. Das wußten Sie doch, nicht wahr? Ich wollte schon lange mal mit Ihnen reden, hab Sie aber im Dorf nie getroffen. Und alle waren so jung. Archie mit seinen zwei gesunden Beinen... Wenn man bedenkt, daß ihm jetzt eins weggeschossen ist. Noch nie hab ich so was Lächerliches gehört...»

Ach, Mrs. Ishak, kommen Sie doch rasch zurück. Bitte, Mrs. Ishak, kommen Sie zurück.

«...hör natürlich von Edie alle Neuigkeiten über Sie, mach mir große Sorgen um Edie. Sie ist so dick geworden, das kann für ihr Herz unmöglich gut sein. Und Sie waren alle so jung. Und Pandora! Wie ein Kreisel ist sie im Hause herumgetanzt. Es ist wirklich schlimm mit ihr geworden, nicht wahr? Merkwürdig, daß sie nie nach Hause zurückgekommen ist. Ich hab immer gedacht, sie käme vielleicht zu Weihnachten, aber nein. Und nicht mal zu Lady Balmerinos Beerdigung, wirklich schade. Ich sag so was nicht gerne, aber das ist mir wirklich unchristlich vorgekommen. Sie war ja auf vielen Gebieten schon immer anders als die anderen... Wir beide wissen ja wohl, was gemeint ist, was?»

Nach diesen Worten brach sie in ein geradezu irres Gelächter aus und stieß Edmund scherzhaft gegen den Oberarm, aber so, daß es schmerzte. Instinktiv wollte er zurückschlagen, ihr einen Fausthieb mitten auf die lange, neugierige Nase versetzen. Er stellte sich vor, wie diese Nase, die sie in alles steckte, wie ein Teleskop zusammengeschoben in ihrem Gesicht verschwand. Dann sah er die Schlagzeile in der Lokalzeitung vor sich: ‹Gutsbesitzer fällt in Strathcroys Supermarkt über Frau aus dem Ort her›. Er steckte die zu Fäusten geballten Hände in die Hosentaschen.

«...Ihre Frau war also in London? Hübsch. Und der Kleine bei seiner Oma. Hab ihn manchmal da oben gesehen. Kommt mir ein bißchen kränklich vor, was?» Edmund merkte, wie ihm das Blut in die Wangen schoß. Er fragte sich, wie lange er sich noch würde beherrschen können. Er konnte sich nicht erinnern, wann er jemals einem Menschen gegenüber so viel ohnmächtige Wut empfunden hatte.

«...klein für sein Alter, würde ich sagen... nicht besonders kräftig.»

«Tut mir leid, daß ich Sie so lange hab warten lassen, Mr. Aird.» Mrs. Ishaks sanfte Stimme brach Lotties boshaftes Geschwätz ab. Gott sei Dank kam sie endlich, um ihn zu erlösen, trug den Karton mit Tonic wie eine Weihegabe vor sich her.

«Vielen Dank, Mrs. Ishak.» Keinen Augenblick zu früh. «Lassen Sie mich Ihnen das abnehmen.» Er befreite sie von ihrer schweren Last. «Könnten Sie das auf die Rechnung setzen?» Er hätte zwar ohne weiteres bar bezahlen können, wollte aber keinen Augenblick länger als nötig im Laden verbringen.

«Selbstverständlich, Mr. Aird.»

«Vielen Dank.» Mit dem Karton auf den Armen wollte er sich Lottie zuwenden, um ihr nach kurzem Abschied zu entfliehen.

Aber sie war ihm zuvorgekommen. Fort. Sie war unvermittelt und in beunruhigender Weise einfach verschwunden.

9. Kapitel

Donnerstag, der Dreißigste

«Wohnt deine Tante schon immer auf Mallorca?»

«Nein. Erst seit etwa zwei Jahren. Vorher hat sie in Paris gelebt, davor in New York, und davor in Kalifornien.»

«Die ist ja ganz schön rumgekommen.»

«Kann man wohl sagen. Erstaunlicherweise ist sie dabei jedesmal ein bißchen reicher geworden.»

Jeff lachte. «Wie ist sie so?»

«Ich weiß nicht, ich hab sie nie gesehen. Als ich geboren wurde, war sie schon nicht mehr da. Damals hat sie mit einem schwerreichen Amerikaner, den sie geheiratet hatte, in Palm Springs gewohnt. Ich hab immer gemeint, daß sie die betörendste Frau auf der Welt sein müßte, vor der die Männer scharenweise umfallen, wie in einem der Filme aus den dreißiger Jahren. Raffiniert, ein bißchen tückisch und in den Augen anderer manchmal einfach unausstehlich. Sie ist mit achtzehn von zu Hause durchgebrannt. Ist das nicht schrecklich mutig? Ich hätte nie den Nerv dazu gehabt. *Und* sie war bildschön.»

«Ob sie das immer noch ist?»

«Warum nicht? Schließlich ist sie erst an die Vierzig, eine Frau in den besten Jahren. Auf Croy hängt ein Bild von ihr im Eßzimmer. Als das gemalt wurde, war sie schätzungsweise vierzehn und hat damals schon hinreißend ausgesehen. Und natürlich gibt es ganze Berge von Fotos. Die hängen gerahmt an den Wänden oder stecken in den vielen Alben, die mein Opa mit seinen Schnappschüssen angefüllt hat. Ich hab mich immer auf regnerische Nachmittage gefreut, weil ich dann die alten Alben durchgehen konnte. Wenn die Leute über Pandora sprechen, fällt ihnen immer irgendeine lustige Geschichte ein, und wir haben endlos gelacht, obwohl all diese Gespräche damit anfangen, daß die Leute über Pandora herziehen, weil sie sich ihren Eltern gegenüber so undankbar und gedankenlos aufgeführt hat.»

«War sie überrascht, als du sie angerufen hast?»

«Na klar. Aber wohl angenehm. Das merkt man sofort. Zuerst konnte sie kaum glauben, daß ich es war. Dann hat sie einfach gesagt: ‹Klar, kommt rüber. So bald wie möglich, und bleibt, solange ihr wollt.› Sie hat mir dann noch den Weg beschrieben.» Lucilla lächelte. «Wir können uns bestimmt auf mindestens eine Woche einrichten.»

Sie hatten einen kleinen Seat gemietet, den billigsten Wagen, den sie bekommen konnten, und fuhren jetzt durch den Teil der Insel, der landwirtschaftlich genutzt wurde. Hier und da ragte eine Windmühle auf, deren Flügel sich langsam drehten. Es war Nachmittag, und die Straße vor ihnen flirrte in der Hitze. Zu ihrer Linken erhob sich fern eine im Dunst liegende Bergkette, und auf der anderen Seite war das Meer, so weit entfernt, daß man es nicht sehen konnte. Alle Fenster des Wagens waren geöffnet, aber der trokkene Wind war glühendheiß. Jeff fuhr, und Lucilla saß neben ihm, den Zettel in der Hand, auf den sie die Wegbeschreibung gekritzelt hatte.

Sie hatte von Palma aus angerufen, wo sie und Jeff an jenem Morgen mit der Fähre von Ibiza angekommen waren. Dort hatten sie eine Woche bei Hans Beldorf verbracht, einem Maler, den Jeff kannte. Als sie das hoch oben in der Altstadt innerhalb der alten Stadtmauern liegende Haus nach langem Suchen endlich gefunden hatten, zeigte sich, daß es mit seinen dicken Mauern und weißgetünchten Innenwänden zwar äußerst malerisch war, es darin aber unglaublich primitiv zuging. Von dem vorspringenden steinernen Balkon aus schweifte der Blick über die gesamte Altstadt, die Neustadt, den Hafen und das Meer, doch selbst diese Augenweide vermochte den Mangel nicht so recht aufzuwiegen, daß man Mahlzeiten nur auf einem winzigen Gaskocher zubereiten konnte und ein einziger Kaltwasserhahn fließendes Wasser spendete. So war es kein Wunder, daß Jeff und Lucilla ziemlich ungewaschen waren und ihre Rucksäcke auf dem Rücksitz des Wagens vorwiegend unappetitliche verschwitzte Kleidungsstücke enthielten. Lucilla, die sich aus ihrem Äußeren eigentlich nie viel gemacht hatte, träumte davon, sich die Haare zu waschen, und Jeff hatte voller Verzweiflung aufgehört sich zu rasieren. Da sein Bart blond wie sein Haupthaar, aber ungepflegt und strähnig war, sah Jeff eher wie ein heruntergekommener Wikinger aus. Ein Wunder, daß man beiden überhaupt einen Wagen vermietet hatte, so wenig vertrauenswürdig war der Anblick, den sie boten. Lucilla meinte auch ein gewisses Mißtrauen auf dem Gesicht des Mannes bei der Autovermietung gesehen zu haben, doch angesichts des Bündels Pesetenscheine, mit denen Jeff gewedelt hatte, war ihm eine Weigerung wohl schwergefallen.

Sie sagte jetzt: «Hoffentlich hat Pandora eine Waschmaschine.»

«Mir genügt schon ein Schwimmbecken.»

«Da drin kannst du unmöglich deine Sachen waschen.»

«Wetten doch?»

Lucilla sah nach draußen. Die Berge waren näher gerückt, und die Vegetation wirkte üppiger. Man sah Kiefern, und zusammen mit dem Staub drang warmer Harzgeruch in den Wagen. Ein Schild wies ihnen die Richtung nach Puerto del Fuego.

«Auf jeden Fall sind wir auf dem richtigen Weg. Wie geht es weiter?»

«Erst Richtung Puerto del Fuego, nach ein bis zwei Kilometern müssen wir dann nach links in ein schmales Sträßchen einbiegen. Da geht es nach Cala San Torre.» Jeff nützte eine Lücke im Verkehr auf der Hauptstraße. «Falls wir dann im Hafen eintrudeln, sind wir zu weit gefahren.»

«Verstanden.»

Sie konnte schon das Meer riechen. Häuser tauchten neben der

Straße auf, ein allem Anschein nach neuer Wohnblock, eine Tankstelle mit Autowerkstatt. Sie kamen an einem Reitstall mit abgegrasten Weiden vorbei, auf denen traurig wirkende knochige Pferde nach Futter suchten.

«Die armen Tiere», sagte die warmherzige Lucilla, aber Jeff hatte nur Augen für die Straße vor ihm.

«Da ist ein Schild. Cala San Torre.»

«Na prima.»

Sie bogen von der im Sonnenglanz liegenden vierspurigen Straße ab und fanden sich schlagartig in einer üppig grünen Landschaft wieder, die im krassen Gegensatz zum ebenen und offen daliegenden Land stand, durch das sie soeben gefahren waren. Schirmpinien warfen ihren Schatten über die Straße, auf der einzelne Sonnenflekken tanzten, und von ziemlich verfallen wirkenden Bauernhöfen hörte man das zufriedene Gackern von Hühnern und das Meckern von Ziegen.

«Richtig hübsch», sagte Lucilla. «Sieh nur das süße Eselchen.»

«Konzentrier dich lieber auf die Karte. Wie geht's jetzt weiter?»

Gehorsam wandte sich Lucilla ihren Notizen zu. «Als nächstes geht es scharf nach rechts, dann müssen wir einen Berg rauffahren, bis zum letzten Haus ganz oben.»

An der nächsten Abbiegung schaltete Jeff herunter, und der Seat begann den Hügel zu erklimmen. Es klang, als ob der Motor jeden Augenblick anfangen könnte, wie ein Wasserkessel zu sieden. Der Weg wand sich an stattlichen Häusern und in ausgedehnten Parks liegenden Villen vorbei, die man durch die geschlossenen Gitter und hinter den blühenden Pflanzen kaum zu sehen vermochte.

«So was», sagte Lucilla, «nennen Immobilienmakler wohl im allgemeinen eine erstklassige Lage.»

«Du meinst, daß da die feinen Pinkel wohnen?»

«Ich meine reiche Leute.»

«Das wohl auch. Deine Tante muß ja wirklich Moos haben.»

«Sie hat sich in Kalifornien scheiden lassen», gab ihm Lucilla in einem Ton zu verstehen, aus dem hervorging, daß damit genug gesagt war.

Einige hundert Meter später und nach ein oder zwei weiteren Haarnadelkurven waren sie am Ziel. Casa Rosa. Der auf Dekorfliesen in eine hohe, von rosablütigen Mittagsblumen überwucherte Mauer eingelassene Name war unübersehbar. Das Tor stand offen. Die links und rechts mit Rabatten eingefaßte Auffahrt führte eine Steigung empor zu einer Garage. Darin ein Auto, ein weiteres – ein BMW in Silberlackierung – stand im Schatten eines Ölbaums. Jeff schaltete die Zündung aus. Es war still. Dann hörte Lucilla Wasser wie von einem Springbrunnen plätschern, und von fern her ertönte der wohltuende Klang von Schafglocken. Die Berge waren jetzt zum Greifen nahe, auf ihren bleichen Gipfeln schien nichts zu wachsen, während die unteren Hänge mit silbrig glänzenden Olivenhainen bedeckt waren.

Gemächlich stiegen sie aus und streckten die schweißbedeckten Glieder, froh, ihr Ziel erreicht zu haben. Hier oben spürte man eine vom Meer heraufwehende kühle und erfrischende Brise. Das Wohngebäude stand auf einem Felsabsturz weiter oben, den Haupteingang erreichte man über eine steinerne Treppe. Weißblau gemusterte Fliesen bedeckten ihre Stufen, und Geranientöpfe standen bis oben Spalier. Das Ganze war von lila blühenden Bougainvilleen wie übergossen; man sah Hibiskusbäumchen, Bleiwurz und ein Gewirr aus azurblauer Kriechwinde. In der Luft mischten sich süße Blütendüfte mit dem feuchten Geruch frisch gewässerter Erde.

All das war so verblüffend und so ganz anders als das, was sie zuvor erlebt hatten, daß einen Augenblick lang keiner von beiden wußte, was er sagen sollte. Dann flüsterte Lucilla: «Ich hatte keine *Ahnung*, daß es so großartig sein würde.»

«Trotzdem können wir nicht den ganzen Tag hier stehenbleiben.»

«Nein.» Er hatte recht. Lucilla wandte sich der ersten Stufe zu, um vorauszugehen. Doch bevor sie auch nur einen Schritt getan hatte, unterbrach der Klang scharf aufgesetzter Absätze auf der Terrasse über ihnen die Stille.

«Hallo, ihr Lieben, da seid ihr ja!» Eine Gestalt erschien oben an der Treppe, die Arme in einer Willkommensgeste ausgestreckt. «Ihr habt euch also nicht verfahren. Tüchtig. Wie schön, euch zu sehen.»

Lucillas erster Eindruck von Pandora war der einer geradezu unirdischen Magerkeit. Sie sah so ätherisch aus, als könne der leiseste Windhauch sie davonwehen, und bei der Begrüßung hatte sie den Eindruck, als umarme sie ein kleines Vögelchen und dürfe nicht kräftig zudrücken, um Pandora nicht zu zerbrechen. Ihr Haar war kastanienbraun, aus der Stirn gekämmt und fiel ihr in Locken bis auf die Schultern. Lucilla nahm an, daß Pandora ihr Haar auch mit achtzehn schon so getragen und keinen Grund gesehen hatte, die Frisur zu ändern. Ihre Augen waren von tiefem Grau, sie hatte rußschwarze Wimpern, und ihr geschwungener Mund war voll und entzückend. Auf ihrer rechten Wange saß unmittelbar über dem Mundwinkel ein großer dunkler Schönheitsfleck, der viel zu verführerisch aussah, als daß man ihn einen Leberfleck oder ein Muttermal hätte nennen können. Zu einem losen Hausanzug von leuchtendem Hibiskusrosa trug sie knotenförmige goldene Ohrringe, und um ihren Hals schlangen sich mehrere Goldkettchen. Lucilla kannte ihr schweres Parfum *Poison*. Sie hatte es selbst einmal ausprobiert, sich aber nicht recht dafür erwärmen können. Jetzt, als sie es an Pandora roch, war sie nicht sicher, ob sie es nicht eher abstoßend fand.

«Auch wenn ich es nicht gewußt hätte, wäre mir gleich klar gewesen, daß du Lucilla sein mußt. Du siehst deinem Vater verblüffend ähnlich...» Sie schien das unappetitliche Erscheinungsbild ihrer Gäste mit den schmuddeligen abgeschnittenen Jeans und den verdreckten T-Shirts überhaupt nicht zur Kenntnis genommen zu haben, jedenfalls ließ sie sich nichts davon anmerken. «Und Sie müssen Jeff sein...» Sie hielt ihm eine Hand mit spitzen rosa Nägeln hin. «...wie schön, daß Sie Lucilla begleiten konnten.»

Er nahm ihre Hand in seine Pranke und sagte, von dem Willkommen und ihrem breiten Lächeln überrascht: «Es ist mir eine Freude, Sie kennenzulernen.»

Sie ordnete ihn nach seiner Sprechweise sofort ein. «Bestimmt kommen Sie aus Australien. Wie herrlich. Ich glaube nicht, daß ich hier je einem Australier begegnet bin. War eure Fahrt sehr schlimm?»

«Nein, überhaupt nicht. Nur heiß.»

«Bestimmt sind Sie halb verdurstet...»

«Sollen wir zuerst unsere Sachen ausladen...?»

«Das kann warten. Laßt uns zuerst einen Schluck trinken. Ich habe einen guten Bekannten hier, dem ich euch vorstellen will.»

Lucillas Herz sank. Pandora gegenüber war es ihr unangenehm genug, wie sie aussahen, denn sie waren in einem keineswegs präsentablen Zustand. «Pandora, wir sind entsetzlich schmutzig...»

«Ach, das ist doch egal. Ihn stört das nicht...» Sie wandte sich ab und ging ihnen voraus, so daß ihnen nichts übrigblieb, als ihr über eine lange, schattige und luftige Terrasse zu folgen, auf der weiße Korbmöbel mit buttergelben Kissen sowie große, weißblaue Porzellankübel mit Palmen darin standen. «Er kann nicht lange bleiben, und ich möchte unbedingt, daß ihr ihn kennenlernt...»

Sie traten dicht hinter Pandoras hämmernden Absätzen um die Ecke des Hauses und wurden vom Sonnenlicht fast geblendet. Lucilla merkte, daß sie ihre Sonnenbrille im Wagen hatte liegenlassen. Unscharf erkannte sie die große offene Marmorterrasse, der an mehreren Stellen gestreifte Markisen Schatten spendeten. Niedrige Stufen führten von dort in einen großen Park mit einer Unzahl von Büschen und Bäumen. Im Gras lagen Trittplatten um ein Schwimmbecken herum, dessen aquamarinfarbenes Wasser so unbewegt war, daß es aussah wie eine Glasfläche. Schon der bloße Anblick gab Lucilla das Gefühl, als sei es kühler geworden. Eine Luftmatratze trieb in der von der Filteranlage erzeugten leichten Strömung langsam dahin.

Am anderen Ende des Parks erkannte sie ein weiteres Haus, klein und einstöckig, aber mit einer eigenen kleinen Terrasse, die gleichfalls zum Schwimmbecken hin lag. Eine riesige Schirmpinie spendete Schatten, und hinter der Dachkante des Hauses war nichts zu sehen als der in der Sonne glühende blaue Himmel.

«Sie sind da, Carlos. Meine Wegbeschreibung war nicht so verwirrend, wie wir befürchtet hatten.» Oben auf der Treppe stand im Schatten einer Markise auf einem niedrigen Tischchen ein Tablett mit Gläsern und einem großen Krug. Ein Aschenbecher, eine Sonnenbrille, ein Taschentuch. Weitere Korbsessel mit gelben Kissen standen herum, und als die kleine Gruppe näher trat, erhob sich ein Mann aus einem von diesen und wartete lächelnd darauf, daß Pandora sie einander vorstellte. Er war hochgewachsen, hatte dunkle Augen und sah sehr gut aus. «Liebste Lucilla, das ist mein Freund Carlos Macaya. Carlos, das ist meine Nichte Lucilla Blair. Und Jeff...?»

«Howland», vervollständigte Jeff den Namen.

«Er ist Australier, ist das nicht aufregend? Wir sollten uns jetzt was Schönes zu trinken gönnen. Das hier ist Eistee, aber ich kann Seraphina bitten, was Kräftigeres zu bringen, wenn euch das lieber ist. Vielleicht wollt ihr eine Cola? Ein Glas Wein?» Sie lachte. «Oder Champagner? Eigentlich eine gute Idee. Aber vielleicht ist es noch zu früh am Tag. Den sollten wir uns für später aufsparen.»

Die beiden jungen Leute erklärten, daß Eistee genau richtig sei. Carlos zog für Lucilla einen Sessel herbei und setzte sich dann neben sie. Jeff aber, dem die Sonne nicht mehr ausmachte als einer Eidechse, lehnte sich gegen das Terrassengeländer, Pandora setzte sich mit schwingenden Beinen neben ihn und ließ eine ihrer hochhackigen Sandalen von ihrem großen Zeh baumeln.

Carlos Macaya goß Eistee ein und gab Lucilla ein Glas.

«Sie sind von Ibiza hergekommen?»

«Ja, heute morgen mit der Fähre.»

«Wie lange waren Sie dort?» Sein Englisch war einwandfrei.

«Eine Woche. Bei einem Freund von Jeff. Er hat zwar ein herrliches Haus, es ist aber schrecklich primitiv. Deswegen sehen wir auch so abgerissen aus und sind so schmutzig. Es tut mir leid.»

Er äußerte sich nicht dazu und lächelte lediglich verständnisvoll. «Und vorher?»

«War ich in Paris. Ich bin eigentlich Malerin, aber es gab so viel zu sehen und zu tun, daß ich nicht viel gearbeitet habe.»

«Paris ist zauberhaft. Waren Sie zum erstenmal dort?»

«Nein, früher schon mal, als Au-pair-Mädchen, um Französisch zu lernen.»

«Und wie sind Sie von da nach Ibiza gekommen?»

«Eigentlich wollten wir per Anhalter fahren, haben uns aber schließlich dafür entschieden, Busse zu benutzen. Wir haben die Fahrt immer wieder unterbrochen, auf Bauernhöfen übernachtet und uns unterwegs alles mögliche angesehen. Kathedralen, Weingüter und so weiter.»

«Sie haben Ihre Zeit nicht verschwendet.» Er sah zu Pandora hinüber, die mit Jeff plauderte, wobei dieser sie so aufmerksam ansah, als sei sie eine merkwürdige Spezies wildes Tier, das er noch nie zuvor gesehen hatte. «Pandora sagt mir, daß Sie einander noch nie begegnet sind.»

«So ist es.» Lucilla zögerte. Wahrscheinlich war dieser Carlos Pandoras gegenwärtiger Liebhaber. In dem Fall war das weder die Zeit noch der Ort, sich ausführlich darüber zu äußern, daß Pandora als junges Mädchen ausgerissen war und später mit wechselnden Männern hier und da gelebt hatte. «Sie war ja immer im Ausland.»

«Und Sie kommen aus Schottland?»

«Ja. Aus der Grafschaft Relkirkshire. Dort wohnen meine Eltern.» Eine kurze Pause trat ein. Lucilla nahm einen Schluck Eistee. «Waren Sie schon mal in Schottland?»

«Nein. Zwar habe ich einige Jahre in Oxford studiert» – daher also das gute Englisch –, «hatte aber nie Gelegenheit, nach Schottland zu reisen.»

«Alle wünschen sich, daß Pandora zu einem Besuch zurückkommt, aber sie denkt nicht daran.»

«Vielleicht behagen ihr die Kälte und der Regen nicht.»

«Es ist aber nicht *immer* kalt, und es regnet auch nur manchmal.»

Er lachte. «Nun ja. Jedenfalls ist es schön, daß Sie gekommen sind, ihr Gesellschaft zu leisten. Jetzt aber...» Er schob seine seidene Manschette zurück und sah auf seine Uhr, die er an einem schweren Goldarmband trug. Sie war ein eigenartiges Exemplar, denn das Zifferblatt zeigte anstelle der Zahlen winzige Nachbildungen von Seefahrtsflaggen. Lucilla überlegte, ob er die Uhr von Pandora hatte. Vielleicht bedeutete es ‹Ich liebe dich› im Flaggenalphabet. «...muß ich leider aufbrechen. Ich hoffe, Sie werden mich entschuldigen, aber ich habe noch etwas zu erledigen...»

«Selbstverständlich.»

Er erhob sich erneut. «Pandora, ich muß gehen.»

«Ach, wie schade.» Sie schob den Sandalenriemen über die Ferse und sprang von der Mauer. «Jedenfalls hattest du Gelegenheit, meine Gäste zu begrüßen. Wir bringen dich noch runter.»

«Laßt euch nicht stören.»

«Die jungen Leute müssen sowieso noch ihr Gepäck holen. Sie hatten keinen sehnlicheren Wunsch, als auszupacken und zu schwimmen. Komm...» Sie nahm seinen Arm.

So gingen sie alle die Treppe hinunter, dorthin, wo sein Wagen im Schatten des Ölbaums geparkt stand. Alle verabschiedeten sich voneinander, er deutete über Pandoras Handrücken einen Kuß an und stieg dann in den BMW.

Bevor er anfuhr, wandte er sich noch einmal an Pandora. «Sag mir Bescheid, wenn du es dir anders überlegst.»

Nach kurzem Schweigen schüttelte sie den Kopf. «Das werde ich bestimmt nicht», sagte sie.

Lächelnd zuckte er die Schultern, als akzeptiere er gutmütig ihre Entscheidung. Er legte einen Gang ein und fuhr mit einem letzten Winken durch das Tor den Hügel hinab davon. Sie sahen dem Wagen nach, bis er nicht mehr zu sehen war. Nach einer Weile hörte man nur noch das Läuten der Schafglocken und das Plätschern einer unsichtbaren Fontäne.

Sag mir Bescheid, wenn du es dir anders überlegst.

Was er wohl von Pandora gewollt haben mochte? Einen Augenblick lang vermutete Lucilla, er habe ihr einen Heiratsantrag gemacht, wies diesen Gedanken aber sogleich wieder von sich. Diese Vorstellung war für ein so weltläufiges und bezauberndes Paar zu prosaisch. Eher schon hatte er sie wohl dazu zu überreden versucht, daß sie ihn auf einer romantischen Reise auf die Seychellen oder zu den Palmenstränden Tahitis begleitete. Vielleicht hatte er sie auch einfach zum Essen eingeladen, und sie hatte keine Lust.

Jedenfalls lieferte Pandora keine Erläuterung in dieser Richtung. Jetzt, da Carlos fort war, wandte sie sich den praktischen Dingen zu. Leise in die Hände klatschend sagte sie: «Also. Zur Sache. Wo ist euer Gepäck? Ist das alles? Keine Schrankkoffer, Reisekoffer oder Hutschachteln? Da nehm ich ja mehr mit, wenn ich über Nacht wegbleibe. Na schön, kommt mit...»

Erneut ging sie ihnen mit großen Schritten voran, und sie folgten ihr die Treppe hinauf. Lucilla trug ihre lederne Umhängetasche, und Jeff schleppte die beiden prall gefüllten Rucksäcke.

«Ich hab euch im Gästehaus untergebracht. Da könnt ihr es euch gemütlich machen und seid ganz für euch. Ich bin morgens nicht besonders früh wach. Ihr müßt euch also um euer Frühstück selbst kümmern. Im Kühlschrank findet ihr alles, was ihr braucht, und im Schrank ist Kaffee und so weiter.» Sie waren jetzt wieder auf der Terrasse. «Wird das klappen?»

«Selbstverständlich.»

«Und dann dachte ich, daß wir gegen neun zu Abend essen. Einfach was Kaltes, denn ich kann um nichts in der Welt kochen, und meine Seraphina geht abends immer nach Hause. Aber vorher bereitet sie alles vor. Kommt um halb neun rüber, dann können wir miteinander einen Schluck trinken. Jetzt leg ich mich noch ein bißchen hin und überlaß euch eurem Schicksal. Macht es euch gemütlich. Später schwimme ich vielleicht ein bißchen, bevor ich mich zum Abendessen umziehe.»

Der Gedanke, daß sich Pandora noch prachtvoller ausstaffieren würde als in diesem rosafarbenen seidenen Hausanzug, ließ die beiden jungen Leute voll Unbehagen an die Kleiderfrage denken.

«Pandora, wir haben nichts zum Wechseln. Fast alles ist schmutzig. Jeff hat noch ein sauberes Hemd, das ist aber nicht gebügelt.»

«Soll ich dir was leihen, Liebste?»

«Vielleicht ein T-Shirt?»

«Natürlich, wie dumm von mir. Ich hätte es von mir aus anbieten können. Kleine Sekunde.»

Pandora verschwand durch die große gläserne Schiebetür, vermutlich in ihr Schlafzimmer, und kehrte sogleich zurück. Über dem Arm trug sie eine mit mehreren Reihen Pailletten besetzte mitternachtsblaue Seidenbluse. «Hier, nimm das. Es ist zwar schrecklich ordinär, aber sonst ganz nett. Du kannst es behalten, wenn du möchtest, ich zieh es sowieso nie an.» Sie warf ihr die Bluse zu, und Lucilla fing sie auf. «Und jetzt macht euch euer kleines Nest zurecht. Wenn ihr was braucht, ruft einfach über das Haustelefon an, und Seraphina bringt es euch.» Sie warf ihnen eine Kußhand zu. «Dann also bis halb neun.»

Sie ging. Lucilla und Jeff waren sich selbst überlassen. Noch immer zögerte Lucilla, nicht so recht sicher, was als nächstes geschehen würde. «Ich kann es nicht glauben. Wir haben ein ganzes Haus für uns allein.»

«Worauf warten wir dann? Wenn ich nicht in zwei Minuten im Schwimmbecken bin, platze ich noch.»

Lucilla ging die Stufen hinunter und durch den Park zu dem kleinen Haus hinüber, das auf sie wartete. Sie überquerten die Terrasse und öffneten die Tür, die ins Wohnzimmer führte. Die Vorhänge waren zugezogen, um die Hitze auszusperren, und Lucilla zog sie zurück. Das Licht fiel herein, und sie sah auf der anderen Seite des Raumes einen kleinen Innenhof, einen winzigen geschützten Garten.

«Sieh nur! Hier können wir sogar sonnenbaden!»

Das Wohnzimmer, vor dessen Kamin Brennholz gestapelt lag, enthielt einige behagliche Sessel. Auf einem Tisch stand ein Tablett mit Getränken und Gläsern, auf einem niedrigen Tischchen lagen zahlreiche Zeitschriften, an einer Wand ein Bücherregal. Sie öffneten weitere Türen und sahen zwei Schlafzimmer mit Doppelbetten sowie ein herrlich geräumiges Bad.

«Ich glaube, *das* ist das schönere Schlafzimmer. Auf jeden Fall das größere.» Jeff ließ die Rucksäcke auf den Steinboden gleiten, und Lucilla zog weitere Vorhänge zurück. «Man kann von hier aus das Meer sehen. Zwar nur ein kleines Dreieck Wasser – aber immerhin haben wir Blick aufs Meer.»

Sie öffnete Schranktüren, sah ganze Reihen gepolsterter Kleiderbügel, roch Lavendel. Sie hängte die geliehene Bluse auf einen der Bügel, so daß sie einsam den prunkvollen Mittelpunkt des Schrankes bildete.

Jeff hatte seine Turnschuhe abgestreift und zog sich das T-Shirt über den Kopf.

«Von mir aus spiel du Hausfrau, bis du schwarz wirst. Ich geh schwimmen. Kommst du nicht mit?»

«Gleich.»

Er war fort. Einen Augenblick später hörte sie das Wasser aufspritzen. Sie stellte sich die Wohltat des seidigen Wassers auf der Haut vor. Später. Jetzt wollte sie erst ein wenig herumstöbern.

Bei genauerer Untersuchung zeigte sich, daß Pandoras Gästehaus alle Ansprüche erfüllte, und Lucilla war voller Bewunderung für so viel genaue Vorausplanung und Aufmerksamkeit. Jemand – und wer, wenn nicht Pandora? – hatte an alles gedacht, was ein Gast wünschen oder brauchen könnte, von frischen Blumen und neuen Büchern bis hin zu zusätzlichen Decken für kühle Nächte und Wärmflaschen, falls jemand Leibschmerzen hatte. Im Badezimmer war für jede erdenkliche Art von Seife, Parfum, Shampoo, Rasierwasser, Körperlotion und Badeöl gesorgt. Flauschige weiße Frotteetücher und Wannenvorleger hingen da sowie an der Innenseite der Tür zwei große schneeweiße Bademäntel – der schiere Luxus.

Lucilla suchte nach der Küche. Sie blitzte vor Sauberkeit, an ihren Wänden standen dunkle Holzschränke mit spanischem Geschirr, glänzenden Kasserollen, Töpfen und einer vollständigen *batterie de cuisine*. Sofern jemand das wünschte, war es ohne weiteres möglich, dort das Menü für eine zehnköpfige Gesellschaft herzustellen. Diesen Ehrgeiz allerdings hatte Lucilla nicht. Es gab nicht nur einen Elektroherd, sondern auch einen Gasherd, eine Spülmaschine und einen Kühlschrank. Als sie ihn öffnete, sah sie, daß er neben allem für ein kräftiges Frühstück Erforderlichen auch zwei Flaschen Mineralwasser und eine Flasche Champagner enthielt. Eine zweite Tür führte aus der Küche hinaus. Sie öffnete sie und sah – Freude über Freude – einen vollständig eingerichteten Hauswirtschaftsraum mit

Waschmaschine, Wäscheleinen, Bügeleisen und Bügelbrett. Der Anblick dieser vertrauten Gegenstände erfüllte sie mit größerer Befriedigung als aller andere Luxus zusammen, denn jetzt konnte sie endlich für Reinlichkeit sorgen.

Sie machte sich ohne Umschweife an die Arbeit, kehrte ins Badezimmer zurück, entledigte sich aller Kleidungsstücke, zog einen der Bademäntel über und begann auszupacken, indem sie die Rucksäcke auf den Boden des Schlafzimmers ausleerte. Ihr eigener enthielt Waschzeug mit Haarbürste und Kamm, Skizzenblock, zwei Bücher sowie den Umschlag, in dem ihr Vater den Scheck, den Brief und Verena Steyntons Einladung geschickt hatte. Letztere entnahm sie dem Umschlag und stellte sie auf die leere Frisierkommode. Zwar war sie inzwischen mehrfach geknickt, verlieh aber dennoch, fand Lucilla, dem Raum eine persönliche Note, so, als habe sie ihm ihren Namen gegeben und ihn damit für sich beansprucht.

An Lucilla Blair

Mrs. Angus Steynton
lädt ein
für Katy

Warum nur wirkte das so albern? Sie lachte. Es war ein anderes Leben in einer gänzlich anderen Welt. Sie raffte schmutzige Socken, Shorts, Jeans, Hosen, Unterwäsche und T-Shirts zusammen und kehrte damit in den Hauswirtschaftsraum zurück. Unsortiert stopfte Lucilla alles in die Waschmaschine, schloß die Klappe und setzte die Maschine in Gang. Vermutlich hätte ihre Mutter einen Schreikrampf bekommen, hätte sie das mit ansehen müssen – rote Socken mit weißen Hemden in derselben Maschinenladung –, aber sie war nicht da, um Einwände zu erheben, es war also unerheblich. Wasser strömte, die Trommel drehte sich, und Lucilla stand einfach da und sah durch das Bullauge voll Entzücken zu, als handele es sich um ein Fernsehprogramm, dem sie lange entgegengefiebert hatte.

Dann schob sie die übrige Schmutzwäsche mit dem Fuß beiseite, suchte ihren Bikini heraus und gesellte sich zu Jeff.

Sie schwamm lange. Bald darauf kletterte Jeff heraus und legte sich zum Trocknen in die Sonne. Nach zwei weiteren Längen sah sie, daß er nicht mehr da war. Vermutlich war er ins Haus gegangen. Auch sie stieg aus dem Schwimmbecken, wrang das Wasser aus ihrem langen dunklen Haar und kehrte ins Haus zurück. Jeff lag im Schlafzimmer auf einem der Betten. Es sah ganz so aus, als werde er einschlafen. Da sie das nicht wollte, rief sie seinen Namen, nahm Anlauf und sprang ihm mitten auf den Bauch.

«Jeff.»

«Ja.»

«Ich hab dir gesagt, daß sie schön ist.»

«Wer?»

«Pandora natürlich.» Darauf reagierte er nicht sofort. Er war schläfrig und hatte keine Lust, sich zu unterhalten. Er umschlang sie mit seinen Armen. Seine Haut roch nach Chlor und Schwimmbekken.

«Findest du sie nicht schön?»

«Doch. Sie ist unheimlich erotisch, richtig verlockend.»

«Meinst du?»

«Und für mich zu alt.»

«Sie sieht aber nicht alt *aus*.»

«Und ein bißchen zu dürr.»

«Magst du dürre Frauen nicht?»

«Nein. Nur solche mit dicken Titten und einem breiten Hintern.»

Lucilla, die den Körperbau ihres Vaters geerbt hatte, hochgewachsen, mager und fast ohne Busen war, stieß Jeff mit dem Fuß an. «Das *stimmt* doch gar nicht.»

Er lachte. «Was soll ich denn sonst sagen?»

«Das weißt du genau.»

Er zog ihr Gesicht an sich und gab ihr einen kräftigen Kuß. «Genügt das?»

«Du wirst dir den Bart wohl abnehmen müssen.»

«Wieso?»

«Weil sonst mein Gesicht aussieht, als hätte man es mit Schmirgelpapier bearbeitet.»

«Dann muß ich eben aufhören, dich zu küssen. Oder dich da küssen, wo man es nicht sieht.»

Sie schwiegen. Die Sonne sank allmählich, bald würde es ziemlich übergangslos dunkel werden. Lucilla dachte daran, wie sich in schottischen Sommern die Abenddämmerung bis Mitternacht hinzog. Sie fragte: «Glaubst du, die haben was miteinander? Meinst du, die beiden sind leidenschaftlich und hoffnungslos ineinander verknallt?»

«Wer?»

«Pandora und Carlos Macaya.»

«Woher soll ich das wissen?»

«Er sieht hinreißend aus.»

«Ja. Ein richtiger Lackaffe.»

«Ich fand ihn nett. Man kann sich gut mit ihm unterhalten.»

«Ich finde seinen Wagen toll.»

«Du kannst wirklich immer nur an dasselbe denken. Was glaubst du, was er von ihr wollte?»

«Ich versteh dich nicht.»

«Er hat doch gesagt: ‹Sag mir Bescheid, wenn du es dir anders überlegst›, und sie hat geantwortet: ‹Das werde ich bestimmt nicht›. Er muß sie also um was gebeten haben. Sicher will er was von ihr.»

«Nun, was auch immer es sein mag, sie schien es nicht besonders wichtig zu nehmen.»

Aber Lucilla gab sich damit nicht zufrieden. «Vermutlich war es was schrecklich Wichtiges. Ein Wendepunkt in ihrem und seinem Leben.»

«Da geht mal wieder deine Phantasie mit dir durch. Höchstwahrscheinlich wollte er sich mit ihr zum Tennis verabreden.»

«Ja.» Aber irgendwie teilte Lucilla diese Ansicht nicht. Sie seufzte, und aus dem Seufzen wurde ein Gähnen. «Möglich.»

Um halb neun waren sie bereit, Pandora gegenüberzutreten. So schlecht, fand Lucilla, sahen sie gar nicht aus. Beide hatten sich unter der Dusche von Kopf bis Fuß gesäubert und rochen angenehm nach dem Shampoo, das im Badezimmer stand. Jeff hatte sich mit einer Nagelschere den Bart ein wenig zurechtgestutzt, und Lucilla hatte das einzige saubere Hemd gebügelt und aus dem Berg Schmutzwäsche auf dem Fußboden des Hauswirtschaftsraums seine vorzeigbarsten Jeans herausgesucht.

Sie hatte ihr langes dunkles Haar gewaschen und trocken gebürstet und trug zu einer schwarzen Hose Pandoras Bluse. Die schwere Seide schmeichelte ihrer Haut, und die Paillettenstickerei wirkte, durch halbgeschlossene Augen im Spiegel betrachtet, nicht annähernd so extravagant, wie sie befürchtet hatte. Vielleicht hatte es mit dem ungewohnten Rahmen zu tun, vielleicht half die luxuriöse Umgebung dabei, solche Anflüge von Vulgarität zu überspielen.

Eine interessante Vorstellung, über die sie gern längere Zeit diskutiert hätte, aber dazu war jetzt keine Zeit.

«Komm schon», forderte Jeff sie auf. «Es wird Zeit. Ich brauch was zu trinken.»

Er ging hinaus, und sie folgte ihm, wobei Lucilla darauf achtete, daß alle Lichter im Gästehaus gelöscht waren. Sie war zwar ziemlich sicher, daß es Pandora nicht stören würde, wenn sie alle Lampen brennen ließen, aber die Sparsamkeit ihrer schottischen Mutter war ihr in Fleisch und Blut übergegangen. Das kam ihr sonderbar vor, weil spätere Zwänge der Erziehung von ihr abgelaufen waren wie Wasser vom Gefieder einer Ente.

Sie traten in einen dunklen blauen Abend, sternklar, weich und warm wie Samt. Der Park duftete betörend, Unterwasser-Scheinwerfer erhellten das Schwimmbecken, und Lampen tauchten den Weg in helles Licht. Lucilla hörte das unaufhörliche Zirpen der Grillen, aus Pandoras Haus drang Musik.

Rachmaninows zweites Klavierkonzert. Möglicherweise ein bißchen in Richtung Dudelmusik, aber für einen solchen mediterranen Abend gerade richtig. Pandora hatte die Kulisse vorbereitet und erwartete jetzt in einem Liegestuhl auf der Terrasse ihre Besucher.

«Da seid ihr ja!» rief sie, als die jungen Leute näher kamen. «Ich konnte es nicht erwarten und hab mit dem Champagner schon mal angefangen.»

Sie gingen die Stufen hinauf und traten in den hellen Lichtschein, der ihre Gastgeberin beleuchtete. Sie hatte sich umgezogen, trug etwas Schwarzes, Spinnennetzartiges, und an den bloßen Füßen goldglänzende Sandalen. Der Geruch nach *Poison* überlagerte die kräftigen Düfte, die aus dem Park herüberwehten.

«Ihr seht doch blendend aus! Ich versteh gar nicht, warum ihr euch so angestellt habt. Die Bluse steht dir himmlisch, Lucilla. Du mußt sie unbedingt behalten. Jetzt holt euch Sessel und setzt euch. Ach je, ich hab die Gläser vergessen. Lucilla, Liebling, holst du welche? Die kleine Bar ist gleich hinter der Tür, da findest du alles, was du brauchst. Im Kühlschrank steht noch eine Flasche Schampus, aber damit warten wir, bis wir die hier leer haben. So, Jeff, und Sie setzen sich jetzt *hier* hin, neben mich. Ich möchte alles hören, was Sie und Lucilla getrieben haben...»

Gehorsam trat Lucilla durch die breite, mit Vorhängen versehene Tür, um nach Gläsern zu suchen. Sie fand die Bar sofort, es war ein in die Wand eingelassener wandschrankähnlicher Raum, der alles enthielt, was man sich nur wünschen konnte. Sie nahm zwei Gläser vom Regal, kehrte aber nicht sofort auf die Terrasse zurück. Sie war zum erstenmal in Pandoras Haus, und dieser Raum hier war so riesig und eindrucksvoll, daß er sie einen Augenblick von ihrer Aufgabe ablenkte. Alles war in kühlem Beige gehalten, wurde hier und da von kleinen Farbtupfern erhellt. Himmelblaue und türkisfarbene Sofakissen, in einer quadratischen Glasvase eine ungeheure Menge korallenrosa Lilien. Mehrere raffiniert beleuchtete Nischen enthielten eine Sammlung von Meißner Figurinen und englischen Email-Arbeiten. Auf einem großen niedrigen Tisch mit einer Glasplatte stapelten sich Bücher und Zeitschriften, standen noch mehr Blumen, lag ein silbernes Zigarettenetui. Über dem mit weißblauen Kacheln ausgekleideten großen Kamin hing ein Blumengemälde mit Spiegelrahmen. Am anderen Ende des Raumes war der Eßtisch gedeckt. Auf seiner Glasplatte standen Kerzen, Kristall und weitere

Blumen. Lucilla erschien das alles eher wie ein Bühnenbild als wie ein Wohnraum für normale Menschen. Doch entdeckte sie auch Hinweise darauf, daß der Raum durchaus bewohnt wurde. Ein Taschenbuch lag aufgeschlagen auf einem Sofa; eine halbfertige Stickerei für einen Augenblick der Langeweile bereit. Außerdem standen Fotos herum. Archie und Isobel an ihrem Hochzeitstag. Lucillas Großeltern, ihre Hunde neben sich, vor der Fassade von Croy, ein in Tweed gekleidetes reizendes altes Paar.

Diese Erinnerungsstücke wirkten äußerst anrührend auf sie. Dergleichen hatte sie nicht erwartet. Vielleicht hatte sie Pandora solche Empfindungen nicht zugetraut. Jetzt stellte sie sich vor, wie Pandora all das durch ihr aufregendes Nomadenleben mitgeschleppt hatte, wie es sie durch all ihre kapriziösen Liebesgeschichten begleitet hatte. Mit diesen Mementos drückte sie ihren zahlreichen vorläufigen Aufenthaltsorten das Siegel ihrer Vergangenheit und ihres Wesens auf.

Bilder der Männer, die einen so bedeutenden Teil von Pandoras Leben beansprucht hatten, schien es nicht zu geben. Möglicherweise hatte sie die im Schlafzimmer.

Eine warme Brise blies durch die offenen Fenster, und aus einer nicht sichtbaren Musikanlage drang hinter einem goldenen Wandspalier Rachmaninow hervor. Von der Terrasse hörte sie das leise Murmeln einer angeregten Unterhaltung. Weder Pandora noch Jeff schienen ungeduldig zu sein.

Auf dem Kaminsims standen weitere Fotos, und Lucilla ging hin, um sie genauer anzusehen. Da war die frühere Lady Balmerino mit einer federgeschmückten runden Kopfbedeckung. Offenkundig eröffnete sie gerade irgendein Dorffest. Ein Schnappschuß zeigte Archie und Edmund als junge Männer in einem Boot am Rande von Loch Croy, Angelruten in der Hand und Fischkörbe neben sich. Schließlich ein Atelierfoto, das sie selbst in einem duftigen Kleid aus Liberty-Stoff mit ihrem Bruder Hamish als pummeligem Säugling auf den Knien zeigte. Bestimmt hatte ihr Vater das in einem seiner Briefe mitgeschickt, und Pandora hatte es in einem Silberrahmen auf den Ehrenplatz gestellt. Unter diesen Rahmen war eine Einladungskarte geklemmt. Lucilla wußte augenblicklich, worum es sich handelte.

An Pandora Blair

Mrs. Angus Steynton
lädt ein
für Katy

Wie hübsch, dachte sie zuerst. Dann aber sah sie das Ganze als lächerliche Verschwendung an. Eine Karte verschwendet, eine Briefmarke verschwendet. Es bestand nicht die geringste Aussicht, daß Pandora der Einladung Folge leisten würde. Seit sie Croy mit achtzehn Jahren verlassen hatte, war sie nie dorthin zurückgekehrt, allen Bitten gegenüber taub, zuerst denen der Eltern, dann denen des Bruders. Es war kaum damit zu rechnen, daß ausgerechnet Verena Steynton erreichen würde, was Pandoras eigenen Angehörigen so kläglich mißlungen war.

«Lucilla, was treibst du so lange?»

«Ich komme...»

Sie trat auf die Terrasse hinaus. «Tut mir leid. Ich konnte mich von dem wunderschönen Raum nicht losreißen. Und ich hab der Musik zugehört...»

«Ach, Liebes, magst du Rachmaninow auch so? Er gehört zu meinen Lieblingskomponisten. Das Stück ist zwar ein bißchen abgedroschen, aber es sieht ganz so aus, als ob ich mich vorwiegend für abgedroschene Dinge interessiere.»

«Mir geht es genauso», gestand Lucilla. «Von Arien wie *O stiller Mond* oder der Barkarole aus *Hoffmanns Erzählungen* krieg ich richtig weiche Knie. Und dann erst manche von den alten Beatles-Platten. Daheim auf Croy hab ich sie alle. Wenn es mir aber *richtig* dreckig geht, spiel ich mir ein Band mit Melodien von einem schottischen Volksmusik-Festival in Oban vor. Dann steigt meine Laune zusehends, wie Quecksilber in einem Thermometer. All die netten alten Männer und kleinen Jungen in Hemdsärmeln und Kilts spielen unaufhörlich Jigs und Reels, als wüßten sie nicht, wie man aufhört, und als hätten sie es auch gar nicht vor. Gewöhnlich tanz ich schließlich ganz allein rum und hüpf dabei wie blöd durchs Zimmer.»

Jeff sagte: «Das hab ich dich noch nie tun sehen.»

«Du mußt nur lange genug bei mir bleiben, dann kriegst du es auch mit. Aber ernsthaft, Pandora. Hier bei dir ist es märchenhaft schön. Und dein Gästehaus ist allererste Klasse.»

«Ach ja, es ist ganz nett, was? Es war eine günstige Gelegenheit, die Leute, denen das Ganze früher gehört hat, mußten nach England zurück. Ich war gerade auf der Suche nach einem Dach über dem Kopf und fand, das sah ganz danach aus, als hätte es auf mich gewartet. Jeff, Sie könnten schon mal den Champagner einschenken...»

«Und die Möbel? Gehören die auch alle dir?»

Pandora lachte. «Liebes, ich habe keine Möbel. Nur, was ich so auf meinen Reisen zusammengekauft habe und mit mir schleppe. Das meiste, was hier steht, hat zum Haus gehört, aber natürlich habe ich alles von Grund auf umgekrempelt. Die Sofas waren in einem abscheulichen Blau bezogen, und auf dem Fußboden lag ein Teppich mit Fransen. Das habe ich alles rausgeschmissen. Auch Seraphina habe ich mit dem Haus übernommen. Sie ist verheiratet, und ihr Mann kümmert sich um den Garten. Jetzt fehlt mir eigenlich nur noch ein kleiner Hund, aber Hunde leben hier auf Mallorca nicht lange, weil die meisten von Jugendlichen mit Luftgewehren abgeknallt werden, oder sie kriegen Zecken, werden gestohlen oder überfahren. Es lohnt sich also nicht richtig.» Alle Gläser waren jetzt randvoll. Pandora hob das ihre.

«Ich trink auf euch beide und auf die Freude, euch hier zu haben. Jeff hat mir über eure Reise durch Frankreich erzählt. Wirklich unglaublich, was ihr alles gesehen habt. Sogar Chartres, wie herrlich. Ich kann gar nicht genug hören, ihr müßt mir alles ganz genau erzählen. Aber zuallererst will ich alles von zu Hause wissen, wie es meinem lieben Archie, Isobel und Hamish geht. Der Junge muß ja inzwischen riesig sein. Und Isobel kümmert sich um all diese langweiligen amerikanischen Touristen. Ich erfahr das immer aus

Archies Briefen, wenn er nicht gerade über die letzte Moorschneehuhnjagd schreibt oder mir mitteilt, wie groß der letzte Lachs war, den er gefangen hat. Ein Wunder, daß er das mit seinem abscheulichen Bein alles tun kann. Sag mir, wie es dem armen Bein geht.»

«Besonders viel kann er eigentlich nicht tun», sagte Lucilla geradeheraus. «Er schreibt dir nur so muntere Briefe, weil er nicht will, daß du dich sorgst. Besser kann sein Bein nie wieder werden, denn er hat eine Prothese aus Blech. Punkt. Wir alle beten, daß es nicht schlimmer wird.»

«Der Arme. Diese IRA. Wie können sie nur so was tun.»

«Sie hatten es nicht speziell auf *ihn* abgesehen, Pandora. Die haben hinter der Grenze auf eine Gelegenheit gewartet, möglichst viele Briten in die Luft zu jagen, und einer von ihnen war zufällig Papa.»

«Wußte er, daß sie da waren, oder war es ein Hinterhalt?»

«Keine Ahnung. Ich frag ihn auch lieber gar nicht, denn er würde es mir ja doch nicht sagen. Darüber spricht er zu niemandem gern.»

«Ist das gut?»

«Kaum. Aber wir können nichts daran ändern.»

«Besonders viel hat er nie geredet. Ein so lieber Mann, aber schon als kleiner Junge hat er immer alles für sich behalten. Keiner von uns hatte eine Ahnung, daß er Isobel den Hof machte, und als er unserer Mutter sagte, sie würden heiraten, ist die vor Überraschung fast umgefallen, weil sie ihn schon mit einer ganz anderen Frau verheiratet sah. Aber sie hat sich damit abgefunden, wie immer und mit allem...» Sie leerte ihr Glas in einem Zug. «Jeff, ist noch was in der Flasche, oder müssen wir schon die nächste aufmachen?»

Es zeigte sich, daß die Flasche noch nicht ganz leer war, und so füllte Jeff Pandoras Glas erneut und goß auch Lucilla und sich selbst noch ein wenig nach. Lucilla begann sich allmählich nicht nur beschwingt, sondern auch beschwipst zu fühlen. Sie fragte sich, wieviel Pandora schon getrunken haben mochte, bevor sie und Jeff auf die Terrasse hinausgekommen waren. Vielleicht machte sie der Champagner so redselig.

«Sagt...» nahm Pandora den Faden wieder auf. «Was habt ihr beiden als nächstes vor?»

Jeff und Lucilla sahen einander an. Das Planen gehörte nicht zu ihren Stärken. Ihrer Ansicht nach bestand das halbe Vergnügen darin, die Dinge aus dem Augenblick heraus zu tun.

Jeff sagte: «Keinen Schimmer. Das einzige, was ich weiß, ist, daß ich Anfang Oktober nach Australien zurück muß. Ich hab für den Dritten einen Flug mit der Quantas gebucht.»

«Von wo?»

«Von London.»

«Dann müssen Sie also irgendwann nach England zurück?»

«So ist es.»

«Wird Lucilla Sie begleiten?»

Wieder sahen die beiden einander an. «Darüber haben wir noch nicht gesprochen», sagte Lucilla.

«Ihr seid also frei, frei wie ein Vogel, könnt tun und lassen, was ihr wollt. Die ganze Welt liegt euch zu Füßen.» Sie machte eine weit ausholende Handbewegung und verschüttete dabei ein wenig Champagner.

«Ja», stimmte Jeff zurückhaltend zu, «so ist es wohl.»

«Dann wollen wir Pläne machen. Lucilla, möchtest du gern mit mir Pläne machen?»

«Was für Pläne?»

«Als du dich vorhin in meinem Wohnzimmer umgesehen hast, wie du sagtest, ist dir da die große prachtvolle Einladungskarte auf meinem Kaminsims aufgefallen?»

«Die von Verena Steynton? Ja.»

«Hast du auch eine?»

«Ja. Papa hat sie mir nachgeschickt, und ich hab sie auf Ibiza bekommen.»

«Fährst du hin?»

«Ich... ich hab mir darüber eigentlich noch keine Gedanken gemacht.»

«Hättest du denn Lust?»

«Ich weiß nicht. Warum?»

«Weil...» Pandora stellte ihr Glas hin. «Ich glaube, ich möchte hin.»

Voll Verblüffung erwachte Lucilla aus ihrer seligen Benebelung; mit einem Schlag war sie nüchtern und sah Pandora mit weit aufgerissenen Augen ungläubig an. Diese erwiderte den Blick, wobei ihre grauen Augen mit den riesigen schwarzen Pupillen von einer seltsamen Erregung leuchteten, als genieße sie den Ausdruck des Zweifels, den sie auf Lucillas Gesicht hervorgerufen hatte.

«Du würdest hingehen?»

«Warum nicht?»

«Nach Schottland zurück?»

«Wohin sonst?»

«Zu Verena Steyntons *Fest*?» Lucilla schien darin keinen Sinn erkennen zu können.

«Das ist ein ebenso guter Grund wie jeder andere.»

«Aber du warst doch noch nie zu Hause. Papa hat dich so oft beschworen, und nie bist du gekommen. Das hat er mir selbst gesagt.»

«Irgendwann ist immer das erste Mal. Vielleicht ist jetzt der richtige Zeitpunkt.» Unvermittelt stand sie auf, tat ein paar Schritte und sah in den Park hinaus. Eine Weile blieb sie reglos stehen, so daß sie gegen das Licht wie ein Schattenriß wirkte. Ihr Kleid und ihr Haar bewegten sich leicht in der Brise. Dann wandte sie sich aufs neue ihren Gästen zu und lehnte sich gegen die steinerne Brüstung. Mit veränderter Stimme sagte sie: «Ich habe gerade in letzter Zeit soviel an Croy denken müssen. Ich träume nachts davon, werde wach, und dabei fallen mir Sachen ein, an die ich jahrelang nicht gedacht habe. Dann ist die Einladung gekommen. Wie deine, Lucilla, hat Archie sie mir von Croy aus nachgeschickt. Sie hat mir so viele Erinnerungen an den Spaß ins Gedächtnis gerufen, den wir früher bei den albernen Tanzveranstaltungen und Jagdbällen und Hausgesellschaften hatten. Die Berge haben von den Schüssen der Jäger widergehallt, und jeden Tag gab es eine gewaltige Abendeinladung. Wie meine arme Mutter mit alldem fertig wurde, ist mir ein völliges Rätsel.» Sie lächelte erst Lucilla und dann Jeff zu. «Und nun ruft ihr beiden aus Palma an, kommt wie aus heiterem Himmel hier hereingeschneit, und Lucilla sieht zu allem Überfluß genauso aus wie Archie. Lauter Vorzeichen. Glaubst du an Vorzeichen, Lucilla?»

«Ich weiß nicht.»

«Ich auch nicht. Aber ich bin sicher, daß wir Menschen, die Hochlandblut in den Adern haben, daran glauben sollten.» Sie ging zu ihrem Sessel zurück und setzte sich auf die Fußstütze, ihr Gesicht ganz nahe dem Lucillas. Hinter ihrer Schönheit konnte Lucilla die Jahre erkennen, die Pandoras Gesicht ihren Stempel aufgedrückt hatten. Die feinen Linien um Mund und Augen, die pergamentene Haut, die scharfe Kante des Kiefers. «Also laß uns planen. Wollt ihr das mit mir zusammen tun? Würde es euch was ausmachen, wenn ich euch darum bäte?»

Lucilla sah zu Jeff hinüber. Dieser schüttelte den Kopf. Sie sagte: «Nein.»

«Also los. Wir bleiben eine Woche hier, nur wir drei, und ihr sollt das Leben in vollen Zügen genießen. Dann nehmen wir meinen Wagen, setzen mit der Fähre aufs Festland über und fahren dann durch ganz Spanien und Frankreich. Wir werden uns Zeit lassen und die Fahrt genießen. Von Calais nehmen wir die Fähre nach England, und dann geht es heim, nach Schottland, zurück nach Croy. Lucilla, sag, ist das nicht ein wundervoller Einfall?»

«Auf jeden Fall kommt er völlig überraschend», brachte Lucilla heraus, und sofern Pandora in ihrer Stimme einen gewissen Mangel an Begeisterung entdeckte, ließ sie sich das nicht anmerken, sondern wandte sich, vom Flug ihrer Gedanken mitgerissen, Jeff zu: «Und wie gefällt Ihnen das? Oder halten Sie mich für verrückt?»

«Keineswegs.»

«Würde es Ihnen was ausmachen, mit uns nach Schottland zu kommen?»

«Sofern das Ihr und Lucillas Wunsch ist, würde ich mich mit Vergnügen anschließen.»

«Dann ist es also beschlossene Sache!» erklärte Pandora mit

triumphierender Stimme. «Wir bleiben alle bei Isobel und Archie auf Croy und gehen zu Steyntons Fest.»

«Aber Jeff ist nicht eingeladen», gab Lucilla zu bedenken.

«Das ist doch kein Problem.»

«Und er hat nichts anzuziehen.»

Pandora brach in Gelächter aus. «Schätzchen, du enttäuschst mich. Da halte ich dich für eine weltentrückte Künstlerin, und dabei kannst du an nichts anderes denken als an Kleidung! Ist dir nicht klar, daß die unwichtig ist? Nichts ist wichtig, außer daß wir zurückkehren, gemeinsam. Stell dir doch mal vor, wieviel Spaß wir da haben werden. Und jetzt müssen wir feiern!» Sie sprang auf die Füße. «Das ist der ideale Augenblick, um der zweiten Flasche Champagner den Hals zu brechen!»

SEPTEMBER

1. Kapitel

Donnerstag, der Achte

Isobel Balmerino saß an ihrer Nähmaschine und tat die letzten Stiche am letzten Namensetikett für das letzte der neuen Taschentücher, trennte den Faden durch, faltete das Tuch und legte es zum Stapel, der sich bereits auf dem Tisch neben ihr türmte. Damit war sie fertig. Jetzt blieben nur noch die Kleidungsstücke, in die sie die Stoffschildchen mit HAMISH BLAIR von Hand einnähen mußte... Rugby-Stutzen, ein Mantel und ein grauer Pullover mit rundem Halsausschnitt. Das konnte sie gelegentlich erledigen, wenn sie einmal gemütlich am Kamin saß.

So viele Etiketten hatte sie zum letztenmal vor vier Jahren einnähen müssen, als Hamish nach Templehall geschickt wurde. Da er aber diesmal während der Sommerferien so beunruhigend gewachsen war, hatte sie sich gezwungen gesehen, mit ihm nach Relkirk zu fahren und, die Kleiderliste des Internats in der Hand, von vorn anzufangen. Ihr war gleich klar gewesen, daß das ein schmerzlicher und kostspieliger Ausflug sein würde. Schmerzlich, weil Hamish zum einen die ihm bevorstehende Rückkehr ins Internat bei jeder Gelegenheit verdrängte und zum anderen äußerst ungern einkaufte. Er konnte neue Kleidungsstücke auf den Tod nicht ausstehen und wehrte sich mit Händen und Füßen dagegen, daß man ihm auch nur einen einzigen Tag seiner Ferienfreiheit stahl. Kostspielig war die Sache vor allem deshalb, weil man die Bestandteile der vorgeschriebenen Schuluniform nur im ersten Geschäft der Stadt bekam, das auch das teuerste war. Mantel, Pullover und Rugby-Stutzen waren schon schlimm genug, aber fünf Paar neue Lederschuhe von geradezu monströser Größe waren fast mehr, als man Isobel und ihrem Bankkonto zumuten konnte.

Um Hamish aufzumuntern, hatte sie ihm ein Eis gekauft, das er aber nur in sich hineingestopft hatte, und auf dem Rückweg nach Croy hatten sie einander mißgestimmt angeschwiegen. Zu Hause hatte er es seiner Mutter überlassen, die Schachteln und Pakete nach oben in sein Zimmer zu tragen, und sich mit seiner Forellenangel davongemacht, wobei sein Gesichtsausdruck keinen Zweifel daran ließ, daß man ihm großes Unrecht angetan habe. Sie hatte einfach alles unten in seinen Schrank geworfen, die Tür geschlossen und sich in der Küche mit einer Tasse Tee getröstet. Anschließend hatte sie sich darangemacht, das Abendessen zuzubereiten.

Die entsetzliche Gewißheit, ungeheure Ausgaben getätigt zu haben, die sie sich nicht leisten konnte, bedrückte sie, und der offen zur Schau getragene Undank ihres Sohnes machte die Dinge nicht besser. Beim Kartoffelschälen begrub sie den stillen Traum von einem neuen Kleid für das Fest bei den Steyntons – das alte marineblaue Taftkleid würde ein weiteres Mal herhalten müssen. Das Bewußtsein ihrer Märtyrerinnenrolle wurde ein wenig durch die Überlegung gemildert, sie könne dem Kleid mit etwas Weiß um den Hals herum einen gewissen Pfiff verleihen.

All das lag jetzt zwei Wochen zurück. Die bloße Tatsache, daß man inzwischen September schrieb, ließ alles in einem angenehmeren Licht erscheinen, und zwar aus einer ganzen Reihe von Gründen. Der wichtigste war, daß bis Mai des folgenden Jahres keine zahlenden Gäste mehr zu erwarten waren. Das Unternehmen Scottish Country Tours hatte seinen Betrieb für den Winter eingestellt, und die letzten Amerikaner waren mitsamt ihrem Gepäck, ihren Souvenirs und ihren Schottenmützen heimgekehrt. An die Stelle der Müdigkeit und Niedergeschlagenheit, die Isobel den ganzen Sommer nicht verlassen hatten, war ein neues Gefühl der Freiheit getreten und das Bewußtsein, daß sie und Archie Croy wieder für sich hatten.

Das aber war nicht alles. Da sie in Schottland geboren und aufgewachsen war, empfand sie alljährlich das Hochgefühl, das sich einstellte, sobald das letzte August-Kalenderblatt abgerissen war und man nicht mehr so zu tun brauchte, als sei Sommer. Zwar gab es in manchen Jahren einen Sommer wie in früheren Zeiten, wenn der Rasen vertrocknete und man von der Sonne vergoldete Abende damit zubrachte, die Rosen, Wicken wie auch die Reihen mit Kopfsalat im Gemüsebeet zu wässern. Doch nur allzu häufig waren Juni, Juli und August nichts anderes als eine lange, nasse Geduldsprobe voller Enttäuschungen und Bedrückung. Grauer Himmel, kalte Winde und endloser Regen waren dazu angetan, die Begeisterung eines Heiligen zu ersticken. Am schlimmsten waren die dunklen und trüben Tage, an denen man sich schließlich voll Verzweiflung ins Haus zurückzog und im Kamin ein Feuer entzündete. Gewöhnlich hellte sich der Himmel daraufhin sogleich auf, und die tief über dem triefnassen Garten stehende Sonne schien – leider viel zu spät, als daß es irgend jemandem etwas nützen konnte.

Dieser Sommer war besonders enttäuschend gewesen, und es wurde Isobel im Rückblick klar, daß die Wochen der dunklen Wolken großen Anteil an ihrer Niedergeschlagenheit und körperlichen Erschöpfung gehabt hatten. Der erste Frost war ihr geradezu willkommen, konnte sie doch ihre kühlen Baumwollröcke und -blusen mit einer gewissen Befriedigung beiseite hängen und sich erneut wie gewohnt in Tweed und Shetlandpullover kleiden.

Doch selbst nach wunderschönen Sommern war der September in Relkirkshire etwas Besonderes. Der erste leichte Frost reinigte die Luft, so daß die Farben der Landschaft kräftiger und satter wirkten. Das tiefe Blau des Himmels spiegelte sich im Fluß wie in den Bergseen, und nachdem die Ernte eingebracht war, leuchteten die Stoppelfelder. Glockenblumen wuchsen an Wegrändern, und die duftende Heide, jetzt in voller Blüte, ließ die Berge lila schimmern.

Vor allem aber war der September gleichbedeutend mit Lebensfreude. Er war eine eigene Jahreszeit, in der sich die gesellschaftlichen Ereignisse jagten, bevor die Dunkelheit des Winters alles einhüllte, der mit seinem unausstehlichen Wetter und den schneeverwehten Straßen abgelegene Ortschaften von der Außenwelt abschloß und jegliche Art von Kontakt unmöglich machte. Im September traf man mit Menschen zusammen, besuchten Freunde einander; es war eine Zeit, in der das Leben in Relkirkshire besonders lebenswert war.

Im allgemeinen waren gegen Ende Juli die letzten Touristen heimgekehrt, die wie eine Heerschar alljährlich über Schottland hereinbrachen. Abgelöst wurden sie im August von der zweiten Besucherwelle aus dem Süden: denen, die Schottland alljährlich zur Jagd und den mit ihr verbundenen gesellschaftlichen Freuden aufsuchten. Jagdhütten, die den größten Teil des Jahres hindurch leerstanden, wurden wieder geöffnet, nachdem ihre Eigentümer in mit Angelruten, Gewehren, Kindern, Halbwüchsigen, Freunden, Verwandten und Hunden bis obenhin beladenen Geländefahrzeugen über die Autobahn angereist waren.

Auch in vielen Haushalten nahm die Zahl der Personen zu. Junge Familien, die südwärts nach London gezogen waren, weil sie nur dort ihren Lebensunterhalt verdienen konnten, kehrten während ihres Urlaubs heim. Alle Schlafzimmer waren belegt, die wenigen Badezimmer wurden über die Grenzen ihrer Kapazität hinaus genutzt, Dachböden für ganze Scharen von Enkeln zu Notunterkünften umfunktioniert und in den Küchen täglich zahlreiche Mahlzeiten in ungeheuren Mengen zubereitet.

All das bedeutete der Monat September. Alles gewann Leben. Das Bahnhofshotel von Relkirk war ohne seine gewöhnliche trübe Glanzlosigkeit zu einem anheimelnden und von Leben wimmelnden Treffpunkt alter Freunde geworden, den Gasthof *Strathcroy Arms* hatte die Gruppe von Geschäftsleuten mit Beschlag belegt, von der Archie hohe Beträge dafür bekam, daß er sie auf seinem Ödland Moorschneehühner jagen ließ. Alle Gespräche drehten sich um die Jagd.

Auf dem Kaminsims in der Bibliothek von Croy standen Einladungskarten zu jeder Art von Geselligkeit. Isobels Beitrag zum allgemeinen Frohsinn war eine Mittagsgesellschaft, die sie alljährlich vor den Hochlandspielen von Strathcroy in Gestalt eines großen Büfetts ausrichtete. Archie führte als Vorsitzender dieser Spiele, die Mütze seines Regiments auf dem Kopf und einen bloßen Degen in der Hand, die Parade der Dorfgrößen an, die taktvoll den Schritt verlangsamten, um sich seinem unsicheren Gang anzupassen. Er nahm seine Verantwortung bei dieser bedeutenden Feierlichkeit sehr ernst und verteilte abends Preise, nicht nur an die Dudelsackspieler und die Teilnehmer an den Hochlandtänzen, sondern auch für den schönsten aus handgesponnener Wolle gestrickten Pullover, den leichtesten Biskuitkuchen und das beste Glas hausgemachter Erdbeermarmelade.

Isobel hatte ihre Nähmaschine in der alten Wäschekammer, in erster Linie weil das praktisch, aber auch weil dieser Raum ihr liebstes Refugium war. Er war nicht groß, aber geräumig, und in seine Fenster mit den weißen Baumwollvorhängen, die nach Westen gingen und von denen aus man über den Krocketrasen die Straße sah, die hinauf zum Loch Croy führte, fiel an hellen Tagen stets Sonnenlicht. Den Boden bedeckte braunes Linoleum, und entlang der Wände zogen sich große weißlackierte Schränke, in denen die gesamte Tisch- und Bettwäsche sowie die Handtücher des Haushaltes aufbewahrt wurden. Der massive Tisch, auf dem die Nähmaschine stand, eignete sich auch zum Zuschneiden, und das Bügelbrett stand samt Bügeleisen jederzeit zum Gebrauch bereit. Ständig hing in diesem Raum ein angenehmer, an die Kindheit erinnernder Geruch nach frischer Wäsche, zwischen die Isobel Lavendelsäckchen schob.

So war es nicht weiter verwunderlich, daß Isobel, nachdem sie die Namensetiketten eingenäht hatte, noch eine Weile sitzen blieb. Ihr Blick fiel durch das offene Fenster über die Baumwipfel hinweg auf die sanft gerundeten Kuppen der Vorberge. Alles lag in Sonnenschein gebadet. Im selben Lufthauch, der die Vorhänge leise im

Winde wehen ließ, schwankten die Zweige der silbrigen Birken, die am anderen Ende der Rasenfläche standen. Ein Blatt löste sich und fiel allmählich zu Boden, wie ein winziger Kinderdrachen.

Es war halb drei, Isobel war allein. Im Haus war alles still, doch vom Bauernhof herüber schallte fernes Hämmern, und einer der Hunde bellte. Endlich einmal hatte sie Zeit für sich, nichts mußte dringend erledigt werden, niemand verlangte nach ihrer Fürsorge. Kaum konnte sie sich erinnern, wann das zum letztenmal der Fall gewesen war, und ihre Gedanken glitten in die Kindheit und Jugendzeit zurück, zu den trägen ziellosen Freuden jener Tage.

Eine Bodendiele knarrte. Irgendwo wurde eine Tür zugeschlagen. Croy. Ein altes Haus mit seinem eigenen Herzschlag. Ihr Zuhause. Sie mußte an den Tag vor mehr als zwanzig Jahren denken, an dem Archie sie zum erstenmal mit hergebracht hatte. Man hatte ein kleines Tennisturnier arrangiert, und im Eßzimmer gab es den Nachmittagstee. Die neunzehnjährige Isobel, Tochter eines Anwalts aus Angus, weder auffallend schön noch selbstsicher und schon hoffnungslos in Archie verliebt, hatte sich von der Größe und Pracht des Hauses ebenso überwältigt gezeigt wie von der imponierenden Weltläufigkeit der Bekannten Archies, die einander in- und auswendig zu kennen schienen. Sie konnte sich nicht vorstellen, was Archie dazu gebracht haben mochte, sie mit einzuladen. Sie gewann den Eindruck, daß seine Mutter, Lady Balmerino, ebenso verblüfft war wie sie selbst, obwohl sie wirklich freundlich zu ihr gewesen war. Sie hatte nicht nur dafür gesorgt, daß Isobel am Teetisch neben ihr saß, sondern sich auch darum gekümmert, daß sie bei den Gesprächen nicht ausgespart wurde.

Noch eine andere junge Frau war dagewesen, blond und langbeinig. Sie schien Archie bereits mit Beschlag belegt zu haben und machte das allen Anwesenden nachdrücklich klar, indem sie ihn neckte und seine Aufmerksamkeit über den Tisch hinweg auf sich lenkte, so, als teilten sie eine Million privater Geheimnisse miteinander. Archie, erklärte sie allen, gehöre ihr, und kein anderer Mensch dürfe ihn für sich beanspruchen.

Doch schließlich hatte Archie seine eigene Wahl getroffen und

Isobel geheiratet. Nachdem sie ihre Verblüffung erst einmal überwunden hatten, waren seine Eltern davon aufrichtig entzückt und hießen Isobel im Kreis der Familie willkommen, nicht als Archies Gattin, sondern als eine weitere Tochter. Das Glück war ihr hold gewesen. Angenehm, lebensfroh, gastfreundlich, von weltlichen Dingen unabhängig und liebenswürdig, wurden die Eltern Balmerino von allen bewundert, und Isobel bildete dabei keine Ausnahme.

Der Hund bellte erneut. Ein weiteres Blatt fiel zu Boden. Es kam ihr vor, als sei die Zeit zurück in die Vergangenheit geglitten, als handele es sich um einen Nachmittag, der längst vorüber war, und auf Croy sei alles wie einst. Niemand war fortgegangen. Niemand war gestorben. Die beiden lieben alten Leute lebten noch, Archies Mutter schnitt draußen verblühte Rosen ab und plauderte dabei mit einem Gärtner, der den staubigen Kies harkte. Archies Vater machte in der Bibliothek verstohlen ein Nickerchen, das seidene Taschentuch übers Gesicht gebreitet. Isobel mußte nur hinübergehen und würde ihn dort finden. Sie stellte sich vor, das zu tun, ging in Gedanken die Treppe hinab, durch die Eingangshalle und stand vor der offenen Haustür. Sie sah Lady Balmerino mit ihrem Strohhut aus dem Park kommen, den Korb voller bereits verblaßter Rosenblüten. Sobald sie den Blick hob und Isobel sah, würde sie ratlos die Stirn runzeln, denn die jetzt in der Lebensmitte stehende Isobel würde ihr so wenig vertraut sein wie ein Gespenst...

«Isobel!»

Die durchdringende Stimme störte sie aus ihrem Tagtraum auf. Es war Isobel bewußt, daß sie schon zuvor gerufen hatte, mehr als einmal, aber sie hatte nicht darauf geachtet. Wer wollte etwas von ihr? Zögernd kehrte sie in die Wirklichkeit zurück und stand auf. Vielleicht waren fünf Minuten alles, was man ihr an Zeit für sich allein zugestand. Sie verließ die Wäschekammer und ging an den Kinderzimmern vorbei zum Treppenabsatz. Dort beugte sie sich über das Geländer und sah unter sich Verena Steynton mitten in der Eingangshalle stehen.

«Isobel!»

«Hier bin ich.»

Verena hob den Kopf und sah nach oben. «Ich dachte schon, es wäre niemand da.»

«Nur ich.» Isobel traf Anstalten, nach unten zu gehen. «Archie ist mit Hamish und den Hunden zum Cricket-Spiel bei den Buchanan-Wrights gegangen.»

«Hast du zu tun?» Verena sah in keiner Weise aus, als sei sie beschäftigt, und war wie üblich genau richtig und dem Anlaß entsprechend gekleidet. Bestimmt kam sie gerade vom Friseur.

«Ich habe Namensschilder für die Schule in Hamishs Sachen genäht.» Instinktiv fuhr Isobel mit der Hand zu ihrer Frisur, als könne diese beiläufige Geste etwas daran verbessern. «Jetzt bin ich aber fertig.»

«Hättest du einen Augenblick Zeit für mich?»

«Natürlich.»

«Ich hab dir unheimlich viel zu erzählen und möchte dich um zwei Gefallen bitten. Eigentlich wollte ich anrufen, aber ich war den ganzen Tag in Relkirk und hab mir auf dem Heimweg überlegt, es wäre doch viel einfacher und netter, kurz vorbeizuschauen.»

«Möchtest du etwas Tee?»

«Vielleicht später. Es hat keine Eile.»

«Komm, wir machen es uns ein bißchen gemütlich.» Isobel führte ihre Besucherin in den Salon, nicht etwa, um sie zu beeindrucken, sondern weil der Raum im Sonnenlicht lag, während es zu dieser Tageszeit in der Bibliothek und der Küche meist düster war. Die Fenster standen offen, es war angenehm kühl, und ein großer Wickenstrauß, den Isobel am Vormittag gepflückt und in eine alte Suppenterrine gestellt hatte, erfüllte den Raum mit seinem Duft.

«Himmlisch.» Verena ließ sich in eine Sofaecke sinken und streckte ihre langen Beine mit den eleganten Schuhen an den Füßen von sich. «Was für ein Tag für das Cricket-Spiel. Im vorigen Jahr hat es in Strömen geregnet, und sie mußten mitten am Nachmittag aufhören, weil der Platz überflutet war. Sind das eure eigenen Wikken? Was für herrliche Farben! Meine waren dies Jahr nicht besonders. Weißt du übrigens, daß ich Relkirk an einem warmen Nachmittag unausstehlich finde? Auf den Bürgersteigen haben dicke junge Frauen in Jeans in Dreierreihen ihre Kinderwagen spazierengeschoben, und alle Kinder schienen zu brüllen.»

«Ich kenne das Gefühl. Wie geht es bei euch?»

Isobel war sicher, daß Verena über das geplante Fest reden wollte, und ihre Vermutung erwies sich als richtig.

«Ach je...» Verena wurde einen Augenblick lang richtig dramatisch, stöhnte, als habe sie Schmerzen, und schloß die Augen. «Ich fange an, mich zu fragen, wie ich *je* auf den Gedanken kommen konnte, dieses Fest für Katy zu veranstalten. Weißt du, daß die Hälfte der Eingeladenen noch nicht geantwortet hat? Die Leute sind so gedankenlos. Wahrscheinlich lassen sie ihre Karte einfach auf dem Kaminsims zusammenschnurren, bis sie an Altersschwäche eingeht. Wie soll man da ein Fest organisieren und für jeden eine Unterkunft finden?»

«Ich würde mir an deiner Stelle keine Sorgen machen», versuchte Isobel sie zu beruhigen. «Soll sich doch jeder selbst darum kümmern.»

«Aber das wäre das totale Chaos.»

Zwar war es Isobel klar, daß das keinesfalls stimmte, aber Verena war nun einmal eine Perfektionistin. «Möglich. Es muß schrecklich sein.» Fast hatte sie Angst zu fragen, fügte aber hinzu: «Hat Lucilla denn schon geantwortet?»

«Nein», gab Verena zur Antwort.

«Sie ist auf Reisen und hat sie vielleicht noch gar nicht bekommen. Wir haben seit Paris nichts mehr von ihr gehört. Sie hat uns eine Adresse auf Ibiza angegeben, und dahin haben wir ihr die Karte nachgeschickt. Allerdings kam sie uns nicht besonders genau vor. Von Ibiza aus wollte sie unter Umständen Pandora besuchen.»

«Die hat auch noch nicht reagiert.»

«Das würde mich auch wundern. Das tut sie nie.»

«Alexa Aird hat zugesagt. Sie bringt ihren jungen Mann mit. Hast du davon gewußt?»

«Vi hat es mir gesagt.»

«Erstaunlich. Ich bin richtig gespannt auf ihn.»

«Virginia sagt, daß er gut aussieht.»

«Ich kann es gar nicht erwarten, ihn zu sehen.»

«Wann kommt eure Katy?»

«Irgendwann nächste Woche. Sie hat gestern abend angerufen. Damit komme ich zu einem der Gefallen, um die ich dich bitten wollte. Habt ihr das Haus voll, wenn wir das Fest geben?»

«Nicht, daß ich wüßte. Hamish muß wieder ins Internat, und was mit Lucilla sein wird, steht in den Sternen...»

«Könntest du in dem Fall mir zuliebe einen einzelnen Mann unterbringen? Er ist Amerikaner, ich glaube, Rechtsanwalt. Katy hat mir gestern abend erzählt, daß sie ihn bei irgendeiner Abendgesellschaft kennengelernt hat, und sie findet ihn nett. Seine Frau ist kürzlich gestorben. Er wollte ausspannen und ist nach Schottland gekommen, weil er in Südschottland Bekannte hat. Katy meint, es wäre nett, wenn wir ihm eine Einladung schickten. Wir können ihn bei uns nicht unterbringen, weil Corriehill schon voll mit Katys Bekannten ist, und Toddy Buchanan hat im Gasthof auch kein Zimmer mehr frei. Würde es dir was ausmachen, ihn zu beherbergen? Ich weiß zwar nichts über ihn, außer, was ich dir gesagt hab, aber wenn Katy ihn mag, wird er nicht so *entsetzlich* sein.»

«Selbstverständlich kann er zu uns kommen.»

«Und ihr bringt ihn dann zum Fest mit rüber? Das ist wirklich lieb von dir. Ich ruf Katy gleich heute abend an, damit sie ihm sagt, daß er sich bei dir meldet.»

«Wie heißt er überhaupt?»

«Warte... Plucker. Oder nein... Tucker. Ja. Conrad Tucker. Warum müssen Amerikaner eigentlich immer so eigentümliche Namen haben?»

Isobel lachte. «Wahrscheinlich finden die den Namen Balmerino auch ziemlich sonderbar. Was hast du sonst noch auf dem Herzen?»

«Eigentlich nichts. Wir haben Toddy Buchanan dazu gebracht, daß er die Speisen aus der Küche der *Strathcroy Arms* liefert, die Bar betreut und für ein ordentliches Frühstück sorgt. Aus irgendeinem Grund haben die jungen Leute aus Katys Generation gegen vier Uhr morgens immer entsetzlichen Hunger. Und der gute Tom Drystone kümmert sich um die Kapelle.»

«Nun ja, ohne unseren pfeifenden Briefträger auf dem Podium wäre es ja auch kein richtiger Tanzabend. Habt ihr auch eine Disco?»

«Ja. Ein junger Mann aus Relkirk organisiert die. Er kümmert sich um alles Nötige: Verstärker, diese blitzenden Lichtdinger und so weiter. Ich mal mir jetzt schon aus, was für einen gräßlichen Radau das machen wird. Außerdem hängen wir die ganze Auffahrt entlang Lichterketten auf. Ich meine, es sieht festlich aus, und wenn es ein schrecklich dunkler Abend ist, finden die Leute ihren Weg besser.»

«Es wird bestimmt großartig aussehen. Du hast für alles gesorgt.»

«Nur nicht für Blumen. Das ist der andere Gefallen, um den ich dich bitten wollte. Würdest du mir bei der Blumendekoration helfen? Katy wird dasein, und ich hab auch schon ein oder zwei andere Leute verdonnert, aber niemand hat bei Blumen eine so geschickte Hand wie du. Ich wäre dir unendlich dankbar, wenn du uns helfen könntest.»

Isobel fühlte sich geschmeichelt, daß Verena sie um Hilfe bat. Es war eine angenehme Vorstellung, daß es etwas gab, was sie besser konnte als Verena.

«Die Sache ist die», fuhr diese fort, bevor Isobel den Mund auftun konnte, «ich weiß noch nicht, wie ich das Festzelt herrichten soll. Im Haus ist der Blumenschmuck nicht so schwierig, aber in dem gigantischen Zelt würden gewöhnliche Blumenarrangements einfach lächerlich winzig aussehen. Was meinst du? Du hast doch immer so glänzende Ideen.»

Isobel suchte vergeblich nach einem Geistesblitz. «Hortensien?»

«Die sind bis dahin verblüht.»

«Leih dir doch ein paar Kübelpalmen.»

«Ich finde, das sieht zu trübselig aus – wie der Ballsaal in einem Provinzhotel.»

«Nun, warum nicht was Ländliches, das zur Jahreszeit paßt?

Gerstengarben und Vogelbeerzweige. Die roten Beeren und hübschen Blätter würden sich doch herrlich machen. Das Buchenlaub ist bis dahin schon bunt, wir könnten Zweige davon in Glyzerin tauchen und um die Zeltpfosten winden. Das sähe aus wie ein Herbstwald…»

«Großartig. Wirklich ein zauberhafter Einfall. Das machen wir dann alles am Tag vorher, also am Donnerstag. Würdest du es dir notieren?»

«Da veranstaltet Vi zwar ihr Geburtstagspicknick, aber ich muß wohl nicht unbedingt mit.»

«Du bist ein Engel. Du nimmst mir wirklich eine Last von der Seele.» Verena streckte sich lustvoll, unterdrückte ein Gähnen und verfiel in Schweigen.

Die Kaminuhr tickte vernehmlich, und Stille breitete sich aus. Das Gähnen war ansteckend. Es war ein Fehler, sich mitten am Nachmittag hinzusetzen, man glaubte, nie wieder hochzukommen. Ein Sommernachmittag, an dem nichts anderes zu tun war. Wieder ließ sich Isobel in die Illusion der Zeitlosigkeit zurücktreiben, aus der Verenas Ankunft sie gerissen hatte. Erneut dachte sie an die vorige Lady Balmerino, die einen Roman lesend oder friedlich an ihrem Wandbehang stickend stets an dem Platz gesessen hatte, wo jetzt sie und Verena saßen. Alles war wie einst. Vielleicht würde es gleich leise an der Tür klopfen und der Butler Harris würde den Mahagoni-Servierwagen hereinschieben, auf dem außer der silbernen Teekanne und dem Eierschalenporzellan ein Kännchen Sahne, Erdbeermarmelade, Zitronenkuchen und dunkle klebrige Ingwerplätzchen standen, während auf einem verdeckten Teller Biskuittörtchen frisch aus dem Backofen lagen.

Mit silberhellem Klang schlug die Uhr vier. Das Traumbild zerrann. Auch Harris war längst davongegangen und würde nie wiederkehren. Isobel gähnte erneut. Dann erhob sie sich, nicht ohne Anstrengung. «Ich setz den Kessel auf», sagte sie zu ihrer Besucherin, «und mach uns Tee.»

2. Kapitel

Freitag, der Neunte

«... in dem Jahr hat meine Kusine Flora ihr Kind gekriegt. Haben Sie eigentlich ihre Eltern gekannt? Onkel Hector, der Bruder meines Vaters, natürlich viel jünger als er, war mit einem Mädchen aus Rum verheiratet, einem unruhigen Geschöpf. Er war Polizist, als sie sich kennenlernten. Sie hatte keine Zähne mehr, als sie kaum dreißig war. Meine Oma, von Geburt an Mitglied der schottischen Freikirche, war entsetzt, als sie hörte, daß sie katholisch war. Sie wollte keine Weihrauchschwinger in der Familie. Ich hab der Kleinen ein Morgenmäntelchen gestrickt, rosa Seide mit einem Farnmuster, und Flora hat es mit den Bettlaken in die Kochwäsche getan. Es hat mir fast das Herz gebrochen...»

Violet gab sich keine Mühe, weiter zuzuhören, zumal das gar nicht nötig zu sein schien. Man brauchte nur zu nicken oder jedesmal «Ach ja» zu sagen, wenn Lottie Luft holte, und schon ging es weiter, in irgendeine andere, nicht recht durchschaubare Richtung.

«... hab Dienst genommen, wie ich vierzehn war, drüben in einem großen Haus in der Grafschaft Fife. Ich hab Rotz und Wasser geheult, aber meine Mutter hat gesagt, ich müßte gehen. Ich war Küchenmädchen, und die Köchin war ein richtiges Rabenaas. Mein ganzes Leben lang war ich nie wieder so müde wie damals. Jeden Morgen um fünf aus den Federn, und geschlafen hab ich auf dem Dachboden bei 'nem Elch...»

Das ließ Violet aufmerken. «Ein *Elch*, Lottie?»

«Ja, ich glaube. Es war so 'n ausgestopfter Kopf an der Wand. Für 'nen Hirsch war er zu groß. Mr. Gilfillan war als Missionar in Afrika gewesen. Man sollte nicht glauben, daß ein Missionar hergeht und Elche abknallt, was? Zu Weihnachten gab es gebratene Gans, aber ich hab nur 'n Stück kalten Hammel gekriegt. Die waren geizig bis dorthinaus und haben keinem auch nur das Schwarze unterm Fingernagel geschenkt. Auf dem Dachboden war's feucht, meine Kleider haben vor Nässe getropft, und ich hab mir 'ne Lungenentzündung geholt. Wie der Arzt kommen mußte, hat mich Mrs. Gilfillan nach Hause geschickt. Ich war nie so froh, nach Hause zu kommen. Da hatte ich 'nen Kater. Er hieß Tammy Puss. War der fix! Kaum hatte man die Tür zur Speisekammer aufgemacht, schon hatte er den Kopf in der Sahne. Einmal haben wir in der Sahne 'ne tote Maus gefunden. Und Ginger hatte viele kleine Kätzchen. Sie war halb wild und hat meiner Mutter die Haut von den Händen gekratzt. Die konnte es nie gut mit Tieren. Den Hund von meinem Vater hat sie so was von gehaßt...»

Die beiden älteren Frauen saßen auf einer Bank im Stadtpark von Relkirk. Vor ihnen strömte der Fluß dahin; er führte Hochwasser und war torfbraun. Am gegenüberliegenden Ufer erhoben sich behäbige viktorianische Häuser inmitten von Parks, deren große Rasenflächen sich bis zum Wasser erstreckten. Hier und da waren kleine Boote festgemacht.

«... Schlaganfall, hat der Arzt gemeint, und da hat meine Mutter Angst gekriegt. Ich wollte mich eigentlich als Flakhelferin melden, wo doch Krieg war und alles, aber dann wär kein Mensch bei ihr geblieben. Mein Vater hat immer im Freien gearbeitet, hat herrliche Rüben gezüchtet, aber im Haus hat er sich nur hingesetzt, die Stiefel ausgezogen, und das war's... Ich hab nie wieder im Leben 'nen Mann gesehen, der so viel verdrücken konnte. Geredet hat er nicht viel, an manchen Tagen kein einziges Wort gesagt. Er hat Karnickel in Fallen gefangen. Bei uns gab es oft Kaninchenbraten. Natürlich war das vor der Mixamy-Toast-Seuche. Heutzutage sind die ja richtig unappetitlich...»

Violet, die Henry versprochen hatte, Edie einen Nachmittag lang von Lottie zu befreien, hatte lange ein schlechtes Gewissen gehabt und sich schließlich entschlossen, die Sache hinter sich zu bringen. Also hatte sie Lottie eingeladen, mit ihr in Relkirk einkaufen zu gehen und dann irgendwo ganz fein Tee zu trinken. Sie hatte sie in Edies Häuschen abgeholt und war mit ihr in die Stadt gefahren. Lottie hatte sich richtig stadtfein gemacht und trug zu einem beigefarbenen Plastik-Regenmantel und einem Hut, der aussah wie ein nicht ganz rund geratenes Bauernbrot, ihre wackligen Stöckelschuhe. Von der Schulter hing ihr eine monströse Handtasche. Von dem Augenblick an, da sie in Violets Auto gestiegen war, hatte sie keine Sekunde lang den Mund gehalten, hatte im Kaufhaus ebenso weitergeredet wie in der Schlange vor der Gemüsetheke, hatte geredet, während sie die belebten Straßen nach einem Kurzwarengeschäft absuchte.

«Ich glaube nicht, daß es dergleichen heute noch gibt, Lottie...»

«Aber natürlich, 'n ganz kleines, in der Straße hier... oder ist es die nächste? Meine Mutter hat da immer ihre Strickwolle gekauft.»

Violet ließ sich im Kreis herumführen, obwohl sie fest davon überzeugt war, daß sie den Laden nie finden würden, ihre Füße schmerzten immer mehr, und es wurde immer heißer. Als Lottie die Kurzwarenhandlung schließlich gefunden hatte, wußte Violet nicht, ob sie ärgerlich oder erleichtert war. Es war ein sehr alter und verstaubter Laden, in dem sich Schachteln mit Häkelnadeln, verblaßter Stickseide und veralteten Strickmustern türmten. Die Frau hinter der Theke sah aus, als sei sie gerade einem Pflegeheim für Greise entsprungen, und brauchte eine volle Viertelstunde, bis sie gefunden hatte, was Lottie suchte, nämlich einen Meter kochfesten Schlüpfergummi. Schließlich kramte sie das Gewünschte aus einer Schublade mit lauter verschiedenen Knöpfen hervor und steckte es mit zitternden Händen in eine Tüte. Lottie bezahlte und triumphierte, als sie den Laden verließen: «Hab ich doch gleich gesagt», teilte sie Violet mit krähender Stimme mit. «Sie haben mir wohl nicht geglaubt, was?»

Da sie ihre Einkäufe erledigt hatten und es für den Tee noch zu früh war, hatte Violet einen Spaziergang im Stadtpark vorgeschlagen. Sie hatten alles zum Wagen gebracht und waren dann über den breiten Grasstreifen gegangen, der zum Fluß hinabführte. Bei der ersten Bank hatte Violet entschlossen haltgemacht.

«Wir wollen uns ein bißchen ausruhen», hatte sie zu Lottie gesagt, und so saßen sie jetzt nebeneinander. Lottie hatte noch längst nicht alles gesagt, was sie zu sagen hatte.

«In dem Krankenhaus da drüben war ich. Das Relkirk Royal. Sie können es durch die Bäume gerade so eben sehen. Es war da ziemlich nett, aber mit den Schwestern konnte ich überhaupt nicht. Der Arzt war soweit ganz in Ordnung, frisch von der Uni. Ich glaub nicht, daß er von irgendwas 'ne Ahnung hatte, auch wenn er immer so tat. Die haben da genauso 'nen wunderschönen Park wie beim Krematorium. Ich wollte Mutter einäschern lassen, aber der Pfarrer hat gesagt, sie läge lieber neben meinem Vater auf dem Kirchhof von Tullochard. Ich kann mir allerdings nicht vorstellen, wieso er meinte, er wüßte mehr als ich.»

«Vermutlich hat Ihre Mutter es ihm gesagt.»

«Ich glaub eher, daß das auf seinem Mist gewachsen ist. Er hat sich schon immer gern in die Angelegenheiten von anderen Leuten eingemischt.»

Violet sah über den Fluß hinüber zum psychiatrischen Krankenhaus von Relkirk, dem Relkirk Royal, das mit seinen roten Ziegeltürmchen und Giebeln hoch auf dem Hügel durch die belaubten Bäume kaum sichtbar war. Sie sagte: «Die Klinik liegt wirklich sehr schön.»

«Typisch Ärzte. Die können jeden Preis zahlen.»

Beiläufig fragte Violet: «Wie heißt denn eigentlich der junge Arzt, der sich um Sie gekümmert hat?»

«Dr. Martin. Es gibt da noch 'nen anderen, Dr. Faulkner. Der hat sich aber nie bei mir gezeigt. Dr. Martin hat mir geraten, daß ich zu Edie zieh. Ich wollte 'n Taxi, aber dann haben die den Krankenwagen geschickt.»

«Edie ist sehr warmherzig.»

«*Sie* hatte ja auch ein schönes Leben. Manche Leute haben dauernd Glück. Das Leben in einem Dorf ist was ganz anderes, als da oben auf dem Hügel zu hausen.»

«Vielleicht können Sie das Haus Ihrer Eltern verkaufen und selbst in ein Dorf ziehen?»

Doch Lottie achtete nicht auf diesen vernünftigen Vorschlag und ließ ihren Redestrom unaufhaltsam weiterfließen, als habe Violet nie etwas gesagt. Sie gewann den Eindruck, als sei Lottie raffinierter, als man auf den ersten Blick annahm. «Ich mach mir solche Sorgen, weil sie so dick ist. Die kippt bestimmt eines Morgens mit 'nem Herzanfall aus den Pantoffeln. Ist ja auch kein Wunder, wo sie das ganze Fett mit sich rumschleppt. Und immer saust sie aus dem Haus – zu Ihnen, zu Virginia, gönnt sich keinen Augenblick Ruhe, um sich zu unterhalten oder sich was im Fernsehen anzusehen. Sie sollte wirklich auch mal an sich selber denken. Sie hat mir gesagt, daß Alexa zu der Gesellschaft bei Mrs. Steynton kommt und 'nen Freund mitbringt. Ist das nicht goldig? Aber da muß man aufpassen. Die Männer sind alle gleich und nehmen, was sie kriegen können...»

«Wie meinen Sie das, Lottie?» fragte Violet in scharfem Ton.

Lottie sah sie mit ihren dunklen Augen offen an. «Nun, Alexa ist ja nicht arm. Die alte Lady Cheriton hatte genug. Ich les Zeitung und weiß alles über *die* Familie. Wo es Geld zu holen gibt, interessiert sich ein Mann schnell für ein junges Mädchen.»

Violet merkte, wie ohnmächtige Wut sie angesichts von Lotties Unverschämtheit überkam. Sie schien aus ihren Fußsohlen aufzusteigen und ließ ihre Wangen rot aufflammen. Sie konnte aber nichts Rechtes dagegen vorbringen, denn schließlich sprach Lottie nur das aus, was alle Angehörigen Alexas insgeheim befürchteten.

Sie sagte: «Alexa ist eine sehr hübsche und sehr reizende junge Frau. Daß sie außerdem finanziell unabhängig ist, hat mit den Freunden, die sie sich aussucht, ganz und gar nichts zu tun.»

Doch ob nun Lottie den Verweis überhörte oder ihn nicht verstand, sie warf leise lachend den Kopf in den Nacken. «Da wär ich nicht so sicher. Noch dazu einer aus London. Diese Aufsteiger da haben doch nichts als Geld im Kopf», fügte sie in einem Ton hinzu, als sei ‹Aufsteiger› ein schmutziges Wort.

«Lottie, ich glaube nicht, daß Sie wissen, wovon Sie reden.»

«Diese Mädchen sind alle gleich, das war schon immer so. Kaum sehen die 'nen gutaussehenden Mann, hängen sie sich schon an ihn wie 'ne läufige Hündin.» Mit einemmal zitterte sie, als habe die Erregung, die von dem bloßen Gedanken ausging, alle Nervenenden ihres Körpers erreicht. Mit einer Hand umschloß sie Violets Handgelenk. «Und noch was. Ich seh Henry ja dauernd. Ist der nicht zu klein? Er kommt zu Edie, sagt keinen Ton und sieht mich manchmal ganz sonderbar an. Er ist nicht wie andere kleine Jungen. Ich an Ihrer Stelle würde mir da Sorgen machen...»

Mit ihren auffallend kräftigen knochigen Fingern umklammerte sie Violets Handgelenk wie mit einem Schraubstock. Violet empfand einen Augenblick lang angewidert Panik und hatte instinktiv den Wunsch, die Finger zu lösen, aufzustehen und davonzulaufen. Gerade in dem Augenblick kam eine junge Frau mit einem Kinderwagen vorüber, und Violets gesunder Menschenverstand gewann wieder die Oberhand. Panik und Wut verblaßten. Schließlich verlieh hier nur die arme Lottie Carstairs, die nicht besonders viel vom Leben gehabt hatte, ihren traurigen sexuellen Frustrationen Ausdruck und ließ ihrer Phantasie freien Lauf. Wenn Edie es fertigbrachte, mit ihr unter einem Dach zu leben, konnte Violet sie gewiß einen Nachmittag lang ertragen.

Lächelnd sagte sie daher: «Es ist lieb von Ihnen, sich Gedanken zu machen, Lottie, aber Henry ist ein ganz normaler kleiner Junge und kerngesund. Jetzt aber ist es...» Unruhig rutschte sie auf der Bank umher, sah auf die Uhr und spürte, wie Lotties Finger ihre Umklammerung allmählich lösten. Ohne Eile griff sie nach ihrer Handtasche. «... wohl allmählich Zeit, daß wir uns irgendwo nett zum Tee hinsetzen. Ich hab mit einemmal ziemlich großen Hunger. Am liebsten würde ich Fisch und Chips essen. Wie steht es mit Ihnen?»

3. Kapitel

So wie sich Isobel, von den täglichen Aufgaben ihres geschäftigen Lebens ermattet, gelegentlich in die Wäschekammer zurückzog, fand Archie Trost in seiner Werkstatt im Kellergeschoß. Man erreichte sie durch einen mit Steinplatten belegten Gang, vorbei an Kellerräumen, die trübe Deckenlampen erleuchteten. Einer der Räume enthielt einen uralten Heizkessel, ein übelriechendes Ungeheuer, so groß, daß man meinen konnte, er sei imstande, einen Ozeandampfer anzutreiben. Er verlangte beständige und regelmäßige Aufmerksamkeit und verschlang ungeheure Mengen Koks. Außer einem oder zwei anderen Räumen, die zur Aufbewahrung nicht regelmäßig benutzten Porzellans und nicht benötigter Möbelstücke dienten, gab es noch den Weinkeller, dessen Bestände allerdings stark dezimiert waren, sowie den Kohlen- und Holzkeller. In allen Ecken und Winkeln hingen Spinnweben, und Jahr für Jahr drangen ganze Familien von Feldmäusen ein.

Da die Werkstatt gleich neben dem Heizraum lag, war es dort stets angenehm warm. Es sah darin aus wie in einem Gefängnis, denn ihre großen Fenster waren vergittert. Sie gingen nach Süden und Westen, und so fiel nachmittags ziemlich viel Licht ein. Archies Vater hatte mit seinen geschickten Händen den ganzen Raum selbst eingerichtet, schwere Werkbänke mit Schraubstöcken und Spannvorrichtungen aufgestellt und an den Wänden Werkzeugregale angebracht. Mit großer Freude hatte der alte Herr nicht nur beschädigtes Spielzeug seiner Kinder repariert und in Ordnung gebracht, was im Haus zu Bruch ging, sondern auch die Fliegen für seine Lachsangeln zusammengebastelt.

Nach seinem Tod hatte die Werkstatt einige Jahre unbenutzt gestanden, so daß alles verkam und voll Staub lag. Doch als Archie nach seinen acht Monaten im Krankenhaus nach Croy zurückgekehrt war, hatte er sich mühselig die Steintreppen hinuntergeschleppt, war den hallenden Gang entlanggehumpelt und hatte den Raum in Besitz genommen. Gleich beim Betreten der Werkstatt war ihm ein zerbrochener Sessel mit zu beiden Seiten ausladender holzumrandeter und ledergepolsterter Lehne aufgefallen, der wohl unter dem Gewicht eines außergewöhnlich korpulenten Menschen zusammengebrochen war. Irgend jemand hatte ihn hergebracht, und der alte Lord Balmerino hatte mit der Reparatur begonnen, war aber damit nicht fertig geworden. Nach seinem Tod war er dort unten in Vergessenheit geraten.

Archie hatte das Sitzmöbel eine ganze Weile gedankenverloren betrachtet und dann nach Isobel gerufen. Sie war gekommen, hatte ihm beim Ausfegen sowie bei der Beseitigung von Spinnweben, Mäusekot und Unmengen alter Sägespäne geholfen. Umherhuschende Spinnen wurden davongejagt, Töpfe mit hartgewordenem Leim, Berge vergilbter Zeitungen, uralte Lackdosen fortgeworfen. Isobel hatte die Fenster geputzt und frische Luft hereingelassen, nachdem es ihr unter Aufbietung aller Kräfte gelungen war, sie zu öffnen.

Inzwischen hatte Archie das Werkzeug gesäubert, eingefettet und wieder ordentlich an seinen angestammten Platz geräumt, all die guten alten Meißel und Hämmer, Sägen und Hobel. Anschließend hatte er sich hingesetzt und aufgeschrieben, was er brauchte, und Isobel war mit der Liste nach Relkirk gefahren und hatte das Gewünschte eingekauft.

Erst dann konnte Archie darangehen, die von seinem Vater begonnene Arbeit zu beenden.

Jetzt saß er an seiner Werkbank und tat, während das Licht der Sonne schräg durch das Kellerfenster fiel, die letzten Pinselstriche zum Einlassen der Schnitzarbeit, an der er mit Unterbrechungen seit einem oder zwei Monaten arbeitete. Sie war etwa fünfundzwanzig Zentimeter hoch und zeigte eine auf einem Felsen sitzende junge Frau in Pullover und Schottenrock, deren Haar vom Wind zerzaust war und an deren Knie sich ein kleiner Jack-Russell-Terrier drängte: Katy Steynton mit ihrem Hund. Die Vorzeichnung dazu hatte Archie nach einem im Vorjahr im Ödland aufgenommenen Foto der Tochter hergestellt, das ihm Verena gegeben hatte. Sobald der Einlaßgrund trocken war, würde er die Figur lackieren und dabei die gedämpften Farben auf der Fotografie so gut wie möglich nachahmen. Es sollte sein Geschenk zu Katys einundzwanzigstem Geburtstag werden.

Soweit fertig. Er legte den Pinsel hin und streckte sich behaglich. Dann begutachtete er sein Werk über den Rand seiner Lesebrille mit den halbmondförmigen Gläsern. Es war das erste Mal, daß er sich an eine sitzende Figur gewagt hatte, noch dazu eine weibliche, und er war mit dem Ergebnis außerordentlich zufrieden. Mädchen und Hund bildeten, wie er fand, eine bezaubernde Komposition. Er freute sich schon darauf, die Figur am nächsten Tag zu lackieren – die letzten Handgriffe.

Oben klingelte kaum hörbar das Telefon. Schon seit Monaten hatte er mit Isobel darüber gesprochen, daß es sinnvoll sein könnte, auch im Keller eine Glocke anzubringen, damit er Anrufe rechtzeitig mitbekam, wenn er, wie jetzt, allein im Hause war. Bisher aber war nichts geschehen. Wie lange mochte es wohl schon klingeln? Ob er noch Zeit hatte, nach oben zu gehen und abzunehmen, bevor der Anrufer auflegte? Er konnte das Läuten auch ignorieren. Es klingelte weiter. Vielleicht war es wichtig. Er schob den Stuhl zurück und machte sich auf den beschwerlichen Weg. Das nächste Telefon stand in der Küche, und es läutete immer noch, als Archie an die Anrichte trat und sich meldete.

«Ja?»

«Papa!»

«Lucilla!» Sein Herz tat vor Freude einen Sprung. Er zog sich einen Stuhl herbei.

«Wo hast du bloß gesteckt? Ich hab es stundenlang klingeln lassen!»

«Unten in der Werkstatt.» Er setzte sich und entlastete sein schmerzendes Bein.

«Das tut mir leid. Ist Mama nicht da?»

«Nein. Sie ist mit Hamish beim Brombeerpflücken. Von wo rufst du eigentlich an, Kind?»

«Aus *London*. Aber du errätst nie im Leben, wo ich gerade bin.»

«Dann sag es besser gleich.»

«Im *Ritz*!»

«Was zum Teufel hast du da verloren?»

«Wir haben hier Zimmer für die Nacht genommen. Morgen früh geht es nach Schottland weiter, und am Abend sind wir zu Hause.»

Archie nahm die Brille ab. Er spürte, wie ihm ein entzücktes Lächeln über das Gesicht lief. «Wer ist ‹wir›?»

«Jeff Howland, ich und – rate mal – *Pandora.*»

«Pandora?»

«Dachte ich mir doch, daß dich das überraschen würde...»

«Aber was tut sie bei euch?»

«Sie will nach Hause. Sie sagt zwar, es ist wegen dem Fest bei den Steyntons, aber ich glaube, in Wirklichkeit will sie Croy und euch alle wiedersehen.»

«Ist sie jetzt bei dir?»

«Nein. Sie hat sich ein bißchen hingelegt. Ich ruf aus meinem Zimmer an. Nur Jeff ist da. Ich hab dir und Mama so viel zu erzählen, aber das tu ich jetzt nicht, weil alles so kompliziert ist...»

Doch Archie war nicht bereit, sich damit abspeisen zu lassen. «Seit wann seid ihr in London?»

«Seit heute vormittag, kurz vor dem Mittagessen. Wir sind mit Pandoras Wagen durch ganz Spanien und Frankreich gefahren. Es war herrlich. Ich fand ja, wir könnten gleich von der Fähre nach Schottland weiterfahren, aber Pandora hat uns hier einquartiert, weil sie erst ein bißchen zu Atem kommen wollte. Mach dir über die

Rechnung keine Sorgen. Pandora hat seit Palma die ganze Reise bezahlt, Benzin, Hotels – einfach alles. Sie hat darauf bestanden.»

«Wie...» Seine Stimme versagte. Es war albern und unmännlich, seine Gefühle so offen zu zeigen. Er unternahm einen neuen Anlauf. «Wie geht es ihr?»

«Blendend. Sie ist sehr schön. Wir haben viel Spaß mit ihr. Ach, Papa, das gefällt dir doch sicher, daß ich sie mit nach Hause bring, was? Wird es Mama auch nicht zuviel? Pandora hat nichts von einer Hausfrau an sich, und ich kann mir gut vorstellen, daß sie keinen Finger krumm machen wird, um im Haushalt zu helfen. Aber sie brennt darauf, euch beide wiederzusehen. Das ist doch sicher in Ordnung, oder nicht?»

«Mehr als das, mein Liebling. Es ist ein Wunder.»

«Und vergiß nicht, Jeff kommt auch mit.»

«Wir freuen uns, ihn kennenzulernen.»

«Dann also bis morgen.»

«Wann?»

«Vielleicht gegen fünf. Aber macht euch keine Sorgen, wenn es ein bißchen später wird.»

«Bestimmt nicht, mein Schatz.»

«Ich kann es gar nicht abwarten.»

«Ich auch nicht. Fahrt vorsichtig.»

«Natürlich.» Sie schickte ihm ein Küßchen und legte auf.

Noch eine ganze Weile saß Archie auf dem Küchenstuhl und hielt den summenden Hörer in der Hand. Lucilla und Pandora würden heimkommen.

Er legte auf. Jetzt hörte er nur das bedächtige Ticken der alten Küchenuhr. Einige Augenblicke lang blieb er sitzen, wo er war, dann stand er auf und ging durch den Korridor ins Arbeitszimmer. Er öffnete eine Schreibtischschublade und nahm einen Schlüssel heraus, mit dem er eine weitere kleine Schublade aufschloß. Ihr entnahm er einen im Lauf der Jahre vergilbten Luftpostumschlag, der einen Poststempel aus dem Jahre 1967 trug. Pandora hatte ihn in ihrer großen unreifen Handschrift an ihn adressiert, ins Hauptquartier der Queen's Loyal Highlanders in Berlin, wo er seinerzeit stationiert gewesen war. Er nahm den Briefbogen nicht heraus, brauchte ihn nicht zu lesen, denn er kannte seinen Inhalt auswendig. Er hätte ihn ebensogut zerreißen oder ins Feuer werfen können, hatte es aber nie über sich gebracht.

Pandora würde nach Croy zurückkehren.

Aus der Ferne näherte sich ein Auto. Es schien von der Hauptstraße den Hügel heraufzukommen. Das Geräusch, das immer lauter wurde, war unverkennbar: Isobels Kleinbus. Er legte den Umschlag in die Schublade zurück, verschloß sie, tat den Schlüssel an seinen alten Platz und ging zur Küche.

Isobel hatte hinter dem Haus im Hof geparkt. Als Archie die Tür zur Küche öffnete, kamen Frau und Sohn bereits triumphierend und unter ihrer Last gebeugt herein. Beide trugen je zwei große Körbe, randvoll mit dunklen Früchten. Sie sahen nach einem Nachmittag im Brombeergebüsch ziemlich mitgenommen aus, eher wie Landstreicher, zerkratzt und verdreckt. Der Anblick seines Sohnes, dessen an den Ellbogen durchgestoßener Pullover sich über den breiten Schultern spannte, erfüllte Archie immer wieder mit Verblüffung und Stolz. Hamish war in diesen Sommerferien in die Höhe geschossen wie ein junger Baum, wuchs täglich zusehends weiter und war mit seinen zwölf Jahren bereits ebenso groß wie seine Mutter. Jetzt hing ihm das Hemd hinten aus der Hose, lila Saftflecken bedeckten Hände und Gesicht, vor allem um seinen Mund herum. Sein weizenblonder Schopf bedurfte dringend eines Haarschnitts.

«Hallo, Papa.» Stöhnend wuchtete er seine Körbe auf den Küchentisch. «Ich hab entsetzlichen Hunger.»

«Als ob das was Neues wäre.»

Auch Isobel setzte ihre Last ab. Sie trug ihre ausgebeulte Kordsamthose und ein Hemd, das Archie vor langer Zeit abgelegt hatte. «Das ist ganz und gar unmöglich. Du hast doch den ganzen Nachmittag Brombeeren gegessen.»

«Die halten nicht vor.»

Archie bewunderte die eingebrachte Ernte. «Da habt ihr euch aber Mühe gegeben.»

«Bestimmt sind das fast fünfzehn Kilo. So viel habe ich noch nie auf einem Haufen gesehen.» Hamish war schon unterwegs zur Anrichte, in der die Blechdosen mit den Kuchen standen. Er öffnete klappernd einen Deckel und griff nach einem Messer. «Wir waren drüben auf der anderen Seite des Flusses, wo Mr. Gladstone seine Rübenäcker hat», erläuterte Isobel. «Die Hecken um die Wiesen und Felder da hängen voller Beeren.» Sie zog sich einen Stuhl heran und setzte sich. «Ich gäb jetzt sonstwas für eine Tasse Tee.»

Archie sagte: «Ich hab Neuigkeiten für dich.»

Rasch sah sie auf. Stets befürchtete sie das Schlimmste. «Gute?»

«Erstklassige», sagte er.

«Wann hat sie angerufen? Was hat sie gesagt? Warum hat sie vorher keinen Mucks von sich gegeben?» All das stieß Isobel so erregt hervor, daß Archie keine Zeit blieb, auch nur eine ihrer Fragen zu beantworten. «Warum haben sie uns nicht von Palma oder wenigstens aus Frankreich angerufen, damit wir uns darauf einstellen konnten? Natürlich brauche ich keine Zeit, um was vorzubereiten. Wichtig ist einzig und allein, daß sie kommen. Denk nur, sie sind im *Ritz* abgestiegen. Ich glaub nicht, daß Lucilla in ihrem Leben schon mal in einem Hotel war. Pandora ist einfach kindisch. Sie hätten doch ohne weiteres irgendwohin gehen können, wo es nicht ganz so protzig ist...»

«Wahrscheinlich kennt Pandora diese Art von Unterkunft nicht.»

«Und sie bleiben tatsächlich bis zum Fest? So, so, das Kind bringt den Schafzüchter mit. Meinst du, sie hat Pandora überredet mitzukommen? Eigentlich unvorstellbar, daß nach all den Jahren ausgerechnet *Lucilla* sie dazu gebracht haben sollte. Ich muß alle Gästezimmer in Ordnung bringen. Wir werden ziemlich viele sein, denn wir haben jetzt ja auch noch Katys amerikanischen Bekannten im Haus. Als nächstes muß ich mir überlegen, was ich auf den Tisch bringen soll. Ich glaube, wir haben noch ein paar Fasanen in der Tiefkühltruhe...»

Sie saßen um den Tisch und tranken Tee. Während seine Eltern miteinander redeten, hatte Hamish drei Henkelbecher, die Blechdosen mit den Keksen und Kuchen sowie auf einem hölzernen Schneidbrett ein Brot auf den Tisch gestellt, dazu Butter und ein Glas mit süß eingelegten Zwiebeln. Für die hatte er seit neuestem eine Leidenschaft entwickelt und aß sie zu allem und jedem. Er war jetzt damit beschäftigt, sich ein belegtes Brot zu machen, wobei die dunkle Soße zwischen den beiden unmäßig dicken Brotscheiben hervortropfte.

«... hat sie auch was über Pandora gesagt?»

«Nicht viel. Es klang so, als ob sie ihr Leben genießt.»

«Ach, wäre ich doch dagewesen, um mit ihr zu reden.»

«Das kannst du ja morgen tun.»

«Hast du schon jemandem gesagt, daß sie kommen?»

«Nein. Nur dir.»

«Ich muß unbedingt Verena anrufen und ihr sagen, daß sie mit drei weiteren Gästen für ihr Fest rechnen darf. Außerdem muß Virginia es wissen, und Vi.»

Archie griff nach der Teekanne und füllte seinen Becher erneut.

«Ich hab schon überlegt, ob wir nicht die Airds für Sonntag zum Mittagessen einladen könnten. Was meinst du? Schließlich wissen wir nicht, wie lange Pandora bleibt, und in der nächsten Woche wird bestimmt alles drunter und drüber gehen. Da wär doch Sonntag kein schlechter Tag.»

«Grandioser Gedanke. Ich ruf Virginia an und bestell beim Metzger gleich ein Rinderfilet.»

Hamish schmatzte genüßlich bei der bloßen Vorstellung und griff nach der nächsten Scheibe Honigkuchen.

«... wenn schönes Wetter ist, können wir Krocket spielen. Das haben wir den ganzen Sommer noch nicht getan. Dafür wirst du aber mähen müssen, Archie.» Sie ging ganz in ihren Plänen auf. «Als nächstes muß ich jetzt mein Brombeergelee machen und dann alle Gästezimmer herrichten. Aber den Anruf bei Virginia darf ich auf keinen Fall vergessen...»

«Das erledige ich schon», sagte Archie, «darum kümmere ich mich.»

Aber Isobel, die inzwischen den großen Einkochkessel mit Brombeeren aufgesetzt hatte, wäre geplatzt, wenn sie die aufregende Neuigkeit niemandem hätte mitteilen können, und so nahm sie sich die Zeit, Violet anzurufen. Da sie nicht dazusein schien, legte Isobel wieder auf und versuchte es eine halbe Stunde später noch einmal.

«Hallo.»

«Vi, ich bin's, Isobel.»

«Ach je...»

«Haben Sie zu tun?»

«Nein, ich hab mich grade hingesetzt und gönn mir einen kräftigen Schluck.»

«Nanu, es ist doch erst halb fünf. Sind Sie etwa dem Alkohol verfallen?»

«Kurzzeitig. Ich hab den anstrengendsten Tag meines Lebens hinter mir. Ich war mit Lottie Carstairs in Relkirk. Wir sind erst nach dem Tee zurückgekommen. Jetzt hab ich meine gute Tat für diese Woche hinter mir und finde, daß ich dafür einen großen Whisky mit Soda verdient hab.»

«Wenn nicht *zwei*. Ich kann es Ihnen nachfühlen. Hier ist was schrecklich Aufregendes passiert, Vi. Lucilla hat aus London angerufen. Denken Sie sich nur – sie kommt morgen nach Hause und bringt Pandora mit.»

«Hab ich richtig gehört?»

«Ja. Pandora kommt. Archie ist vor Freude ganz überdreht. Man denke, da gibt er sich seit zwanzig Jahren die größte Mühe, das flatterhafte Geschöpf nach Croy zurückzulocken, und jetzt kommt sie tatsächlich.»

«Unfaßbar.»

«Da haben Sie recht. Wollen Sie nicht am Sonntagmittag zum Essen zu uns kommen? Da treffen Sie dann alle auf einen Schlag. Wir laden die ganze Familie Aird ein, da könnten Virginia und Edmund Sie doch mitbringen.»

«Nichts lieber als das. Aber... Isobel, wieso kommt Pandora mit einemmal?»

«Das wüßte ich selbst gern. Lucilla hat was vom Fest bei den

Steyntons gesagt, aber das scheint mir doch als Grund ein bißchen an den Haaren herbeigezogen.»

«Wie seltsam. Ich ... ich frage mich ... wie sie wohl aussehen mag, nach all den Jahren?»

«Keine Ahnung. Vermutlich umwerfend. Allerdings ist sie inzwischen fast vierzig, da wird sie wohl auch ein paar Fältchen haben. Wir werden es ja bald sehen. Ich muß wieder an den Herd zurück, Vi. Ich mach Brombeergelee, und der Kessel kocht gleich über. Bis Sonntag dann.»

«Wirklich lieb von Ihnen. Auch Lucilla möchte ich unbedingt wiedersehen ...»

«Bis dann, Vi.» Sie legte auf.

Pandora also.

Nachdenklich legte Violet den Hörer hin. Sie nahm die Brille ab und rieb sich die schmerzenden Augen. Sie war müde, und Isobels mit so unverhohlener Begeisterung vorgetragene Neuigkeit belastete sie zusätzlich. Es kam ihr ganz so vor, als werde von ihr Unmögliches verlangt, als seien weitreichende Entscheidungen zu treffen. Sie lehnte sich im Sessel zurück und schloß die Augen. Wäre doch Edie da, ihre alte, teure Freundin, damit sie mit ihr die unerhörte Neuigkeit besprechen und sich von ihr trösten lassen könnte. Die aber saß in ihrem Häuschen, hatte Lottie am Hals, und nicht einmal ein Anruf kam in Frage, denn Lottie würde jedes Wort mitbekommen und ihre eigenen gefährlichen Schlüsse daraus ziehen.

Ja, Pandora mußte inzwischen neununddreißig sein. Da sie aber achtzehn Jahre alt gewesen war, als Violet sie zum letztenmal gesehen hatte, stellte sie sich Pandora stets als das bezaubernde junge Mädchen vor, das sie gewesen war – wie bei einer Verstorbenen. Tote altern nicht. Sie bleiben in unserer Erinnerung, wie sie waren. Archie und Edmund standen im mittleren Lebensalter, nicht aber Pandora.

Eigentlich lächerlich. Das Alter verändert alle Menschen gleichermaßen. Es ist ein Prozeß, bei dem es etwa so zugeht wie bei den langen Laufbändern, die auf Flughäfen die Menschenmassen von einer Halle zur anderen transportieren. Pandora war neununddreißig Jahre alt und hatte, sofern man dem glauben durfte, was man so hörte, ein alles andere als stilles und friedliches Leben hinter sich. Es würde auch ihr seinen Stempel aufgedrückt, Linien in ihrem Gesicht hinterlassen, Falten hervorgerufen, den leuchtenden Schimmer ihres wundervollen Haars stumpf gemacht haben.

Aber vorstellbar war das fast nicht. Seufzend öffnete Violet die Augen und griff nach ihrem Glas. Sie mußte sich zusammennehmen. Die Schlüsse, die sich aus der Situation ziehen ließen, hatten nichts mit ihr zu tun. Sie würde keine Entscheidung treffen, da es keine zu treffen gab, sondern auch weiterhin einfach tun, was sie stets getan hatte: zusehen, sich nicht einmischen und niemandem Ratschläge erteilen.

Edmund Aird kehrte an jenem Abend um sieben Uhr von Edinburgh nach Balnaid zurück und trat gerade in dem Augenblick zur Haustür herein, als das Telefon zu klingeln begann. Einen Augenblick lang wartete er in der Eingangshalle, als es aber weiter klingelte, ging er in die Bibliothek, setzte sich an den Schreibtisch und nahm ab. «Edmund Aird.»

«Hallo Edmund. Hier ist Archie.»

«Was gibt es?»

«Isobel fände es schön, wenn du am Sonntag mit Virginia und Henry zum Mittagessen kommen könntest. Wir haben auch Vi eingeladen. Paßt euch das?»

«Wirklich freundlich von Isobel. Ich glaube schon... kleinen Augenblick.» Er suchte in seiner Tasche nach dem Kalender, legte ihn auf das Löschblatt vor sich und blätterte. «Bei mir geht das problemlos. Aber ich komm gerade erst zur Haustür rein und hab noch nicht mit Virginia gesprochen. Soll ich gleich mal nachsehen, ob sie da ist, und sie fragen?»

«Ach, das hat keine Eile. Ihr könnt ja anrufen, falls es bei euch nicht klappen sollte. Andernfalls erwarten wir euch gegen Viertel vor eins.»

«Ich freu mich schon.» Edmund zögerte. «Gibt es eigentlich einen besonderen Anlaß, oder ist das nur so?» Archie sagte: «Nein.» Dann fügte er hinzu: «Ja. Ich meine, es gibt einen besonderen Anlaß. Lucilla kommt morgen nach Hause....»

«Das ist ja großartig.»

«... und bringt 'nen Australier mit.»

«Ihren Schafzüchter?»

«Genau. Und Pandora.»

Entschlossen klappte Edmund seinen Taschenkalender zu, ein Weihnachtsgeschenk von Virginia. Er war in marineblaues Leder gebunden und trug in einer Ecke seine goldgeprägten Initialen.

«Pandora?»

«Ja. Lucilla war mit dem Schafzüchter bei ihr auf Mallorca, und dann sind sie zu dritt mit Pandoras Auto durch Spanien und Frankreich gefahren und seit heute morgen in London.» Archie ließ eine Pause eintreten, als warte er auf irgendeinen Kommentar von Edmund. Da dieser nichts sagte, fuhr Archie nach einer Weile fort: «Ich hatte ihr eine Einladung von Verena Steynton geschickt, und vielleicht hat sie gedacht, daß es doch nett sein müßte, zu diesem Fest nach Hause zu kommen.»

«Ein ebenso guter Grund wie jeder andere.»

«Ja.» Wieder eine Pause. «Also dann bis Sonntag, Edmund?»

«Wir freuen uns. Danke für den Anruf.»

Edmund legte auf. Die Bibliothek um ihn herum, das ganze Haus war still. Vielleicht war Virginia mit Henry außer Haus. Das Gefühl der Einsamkeit nahm zu, wurde geradezu bedrückend. Er merkte, wie er aufmerksam lauschte. Gern hätte er jetzt eine erhobene Stimme gehört, das Klappern von Geschirr, das Bellen eines Hundes. Nichts. Dann kam durch das offene Fenster der langgezogene Ruf eines Brachvogels herein, der über die Felder hinter dem Garten flog. Eine Wolke schob sich vor die Sonne, und die kühle Luft bewegte sich. Er steckte den Kalender wieder ein, fuhr sich über das Haar und glättete seine Krawatte. Er brauchte etwas zu trinken. Er verließ die Bibliothek und machte sich auf die Suche nach seiner Frau und seinem Sohn.

4. Kapitel

Samstag, der Zehnte

So feudal wie heute bin ich noch nie nach Hause gekommen», sagte Lucilla.

«Sondern?» fragte Jeff, der seit London durchgehend am Steuer saß.

«Vom Internat aus mit dem Zug, und als ich in Edinburgh gewohnt habe, mit einem klapprigen Kleinwagen. Einmal bin ich von London aus geflogen, da war Papa noch Soldat, und das Militär kam für meinen Flug auf.»

Es war Samstag nachmittag, halb drei. Sie hatten nur noch dreißig Kilometer vor sich. Relkirk lag bereits hinter ihnen, und die vertraute gewundene Straße führte heimwärts nach Strathcroy, ständig vom Fluß begleitet. Vor ihnen erhoben sich die Berge. Die Luft war klar, der Himmel wölbte sich unermeßlich, und die frische Brise, die durch die Fenster hereinkam, stieg zu Kopf wie junger Wein.

Es war nicht zu fassen, welches Glück sie mit dem Wetter hatten. Bei ihrer Abfahrt in London hatte es geregnet, um Birmingham und Manchester herum hatte es gegossen, doch kaum lag die Grenze nach Schottland hinter ihnen, als die Wolken ostwärts geglitten waren, so daß die Heimat sie mit einem blauen Himmel willkommen hieß, unter dem sich das Laub der Bäume zu verfärben begann. Lucilla genoß das, als habe sie bei der wunderbaren Verwandlung selbst Regie geführt. Wohlweislich unterdrückte sie jeden Hinweis auf ihr Glück oder die hinreißende Landschaft. Sie kannte Jeff gut genug, um zu wissen, daß er keinen Gefühlsüberschwang schätzte und sogar peinlich berührt gewesen wäre.

Sie waren um zehn Uhr in London aufgebrochen. Vor dem *Ritz* hatte Lucilla zugesehen, wie die gravitätischen Hoteldiener Pandoras zahlreiche zueinander passende Gepäckstücke in ihren dunkelroten Mercedes luden und ihrer beider ärmlich wirkende Rucksäcke dazulegten. Da Pandora vergessen hatte, ihnen ein Trinkgeld zu geben, hatte sie sich verpflichtet gefühlt, das zu tun. Sie wußte durchaus, daß sie das Geld nicht wiedersehen würde, doch war das, wie sie fand, nach einer von einem fürstlichen Dinner und einem hervorragenden Frühstück eingerahmten Nacht im Luxus das mindeste, was sie tun konnte.

Anfangs hatte Pandora vorn gesessen, in ihren Nerz gehüllt, den sie nach der glühenden Hitze des spanischen August im englischen Klima offenbar dringend brauchte. Mit Kälte und Regen hatte sie nicht gerechnet. Während sich Jeff geschickt durch das Gewühl des Londoner Verkehrs den Weg zur Autobahn nach Norden suchte, hatte sie unaufhörlich und zusammenhanglos geredet. Später war sie still geworden und hatte aus dem Fenster auf die eintönige und in trübem Grau daliegende Landschaft gesehen, durch die sie auf der Überholspur deutlich schneller als mit der zulässigen Höchstgeschwindigkeit fuhren. Mit voller Kraft kämpften die Scheibenwischer gegen die Regenströme an, riesige Lastzüge schleuderten Schlammfluten gegen die Scheibe, und selbst Lucilla mußte zugeben, daß das Ganze sehr ungemütlich war.

«Mein Gott, wie gräßlich.» Pandora kroch tiefer in ihren Pelz.

«Ich weiß. Aber es ist ja nur dieses Stück.»

Mittagspause hatten sie an einer Raststätte gemacht. Wenn es nach Pandora gegangen wäre, hätten sie die Autobahn verlassen und sich einen Gasthof am Straßenrand gesucht, möglichst ein Fachwerkhaus mit Reetdach, wo sie vor dem Kaminfeuer sitzen und etwas hätten trinken können, was die Lebensgeister weckte, wie Whisky mit Ginger Ale. Doch Lucilla, der klar war, daß sie es nie und nimmer bis Strathcroy schaffen würden, wenn sie sich auf diese Weise verzettelten, war eisern geblieben. «Dafür ist keine Zeit», hatte sie ihr klargemacht. «Wir sind hier nicht in Spanien und auch nicht in Frankreich, Pandora. Wir können die Zeit nicht leichtfertig vertändeln.»

«Meine Liebe, daran ist doch nichts *Leichtfertiges.*»

«Doch. Du würdest dich mit dem Barkeeper unterhalten, und wir würden uns ewig aufhalten.»

Also blieb es bei der Raststätte, und die hatte sich als haargenau so ungemütlich erwiesen, wie Lucilla befürchtet hatte. Ein Tablett in der Hand, mußten sie nach belegten Broten und Kaffee anstehen, hatten dann auf orangefarbenen Kunststoffstühlen an einem Resopaltisch gesessen, umgeben von muskulösen Lastwagenfahrern, gereizten Eltern mit lärmenden Kindern sowie bewußt provozierend herausstaffierten Jugendlichen, auf deren T-Shirts pornographische Darstellungen prangten. All diese Menschen verzehrten – wie es schien, mit größtem Behagen – gewaltige Portionen Fisch mit Pommes frites und grellfarbenen Nachtisch, wozu sie ihren Tee tranken.

Nach der Mittagspause hatte Pandora mit Lucilla getauscht und es sich auf der hinteren Sitzbank behaglich gemacht. Sie war augenblicklich eingeschlafen, und da sie seither nicht wieder aufgewacht war, hatte sie außer der eindrucksvollen Überquerung der Grenze zwischen England und Schottland, bei der sich der Himmel schlagartig aufgehellt hatte, die wunderbare Erregung verpaßt, die die Heimkehr bereitete.

Sie fuhren durch ein kleines Landstädtchen. «Wie heißt das hier?» fragte Jeff.

«Kirkthornton.»

Die Gehsteige waren voller Menschen, die ihre letzten Samstagnachmittagseinkäufe erledigten. Alte Männer saßen auf Bänken und genossen die freundliche Wärme. Kinder leckten Eis. Eine Brücke schwang sich hoch über einen talwärts stürmenden Fluß. Die Straße führte bergauf. Pandora hatte sich wie ein kleines Kind in ihren Nerz gekuschelt, Jeffs zusammengerollte Jacke diente ihr als Kissen. Eine Locke fiel ihr ins Gesicht, und ihre überlangen schwarzen Wimpern reichten fast bis zu den vorspringenden Wangenknochen.

«Was meinst du, soll ich sie wecken?»

«Mußt du wissen.»

So war Pandora auf der ganzen langen Reise von Palma durch Spanien und Frankreich immer gewesen: Ausbrüche von ungebändigter Energie, Aktivität, Geplauder, Gelächter und überraschenden Anregungen hatten sich mit Schlaf abgewechselt.

Wir müssen unbedingt die Kathedrale besichtigen. Es sind nur zehn Kilometer Umweg.

Sieh doch den herrlichen Fluß. Wir könnten einen Augenblick anhalten und kurz reinspringen. Wir müssen nicht mal Badezeug anziehen. Es ist niemand in der Nähe.

Wir sind da gerade an einem bezaubernden Café vorbeigekommen. Laßt uns wenden und ein Schlückchen trinken.

Doch aus dem Schlückchen wurde ein ausgedehntes und gemütliches Mittagsmahl, bei dem sich Pandora mit jedem zu unterhalten begann, der in der Nähe war. Noch eine Flasche Wein. Kaffee und Cognac. Und dann... Schluß. Schlafen. Sie konnte an allen Orten und in allen Stellungen schlafen, und obwohl das bisweilen peinlich war, bedeutete es zumindest, daß sie aufhörte zu reden. Lucilla und Jeff hatten gelernt, für diese Ruhepausen dankbar zu sein. Lucilla war nicht sicher, ob sie die Fahrt mit Pandora andernfalls überstanden hätte. Es war so ähnlich wie eine Reise mit einem ungebärdigen Kind oder mit einem Hund. Unterhaltsam und angenehm und entsetzlich anstrengend.

Der Mercedes schob sich der Kuppe entgegen. Von dort aus öffnete sich die Landschaft, und es bot sich ein herrlicher Rundblick über Buchenwälder, Felder, vereinzelte Gehöfte, weidende Schafe, den Fluß weit unter ihnen, die fernen Berge.

«Wenn ich sie jetzt nicht wecke, fährt sie noch schlafend vor dem Haus vor. Es sind nur noch zehn Minuten.»

«Dann weck sie.»

Lucilla streckte den Arm aus, legte die Hand auf das weiche Fell, das Pandoras Schultern bedeckte, und schüttelte sie ein wenig.

«Pandora.»

«Hm.»

«Pandora.» Erneutes Schütteln. «Wach auf. Wir sind gleich da. Wir sind fast zu Hause.»

«Was?» Verständnislos und verwirrt riß Pandora die Augen auf, sichtlich im unklaren darüber, wo sie war. Sie schloß sie wieder, gähnte und streckte sich. «Ich hab herrlich geschlafen. Wo sind wir?»

«Gleich an der Brücke von Caple. Fast zu Hause.»

«Fast zu Hause? Sind wir schon so nah an Croy?»

«Sieh selbst. Du hast den schönsten Teil der Fahrt versäumt, wie du dahinten geschnarcht hast.»

«Ich hab nicht geschnarcht. So was tu ich nie.»

Nach einer Weile gab sie sich einen Ruck, setzte sich auf, strich die Haare aus den Augen und raffte den Pelz um sich, als friere sie. Sie gähnte erneut und sah aus dem Fenster. Ihre Augen begannen zu leuchten. «Aber... wir sind ja gleich *da*!»

«Sag ich doch.»

«Du hättest mich schon vor Stunden wecken sollen. Es regnet gar nicht mehr. Und alles ist grün. Ich hatte ganz vergessen, daß es solches Grün gibt. Was für ein Willkommen! Kaledonien, gestreng und wild, das rechte Kindermädchen für ein lyrisch veranlagtes Mädchen. Wer hat das geschrieben? Irgendein alter Narr. Das Land ist nicht gestreng und wild, sondern von hinreißender Schönheit.» Sie tastete nach ihrer Tasche, nahm den Kamm heraus, ordnete ihre Frisur. Ein Blick in den Spiegel, ein wenig Lippenstift. Ein paar Tropfen *Poison*. «Wenn ich meinem Bruder gegenübertrete, muß ich doch gut riechen.»

«Denk an sein Bein. Du darfst nicht erwarten, daß er dir entgegengerannt kommt und dich durch die Luft schwingt.»

«Das weiß ich selbst.» Sie sah auf ihre winzige diamantenbesetzte Uhr. «Wir sind zu früh dran. Wir hatten gesagt, wir würden gegen fünf kommen, und dabei ist es nicht mal vier.»

«Wir sind großartig durchgekommen.»

«Lieber Jeff», Pandora legte ihm anerkennend die Hand auf die

Schulter, als tätschle sie einen Hund. «Was für ein ausgezeichneter Fahrer.»

Sie überquerten den steilen Brückenhöcker, bogen nach links ein und waren am Ortseingang von Strathcroy. Pandora beugte sich vor. «Nicht zu fassen. Hier scheint sich absolut nichts geändert zu haben. In dem Häuschen da haben schrecklich alte Leute gelebt, sie hießen Miller. Er war Schäfer. Die sind inzwischen bestimmt tot. Sie haben Bienen gezüchtet und Heidehonig verkauft. Ich bin so aufgeregt, ich glaub, ich muß mal. Nein, natürlich nicht. Alles Einbildung.» Erneut tätschelte sie Jeffs Schulter. «Jeff, Sie spielen wieder den Stummen. Können Sie sich nicht irgendein Wort der Anerkennung abringen?»

«Klar», grinste er. «Toll.»

«Mehr als das. Das ist *unser* Land. Die Balmerinos auf Croy. Das greift ans Herz. Wir kehren heim. Wir sollten Federn an unseren Mützen tragen, und irgendwo müßte jemand Dudelsack spielen. Warum hast du nicht daran gedacht, Lucilla? Das zu arrangieren wäre ja wohl das mindeste gewesen, was du nach zwanzig Jahren hättest tun können.»

Lucilla lachte. «Tut mir leid.»

Jetzt begleitete der Fluß wieder die Straße. Seine Ufer waren mit grünem Röhricht bestanden, auf den Wiesen gegenüber graste friedlich schwarzbuntes Vieh. Das Dorf Strathcroy wurde sichtbar. Lucilla sah die Ansammlung grauer Steinhäuser, den Rauch, der aus den Kaminen senkrecht nach oben stieg, den Kirchturm, die stattlichen Gruppen alter schattenspendender Buchen und Eichen. Jeff verlangsamte die Geschwindigkeit, und sie glitten am Kriegerdenkmal beim Kirchlein der Episkopalgemeinde vorbei und waren auf der langen, geraden Hauptstraße.

«Der Supermarkt da ist neu», ertönte Pandoras Stimme anklagend.

«Stimmt. Die Besitzer heißen Ishak. Die Familie kommt aus Pakistan. Jetzt ist es gleich hier, Jeff... nach rechts... durch das Tor...»

«Aber was ist denn mit unserem Park! Da ist ja alles umgepflügt!»

«Pandora, das wußtest du doch. Papa hat es dir geschrieben.»

«Wahrscheinlich. Vermutlich habe ich es vergessen. Aber es sieht wirklich ungewohnt aus.»

Der Berg erhob sich vor ihnen, die Wasser des Pennyburn eilten unter der kleinen Steinbrücke zu Tal. Dann die Allee...

«Wir sind da», sagte Lucilla.

Auf Croy füllten Lucillas Angehörige die langen Nachmittagsstunden des Wartens. Isobel kümmerte sich oben um die letzten Kleinigkeiten, sah nach, ob in allen Gästezimmern saubere Handtücher lagen, und sorgte für frische Blumen auf Frisierkommoden und Kaminsimsen. Seit Hamish nach dem Mittagessen erklärt hatte, er werde ein wenig mit den Hunden hinausgehen, hatte ihn niemand zu Gesicht bekommen, und Archie deckte im Eßzimmer den Tisch für das Abendessen.

Es war ihm letztlich nichts anderes übriggeblieben. Das Warten gehörte nicht zu seinen Stärken, und je weiter der Tag fortschritt, desto unruhiger, ungeduldiger und besorgter war er geworden. Die Vorstellung, daß seine Lieben die mörderische Autobahn entlangbrausten, behagte ihm ganz und gar nicht, und es fiel seiner Vorstellungskraft nicht schwer, sich Bilder von Massenkarambolagen, zerfetztem Metall und Leichen auszumalen. Er hatte häufig auf die Uhr gesehen, war beim leisesten Motorgeräusch ans Fenster getreten, nicht imstande, sich auch nur einen Augenblick lang ruhig hinzusetzen. Isobel hatte vorgeschlagen, er könne den Krocketrasen mähen. Aber davon wollte er nichts wissen, weil er unbedingt dasein wollte, wenn der Wagen vorfuhr. Also hatte er sich mit der Zeitung in sein Arbeitszimmer zurückgezogen, konnte sich aber weder auf die Nachrichten noch auf das Kreuzworträtsel konzentrieren. Er warf den *Scotsman* beiseite und ging wieder auf und ab.

Schließlich verlor Isobel, die genug zu tun hatte, die Geduld. «Archie, wenn du nicht stillsitzen kannst, mach dich wenigstens nützlich. Du könntest den Tisch decken. Die sauberen Platzdeckchen und die Servietten sind auf der Anrichte.» Ziemlich erzürnt war sie nach oben gegangen und hatte ihn sich selbst überlassen.

Nicht, daß ihm das Tischdecken etwas ausgemacht hätte. Früher hatte Harris diese Aufgabe erledigt, es konnte also daran nichts Unmännliches geben. Wenn sich die Gäste aus Amerika im Haus aufhielten, war es stets Archies Aufgabe, den Tisch zu decken, der er sogar eine gewisse Befriedigung abgewann, da er sie mit militärischer Ordnungsliebe erledigte.

Da die Weingläser ein wenig angestaubt waren, hatte er ein Geschirrtuch genommen und war gerade dabei, sie zu polieren, als er das Motorgeräusch hörte. Sein Herz setzte fast aus, und er sah auf die Uhr. Erst vier. Bestimmt zu früh. Er stellte das Glas ab und legte das Tuch daneben. Sie konnten es nicht sein…

Langanhaltendes Hupen zerriß die Stille des Nachmittags und räumte mit einem Schlag seine Unsicherheit aus.

Lucillas Signal, daß sie da war.

Er konnte nicht laufen, ging aber, so rasch er konnte.

«Isobel!»

Die Haustür stand offen. Er kam gerade durch die Eingangshalle, als der gewaltige Mercedes, dessen Reifen den Kies beiseite schleuderten, in seinem Blickfeld auftauchte.

«Isobel! Sie sind da!»

Er kam nur bis zur Tür. Pandora war schneller als er, war schon aus dem Wagen gesprungen, als er noch nicht richtig stand, und rannte über den Kies auf ihren Bruder zu. Pandora, der wie immer das Haar um den Kopf flog, mit denselben langen, staksigen Beinen wie früher.

«Archie!»

Der Pelzmantel, der ihr fast bis zu den Knöcheln reichte, hinderte sie nicht daran, zwei Stufen auf einmal nehmend die Treppe emporzustürmen, und wenn Archie sie auch nicht mehr wie früher, als sie ein Kind war, hochheben und herumwirbeln konnte, fehlte seinen Armen doch nichts, und seine Arme warteten auf sie.

Isobel – die liebe, gastfreundliche, hausmütterliche, sich stets gleichbleibende Isobel – hatte dafür gesorgt, daß Pandora das beste Gästezimmer bekam. Es lag zur Vorderseite des Hauses hin, seine großen Schiebefenster gingen nach Süden, von wo aus man den Hang hinab über das Tal und den Fluß sah. Es war im großen und ganzen noch genauso eingerichtet, wie Pandora es von früher her in Erinnerung hatte. Zwei hochbeinige Messing-Bettgestelle, jedes von ihnen so breit wie ein kleines Doppelbett. Ein verblaßter Teppich mit Rosenmuster und eine reich mit Schnitzwerk verzierte Frisierkommode mit vielen kleinen Schubladen und einem drehbaren Spiegel.

Die alten Vorhänge allerdings waren nicht mehr da. An ihrer Stelle hingen jetzt schwere cremefarbene Raffgardinen. Wahrscheinlich hatte man bei der Änderung an die zahlenden Gäste aus Amerika gedacht, die fadenscheinigen Chintz mit im Sonnenlicht zerfallenem Futter kaum schätzen dürften. Ihnen zuliebe war wohl auch der Ankleideraum in ein Badezimmer umgewandelt worden. Zwar sah es nicht viel anders aus als vorher, denn Isobel hatte einfach eine Badewanne, ein Waschbecken und eine Toilette einbauen lassen und die Teppiche, die überladenen Bücherregale und den bequemen Lehnsessel gelassen, wo sie waren.

Eigentlich hätte sie auspacken müssen. «Pack aus und mach es dir gemütlich», hatte Isobel gesagt. Sie hatte mit Jeff Pandoras gesamtes Gepäck nach oben geschleppt. Pandora beschloß, nicht an ihren Bruder zu denken. Sein graues Haar hatte sie entsetzt, noch nie hatte sie einen so abgemagerten Mann gesehen. «Nimm ein Bad, wenn du möchtest. Heißes Wasser ist reichlich da. Dann komm runter und trink was mit uns. Wir essen gegen acht.»

Das lag jetzt eine Viertelstunde zurück, und Pandora hatte inzwischen lediglich ihr Kosmetikköfferchen ins Badezimmer getragen und einige Flakons auf den marmornen Waschtisch gestellt. Ihre Tabletten und Mixturen, ihr *Poison*, ihr Badeöl, ihre Cremes und Reinigungsmilch. Später würde sie ein Bad nehmen. Jetzt nicht.

Immer noch mußte sie sich sagen, daß sie wirklich daheim war. Wieder auf Croy. Das war aber schwierig, weil sie in diesem Zimmer nicht so recht den Eindruck hatte, hierher zu gehören. Sie war ein Gast, der für eine Weile gekommen war, ein Zugvogel. Sie ließ ihre Flakons Flakons sein, ging ins Schlafzimmer zurück, trat ans

Fenster, stützte sich mit den Ellbogen auf das Fensterbrett und sog die so oft erinnerte Aussicht ein, um ganz, ganz sicher zu sein, daß nicht alles ein Traum war. Das dauerte seine Zeit. Was aber war mit ihrem eigenen Zimmer, dem, das sie seit ihrer frühesten Kindheit bewohnt hatte? Sie beschloß, sich ein wenig umzusehen.

Sie ging zum Treppenabsatz und blieb eine Weile stehen. Aus der Küche drangen muntere Geräusche und gedämpfte Stimmen herauf. Höchstwahrscheinlich unterhielten sich Lucilla und Isobel, die eifrig dabei waren, das Abendessen vorzubereiten, über sie. Das war nicht anders zu erwarten und war ihr gleichgültig. Sie öffnete die Tür zum früheren Elternschlafzimmer, das jetzt von Archie und Isobel benutzt wurde. Sie sah das riesige Doppelbett, die Chaiselongue an dessen Fußende, auf die Isobel achtlos einen ihrer Pullover geworfen hatte und vor der ein Paar Schuhe stand. Sie sah die Familienfotos, das Silber und Kristall auf der Frisierkommode. Es roch nach Gesichtspuder und Kölnisch Wasser. Angenehme und unschuldige Düfte. Sie schloß die Tür und ging weiter den Flur entlang. In Archies früherem Zimmer stand Jeffs Rucksack, und seine Jacke lag mitten auf dem Teppich. Der nächste Raum… Lucillas Zimmer. Er enthielt nach wie vor all die Kleinigkeiten, die ein Schulmädchen glücklich machen… mit Reißzwecken an den Wänden angebrachte Plakate, Porzellanfigurinen, einen Kassettenrecorder, eine Gitarre mit einer zerrissenen Saite.

Und schließlich ihr eigenes früheres Zimmer. Vielleicht schlief jetzt Hamish darin? Ihn hatte sie noch nicht gesehen. Vorsichtig drehte sie den Knauf und stieß die Tür auf. Nicht Hamish. Niemand. Der Raum enthielt keinerlei persönlichen Besitz. Neue Möbel, neue Vorhänge. Keine Spur von Pandora.

Was hatte man mit ihren Büchern, Schallplatten, Tagebüchern, Fotos, ihrer Kleidung getan, mit ihrem Leben? Wahrscheinlich hatten sie alles irgendwo auf den Dachboden gepackt, als das Zimmer ausgeräumt, neu tapeziert und frisch eingerichtet worden war.

Es war, als habe Pandora aufgehört zu existieren, als sei sie ein Gespenst.

Es hatte keinen Sinn zu fragen, warum, denn es war ganz offenkundig. Croy gehörte Archie und Isobel, und um den Besitz halten zu können, mußten sie jeden Raum des Herrenhauses nutzen. Damit, daß sie einfach verschwunden und nie zurückgekehrt war, hatte Pandora jeglichen Anspruch aufgegeben.

Während sie dastand, dachte sie an jene Wochen, in denen sie sich so elend gefühlt hatte, angesichts eines Unglücks, über das sie nicht reden durfte. Es hatte sie grausam gemacht, und so hatte sie auch die beiden Menschen nicht geschont, die sie auf der Welt am meisten liebte. Den Vater hatte sie angeblafft und die Mutter behandelt, als sei sie Luft. Tage um Tage hatte sie geschmollt und allen das Leben zur Hölle gemacht.

In diesem Zimmer hatte sie stundenlang mit dem Gesicht nach unten auf dem Bett gelegen, während ihr Plattenspieler immer wieder die trübseligsten Melodien spielte, die sie kannte. Matt Munro, der irgendeiner Frau mitteilte, sie solle davongehen, und Judy Garland, die sich die Seele aus dem Leib quälte mit dem ‹Mann, der verschwand›.

Der Weg wird rauh,
Einsam und grau,
Hab Hoffnung statt Sorgen,
Gewiß kommt er morgen…

Stimmen.

«Liebling, komm und iß was.»

«Ich möchte nichts.»

«Es wäre schön, wenn du mir sagen könntest, was du hast.»

«Ich will einfach meine Ruhe haben. Es würde nichts nützen, wenn ich es euch sagte. Ihr würdet es nie *verstehen…»*

Wieder sah sie das Gesicht ihrer Mutter vor sich, verwirrt und verletzt. Und sie schämte sich. Mit meinen achtzehn Jahren hätte ich es besser wissen sollen. Ich dachte, ich sei erwachsen und eine Dame von Welt, aber in Wahrheit wußte ich weniger über das Leben als ein Kind. Und ich hab zu lange gebraucht, um dahinterzukommen.

Zu lange und jetzt war es zu spät. Sie schloß die Tür, ging in ihr Gästezimmer zurück und machte sich ans Auspacken.

Das Abendessen war vorüber. Zu sechst hatten sie um die kerzengeschmückte Tafel gesessen und das liebevoll zubereitete festliche Mahl genossen. Zwar hatte Isobel nicht gerade ein gemästetes Kalb geschlachtet, sich aber doch große Mühe gegeben, eine dem Anlaß entsprechende Mahlzeit auf den Tisch zu bringen. Kalte Kartoffel-Lauch-Suppe, Fasan, Crème brûlée, Stilton-Käse und den besten Wein, den Archie in seines Vaters stark geschrumpften Beständen hatte finden können.

Es war fast zehn. Isobel wusch in der Küche von Hand ab, was nicht in die Spülmaschine paßte. Eigentlich hatte Pandora ihr dabei helfen wollen, doch nachdem sie ein oder zwei Messer abgetrocknet und drei Töpfe in den falschen Schrank geräumt hatte, ließ sie das Geschirrtuch sinken, machte sich einen Becher Pulverkaffee und setzte sich damit an den Tisch.

Während der Mahlzeit war in der Unterhaltung nicht die kleinste Pause eingetreten, so viel gab es zu erzählen und zu erfahren. Das Abenteuer der Busreise, die Lucilla und Jeff von Paris nach Südfrankreich unternommen hatten; ihr bohemehafter Aufenthalt auf Ibiza und endlich die Wohltat, auf Mallorca in der Casa Rosa gastliche Aufnahme zu finden. Lucillas Beschreibung des Parks dort weckte Sehnsüchte in Isobel.

«Ach, wie gern würde ich den sehen.»

«Komm doch einfach. Leg dich in die Sonne und tu nichts.»

Archie lachte. «Isobel in der Sonne liegen und nichts tun? Wie stellst du dir das vor? Bevor du richtig hinsehen könntest, würde sie in den Blumenbeeten knien und Unkraut rupfen.»

«Bei mir gibt es kein Unkraut», gab Pandora zur Antwort.

Und dann Nachrichten aus der Heimat. Pandora sog begierig jedes bißchen Klatsch auf. Das Neueste über Vi, die Familie Aird, die Gillocks, sogar über Willy Snoddy. Hörte Archie noch von Harris und seiner Frau? Betrübt ließ sie sich die Geschichte von Edie Findhorn und deren Kusine Lottie erzählen.

«Großer Gott! Sag bloß nicht, daß der Satansbraten wieder in unser Leben tritt. Wie gut, daß ihr mich vorwarnt. Ich werde auf jeden Fall auf die andere Straßenseite gehen, wenn ich sie kommen sehe.»

Man berichtete ihr über die Familie Ishak, die ihre Heimat in Pakistan hatte verlassen müssen, in Strathcroy praktisch mittellos Mrs. McTaggarts Zeitungs- und Gemischtwarenhandlung übernommen und einen Supermarkt daraus gemacht hatte.

«... niemand hätte geglaubt, daß die durchhalten. Aber da haben wir uns alle getäuscht. Wir mögen die Leute, sie sind liebenswürdig und hilfsbereit und obendrein bienenfleißig. Der Laden scheint nie geschlossen zu sein, und es sieht ganz so aus, als ob das Geschäft blüht.»

Dann ging man zu den etwas bedeutenderen Nachbarn der Balmerinos über. Als Nachbar galt ihnen jeder, der im Umkreis von dreißig Kilometern lebte – ob das nun die Buchanan-Wrights waren, die Ferguson-Crombies oder die neu auf Ardnamoy eingezogene Familie. Wessen Tochter geheiratet hatte, wessen Sohn erstaunlicherweise Finanzmakler in der Londoner City geworden war und damit Millionen scheffelte.

Keine Einzelheit war unwichtig. Das einzige Thema, das wie durch stillschweigendes Einverständnis ausgespart blieb, war Pandoras Leben, alles, was sie in den letzten einundzwanzig Jahren getrieben hatte.

Es war belanglos. Sie war wieder auf Croy, und im Augenblick kam es nur darauf an. Die Jahre ihres Umherstreifens verblaßten zur Unwirklichkeit, wie ein Leben, das einem anderen widerfahren war, und im Kreis ihrer Angehörigen war sie froh, diese Zeit der Vergessenheit zu überantworten.

Sie trank ihren Kaffee und sah zu, wie Isobel am Spülstein den Bratentopf schrubbte. Eine außergewöhnliche Frau, mußte Pandora denken, die da still ihre Arbeit tat, ohne sich darüber zu grämen, daß alle anderen verschwunden waren und es ihr überließen, die Reste der Mahlzeit zu beseitigen.

Tatsächlich hatten sich nach dem Abendessen alle davongemacht. Archie hatte sich mit einer gemurmelten Entschuldigung in seine Werkstatt zurückgezogen, und Hamish hatte erklärt, er wolle die Helligkeit des späten Abends nutzen und den Krocketrasen mähen, denn er durfte dafür eine Bezahlung erwarten. Daß er es mit freundlichem Gesicht tat, hatte Pandora in hohem Maße imponiert. Sie ahnte nicht, welch tiefen Eindruck sie auf Hamish gemacht hatte. Daß eine Tante zu Besuch kam, war an sich nicht weiter aufregend. Da er sich aber darunter eher eine Frau wie Oma Vi vorgestellt hatte, grauhaarig und mit Schnürschuhen, war er aus dem Gleichgewicht geraten wie noch nie in seinem Leben, als man ihm Pandora vorgestellt hatte. Die sah ja aus wie ein Filmstar! Während er an seinem Fasan herumschnipselte, malte er sich insgeheim aus, wie er sich vor den Schulkameraden in Templehall mit ihr großtun würde. Vielleicht konnte Papa sie mitbringen, damit sie sich ein Rugbyspiel oder dergleichen ansehen konnte. Das würde Hamishs Ansehen bei den anderen unendlich heben. Er fragte sich, ob sie sich wohl für Rugby interessierte.

«Weißt du, Isobel, ich mag Hamish gern leiden.»

«Er ist auch meistens ganz nett. Ich hoffe nur, daß er nicht noch mehr wächst.»

«Er sieht später bestimmt mal gut aus. Wie findest du Jeff?»

Dieser hatte sich, da er verständlicherweise von zwei Wochen ausschließlich weiblicher Gesellschaft genug hatte, zudem das feine Leben nicht gewohnt war, in Lucillas Begleitung zum Dorfgasthaus aufgemacht, das *Strathcroy Arms*, wo er in angenehm menschlicher Umgebung den Trost einer Dose australischen Foster-Biers zu genießen hoffte.

«Er scheint ganz in Ordnung zu sein.»

«Er ist schrecklich nett. Auf der ganzen langen Fahrt hat er nicht ein einziges Mal die Geduld verloren. Allerdings ist er ein bißchen einsilbig. Wahrscheinlich sind alle Australier stark und maulfaul. Aber ich weiß es natürlich nicht, da ich noch nie einen kannte.»

«Meinst du, Lucilla ist in ihn verliebt?»

«Glaub ich nicht. Sie sind wohl einfach – wie heißt der fürchterliche Ausdruck? – gute Freunde. Sie ist ja auch noch sehr jung. Mit neunzehn sollte man noch nicht an dauerhafte Beziehungen denken.»

«Du meinst eine Ehe?»

«Nein. Ich meine keine Ehe.»

Isobel verstummte. Pandora überlegte, ob sie vielleicht etwas Falsches gesagt habe, und suchte nach einem Thema, mit dem sie weniger Empfindlichkeiten verletzte. «Isobel, ich weiß jetzt, über wen du mir noch nichts gesagt hast – Dermot Honeycombe und Terence. Haben die immer noch ihren Antiquitätenladen?»

Isobel wandte den Kopf. «Hat dir das Archie nicht geschrieben? Eine ganz traurige Geschichte. Terence ist vor etwa fünf Jahren gestorben.»

«Das kann ich nicht glauben. Und was hat dann der arme Dermot getan? Sich einen anderen netten jungen Mann gesucht?»

«O nein. Es hat ihm das Herz gebrochen, und er hat ihm die Treue bewahrt. Wir waren alle davon überzeugt, daß er aus Strathcroy fortziehen würde, aber er ist ganz allein hiergeblieben. Er hat den Antiquitätenladen noch und lebt nach wie vor in dem kleinen Häuschen, das die beiden zusammen bewohnt haben. Ab und zu lädt er Archie und mich zum Essen ein und tischt uns winzige Portionen von ausgesuchten Gerichten mit exotischen Soßen auf. Archie kommt dann immer halb verhungert nach Hause und muß vor dem Zubettgehen noch eine Suppe oder eine Schüssel Cornflakes essen.»

«Der arme Dermot. Ich muß ihn unbedingt besuchen.»

«Das würde ihn bestimmt freuen. Er fragt immer wieder nach dir.»

«Ich kann ja irgendeine Kleinigkeit für Katy Steyntons Geburtstag bei ihm kaufen. Über das Fest haben wir auch noch nicht gesprochen.»

Endlich war Isobel fertig. Sie zog die Gummihandschuhe aus, legte sie auf das Abtropfbrett und setzte sich neben ihre Schwägerin. «Werden wir viele Leute im Haus sein?»

«Nein, nur die, die jetzt da sind, außer Hamish. Er muß wieder ins Internat. Dazu kommt noch ein melancholischer Amerikaner, den Katy in London kennengelernt und der ihr leid getan hat. Er wohnt bei uns, weil Verena Steynton ihn nicht unterbringen kann.»

«Wie hübsch. Ein Mann für mich. Wieso nennst du ihn melancholisch?»

«Seine Frau ist kürzlich gestorben.»

«Hoffentlich ist er nicht *zu* melancholisch. Wo wirst du ihn unterbringen?»

«In deinem alten Zimmer.»

Damit war diese Frage erledigt. «Und wo essen wir am Abend vor dem Fest?»

«Das könnten wir doch eigentlich hier tun und die Airds und Vi dazu bitten. Sie kommen morgen zum Mittagessen. Ich werde dann mit Virginia darüber sprechen.»

«Davon hast du ja noch nichts gesagt.»

«Was, daß sie zum Mittagessen herkommen? Jetzt weißt du es. Deswegen mäht Hamish ja den Rasen – damit wir Krocket spielen können.»

«Eine herrliche Nachmittagsunterhaltung. Was ziehst du eigentlich zum Tanzen an? Hast du schon ein neues Kleid?»

«Nein. Dazu reicht das Geld nicht. Ich mußte dem Jungen fünf Paar neue Schuhe für die Schule kaufen ...»

«Aber du brauchst unbedingt ein neues Kleid. Wir suchen dir eins aus. Wollen wir nach Relkirk gehen und uns einen schönen Tag machen?»

«Pandora, ich hab dir doch gesagt – ich kann es mir wirklich nicht leisten.»

«Ach, Liebste, das mindeste, was ich tun kann, ist, daß ich dir ein kleines Geschenk mache.» Die Hintertür öffnete sich, und Hamish, der unmittelbar vor Einbruch der Dunkelheit mit dem Mähen fertig geworden war, kam mit seinem gewöhnlichen Heißhunger herein. «Wir sprechen später darüber.»

Hamish suchte sich zusammen, was er brauchte. Eine Schüssel Weetabix, ein Glas Milch, eine Handvoll Schokoladenkekse. Pandora gähnte. «Ich glaube, ich muß schlafen gehen. Ich bin entsetzlich müde.» Sie stand auf. «Gute Nacht, Hamish.»

Sie versuchte nicht, ihm einen Kuß zu geben, und Hamish war zwischen Erleichterung und Enttäuschung hin und her gerissen.

«Archie ist wohl in seiner Werkstatt? Ich geh mal auf einen Sprung runter zu ihm.» Sie beugte sich über Isobel und gab ihr einen Kuß. «Gute Nacht, Liebste. Es ist himmlisch, hier zu sein. Das Essen war köstlich. Bis morgen früh.»

In seiner Kellerwerkstatt war Archie in die Arbeit versunken. Eine starke Lampe warf einen hellen Lichtkreis auf die Werkbank. Die Schnitzarbeit zu bemalen, die Katy mit ihrem Hund darstellte, erforderte Fingerfertigkeit.

Er legte den Zobelhaarpinsel beiseite und nahm einen anderen. Dann hörte er Pandoras unverkennbare Schritte die Treppe herunterkommen. Das scharfe Klappern ihrer hohen Absätze hallte auf den Steinplatten des schlecht beleuchteten Ganges. Er unterbrach seine Arbeit, hob den Blick und sah, wie sich die Tür öffnete und Pandora hereinschaute.

«Stör ich dich?»

«Nicht im geringsten.»

«Gott, ist das düster hier unten. Ich konnte den Lichtschalter nicht finden. Wie in einem Verlies. Aber gemütlich hast du es hier.» Sie zog sich einen Stuhl heran und setzte sich neben ihn. «Was machst du da?»

«Ich male.»

«Das seh ich. Was für eine hübsche Schnitzerei. Woher hast du sie?»

Nicht ohne Stolz teilte er ihr mit: «Die hab ich selbst gemacht.»

«Was, du, Archie? Das ist ja toll. Ich wußte gar nicht, daß du so geschickte Hände hast.»

«Es wird Katys Geburtstagsgeschenk. Es stellt sie mit ihrem Hund dar.»

«Ein ausgezeichneter Einfall! Früher konntest du so was nicht, da hat Papa immer unser Spielzeug repariert und zerbrochenes Porzellan gekittet. Hast du irgendwelche Kurse besucht oder so was?»

«Nun ja, nach meiner Verwundung...» Er verbesserte sich.

«Nachdem ich mein Bein verloren hatte und schließlich aus dem Lazarett entlassen wurde, hat man mich nach Headley Court geschickt. Das ist die Rehabilitationseinrichtung der Streitkräfte für Versehrte, Leute, denen Gliedmaßen fehlen. Da werden auch die Prothesen angepaßt. Beine, Arme, Hände, Füße. Und dann drehen sie dich monatelang durch die Mühle, bis du gelernt hast richtig damit umzugehen.»

«Das klingt nicht besonders angenehm.»

«So schlimm war es nicht. Außerdem gab es immer einen armen Sack, der schlimmer dran war als man selbst.»

«Und du warst am Leben.»

«Stimmt.»

«Ist es sehr schlimm, ein künstliches Bein zu haben?»

«Besser als keins. Ohnehin scheint es die einzige Alternative zu sein.»

«Ich hab nie erfahren, wie es passiert ist.»

«Ist auch besser so.»

«Es war wohl ein richtiger Alptraum.»

«Jede Gewalttätigkeit ist ein Alptraum.»

Verbotenes Gelände. Sie zog sich zurück. «Es tut mir leid… erzähl weiter.»

«Nun, als ich erst mal…» Er hatte den Faden verloren. Er nahm die Brille ab und rieb sich die Augenwinkel mit den Fingern. «Einmal, da war ich schon mehr oder weniger in ambulanter Behandlung, haben sie mir gezeigt, wie ich mit einer Stichsäge mit Fußantrieb arbeiten kann – als Beschäftigungstherapie. Zugleich war es eine gute Übung für das Bein. Und so ist es immer weiter gegangen…»

Die gefährliche Klippe war umschifft. Wenn Archie nicht bereit war, über Nordirland zu reden, wollte Pandora auch nichts darüber hören. «Du reparierst also Sachen, so wie früher Papa?»

«Ja.»

«Wirklich eine reizende Schnitzerei. Womit fängt man bei so was an?»

«Mit einem Stück Holz.»

«Was für Holz?»

«Für das hier hab ich Buche genommen. Einen Ast, den der Wind vor Jahren abgerissen hat. Ich hab mit der Kettensäge einen Klotz zurechtgeschnitten und dann nach diesem Foto da eine Vorzeichnung gemacht. Anschließend hab ich die Vorderansicht der Zeichnung vorn auf den Klotz übertragen und die Seitenansicht auf die Seite. Kannst du folgen?»

«Ganz und gar.»

«Dann hab ich mit der Bandsäge die Form ausgeschnitten.»

«Was ist eine Bandsäge?»

Er zeigte sie ihr. «Das da. Sie hat einen Elektromotor und ist scheußlich scharf. Laß also besser die Finger davon.»

«Ich hatte nicht die Absicht. Und weiter?»

«Dann fang ich mit dem Schnitzen an. Stückchen für Stückchen.»

«Womit?»

«Mit Stechbeiteln und Schnitzmesser.»

«Ist das deine erste Arbeit?»

«Nein. Aber sie war schwieriger als die vorigen, weil das Mädchen sitzt und der Hund neben ihr hockt. Das war nicht einfach. Früher hab ich immer nur stehende Figuren geschnitzt. Meistens Soldaten in Uniformen verschiedener Regimenter. Die Einzelheiten zu den Uniformen such ich mir in einem Buch aus Papas Bibliothek zusammen. Das hat mich überhaupt auf den Einfall gebracht. Es sind ziemlich gute Hochzeitsgeschenke, wenn der Bräutigam Soldat ist.»

«Hast du welche hier, die du mir zeigen kannst?»

«Ja. Den da beispielsweise.» Er stemmte sich aus dem Stuhl hoch, ging zu einem Schrank und nahm eine Schachtel heraus. «Ich hab ihn nicht verschenkt, weil ich damit nicht ganz zufrieden war und ihn noch mal gemacht hab. Aber du siehst ungefähr, wie es aussehen soll...»

Pandora nahm den geschnitzten Soldaten zur Hand, betrachtete ihn von allen Seiten. Es war ein Offizier des schottischen Black Watch-Regiments, lebensecht in allen Einzelheiten, von den Halbschuhen über den Kilt bis zum roten Pompon auf der khakifarbenen Mütze. Die Arbeit schien ihr vollkommen, und sie war voller Bewunderung für Archies unvermutetes Talent, seine Genauigkeit und seine unbezweifelbare künstlerische Begabung.

Ungläubig fragte sie: «Und das *verschenkst* du? Du bist ja nicht recht bei Trost. Die sind großartig. Einzigartig. Ausländer würden so was mit Begeisterung als Andenken aus Schottland mit nach Hause nehmen. Hast du schon mal versucht, sie zu verkaufen?»

«Nein.» Der Gedanke schien ihn zu erstaunen.

«Hast du je daran gedacht?»

«Nein.»

Schwesterlicher Ärger überkam sie. «Du bist ein hoffnungsloser Fall. Du warst zwar immer schon hinter dem Mond, aber das ist einfach lachhaft. Da quält sich Isobel ab und versucht, den Laden hier in Gang zu halten, indem sie Amerikaner als Gäste aufnimmt, und du könntest die Dinger in Serie herstellen und damit ein Vermögen verdienen.»

«Das bezweifle ich. Von Serienproduktion kann so und so keine Rede sein. So eine Figur zu machen dauert ganz schön lange.»

«Nun, dann stell jemand ein, der dir hilft. Stell zwei Leute ein. Mach eine Art Heimwerkstatt auf.»

«So viel Platz hab ich hier unten nicht.»

«Und was ist mit den Ställen? Die stehen doch leer. Oder eine der Scheunen?»

«Dazu wären Umbauten nötig, Maschinen, Strom müßte gelegt werden, Sicherheitsvorschriften wären zu beachten und was weiß ich noch.»

«Ja und?»

«Es würde Geld kosten. Das ist hier nicht so einfach zu kriegen.»

«Könntest du keinen Kredit aufnehmen?»

«Auch Kredite sind zur Zeit nicht einfach zu kriegen.»

«Du könntest es zumindest mal *probieren*. Leg doch ein bißchen Unternehmungsgeist an den Tag. Ich finde, das wäre ein großartiger Gedanke.»

«Du warst schon immer voller großartiger Gedanken, Schwesterherz.» Er nahm ihr den Soldaten aus der Hand und legte ihn in seine Schachtel zurück. «Aber was Isobel betrifft, hast du recht. Ich tu, was ich kann, um ihr zu helfen, aber natürlich hat sie trotzdem viel zuviel um die Ohren. Bevor das mit Nordirland passierte, hatte ich daran gedacht, mir irgendwo eine Stelle zu suchen – vielleicht in einem Maklerbüro oder dergleichen. Ich weiß zwar nicht, wer mich eingestellt hätte, aber auf keinen Fall wollte ich Croy verlassen, und so etwas schien mir die einzige Art von Tätigkeit zu sein, die für mich in Frage kam...» Seine nachdenklich klingende Stimme wurde immer leiser.

«Aber jetzt hast du doch was ganz Neues gelernt. Hast bisher unbekannte Talente entwickelt. Du brauchst nur ein bißchen Unternehmungsgeist und viel Entschlußkraft.»

«Und einen Haufen Geld.»

«Archie», sagte sie ziemlich zornig, «ganz gleich, ob du ein Bein hast oder zwei, du kannst die Verantwortung nicht von dir werfen.»

«Sprichst du aus Erfahrung?»

«*Touchée.*» Lachend schüttelte Pandora den Kopf. «Nein. Ich hab als letzte Grund, Moralpredigten zu halten. Reiner Hochmut.» Übergangslos ließ sie die Sache fallen, gähnte, streckte sich, hob die Arme und spreizte die Finger. «Ich bin hundemüde. Eigentlich war ich gekommen, um dir gute Nacht zu sagen. Ich geh schlafen.»

«Ich wünsch dir schöne Träume.»

«Und du?»

«Sobald ich das hier fertig habe, werd ich jeden freien Augenblick mit dir verbringen.»

«Du bist lieb.» Sie gab ihm einen Kuß. «Ich bin froh, daß ich nach Hause gekommen bin.»

«Ich auch.»

«Archie?»

«Ja?»

«Ich hab mich oft gefragt, ob du den Brief bekommen hast, den ich dir nach Berlin geschickt habe?»

«Ja.»

«Du hast aber nie darauf geantwortet.»

«Bis ich wußte, was ich sagen wollte, warst du in Amerika, und es war zu spät.»

«Hast du Isobel davon erzählt?»

«Nein.»

«Sonst jemandem?»

«Nein.»

«Aha.» Sie lächelte. «Die Airds kommen morgen mittag zum Essen.»

«Ich weiß. Ich habe sie selbst eingeladen.»

«Gute Nacht, Archie.»

«Gute Nacht.»

Es wurde Nacht. Das Haus kam zur Ruhe. Hamish setzte sich eine Weile vor den Fernseher und ging dann nach oben. Isobel deckte in der Küche den Frühstückstisch – die letzte Aufgabe des Tages – und ließ danach die Hunde zum letztenmal hinaus. Sie konnten durch den dunklen Park toben, der Witterung wilder Kaninchen nachjagen. Zum Schluß löschte sie die Lampen und ging ebenfalls schlafen. Noch später kamen Jeff und Lucilla aus dem Dorf zurück. Sie betraten das Haus durch die Hintertür. Archie hörte ihre Stimmen oben in der Eingangshalle. Dann herrschte Stille.

Mitternacht war vorüber. Er war fast fertig. Noch einen Tag, und die Lackfarbe war trocken. Er räumte auf, verschloß die winzigen Töpfchen, säuberte seine Pinsel, schaltete die Lampe aus und schloß die Tür. Schritt für Schritt ging er durch den dunklen Gang, die Treppe hinauf. Auf seiner allnächtlichen Runde durch das Haus sah er überall nach dem Rechten, kontrollierte, ob alle Fenster und Türen gesichert waren, vor jedem Kamin das Feuergitter stand, alle elektrischen Geräte ausgeschaltet oder die Stecker herausgezogen waren. In der Küche sah er, daß die Hunde schon schliefen. Er goß sich ein Glas Wasser ein, trank es und ging zu guter Letzt schleppenden Schritts die Treppe hinauf.

Doch bevor er sich in sein Schlafzimmer zurückzog, ging er ein Stück den Flur entlang. Unter der Tür von Lucillas Zimmer war noch Licht zu sehen. Er klopfte, öffnete und sah, daß sie im Bett las. «Lucilla.»

Sie hob den Blick, legte ein Lesezeichen ins Buch und klappte es zu. «Ich dachte, du wärst schon vor Stunden schlafen gegangen.»

«Nein. Ich hab noch gearbeitet.» Er setzte sich auf die Bettkante. «Hattest du einen schönen Abend?»

«Ach ja, es war ganz nett. Toddy Buchanan ist wie immer in Hochform.»

«Ich wollte dir gute Nacht sagen und dir danken.»

«Wofür?»

«Daß du nach Hause gekommen bist und Pandora mitgebracht hast.»

Seine Hand lag auf ihrer Decke. Sie legte ihre eigene auf seine. Isobel schlief in spitzenbesetzten weißen Linon-Nachthemden, Lucilla aber trug ein grünes T-Shirt, auf dem quer über der Brust die Aufforderung RETTET DEN REGENWALD prangte. Ihr langes dunkles Haar war wie Seide auf dem Kissen ausgebreitet, und er empfand tiefe Liebe zu ihr.

«Bist du nicht enttäuscht?» fragte sie ihn.

«Warum sollte ich?»

«Oft fühlt man sich ein bißchen leer, wenn man sich jahrelang auf was gefreut hat und es passiert dann tatsächlich.»

«Ich nicht.»

«Sie ist bildschön.»

«Aber schrecklich dürr, findest du nicht auch?»

«Doch. Der reinste Strich in der Landschaft. Das hängt bestimmt damit zusammen, daß sie so ein Energiebündel ist. Sie verbrennt einfach alles.»

«Wie meinst du das?»

«Wie ich es sage. Sie schläft viel, aber wenn sie wach ist, läuft sie auf Hochtouren. Längere Zeit mit ihr zusammenzusein ist ziemlich strapaziös. Und dann sackt sie einfach weg, als wäre Schlaf das einzige Mittel, um ihre Batterien wieder aufzuladen.»

«So war sie schon immer. Mrs. Harris hat fortwährend gesagt: ‹Diese Pandora. Entweder himmelhoch jauchzend oder zu Tode betrübt.›»

«Manisch depressiv.»

«So schlimm ist es ja wohl nicht.»

«Aber es geht in die Richtung.»

Er runzelte die Brauen. Dann stellte er die Frage, die ihn schon den ganzen Abend beschäftigt hatte. «Glaubst du, daß sie Drogen nimmt?»

«Woher soll ich das wissen, Papa? Es hat auch gar keinen Sinn, dir Gedanken darüber zu machen, was Pandora treibt. Du mußt sie einfach nehmen, wie sie ist. Als den Menschen, der sie geworden ist. Genieß die Zeit mit ihr, lach mit ihr.»

«Glaubst du... daß sie auf Mallorca glücklich ist?»

«Es sieht ganz so aus. Warum auch nicht? Sie hat da ein himmlisches Haus mit Park und Schwimmbad, 'nen Haufen Geld...»

«Hat sie Freunde?»

«Sie hat Seraphina und Mario, die sich um sie kümmern...»

«Das meinte ich nicht.»

«Ich weiß. Nun, wir haben keine gesehen, also weiß ich nicht, ob sie welche hat oder nicht. Am Tag, an dem wir angekommen sind, haben wir einen Mann kennengelernt, ihn danach aber nicht wiedergesehen.»

«Ich dachte immer, sie hätte einen Liebhaber.»

«Nun, vielleicht war er das ja und ist nicht wiedergekommen, weil wir da waren.»

Darauf sagte er nichts, und Lucilla lächelte. «Das ist da eine ganz andere Welt, Papa.»

«Kann ich mir denken.»

Sie legte ihm die Arme um den Hals, zog ihn zu sich herab und gab ihm einen Kuß. «Mach dir keine Sorgen», sagte sie.

«Mach ich nicht.»

«Gute Nacht, Papa.»

«Gute Nacht, mein Liebling. Gott schütze dich.»

5. Kapitel

Sonntag, der Elfte

Sonntag morgen. Ein bedeckter Himmel, ein sehr stiller, friedlicher Tag, über den sich die allwöchentliche Untätigkeit eines schottischen Ruhetags breitete. In der Nacht hatte es geregnet, so daß auf der Straße Pfützen standen und in den Gärten das Wasser von den Blättern lief. Die Häuser Strathcroys lagen noch in tiefem Schlaf, die Vorhänge blieben zugezogen.

Allmählich rührten sich die Bewohner, einer nach dem anderen, standen auf, machten Feuer, bereiteten Tee, sahen vor die Tür. Senkrecht stiegen Rauchwolken von Torffeuern aus den Schornsteinen. Hunde wurden spazierengeführt, Hecken gestutzt, Autos gewaschen. Mr. Ishak öffnete den Laden, damit die Leute Brötchen, Milch, Zigaretten, Sonntagszeitungen und all das andere kaufen konnten, was eine Familie brauchte, um sich über den öden Tag hinwegzuretten. Vom Turm der presbyterianischen Kirche ertönte die Glocke.

Auf Croy waren Hamish und Jeff vor allen anderen aufgestanden und machten sich Frühstück: Schinken, Eier, Würstchen und Tomaten, ganze Stapel frischen Toasts, Orangenmarmelade, Honig und dazu riesige Becher sehr starken Tees. Als Isobel herunterkam, fand sie die Teller neben dem Spülstein und eine Nachricht von Hamish.

Liebe Mama, Jeff und ich sind mit den Hunden in die Berge. Er möchte gern Loch Croy sehen. Wir sind zum Essen wieder da, gegen halb zwölf.

Sie machte Kaffee und setzte sich. Während sie ihn trank, überlegte sie, ob sie Kartoffeln schälen und einen Brombeerpudding machen sollte. Hatte sie genug Sahne für eine Obstmousse im Haus? Später tauchte Lucilla auf, und schließlich kam auch Archie. Er trug seinen guten Tweedanzug, denn er war an der Reihe, in der Kirche aus der Bibel vorzulesen. Weder Frau noch Tochter boten sich als Begleitung zum Kirchgang an. Da sie zu zehnt am Mittagstisch sein würden, hatten sie mehr als genug zu tun.

Pandora verschlief den Vormittag und tauchte erst um Viertel nach zwölf auf, als die Küchenarbeit beendet war. Es war aber nicht zu übersehen, daß auch sie nicht müßig gewesen war, ganz im Gegenteil: ihre Fingernägel waren frisch lackiert, sie hatte sich die Haare gewaschen, sich zurechtgemacht und mit *Poison* besprengt. Sie trug ein Jerseykleid mit einem Rautenmuster in leuchtenden Farben; der Stoff war so fein und fließend, der Schnitt so elegant, daß das Kleid nur aus Italien stammen konnte. Als sie Lucilla in der Bibliothek entdeckte, erklärte sie zwar, die ganze Nacht durchgeschlafen zu haben, ließ sich aber nur allzu gern in einen der tiefen Sessel sinken und sich ein Glas Sherry anbieten.

In Pennyburn setzte sich Vi am frühen Morgen in ihrem Bett auf, trank ihre erste Tasse Tee und plante ihren Tag. Vielleicht sollte sie zur Kirche gehen. Es gab vieles, worum man beten mußte. Sie dachte darüber nach und entschied sich dann dagegen. Sie würde sich schonen und bleiben, wo sie war. Sie mußte mit ihren Energien haushalten. Sie würde ihr Buch auslesen, sich nach einem späten Frühstück an den Schreibtisch setzen und längst fällige Rechnungen bezahlen, andere Banksachen erledigen und sich mit der unverständlichen Forderung des Finanzamts auseinandersetzen. Zum Mittagessen also sollte es nach Croy gehen. Edmund würde sie mit Virginia und Henry abholen und hinauffahren.

Während sie mit mehr Unbehagen als Vorfreude an die Essenseinladung dachte, sah sie aus dem Fenster und überlegte, wie das Wetter wohl werden mochte. Nachdem es die ganze Nacht geregnet hatte, war jetzt alles naß und still. Der Himmel war trübe, würde sich aber später vielleicht aufhellen. Es war die Art Tag, der in mehr als einer Hinsicht einer Aufhellung bedurfte. Sie beschloß, das graue Wollkostüm anzuziehen, um nicht zu frieren. Als schmückendes Accessoire würde sie das neue Hermès-Tuch dazu tragen.

Auf Balnaid machte sich Virginia auf die Suche nach ihrem Sohn.

«Henry, komm, zieh dich um.»

Er saß auf dem Fußboden seines Spielzimmers, baute aus Lego-Steinen eine Raumstation und war ungnädig wegen der Störung. «Warum soll ich mich umziehen?»

«Weil wir zum Mittagessen eingeladen sind und du nicht so hingehen kannst, wie du bist.»

«Warum nicht?»

«Deine Hose ist schmutzig, dein T-Shirt ist schmutzig, deine Schuhe sind schmutzig, und du bist auch schmutzig.»

«Muß ich mich etwa *rausputzen*?»

«Nein, aber du sollst ein frisches T-Shirt, eine saubere Hose und saubere Schuhe anziehen.»

«Auch Socken?»

«Frische Socken.»

Er seufzte, schwer geschlagen. «Muß ich meine Lego-Steine wegtun?»

«Nein, natürlich nicht. Laß alles stehen und liegen, wie es ist. Aber komm jetzt, sonst wird Papa ungeduldig.»

Sie führte den Jungen, der ihr nur widerwillig folgte, in sein Zimmer, setzte ihn dort auf sein Bett und zog ihm das T-Shirt aus.

«Sind noch andere Kinder da?»

«Hamish.»

«Der spielt bestimmt nicht mit mir.»

«Ach was. Wenn du dich ihm gegenüber normal benimmst, spielt er auch mit dir. Zieh jetzt deine Hose und deine Schuhe aus.»

«Wer kommt noch?»

«Papa und ich, Oma Vi. Außerdem sind die Balmerinos da und Lucilla, die ist nämlich mit ihrem Freund aus Frankreich nach Hause gekommen. Er heißt Jeff. Und Pandora.»

«Wer ist das?»

«Archies Schwester.»

«Kenn ich die?»

«Nein.»

«Kennst du sie?»

«Nein.»

«Kennt Papa sie?»

«Ja. Er hat sie als kleines Mädchen gekannt. Oma Vi kennt sie auch.»

«Warum kennst du sie nicht?»

«Weil sie lange, lange im Ausland war. Auch in Amerika. Jetzt kommt sie zum erstenmal nach Croy zurück.»

«Kennt Alexa sie?»

«Nein. Alexa war noch ganz klein, als Pandora nach Amerika gegangen ist.»

«Kennt die deine Großeltern in Leesport?»

«Nein. Das ist auf Long Island, und sie hat in Kalifornien gelebt, auf der anderen Seite der Vereinigten Staaten.»

«Und Edie?»

«Ja. Sie hat Pandora schon gekannt, als sie noch ein ganz kleines Mädchen war.»

«Wie sieht Pandora aus?»

«Großer Gott, Henry, ich hab sie noch nie gesehen, also kann ich es dir nicht sagen. Aber du kennst doch das Bild im Eßzimmer auf Croy? Das hübsche Mädchen? Nun, das ist Pandora, als sie noch jung war.»

«Ich hoffe, sie ist immer noch hübsch.»

«Du magst wohl hübsche Damen?»

«Jedenfalls keine häßlichen.» Er verzog das Gesicht zu einer Grimasse. «Keine, die so aussehen wie Lottie Carstairs.»

Wider Willen mußte Virginia lachen. «Junge, Junge, du bist noch mein Tod. Jetzt gib mir die Haarbürste, und dann geh dir die Hände waschen.»

Vom Fuß der Treppe rief Edmund: «Virginia.»

«Wir kommen.»

Er wartete schon. Er trug einen grauen Flanellanzug, ein sportliches Hemd dazu, eine Klubkrawatte, einen blauen Kaschmirpullover mit V-Ausschnitt und seine Gucci-Slipper, die wie Kastanien glänzten.

«Es wird Zeit.»

Virginia trat zu ihm und küßte ihn. «Du siehst gut aus, Mr. Aird. Weißt du das?»

«Du siehst selbst auch nicht besonders abstoßend aus. Vorwärts, Henry.»

Sie stiegen in den BMW und fuhren ab, hielten kurz im Dorf an, wo Edmund im Supermarkt der Familie Ishak verschwand und mit einem dicken Stapel Sonntagszeitungen herauskam. Dann ging es weiter nach Pennyburn.

Vi hörte sie kommen. Sie war fertig und schloß gerade ihre Haustür ab. Edmund beugte sich zur Beifahrerseite, um ihr die Tür zu öffnen, und sie setzte sich neben ihn. Henry fand, daß sie sehr gut aussah, und sagte ihr das.

«Vielen Dank, Henry. Das ist das hübsche Tuch, das mir deine Mutter aus London mitgebracht hat.»

«Ich weiß. Mir hat sie einen Kricketball und einen Schläger mitgebracht.»

«Du hast sie mir gezeigt.»

«Und Edie eine Strickjacke. Sie gefällt ihr sehr, und sie sagt, sie hebt sie für gut auf. Die ist so 'n bißchen rosablau.»

«Fliederfarben», sagte Virginia.

«Fliederfarben.» Er sagte sich das Wort laut vor.

Der Wagen schoß davon, den Berg hinauf.

Oben sahen sie Archies alten Landrover vor dem Haus stehen. Als Edmund den BMW danebenstellte und alle ausstiegen, trat Archie aus der Haustür, um die Gäste zu begrüßen. Sie gingen ihm die Treppe hinauf entgegen.

«Schön, daß ihr da seid.»

«Du siehst sehr feierlich aus, Archie», sagte Edmund. «Ich hoffe, daß ich dagegen nicht zu sehr abfalle.»

«Ich war in der Kirche. Hab den Bibeltext vorgelesen. Eigentlich wollte ich mich noch umziehen, aber jetzt, wo ihr da seid, ist dafür keine Zeit mehr. Ihr müßt also mit mir vorlieb nehmen, wie ich bin. Tag, Vi. Tag, Virginia. Schön, euch zu sehen. Hallo, Henry, guten Morgen. Wie geht's, wie steht's? Hamish ist in seinem Zimmer und macht sich fein. Er hat im Spielzimmer die Autorennbahn aufgebaut. Wenn du sie dir ansehen möchtest...»

Dieser wie beiläufig gemachte Vorschlag stieß bei Henry auf sofortige Gegenliebe, und damit hatte Archie auch gerechnet. In bezug auf Hamish machte er sich keine Sorgen. Sein Sohn wußte, daß Henry kommen würde, und er hatte ihm klargemacht, daß er sich dem kleinen Gast gegenüber anständig zu benehmen hatte.

Henry wußte aus Erfahrung, daß Hamish, sofern niemand anders da war, der seine Aufmerksamkeit erforderte, nett sein konnte, obwohl er vier Jahre älter war. Und er hatte eine Autorennbahn – eins der märchenhaften Dinge, die Henry auf seinen Weihnachtswunschzettel schreiben wollte.

Sein Gesicht hellte sich also sogleich auf, und er rannte mit einem knappen «In Ordnung» die Treppe hinauf.

«Glänzend», murmelte Vi, als spreche sie mit sich selbst. Dann fuhr sie fort: «Wieviel wart ihr heute in der Kirche?»

«Sechzehn, mit dem Pfarrer.»

«Ich hätte eigentlich auch gehen müssen. Jetzt darf ich den Rest des Tages mit einem schlechten Gewissen herumlaufen...»

«Es gibt nicht nur schlechte Nachrichten. Der Bischof hat irgendeine obskure Stiftung ausgegraben, die jemand vor Jahren eingerichtet hat. Er meint, daß er einen größeren Betrag davon abzweigen kann, und der würde für das genügen, was zur Reparatur der elektrischen Anlage noch fehlt...»

«Wäre das nicht großartig?»

«Aber», sagte Virginia, «ich dachte, dafür hätten wir den Basar veranstaltet...»

«Gelder lassen sich jederzeit umleiten...»

Edmund sagte nichts dazu. Es war ein langer Vormittag gewesen, und er hatte ihn mit voller Absicht kleinen und unbedeutenden Aufgaben gewidmet, die schon seit Wochen seine Aufmerksamkeit erfordert hatten. Da waren Briefe zu schreiben, Rechnungen zu bezahlen, eine Anfrage seines Steuerberaters zu klären und zu beantworten. Er merkte, daß er allmählich ungeduldig wurde. Am anderen Ende der großen Eingangshalle stand die zweiflüglige Tür der Bibliothek einladend offen. Er freute sich auf einen Gin mit Tonic, aber Archie, Virginia und Vi hatten sich am Fuß der Treppe in Kirchenfragen verbissen, denen er nur wenig Interesse entgegenbrachte. Er hatte sich stets bewußt aus derlei Angelegenheiten herausgehalten.

«... natürlich brauchen wir neue Kniekissen.»

«Vi, Koks für die Heizung ist nun wirklich wichtiger als neue Kniekissen...»

Seine Frau und seine Mutter schienen den eigentlichen Anlaß ihres Besuchs auf Croy vergessen zu haben. Mit mühsam unterdrücktem Ärger hörte er zu. Dann aber nahm ein anderes Geräusch seine Aufmerksamkeit gefangen. Aus der Bibliothek kam das Klappern hoher Absätze. Er hob den Blick und sah über Virginias Kopf hinweg Pandora im offenen Türrahmen.

Sie blieb stehen und versuchte, die Situation einzuschätzen. Über die Entfernung hinweg trafen sich ihre Augen. Er vergaß seine Ungeduld und merkte, wie ihm Wörter durch den Kopf schossen, so, als habe man ihn unvermittelt aufgefordert, einen Bericht abzufassen, und er suche nun aufgeregt nach passenden Begriffen, mit denen er seinen Standpunkt untermauern konnte, nur, um sie sogleich wieder zu verwerfen. Pandora war älter geworden, schlanker, damenhafter, elegant, mondän, erfahren, mißachtete sittliche Gebote. Sie war schön.

Er hätte sie überall auf der Welt sofort erkannt. Immer noch hatte sie die großen, aufmerksamen Augen, die geschwungenen Lippen mit dem aufreizenden Grübchen im Mundwinkel. Form und Züge ihres Gesichts waren durch all die Jahre unverändert geblieben; die

Fülle ihres kastanienbraunen Haars wirkte nach wie vor jugendlich.

Er spürte, wie sein Gesicht erstarrte. Er brachte kein Lächeln zustande, stand stocksteif da, und auf sonderbare Weise teilten sich sein Schweigen wie seine Reglosigkeit den anderen mit, ihre Stimmen erstarben. Vi drehte den Kopf.

«Pandora.»

Die Kirche und ihre Angelegenheiten waren vergessen. Vi trat von Virginias Seite über das polierte Parkett, ging aufrecht und mit ausgestreckten Armen auf Pandora zu, wobei ihr die große lederne Handtasche am Riemen von der Schulter baumelte. «Mein liebes Kind. Welche Freude. Welches Entzücken, dich wiederzusehen.»

«... aber Isobel, wir können unmöglich alle bei dir zu Abend essen. Das ist doch viel zuviel Mühe für dich.»

«Ach was. Wenn ich richtig gezählt habe, sind es elf, nur einer mehr als jetzt.»

«Hat dir Verena womöglich auch noch Hausgäste aufgehalst?»

«Nur einen.»

Pandora meldete sich. «Er ist als der melancholische Amerikaner bekannt, weil sich Isobel nicht an seinen Namen erinnern kann.»

«Armer Kerl», sagte Archie vom Kopfende des Tisches. «Das klingt so, als sei das Urteil über ihn gesprochen, bevor er hier ist.»

«Warum ist er melancholisch?» fragte Edmund und griff nach seinem Bierglas. Auf Croy wurde mittags nie Wein gereicht. Der Grund dafür war nicht etwa Sparsamkeit, sondern eine alte Familienüberlieferung, die auf Archies Eltern und Großeltern zurückging. Archie hielt sie aufrecht, weil sie ihm einleuchtete. Wein machte Gäste schwatzhaft und körperlich träge, seiner Ansicht nach aber waren Sonntagnachmittage dazu da, mit nützlichen Tätigkeiten im Freien verbracht zu werden, nicht damit, daß man in einem Lehnstuhl über seinen Zeitungen einschlief.

«Höchstwahrscheinlich ist er gar nicht melancholisch», teilte ihm Isobel mit, «sondern vermutlich ein sehr vernünftiger, munterer Mensch. Da aber seine Frau kürzlich gestorben ist, hat er sich einige Monate aus seiner gewohnten Umgebung zurückgezogen und ist nach Europa herübergekommen, um Abstand zu gewinnen.»

«Kennt ihn Verena?»

«Nein, aber Katy. Er hat ihr leid getan, und sie hat ihre Mutter gebeten, ihn einzuladen.»

Pandora sagte: «Hoffentlich ist er keiner von diesen entsetzlichen Menschen, die sich so gräßlich in alles reinsteigern können. Man zeigt ihnen eine Kläranlage, und sie geraten vor lauter Höflichkeit aus dem Häuschen, behaupten, es sei schrecklich interessant gewesen, und wollen auch noch das Baujahr wissen.»

Archie lachte. «Pandora, wieviel Amerikanern hast du schon eine Kläranlage gezeigt?»

«Natürlich noch keinem, mein Lieber. Das sollte nur ein Beispiel sein.»

Sie saßen um den Eßtisch. Alle hatten dem zarten Roastbeef mit Meerrettichsoße und dunklem, mit Rotwein abgeschmecktem Bratensaft kräftig zugesprochen. Zu dem Fleisch, das *à point* gebraten und in der Mitte noch rosa war, hatte es frische Bohnen und Erbsen gegeben. Jetzt widmeten sich alle dem Nachtisch. Zur Auswahl standen Brombeerpudding und heiße Sirupküchlein mit frischer Sahne.

Draußen hatte der Tag wie eine launische Frau aufgehört zu schmollen und war aus keinem erkennbaren Grund dazu übergegangen, sich von der angenehmen Seite zu zeigen.

«Nun, wenn wir alle zum Abendessen kommen», führte Virginia die Unterhaltung entschlossen auf den wesentlichen Punkt zurück, «mußt du mir erlauben, daß ich dir helfe. Ich mach gern eine Vorspeise, einen Pudding oder irgendwas anderes.»

«Das wäre nicht schlecht», gab Isobel zu. «Denn den ganzen Tag davor helf ich Verena auf Corriehill bei der Blumendekoration.»

«Aber das ist doch mein Geburtstag!» meldete sich Vi, aufrichtig erzürnt. «Da veranstalte ich mein Picknick.»

«Ich weiß, Vi, und es tut mir auch leid, daß ich zum erstenmal seit vielen Jahren nicht dabeisein kann.»

«Nun, ich hoffe nur, daß nicht noch mehr wegbleiben. Du mußt doch nicht auch bei der Blumendekoration mitmachen, Virginia?»

«Nein. Verena hat mich nur gebeten, ihr meine größten Blumenkübel und Vasen zu leihen. Die kann ich ohne weiteres am Mittwoch nach Corriehill bringen.»

«Wann kommt Alexa eigentlich?» fragte Lucilla.

«Sie wird auf jeden Fall zum Picknick dasein, Vi. Sie fahren über Nacht, Noel kann früher nicht weg.»

«Das muß ich mir alles aufschreiben», sagte Vi, «sonst verlier ich noch den Überblick und mach zuviel oder zuwenig zum Essen.» Sie beugte sich vor und sah über den Tisch zu Henry hinüber, um dessen Aufmerksamkeit auf sich zu lenken. Er machte ein finsteres Gesicht. Es war ihm nicht recht, daß man über Vis Geburtstag sprach, wo alle genau wußten, daß er nicht dasein würde. Sie sagte: «Ich schick zwei große Stücke Geburtstagskuchen nach Templehall rüber. Eins für Henry und eins für Hamish.»

«Dann sieh aber zu, daß es einer ist, der nicht tropft», sagte Hamish, während er den letzten Löffel Siruptörtchen von seinem Teller kratzte. «Mama hat mir mal 'nen Kuchen geschickt, bei dem die ganze Sahne durch das Papier gekommen ist. Die Hausmutter war fuchsteufelswild und hat das Ganze im Krankenzimmer in die Mülltonne geschmissen.»

«Was für ein Drachen», sagte Pandora mitfühlend.

«Das ist 'ne richtig blöde Kuh. Mama, kann ich noch was haben?»

«Ja, aber biete zuerst den anderen davon an.»

Gehorsam stand Hamish auf und nahm in jede Hand einen Teller.

Lucilla sagte: «*Wir* haben ein kleines Problem.» Alle sahen zu ihr hin, neugierig, worum es dabei gehen mochte, aber nicht wirklich interessiert. «Jeff hat nichts anzuziehen. Ich meine, zum Tanzen.»

Jetzt wandten sich die Blicke Jeff zu, der während der ganzen Mahlzeit kaum ein Wort gesagt hatte. Er wirkte ein wenig beschämt und schien dankbar für die Gelegenheit, sich abwenden zu können, als Hamish mit den beiden Tellern neben ihm auftauchte. Während er noch einmal Pudding nahm, sagte er: «Als ich in Australien abgeflogen bin, hab ich nicht im Traum daran gedacht, daß man mich zu so einem Fest einladen könnte, und außerdem wäre im Rucksack gar kein Platz für einen Smoking gewesen.»

Alle dachten über das Problem nach.

Archie sagte: «Ich würde Ihnen ja gern meinen leihen, wenn ich ihn nicht selbst brauchte.»

«Der würde Jeff auch gar nicht passen, Papa.»

«Er kann sich doch einen mieten. Es gibt in Relkirk solche Geschäfte ...»

«Aber Papa, das ist entsetzlich teuer.»

«Tut mir leid, von solchen Sachen hab ich keine Ahnung.»

Über den Tisch hinweg sah Edmund zu dem jungen Australier hinüber. «Sie haben etwa meine Größe. Ich kann Ihnen bestimmt was Passendes geben.»

Violet, die neben ihrem Sohn saß, wandte sich ihm verblüfft zu. Er schien ihren durchdringenden Blick nicht zu spüren. Während sie ihrer unmütterlichen Verblüffung auf den Grund zu kommen versuchte, wurde ihr klar, daß sie noch nie zuvor eine solch spontane und herzliche Geste an Edmund erlebt hatte.

Wieso eigentlich nicht? Er war ihr Sohn, Geordies Kind. Sie wußte, daß er bei wichtigen Dingen stets großzügig mit Zeit und Geld, aufmerksam und rücksichtsvoll war. Sie konnte sich bei Schwierigkeiten oder wenn es um Hilfe bei Entscheidungen ging, jederzeit an ihn wenden und hatte das auch häufig getan, denn sie wußte, daß er alles tun würde, was in seinen Kräften stand.

Aber bei unbedeutenden Dingen sah es anders aus. Die kleine Geste, das liebenswürdige Wort, ein kleines Geschenk, das außer ein paar Pfennigen und ein wenig Zeit nichts kostete, etwas, wobei der bloße Gedanke zählte, waren seine Sache nicht. Ihre Augen suchten über den Tisch hinweg Virginia und ruhten auf dem schweren Goldarmband, das sie trug. Edmund hatte es ihr – und Violet mochte gar nicht daran denken, was es gekostet hatte – geschenkt, als sei es eine Tube Leim, mit der sie ihr Zerwürfnis flicken konnten. Wieviel besser wäre es gewesen, wenn sie sich gar nicht erst gestritten und sich damit Wochen des Unglücklichseins erspart hätten.

Und jetzt bot er von sich aus an, Lucillas Freund Jeff einen Gefallen zu tun! Es würde ihn nichts kosten, aber das Anerbieten war so spontan gekommen, daß Violet an Geordie hatte denken müssen. Statt sich darüber zu freuen, empfand sie leisen Kummer, weil sie sich nicht erinnern konnte, wann sie zuletzt an Edmund irgendein Wesensmerkmal entdeckt hatte, das er von seinem warmherzigen Vater geerbt hatte.

Jeff schien ebenso fassungslos wie sie.

«Das kann ich unmöglich annehmen. Ich miete mir einfach 'nen Smoking.»

«Es macht mir aber wirklich nichts aus. Ich hab genug Zeug rumhängen. Sie können einfach was anprobieren und sehen, ob es paßt.»

«Aber brauchen Sie das nicht selbst?»

«Ich werde im Kilt kommen, wie sich das für einen richtigen Schotten gehört.»

Lucilla hingegen war zutiefst dankbar. «Du bist ein Engel, Edmund. Welche Erleichterung. Jetzt muß ich nur noch was für mich finden.»

«Isobel und ich kaufen uns in Relkirk ein paar schicke Sachen», sagte Pandora. «Warum kommst du nicht einfach mit?»

Zur Überraschung aller sagte Lucilla: «Rasend gern.» Doch die Überraschung war nur von kurzer Dauer. «Da gibt es einen traumhaften Straßenmarkt mit einem Stand, an dem die tollsten Klamotten aus den dreißigern hängen. Da find ich bestimmt was.»

«Davon bin ich fest überzeugt», sagte ihre Mutter.

«Papa, du bist ein Ekel. Du hast mich richtig in die Rhododendren reingetrieben.»

«Ich wollte dich aus dem Weg haben.»

«Dafür mußtest du mich doch nicht *so* weit wegschlagen.»

«Doch. Du spielst viel zu raffiniert, als daß ich dich in die Nähe des Tores kommen lassen dürfte. So, Virginia, du brauchst nur bis *hierher* zu schlagen.»

«Hattest du an einen bestimmten Grashalm gedacht?»

Die Mittagsgesellschaft hatte sich nach dem Kaffee harmonisch aufgelöst. Die beiden Jungen, die keine Lust mehr hatten, mit der Autorennbahn zu spielen, hatten sich in Hamishs Baumhaus zurückgezogen, wo sie auf der Schaukel hin- und herschwangen. Isobel hatte Vi mit Beschlag belegt, der sie ihre Rabatten zeigen wollte. Sie waren nicht so großartig wie früher, aber immer noch so, daß sie stolz auf sie sein und sie bewundern lassen konnte. Archie, Virginia, Lucilla und Jeff fanden, daß Hamishs Bemühungen vom Vorabend nicht vergebens gewesen sein sollten, und spielten eine Runde Krocket. Edmund saß neben Pandora auf der alten Gartenschaukel am oberen Rand des Rasens, sie sahen den anderen zu.

Der Nachmittag war angenehm, wenn auch windig. Wolken triebe übereinandergestaffelt am Himmel dahin, doch dazwischen gab es große blaue Flächen, und wenn die Sonne herauskam, wurde es recht warm. Trotzdem hatte sich Pandora aus der Garderobe in der Eingangshalle eine alte Jagdjacke Archies geholt. In dies Kleidungsstück aus gewachstem Khakigewebe mit einem wolligen Tweedfutter gehüllt, saß sie da, die Beine eng an sich gezogen. Von Zeit zu Zeit stieß Edmund mit dem Fuß die Schaukel ab. Weil sie schon lange nicht geölt worden war, quietschte sie entsetzlich.

Ein Klagelaut drang aus den Rhododendronbüschen. «Ich kann den abscheulichen Ball nicht finden und hab mich an einer Brombeerranke gekratzt.»

«Gleich fliegen die Fetzen», prophezeite Edmund.

«Das war in unserer Familie schon immer so, wenn Krocket gespielt wurde. Ein absolut tödliches Spiel.»

Sie verstummten wieder und schaukelten leicht vor und zurück. Virginia schlug nach ihrem Ball, der eigensinnig mindestens vier Meter weiter rollte, als Archie gezeigt hatte.

«Tut mir leid, Archie.»

«Du hast zu fest geschlagen.»

«Nichts ist so banal wie eine Äußerung, die man Wort für Wort voraussagen kann», sagte Edmund.

Pandora schwieg. Die Schaukel quietschte. Wortlos sahen sie zu, während Jeff schlug.

«Haßt du mich eigentlich, Edmund?» fragte Pandora.

«Nein.»

«Aber du verachtest mich, hältst nichts von mir?»

«Wie kommst du darauf?»

«Weil ich damals alles verdorben habe, ohne ein Wort der Erklärung mit dem Mann einer anderen Frau durchgebrannt bin, der alt genug war, mein Vater zu sein, nie wiedergekommen bin, meinen Eltern das Herz gebrochen und Wellen des Entsetzens und Abscheus durch die ganze Grafschaft geschickt habe.»

«Hast du das tatsächlich?»

«Als ob du das nicht genau wüßtest.»

«Ich war damals nicht hier.»

«Ach natürlich. Du warst ja in London.»

«Ich habe nie kapiert, warum du einfach verschwunden bist.»

«Mir war so elend. Ich wußte nicht, was ich mit meinem Leben anfangen sollte. Archie war fort, und er fehlte mir. Ich wußte nicht, an wen ich mich hätte wenden können. Dann kam eine kleine Ablenkung, und alles schien so schrecklich erwachsen und großartig. Aufregend. Ich brauchte eine Bestätigung, und die hat er mir geboten.»

«Wie hast du ihn eigentlich kennengelernt?»

«Ach, bei irgendeiner Gesellschaft. Er war mit einer pferdegesichtigen Frau verheiratet, Gloria hieß sie und hat sich schnell nach Marbella abgesetzt, als sie merkte, aus welcher Richtung der Wind wehte. Ist auf und davon gegangen und nie zurückgekehrt. Das war noch ein Grund, warum ich mit ihm nach Kalifornien gegangen bin.»

Lucilla tauchte mit Blättern im Haar aus den Rhododendronbüschen auf und nahm das Spiel wieder auf. «Wer ist schon durch das Tor und wer noch nicht?»

Allmählich hörte die Schaukel auf zu schwingen. Edmund stieß sie erneut an, so daß sie quietschte.

Pandora fragte: «Bist du glücklich?»

«Ja.»

«Ich glaube, das war ich nie.»

«Das fände ich schade.»

«Das Reichsein hat mir gefallen, aber ich war nie glücklich. Ich hatte Heimweh, und die Hunde haben mir gefehlt. Weißt du, wie der Mann hieß, mit dem ich damals abgehauen bin?»

«Ich glaube nicht, daß man mir das je gesagt hat.»

«Harald Hogg. Kannst du dir vorstellen, daß ein junges Mädchen mit einem Mann durchbrennt, der so heißt? Hogg gleich Schwein! Nach der Scheidung habe ich als erstes wieder meinen Mädchennamen angenommen. Auch wenn ich seinen Namen abgelegt habe, den größten Teil seines Geldes habe ich behalten. Sich in Kalifornien scheiden zu lassen ist das wahre Glück.»

Edmund sagte nichts.

«Und weißt du, was ich gemacht hab, nachdem ich geschieden war und wieder Blair hieß?»

«Keine Ahnung.»

«Ich bin nach New York gegangen. Da war ich noch nie gewesen und kannte keine Menschenseele. Aber ich habe mich im feinsten Hotel einquartiert, das ich finden konnte, und bin dann im Bewußtsein, daß ich kaufen könnte, was mir gefiel, einfach über die Fifth Avenue geschlendert. Das ist auch eine Art Glück, was, Edmund? Wenn man weiß, daß man kaufen kann, was das Herz begehrt, und dann merkt, daß man nichts davon will.»

«Bist du jetzt glücklich?»

«Ich bin zu Hause.»

«Warum bist du wiedergekommen?»

«Ich weiß nicht so recht. Da gibt es verschiedene Gründe. Lucilla und Jeff waren gekommen, sie konnten mich fahren. Ich wollte Archie wiedersehen. Ganz zu schweigen von der unwiderstehlichen Verlockung, die von Verena Steyntons Einladung ausging.»

«Ich habe das Gefühl, daß die nur wenig damit zu tun hat.»

«Vielleicht. Es ist ein hübscher Vorwand.»

«Zur Beerdigung deiner Eltern bist du nicht gekommen.»

«Das war wohl unverzeihlich, was?»

«Das hast du gesagt.»

«Mir fehlte der Mut. Ich hätte es nicht über mich gebracht,

konnte mich den Trauerfeiern, Gräbern und Beileidsbekundungen nicht stellen. Ich konnte niemandem ins Gesicht sehen. Der Tod ist so endgültig, wie die Jugend süß ist. Ich war nicht in der Lage, mich der Erkenntnis zu stellen, daß alles vorbei war.»

«Bist du auf Mallorca glücklich?»

«Ich lebe schon seit vielen Jahren dort, und Casa Rosa ist mein erstes wirkliches Zuhause.»

«Wirst du dorthin zurückkehren?»

«Warum fragst du?»

«Ich weiß nicht.»

«Vielleicht weiß ich es selbst nicht.»

Sie lehnte den Kopf an die verblaßten gestreiften Kissen. Ihr Gespräch, sofern man es so nennen konnte, schien beendet zu sein. Edmund sah zu Virginia hinüber. Sie stand in der Mitte des Rasens auf ihren Krockethammer gestützt, während sich Jeff daranmachte, einen schwierigen Schlag zu spielen. Zu einem karierten Herrenhemd trug sie einen kurzen blauen Jeansrock, unter dem ihre langen braunen Beine hervorsahen. Sie brach in Gelächter aus, als es Jeff nicht gelang, seine Kugel durch den Drahtbogen zu schlagen, und Edmund mußte daran denken, daß von dieser sportlich wirkenden schlanken Frau eine Art von Vitalität ausging, die er unwillkürlich in Beziehung zu Zeitschriftenanzeigen für Sportkleidung, Rolex-Uhren oder Sonnenschutzmittel brachte.

Virginia. Meine Liebe, sagte er sich im stillen. Mein Leben. Aber aus irgendeinem Grund waren diese Wörter so nichtssagend wie wirkungslose Beschwörungsformeln, und er spürte, wie ihn Verzweiflung überkam. Pandora war verstummt. Er hatte keine Ahnung, woran sie dachte, und als er zu ihr hinsah, merkte er, daß sie fest schlief.

Was für ein unterhaltsamer Gesellschafter er sein mußte! Er schwankte zwischen Kummer und Belustigung, und seine gesunde Reaktion auf ihre Tücke vermochte zumindest einstweilen das schreckliche Gefühl abzuwehren, daß er mit seinem Latein am Ende war.

6. Kapitel

Montag, der Zwölfte

Der Montag gehörte zu den Tagen, an denen Edie vormittags Virginia auf Balnaid half, und Virginia war ihr dankbar dafür, denn die Montage mochte sie nicht. Das Wochenende war vorüber, Edmund hatte in seinem Geschäftsanzug morgens um acht das Haus verlassen, um nach Edinburgh ins Büro zu fahren, bevor der schlimmste Berufsverkehr einsetzte. Jedesmal hinterließ er eine Leere und Schalheit, es war eine Art Tiefpunkt. Jedesmal aufs neue kostete es sie Mühe, sich wieder dem Alltag zu stellen und all die lästigen Haushaltspflichten zu erledigen. Doch sobald sie die Hintertür ins Schloß fallen hörte, das Zeichen für Edies Eintreffen, war alles gleich ein wenig erträglicher. Dafür sorgte schon das bloße Bewußtsein, daß Edie *da* war. Virginia hatte einen Menschen, mit dem sie reden, mit dem sie lachen konnte, jemanden, der in der Bibliothek Staub wischte und in der Eingangshalle die Hundehaare vom Teppich saugte. Es war wohltuend, aus der Küche das Geklapper zu hören, mit dem Edie das Frühstücksgeschirr abräumte, zu hören, wie sie mit den Hunden redete, während sie die Wäsche in die Maschine steckte, die sich über das Wochenende angesammelt hatte.

«Kommt mir bloß nicht zwischen die Füße, sonst tret ich euch auf den Schwanz.»

Wie jeden Montag bezog Virginia im Schlafzimmer das große Doppelbett neu. Henry war einkaufen gegangen. Sie hatte ihn mit fünf Pfund ins Dorf geschickt, damit er im Supermarkt der Familie Ishak die ihm zugestandene Menge an Süßigkeiten, Schokolade und Keksen einkaufen konnte, die er mit nach Templehall nehmen durfte, wo sie allerdings bis zu den nächsten Ferien vorhalten mußten. Nie zuvor hatte er so viel Geld zum Einkauf von Süßigkeiten bekommen, und dieser neue Gesichtspunkt hatte kurzfristig seine Aufmerksamkeit davon abgelenkt, daß er morgen zum erstenmal das Elternhaus für längere Zeit verlassen würde. Acht Jahre war er alt und ging fort von ihr. Nicht für immer natürlich, aber Virginia war klar, daß er bereits verändert sein würde, wenn sie ihn das nächste Mal wiedersah, er würde Dinge gesehen, getan und gelernt haben, die nichts mit dem Leben seiner Mutter zu tun hatten. Morgen ging er fort. Der erste Tag eines Jahrzehnts regelmäßiger Trennungen von seinen Eltern und seinem Zuhause. Der Anfang seines Erwachsenwerdens, des Prozesses, mit dem er ihr entwachsen würde.

Sie legte Kopfkissenbezüge zusammen. Nur noch vierundzwanzig Stunden blieben ihnen beiden. Das ganze Wochenende hindurch hatte sie bewußt nicht an den unausweichlichen Abschied gedacht, hatte so getan, als werde der Dienstag nie kommen. Henry hatte es vermutlich ebenso gehalten, und es tat ihr in der Seele weh, wenn sie an seine kindliche Unschuld dachte. Als sie ihm am Vorabend gute Nacht gesagt hatte, war sie auf einen Tränenausbruch gefaßt gewesen. *Das Wochenende ist vorbei. Unser letztes Wochenende. Ich will nicht in die Schule gehen. Ich will nicht von dir weg*. Aber er hatte ihr lediglich berichtet, wie schön es gewesen war, mit Hamish zu spielen und an einem Knie von dessen Schaukel zu hängen. Dann war er, vom Treiben des Tages erschöpft, beinahe sofort eingeschlafen.

Sie bezog die Betten mit frisch gebügelten Laken. Ich werde dafür sorgen, daß ihm der heutige Tag Spaß macht, nahm sie sich vor, irgendwie werde ich ihn überstehen, und dann den morgigen. Wenn Edmund mit dem Jungen weggefahren ist und ich den Wagen nicht mehr hören kann, lenke ich mich ab und tue etwas, was meine ganze Aufmerksamkeit verlangt. Ich könnte zu Dermot Honeycombe gehen und stundenlang nach einem Geschenk für Katy Steynton suchen. Irgendwas aus Porzellan, eine antike Lampe oder vielleicht einen kleinen Silbergegenstand aus dem 18. Jahrhundert. Ich schreibe einen langen Brief an Großvater und Großmutter. Ich räume den Wäscheschrank auf, nähe Knöpfe an Edmunds Hemden... Und wenn er dann zurückkommt, ist das Schlimmste vorbei, und ich kann anfangen, die Tage zu zählen, bis Henry zum erstenmal nach Hause darf. Die Tage zählen, bis ich ihn wiedersehe.

Sie nahm die schmutzigen Laken und warf sie auf den Treppenabsatz hinaus, räumte einige herumliegende Kleidungsstücke und Schuhe beiseite, strich ein Kissen glatt.

Das Telefon klingelte. Sie setzte sich auf die Kante des frischbezogenen Betts und nahm ab.

«Balnaid.»

«Virginia.» Es war Edmunds Stimme. Was mochte er um Viertel nach neun am Vormittag wollen?

«Bist du im Büro?»

«Ja, seit zehn Minuten. Hör mal, Virginia, ich muß nach New York.»

Das war nichts Besonderes und beunruhigte sie nicht. Nach New York mußte er ziemlich häufig.

«Wann?»

«Heute. Jetzt gleich. Ich nehme die erste Maschine nach London und fliege heute nachmittag von Heathrow.»

«Aber...»

«Ich bin rechtzeitig für die Gesellschaft am Freitag wieder da. Wahrscheinlich um sechs Uhr abends. Falls es klappt, auch früher.»

«Du meinst...» Sie konnte nicht recht glauben, was er da sagte. «Heißt das, du bist die ganze Woche weg?»

«Ja.»

«Aber... du mußt doch packen, was zum Anziehen mitnehmen...»

Ein törichter Einwand, sie wußte sehr wohl, daß er in der Wohnung am Moray Place einen ganzen Schrank voller Anzüge, Hemden und Unterwäsche hatte, mit denen er in jeder Klimazone und in jeder Metropole bestehen konnte.

«Das erledige ich hier.»

«Aber...» Endlich wurde ihr klar, was seine Worte wirklich bedeuteten. *Das kann er mir nicht antun.* Das Schlafzimmerfenster stand offen, und obwohl die Luft, die hereinkam, nicht kalt war, zitterte Virginia, über das Telefon gebeugt. Sie sah, wie die Knöchel der Hand, die den Hörer hielt, weiß wurden. «Morgen», sagte sie. «Dienstag. Du wolltest Henry nach Templehall bringen.»

«Es geht nicht.»

«Du hast es versprochen.»

«Ich muß dringend nach New York.»

«Laß jemand anders hinfliegen.»

«Es gibt keinen anderen. Da drüben ist eine Panik ausgebrochen, ich muß selbst hin.»

«Aber du hast es *versprochen*. Du hast gesagt, du wirst Henry hinbringen. Ich habe dir gesagt, daß es das einzige ist, was ich nicht tun würde. Das war meine Bedingung, und du hast sie akzeptiert.»

«Das weiß ich, und es tut mir leid. Aber ich habe keinen Einfluß auf die Sache.»

«Schick jemand anders. Wozu bist du der Chef? Laß einen deiner Angestellten hinfliegen.»

«Gerade weil ich bin, wer ich bin, muß ich selbst hin.»

«Du bist, wer du bist!» Sie hörte ihre eigene Stimme, die vor Wut schrill war. «Edmund Aird. Du denkst nur an dich selbst und an nichts als deine unausstehliche Arbeit. Wie ich Sanford Cubben hasse. Mir ist zwar klar, daß ich auf deiner Prioritätenliste ziemlich unten rangiere, aber ich hatte gedacht, Henry stünde ein bißchen weiter oben. Du hast es nicht nur mir versprochen, sondern auch dem Jungen. Bedeutet dir das eigentlich nichts?»

«Ich habe nichts versprochen. Ich habe nur gesagt, daß ich ihn hinbringe, und das geht jetzt eben nicht.»

«Für mich ist das eine Zusage. Wenn du geschäftlich eine solche Zusage gemacht hättest, würdest du alles tun, um sie einzuhalten.»

«Sei vernünftig, Virginia.»

«Ich will nicht vernünftig sein. Ich will nicht hier sitzen, dir zuhören und mir sagen lassen, ich soll vernünftig sein. Und ich will mein Kind nicht selbst in ein Internat bringen, in dem ich es nie haben wollte. Das wäre so, als müßte ich einen der Hunde zum Tierarzt fahren, damit er ihn einschläfert. Ich tu es nicht.»

Inzwischen klang ihre Stimme wie die eines keifenden Fischweibes, aber das war ihr jetzt gleichgültig. Edmund blieb wie stets aufreizend gelassen und teilnahmslos.

«In dem Fall würde ich vorschlagen, daß du Isobel anrufst und sie bittest, Henry mitzunehmen. Sie fährt ja Hamish ohnehin hin und hat bestimmt reichlich Platz im Wagen.»

«Wenn du glaubst, daß ich den Jungen einfach so abschiebe...»

«Dann mußt du eben selbst fahren.»

«Du bist gemein, Edmund. Das ist dir hoffentlich klar. Du benimmst dich wie ein selbstsüchtiger Dreckskerl.»

«Wo ist Henry? Ich würde gerne noch mit ihm sprechen, bevor ich fliege.»

«Er ist nicht da», sagte Virginia mit einer gewissen boshaften Befriedigung. «Er kauft gerade bei den Ishaks seine Süßigkeiten ein.»

«Nun, sag ihm, daß er mich im Büro anrufen soll, wenn er nach Hause kommt.»

«Ruf ihn doch selbst an.» Mit dieser bissigen Aufforderung knallte sie den Hörer auf die Gabel und machte der elenden Unterhaltung ein Ende.

Ihre erhobene Stimme war bis in die Küche gedrungen.

«Was war denn los?» fragte Edie und wandte sich vom Spülstein Virginia zu, als diese mit zorngerötetem Gesicht in die Küche stürmte, die Arme voller Schmutzwäsche, die sie in den Hauswirtschaftsraum brachte und dort in Richtung Waschmaschine schleuderte.

«Ist was nicht in Ordnung?»

«Nichts ist in Ordnung.» Virginia nahm sich einen Stuhl und setzte sich mit verschränkten Armen und wütendem Gesicht. «Das war Edmund. Er fliegt nach New York, und zwar *heute*. Jetzt. Er bleibt eine ganze Woche fort, und dabei hat er mir ein Versprechen gegeben. Er hat *versprochen*, daß er Henry morgen ins Internat fährt. Ich habe ihm gesagt, daß ich das auf keinen Fall selbst tun würde. Die ganze Sache mit Templehall habe ich von Anfang an nicht für richtig gehalten, und der einzige Grund, warum ich schließlich nachgegeben habe, war, daß Edmund *versprochen* hat, er würde Henry morgen hinfahren.»

Edie sah, in welcher Verfassung Virginia war, und sagte begütigend: «Nun, ich nehme an, daß so was bei wichtigen Geschäftsleuten schon mal passiert.»

«Nur bei Edmund. Andere Männer sind imstande, ihr Leben zu führen, ohne so empörend selbstsüchtig zu sein.»

«Und selbst möchten Sie den Jungen nicht hinbringen?»

«Nein. Das ist das letzte auf der Welt, was ich tun würde. Es ist unmenschlich von Edmund, das von mir zu erwarten.»

Edie überdachte die Sache.

«Könnten Sie nicht Lady Balmerino bitten, ihn mitzunehmen?»

Virginia verkniff sich die Bemerkung, daß Edmund diesen vernünftigen Vorschlag bereits gemacht und sich dafür üble Vorwürfe eingehandelt hatte.

«Ich weiß nicht.» Sie dachte darüber nach. «Vielleicht», räumte sie widerstrebend ein.

«Isobel ist sehr verständnisvoll und hat das alles schon hinter sich.»

«Das stimmt überhaupt nicht.» Edie spürte, daß sie Virginia zur Zeit nichts recht machen konnte. «Hamish war *nie* wie Henry. Man hätte ihn auf den Mond schicken können, seine einzige Sorge wäre gewesen, wann es was zum Essen gäbe.»

«Da haben Sie recht. Trotzdem würde ich an Ihrer Stelle mit Isobel reden. Es hat doch keinen Sinn, sich so aufzuregen, wenn man nichts ändern kann. Glücklich ist...»

«Ich weiß, Edie... ‹wer vergißt, was doch nicht zu ändern ist›.»

«Ist aber doch wahr», sagte Edie behäbig, nahm den Kessel und setzte Wasser auf. Eine gute Tasse heißen Tees schien ihr angebracht. In schwierigen Situationen gab es nichts Besseres.

Die beiden Frauen tranken ihren Tee, als Henry mit einer Tragetüte voller Süßigkeiten hereinkam.

«Sieh nur, Mama, was ich habe!» Er schüttete den Inhalt der Tüte auf den Küchentisch. «Sieh mal, Edie. Mars, Smarties, Milchschokolade, Gummibärchen, verschiedene Plätzchen, Sirupbonbons und Pfefferminz. Außerdem hat mir Mrs. Ishak einen Lutscher geschenkt, weil ich weggehe. Den mußte ich nicht bezahlen, da kann ich ihn doch eigentlich gleich lutschen?»

Edie beäugte das Ergebnis seines Beutezuges. «Ich hoffe nur, daß du das nicht alles auf einen Sitz ißt, sonst bleibt dir kein einziger Zahn im Mund.»

«Nein.» Er wickelte bereits den Lutscher aus. «Das muß lange vorhalten.»

Inzwischen hatte sich Virginias Groll ein wenig gelegt. Sie legte ihren Arm um Henry und sagte mit gewollt munterer Stimme: «Papa hat angerufen.»

Er leckte. «Was will er?»

«Er muß nach Amerika. Noch heute. Er fliegt heute nachmittag nach London und kann dich deswegen morgen nicht in die Schule bringen. Aber ich dachte, ich könnte...»

Henry hörte auf, an seinem Dauerlutscher zu lecken. Alle Freude war aus seinem Gesicht gewichen, und er sah seine Mutter verschreckt mit riesengroßen Augen an.

Sie zögerte und begann dann erneut. «... ich überleg mir, ob ich nicht Hamishs Mutter anrufe und sie frage, ob sie dich mit ihm zusammen hinbringt...»

Weiter kam sie nicht. Seine Reaktion war schlimmer, als sie befürchtet hatte. Ein Klagelaut und ein Tränenstrom...

«Ich will nicht von ihr hingebracht werden...»

«Henry...»

Er riß sich aus ihrer Umarmung und schleuderte seinen Dauerlutscher zu Boden. «Mit denen will ich nicht fahren. Meine Mutti oder mein Papa soll mich da hinbringen. Wie würde dir das gefallen, wenn dich...»

«Henry...»

«... Leute wegbringen würden, die nicht deine Eltern sind? Ich finde, daß ihr sehr böse zu mir seid...»

«Es ist gut, ich fahr dich hin.»

«Hamish ist sowieso eklig und will nicht mit mir sprechen, weil er schon in der Mittelstufe ist. Ihr seid alle so *gemein* zu mir!»

Hemmungslos weinend wandte er sich um und stürzte zur Tür hinaus.

«Henry, ich *bring* dich ja hin...»

Aber er war schon fort. Seine Schritte polterten die Treppe empor, er suchte die Sicherheit seines Zimmers. Virginia biß die Zähne aufeinander, schloß die Augen und wünschte, daß sie auch die Ohren verschließen könnte. Dann kam es. Das tödliche Geräusch der ins Schloß fallenden Zimmertür. Dann Stille.

Sie öffnete die Augen und sah Edie über den Tisch an. Diese stieß einen langen Seufzer aus und sagte: «Ach jemine.»

«Damit wäre *der* glänzende Gedanke erledigt.»

«Armes Kerlchen. Er ist richtig verstört.»

Virginia stützte ihre Ellbogen auf und fuhr sich mit einer Hand durchs Haar. Mit einemmal war ihr die Situation über den Kopf gewachsen.

Sie sagte: «Das ist das allerletzte, was ich wollte.» Sie wußte ebenso wie Edie, daß Henry nach einem seiner seltenen Wutanfälle stundenlang nicht anzusprechen war. «Ich hatte gewollt, daß der heutige Tag für ihn schön und nicht traurig wird. Es ist unser letzter gemeinsamer Tag. Jetzt wird er ihn unter Tränen zubringen und mir die Schuld an allem geben, als wären die Dinge nicht ohnehin schon schlimm genug. Zum Teufel mit Edmund! Was soll ich nur tun, Edie?»

«Wie wäre es», sagte diese, «wenn ich heute nachmittag wiederkomme und mich um Henry kümmere? Bei mir führt er sich normalerweise nicht so schlimm auf. Haben Sie seine Sachen schon gepackt? Nun, ich könnte das fertigmachen und noch dies und das erledigen, was getan werden muß. Er könnte dann dabeisein und hätte Zeit, sich wieder zu fangen. Was er braucht, ist ein ruhiger Tag.»

«Ach, Edie.» Virginia war voll dankbarer Zuneigung. «Würden Sie das wirklich tun?»

«Kein Problem. Ich muß nur schnell zwischendurch nach Hause gehen und sehen, daß Lottie ihr Essen kriegt. Aber um zwei kann ich wieder dasein.»

«Kann sie sich nicht selbst darum kümmern?»

«Doch, aber sie veranstaltet dabei in der Küche immer eine entsetzliche Unordnung und ruiniert mir die Töpfe. Da mach ich es schon lieber selbst.»

Reumütig sagte Virginia: «Ach, Edie, Sie tun so viel. Es tut mir leid, daß ich Sie angeschrien habe.»

«Ist ja nur gut, daß ich da war, damit Sie jemanden hatten, bei dem Sie das loswerden konnten.» Sie stand mühsam auf, ihre geschwollenen Beine schmerzten sie. «Jetzt muß ich aber gehen, sonst schaffen wir es nicht. Gehen Sie schon mal rauf und reden Sie mit dem Jungen. Sagen Sie ihm, daß er den Nachmittag mit mir zusammensein kann und daß ich gern eins von seinen hübschen Bildern hätte.»

Wie sie es sich schon gedacht hatte, fand sie Henry mit Mu unter seiner Daunendecke.

Sie sagte: «Es tut mir leid, Henry.»

Als einzige Antwort schluchzte er herzzerreißend. Virginia setzte sich auf die Bettkante. «Es war ein alberner Vorschlag. Dein Vater kam auf die Idee, aber ich habe mir gleich gedacht, daß es nicht gut ist. Ich hätte mit dir gar nicht darüber sprechen sollen. Natürlich mußt du nicht mit Isobel fahren, du fährst mit mir. Ich bring dich hin.»

Sie wartete. Nach einer Weile drehte sich Henry auf den Rücken. Sein Gesicht war vom Weinen verquollen, aber man sah keine Tränen mehr.

Er sagte: «Das mit Hamish ist mir nicht so wichtig, aber ich möchte, daß *du* mitkommst.»

«Tu ich ja. Vielleicht können *wir* ja Hamish mitnehmen. Dann müßte Isobel nicht extra fahren.»

Er schniefte. «Von mir aus.»

«Edie kommt nach dem Mittagessen noch mal her. Sie hat gesagt, sie würde gern den Nachmittag mit dir verbringen, und möchte, daß du ihr ein Bild malst.»

«Hast du meine Filzstifte schon eingepackt?»

«Nein.»

Er streckte ihr die Arme entgegen, und sie drückte ihn an sich, wobei sie ihn sanft wiegte und seinen Scheitel mit Küssen bedeckte. Nach einer Weile kam er unter seiner Daunendecke hervor, sie gab ihm ein Taschentuch, und er putzte sich die Nase.

Erst dann fiel ihr Edmunds Auftrag ein. «Papa wollte, daß du ihn anrufst. Er ist im Büro. Die Nummer weißt du ja.»

Henry ging ins Zimmer seiner Mutter, um anzurufen, aber es war zu spät. Sein Vater war bereits abgereist.

Im Spielzimmer war es friedlich und warm. Die Sonne fiel durch die großen Fenster, und der Wind ließ die Glyzinienzweige an die Scheiben klopfen. Henry malte am großen Tisch in der Mitte des Raumes, während Edie, die am Fenster saß, die letzten Namensetiketten in seine neuen Socken nähte. Vormittags trug Edie zur Hausarbeit ihre ältesten Kleider und eine Kittelschürze, aber heute nachmittag hatte sie sich richtig feingemacht und ihre neue fliederfarbene Strickjacke angezogen. Henry fühlte sich geschmeichelt, denn er wußte, daß sie diese Jacke für gut aufheben wollte. Gleich nach ihrer Ankunft hatte sie das Bügelbrett aufgestellt, die Wäsche vom Vormittag von der Leine genommen und gebügelt. Jetzt stapelte sie sie fertig zusammengelegt und duftend am anderen Ende des Tisches.

Henry legte die Filzstifte beiseite und suchte klappernd etwas in seiner Federtasche. «Mist», sagte er.

«Was ist, mein Liebling?»

«Ich suche einen Kugelschreiber. Ich hab Menschen gezeichnet, denen Blasen aus dem Mund kommen, und will reinschreiben, was sie sagen.»

«Sieh in meiner Tasche nach. Da muß ein Kugelschreiber drin sein.»

Edies große Ledertasche stand neben dem Kamin. Sie war voller wichtiger Dinge. Ein Kamm, das dicke Portemonnaie, das sie immer dabeihatte, wenn sie ihre Einkäufe machte, ihr Rentenbüchlein, ihr Postsparbuch, ihre Seniorenkarte für die Eisenbahn, ihre Monatskarte für den Bus. Sie hatte kein Auto und fuhr viel mit dem Bus. Deswegen hatte sie auch stets und ständig einen Fahrplan dabei, auf dessen Umschlag RELKIRKSHIRE BUS COMPANY stand. Auf ihn stieß Henry bei seiner Suche nach dem Stift. Mit einemmal fiel ihm ein, daß es nützlich sein könnte, ein solches Heft zu besitzen. Gewiß hatte Edie zu Hause noch einen Fahrplan.

Er hob den Blick. Sie saß da, den weißen Kopf gesenkt, war in ihre Näharbeit versunken. Er ließ das Heftchen in die Hosentasche gleiten. Als er den Kugelschreiber gefunden hatte, schloß er laut ihre Handtasche und machte sich wieder an die Arbeit.

«Was möchtest du gern essen?» fragte Edie mit einemmal.

«Makkaroni-Käse-Auflauf.»

Dermot Honeycombes Antiquitätenladen lag am anderen Ende der Dorfstraße, jenseits des Haupt-Zufahrttors von Croy und am Fuß des leichten Hangs zwischen der Landstraße und dem Fluß. In dem Gebäude hatte sich einst die Dorfschmiede befunden, und der Schmied hatte das Häuschen bewohnt, in dem jetzt Dermot lebte. Es war übertrieben malerisch. Neben der Tür standen Kübel mit Begonien, es hatte Sprossenfenster und ein dickes Reetdach. Innen aber war der Laden wie eh und je. Die Wände bestanden aus geschwärzten Balken, deren Fächer mit dunklem Stein gefüllt waren. Auf dem gepflasterten Hof vor dem Haus hatten einst Bauernpferde geduldig darauf gewartet, daß man sie beschlug, jetzt stand dort Dermots Blickfang, ein altes, blau gestrichenes hölzernes Fuhrwerk, auf dessen Seitenwand die geschmackvolle Aufschrift DERMOT HONEYCOMBE ANTIQUES prangte. Dieser Blickfang, der ihm viel Laufkundschaft brachte, war auch praktisch zum Anbinden von Hunden. Virginia hakte die Leine am Halsband der Spaniels ein und verschlang ihre Enden um eins der Wagenräder. Mit vorwurfsvollem Blick saßen die Tiere vor ihr.

«Ich bin gleich wieder da», teilte sie ihnen mit. Sie schlugen mit den kupierten Ruten auf den Boden, und obwohl sich Virginia unter ihrem anklagenden Blick wie eine Verbrecherin vorkam, ließ sie die Tiere, wo sie waren, und ging über das Pflaster zum Eingang der einstigen Schmiede. Von der Tür aus sah sie Dermot in seinem mit Papierstapeln angefüllten Büro sitzen, das kaum größer wirkte als ein Vogelkäfig. Er telefonierte gerade, erkannte sie durch die Scheibe, hob grüßend eine Hand und griff nach einem Schalter.

Sogleich erhellten vier von der Decke hängende Glühlampen den Laden, ohne allerdings die Finsternis vollständig verscheuchen zu können. Um sich sah Virginia allerlei Gerümpel. Stühle standen auf Tischen und Kommoden. Monumentale Schränke ragten vor ihr auf. Es gab Butterfässer, Einmachtöpfe, ganze Berge nicht zueinander passender Porzellanteller, Feuerböcke aus Messing, Eckschränke, gedrechselte Gardinenstangen, Kissen, Bündel von Samtstoff, abgetretene Teppiche. Es roch feucht und dumpf, und Virginia empfand eine gewisse Vorfreude auf das, was ihr bevorstand. Ein Besuch in Dermots Laden bedeutete immer eine Art Lotterie, denn man wußte nie – ebensowenig wie er selbst –, auf was man zufällig stoßen konnte.

Vorsichtig wie ein Höhlenforscher in nicht vertrautem Gelände schob sie sich zwischen den wacklig aufgetürmten Möbeln hindurch. Es ging ihr schon ein wenig besser; das Herumstöbern war eine gute Therapie. Virginia gestattete es sich, Edmund, den Schmerz des Vormittags und den, der ihr am kommenden Tag bevorstand, für eine Weile aus ihren Gedanken zu verbannen.

Ein Geschenk für Katy. Ihr Blick schweifte suchend umher. Sie überlegte, was eine bestimmte Kommode, ein breiter Sessel kosten mochten. Sie suchte auf einem stark abgenutzten Löffel nach dem Silberstempel, stöberte in einer Schachtel mit alten Schlüsseln und Messing-Türknäufen und durchblätterte eine würdige alte Scharteke. Dann stieß sie auf ein glänzendes Sahnekännchen und befreite es vom Staub. Sie suchte nach Sprüngen oder abgeplatzten Stellen. Es gab keine.

Dermot trat neben sie. «Hallo, meine Liebe.»

«Tag, Dermot.»

«Suchen Sie was Bestimmtes?»

«Ein Geschenk für Katy Steynton.» Sie hielt das Kännchen mit der irisierenden Emaillierung hoch. «Das hier ist schön.»

«Ja, hinreißend, nicht wahr? Der Garten Eden. Mir gefällt das dunkle Enzianblau.» Der rundliche, nicht mehr junge Mann wirkte mit seinem glatten Gesicht sonderbar alterslos. Seine Wangen waren rosa, und sein spärliches blasses Haar duftig wie Pusteblumen. Er trug ein verblaßtes grünes Kordsamtjackett mit aufgesetzten Taschen, und um den Hals hatte er mit keckem Knoten ein rotgepunktetes Tuch geschlungen. «Sie sind heute schon die zweite, die nach einem Geschenk für Katy sucht.»

«Wer war die andere?»

«Pandora Blair. Sie kam heute morgen hier reingeschneit. Es war nett, sie mal wiederzusehen. Ich konnte es gar nicht glauben, als sie mit einemmal zur Tür reinkam. Wie in alten Zeiten. Und nach all den Jahren.»

«Wir haben gestern auf Croy miteinander zu Mittag gegessen.» Virginia dachte an den vorigen Tag zurück. Er war schön gewesen. An diesen Tag würde sich jeder von ihnen erinnern, wenn sie alt waren und ihnen nicht mehr viel außer ihren Erinnerungen blieb. *Das war damals, als Pandora aus Mallorca zurückgekommen war, und Lucilla war auch da, mit einem jungen Australier. Ich weiß gar nicht mehr, wie er hieß. Wir haben Krocket gespielt. Edmund hat mit Pandora auf der alten Schaukel gesessen, Pandora ist eingeschlafen, und wir haben Edmund gehänselt und gesagt, er sei ein alter Langweiler.* «Da hab ich Pandora zum erstenmal gesehen.»

«Ach, *natürlich*. Erstaunlich, wie die Zeit vergeht.»

«Was hat sie gekauft? Ich möchte nicht das gleiche schenken.»

«Eine Lampe aus chinesischem Porzellan. Den Schirm habe ich selbst gemacht. Weiße Seide, mit ganz blassem Rosa gefüttert. Wir haben dann miteinander Kaffee getrunken und alle Neuigkeiten durchgehechelt. Sie war ganz traurig, als ich ihr die Sache mit Terence erzählt habe.»

«Kann ich mir denken.» Da Virginia fürchtete, Tränen könnten in Dermots Augen treten, fuhr sie rasch fort: «Ich glaube, ich nehme das Kännchen hier. Katy kann es für Sahne oder Blumen nehmen, und es ist auch für sich allein sehr hübsch.»

«Ich glaube nicht, daß Sie was Besseres finden könnten. Aber bleiben Sie ruhig eine Weile, und sehen Sie sich um...»

«Liebend gern, aber ich muß die Hunde noch spazierenführen. Ich hole das Kännchen auf dem Heimweg ab und schreib dann einen Scheck aus.»

«In Ordnung.» Er nahm es und ging Virginia auf dem gefährlichen Weg zur Tür voraus. «Gehen Sie am Donnerstag auch zu Vis Picknick?»

«Ja. Alexa kommt übrigens auch. Sie bringt zum Fest bei den Steyntons einen Freund mit.»

«Wie schön. Ich habe sie schon ewig nicht gesehen. Mal sehen, ob mich jemand an dem Tag im Laden vertreten kann. Wenn ich keinen finde, mache ich einfach zu. Vis Picknick möchte ich mir auf keinen Fall entgehen lassen.»

«Hoffentlich wird es ein schöner Tag.»

Sie traten in den Sonnenschein hinaus. Die Hunde jaulten selig bei Virginias Anblick, sprangen auf die Füße und zerrten an den Leinen. «Wie geht's Edmund?» fragte Dermot.

«Er ist mal wieder auf dem Weg nach New York.»

«Nicht zu fassen! Was für ein Leben! Um nichts in der Welt möchte ich mit ihm tauschen.»

«Verschwenden Sie Ihr Mitgefühl nicht. Er will es nicht anders.»

Sie löste die Hundeleinen, winkte Dermot zum Abschied zu und ging weiter, ließ die letzten einzelnen Häuschen von Strathcroy hinter sich. Nach einem weiteren knappen Kilometer hatte sie die alte steile Höckerbrücke erreicht, die sich am westlichen Rand des Dorfes über den Fluß schwang. Auf ihr hatte man einst das Vieh zur anderen Seite hinüber getrieben, wo ein sich windender, von Bäumen beschatteter Weg allen Biegungen des Flusses zurück nach Balnaid folgte.

Auf der Brücke blieb sie einen Augenblick stehen, nahm den

Hunden die Leine ab und ließ sie frei laufen. Sie schossen davon und stürmten in ein Dickicht aus Farn und Brombeeren. Wahrscheinlich hatten sie die Witterung von Kaninchen aufgenommen. Gelegentlich gaben sie Laut, als wollten sie zeigen, daß sie ihre Zeit nicht vergeudeten, oder sprangen inmitten der hohen Farne empor, wobei ihre Ohren flogen wie haarige Flügel.

Virginia gönnte ihnen ihre Freiheit. Es waren Edmunds Jagdhunde, mit großer Geduld ausgebildete, kluge und gehorsame Tiere. Ein einziger Pfiff, und sie würden zu ihr zurückkehren. Es war angenehm, auf der alten Brücke zu verweilen. Die steinerne Brüstung fühlte sich im Sonnenschein warm an, Virginia legte die Arme darauf und richtete den Blick auf das unter ihr vorüberströmende torfbraune Wasser. Bisweilen hatte sie nahe dieser Brücke mit Henry gespielt; sie hatten stromaufwärts Stöcke ins Wasser geworfen und waren dann bis zur Brücke zurückgerannt, um zu sehen, welcher als erster ankam und gewann. Bisweilen tauchten sie nie wieder auf, weil sie sich an irgendeinem unsichtbaren Hindernis verfangen hatten.

Wie Edmund.

Allein mit dem Fluß fühlte sie sich stark genug, um über Edmund nachzudenken, der inzwischen wohl schon über dem Atlantik war, auf dem Weg nach New York, als habe ihn ein Magnet von Frau und Sohn fortgezogen, gerade zu einer Zeit, als er zu Hause am meisten gebraucht wurde. Dieser Magnet war seine Arbeit, und Virginia war darauf so eifersüchtig und zornig, fühlte sich so verlassen und allein, als treffe er sich mit einer Geliebten.

Sonderbar. Nie war sie auf andere Frauen eifersüchtig gewesen, hatte sich während Edmunds langen Abwesenheiten nie ausgemalt, daß er ihr in fernen Städten auf der anderen Seite der Erde untreu sein könnte. Einmal hatte sie ihm im Scherz gesagt, es sei ihr gleich, was er treibe, solange er nicht von ihr erwarte, daß sie dabei zusehe. Entscheidend war, daß er immer wieder nach Hause kam. Aber heute hatte sie den Hörer zornig auf die Gabel geschleudert, ohne auf Wiedersehen zu sagen, und Henry die Nachricht seines Vaters erst ausgerichtet, als es zu spät war. Schuldbewußt versuchte sie sich zu rechtfertigen. *Er hat es sich selbst zuzuschreiben. Soll er ruhig schmoren. Vielleicht wird er dann ein anderes Mal…*

«Na, machen Sie auch 'nen kleinen Spaziergang?»

Die Stimme kam aus dem Nirgendwo. Virginia dachte, o Gott, ließ einige Sekunden verstreichen und wandte sich dann langsam um. Lottie stand kaum einen Meter von ihr entfernt. Sie war vom Dorf die Brücke heraufgekommen, wie zuvor sie selbst, auf leisen Sohlen und unbemerkt. Hatte sie Virginia auf der Straße gesehen, sie aus dem Fenster von Edies Haus beobachtet, nach ihrem geschmacklosen Hut, ihrer grünen Strickjacke gegriffen und war ihr gefolgt? Hatte sie gewartet, während Virginia bei Dermot im Laden war, sich geduckt, damit man sie nicht sah, und war ihr dann heimlich gefolgt, immer gerade so weit hinter ihr, daß man ihre Schritte nicht hören konnte? Der bloße Gedanke war unheimlich. Was wollte sie? Warum konnte sie die Menschen nicht zufriedenlassen? Und warum erhob sich hinter Virginias Verärgerung wie ein Gespenst eine Art Vorahnung von Furcht?

Lächerlich. Sie nahm sich zusammen. Nichts als Einbildung. Es war lediglich Edies Kusine, die mit jemandem reden wollte. Nicht ohne Anstrengung brachte sie einen herzlichen Gesichtsausdruck zustande. «Was machen Sie hier, Lottie?»

«Die frische Luft gehört allen, sag ich immer. Haben Sie ins Wasser geschaut?» Sie trat neben Virginia und beugte sich über die Brüstung, wie diese es zuvor getan hatte. Da sie aber nicht so groß war wie Virginia, mußte sie sich auf die Zehenspitzen stellen und den Hals recken. «Haben Sie Fische gesehen?»

«Ich habe nicht nach Fischen Ausschau gehalten.»

«Sie waren bei Mr. Honeycombe, nicht wahr? Er hat ja 'nen Haufen Krempel da drin. Das meiste taugt wohl nur fürs Osterfeuer. Aber über Geschmack läßt sich nun mal nicht streiten. Ich geh übrigens spazieren, genau wie Sie. Sie sind allein, hat mir Edie beim Essen gesagt. Ihr Mann mußte nach Amerika.»

«Nur für ein paar Tage.»

«Das ist nicht schön. Geschäftlich, was?»

«Aus anderen Gründen würde er nicht hinfliegen.»

«Hahaha, wer's glaubt, wird selig. Ich hab heute morgen Pandora Blair gesehen. Sie ist ziemlich dürr, wie eine Vogelscheuche. Und die Haare! Ich würde sagen, die sind gefärbt. Hab sie gerufen, aber sie hat mich nicht gehört. Hatte 'ne Sonnenbrille auf. Hätte gern mit ihr über die guten alten Zeiten geplauscht. Sie wissen ja, daß ich Hausmädchen auf Croy war, als die frühere Lady Balmerino noch lebte. Eine reizende Dame. Hat mir immer leid getan, daß ihre Tochter so aus der Art geschlagen ist. Damals war ja die Hochzeit von Archie Blair und Isobel. Am Abend hat es auf Croy einen Ball gegeben. Wieviel Arbeit das alles gemacht hat! Es waren so viele Leute da, daß man nicht wußte, wohin. Natürlich hatte Lady Balmerino damals noch eine Köchin, Mrs. Harris, und mußte nicht selbst kochen. Aber wahrscheinlich wissen Sie das alles schon.»

«So ist es», sagte Virginia und versuchte zu überlegen, auf welche Weise sie der unwillkommenen Wortflut entgehen konnte.

«Pandora war zwar kaum aus der Schule, aber sie kannte sich schon aus. Von Männern konnte sie schon zum Frühstück nicht genug kriegen. Sie war 'ne richtige kleine Hure.»

Sie lächelte, während sie zusammenhanglos vor sich hin brabbelte, was ihr in den Sinn kam, so daß Virginia zuerst gar nicht so richtig merkte, was sie gesagt hatte. Als ihr die Bedeutung der Worte aufging, sagte sie verblüfft und mit Schärfe in der Stimme: «Lottie, so sollten Sie über Pandora nicht sprechen.»

«Ach *nein*? Es ist nie schön, die Wahrheit zu hören, was? Die liebe Pandora ist wieder da, sagen alle. Aber ich an Ihrer Stelle würde mich darüber nicht so freuen. Immerhin hatte sie mal was mit Ihrem Edmund. Die beiden waren ein Liebespaar. Jede Wette, daß sie überhaupt nur deshalb zurückgekommen ist. Sie will ihn wiederhaben. Damals war sie achtzehn, und Ihr Mann war verheiratet und gerade Vater geworden. Glauben Sie bloß nicht, daß das die beiden gestört hätte. In ihrem eigenen Bett hat sie es mit ihm getrieben. Es war am Abend des Hochzeitstags, und alle haben getanzt, nur *die* beiden nicht. O nein. Die waren oben und meinten wohl, kein Mensch hätte was gemerkt. Aber ich hab's gemerkt. Mir ist nicht viel entgangen.» Rötliche Flecken brannten auf Lotties fahlen Wangen, ihre Knopfaugen wirkten wie zwei in die Höhlen in ihrem Kopf geschlagene Nägel. «Ich bin ihnen nachgeschlichen und hab vor der Tür gestanden. Es war dunkel. So was hatte ich noch nie gehört. Das hätten Sie wohl nicht gedacht, was? Ein kalter Fisch, dieser Edmund. Hat nie was gesagt. Kein Wort. Genau wie die anderen. Alle haben es gewußt. Nun, es war ja klar, was? Er mußte wieder nach London, und Pandora hat in ihrem Zimmer getrotzt, mit verheultem Gesicht, hat das Essen nicht angerührt. Und wie sie mit ihrer Mutter umgesprungen ist! Aber natürlich hängen die alle zusammen wie Pech und Schwefel. *Deswegen* hat mich Lady Balmerino rausgeschmissen. Sie wollten mich nicht im Haus haben. Ich wußte ihnen zuviel.»

Sie lächelte noch immer, glühte vor Erregung. Verrückt. Ganz ruhig bleiben, mahnte sich Virginia. Sie sagte: «Lottie, ich glaube, das denken Sie sich alles aus.»

Lotties Verhalten änderte sich mit überraschender Plötzlichkeit. «Ach ja?» Das Lächeln war von ihrem Gesicht gewichen. Sie trat von Virginia zurück und stand ihr breit gegenüber, als wolle sie sich mit ihr messen. «Und was glauben Sie, warum Ihr Mann so Knall auf Fall nach Amerika geflogen ist? Fragen Sie ihn, wenn er wieder da ist. Ich glaub nicht, daß Ihnen seine Antwort gefallen wird. Sie tun mir leid, wissen Sie das? Er wird Sie genauso an der Nase rumführen wie seine erste Frau, die Arme. Er hat nicht die Spur von Anstand.»

Und dann war es mit einem Schlag vorüber. Als Lottie ihr Gift verspritzt hatte, schien sie in sich zusammenzusinken. Die Farbe verschwand aus ihren Wangen. Sie verzog den Mund, wischte sich ein Stückchen Flechte von ihrer Strickjacke, schob eine Haarsträhne unter ihren verknautschten Hut und drückte diesen zurecht. Ihr Gesicht nahm einen selbstzufriedenen Ausdruck an, als sei jetzt alles in Ordnung und als habe sie sich nichts vorzuwerfen.

Virginia sagte: «Sie lügen ja.»

Lottie warf den Kopf in den Nacken und sagte mit leisem Lachen: «Fragen Sie doch die anderen.»

«Sie lügen.»

«Sagen Sie, was Sie wollen. Mich können Sie damit nicht treffen.»

«Ich denke nicht daran, etwas zu sagen.»

Lottie zuckte die Schultern. «Was soll dann das ganze Theater?»

«Ich sage nichts – aber Sie lügen.»

Obwohl Virginias Herz heftig schlug und ihre Knie zitterten, kehrte sie Lottie mutig den Rücken zu und ging, im Bewußtsein, daß Lottie ihr nachsah, mit festem Schritt und ohne Eile davon, entschlossen, ihr nicht den kleinsten Triumph zu gönnen. Das Schlimmste war, daß sie sich nicht umsehen konnte. Die Haare standen ihr vor Angst zu Berge, sie fürchtete, jeden Augenblick könne sich Lottie auf sie stürzen, sich mit der unmenschlichen Kraft eines klauenbewehrten Ungeheuers aus den Alpträumen ihrer Kindheit auf sie werfen.

Nichts geschah. Virginia erreichte das jenseitige Ufer und fühlte sich ein wenig sicherer. Die Hunde fielen ihr ein, und sie spitzte die Lippen, um zu pfeifen, aber ihre Lippen waren ebenso ausgedörrt wie das Innere ihres Mundes. Kein Ton kam heraus, und sie mußte es erneut probieren. Ein kläglicher Laut war das Ergebnis, aber Edmunds Spaniels hatten offenbar ohnehin genug von der ergebnislosen Kaninchenjagd und tauchten fast sogleich auf, sprangen durch den Farn auf sie zu und zogen Klebkraut und dornige Brombeerranken hinter sich her, die sich in ihrem Fell verfangen hatten.

Noch nie war sie so froh gewesen, die Tiere zu sehen, so dankbar für ihren sofortigen Gehorsam. «Brave Hunde.» Sie beugte sich über sie und tätschelte sie. «Brav, daß ihr gekommen seid. Zeit, nach Hause zu gehen.»

Sie liefen ihr voraus. Virginia folgte ihnen mit immer noch betont ruhigem Schritt, fort von der Brücke. Einen Blick zurück gestattete sie sich erst, als sie die Biegung des Flusses erreicht hatte, wo sich der Weg unter den Bäumen vom Wasser fortschwang. Dort blieb sie stehen und schaute sich um. Sie konnte die Brücke noch sehen, aber von Lottie war keine Spur zu erkennen.

Sie war fort. Es war vorüber. Virginia atmete tief ein und ließ das ganze Ereignis mit einem klagenden angstvollen Laut aus sich heraus. Dann übermannte sie Panik, und ohne sich zu schämen, eilte sie im Laufschritt nach Hause, Edie, Henry, dem Schutz Balnaids zu.

Zurück zum Anfang.

Sie lügen.

Es war zwei Uhr nachts, aber Virginia schlief immer noch nicht. Ihre vor Müdigkeit schmerzenden Augen starrten weit geöffnet in die sanfte Dunkelheit um sie. Unruhig hatte sie sich im Bett umhergeworfen, es war ihr abwechselnd zu warm und zu kalt gewesen, sie hatte mit ihren Kissen gekämpft, deren Federn sich vom vielen Hin- und Herschieben zu einem dicken Klumpen geballt hatten. Von Zeit zu Zeit stand sie auf, ging im Nachthemd auf und ab, holte sich ein Glas Wasser, trank es und versuchte erneut einzuschlafen.

Es nützte nichts.

In der anderen Hälfte des Bettes, auf Edmunds Seite, schlief Henry friedlich. Virginia hatte ihn in einem trotzigen Verstoß gegen die ehernste von Edmunds Erziehungsregeln zu sich ins Bett geholt. Von Zeit zu Zeit hatte sie, wie um seiner sicher zu sein, die Hand nach ihm ausgestreckt, seinen leisen Atem gespürt, seine Wärme durch den Flanell des gestreiften Schlafanzugs gefühlt. In dem riesigen Bett wirkte er so winzig wie ein Kleinkind und schien kaum Leben in sich zu haben.

Von Männern konnte sie schon zum Frühstück nicht genug kriegen. Sie war 'ne richtige kleine Hure.

Es war ihr unmöglich, die abscheuliche Szene aus ihrem Gedächtnis zu verbannen. Lotties Worte wiederholten sich immer wieder, wie eine vom vielen Abspielen zerkratzte alte Schallplatte. Ein förmlicher Kreislauf der Qual, der nie aufhörte, nie zu einem Ende kam.

Die beiden waren ein Liebespaar... Ihr Edmund verheiratet und gerade Vater geworden.

Edmund und Pandora. Sofern das stimmte, wußte Virginia, daß sie das nie auch nur einen Augenblick lang vermutet hatte. In ihrer Harmlosigkeit hatte sie nicht auf Hinweise geachtet, keinen tieferen

Sinn in Edmunds beiläufige Worte und seine muntere Miene hineingelesen. ‹Pandora ist wieder da›, hatte er gesagt, sich Whisky eingegossen und war zum Kühlschrank gegangen, um Eis zu holen. ‹Wir sind zum Mittagessen auf Croy eingeladen.› Virginia hatte mechanisch geantwortet: ‹Wie nett›, ohne ihre Arbeit zu unterbrechen, die darin bestand, Frikadellen für Henrys Abendessen zu braten. In ihren Augen war Pandora einfach Archies vom rechten Weg abgekommene jüngere Schwester, die aus Mallorca zurückgekehrt war. Und bei der großen Wiedersehensszene hatte sie kaum auf den brüderlichen Kuß geachtet, den Edmund auf Pandoras Wange gedrückt hatte, auf ihrer beider Gelächter und die verständliche Zuneigung, die in seinem Gruß lag. Den Rest des Tages hatte sich Virginia mehr für das Krocketspiel interessiert als für das, worüber sich Edmund und Pandora unterhielten, während sie von der Schaukel aus zusahen.

Sei vernünftig, Virginia. Welche Rolle spielte es, worüber sie sich unterhalten hatten? Und wenn es nun stimmte, daß sie eine wilde und stürmische Affäre miteinander hatten und in Pandoras Bett gelandet waren? Sie mit ihren achtzehn Jahren war bestimmt hinreißend gewesen, und Edmund stand damals vermutlich auf dem Höhepunkt seiner Männlichkeit. Wir leben in der Gegenwart, man nennt Ehebruch nicht mehr Ehebruch, sondern außereheliche Sexualität. Außerdem lag all das lange zurück. Mehr als zwanzig Jahre. Überdies war Edmund nicht ihr, Virginia, untreu gewesen, sondern seiner damaligen Frau Caroline, und die war tot. Für sie war es also belanglos, und es gab nichts, worüber sie sich den Kopf zerbrechen mußte. Nichts…

Alle haben es gewußt. Aber natürlich hängen die alle zusammen wie Pech und Schwefel. Sie wollten mich nicht im Haus haben. Ich wußte ihnen zuviel.

Wer wußte davon? Archie? Isobel? Vi? Und Edie? In dem Fall hätten sie zugesehen und vielleicht befürchtet, daß alles wieder von vorn anfing, hätten Edmund, Pandora und Virginia beobachtet, ein Mitleid in ihren Augen, das sie nicht erkannt hatte. Sorgten sie sich um Virginia, wie sie sich gewiß auch um Caroline gesorgt hatten?

Unterhielten sie sich verstohlen darüber, entschlossen, Edmunds zweiter Frau die Wahrheit vorzuenthalten? Falls es sich so verhielt, war Virginia betrogen, und zwar von den Menschen, denen sie am nächsten stand und auf die sie sich am meisten verließ.

Und was glauben Sie, warum Ihr Mann so Knall auf Fall nach Amerika geflogen ist? Er wird Sie genauso an der Nase rumführen wie seine erste Frau, die Arme.

Am schlimmsten waren die entsetzlichen Zweifel. Edmund war fort. Hatte er wirklich nach Amerika gemußt, oder war das lediglich ein Vorwand, um nicht auf Balnaid und bei Virginia sein zu müssen? Wollte er Zeit gewinnen, um sich aus seiner Zwangslage zu befreien? Die sähe dann so aus, daß er Pandora liebte, sie stets geliebt hatte, und jetzt war sie zurückgekehrt, von so berückender Schönheit wie eh und je, und er saß wieder einmal in einer Ehe mit einer anderen gefangen.

Edmund war fünfzig. Ein gefährliches Alter, in dem häufig die sogenannte Krise der Lebensmitte ausbrach. Er gehörte nicht zu den Menschen, die ihre Gefühle offen zeigten, und meist ahnte Virginia nicht, was er dachte. Ihre Selbstzweifel wuchsen ins Ungemessene. Vielleicht würde er diesmal einen Schlußstrich ziehen, während Virginia zusehen konnte, wie ihre Ehe und ihr Leben in Scherben fielen. Vielleicht würde er sie mit Henry in den Trümmern eines Gebäudes zurücklassen, das sie einst für ganz und gar uneinnehmbar gehalten hatte.

Der Gedanke war unerträglich. Sie wälzte sich herum, vergrub ihr Gesicht in den Kissen, sperrte die entsetzliche Vorstellung aus. Sie war nicht bereit, sie einzugestehen. Sie wollte nicht zulassen, daß sie stimmte.

Sie lügen, Lottie.

An dieser Stelle haben wir angefangen. Wir stehen wieder am Anfang.

7. Kapitel

Dienstag, der Dreizehnte

Vor Tagesanbruch hatte es zu regnen begonnen, grausam, unerbittlich, ein verhaßter Regen. Virginia erwachte von dem Geräusch, und ihr Herz sank. Als wäre an diesem entsetzlichen Tag nicht sowieso schon alles schlimm genug, ohne daß sich auch die Elemente noch gegen sie stellten. Vielleicht würde der Regen aufhören. Aber die Götter meinten es nicht gut mit ihnen, und die Fluten ergossen sich den ganzen langen Vormittag und den frühen Nachmittag hindurch weiter eintönig aus einem kohlschwarzen Himmel.

Jetzt war es halb vier, und Virginia war unterwegs nach Templehall. Weil beide Jungen mitsamt ihrem ganzen Gepäck für das Trimester transportiert werden mußten – große Reisekoffer, Freßpakete, Federbetten, Rugby-Bälle und Büchertaschen –, hatte Virginia statt ihres kleinen Wagens Edmunds Allrad-Subaru genommen, der ihm sozusagen als Arbeitspferd bei Fahrten in unwegsamem Gelände oder in den Bergen diente. Sie war mit dem großen Kombi nicht besonders vertraut, und das Gefühl, das sich daraus ergab, verschärfte zusammen mit ihrer eigenen Unsicherheit noch das Empfinden des Verderbens und der Hoffnungslosigkeit, das sie schon seit nahezu vierundzwanzig Stunden nicht aus seinen Klauen ließ.

Die Bedingungen für eine Fahrt mit dem Auto waren miserabel. Da auch der letzte Rest Tageslicht geschwunden war, hatte sie die

Scheinwerfer eingeschaltet. Die Scheibenwischer liefen auf der höchsten Geschwindigkeitsstufe. Die Reifen drehten durch auf den Straßenstücken, die unter Wasser standen. Der Gegenverkehr und die vor Virginia fahrenden Lastwagen schleuderten Unmengen sichtbehindernden Schmutzwassers an die Windschutzscheibe, so daß sie fast nichts sehen konnte. Das war doppelt schade, denn normalerweise bot die Straße von Relkirk nach Templehall herrliche Ausblicke, folgte sie doch durch fruchtbares Ackerland dem Lauf eines für seine Lachse berühmten, breit und majestätisch dahinströmenden Flusses, an dessen Ufern große Besitzungen lagen, deren Herrenhäuser man von ferne ahnen konnte.

Wäre davon irgend etwas zu sehen gewesen, hätte ihr das nicht nur die Fahrt erleichtert, sondern auch Gespächsstoff geboten, die Möglichkeit, auf irgendeinen fernen Gipfel oder eine Schönheit der Landschaft hinzuweisen. So aber hatte sie versucht, mit Hamish eine Unterhaltung anzuknüpfen, in der Hoffnung, damit Henry aus seinem sprachlosen Elend herauszulocken, ihn zu einer Äußerung zu veranlassen. Doch Hamish war mißgelaunt. Schlimm genug, daß die Ungebundenheit der Sommerferien vorüber war, aber unerträglich war es, in Gesellschaft eines ‹Säuglings› in die Schule zurückkehren zu müssen. Als ‹Säugling› wurde jeder Internatsneuling abgestempelt, und es war unter der Würde eines ‹alten Hasen›, mit einem solchen zu reisen. Hamish hoffte inständig, daß noch keiner seiner Jahrgangskameraden anwesend war, um Zeuge dieser erniedrigenden Ankunft zu werden. Er wollte nicht für Henry Aird verantwortlich gemacht werden, und das hatte er seiner Mutter auch lautstark klargemacht, während sie ihm half, seinen großen Schrankkoffer die Treppen von Croy hinab zu wuchten und ihm anschließend mit einer Bürste über das Stoppelhaar gefahren war.

Es war also nur folgerichtig, daß er den Entschluß gefaßt hatte, sowenig wie möglich zu sagen. Beharrlich schweigend und gelegentlich nichtssagende Grunzlaute von sich gebend, war es ihm bald gelungen, Virginias Vorstöße abzublocken. Sie begriff, was er damit ausdrücken wollte, und so fuhren die drei schon eine ganze Weile in steinerner wortloser Stille.

Innerlich verwünschte sie sich dafür, den elenden Burschen mitgenommen zu haben. Hätte Isobel ihren mißgelaunten Sohn doch nur selbst hingefahren! Andererseits wäre Henry ohne ihn möglicherweise in Tränen ausgebrochen, hätte während der ganzen Fahrt geschluchzt, wäre verweint in Templehall angekommen, gänzlich außerstande, sich den Forderungen seiner neuen und entmutigenden Zukunft zu stellen.

Diese Vorstellung erschien ihr kaum noch erträglich. Wie mir das alles zuwider ist, sagte sie sich im stillen. Es ist viel gräßlicher, als ich es mir vorgestellt hatte, unmenschlich, teuflisch, widernatürlich. Und es kommt noch schlimmer, denn der Augenblick steht mir noch bevor, in dem ich mich von Henry verabschieden, fortfahren und ihn allein und verloren zurücklassen muß. Ich hasse Templehall, ich hasse den Schulleiter, und Hamish Blair könnte ich erwürgen. Noch nie im Leben hatte sie so viel mit Dingen zu tun, die ihr widerwärtig waren. Sie haßte den Regen, haßte das ganze Erziehungssystem, haßte Schottland, haßte Edmund.

Hamish meldete sich: «Hinter uns will einer überholen.»

«Der soll verdammt noch mal warten», knurrte Virginia, und Hamish schwieg.

Eine Stunde später fuhr sie in der Gegenrichtung auf derselben Straße, allein.

Es war vorüber, Henry war fort. Sie fühlte sich benommen, als gebe es sie nicht, als habe das Trauma der Trennung von ihm sie ihrer ganzen Identität beraubt. Nur nicht an Henry denken, denn dann würde sie weinen, und mit von Tränen verschleierten Augen würde sie höchstwahrscheinlich den Wagen bei den scheußlichen Sichtverhältnissen und dem erbarmungslos strömenden Regen in den Graben setzen oder auf einen Lastwagen auffahren.

Sie stellte sich das Knirschen des Metalls vor, sah ihren Körper wie eine zerbrochene Puppe an den Straßenrand geschleudert, blitzende Lichter, das Heulen der Sirenen von Rettungswagen und Polizeiautos.

Nicht an Henry denken. Dieser Teil ihres Lebens war vorüber.

Aber was geschah mit ihrem Leben? Was tat sie hier überhaupt? Wer war sie? Warum fuhr sie zu einem dunklen und leeren Haus zurück? Sie wollte nicht heimfahren, nicht nach Strathcroy. Aber wohin dann? An irgendeinen herrlichen Ort, eine Million Kilometer von Archie, Isobel, Edmund, Lottie und Pandora Blair entfernt, einen Ort, an dem es Sonnenschein, Ruhe und keine Verantwortung gab, wo ihr die Menschen sagten, wie großartig sie sei, wo sie wieder jung und nicht hundert Jahre alt war.

Leesport. Das ist die Lösung. Sie fuhr zu einem Flughafen, um eine Maschine nach New York und vom Kennedy-Flughafen einen Mietwagen nach Leesport zu nehmen. Dort würde es nicht regnen. Es wäre so, wie es im Herbst auf Long Island immer war: der Himmel blau, goldenes Laub und eine muntere Brise, die vom Atlantik über den Sund hereinwehte. Leesport, unverändert wie immer. Die breiten Straßen, die Kreuzungen, der Haushaltswarenladen und der Drugstore, vor dem die Kinder auf ihren Fahrrädern hin und her fuhren. Dann Harbor Road. Staketenzäune, schattenspendende Bäume und Rasensprenger vor den Häusern. Die Straße, die sich zum Sund hinab neigte, der Yachthafen, ein Gewirr aus Masten. Die Tore zum Country Club, und dann das großmütterliche Haus. Großmutter war im Garten und tat so, als reche sie Laub zusammen. In Wirklichkeit wartete sie auf den Wagen, damit sie am Gehsteigrand stehen konnte, sobald er vorfuhr.

«Ach, Liebling, du bist wieder da.» Die weiche runzlige Wange, der Duft nach *White Linen*. «Du warst so lange fort. Hattest du einen guten Flug? Wie schön, dich zu sehen!»

Im Haus dann all die anderen Gerüche. Der Rauch von Holzfeuer, Sonnenöl, Zedernholz, Rosen. Flickenteppiche und ausgebleichte Schonbezüge. Baumwollvorhänge, die sich vor geöffneten Fenstern bauschten. Und Großvater kam von der Sonnenterrasse herein, die Brille in die Stirn geschoben und die *New York Times* unter dem Arm…

«Wo ist mein Liebling?»

Durch die Finsternis vor ihr funkelten jetzt zahlreiche Lichter. Relkirk. Sie war wieder in der Wirklichkeit. Sie brauchte dringend eine Pause. Eine Toilette, sich ein wenig frisch machen. Einen Schluck trinken, sich wieder wie ein Mensch fühlen. Sie brauchte Wärme und die von leiser Musik und gedämpftem Licht erzeugte weiche Behaglichkeit. Es gab keinen Grund, sich mit der Rückkehr nach Hause zu beeilen, denn dort war keine Menschenseele, niemand, an den sie sich wenden konnte. Vielleicht war das eine Art Freiheit. Keinen kümmerte es, wie spät sie kam, keine Menschenseele machte sich Sorgen um das, was sie tat.

Sie fuhr in den alten Teil der Stadt. Die gepflasterten Straßen standen unter Wasser, Regen glänzte im Scheinwerferlicht; auf den Gehsteigen drängten sich Menschen, die Besorgungen machten. Arbeiter in Gummistiefeln und Regenmänteln, Schirme und Taschen in der Hand, hasteten der Wärme und Behaglichkeit ihres Kamins und des Tees entgegen, der daheim auf sie wartete.

Sie fuhr zum *King's Hotel*. Den altmodischen Bau in der Mitte der Stadt kannte sie, wußte, wo die Toiletten waren. Da das Hotel über keinen eigenen Parkplatz verfügte, stellte Virginia den Wagen auf der gegenüberliegenden Straßenseite unter einem tropfnassen Baum ab. Gerade als sie ihn abschloß, fuhr ein Taxi vor dem Hotel vor. Ein Mann im Regenmantel, einen Tweedhut auf dem Kopf, stieg aus. Er entlohnte den Fahrer, nahm seine Reisetasche und stieg die Stufen empor, die vom Gehsteig zur Drehtür führten, durch die er verschwand. Virginia wartete eine Lücke im Verkehr ab, lief dann über die Straße und folgte ihm ins Innere.

Die Damentoilette lag auf der anderen Seite des Foyers. Der Mann stand am Empfang, hatte den Hut abgenommen und schüttelte ihn aus, so daß die Tropfen stoben.

«Ja?» sagte die junge Frau am Empfang übellaunig. Sie hatte dicke rosa Lippen und krauses strohfarbenes Haar.

«Guten Abend. Ich habe ein Zimmer bestellt, vor etwa einer Woche, aus London.»

Ein Amerikaner. Irgend etwas an seiner Stimme erregte Virginias Aufmerksamkeit, als habe jemand sie am Ärmel gezupft. Sie blieb auf halbem Weg stehen und betrachtete ihn. Sie sah einen breiten Rücken, von grauen Fäden durchzogenes dunkles Haar.

«Auf welchen Namen, sagten Sie?»

«Ich habe keinen gesagt, aber es ist auf den Namen Conrad Tucker reserviert.»

«Ach ja. Wenn Sie bitte hier unterschreiben wollen...»

Virginia sagte: «Conrad.»

Verblüfft drehte sich der Mann zu ihr um. Sie standen einige Meter voneinander entfernt. Conrad Tucker. Älter, fast vollständig grau, aber unverkennbar Conrad. Die gleiche schwere Hornbrille, die gleiche allem Anschein nach unablösbare Sonnenbräune. Einen Augenblick lang sah er sie verständnislos an, dann breitete sich auf seinem Gesicht ein ungläubiges Lächeln aus.

«Virginia!»

«Ich kann's nicht fassen...»

«Nun, der Teufel soll mich holen...»

«Ich dachte – nun, die Stimme kenne ich doch?»

«Was machst du hier...?»

Die junge Frau mit dem finsteren Gesicht gewann der Sache nichts Fröhliches ab. «Entschuldigen Sie, mein Herr, aber wollen Sie bitte unterschreiben?»

«Ich wohne hier ganz in der Nähe.»

«Ich wußte ja gar nicht...»

«Und du...?»

«Ich bin...»

«Und wie wollen Sie zahlen, mein Herr?» Wieder das finstere Gesicht. «Mit Kreditkarte oder Scheck?»

«Warte», sagte Conrad zu Virginia, «so wird das nichts. Gib mir fünf Minuten, dann treffe ich dich in der Bar, und wir trinken gemeinsam was. Geht das? Hast du Zeit?»

«Ja.»

«Ich gehe auf mein Zimmer, mach mich frisch und komme runter. Was hältst du davon?»

«Fünf Minuten.»

«Keine Sekunde länger.»

Zum Glück war Virginia allein in der in altmodischem Prunk mit Chintz und Rüschen ausgestatteten Toilette. Sie hatte ihre abgewetzte alte Regenjacke ausgezogen und betrachtete sich im Spiegel. Das erstaunliche und unverhoffte Zusammentreffen hatte sie noch mehr aus der Bahn geworfen, als sie es schon gewesen war. Conrad Tucker, von dem sie seit mindestens einem Dutzend Jahren nichts gesehen oder gehört hatte. Hier in Relkirk. Aus London. Keine Ahnung, was er hier wollte. Sie wußte nur, daß sie noch nie im Leben so froh gewesen war, ein bekanntes Gesicht zu sehen, denn jetzt hatte sie wenigstens einen Menschen, mit dem sie reden konnte.

Sie war nicht gesellschaftsfähig gekleidet, trug Blue jeans und einen alten grauen Kaschmirpullover mit Kapuzenkragen. Auch ihre sonstige Erscheinung war kaum besser. Ihr Haar war strähnig vom Regen, auf ihrem Gesicht hatte sie nicht die Spur von Make-up. Sie sah die Linien auf ihrer Stirn und an ihren Mundwinkeln und die dunklen Ringe unter den Augen, die von ihrer schlaflos verbrachten Nacht Zeugnis ablegten. Sie nahm einen Kamm aus der Handtasche, fuhr sich damit durchs Haar, strich es sich aus der Stirn und faßte es mit einem Gummiband im Nacken zusammen.

Conrad Tucker.

Vor zwölf Jahren war sie einundzwanzig gewesen. So viel war seither geschehen, daß es sie Mühe kostete, sich jenen Sommer in Erinnerung zu rufen. Sie hatten einander im Country Club von Leesport kennengelernt. Conrad war Rechtsanwalt, arbeitete in der Sozietät seines Onkels in New York. Er hatte eine Wohnung zwischen der 50. und 60. Straße, aber seinem Vater gehörte ein altes Haus in Southampton, und von dort war er nach Leesport gekommen, um bei irgendeiner Tennismeisterschaft mitzuspielen.

So weit, so gut. Wie hatte er gespielt? Das war in den Tiefen der Zeit untergegangen. Sie erinnerte sich lediglich, daß sie dem Spiel zugesehen und ihn angefeuert hatte. Anschließend hatte er sie gesucht und zu einem Drink eingeladen, und nichts anderes als das hatte sie mit ihren Anfeuerungsrufen zu erreichen gehofft.

Einen Lippenstift suchte sie in ihrer Tasche vergebens. Aber wenigstens fand sie ihr Parfüm.

Es war ein guter Sommer gewesen. Conrad war an den meisten Wochenenden in Leesport aufgetaucht, es hatte mitternächtliche Grillparties gegeben und Muschelessen am Strand von Fire Island. Sie hatten viel Tennis gespielt und waren in Großvaters altem Boot über das blaue Wasser des Sunds gesegelt. Sie erinnerte sich an die Samstagabende, an denen sie auf der großen Terrasse des Country Club unter dem gestirnten Himmel mit ihm zu den Klängen von ‹The Look of Love› getanzt hatte.

Einmal war sie mitten in der Woche mit ihrer Großmutter nach New York gefahren. Sie waren im *Colony Club* abgestiegen, hatten dies und jenes eingekauft und waren ins Theater gegangen. Conrad hatte angerufen, sie zum Abendessen ins *Les Pléiades* eingeladen und war anschließend mit ihr ins Café *Carlyle* gegangen, wo sie bis in die frühen Morgenstunden Bobby Short zugehört hatten.

Nicht zwölf Jahre lag das zurück, sondern Lichtjahre. Sie nahm ihre Tasche und ihre schwere Jacke und ging die Treppen hinauf in die Bar. Conrad war noch nicht dort. Sie ließ sich einen Whisky mit Soda geben, kaufte ein Päckchen Zigaretten und setzte sich an einen freien Ecktisch.

Die Hälfte des Whiskys trank sie in einem Schluck, fühlte sich sofort gewärmt, getröstet und ein wenig gekräftigt. Der Tag war noch nicht vorüber, aber zumindest hatte sie eine kleine Atempause, und sie war nicht mehr allein.

«Fang du an», sagte sie.

«Warum ich?»

«Weil ich wissen will, was du hier tust, bevor ich auch nur ein Wort sage. Was führt dich nach Schottland, noch dazu nach Relkirk, mitten in die tiefste Wildnis? Sicher gibt es eine einleuchtende Erklärung dafür, aber ich kann mir nicht denken, wie die aussieht.»

Conrad lächelte. «Eigentlich tue ich gar nichts. Ich gönne mir einen langen Urlaub. Nicht gerade ein arbeitsfreies Jahr, aber eine längere Pause.»

«Bist du immer noch Anwalt in New York?»

«Ja.»

«Bei deinem Onkel?»

«Nein. Inzwischen bin ich selbständig.»

«Eindrucksvoll. Mach weiter.»

«Nun... ich reise seit etwa sechs Wochen umher. Ich habe in Südengland verschiedene Bekannte besucht, in Somerset, Berkshire und London. Dann bin ich nach Norden gefahren, habe mich ein paar Tage in Kelso bei einem entfernten Vetter meiner Mutter aufgehalten. Wahrscheinlich kennst du das Gebiet in Südschottland – es ist einfach grandios, man kann herrlich angeln. Heute nach dem Mittagessen hab ich dann den Zug hierher genommen.»

«Wie lange willst du bleiben?»

«Nur über Nacht. Morgen miete ich mir einen Wagen und fahr nach Norden weiter. Ich bin zu einer Gesellschaft eingeladen.»

«Und wo findet die statt?»

«Der Besitz heißt Corriehill. Aber ich wohne in einem anderen Haus namens Croy. Bei...»

«Archie und Isobel Balmerino», unterbrach ihn Virginia.

«Nanu, woher weißt denn du das?»

«Weil es unsere besten Freunde sind. Wir wohnen alle im selben Dorf. Es heißt Strathcroy. Sagt dir der Name Katy Steynton was?»

«Ich habe sie in London kennengelernt.»

«Dann bist also du der melancholische Amerikaner.» Virginia sagte das ohne nachzudenken und hätte sich sofort die Zunge abbeißen können.

«Wie bitte?»

«Entschuldige, Conrad. Das hätte ich nicht sagen sollen. Aber kein Mensch kannte deinen Namen, und deswegen wußte ich auch nicht, daß du es warst, den man uns angekündigt hatte.»

«Ich verstehe überhaupt nichts mehr.»

«Wir waren am Sonntag bei den Balmerinos zum Mittagessen. Isobel hat mir dabei von der Einladung berichtet.»

Conrad schüttelte den Kopf. «Ich wußte zwar, daß du verheiratet bist und dein Mann Schotte ist, aber das war alles. Nicht im Traum hätte ich gedacht, daß wir einander je wieder begegnen würden.»

«Nun, hier bin ich, Mrs. Edmund Aird.» *Zumindest glaube ich, daß ich das bin.* Sie zögerte. «Conrad, ich wollte das nicht sagen, ich meine, das mit dem melancholischen Amerikaner. Isobel wußte überhaupt nichts über dich, außer daß dich Katy in London kennengelernt hatte und daß deine Frau gestorben ist.»

Conrad hielt sein Glas in der Hand, drehte es und sah den Schlieren zu, die der bernsteinfarbene Whisky an dessen Wandung bildete. Nach einer Weile sagte er: «Ja. Das stimmt.»

«Tut mir wirklich leid.»

Er hob den Blick zu ihr und sagte: «Ja.»

«Darf ich fragen, wie es passiert ist?»

«Sie hatte Leukämie. Sie war lange krank. Deswegen bin ich nach der Beerdigung hergekommen.»

«Wie hieß sie?»

«Mary.»

«Wart ihr lange verheiratet?»

«Sieben Jahre.»

«Hattet ihr Kinder?»

«Eine Tochter. Emily. Sie ist sechs. Zur Zeit hält sie sich bei meiner Mutter in Southampton auf.»

«Hat das… ich meine, daß du fortgegangen bist, die Dinge für dich leichter gemacht?»

«Das werde ich wissen, wenn ich zurückkehre.»

«Wann wird das sein?»

«Irgendwann nächste Woche.» Er stürzte den Rest seines Whiskys hinunter und stand auf. «Jetzt hole ich uns eine zweite Runde.»

Sie sah zu ihm hin, während er an der Bar bestellte und zahlte, und versuchte zu überlegen, was ihn so unverkennbar amerikanisch wirken ließ, wo er doch weder Kaugummi kaute noch einen Crew-Cut hatte. Vielleicht war es seine Figur, die breiten Schultern, die schmalen Hüften, die langen Beine. Oder die Art, wie er sich kleidete. Auf Hochglanz polierte bequeme Schuhe, eine Baumwollhose, ein Hemd, das erkennbar aus einem guten Geschäft stammte, ein blauer Shetlandpullover mit dem unauffälligen Markenzeichen Ralph Laurens.

Sie hörte, wie er den Mann hinter der Bar leise und höflich um einige Nüsse bat. Während dieser ein Päckchen nahm, es in eine kleine Schale leerte, fiel Virginia ein, daß Conrad selten die Stimme erhob und stets liebenswürdig zu Menschen war, die etwas für ihn taten, ob an einer Tankstelle oder in einer Bar, ob es sich um Kellner, Taxifahrer oder Portiers handelte. Der alte Schwarze, der am Anleger von Leesport alle Schmutzarbeiten erledigte und auch den Müll einsammelte, war geradezu in Conrad vernarrt gewesen, weil sich dieser nach seinem Vornamen erkundigt und ihn danach grundsätzlich mit Clement angeredet hatte.

Ein angenehmer Mann. Sie dachte an seine tote Frau und war sicher, daß sie eine glückliche Ehe geführt hatten. Wut stieg in ihr auf: Warum heftete sich die Tragödie stets an die Fersen von Paaren, die das am wenigsten verdienten, während andere Gelegenheit hatten, nicht nur einander, sondern auch Dritte unglücklich zu machen? Sieben Jahre. Besonders lang war das nicht. Aber zumindest hatte er seine kleine Tochter. Sie dachte an Henry und freute sich, daß Conrad ein Kind hatte.

Er kam an ihren Tisch zurück. Sie zwang sich zu einem Lächeln. Der Whisky in ihrem Glas sah sehr dunkel aus. Sie sagte: «Ich wollte eigentlich nur ein Glas trinken. Ich muß noch fahren.»

«Wie weit?»

«Zirka dreißig Kilometer.»

«Kannst du nicht deinen Mann anrufen, daß er dich abholt?»

«Er ist nicht da. Er hat in New York zu tun. Er arbeitet für Sanford Cubben. Ich weiß nicht, ob du auch das über den Buschtelegraphen gehört hast?»

«Ich glaube, das wußte ich. Und irgendein anderer Angehöriger?»

«Wenn du damit Kinder meinst – es ist niemand zu Hause. Ich habe einen kleinen Jungen, den ich gerade heute nachmittag im Internat seinem Schicksal überlassen habe. Es ist sein erstes Jahr. Ich habe diesen schrecklichen Tag, den abscheulichsten Tag meines Lebens, damit zugebracht, ihn ins Internat zu bringen. Ich bin in dieses Hotel gekommen, um auf die Toilette zu gehen und mir Mut zu machen, bevor ich weiterfahre.» Sogar in ihren eigenen Ohren klangen diese Worte trotzig.

«Wie alt ist der Junge?»

«Acht.»

«Großer Gott!» Seine Stimme klang verzweifelt, und das tröstete Virginia. Hier zumindest war jemand, der sie verstand, imstande war, das gleiche zu empfinden wie sie.

«Er ist viel zu klein fürs Internat. Ich wollte ihn auch gar nicht gehen lassen und habe wie eine Löwin gekämpft. Aber sein Vater war unerbittlich. Das ist bei den Briten nun mal so üblich. Er hält es für richtig, der Tradition zu folgen, damit der Junge groß und stark wird, und er hatte versprochen, Henry selbst hinzubringen. Dann aber mußte er ganz überstürzt nach New York, und es ist an mir hängengeblieben. Ich weiß nicht, wer von uns beiden elender dran war, Henry oder ich. Und deswegen weiß ich auch nicht, wer von uns beiden mir am meisten leid tun soll.»

«Hat er es gut überstanden? Ich meine, daß du ihn allein lassen und dich von ihm verabschieden mußtest?»

«Ich weiß nicht. So was von blitzschneller Abfertigung habe ich noch nie erlebt. In Sekundenbruchteilen war alles über die Bühne gegangen. Da blieb keine Zeit für ein Abschiedswort, keine Zeit für eine Träne. Kaum stand mein Wagen, als zwei kräftige Burschen die Heckklappe aufgerissen und alles Gepäck auf Wägelchen geladen haben. Dann hat die Hausmutter, eine sehr junge und recht hübsche Frau, Henry bei der Hand genommen und ins Haus geführt. Ich glaube, er hat sich nicht mal umgedreht. Ich stand da, hatte den Mund gerade aufgemacht und wollte meine Meinung sagen, als wie aus dem Nichts der Direktor auftauchte, mir die Hand schüttelte und sagte: ‹Auf Wiedersehen, Mrs. Aird.› Also bin ich wieder in den Wagen gestiegen und weggefahren. Weißt du was, Conrad? Ich komm mir vor wie ein totes Hühnchen auf einem Förderband. Meinst du, ich hätte meine Meinung sagen sollen?»

«Nein. Ich glaube, es war richtig so.»

«Es hätte ja auch nichts besser gemacht.» Seufzend trank sie ein Schlückchen Whisky und stellte das Glas hin. «Zumindest hatten auf diese Weise weder Henry noch ich Gelegenheit, uns danebenzubenehmen.»

«Vermutlich ist das der Sinn der Übung.» Er lächelte. «Aber ein bißchen Aufmunterung könntest du ohne weiteres brauchen. Wollen wir nicht zusammen zu Abend essen?»

«...ich hätte nie gedacht, daß ich mal in Schottland leben würde. Für mich war das eine Gegend, in die man am Ende des Hochsommers reist, um sich zu amüsieren und ein paar Jagdbälle mitzunehmen; aber doch nichts, wo man den Rest seines Lebens verbringt...»

Das *King's Hotel* war nicht für seine Küche berühmt, aber es war dort warm und angenehm. Die Dunkelheit und der weiterhin strömende Regen verlockten nicht dazu, in den windigen Straßen nach etwas Besserem zu suchen. Sie hatten bereits Graupensuppe gegessen und arbeiteten sich jetzt durch ihr Steak mit Zwiebeln, Pommes frites und gemischtem Gemüse. Zum Nachtisch konnte man zwischen verschiedenen Eissorten und Trifle wählen, einer Art Biskuitkuchen mit Vanillepudding und Früchten. Die Kellnerin hatte ihnen das Trifle bereits als erstklassig empfohlen.

Conrad hatte zum Essen Wein bestellt, was vielleicht ein Fehler gewesen war, und Virginia trank davon, ein noch größerer Fehler, denn gewöhnlich redete sie nicht soviel. Sie wußte einfach nicht, wie sie aufhören sollte, selbst wenn sie gewollt hätte, denn Conrad war ein einfühlsamer Zuhörer und hatte noch mit keinem Blick zu verstehen gegeben, daß sie ihn langweilte. Ganz im Gegenteil schien er fasziniert zu sein.

Sie hatte bereits von Edmund, dessen erster Frau, Vi und Alexa erzählt, alles, was es über Henry zu berichten gab, hatte ihm Balnaid geschildert, dessen fast unbeschreibliche Abgeschiedenheit und die engen Beziehungen zu Strathcroy.

«Was passiert da?»

«Eigentlich nichts. Es ist ein winziges Dorf, ein Durchgangsort. Andererseits wiederum ist es alles. Du weißt doch, wie kleine Gemeinschaften sind. Immerhin haben wir eine Gaststätte und eine Grundschule, Läden, zwei Kirchen und einen süßen Schwulen, der mit Antiquitäten handelt. Irgendwas scheint immer los zu sein. Einmal ist es ein Flohmarkt, dann wieder die Eröffnung eines Gartens oder eine Theateraufführung in der Schule.» Es klang schrecklich fade. Sie sagte: «Es klingt schrecklich fade.»

«Nicht die Spur. Wer wohnt da?»

«Die Leute aus dem Dorf, die Balmerinos, die beiden Pfarrer, ihre Frauen und die Airds. Archie Balmerino ist der Laird, das Oberhaupt seines Clans, und das bedeutet, daß ihm das Dorf und Tausende von Morgen Land drum herum gehören. Sein Besitz Croy ist riesig, aber er tritt in keiner Weise großspurig auf, und auch Isobel nicht. Keine Frau, die ich kenne, arbeitet so schwer wie sie. Und das will etwas heißen, denn in Schottland sind alle Frauen unaufhörlich tätig. Wenn sie sich nicht um riesige Häuser zu kümmern, Kinder aufzuziehen oder Gärten in Ordnung zu halten haben, organisieren sie kolossale Wohltätigkeitsveranstaltungen oder sitzen über irgendeiner Heimarbeit. Entweder verkaufen sie die Erzeugnisse ihres Bauernhofs direkt, machen Trockenblumensträuße, halten Bienen, restaurieren Antiquitäten, oder sie nähen für andere Leute die herrlichsten Vorhänge.»

«Und genießen sie das Leben nie?»

«Doch, aber nicht wie auf Long Island, und nicht mal wie in Südengland. Im August und September schlagen alle samt und sonders über die Stränge. Beinahe jeden Abend gibt es Gesellschaften oder Bälle, man geht auf die Jagd und so weiter. Du bist genau zur richtigen Zeit gekommen, denn du würdest an einem trüben Abend wie heute nie glauben, was sich da alles abspielt. Anschließend zieht sich alle Welt zum Winterschlaf zurück.»

«Wie sieht es mit Freundinnen aus?»

«Na ja.» Sie versuchte, über die Frage nachzudenken. «Auf jeden Fall ist es ganz anders als anderswo. Wir leben alle so weit voneinander entfernt, und es gibt kein Klubleben. Jedenfalls nicht so wie in Amerika. Und die Gaststätten sind auch nicht wie in Südengland. Als Frau geht man da gewöhnlich nicht hin. Natürlich gibt es Golfklubs, aber die sind meist fest in Männerhand, Frauen sind eher unerwünscht. Man könnte hierher nach Relkirk fahren und sich da mit einer Freundin treffen, aber die meisten gesellschaftlichen Kontakte spielen sich in den Häusern ab. Mittags treffen sich die Frauen und abends die Paare. Wir putzen uns fein heraus und fahren sechzig und mehr Kilometer, um irgendwelche Nachbarn zu treffen. Diese Entfernungen sind einer der Gründe dafür, warum das Leben im Winter mehr oder weniger aufhört. Viele Menschen sehen dann zu, daß sie wegkommen. Wer es sich leisten kann, fliegt nach Jamaica oder fährt zum Skilaufen ins Val d'Isère.»

«Und was treibst du?»

«Mich stören die Winter nicht, aber die nassen Sommer. Die Winter sind schön. Oben im Tal, etwa fünfzehn Kilometer von Strathcroy, liegt ein Skigebiet mit ein, zwei Lifts und ein paar guten Abfahrten. Da fahre ich hin. Dummerweise liegt da oft so viel Schnee, daß man gar nicht bis dahin kommt, und dann ist es natürlich Essig mit Skilaufen.»

«Früher bist du geritten.»

«Ich habe bei Fuchsjagden mitgemacht. Das war für mich der ganze Zweck des Reitens. Als ich nach Balnaid kam, sagte Edmund, ich könnte mir ein paar Pferde halten, aber da es keine Fuchsjagden gab, schien mir das nicht besonders sinnvoll.»

«Und womit verbringst du deine Tage?»

«Bisher mit Henry.» Sie sah über den Tisch hinweg Conrad voll trüber Hoffnungslosigkeit an, denn er hatte in einer einzigen Frage all ihre Ängste zusammengefaßt. Henry war fort, ihr gegen ihren Willen entrissen worden. *«Du erstickst ihn»*, hatte Edmund gesagt, und sie war aufgebracht und verletzt gewesen, aber das Erdrücken und Bemuttern waren ihre tägliche Aufgabe und ihre größte Freude gewesen.

Ohne Henry gab es nur noch Edmund.

Aber Edmund war in New York, und wenn er einmal nicht nach New York flog, war er in Frankfurt, Tokio oder Hongkong. Vorher hatten ihr diese langen Trennungen nichts ausgemacht, zum Teil, weil zum Trost und als Gesellschaft tagaus, tagein Henry dagewesen war, aber auch, weil sie rückhaltlos auf Edmunds Stärke, Beständigkeit und Liebe vertraut hatte, wo immer er sich aufhalten mochte.

Doch jetzt... erneut stürmten die Zweifel und schrecklichen Möglichkeiten aus den Alpträumen der durchwachten Nacht auf sie ein. Die verrückte Lottie Carstairs – vielleicht war sie doch nicht so verrückt – hatte ihr Dinge gesagt, die sie nie zu hören erwartet hatte. Edmund und Pandora Blair. *Und was glauben Sie, warum er so Knall auf Fall nach Amerika mußte? ... Er wird Sie genauso an der Nase rumführen wie seine erste Frau, die Arme.*

Mit einemmal war ihr alles zuviel.

Zu ihrem Entsetzen spürte sie, wie ihre Lippen zitterten und ihr Tränen in die Augen traten. Conrad sah sie aufmerksam an, und einen verrückten Augenblick lang spielte sie mit dem Gedanken, ihm ihr Herz auszuschütten, ihm alles anzuvertrauen, ihre ganze Angst und Unsicherheit zu gestehen. Dann aber schwammen ihre Augen in Tränen, sein Gesicht löste sich in einem undeutlichen wäßrigen Nebel auf, und sie dachte, großer Gott, ich hab einen sitzen. Gerade rechtzeitig. Zum Glück war der Augenblick vorüber, die gefährliche Versuchung lag hinter ihr. Zu keinem Menschen würde sie je darüber sprechen dürfen, könnten doch sonst die laut ausgesprochenen Worte dafür sorgen, daß alles wahr würde, daß es wirklich geschähe.

Sie sagte: «Es tut mir leid. Wie albern von mir.» Schniefend suchte sie nach einem Taschentuch, konnte keins finden. Über den Tisch hinweg gab ihr Conrad sein weißes, sauberes, frisch gebügeltes. Dankbar nahm sie es, schneuzte sich und sagte: «Ich bin müde. Mir geht es nicht besonders gut.» Sie bemühte sich um Munterkeit. «Außerdem hab ich einen kleinen sitzen.»

Er sagte: «Du kannst jetzt auf keinen Fall fahren.»

«Ich muß.»

«Bleib über Nacht hier und fahr morgen früh. Du kannst dir ein Zimmer nehmen.»

«Das geht nicht.»

«Warum nicht?»

«Wegen der Hunde. Ich muß zurück.»

Er lachte sie nicht aus, sondern sagte: «Bleib noch ein Weilchen hier sitzen. Bestell dir Kaffee. Ich muß nur rasch telefonieren.»

Er legte seine Serviette hin, schob den Stuhl zurück und verließ den Tisch. Virginia tupfte sich das Gesicht ab, schneuzte sich erneut und sah sich im Speisesaal um, ob außer Conrad jemand Zeuge ihres plötzlichen Anfalls tränenvoller Rührseligkeit geworden war. Doch die anderen Gäste waren mit ihrem Essen beschäftigt, kauten konzentriert ihren Bratfisch oder löffelten das wirklich vorzügliche Trifle in sich hinein. Die Tränen hörten Gott sei Dank allmählich auf. Die Kellnerin kam, um abzutragen.

«War das Steak gut?»

«Ja, ausgezeichnet.»

«Möchten Sie Nachtisch?»

«Nein, ich glaube nicht, vielen Dank. Aber wir hätten gerne Kaffee.»

Der Kaffee war gekommen, und Virginia nippte bereits an dem sehr starken und schwarzen Gebräu, das ganz eigenartig schmeckte, als Conrad zurückkehrte. Während er sich setzte, sah sie ihn fragend an, und er sagte: «Alles ist geregelt.»

«Was ist geregelt?»

«Ich hab mein Zimmer und den Wagen abbestellt, mit dem ich morgen früh zu meinen Gastgebern fahren wollte. Ich bring dich nach Hause.»

«Willst du denn heute schon nach Croy?»

«Nein. Die erwarten mich erst morgen früh. Ich kann mir aber doch bestimmt ein Zimmer in dem Dorfgasthof nehmen, von dem du gesprochen hast.»

«Mit Sicherheit nicht. Das Haus ist garantiert bis zum Dachfirst voll mit Leuten, die Moorschneehühner schießen wollen.» Sie schniefte die letzten Tränen beiseite und goß ihm Kaffee ein. «Komm mit mir nach Balnaid und bleib über Nacht da. Die Betten in den Gästezimmern sind alle bereit.» Sie hob den Blick und sagte, als sie den Ausdruck auf seinem Gesicht sah: «Es gibt keine Schwierigkeiten.» Doch noch während sie es sagte, wußte sie, daß es nicht stimmte.

Conrad fuhr durch die Dunkelheit. Es hatte aufgehört zu regnen, als seien die Schleusen des Himmels versiegt, aber der Südwestwind brachte nach wie vor Feuchtigkeit mit, und der Himmel blieb bedeckt. Die Straße folgte mit ihren Steigungen und Windungen dem Profil der Landschaft. In den Senken stand das Wasser, das die überforderten Gräben nicht abzuleiten vermochten. Virginia dachte, in ihre dicke Jacke gekuschelt, an das letzte Mal, als sie diese Strecke gefahren war; es war der Abend, an dem Edmund sie vom Flughafen abgeholt und sie miteinander in Edinburgh zu Abend gegessen hatten. Damals war der Himmel ein Wunder aus Rosa und Grau gewesen, wie aus der Werkstatt eines kundigen Malers. Jetzt lag die Dunkelheit finster und bedrohlich über der Landschaft, und der Lichtschein, der aus den Fenstern vereinzelter Gehöfte an den Hängen der Hügel um Strathcroy herum drang, spendete nur wenig Trost, schien so fern und unerreichbar wie die Sterne.

Virginia gähnte.

«Du bist müde», sagte Conrad.

«Eigentlich nicht. Ich hab nur zu viel Wein getrunken.» Sie kurbelte das Fenster herunter und spürte, wie ihr die kalte, nasse Luft über das Gesicht strich. Die Reifen zischten auf dem nassen Asphalt; aus der Dunkelheit ertönte der langgezogene Ruf eines Brachvogels.

Sie sagte: «So klingt es, wenn man nach Hause kommt.»

«Ihr wohnt wirklich sehr einsam.»

«Wir sind gleich da.»

Die Dorfstraße war wie leergefegt. Selbst der Supermarkt der Familie Ishak war geschlossen, und nur hier und da sah man hinter zugezogenen Vorhängen Licht. An einem solchen Abend blieben die Menschen daheim, saßen vor dem Fernseher, tranken Tee.

«Jetzt links über die Brücke.»

Sie überquerten den Croy, bogen in die Auffahrtsallee ein, erreichten das offene Tor, fuhren bis zum Haus. Wie nicht anders zu erwarten, lag alles in Dunkelheit gehüllt.

«Fahr nicht vors Haus, stell den Wagen einfach hier ab. Ich geh immer durch die Hintertür, wenn ich allein bin.»

Er hielt an und stellte den Motor ab. Im Scheinwerferlicht stieg sie aus, ging zur Tür, schloß auf und machte dann im Hause Licht. Ungeduldig und von Virginias Rückkehr dankbar erregt, warteten die Hunde, die den Wagen gehört hatten, sprangen ihr gegen die Beine und gaben leise winselnde Willkommensgeräusche von sich. «Ist ja gut, ihr Lieben», sie bückte sich, um sie zu streicheln. «Es tut mir leid, daß ich so lange weggeblieben bin. Bestimmt habt ihr gedacht, ich komme gar nicht wieder. Auf, raus mit euch, macht euer Geschäft, dann bekommt ihr guten Hundekuchen, bevor ihr schlafen geht.»

Die Tiere stürmten freudig in die Dunkelheit hinaus, bellten den Fremden an, der aus dem Wagen stieg, beschnupperten ihn, wurden von ihm getätschelt und beruhigt und jagten dann davon unter die Bäume.

Virginia machte weiter Licht im Haus. Die große Küche lag still da, der gewaltige Herd war noch warm, der Kühlschrank summte leise. Conrad trat zu ihr, seine Reisetasche in der Hand.

«Soll ich den Wagen wegstellen?»

«Laß nur. Er kann über Nacht auf dem Hof stehenbleiben. Zieh nur den Schlüssel ab...»

«Hab ich schon...» Er legte ihn auf den Tisch.

In der unbarmherzigen Helligkeit sahen sie einander an, und Virginia fühlte sich mit einemmal von einer kindischen Schüchternheit befallen. Um sie zu überwinden, schlüpfte sie rasch in die Rolle der geschäftigen Gastgeberin.

«Möchtest du was trinken? Einen Schlummertrunk? Edmund hat für Notfälle immer eine Flasche Malt Whisky im Haus.»

«Nicht nötig.»

«Aber du würdest gern was trinken?»

«Eigentlich ja.»

«Dann hol ich was. Bin gleich wieder da.»

Als sie mit der Flasche zurückkehrte, hatte er Hut und Mantel abgelegt, die Hunde waren von ihrer nächtlichen Erkundung zurückgekehrt und hatten sich schon auf den leeren Bohnensäcken vor dem Herd zusammengerollt. Conrad hockte vor ihnen, redete leise auf sie ein, strich über ihre schmalen hochgezüchteten Schädel. Als Virginia eintrat, stand er auf.

«Ich hab die Tür abgeschlossen.»

«Sehr lieb von dir. Vielen Dank. Wir vergessen das hier oft. Hier in Strathcroy scheinen keine Diebe und Einbrecher ihr Unwesen zu treiben.» Sie stellte die Flasche auf den Tisch und holte ein Glas. «Am besten gießt du dir selbst so viel ein, wie du möchtest.»

«Du trinkst nichts?»

Sie schüttelte reuig den Kopf. «Nein, Conrad, für heute abend genügt es.»

Er goß sich ein wenig ein und füllte das Glas aus dem Kaltwasserhahn auf. Virginia gab den Tieren Hundekuchen. Sie nahmen sie manierlich, ohne danach zu schnappen oder zu gieren, und fraßen sie zufrieden.

«Wunderschöne Tiere.»

«Es sind Edmunds Jagdhunde. Sie sind sehr gut erzogen. Bei ihm würden sie sich sowieso nichts herausnehmen.» Als die Spaniels genug bekommen hatten, sagte sie: «Wenn du möchtest, zeig ich dir jetzt dein Zimmer.» Sie nahm seinen Hut und Mantel, Conrad ergriff mit einer Hand seine Tasche und mit der anderen sein Whiskyglas. Sie ging ihm voraus, wobei sie jeweils das Licht ein- und ausschaltete. Durch den Korridor, die geräumige Eingangshalle, die Treppe hinauf.

«Was für ein herrliches Haus.»

«Es ist groß, aber ich mag es so.»

Er folgte ihr. Unter ihnen tickte vernehmlich die alte Standuhr, während ihrer beider Schritte auf dem dicken Teppich nicht zu hören waren. Das Gastzimmer ging nach vorn hinaus. Sie öffnete die Tür und machte Licht. Sogleich lag der ganze Raum im kalten Glanz des Kronleuchters. Das große Zimmer enthielt eine hohe Bettstatt aus Messing und Mahagonimöbel aus dem neunzehnten Jahrhundert, die Virginia von Vi übernommen hatte. Da der Besuch unerwartet kam, war die Luft im Raum muffig und abgestanden. Auch wirkte das Zimmer unpersönlich, denn es enthielt weder Blumen noch Bücher.

«Es tut mir leid, daß es nicht sehr anheimelnd ist.» Sie legte seinen Hut und seinen Mantel auf einen Stuhl und trat an eins der hohen Fenster, um es zu öffnen. Die Nachtluft strömte herein und bauschte die Vorhänge. Conrad trat neben sie, und gemeinsam sahen sie in die samtene Schwärze hinaus. Das Licht, das aus dem Fenster fiel, bildete auf dem Kies vor der Haustür ein Schachbrettmuster. Alles andere lag in tiefer Finsternis.

Er sog die Luft ein und sagte: «Hier riecht es so sauber und angenehm. Wie frisches Quellwasser.»

«Durch diese Tür geht es ins Bad.» Er ging hinein und sah sich um. «Handtücher müßten da liegen, und das Wasser ist immer heiß, falls du ein Bad nehmen möchtest. Eine Dusche gibt es leider nicht. Wir sind hier nicht besonders modern eingerichtet.»

Als er wieder ins Zimmer trat, schlug Virginia gerade die schwere Tagesdecke von den aufgeschüttelten Kissen zurück, die in bestickten Leinenbezügen steckten. «Wir haben eine Heizdecke, falls dir kalt ist.» Sie faltete die Tagesdecke zusammen und legte sie beiseite, so daß man das vollständige Blumenmuster des Federbetts sehen konnte. «So.»

Nichts mehr war zu tun, um ihre Hände und ihre Aufmerksamkeit zu beschäftigen. Sie sah Conrad an. Einen Augenblick lang sprach keiner von beiden. Seine Augen wirkten hinter der schweren Hornbrille düster. Sie sah seine kantigen Züge, die zu beiden Seiten des Mundes tief eingegrabenen Linien. Er trat zum Nachttisch, um das Glas abzustellen, das er immer noch in der Hand hielt. Sie sah ihm dabei zu und dachte daran, wie seine Hand die Köpfe von Edmunds Hunden gestreichelt hatte. Ein gütiger Mann.

«Hast du alles, was du brauchst, Conrad?» Sie hatte es einfach so dahingesagt, ohne mit der Frage etwas ausdrücken zu wollen. Doch kaum war sie heraus, als das Gesagte bedeutungsschwer im Raum hing.

Er gab zur Antwort: «Ich weiß nicht.»

‹Es gibt keine Schwierigkeiten›, hatte sie gesagt, doch wußte sie, daß den ganzen Abend über Verwicklungen zwischen ihnen gelauert hatten und sich jetzt nicht länger beiseite schieben ließen. Es hatte keinen Sinn, um den heißen Brei herum zu reden.

Sie sagte: «Ich bin dir dankbar. Ich brauchte Trost.»

«Ich brauche dich ...»

«Ich hatte mir ausgemalt, wie es wäre, wenn ich nach Leesport zurückginge, zu meinen Großeltern. Davon habe ich dir nichts gesagt.»

«In jenem Sommer habe ich mich in dich verliebt ...»

«Ich hatte mir vorgestellt, wie ich mit einem Mietwagen vom Flughafen dort hinfahre. Ich habe die Bäume und die Rasenflächen vor mir gesehen, den Atlantik über den Sund her gerochen.»

«Du bist damals nach England zurückgekehrt ...»

«Ich wollte, daß mir jemand sagt, wie fantastisch ich sei, daß ich alles richtig mache. Ich wollte nicht allein sein.»

«Ich komme mir so gemein vor ...»

«Es sind zwei verschiedene Welten, was, Conrad? Sie berühren sich kurz und gehen dann in verschiedenen Richtungen auseinander. Lichtjahre voneinander entfernt.»

«... weil ich mit dir schlafen möchte.»

«Warum muß alles geschehen, wenn es zu spät ist? Warum muß alles so unmöglich sein?»

«Es ist nicht unmöglich.»

«Doch, denn es ist vorbei. Die Jugend ist vorbei. In dem Augenblick, in dem eine Frau ein Kind hat, ist ihre Jugend vorbei.»

«Ich möchte mit dir schlafen.»

«Ich bin nicht mehr jung. Ich bin ein anderer Mensch.»

«Ich hab mit keiner Frau geschlafen ...»

«Sag es nicht, Conrad.»

«So ist das, wenn man einsam ist.»

«Ich weiß.»

Nichts rührte sich draußen im Park. Nichts ließ die tropfenden Blätter der Rhododendren erzittern. Schließlich huschte eine Gestalt über die schmalen Wege zwischen den Gebüschen davon und hinterließ Spuren im nassen Gras, die Eindrücke hoher Absätze.

8. Kapitel

Mittwoch, der Vierzehnte

Isobel saß am Küchentisch, trank Kaffee und schrieb Listen. Es war eine Tätigkeit, in der sie Erfahrung hatte. Stets hingen an der Merktafel in der Küche neben den Ansichtskarten ihrer Kinder oder Bekannter und der Adresse eines Fensterputzers Zettel, auf denen sie vermerkt hatte, was zu erledigen war – ob es sich nun um Einkäufe handelte, um Mahlzeiten, die vorbereitet oder um Anrufe, die getätigt werden mußten. Häufig erinnerte sie sich mit diesen Notizen auch einfach selbst: Primeln teilen, Gladiolen ausgraben und was dergleichen Aufgaben mehr waren. Zur Zeit jonglierte sie mit drei Listen, jeweils einer für heute, morgen und übermorgen. Unversehens war das Leben schrecklich unüberschaubar geworden.

Sie versah einen Zettel mit der Überschrift ‹Abendessen heute›. In der Tiefkühltruhe hatte sie noch einige Hühnerschlegel. Die konnte sie braten oder in einem Eintopf mit verarbeiten.

Also: ‹Hühnerschlegel rausnehmen, Kartoffeln schälen. Bohnen putzen.›

Der Plan für den folgenden Tag war komplizierter, da sie an drei Orten zu tun haben würde. Den größten Teil des Tages würde sie auf Corriehill Verena und ihren Helferinnen zur Hand gehen, damit das riesige Festzelt seinen Blumenschmuck bekam.

Sie schrieb: ‹Gartenschere. Anbindegarn. Draht. Seitenschneider. Buchenzweige, Vogelbeerzweige. Alle Dahlien abschneiden.›

Doch das war nicht alles, sie mußte sich außerdem noch Gedanken um Vis Geburtstagspicknick oben am Loch Croy wie auch um Archies Jagdtag in den Bergen machen, denn für den nächsten Tag war eine Treibjagd auf Moorschneehühner angesetzt, und da würde er mit den anderen Jägern draußen am Creagan Dubh sein.

Auf den Zettel kam: ‹Brot und kalter Schinken für Archie. Ingwerkuchen. Äpfel. Heiße Suppe?›

Da an Vis Picknick vermutlich außer Lucilla und Jeff auch Pandora sowie der melancholische Amerikaner teilnehmen würden, mußte Croy einen beträchtlichen Anteil zur Verpflegung beisteuern, und so notierte sie: ‹Grillwürstchen für Vi. Frikadellen machen. Tomatensalat. Stangenbrot. Zwei Flaschen Wein. Sechs Dosen Bier.›

Sie goß sich Kaffee nach und wandte sich dem Galadinner für den übernächsten Tag zu. Freitag. ‹11 Personen›, schrieb sie und unterstrich die Zahl. Was sollte sie auf den Tisch bringen – Moorschneehuhn oder Fasan? Einmal davon abgesehen, daß *Fasan à la Theodora* mit Sellerie, Schinken und einer Soße aus Eidottern und Sahne einfach köstlich war, ließ sich das Gericht auch längere Zeit im voraus zubereiten, so daß sie nicht noch in letzter Minute in der Küche hantieren mußte, während die Gäste bereits ihren Cocktail tranken.

Also: ‹Fasan Theodora›. Während sie das hinschrieb, kam Archie zur Tür herein.

Sie hob kaum den Kopf. «Du magst doch *Fasan à la Theodora*?»

«Nicht zum Frühstück.»

«Das meine ich doch gar nicht. Für übermorgen zum Abendessen.»

«Ginge da nicht auch Moorschneehuhn?»

«Nein, das ist furchtbar aufwendig. Man muß im letzten Augenblick noch alles mögliche tun – Toast rösten, Soße rühren und so weiter.»

«Und was ist mit gewöhnlichem Fasanenbraten?»

«Dasselbe Problem.»

«Findest du nicht auch, daß *Fasan à la Theodora* ein bißchen magenumdrehend aussieht?»

«Schon. Aber man kann ihn von langer Hand vorbereiten.»

«Und wie wäre es mit langer Hand, ohne Fasan?»

«Ha-ha.»

«Was gibt's zum Frühstück?»

«Steht alles im Backofen.»

Archie ging hin und öffnete die Klappe des Warmhaltefachs. «Nicht schlecht! Schinken, Würstchen und Tomaten. Wieso nicht Haferbrei und gekochte Eier, wie sonst?»

«Wenn wir Besuch haben, gibt es immer Schinken, Würstchen und Tomaten. Das weißt du ganz genau.» Er ging mit seinem Teller zum Tisch, setzte sich neben sie, goß sich Kaffee ein und griff nach Toast und Butter.

«Hilft dir am Freitag nicht Agnes Cooper?» fragte er.

«Doch.»

«Könnte da nicht sie den Fasan braten?»

«Sie ist keine Köchin, sie kommt, um den Abwasch zu machen.»

«Du könntest ihr aber doch sagen, daß sie was kocht.»

«Wie du willst. Dann gibt es aber Hackfleisch und Kartoffeln, denn das ist alles, was die arme Frau zustande bringt.»

Sie notierte weiter: ‹Silberleuchter putzen. Acht rosa Kerzen kaufen.›

«Wenn *Fasan à la Theodora* nur nicht so komisch aussehen würde.»

«Für den Fall, daß du das vor den Gästen sagst, jag ich dir an Ort und Stelle ein Obstmesser durch die Kehle.»

«Was gibt es als Vorspeise?»

«Geräucherte Forelle?»

Archie führte ein halbes Würstchen zum Mund und kaute nachdenklich darauf herum. «Und zum Nachtisch?»

«Orangensorbet.»

«Weiß- oder Rotwein?»

«Warum nicht ein paar Flaschen von beidem? Oder Champagner. Den Rest des Abends trinken wir sowieso Champagner, da können wir auch gleich damit beginnen.»

«Ich habe aber keinen.»

«Dann besorg ich noch schnell eine Kiste in Relkirk.»

«Fährst du denn hin?»

«Ach, Archie!» Isobel legte den Kugelschreiber auf den Tisch und sah ihren Mann verzweifelt an. «Hörst du eigentlich nie zu, wenn ich mit dir rede? Was glaubst du eigentlich, warum ich mich so feingemacht habe? Ja, ich fahre hin – mit Pandora, Lucilla und Jeff, zum Einkaufen.»

«Was wollt ihr einkaufen?»

«Alles für Freitag abend.» Daß sie sich möglicherweise ein neues Kleid kaufen würde, verschwieg sie ihm einstweilen, da sie noch immer nicht sicher war, ob sie sich diese Extravaganz leisten sollte. «Wir essen in der Weinstube zu Mittag und fahren dann wieder nach Hause.»

«Könntest du mir Patronen mitbringen?»

«Alles, was du willst, wenn du es mir aufschreibst.»

«Ich muß also nicht mit», sagte er befriedigt. Er ging äußerst ungern einkaufen.

«Das *könntest* du gar nicht, denn du mußt hiersein, wenn der melancholische Amerikaner ankommt. Er hat sich für heute morgen angesagt. Geh also nicht weg, sonst findet er das Haus leer, glaubt, man erwartet ihn nicht, und fährt wieder nach Relkirk zurück.»

«Wäre vielleicht nicht das Schlechteste. Was soll ich ihm zu Mittag vorsetzen?»

«In der Speisekammer steht Suppe und eine Fleischpastete.»

«Wo bringen wir ihn unter?»

«In Pandoras altem Zimmer.»

«Wie heißt er eigentlich?»

«Habe ich vergessen.»

«Und wie soll ich ihn dann anreden? Etwa mit ‹Willkommen, melancholischer Amerikaner›?» Er schien das amüsant zu finden und sagte mit Grabesstimme: «Der Große Häuptling Schniefnase Spricht Mit Gespaltener Zunge.»

«Du siehst zu viel fern.» Sie fand es aber selbst amüsant. «Er wird glauben, daß er in einem Irrenhaus gelandet ist.»

«Damit läge er gar nicht so sehr daneben. Wann startet eure Expedition eigentlich?»

«Gegen halb elf.»

«Lucilla und Jeff scheinen ja schon aufzusein, aber Pandora solltest du dann besser aus dem Bett scheuchen, sonst wartest du noch heute nachmittag um vier auf sie.»

«Ich hab sie schon vor einer halben Stunde geweckt», teilte sie ihm mit.

«Wahrscheinlich ist sie wieder in die Federn gekrochen und schläft weiter.»

Das aber war keineswegs der Fall. Kaum hatte er seinen Verdacht geäußert, als vom Flur her, der aus der Eingangshalle zur Küche führte, das Tack-tack hoher Absätze ertönte. Die Tür öffnete sich, und Pandora trat lachend und mit wehenden Haaren ein. Sie trug eine dunkelgraue Flanellhose und einen hellgrauen Pullover mit eingestrickten rosa Schafen.

«Einen wunderschönen guten Morgen. Da bin ich. Ich gehe jede Wette ein, daß ihr geglaubt habt, ich hätte mich wieder hingelegt.» Sie drückte ihrem Bruder einen Kuß auf den Scheitel und setzte sich neben ihn. In der Hand hatte sie eine Zeitschrift, offenkundig der Anlaß ihrer guten Laune. «Ich hatte ganz vergessen, daß es diese Landjunkerpostille *Country Life* gibt. Papa hat sie jeden Monat gelesen.»

«Sie kommt immer noch ins Haus. Ich hab das Abonnement nie gekündigt. Ich weiß selbst nicht, warum.»

«Das Heft hier lag bei mir im Schlafzimmer. Eure Zeitschrift für den Großgrundbesitzer ist ja wirklich eine fesselnde Lektüre. All die rührenden Artikel, in denen man uns erklärt, daß wir zu Dachsen nett sein sollen und vor welchen Viehkrankheiten man sich hüten muß.» Sie begann zu blättern, während ihr Isobel Kaffee eingoß. «Ach, vielen Dank, Liebste. Paradiesisch. Das Beste sind die Anzeigen ganz hinten. Hört doch nur. Unter ‹Verkäufe›. Adlige Dame trennt sich von Leibwäsche. Vierzig rosa Biedermeier-Schlüpfer und seidene Hemdchen mit Spitzenbesatz. Kaum getragen. Angebote erwünscht.»

Archie kaute seinen Toast zu Ende. «Wer ist sie?»

«Keinen Schimmer. Es ist eine Chiffreanzeige. Glaubt ihr, weil sie adlig ist, trägt sie einfach keine Unterwäsche mehr?»

«Vielleicht hat es in der Familie einen Todesfall gegeben», gab Isobel zu bedenken, «eine alte Tante. Und die Dame versilbert jetzt den Nachlaß.»

«Merkwürdiger Nachlaß. Wißt ihr, was *ich* glaube? Sie erlebt ihre zweite Jugend, hat eine Diätkur gemacht, ein Dutzend Kilo abgenommen, ist jetzt klapperdürr und trägt Hemdhöschen aus Atlas mit Spitze um die Beine, und Seine Lordschaft weiß nicht, wie ihm geschieht. Hier ist noch ein Heuler. Hör mal, Archie. Stellengesuch. Umgänglicher Bauernsohn, dreißig Jahre alt, mit allen landwirtschaftlichen Arbeiten vertraut. Führerschein. Jagt und fischt gern. *Denk* doch nur!» Pandoras Augen wurden riesig. «Er ist *erst* dreißig und kann schon Auto fahren. Bestimmt wäre er dir schrecklich nützlich, Archie. Mit allen landwirtschaftlichen Arbeiten vertraut. Er könnte dir doch beim Drainieren deiner Wiesen helfen. Solltest du ihm nicht ein Angebot machen?»

«Ach, wohl nicht.»

«Warum denn nicht, um alles in der Welt?»

Archie dachte nach und sagte dann zögernd: «Vielleicht, weil er überqualifiziert ist?»

Die Geschwister brachen gleichzeitig in Gelächter aus. Obwohl Isobel kein rechtes Verständnis für ihre übertriebene Albernheit aufbrachte, war sie voll dankbaren Staunens. Seit der Ankunft seiner Schwester war Archie besser gelaunt, als sie ihn seit Jahren erlebt hatte, und Isobel erkannte jetzt am Frühstückstisch mit einemmal den anziehenden und fröhlichen Mann wieder, in den sie sich vor über zwanzig Jahren verliebt hatte.

Pandora konnte man gewiß nicht als idealen Gast bezeichnen, vom Standpunkt einer Hausfrau aus war sie eher als völliger Versager einzustufen. Beständig räumte Isobel hinter ihr her, machte ihr Bett, putzte ihre Wanne, hängte herumliegende Kleidungsstücke auf und wusch für sie. Aber all das verzieh sie ihr, denn ihr war klar, daß nur sie diesen wunderbaren Wandel in Archie bewirkt hatte, und dafür empfand Isobel nichts als Dankbarkeit. Auf irgendeine geheimnisvolle Art und Weise hatte Pandora ihm seine Jugend wiedergegeben und wie ein frischer Windstoß das Lachen nach Croy zurückgebracht.

Allmählich kamen die Mitglieder der Einkaufsexpedition zusammen. Jeff, der sich durch Isobels gewaltiges Frühstück hindurchgekaut hatte, holte Pandoras Mercedes aus der Garage. Isobel war als erste am Wagen, mit Einkaufskörben und der unvermeidlichen Liste bewaffnet. Als nächste tauchte Pandora auf, in Nerzmantel und Sonnenbrille und von einer *Poison*-Wolke eingehüllt.

Es war wieder ein windiger Tag. Von Zeit zu Zeit brach die Sonne durch. Als man eine Weile im kalten Wind gewartet hatte, kam endlich Lucilla, von ihrem Vater herbeigerufen. Er trieb sie mit übertriebenen Gesten so zum Haus hinaus, wie er es mit den Hunden tat. Vor der Tür wandte sie sich um, umarmte und küßte ihn zum Abschied, als werde sie ihn nie wieder sehen, bevor sie mit fliegenden Haaren die Treppe hinabrannte. «Tut mir leid, ich wußte nicht, daß ihr schon wartet.»

Auf ihre an den Knien aufgeschlitzten verwaschenen alten Jeans war stümperhaft irgendein rotgepunkteter Flicken gesetzt. Dazu trug sie ein reichbesticktes verknittertes Baumwollhemd mit gebauschten Ärmeln, das hinten deutlich unter der kleinen fransenbesetzten Lederweste hervorsah. Ihre Mutter dachte im stillen, daß sie aussah, als sei sie gerade von einem Sioux-Indianer vergewaltigt worden.

«Ziehst du dich eigentlich nicht um, Liebling?» fragte sie unvorsichtigerweise.

«Mama, ich *habe* mich umgezogen. Das sind meine besten Jeans. Ich habe sie auf Mallorca gekauft, als wir bei Pandora waren.»

«Ach, natürlich.» Alle stiegen ein. «Entschuldige, Lucilla. Wie töricht von mir.»

In Relkirk teilte sich die kleine Gruppe. Lucilla und Jeff wollten in Antiquitätenläden und auf dem berühmten Straßenmarkt herumstöbern.

«Also, bis eins dann, in der Weinstube», sagte Isobel.

«Habt ihr einen Tisch bestellt?»

«Nein, aber da müßte genug Platz sein.»

«Schön, wir ziehen jetzt los.» Mit dieser Erklärung gingen die beiden jungen Leute über den gepflasterten Platz davon. Isobel sah, wie Jeff den Arm um Lucillas schmale Schultern legte. Das überraschte sie, denn sie hatte ihn bisher als einen Menschen eingeschätzt, der seine Gefühle nicht öffentlich zeigte.

«Die wären wir los», sagte Pandora im Ton eines ungezogenen kleinen Mädchens, das nur auf den Weggang der Erwachsenen gewartet hat, damit sie endlich ihre Streiche ausführen kann. «Wo sind denn jetzt all die Kleiderläden?»

«Pandora, ich weiß noch gar nicht recht...»

«Du bekommst ein Kleid für das Fest, und damit basta. Sieh bloß nicht so gequält drein. Ich schenke es dir. Damit trage ich lediglich eine Schuld ab.»

«Aber... sollten wir nicht zuerst einkaufen, was wichtig ist? Was wir für Freitag brauchen und...»

«Was könnte wichtiger sein als ein neues Kleid? Den ganzen anderen öden Kram können wir auch heute nachmittag noch erledigen. Steh bloß nicht so unentschlossen da, sonst ist der Tag rum, und wir haben nichts erreicht. Sag mir lieber, wohin wir müssen...»

«Nun, da wäre McKay's...» sagte Isobel zögernd.

«Ach was, doch kein Kaufhaus. Gibt es hier denn nichts Exklusives?»

«Doch. Aber in solchen Geschäften war ich noch nie.»

«Dann hast du ja was nachzuholen. Vorwärts.» Isobel ließ sich, mit einemmal leichtsinnig und zur Sünde bereit, von ihren kalvinistischen Grundsätzen abbringen und folgte der Stimme der Versucherin.

Das Geschäft war schmal und tief, seinen Boden bedeckte ein dicker Teppich, die Wände hingen voller Spiegel, und es roch darin ein wenig verrucht. Als Isobel und Pandora durch die große Glastür traten, erhob sich eine Frau, die hinter einem wunderhübschen, intarsiengeschmückten Tischchen gesessen hatte, um sie zu begrüßen. In dem Kleid, das die Verkäuferin zur Arbeit trug, wäre Isobel mit

Vergnügen zu einer Abendeinladung gegangen. Sie schienen die einzigen Kundinnen zu sein.

«Guten Morgen...»

Sie teilten ihr mit, was sie suchten.

«Welche Größe, gnädige Frau?»

«Ach je.» Schon war Isobel aus dem Gleis geworfen. «Vielleicht 38, oder 40?»

«Aber nein, auf keinen Fall 40.» Geschulte Augen taxierten sie, und Isobel hoffte, daß ihre Strumpfhose keine Laufmasche hatte. «Bestimmt haben Sie 38. Die Abendkleider sind dort, wenn Sie bitte mitkommen wollen.»

Sie folgten ihr in den hinteren Teil des Geschäfts. Hinter einem Vorhang waren mehrere Ständer mit Abendkleidern in allen Längen und in den herrlichsten Farben zu sehen – Samt hing neben Seide, glänzender Atlas neben Chiffon und Organza. Klappernd schob die Verkäuferin die Kleiderbügel über die Stangen.

«Das hier ist 38. Aber wenn Sie in einer anderen Größe etwas finden, das Ihnen zusagt, kann ich es jederzeit für Sie ändern lassen.»

«Dazu reicht die Zeit nicht», teilte ihr Isobel mit. Sie ließ den Blick über die dunkleren Kleider gleiten. Gedeckte Farben kamen nicht so schnell aus der Mode, und man konnte dies und jenes Accessoire hinzufügen, um ein solches Kleid abzuwandeln. Wie wäre es mit einem braunen Atlaskleid, oder einem aus marineblauem Seidenrips? Oder vielleicht etwas in Schwarz? Sie nahm ein schwarzes Crêpekleid mit Jettknöpfen herunter, trat vor einen Spiegel und hielt es sich vor... wohl doch zu gouvernantenhaft. Andererseits würde sie es viele Jahre lang zu allen möglichen Gelegenheiten tragen können... Sie versuchte unauffällig auf das Preisschild zu schielen, hatte aber dummerweise ihre Brille nicht auf...

«Das gefällt mir.»

Pandora sah kaum hin. «Doch nicht Schwarz, meine Liebe. Und Rot auch nicht.» Sie schob weitere Bügel beiseite und griff dann zu. «*Das* hier.»

Isobel, die sich nach wie vor unentschlossen das schwarze Crêpekleid anhielt, sah hin. Es war schöner, als sie es sich je erträumt hätte. Saphirblaue Thaiseide, die im Schein des Lichts mit Schwarz changierte, so daß sie wie die Flügel eines exotischen Insekts schimmerte. Das Oberteil war tief ausgeschnitten, und der weit schwingende Rock bauschte sich über mehreren Petticoats. Die Ärmel wurden an den Ellbogen von engen Bündchen mit Rüschen aus dem gleichen Material zusammengefaßt, und eine ebensolche Rüsche bildete den Abschluß des Rocks.

Isobel, die sich kaum vorzustellen wagte, daß ihr ein solches Kleid gehören könnte, warf einen skeptischen Blick auf die Wespentaille. «Da paß ich nie im Leben rein.»

«Das kommt auf einen Versuch an.»

Es war, als habe sie jeden eigenen Willen verloren. Sie wurde in eine durch Vorhänge abgetrennte Ankleidekabine geschoben und wie ein Weiheopfer entkleidet, bis sie in der Unterwäsche dastand, die Fülle der raschelnden Seide vorsichtig über ihren Kopf gesenkt und ihr die Ärmel über die Arme gezogen wurden. Jetzt noch der Reißverschluß...

Sie hielt den Atem an. Es war nicht nötig. Zwar umschloß die Taille des Kleides sie eng, aber sie konnte atmen. Die Verkäuferin zupfte ein wenig an den Schultern, strich den Rock glatt und trat bewundernd zurück.

Isobel sah sich in voller Größe im Spiegel, und es kam ihr vor, als sehe sie eine andere Frau, aus einer anderen Zeit, als sei sie dem Rahmen eines Gemäldes aus dem achtzehnten Jahrhundert entstiegen. Der Saum des Kleides reichte bis zum Boden, die steife Seide ordnete sich von selbst zu schimmernden Falten, die Ärmel schmeichelten ihr unendlich, und der tiefe Ausschnitt ließ zur Geltung kommen, was an ihr besonders ansehnlich war – ihre sanft gerundeten Schultern und ihren schwellenden Busen.

Obwohl sie dem Wunsch kaum widerstehen konnte, das herrliche Kleid zu besitzen, versuchte sie praktisch zu denken. «Es ist zu lang.»

«Nicht mit hohen Absätzen», erklärte Pandora. «Und bei der Farbe wirken deine blauen Augen wie Tinte.»

Isobel sah hin und erkannte, daß sie recht hatte. Dann aber wies sie auf ihre von Wind und Wetter gebräunten Wangen. «Mein Gesicht paßt nicht dazu.»

«Liebste, du bist ja nicht zurechtgemacht.»

«Und meine Haare.»

«Um die kümmere ich mich.» Pandora zog ihre Augen zu schmalen Schlitzen zusammen. «Du brauchst Schmuck.»

«Ich könnte die Diamant-Ohrringe mit Perlen und Saphiren aus dem Familienschmuck der Balmerinos tragen.»

«Klar. Vorzüglich. Und dazu Mamas Perlenhalsband. Hast du das auch?»

«Es ist im Banksafe.»

«Dann holen wir es heute nachmittag. Du siehst in dem Kleid blendend aus, Isobel. Alle Männer im Saal werden ihr Herz an dich verlieren. Wir hätten nichts finden können, das besser zu dir paßte.» Lächelnd wandte sie sich der schweigenden Verkäuferin zu, die zufrieden zu sein schien. «Wir nehmen es.»

Der Reißverschluß wurde geöffnet, das Kleid vorsichtig ausgezogen und fortgebracht, damit es zusammengepackt werden konnte.

«Pandora!» flüstere Isobel aufgeregt, während sie nach ihrem Kaufhaus-Unterrock griff. «Du hast ja nicht mal gefragt, was es kostet.»

«Wer nach dem Preis fragen muß, kann sich so etwas nicht leisten», flüsterte Pandora zurück und verschwand. Isobel zog sich wieder an, zwischen Erregung und Schuldgefühl hin und her gerissen. Bis sie sich die Kostümjacke zugeknöpft und die Schuhe zugeschnürt hatte, war der Scheck ausgeschrieben, das Preisschild entfernt und das zauberhafte Kleid in einer riesigen Schachtel verpackt. Die Verkäuferin öffnete den Kundinnen die Tür.

«Vielen Dank», sagte Isobel.

«Ich freue mich, daß Sie etwas gefunden haben, das Ihren Wünschen entspricht.»

Das Ganze hatte gerade zehn Minuten gedauert. Pandora und Isobel standen jetzt im Sonnenschein auf dem Gehsteig.

«Ich weiß gar nicht, wie ich dir danken soll...»

«Dann tu's einfach nicht...»

«So ein herrliches Kleid hab ich mein Leben lang noch nicht gehabt.»

«Dann wurde es ja allerhöchste Zeit. Du hast es verdient...»

«Pandora...»

Die aber wollte nichts mehr hören und sah auf die Uhr. «Es ist erst Viertel vor zwölf. Was kaufen wir jetzt?»

«Hast du denn noch nicht genug Geld ausgegeben?»

«Aber nein. Ich hab doch erst angefangen. Was trägt Archie eigentlich zum Fest? Seinen Kilt?»

Sie gingen langsam weiter.

«Nein, den hat er seit der Sache mit dem Bein nicht mehr angezogen. Er findet, es stößt die Leute ab, wenn sie seine Prothese sehen, und zieht deshalb bei solchen Gelegenheiten lieber seinen Smoking an.»

Pandora blieb wie angewurzelt stehen. «Aber Lord Balmerino kann doch unmöglich im Smoking zu einem Hochland-Tanzabend gehen.»

«Das tut er seit Jahren.»

Eine dicke Frau mit einem Korb schob sich, verärgert über die Behinderung, zwischen ihnen durch, wobei sie betont bissig *«Entschuldigung»* sagte. Pandora achtete nicht auf sie.

«Und warum trägt er nicht wenigstens *trews*, du weißt schon, eine Tartanhose im Muster unseres Clans?»

«Er hat keine.»

«Wieso nicht?»

Isobel versuchte zu überlegen, warum nicht schon vor Jahren jemand auf diese naheliegende Lösung verfallen war. Ihr war klar, daß Archie mit seinem Bein jeden Stolz auf seine Erscheinung und jedes Vergnügen daran verloren hatte. Es war, als sei es nicht mehr wichtig. Außerdem kostete Kleidung, die eigens für seltene Anlässe gekauft wurde, unnötiges Geld, und es hatte offenbar stets Wichtigeres gegeben.

«Ich weiß nicht.»

«Aber er hat doch früher bei Bällen immer so schneidig ausgesehen und genoß das auch. In einem faden alten Frack könnte man ihn für einen Beerdigungsunternehmer, einen Aushilfskellner oder, noch schlimmer, einen Engländer halten. Komm, wir wollen ihm was ganz Tolles kaufen. Kennst du seine Größe?»

«Ich hab sie nicht im Kopf. Aber sein Schneider, Mr. Pittendriech, weiß sie bestimmt.»

«Wo ist der?»

«Eine Straße weiter.»

«Meinst du, er hat *trews* von der Stange?»

«Ich denke schon.»

«Worauf warten wir dann noch?» Und schon schritt Pandora wieder aus, so daß ihr offener Nerzmantel flatterte. Isobel mußte mit ihrem Paket förmlich rennen, um mit ihr Schritt halten zu können.

«Angenommen, wir finden eine passende Hose – was soll er dazu tragen? Eine Smokingjacke geht dann doch auf keinen Fall.»

«Papa hatte eine sehr hübsche Samtjacke. Gedecktes Flaschengrün. Wo ist die?»

«Auf dem Dachboden.»

«Nun, dann holen wir sie runter. Ist das nicht aufregend! Überleg doch nur, wie eindrucksvoll unser guter Archie aussehen wird.»

Sie fanden den alten Pittendriech, Schneider und Herrenausstatter, der sich auf Hochlandkleidung für alle Gelegenheiten spezialisiert hatte, am Zuschneidetisch im Hinterzimmer seines Ladens. Bei Isobels Anblick hob er überrascht den Blick von einem Ballen Tweed, legte die Schere hin und schenkte ihr ein strahlendes Lächeln.

«Lady Balmerino.»

«Guten Morgen, Mr. Pittendriech. Erinnern Sie sich an meine Schwägerin Pandora Blair?»

Der alte Herr sah über den Rand seiner Brille auf Pandora. «Ja, aber es ist lange her. Als ich Sie das letzte Mal gesehen habe, müssen Sie noch ein junges Mädchen gewesen sein.» Über den Tisch hinweg schüttelte er Pandora die Hand. «Sehr erfreut, Sie wiederzusehen. Und wie geht es Seiner Lordschaft, Lady Balmerino?»

«Gut, vielen Dank.»

«Kommt er den Berg hinauf?»

«Nicht sehr weit, aber...»

Ungeduldig unterbrach Pandora. «Wir wollen ihm ein Geschenk kaufen, Mr. Pittendriech. Eine Tartanhose, Sie wissen schon, *trews*. Sie kennen die Maße meines Bruders. Würden Sie uns beim Aussuchen helfen?»

«Gewiß. Mit Vergnügen.» Er kam hinter seinem Tisch hervor und führte die beiden Besucherinnen in den Laden, der eine Fülle von Stoffen in den Mustern aller möglichen Clans enthielt, wie auch als *sporrans* bezeichnete Geldtaschen, *sgian dubhs*, Dolche, die der Hochland-Schotte mit der Scheide im Kniestrumpf trägt, *tartan trews*, Spitzenjabots, Schuhe mit Silberschnallen und Cairngorm-Ziernadeln, die das Auge förmlich blendeten.

Es war Mr. Pittendriech deutlich anzumerken, daß er all das als seiner nicht wirklich würdig ansah.

«Wäre es nicht besser, wenn ich Seiner Lordschaft ein Paar nach Maß anfertigte? Er hat noch nie Konfektion gekauft.»

«Dazu reicht die Zeit nicht», sagte Isobel zum zweitenmal an diesem Vormittag.

«Soll es der Regiments- oder der Clan-Tartan sein?»

«Unbedingt der unserer Familie», sagte Pandora bestimmt. «Er ist sehr hübsch.»

Es dauerte eine Weile, bis das richtige Muster gefunden, und noch länger, bis mit Hilfe eines Maßbandes eine Hose mit der passenden Beinlänge ermittelt war. Schließlich teilte Mr. Pittendriech mit: «Die müßte Seiner Lordschaft passen.»

Isobel betrachtete die Hose aufmerksam. «Sind die Beine nicht ein bißchen eng für die Prothese?»

«Ich glaube nicht. Es müßte passen.»

«Dann nehmen wir sie mit», sagte Pandora.

«Einen Kummerbund dazu, Miss Blair?»

«Er kann den unseres Vaters tragen.» Sie schenkte ihm ihr bezauberndstes Lächeln. «Aber vielleicht ein wirklich hübsches weißes Baumwollhemd?»

Ein weiteres Päckchen wurde gepackt, ein weiterer Scheck ausgeschrieben, dann waren sie wieder draußen. «Zeit zum Essen», sagte Pandora, und beide gingen, mit sich zufrieden, in Richtung der Weinstube. Durch die Drehtür betraten sie das als Treffpunkt beliebte Lokal. Von Lucilla und Jeff war nichts zu sehen. Dann erhob sich vor ihnen das erste Hindernis des Tages. Die meisten Tische waren besetzt, und auf den anderen standen Schilder mit der Aufschrift RESERVIERT.

«Einen Tisch für vier Personen», sagte Pandora zu der Angestellten, die erhaben hinter der hohen Theke thronte.

«Haben Sie vorbestellt?»

«Nein. Aber wir möchten trotzdem einen.»

«Ich bedaure, in dem Fall müssen Sie warten, bis Sie an der Reihe sind.»

Pandora öffnete den Mund, um zu widersprechen. Doch bevor sie auch nur ein Wort sagen konnte, klingelte das Telefon. Die Frau drehte sich um und nahm ab.

Pandora gab Isobel einen verschwörerischen Rippenstoß, ging zu einem der unbesetzten Tische am Fenster, wischte wie von ungefähr das Schild mit der Aufschrift RESERVIERT beiseite und schob es mit geradezu professioneller Fingerfertigkeit in die Manteltasche. Dann setzte sie sich mit größter Selbstverständlichkeit hin, entledigte sich ihrer Handtasche und ihrer Päckchen, legte den Nerz über die Stuhllehne und griff nach der Speisekarte.

Entsetzt blieb Isobel stehen. «Pandora, du kannst doch *unmöglich ...*»

«Ich hab's doch schon getan. Die alte Ziege. Setz dich.»

«Aber jemand hat den Tisch *reserviert.*»

«Und wir haben ihn *bekommen*. Besitzen heißt recht haben.»

Isobel, der jegliche Art von Szene zuwider war, zögerte nach wie vor, doch da Pandora nicht darauf achtete, blieb ihr nach einer Weile gar nichts anderes übrig, als sich zu ihrer so offenkundig kriminellen Schwägerin zu setzen. «Ach, sieh nur, wie schön. Es gibt Cocktails! Anschließend können wir *Quiche Lorraine* mit Salat essen oder ein Omelette mit feinen Kräutern.»

«Die Frau wird *toben.*»

«Eigentlich mag ich gar keine Cocktails, du etwa? Ob die hier Champagner haben? Wir fragen sie, wenn sie auf uns losgestürmt kommt.»

Das geschah nahezu umgehend.

«Entschuldigen Sie, meine Damen, aber dieser Tisch ist reserviert.»

«Ach, *tatsächlich*?» Pandora hob unschuldsvoll den Blick. «Müßte dann hier nicht ein Schild stehen?»

«Es stand auch eins da.»

«Wo es nur sein mag?» Pandora spähte unter den Tisch. «Hier unten liegt keins.»

«Ich bedaure, aber ich muß Sie bitten aufzustehen und zu warten, bis Sie an der Reihe sind.»

«Ich bedaure ebenfalls, aber ich glaube nicht, daß wir das tun. Nehmen Sie selbst unsere Bestellung entgegen, oder wollen Sie uns lieber eine Bedienung schicken?»

Der Hals der Frau wurde puterrot. Ihr Mund bewegte sich, ohne daß ein Laut herauskam. Sie tat Isobel leid.

«Sie wissen so gut wie ich, daß dieser Tisch reserviert war. Der Geschäftsführer hat das Schild heute morgen selbst hingestellt.»

Pandora hob die Brauen. «Ach, Sie haben einen Geschäftsführer? Würden Sie ihn dann bitte herschicken und ihm sagen, daß Lady Balmerino da ist und ihren Lunch einzunehmen wünscht?»

Isobel spürte, wie es sie heiß überlief. Die Situation war ihr denkbar unangenehm. Pandoras Gegnerin erweckte angesichts der tiefen Demütigung, der sie sich gegenübersah, den Eindruck, als werde sie jeden Augenblick in Tränen ausbrechen. «Der Geschäftsführer ist heute nachmittag nicht da», gab sie zu.

«In dem Fall sind offensichtlich Sie zuständig. Nachdem Sie alles getan haben, was in Ihren Kräften stand, wäre es schön, wenn Sie uns eine Bedienung herschickten, damit wir unsere Bestellung aufgeben können.»

Die arme Frau, die von diesem herrischen Auftreten völlig entnervt war, schwankte einen Augenblick, gab aber schließlich nach, wobei ihre Wut wie ein angestochener Luftballon in sich zusammensank. Sie versuchte wortlos und so würdevoll sie konnte, den Rückzug anzutreten, aber Pandora war unerbittlich. «Noch eins. Würden Sie liebenswürdigerweise dem Mann an der Bar sagen, daß wir gern eine Flasche seines besten Champagners hätten?» Ihr Lächeln war überwältigend. «Eisgekühlt.»

Keine weiteren Einwände, kein weiterer Streit. Es war vorüber. Isobel wich die Röte allmählich aus dem Gesicht. Sie sagte: «Pandora, du bist schamlos.»

«Das ist mir bekannt, Liebste.»

«Die arme Frau. Du hast sie völlig entnervt.»

«Blöde alte Kuh.»

«Und die Sache mit Lady Balmerino ...»

«Das hat den Ausschlag gegeben. Damit haben wir es geschafft. Diese Leute sind alle ganz entsetzliche Snobs.»

Es war sinnlos, ihr Vorhaltungen zu machen. Sie war Pandora: voll Großzügigkeit, Liebe und Gelächter, aber auch bis zum Exzeß rücksichtslos jedem gegenüber, der ihr im Wege stand. Isobel schüttelte den Kopf. «Ich weiß nicht, was ich von dir denken soll.»

«Ach, Liebste, sei doch nicht böse. Wir hatten einen so himmlischen Vormittag. Ich verspreche dir, daß ich mich den Rest des Tages anständig benehme und deine sämtlichen Lebensmitteleinkäufe schleppe. Sieh nur, da kommen Lucilla und Jeff. Was die wohl in ihren armseligen Tragetüten haben mögen?» Sie winkte, so daß die roten Nägel blitzend durch die Luft fuhren. «Hier sind wir!» Die beiden sahen sie und kamen an ihren Tisch. «Wir haben Champagner bestellt, Jeff. Seien Sie also bitte kein Spielverderber und verzichten Sie diesmal auf Ihr australisches Bier.»

Während alle Champagner tranken, schilderte Pandora den beiden jungen Leuten mit gedämpfter Stimme und einem immer wieder erstickten Lachen den Kampf um den reservierten Tisch.

Der Bericht erheiterte Lucilla zwar, zugleich aber zeigte sie sich beinahe ebenso entsetzt wie ihre Mutter. Insgeheim freute sich Isobel darüber. «Pandora, das ist verwerflich. Was wird jetzt mit den armen Leuten, die den Tisch reserviert haben?»

«Darum soll sich die alte Schreckschraube kümmern. Laß dir darüber keine grauen Haare wachsen – die bringt sie schon irgendwo unter.»

«Aber es ist schrecklich ungehörig.»

«Wie undankbar von dir. Ohne mein rasches und entschlossenes Handeln würden wir jetzt alle mit schmerzenden Füßen dahinten in der Schlange stehen. Außerdem war sie anmaßend und grob. Ich mag es nicht, wenn man mir sagt, daß ich nicht bekommen kann, was ich haben will.»

Da ihn Isobel angehalten hatte, die unmittelbare Umgebung des Hauses nicht zu verlassen, beschloß Archie, die Zeit bis zum Eintreffen des Gastes damit zu nutzen, daß er auf der Grasfläche hinter der geschwungenen Auffahrt das erste Herbstlaub zusammenkehrte. Vielleicht blieb anschließend sogar noch Zeit, den Rasen zu mähen, so daß für die Gesellschaft am Freitag abend alles ordentlich aussah. Von den Hunden begleitet, holte er den kleinen Gartentraktor aus der Garage und machte sich an die Arbeit. Die Labradors, die wohl angenommen hatten, es gehe zu einem Spaziergang, saßen da und sahen gelangweilt drein. Aber Ablenkung nahte schon, denn kaum hatte Archie einige Bahnen gerecht, als ein Landrover die vordere Auffahrt heraufkam, ratternd über den Viehrost fuhr und wenige Meter von Archie entfernt zum Stehen kam.

Es war Gordon Gillock, der Jagdhüter von Croy. Er hatte seine beiden Spaniels auf der Ladefläche mitgebracht, und sogleich erhob sich drinnen wie draußen ohrenbetäubendes Gekläff. Schon bald gelang es Gordon, alle vier Hunde mit wilden Verwünschungen zum Schweigen zu bringen, so daß wieder Ruhe herrschte.

Zwar hatte Archie den Kleintraktor angehalten und den Motor abgeschaltet, doch blieb er, wo er war, weil er von dort aus ohne weiteres eine Unterhaltung führen konnte.

«Hallo, Gordon.»

«Guten Morgen, Mylord.»

Gillock war ein schlanker, drahtiger Hochland-Schotte Anfang Fünfzig, sah aber mit seinem schwarzen Haar und seinen dunklen

Augen wesentlich jünger aus. Zu Lebzeiten von Archies Vater war er als Gehilfe des damaligen Jagdhüters nach Croy gekommen und stand seither in Diensten der Familie. Er trug Arbeitskleidung, das heißt ein offenes Hemd und einen Tweedhut, an dem seine Angelfliegen steckten, und der schon viele Jahre bei Wind und Wetter gedient zu haben schien. An Jagdtagen hingegen war er, untadelig in Schlips und Kragen, angetan mit seinem Knickerbockeranzug aus Tweed und der Schirmmütze aus dem gleichen Material, meist deutlich besser gekleidet als die Mehrzahl der Jagdgäste draußen im Heideland.

«Wo waren Sie heute?»

«In Kirkthornton, Sir. Ich habe dreißig Paar Vögel zur Wildhandlung gebracht.»

«Haben Sie einen guten Preis dafür erzielt?»

«Ganz ordentlich.»

«Was ist mit morgen?»

«Deswegen bin ich gekommen, Sir. Ich wollte mit Ihnen darüber sprechen. Mr. Aird kommt nicht, er ist in Amerika.»

«Ich weiß. Er hat mich vor seinem Abflug noch angerufen. Jagen wir am Creagan Dubh?»

«Ja, im Haupttal. Ich dachte, es wäre am besten, zuerst durch das Clash zu treiben und dann in der Gegenrichtung über Rabbie's Naup zu kommen.»

«Und am Nachmittag? Sollten wir es da nicht am Mid Hill probieren?»

«Wie Sie wünschen, Sir. Aber vergessen Sie nicht, daß die Vögel dann schon ziemlich unruhig sind und wie ein geölter Blitz über die Ansitzgruben fliegen. Die Schützen werden sehr gut aufpassen müssen.»

«Weiß jeder, worauf zu achten ist? Alle Vögel werden eingesammelt und ins Tal gebracht. Ich möchte auf keinen Fall, daß angeschossene Tiere liegenbleiben und krepieren. Das ist hoffentlich jedem klar.»

«Ja. Wir haben dieses Jahr übrigens gute Hunde.»

«Sie waren am Montag draußen im Revier. Wie ging es da?»

«Der Wind war ziemlich stark, und es hat ordentlich geregnet. Dann haben ein Adler und ein Bussard angefangen, sich in der Luft zu bekämpfen, und die Moorschneehühner waren total verängstigt. Entweder sind sie nicht hochgekommen oder in alle Richtungen durcheinandergeflogen. Trotzdem war die Strecke nicht schlecht; zweiunddreißig Paar.»

«Und Rotwild?»

«Auch. Wir haben am Sneck of Balqhuidder ein großes Rudel die Köpfe recken sehen.»

«Was ist mit der beschädigten Brücke über den Taitnie?»

«Um die habe ich mich gekümmert, Sir. Sie lag fast ganz im Bach. Bei dem vielen Regen und dem Hochwasser kein Wunder.»

«Gut. Wir wollen ja nicht, daß von den Herren aus London einer baden geht. Haben Sie für morgen genug Treiber?»

«Ich denke, sechzehn müßten genügen.»

«Passen Sie auf, daß die Seiten zusammengehalten werden. Beim letztenmal sind ziemlich viele Vögel seitlich ausgebrochen.»

«Ja, die beiden Kerle, die dafür zuständig waren, haben nicht viel getaugt. Aber für morgen habe ich den Lehrerssohn und Willy Snoddy.» Der Jagdverwalter sah Archie offen an, und beide mußten breit grinsen. «Ein pflichtvergessener alter Halunke, aber wie man beim Treiben die Seiten zusammenhält, davon versteht er was.»

Gillock verlagerte sein Körpergewicht, nahm den Hut ab, kratzte sich im Nacken und setzte den Hut wieder auf. «Ich war gestern früh oben am Loch Croy. Da habe ich ihn mit seinem alten Spürhund erwischt, wie er Ihre Forellen geangelt hat. Womöglich drückt er sich da jeden Abend rum, wenn die Fische springen, und nimmt mit, was er kriegen kann.»

«Sehen Sie ihn des öfteren?»

«Er schleicht sich zwar immer heimlich aus dem Dorf, aber ich habe ihn mehr als einmal ertappt.»

«Ich weiß, daß er wildert, Gordon, und der Dorfpolizist weiß es auch. Aber er tut es schon sein Leben lang und wird nicht gerade jetzt damit aufhören. Ich sag nichts. Außerdem», fuhr Archie lächelnd fort, «würde uns ein Seitentreiber fehlen, wenn er eingesperrt wird.»

«Das stimmt, Sir.»

«Was ist mit dem Treiberlohn?»

«Ich war heute morgen auf der Bank und habe das Geld geholt.»

«Um wieviel Uhr geht es los?»

«Um neun. Treffpunkt vor meinem Haus.»

«Mittagsrast können wir in der Vesperhütte machen.»

«Sehr wohl, Sir.»

«Sie scheinen ja alles gut im Griff zu haben, Gordon. Vielen Dank, daß Sie vorbeigekommen sind. Bis morgen dann...»

Gillock verschwand mit seinen Hunden, und Archie fuhr mit seiner Arbeit fort. Er war gerade fertig, als er wieder einen Wagen vom Dorf heraufkommen hörte. Bestimmt war das der melancholische Amerikaner. Wüßte er doch nur, wie der verdammte Kerl hieß. Erneut schaltete er die Zündung seines Kleintraktors aus. Während er vorsichtig herunterstieg, erkannte er das Fahrzeug, das durch die Allee näher kam. Es war keineswegs ein Mietwagen mit dem melancholischen Amerikaner, sondern Edmund Airds Subaru. Wieder nichts. Virginia saß am Steuer, und neben ihr ein Mann. Der Wagen kam zum Stehen, und während ihm Archie steifbeinig entgegenhumpelte, stiegen die beiden aus und kamen auf ihn zu.

«Virginia.»

«Hallo, Archie. Ich hab euren Besuch gleich mitgebracht.» Archie sah verständnislos zu dem hochgewachsenen Fremden mit der schweren Hornbrille hinüber. Dieser war kräftig gebaut, wettergegerbt und sah gut aus, schien aber nicht mehr besonders jung zu sein. «Darf ich vorstellen: Conrad Tucker, Lord Balmerino. Du kannst ihn Archie nennen.»

Die beiden Männer begrüßten einander mit Handschlag. Archie sagte: «Entschuldigung. Ich hatte gedacht, Sie würden selber fahren... mit einem Mietwagen...»

«Das war auch meine Absicht. Doch dann...»

Virginia unterbrach ihn. «Ich erklär es dir. Es war ein ganz verrückter Zufall. Conrad ist mir gestern abend im *King's Hotel* in

Relkirk über den Weg gelaufen. Wie aus heiterem Himmel. Wir sind nämlich Jugendfreunde, kennen uns von Long Island her. Also ist er, statt im Hotel zu übernachten, wie er es vorgehabt hatte, mit mir nach Balnaid gekommen und über Nacht geblieben.»

Damit war die Situation geklärt. «Wirklich ein sonderbares Zusammentreffen, und ein guter Einfall.» Dann fügte Archie, an Conrad gewandt, hinzu: «Das Alberne an der Sache ist, daß man meiner Frau Ihren Namen entweder nie gesagt oder sie ihn vergessen hat. Das war der Grund dafür, daß Virginia nicht ahnen konnte, wer unser Übernachtungsbesuch war. Ich fürchte, manchmal geht es bei uns schrecklich chaotisch zu.»

«Es ist sehr freundlich von Ihnen, mich aufzunehmen.»

«Nicht der Rede wert...» Archie zögerte. Wäre nur Isobel da!

«... kommen Sie doch mit rein. Ich halte die Stellung alleine, weil alle anderen einkaufen gegangen sind. Haben Sie Gepäck? Wie spät ist es? Viertel vor zwölf. Die Sonne steht zwar noch nicht über der Rahnock, aber einen Kleinen könnten wir uns schon genehmigen...»

Virginia sagte: «Nicht für mich, Archie, danke.» Da das ihrer sonstigen Art nicht entsprach, faßte er sie genauer ins Auge und sah, wie blaß sie unter ihrer Sonnenbräune war. Auch die dunklen Ringe unter ihren Augen entgingen ihm nicht. Sie schien beunruhigt, und er fragte sich, was sie haben mochte, bis ihm einfiel, daß sie am Vortag Henry nach Templehall hatte bringen und dort lassen müssen. Das erklärte alles.

Voll Mitgefühl sagte er: «Warum nicht? Es wird dir guttun.»

«Ich würde ja auch gern bleiben, aber ich muß Verena noch verschiedenes nach Corriehill bringen. Blumenvasen und dergleichen. Wenn es euch nichts ausmacht, würde ich am liebsten sofort wieder losfahren.»

«Na schön.»

«Wir sehen uns dann also alle bei Vis Picknickausflug.»

«Ich komm nicht mit. Wir gehen morgen auf die Jagd. Aber Lucilla fährt mit Jeff und Pandora. Die können Conrad gut mitnehmen.»

Dieser hatte inzwischen seine Reisetasche aus Virginias Wagen genommen und stand wartend da. Virginia verabschiedete sich mit einem Kuß von ihm. «Bis morgen, Conrad.»

«Vielen Dank für alles.»

«Es war sehr schön.»

Sie stieg wieder ein und fuhr durch die Allee davon. Als von ihrem Wagen nichts mehr zu sehen war, wandte sich Archie dem Besucher zu. «Wie schön, daß Sie Virginia schon kennen. Kommen Sie, ich zeige Ihnen Ihr Zimmer.»

Er ging zum Haus, und Conrad folgte ihm, wobei er sein Tempo dem Schritt seines Gastgebers anpaßte.

Während Virginia auf Balnaid in ihrem Geräteschuppen herumstöberte, um Krüge, Übertöpfe, alte Suppenterrinen und andere Behälter zu suchen, war sie dankbar für die Möglichkeit, sich mit Haushaltsdingen zu beschäftigen. Gegenwärtig konnte sie weder müßige Hände noch ein um sich selbst kreisendes Gehirn brauchen. Vor allem letzteres nicht. Sie packte zusammen, was sie gefunden hatte, und legte Haken und kräftige Drahtstücke dazu, mit deren Hilfe sich kopflastige Blumenarrangements halten ließen. Sie mußte zwei- oder dreimal gehen, bis alles im Wagen verstaut war.

Unterdessen plante sie für den morgigen Tag. Alexa und Noel hatten erklärt, sie würden nach der Nachtfahrt von London am frühen Morgen kommen. Also würden sie wohl zum Frühstück dasein. Sobald ich von Corriehill zurück bin, nahm sie sich vor, muß ich die Gästezimmer für die beiden herrichten. In London schliefen die beiden zwar gemeinsam, doch war es Virginia klar, daß es Alexa peinlich und noch weniger recht sein würde als ihrem Vater, wenn sie die beiden auf Balnaid in einem Zimmer unterbrächte.

Morgen. Sie wollte an morgen denken. Nicht an gestern, nicht an vorgestern und schon gar nicht an die vergangene Nacht. Das war vorüber. Vorbei. Erledigt. Nichts ließ sich ändern. Es war, wie es war.

Wenn sie die Gästezimmer fertig hatte, würde sie Isobels Beispiel folgen und Listen machen, damit sie wußte, was im Supermarkt einzukaufen war. Außerdem mußte sie mit den Hunden hinausgehen. Anschließend konnte sie in der Küche etwas tun, einen Topf Suppe aufsetzen oder einen Kuchen backen. Oder Schokoladenplätzchen für das morgige Picknick. Bis dahin wäre es Abend, dann kam die Nacht, und der lange, einsame, quälende Tag wäre vorüber. Sie würde in ihrem leeren Bett schlafen, das in ihrem leeren Haus stand. Ohne Edmund, ohne Henry. Aber der Vormittag würde Alexa und Noel bringen, und in ihrer Gesellschaft konnte alles nur besser werden; das Leben würde ihr erträglicher und weniger unmöglich vorkommen.

Sie fuhr nach Corriehill und fand dort alles in hellem Aufruhr. Liefer- und Lastwagen standen auf der kiesbestreuten Auffahrt, das Haus selbst schienen ganze Scharen von Arbeitern mit Beschlag belegt zu haben, als stehe die Familie Steynton im Begriff umzuziehen. In der großen Eingangshalle waren die meisten Möbel beiseite gerückt und die Teppiche zusammengerollt; elektrische Leitungen wanden sich in alle Richtungen über den Boden, und durch die offenen Türen des Eßzimmers ließ sich erkennen, daß man es mit Hilfe von Girlanden aus gestreiftem dunklem Material in eine lichtlose Höhle verwandelt hatte. Der Nachtklub mit Diskothek. Kaum war Virginia einen Augenblick lang stehengeblieben, um sich bewundernd alles anzusehen, forderte ein langhaariger junger Mann, der mit gebeugten Knien unter dem Gewicht irgendeines Bestandteils der Musikanlage hereinstolperte, sie auf, beiseite zu treten.

«Wissen Sie, wo ich Mrs. Steynton finden kann?»

«Versuchen Sie's mal im Zelt.»

Sie kämpfte sich zur Bibliothek durch und sah zum erstenmal das am Vortag auf dem Rasen errichtete Tanzzelt. Es war sehr hoch und sehr breit und nahm den meisten Räumen im Haus das Tageslicht. Die Fenstertüren der Bibliothek waren ausgehängt, und ein breiter, von Zeltbahnen umgebener Durchgang verband Haus und Zelt wie mit einer Nabelschnur. Virginia trat in das Halbdunkel des Zeltes, in dem Pfosten aufragten und die gelb-weiß gestreifte Innenauskleidung die Finsternis ein wenig aufhellte. Auf hohen Leitern hockten Elektriker und brachten Glühlampen an, und am anderen

Ende des riesigen Zeltes errichteten zwei stämmige Männer mit Hilfe von Böcken und Planken ein Podium für die Kapelle. Es roch, ähnlich wie bei einer landwirtschaftlichen Ausstellung, nach zertrampeltem Gras und Zeltleinwand. Inmitten des heillosen Wirrwarrs fand sie Verena, die gerade dabei war, dem für Zelt und Zubehör zuständigen Mr. Abberley die Leviten zu lesen.

«... aber wie können Sie sagen, daß wir die falschen Maße haben. Gemessen haben doch *Sie*.»

«Sie müssen verstehen, Mrs. Steynton, der Fußboden besteht aus vorgefertigten Elementen von jeweils einsachtzig auf neunzig Zentimeter. Das hatte ich Ihnen auch gesagt, als Sie mein größtes Zelt haben wollten.»

«Ich wäre nie auf den Gedanken gekommen, daß es damit Schwierigkeiten geben könnte.»

«Und noch was: Ihr Rasen ist nicht eben.»

«Natürlich ist er eben. Da war früher ein Tennisplatz.»

«Ich bedaure, aber er ist nicht eben. Die Ecke dahinten liegt mindestens dreißig Zentimeter tiefer als der Rest. Wir müssen Keile unterlegen.»

«Nun, dann tun Sie das. Sehen Sie nur zu, daß der Boden nicht einbricht.»

Mit gekränkter Miene «meine Böden brechen nicht ein» brummend, verschwand er.

Virginia sagte: «Verena.» Diese wandte sich um. «Ich bin wohl in keinem sehr günstigen Augenblick gekommen.»

«Ach, Virginia.» Verena fuhr sich in einer bei ihr äußerst ungewohnten Geste mit den Fingern durch die Haare. «Ich werde noch verrückt. Hast du je so ein grausliches Durcheinander gesehen?»

«Es ist sehr eindrucksvoll.»

«Aber so *riesig*.»

«Nun, ihr habt ja auch irrsinnig viel Leute eingeladen. Wenn alles voller Blumen und Menschen ist und die Kapelle spielt, sieht das bestimmt ganz anders aus.»

«Du glaubst also nicht, daß es der größte Reinfall aller Zeiten wird?»

«Aber nein. Du kannst sicher sein, daß es das Tanzereignis des Jahrhunderts wird. Ich hab übrigens die Töpfe für den Blumenschmuck mitgebracht. Wenn du mir sagst, wo sie hin sollen, bring ich sie rein und steh dir nicht länger im Weg.»

«Du bist ein Schatz. In der Küche findest du Katy. Sie macht mit ein paar Freundinnen Silbersterne und bunte Girlanden als Schmuck für den Nachtklub. Sie soll dir zeigen, wo du alles hinstellen kannst.»

«Falls du sonst noch was brauchst...»

Aber Verenas Aufmerksamkeit war bereits anderweitig mit Beschlag belegt. «Dann ruf ich dich an...» Es gab zu vieles, um das sie sich kümmern mußte. «Mr. Abberley! Mir fällt gerade ein, da ist noch eine andere Sache...»

Virginia fuhr zurück. Als sie auf Balnaid ankam, war es fast zwei Uhr. Sie hatte großen Hunger und mußte unbedingt ein wenig essen, bevor sie irgendeine Arbeit in Angriff nahm. Vielleicht ein belegtes Brot mit kaltem Fleisch, einige Kekse, ein wenig Käse und eine Tasse Kaffee. Sie stellte den Subaru hinter dem Haus ab und ging durch die Hintertür in die Küche.

Jeder Gedanke an etwas zu essen verschwand schlagartig. Wie angewurzelt blieb sie stehen, während sich ihr leerer Magen vor Wut und Entsetzen zusammenzog.

Am Küchentisch saß Lottie. Wartete. Sie wirkte nicht im mindesten zerknirscht, sondern lächelte, als habe Virginia sie aufgefordert, gelegentlich vorbeizuschauen, und als habe sie dieser Einladung entgegenkommenderweise Folge geleistet.

«Was treiben Sie hier?» Diesmal gab sich Virginia keine Mühe, die Verärgerung aus ihrer Stimme herauszuhalten. Sie war verblüfft, aber auch wütend. «Was wollen Sie?»

«Ich warte auf Sie. Ich wollte was mit Ihnen besprechen.»

«Sie haben kein Recht, hier ins Haus zu kommen.»

«Dann sollten Sie Ihre Türen abschließen.»

Über den Küchentisch sahen sie einander an. «Seit wann sind Sie schon hier?»

«Ach, vielleicht 'ne halbe Stunde.» Wo mochte sie herumgestrichen sein und herumgeschnüffelt haben? War sie nach oben gegangen, um Schränke und Schubladen zu öffnen, Virginias Kleidungsstücke zu betasten? «Ich hab mir gedacht, Sie würden nicht lange wegbleiben, wenn Sie die Türen offenlassen. Natürlich haben die Hunde gebellt, aber ich hab sie schnell beruhigt. Die wissen, wer es gut mit Ihnen meint.»

Du und es gut mit mir meinen.

«Ich meine, Sie sollten das Haus sofort verlassen, Lottie. Und kommen Sie bitte nie wieder, wenn Sie nicht ausdrücklich dazu aufgefordert werden.»

«Ah. Jetzt spielen Sie die große Dame, was? Ich bin wohl für Ihresgleichen nicht gut genug?»

«Bitte gehen Sie.»

«Ich gehe, wenn es mir paßt. Erst wenn ich gesagt hab, wozu ich hergekommen bin.»

«Sie haben mir nichts zu sagen.»

«Da irren Sie sich aber gewaltig, Mrs. Edmund Aird. Sogar 'ne ganze Menge. Als wir uns da draußen auf der Brücke begegnet sind, hatten Sie die Nase hoch in der Luft. Was ich da gesagt habe, hat Ihnen nicht gepaßt. Das hab ich gleich gemerkt. Ich bin ja nicht blöd.»

«Es waren Lügen.»

«Warum sollte ich lügen? Dazu hab ich keinen Grund, die Wahrheit ist schwarz genug. Als ich gesagt habe, daß Pandora Blair eine Hure ist, haben Sie den Mund zugekniffen, als hätte ich ein schmutziges Wort benutzt, und haben so getan, als wären Sie wer weiß wie rein, wer weiß wie groß und mächtig.»

«Was wollen Sie?»

«Mir sind Unzucht und Gottlosigkeit ein Greuel», deklamierte Lottie, als rede ein Geistlicher die ewige Verdammnis auf seine Gemeinde herab. «Die Sittenlosigkeit von Männern und Frauen, ihr Götzendienst an der Sinnenlust...»

Aufgebracht schnitt ihr Virginia das Wort ab. «Sie faseln Unsinn.»

«Ach ja, Unsinn?» Lottie wurde wieder sie selbst. «Und ist es

Unsinn, daß Sie, wenn Ihr Mann auf Reisen und Ihr kleiner Junge fort ist, Ihre Galane mit nach Hause bringen und mit denen ins Bett gehen?» Es war unmöglich. Sie mußte es sich aus den Fingern saugen. Bestimmt bezog Lotties überdrehte Einbildungskraft diese Anschuldigungen aus ihren unerfüllten sexuellen Wunschträumen. «Dachte ich mir doch, daß Sie darauf nichts zu sagen haben. Mrs. Edmund Aird, daß ich nicht lache. Sie sind nicht besser als eine Straßendirne.»

Virginia hielt sich an der Tischkante fest. Sie sagte, kalt und gelassen: «Ich weiß nicht, wovon Sie reden.»

«Und wer lügt jetzt?» Lottie beugte sich vor, die Hände im Schoß gefaltet, und ließ ihre beunruhigenden Augen auf Virginias Gesicht ruhen. Ihre Haut war wachsbleich, und der schwache Schimmer von Bartwuchs ließ ihre Oberlippe dunkel erscheinen. «Ich war hier, Mrs. Edmund Aird.» Ihre Stimme sank. Sie sprach in dem Flüsterton, in dem man eine Gespenstergeschichte so erzählt, daß sie möglichst schrecklich klingt. «Ich war vor Ihrem Haus, als Sie gestern abend zurückgekommen sind. Ich hab Sie gesehen. Wie Sie alle Lichter angemacht haben und mit Ihrem Galan die Treppe raufgegangen sind. Ich hab gesehen, wie Sie sich beide wie ein Liebespaar aus dem Schlafzimmerfenster gebeugt und miteinander gewispert haben. Ich habe gesehen, wie Sie die Vorhänge zugezogen und sich eingeschlossen haben, zu Ihrer Fleischeslust und Ihrem Ehebruch.»

«Sie hatten kein Recht, da draußen rumzustreunen, und Sie haben auch kein Recht, sich in meinem Haus aufzuhalten. Sie sind auf Privatbesitz eingedrungen, und ich könnte die Polizei rufen.»

«Die Polizei.» Lottie lachte laut auf. «Das würde was nützen. Würden die nicht gern wissen, was passiert, wenn Mr. Aird in Amerika ist? Er hat Ihnen gefehlt, was? Haben Sie an ihn und Pandora Blair gedacht? Ich hab Ihnen doch von den beiden erzählt. Man fragt sich, nicht wahr? Man fragt sich, wem man noch trauen kann.»

«Ich denke, Sie sollten jetzt gehen, Lottie.»

«Und *er* wird auch nicht besonders erfreut sein, wenn er hört, was hier passiert ist.»

«Gehen Sie. Sofort.»

«Eins ist sicher. Sie sind nicht die Spur besser als die anderen.

Geben Sie sich keine Mühe, mir vorzugaukeln, Sie hätten keinen Dreck am Stecken, denn Ihr Gesicht verrät Sie...»

Schließlich verlor Virginia alle Gelassenheit und schrie Lottie mit verzerrtem Gesicht an. «RAUS!» Sie wies mit ausgestrecktem Arm auf die offene Tür. «Verschwinden Sie, und wagen Sie es nie, sich wieder hier sehen zu lassen, Sie alte Schleichhexe.»

Lottie schwieg, rührte sich aber nicht. Über den Tisch hinweg sah sie Virginia unverwandt und mit haßerfüllten Augen an. Voller Furcht vor dem, was geschehen mochte, stand Virginia angespannt da. Falls Lottie auch nur den kleinsten Versuch unternahm, sie anzurühren, würde sie den schweren Tisch umkippen und die Wahnsinnige darunter zerquetschen wie ein Ungeziefer. Doch Lottie war weit davon entfernt, gewalttätig zu werden. Statt dessen breitete sich auf ihrem Gesicht der Ausdruck tiefster Selbstzufriedenheit aus. Der Glanz schwand aus ihren Augen. Sie hatte gesagt, was zu sagen sie gekommen war. Hatte erreicht, was sie sich vorgenommen hatte. Ohne Eile stand sie auf, knöpfte sich in aller Ruhe die Strickjacke zu und erklärte: «Nun, ich gehe jetzt. Macht's gut, ihr Hündchen. War nett, euch kennenzulernen.»

Virginia sah ihr nach. Lottie stöckelte auf ihren hohen Absätzen durch die Küche. An der offenen Tür blieb sie stehen und sah sich um. «War wirklich sehr nett. Bestimmt sehen wir uns noch mal wieder.»

Dann war sie fort. Leise schloß sich die Tür hinter ihr.

Mit vorgebundener Schürze stand Violet am Küchentisch und überzog ihren großen dreistöckigen Geburtstagskuchen mit einer Glasur. Edie hatte ihn zwar gebacken, aber verzieren mußte sie ihn selbst. Sie hatte einen Schokoladenguß hergestellt, die einzelnen Schichten damit bestrichen und auf diese Weise miteinander verbunden. Jetzt verteilte sie, was von der klebrigen Masse übrig war, auf der Außenseite des Kuchens. Sie beherrschte diese Arbeit nicht besonders, so daß er schließlich ziemlich unförmig wirkte, eher wie ein frischgepflügtes Feld als wie ein ordentlicher Kuchen, aber wenn sie erst einige bunte Smarties in die Masse gedrückt und die einzelne Kerze hinzugefügt hatte, die sie sich zugestand, würde er gewiß festlich aussehen.

Sie trat zurück, um ihr Werk zu begutachten, und leckte sich den restlichen Schokoladenguß von ihren Fingern. In dem Augenblick hörte sie einen Wagen den Berg heraufkommen und in die Einfahrt nach Pennyburn einbiegen. Als sie den Blick hob, erkannte sie durch das Fenster Virginia. Sie war allein. Violet freute sich immer, wenn ihre Schwiegertochter uneingeladen und einfach so vorbeikam, denn das bedeutete, daß sie gern kam. Heute war das besonders wichtig, denn sie würden Zeit haben, konnten sich gemütlich hinsetzen und miteinander reden. Dabei würde sie alles über Henry erfahren.

Während sie sich die Hände wusch, hörte sie, wie die Haustür geöffnet und geschlossen wurde.

«Vi!»

«Ich bin in der Küche.» Sie trocknete sich die Hände ab und begann die Schürzenbänder zu lösen.

«Vi!»

Violet legte die Schürze beiseite und trat in die Diele hinaus. Virginia stand am Fuß der Treppe, und Violet sah sofort, daß etwas nicht stimmte. Virginias Gesicht war kreideweiß, und ihre sonst so strahlenden Augen sahen verweint aus.

Angstvoll fragte Violet: «Meine Liebe, was ist?»

«Ich mußte unbedingt zu dir kommen, Vi.» Virginias Stimme war zwar beherrscht, zitterte aber ein wenig, als könne sie jeden Augenblick anfangen zu weinen. «Ich muß mit dir reden.»

«Aber selbstverständlich. Komm rein. Setz dich...» Sie legte einen Arm um sie und führte sie ins Wohnzimmer. «Setz dich da hin. Komm erst mal zur Ruhe. Hier stört uns keiner.» Virginia ließ sich in Vis tiefen Lehnsessel sinken, legte den Kopf an die Lehne, schloß ihre wunderschönen Augen und öffnete sie fast sogleich erneut.

Sie sagte: «Henry hatte recht. Lottie Carstairs ist bösartig. Sie darf nicht bei Edie bleiben. Sie muß wieder fort.»

Vi setzte sich in ihren breiten Sessel neben dem Kamin. «Was ist denn bloß passiert?»

Virginia sagte: «Ich habe Angst.»

«Daß sie Edie was antut?»

«Nicht Edie, mir.»

«Erzähl.»

«Ich ... ich weiß nicht, wie ich anfangen soll.»

«Erzähl einfach alles der Reihe nach.»

Violets ruhige Stimme tat ihre Wirkung. Virginia nahm sich zusammen, bemühte sich sichtlich, beherrscht, vernünftig und gelassen zu bleiben. Sie setzte sich gerade hin, strich ihr Haar zurück, fuhr mit den Fingern über die Wangen, als habe sie bereits geweint und wische die Tränen fort.

Sie sagte: «Ich habe sie nie gemocht, wie jeder andere auch, und es war mir auch nie recht, daß sie bei Edie wohnt. Aber wie wir alle habe ich mir gesagt, sie ist ungefährlich.»

Violet mußte an ihre eigenen Vorbehalte in bezug auf Lottie denken und an die plötzliche Panik, die sie erst vor wenigen Tagen in Relkirk überfallen hatte, als sie mit ihr am Fluß saß und sich Lotties Finger hart und stählern wie ein Schraubstock um ihr Handgelenk geschlossen hatten.

«Aber jetzt glaubst du, daß wir alle unrecht hatten?»

«Am Tag bevor ich Henry ins Internat gebracht hab, bin ich mit den Hunden ein bißchen rausgegangen. Zuerst war ich bei Dermot, um ein Geschenk für Katy zu kaufen, und dann bin ich über die Westbrücke weitergegangen. Mit einemmal war Lottie da. Aus dem Nichts. Sie war mir gefolgt. Sie hat mir gesagt, ihr wüßtet alle Bescheid. Du, Archie, Isobel und Edie.»

Oh, großer Gott, dachte Violet und fragte: «Was sollen wir wissen?›

«Daß Edmund und Pandora Blair ein Verhältnis miteinander hatten.»

«Wie ist Lottie bloß darauf gekommen?»

«Sie war doch Dienstmädchen auf Croy, als Archie und Isobel geheiratet haben. Am Abend des Hochzeitstags war ein Ball im Haus, nicht wahr? Sie hat gesagt, sie wäre den beiden nach oben gefolgt und hätte an Pandoras Schlafzimmertür gelauscht. Sie behauptet, obwohl Edmund verheiratet war und ein Kind hatte, hätte er ein Verhältnis mit Pandora gehabt, weil er in sie verliebt war, und jeder hätte das gewußt, weil es so offensichtlich war. Sie hat außerdem gesagt, die beiden liebten sich immer noch, und deswegen wäre Pandora überhaupt wiedergekommen.»

Es war schlimmer als alles, was Violet befürchtet hatte. Sie war fassungslos, was bei ihr nur äußerst selten vorkam. Womit konnte sie ihre Schwiegertochter trösten? Wie konnte sie auch nur den Ansatz für einen Zuspruch in den schlammigen Tiefen dieses Skandals finden, den eine Verrückte aufgewirbelt hatte, deren trauriges Dasein keinen anderen Sinn zu haben schien, als anderen das Leben schwerzumachen?

Ihr Blick traf auf den Virginias und erkannte darin die unausgesprochene Bitte. Sie wollte von Violet nichts anderes hören als die Versicherung, daß es sich um ein übles Lügengebäude handle.

Tief aufseufzend sagte Violet: «Ach je.»

«Es stimmt also. Ihr hattet tatsächlich Kenntnis von der Sache.»

«Nein, Virginia, das nicht. Wir haben uns zwar was gedacht, waren aber nicht sicher, und wir haben nie darüber gesprochen, sondern einfach so getan, als wäre nichts vorgefallen.»

«Aber *warum* nur?» Es war ein Schrei der Verzweiflung. «Warum habt ihr nicht mit *mir* darüber gesprochen? Ich bin seine Frau. Wie konntet ihr glauben, daß ich es nicht erfahren würde? Und jetzt habe ich es ausgerechnet von diesem widerwärtigen Weib gehört. Es ist eine Art von Verrat, so, als trautet ihr mir nicht. Als wenn ihr meintet, ich wäre eine Art unschuldiges Kind, das für die Wahrheit nicht alt und reif genug ist.»

«Wie hätten wir dir das sagen können? Wir haben es doch selbst nicht gewußt. Es war nichts als eine Vermutung, und wie wir so sind, haben wir die Sache einfach unter den Teppich gekehrt und gehofft, daß sie da bleibt. Pandora war damals achtzehn. Sie und Edmund kannten sich von klein auf. Aber er war in London gewesen, hatte sie jahrelang nicht gesehen, hatte geheiratet, und Alexa war auf der Welt. Als er dann zu Archies Hochzeit herkam, sah er Pandora mit einemmal wieder. Sie war kein Kind mehr, sondern das hinreißendste, verworfenste und verführerischste Geschöpf, das man sich nur denken kann. Ich nehme an, daß sie schon immer in ihn verliebt war. Bei ihrem Wiedersehen sind beide wie ein Feuerwerk in die Luft gegangen. Wir alle haben das mitbekommen, aber wir haben einfach nicht hingesehen. Wir konnten nur hoffen, daß es von selbst zu Ende brennen würde. Die Sache hatte keine Zukunft, konnte nicht von Dauer sein. Edmund hatte Verpflichtungen in London: seine Frau, sein Kind, seine Arbeit. Nach der Hochzeit ist er dahin zurückgekehrt, wo die Pflicht auf ihn wartete.»

«Gern?»

Violet zuckte mit den Schultern. «Das läßt sich unmöglich sagen. Aber ich erinnere mich, daß ich beim Abschied beinahe etwas Törichtes gesagt hätte, als er mit seinem Wagen von Balnaid abgefahren ist. So was wie ‹Tut mir leid› oder ‹Die Zeit heilt Wunden› oder ‹Du wirst sie vergessen›, aber ich habe es nicht übers Herz gebracht und den Mund gehalten.»

«Und Pandora?»

«Sie war noch ein junges Mädchen und hat sich in ihren Seelenschmerz richtiggehend reingesteigert. Sie hat geweint, geschmollt, war ununterbrochen beleidigt. Ihre Mutter hat mir die Geschichte anvertraut. Sie wußte sich keinen Rat. Aber sei mal ehrlich, Virginia. Was hätten wir sagen können? Was hätte irgend jemand von uns tun können? Ich habe vorgeschlagen, sie sollten das Kind eine Weile wegschicken – vielleicht in irgendeine Schule, nach Paris, in die Schweiz. Mit achtzehn war sie in mancher Hinsicht noch sehr jung, und irgendeine sinnvolle Tätigkeit – eine Sprache lernen, Kinder hüten oder was auch immer – hätte ihr die Flausen austreiben können. Sie hätte andere junge Leute kennengelernt und Gelegenheit gehabt, Edmund zu vergessen. Aber ich fürchte, sie war immer noch entsetzlich verzogen, und merkwürdigerweise hatte ihre Mutter Angst vor Pandoras Temperamentsausbrüchen. Keine Ahnung, ob sie irgendwie über die Sache gesprochen haben. Ich weiß nur, daß sich Pandora ein, zwei Monate lang auf Croy herumgedrückt und jedem das Leben zur Hölle gemacht hat, bis sie dann Knall auf Fall mit diesem ekelhaften Harald Hogg durchgebrannt ist, der so reich war wie Krösus und alt genug, um ihr Vater zu sein. Dann hat zum Kummer aller kein Mensch je wieder etwas von Pandora gesehen oder gehört.»

«Bis jetzt.»

«Ja, bis jetzt.»

«Hast du dir Sorgen gemacht, als du erfahren hast, daß sie zurückkommt?»

«Ein wenig schon.»

«Glaubst du, sie sind immer noch ineinander verliebt?»

«Mein Kind, Edmund *liebt* dich.» Darauf sagte Virginia nichts. Violet runzelte die Brauen. «Das weißt du doch *bestimmt.*»

«Es gibt so viele verschiedene Arten von Liebe. Und manchmal, wenn ich sie wirklich brauche, scheint Edmund mir keine geben zu können.»

«Das versteh ich nicht.»

«Er hat mir Henry fortgenommen, weil ich den Jungen angeblich erdrücke. Er sagte, ich wolle ihn nur behalten, weil er für mich eine Art Besitz sei, ein Spielzeug, das ich nicht aufgeben wolle. Ich habe Edmund so gebeten und hatte schließlich den schrecklichen Streit mit ihm. Aber es hat alles nichts genützt. Genausogut könnte man zu einer Wand reden. Wände lieben nicht, Vi. Das ist keine Liebe.»

«Ich sollte das eigentlich nicht sagen, aber was Henry betrifft, bin ich deiner Ansicht. Doch er ist nun mal Edmunds Sohn, und ich vermute, Edmund tut, was seiner Ansicht nach für den Jungen das beste ist.»

«Und dann ist er einfach nach New York verschwunden, ausgerechnet, als ich ihn dringend gebraucht hätte. Daß ich das arme Kind nach Templehall bringen und dalassen mußte, war das Schlimmste, was man mir im ganzen Leben je zugemutet hat.»

«Ja», sagte Vi, weil ihr nichts anderes einfiel. «Ja, ich weiß.» Beide schwiegen. Violet überdachte die schreckliche Lage, ging in Gedanken alles durch, was sie besprochen hatten. Dann merkte sie, daß etwas nicht stimmte, und sie sagte: «Virginia, all das war vorgestern, am *Montag*. Aber du bist *heute* zu mir gekommen. Ist noch etwas vorgefallen?»

«Ja.» Virginia biß sich auf die Lippe. «Ja. Du hast recht.»

«Wieder Lottie?» Violet wagte kaum zu fragen.

«Ja, Lottie. Weißt du, Vi – du erinnerst dich doch, wie wir alle auf Croy zum Mittagessen waren und Isobel mit ihrem Gast geneckt haben, dem melancholischen Amerikaner? Nun, auf dem Rückweg von Templehall hab ich in Relkirk am *King's Hotel* angehalten, um die Toilette zu benutzen, und bin ihm da über den Weg gelaufen. Ich kenne ihn von früher, aus Leesport, ziemlich gut sogar. Er heißt Conrad Tucker, und wir haben vor einem Dutzend Jahren miteinander Tennis gespielt.»

Das war bei weitem das Angenehmste, was Violet bisher von Virginia gehört hatte, und sie sagte: «Aber das ist doch sehr schön.»

«Nun, wir haben miteinander zu Abend gegessen. Ich fand es albern, daß er in Relkirk blieb, wenn er am nächsten Tag sowieso nach Croy kommen sollte, also habe ich ihn mit nach Balnaid genommen, und er ist über Nacht geblieben. Heute morgen habe ich ihn bei Archie auf Croy abgeliefert und bin dann mit ein paar Sachen für Verenas Blumenschmuck nach Corriehill gefahren. Wie ich von da zurückkomme, sitzt auf einmal Lottie in der Küche.»

«Was, bei euch im Haus? Auf Balnaid?»

«Ja, sie hatte auf mich gewartet und hat behauptet, daß sie gestern nacht in der Dunkelheit und im Regen im Park gestanden hat, als ich mit Conrad angekommen bin. Sie will uns durch die Fenster beobachtet haben. Die Vorhänge waren nicht zugezogen. Sie sagt, sie hat gesehen, wie wir nach oben gegangen sind...» Virginia sah Violets entsetzten Blick, öffnete den Mund und schloß ihn wieder. Schließlich brachte sie heraus: «Sie hat mich als Straßendirne bezeichnet und Conrad als Galan. Hat was von Sittenlosigkeit und Fleischeslust gefaselt...»

«Sie ist nicht bei Sinnen.»

«Sie muß verschwinden, sonst sagt sie Edmund dasselbe.» Vor Violets Augen verlor Virginia plötzlich die Herrschaft über sich selbst, ihr Gesicht verzog sich wie das eines Kindes, Tränen traten ihr in die blauen Augen und liefen ihre Wangen herunter. «Ich kann nicht mehr, Vi. Ich ertrage das alles nicht. Es ist so schrecklich.

Sie ist wie eine Hexe, und sie haßt mich so sehr. Ich habe keine Ahnung, warum...»

Virginia suchte nach einem Taschentuch. Da sie keins fand, gab ihr Vi ein spitzenbesetztes Batisttüchlein, das allerdings gänzlich ungeeignet war für die Tränenflut dieses ganzen Elends.

«Sie ist eifersüchtig auf dich. Gönnt keinem sein Glück... Falls sie es Edmund erzählt, wird er, wie wir alle, wissen, daß alles nichts ist als ein Haufen Lügen –.»

«Aber da ist es ja gerade», schluchzte Virginia. «Es stimmt. Das ist ja das Abscheuliche daran. Es stimmt.»

«Es *stimmt*?»

«Ich habe es tatsächlich getan. Ich war mit Conrad im Bett. Ich wollte, daß er mich liebte.»

«Aber *warum* nur?»

«Ach *Vi*. Ich glaube, wir haben beide einen mitfühlenden Menschen gebraucht.»

Es war ein verzweifeltes Eingeständnis, und Violet empfand beim Anblick ihrer tränenüberströmten Schwiegertochter großes Mitgefühl. Daß sich ausgerechnet Virginia zu einer solchen Handlungsweise hatte hinreißen lassen, war ein deutlicher Hinweis darauf, wie es um ihre Ehe stand. Wenn man die Sache recht bedachte, war nur zu verständlich, was geschehen war. Dieser Mann, Conrad Tucker, oder wie er hieß, hatte vor kurzer Zeit seine Frau verloren. Virginia hatte gerade ihren geliebten Sohn verloren und war aufgewühlt von der Art, wie Edmund die Sache gehandhabt hatte. Die beiden waren alte Freunde, und Trost sucht man nun einmal bei alten Freunden. Sie war eine begehrenswerte Frau, und der unbekannte Amerikaner war aller Wahrscheinlichkeit nach ein einfühlsamer Mann. Dennoch wäre es Violet viel lieber gewesen, daß es nie dahin gekommen wäre, und noch lieber, wenn sie es nie erfahren hätte.

Eins stand ihr kristallklar vor Augen.

Sie sagte: «Das darfst du unter keinen Umständen Edmund sagen.»

Virginia schneuzte sich mit dem triefnassen Taschentüchlein. «Ist das alles, was dir dazu einfällt?»

«Jedenfalls das einzig Wichtige.»

«Keine Vorwürfe? Keine Beschuldigungen?»

«Was da geschehen ist, geht mich nichts an.»

«Es war unrecht.»

«Aber unter den Umständen verständlich.»

«Ach, Vi.» Virginia glitt aus dem Sessel, kniete vor ihrer Schwiegermutter nieder, legte ihre Arme um sie und barg ihr Gesicht an ihrem üppigen Busen. «Es tut mir so leid.»

Violet legte ihr eine Hand auf den Scheitel und sagte betrübt: «Wir sind alle Menschen.»

Eine Weile blieben sie so, durch die Nähe getröstet. Allmählich verstummte Virginias Schluchzen. Dann hockte sie sich auf die Fersen, schneuzte sich entschlossen und sagte: «Noch eins, Vi. Nach dem Fest möchte ich für eine Weile nach Long Island, zu meinen Großeltern. Ich muß hier weg. Das hatte ich mir schon seit ein paar Monaten vorgenommen, aber irgendwie hat es nie geklappt. Jetzt, wo Henry nicht mehr da ist, scheint mir der Zeitpunkt günstig.»

«Und Edmund?»

«Könnte er nicht bei dir bleiben?»

«Wann willst du fort?»

«Nächste Woche.»

«Ist das klug?»

«Wie siehst du das?»

«Denk immer daran, daß du vor der Wirklichkeit ebensowenig davonlaufen kannst wie vor der Schuld.»

«Meinst du mit ‹Wirklichkeit› Edmund und Pandora?»

«Das habe ich nicht gesagt.»

«Aber du denkst es? Du hast mir selbst gesagt, daß sie schon immer in ihn verliebt war. Ich bin sicher, daß sie jetzt nicht weniger schön ist als mit achtzehn. Die beiden haben etwas gemeinsam, was es zwischen mir und Edmund nicht geben kann, und das sind tausend Jungenderinnerungen. Auf eine merkwürdige Weise sind das immer die langlebigsten und wichtigsten.»

«Wichtig bist du. Ich denke, du solltest ihn gerade jetzt nicht verlassen.»

«Früher hat es mir nie etwas ausgemacht, all die vielen Male, die er mich allein gelassen hat. Ich war nie eifersüchtig und habe mich nie um das gesorgt, was er wohl treiben mochte. Ich habe ihm im Scherz gesagt, ‹mir ist egal, was du tust, solange ich dir nicht dabei zusehen muß›. Aber jetzt ist es kein Scherz mehr. Wenn etwas passiert, möchte ich dabei nicht Zeuge sein.»

«Du unterschätzt deine Freunde, Virginia. Glaubst du wirklich, Archie würde tatenlos zusehen?»

«Wenn sich Edmund etwas in den Kopf setzt, kann Archie nichts gegen ihn ausrichten.»

«Pandora bleibt ja nicht immer auf Croy.»

«Aber jetzt ist sie da. Und gerade jetzt ist das Leben für mich schwierig.»

«Magst du sie nicht?»

«Ich finde sie bezaubernd.»

«Aber du traust ihr nicht?»

«Zur Zeit traue ich keinem Menschen, am wenigsten mir selbst. Ich muß Abstand gewinnen, einen Überblick bekommen, die Dinge richtig sehen. Deswegen möchte ich für eine Weile nach Amerika.»

«Ich bin nach wie vor der Ansicht, daß du das lieber nicht tun solltest.»

«Ich denke, ich muß.»

Mehr war dazu allem Anschein nach nicht zu sagen. Violet seufzte. «In dem Fall wollen wir nicht mehr darüber reden. Wir müssen aber unbedingt etwas unternehmen. Eins ist ganz klar – Lottie muß wieder in Behandlung. Sie stiftet nur Unheil, und ich mache mir Sorgen um Edie. Ich kümmere mich um die Sache. Sofort. Während ich anrufe, könntest du dir das Gesicht waschen, deine Frisur in Ordnung bringen und dann aus der Anrichte im Eßzimmer die Cognacflasche und zwei Gläser holen. Wir wollen uns einen dringend nötigen Schluck genehmigen, der uns wieder auf die Beine bringt. Danach geht es uns bestimmt viel besser.»

Virginia ging ins Badezimmer. Violet stand schwerfällig auf, trat an den kleinen Sekretär, suchte die Nummer der Klinik von Relkirk heraus, wählte sie und bat darum, mit Dr. Martin verbunden zu werden. Sie mußte eine Weile warten, bis er über den Piepser herbeigerufen war und sich meldete.

«Dr. Martin?»

Violet erklärte ausführlich, wer sie war und in welcher Beziehung sie zu Lottie Carstairs stand.

«Sie wissen, wovon ich spreche, Dr. Martin?»

«Selbstverständlich.»

«Ich fürchte, sie darf nicht frei herumlaufen. Sie ist nicht nur unberechenbar, sie verursacht auch vielen Menschen Kummer und Schwierigkeiten. Miss Findhorn, bei der sie sich aufhält, kann man das eigentlich nicht zumuten. Sie ist nicht mehr jung und mit der Verantwortung wohl überfordert.»

«Ja», sagte der Arzt mit nachdenklich klingender Stimme. «Ich verstehe.»

«Es scheint Sie nicht zu überraschen.»

«Nein. Ich habe die Patientin seinerzeit zu Miss Findhorn entlassen, weil ich annahm, daß es ihr helfen könnte, in die Normalität zurückzufinden, wenn man sie in den Alltag eines Haushalts integrierte. Aber eine gewisse Gefahr bestand da immer.»

«Es scheint ganz so, als sei aus der Sache nichts geworden.»

«Ja, das denke ich auch.»

«Sind Sie bereit, sich wieder um sie zu kümmern?»

«Selbstverständlich. Ich werde mit der Stationsschwester sprechen. Könnten Sie Miss Carstairs herbringen? Es dürfte besser sein, wenn sie mit einem Privatwagen als mit einer Ambulanz kommt. Und sorgen Sie bitte dafür, daß Miss Findhorn unbedingt dabei ist. Das ist wichtig, weil sie die nächste Angehörige ist.»

«Natürlich. Wir werden irgendwann heute nachmittag zu Ihnen kommen.»

«Bitte lassen Sie es mich wissen, falls es Schwierigkeiten geben sollte.»

«Ganz bestimmt.» Damit legte Violet wieder auf.

Die Mitteilung, daß das Problem mit Edies Kusine aus der Welt geschafft und Lottie noch am selben Nachmittag ins Relkirk Royal zurückkehren würde, trug mehr zur Wiederherstellung von Virginias seelischem Gleichgewicht bei als der Schluck von Violets bestem Cognac, den sie trank.

«Wann bringt ihr sie hin?»

«Jetzt gleich», sagte Violet. Sie hatte bereits andere Schuhe angezogen und knöpfte ihre Jacke zu.

«Und wenn Lottie nicht will?»

«Darüber laß dir keine grauen Haare wachsen.»

«Und wenn sie im Auto einen Anfall bekommt und dich zu erwürgen versucht?»

«Edie ist ja bei mir. Die wird sie schon daran hindern.»

«Ich würde ja mitkommen, nur...»

«Nein, ich denke, *du* solltest dich da fernhalten.»

«Rufst du mich an, wenn alles vorbei ist?»

«Natürlich.»

«Sei bitte vorsichtig.» Virginia umarmte ihre Schwiegermutter und gab ihr einen Kuß. «Vielen Dank, Vi. Ich habe dich sehr lieb, ich habe es nur noch nie fertiggebracht, dir das zu sagen.»

Violet war gerührt, mußte jetzt aber an anderes denken. «Mein liebes Kind», abwesend tätschelte sie Virginias Schulter, während sie überlegte, wie sie bei Lottie und Edie vorgehen sollte. «Ich sehe dich ja morgen beim Picknick.»

«Ja. Und Alexa und Noel sind dann auch da.»

Alexa und Noel. Weitere Angehörige, weitere Bekannte. So viele Menschen, so viele Forderungen, so viele Entscheidungen. Es war so viel zu tun. Ich bin jetzt achtundsiebzig, erinnerte sich Violet und fragte sich, warum sie nicht friedlich mit einem Spitzenhäubchen auf dem Kopf im Rollstuhl saß. Sie griff nach ihrer Handtasche, nahm die Autoschlüssel heraus und trat aus dem Haus. Alexa und Noel.

«Ich weiß», sagte sie zu Virginia. «Ich hatte es nicht vergessen.»

Ihre Befürchtung, es werde mit Lottie eine schreckliche Szene geben, erwies sich als grundlos. Lottie saß bei Edie im Lehnsesssel vor dem Fernseher und tat so, als könne sie kein Wässerchen trüben. Violet tauschte einige Belanglosigkeiten mit ihr, doch war Lottie weit mehr an der dicken Frau auf dem Bildschirm interessiert, die gerade zeigte, wie man aus einem alten Stück Tapete einen Lampenschirm faltet. Durch das Küchenfenster erspähte Violet Edie, die im Garten ihre tägliche Wäsche aufhängte. Sie ging zu ihr hinaus und setzte sie ruhig und außer Hörweite ihrer Kusine über alles Vorgefallene und das, was beschlossen worden war, ins Bild.

Edie, die in jüngster Zeit täglicher erschöpfter aussah, schien in Tränen ausbrechen zu wollen und sagte: «Ich möchte sie aber nicht wegschicken.»

«Edie, es wird uns allen zuviel. Für Sie war die Belastung ohnehin schon immer zu groß. Jetzt fängt sie auch noch an, auf Virginia herumzuhacken und die abscheulichsten Gerüchte über sie zu verbreiten. Sie wissen, wovon ich rede.»

Natürlich wußte Edie das. Es bedurfte keiner weiteren Worte.

«Irgend etwas in der Art hatte ich befürchtet», gab sie zu.

«Sie ist krank, Edie.»

«Haben Sie es ihr schon gesagt?»

«Noch nicht.»

«Was werden Sie ihr sagen?»

«Daß Dr. Martin sie noch mal untersuchen und sie dafür ein paar Tage dort behalten möchte.»

«Sie wird toben.»

«Das glaube ich nicht.»

Edie hängte ihre letzten Wäschestücke auf. Dann bückte sie sich nach dem leeren Korb und hob ihn auf, als wiege er eine Tonne und als lade sie mit ihm alle Sorgen der Welt auf sich.

Sie sagte: «Ich hätte auf sie achten müssen.»

«Wie denn?»

«Ich mache mir Vorwürfe.»

«Keiner hätte mehr tun können als Sie.» Violet lächelte aufmunternd. «Kommen Sie, wir trinken jetzt alle miteinander Tee, und dann sage ich ihr, was los ist, während Sie ihre Sachen in einen Koffer packen.»

Gemeinsam kehrten sie durch den langen Garten zu Edies Häuschen zurück.

«Ich komm mir vor wie eine Mörderin», sagte Edie. «Sie ist meine Kusine, und jetzt enttäusche ich sie.»

«Nein, umgekehrt, Lottie hat Sie enttäuscht. Sie haben nie jemanden enttäuscht, auch keinen von uns.»

Um sechs Uhr abends war die ganze unangenehme Angelegenheit vorüber, und Lottie befand sich, betreut von einer freundlichen Schwester und dem unglaublich jung wirkenden Dr. Martin, erneut im Relkirk Royal. Zum Glück hatte sie sich nicht aufgelehnt, als ihr Violet ankündigte, was ihr bevorstand, sondern lediglich erklärt, sie hoffe, daß Dr. Faulkner ein wenig mehr Notiz von ihr nehmen werde. Dann hatte sie die Stimme erhoben und Edie gemahnt, beim Einpacken auf keinen Fall ihre beste grüne Strickjacke zu vergessen.

Sie war sogar in Begleitung der Schwester mit zur Pforte gekommen, um Violet und Edie zum Abschied zuzuwinken, als sie zwischen den schrecklich sterilen Blumenbeeten davonfuhren, die Lottie so gut gefielen.

«Sie müssen sich um sie keine Sorgen machen, Edie.»

«Ich kann dagegen nicht an.»

«Sie haben alles getan, was in Ihren Kräften stand. Sie waren eine Heilige. Sie können Lottie besuchen, sooft Sie wollen. Es ist nicht das Ende.»

«Sie ist so ein armes Geschöpf.»

«Sie braucht professionelle Hilfe, und Sie haben selbst mehr als genug um die Ohren. Jetzt müssen Sie alles vergessen und das Leben wieder genießen. Morgen ist mein Picknick. An meinem Geburtstag möchte ich keine langen Gesichter sehen.»

Eine Weile saß Edie schweigend da. Schließlich fragte sie: «Haben Sie Ihren Kuchen schon verziert?» Sie schmiedeten Pläne für das bevorstehende Picknick, und als Violet Edie an ihrem Häuschen absetzte, wußte sie, daß das Schlimmste vorüber war.

Sie fuhr zurück nach Pennyburn, betrat ihr kleines Haus durch die Hintertür und seufzte erleichtert auf, weil sie wieder in der Sicherheit ihrer vier Wände war. Der Geburtstagskuchen stand noch auf dem Tisch. Achtundsiebzig. Kein Wunder, daß sie sich erschöpft fühlte. Der Schokoladenguß war für Smarties inzwischen zu hart. Dann mußte er eben bleiben, wie er war. Sie stellte den Kuchen in eine große Blechdose, ging dann ins Wohnzimmer, goß sich einen ordentlichen Schluck Whisky mit Soda ein, setzte sich an ihren kleinen Schreibtisch und tätigte den letzten Anruf des Tages. Er war unaufschiebbar.

«Schule Templehall.»

«Guten Abend. Hier ist Mrs. Geordie Aird, Henry Airds Großmutter. Ich würde gerne mit dem Schulleiter sprechen.»

«Ich bin seine Sekretärin. Kann ich ihm eine Nachricht weiterleiten?»

«Ich fürchte nein.»

«Der Schulleiter hat im Augenblick zu tun. Kann ich ihn vielleicht bitten, Sie zurückzurufen?»

«Nein, ich möchte gern gleich mit ihm sprechen. Es wäre sehr freundlich, wenn Sie ihm das sagten. Ich warte solange.»

Nach kurzem Zögern sagte die Sekretärin zweifelnd: «Es kann aber ein paar Minuten dauern.»

«Ich warte», erklärte Violet erhaben.

Das tat sie. Nach langer Zeit hörte sie, wie sich über einen Boden, auf dem kein Teppich zu liegen schien, Schritte näherten. «Henderson am Apparat.»

«Guten Abend, Mr. Henderson.»

«Sie wünschen?»

«Ich bin Mrs. Geordie Aird, Henry Airds Großmutter. Es tut mir leid, Sie zu belästigen, aber es ist äußerst wichtig, daß Sie Henry etwas von mir ausrichten. Würden Sie das tun?»

«Worum geht es?» Seine Stimme klang ungeduldig, sogar verärgert.

«Sagen Sie ihm einfach, daß Lottie Carstairs wieder im Krankenhaus ist und nicht mehr bei Edie Findhorn wohnt.»

«Ist das alles?» Es klang ungläubig.

«Ja.»

«Und es ist wichtig?»

«Ungemein wichtig. Henry hat sich große Sorgen um Miss Findhorn gemacht. Er wird sehr erleichtert sein zu erfahren, daß Lottie Carstairs nicht mehr bei ihr wohnt. Ihm wird ein Stein vom Herzen fallen.»

«Wenn das so ist, schreibe ich es besser auf.»

«Ja, das wäre gut. Ich wiederhole es.» Das tat sie mit so lauter Stimme, als sei der Schulleiter stocktaub. «LOTTIE CARSTAIRS IST WIEDER IM KRANKENHAUS UND WOHNT NICHT MEHR BEI EDIE FINDHORN. Haben Sie das mitbekommen?»

«Laut und deutlich», sagte der Schulleiter mit einem Anflug von Humor.

«Und Sie werden es Henry ganz bestimmt sagen?»

«Ich gehe sofort zu ihm.»

«Das ist wirklich liebenswürdig von Ihnen. Es tut mir leid, Sie damit zu behelligen.» Sie überlegte, ob sie ihn fragen sollte, wie es Henry gehe, ließ es aber dann sein. Sie wollte nicht als Glucke abgestempelt werden. «Auf Wiedersehen, Mr. Henderson.»

«Auf Wiedersehen, Mrs. Aird.»

Am Ende der langen Steigung, dort, wo der kaum erkennbare Weg die Höhe des Creagan Dubh erreichte, hielt Archie den Landrover an. Die beiden Männer stiegen aus und genossen den herrlichen Ausblick, der sich ihnen bot.

Sie waren am Nachmittag über den Fahrweg in die Wildnis der Berge gekommen, der von Croy erst durch Wiesen und Felder, dann durch das Wildgatter und am See entlang führte. Jetzt lag das Tal Wester Glen weit unter ihnen, und das Wasser des Loch Croy blitzte blau wie ein Edelstein. Vor ihnen senkte sich das Haupttal des Creagan in einer Abfolge kreisförmiger Mulden und Felssporne bis dorthin, wo die munteren Wasser eines schmalen Bergbachs wie ein leuchtender Faden im ab und zu aufscheinenden Sonnenlicht glänzten. Im Norden dehnte sich die unbelebte Landschaft ins Unendliche. Da der Himmel bewölkt war, änderte sich das Licht beständig, so daß immer wieder ferne Gipfel von blauen Schatten verdunkelt wurden, wenn Wolken wie eine Rauchdecke über ihnen lagerten.

Im Park von Croy, wo der Sonnenschein durch goldbelaubte Bäume gefallen war und nur eine leichte Brise Kühlung gebracht hatte, war es angenehm warm gewesen, doch hier oben hatte die gleiche klare Luft die Wirkung von Eiswasser. Der Nordwestwind, der in Böen über das offene Heideland fuhr, wo ihm kein Baum oder sonst ein Hindernis Einhalt gebieten konnte, biß scharf in ihre Haut.

Archie öffnete die Hecktür, und seine beiden Hunde, die schon eine ganze Weile auf diesen Augenblick gewartet hatten, sprangen herab. Aus dem Inneren des Fahrzeugs zog er zwei abgewetzte Wettermäntel. Sie waren verschmutzt und stark mitgenommen, verfügten aber über ein wärmendes Wollfutter.

«Hier, nehmen Sie.» Einen warf er Conrad zu, den anderen zog er an, wozu er seinen Stock ans Fahrzeugheck lehnte. Die Außentaschen waren heruntergerissen, und auf der Vorderseite legten Blutspuren Zeugnis davon ab, daß irgendwann einmal ein Hase oder Kaninchen hatte dran glauben müssen.

«Wir können uns einen Augenblick setzen. Ein Stück weiter ist eine geschützte Stelle. Da sind wir vor dem Wind sicher...»

Er ging voraus, verließ die von einem Radlader zusammengeschobenen Steine des Fahrwegs und trat ins hohe Heidekraut, wobei er seinen Stock als drittes Bein benutzte, wenn das Gelände schwierig wurde. Conrad folgte, und obwohl er sah, daß seinem Gastgeber der Weg schwerfiel, bot er ihm seine Hilfe nicht an. Nach einer Weile erreichten sie einen von Flechten bedeckten Granitfelsen, der sich aus seinem tiefen Heidebett erhob, wo er seit einer Million Jahren dem Wetter getrotzt haben mochte. Er bot eine natürliche Sitzgelegenheit mit einer keineswegs unbequemen Rückenlehne, und als sie saßen, waren sie vor dem ärgsten Wind geschützt.

Den Hunden hatte Archie befohlen, bei Fuß zu bleiben, doch der jüngere war nicht so gehorsam wie seine Mutter. Als sich Archie möglichst bequem hinsetzte und nach seinem Feldstecher griff, witterte das Tier Beute, stürmte erregt davon und jagte eine Kette Moorschneehühner auf. Acht Vögel brachen nur wenige Meter von der Stelle, an der sie saßen, aus dem Heidekraut und segelten laut schreiend talwärts davon. Dort fielen sie ein, waren verschwunden.

Beeindruckt sah Conrad ihrem Flug zu. Archie aber rief den Hund, der beschämt zu ihm zurückkehrte und den Kopf an der

Schulter seines Herrn rieb, als bitte er um Entschuldigung. Archie legte den Arm um das Tier, zog es nahe an sich heran und verzieh ihm sein kleines Versagen.

«Haben Sie sich gemerkt, wo sie eingefallen sind?» fragte er Conrad.

«Ich glaube schon.»

Archie gab ihm das Glas. «Sehen Sie mal, ob Sie sie finden können.»

Conrad suchte das Gelände ab. Im tiefen Heidekraut am Fuß des Tals hielt er aufmerksam Ausschau nach den verschwundenen Vögeln, fand aber keine Spur von ihnen, erkannte nicht die kleinste Bewegung. Sie waren fort. Er gab Archie das Glas zurück.

«Ich hätte nie gedacht, Moorschneehühner so nahe zu sehen.»

«Sie erstaunen mich immer wieder, obwohl ich mein Leben lang mit ihnen zu tun hatte. Es sind raffinierte und mutige Tiere. Sie können mit hundertdreißig Stundenkilometern fliegen und haben einen Haufen Tricks auf Lager, um den Jäger zu täuschen. Gerade weil die Jagd auf sie so schwierig und beschwerlich ist, macht sie solchen Spaß.»

«Aber Sie schießen auf sie...»

«Das tue ich schon von klein auf. Allerdings muß ich zugeben, daß es, je älter ich werde, desto seltener vorkommt und daß ich gewisse Vorbehalte habe. Meinen Sohn Hamish quälen bisher noch keine Bedenken, aber Lucilla kann die ganze Jagd nicht ausstehen, und sie weigert sich mitzukommen.» In seinen alten Mantel gehüllt, saß er vorgebeugt da, das gesunde Bein an sich herangezogen und den Ellbogen auf das Knie gestützt. Den Schirm seiner abgewetzten Tweedmütze hatte er tief in die Stirn gezogen, um nicht geblendet zu werden, wenn die Sonne durch die Wolken brach. «Sie sieht in diesen wilden Vögeln Gottes Schöpfung. Das ‹wild› meine ich wörtlich – man kann die Tiere nicht züchten. Wollte man Jungvögel aus der Zuchtanstalt aussetzen, wie das bei Fasanen üblich ist, würden sie mit Sicherheit in kürzester Zeit Räubern zum Opfer fallen.»

«Wovon ernähren sich die Vögel überhaupt?»

«Von Heidekraut und Heidelbeeren. Vorwiegend Heidekraut.

Deswegen muß Heideland, auf dem man Moorschneehühner jagen will, regelmäßig in Streifen abgebrannt werden. Das wird von Gesetzes wegen überwacht und ist jedes Jahr nur ein paar Wochen lang zulässig, im April. Wer es bis dahin nicht getan hat, muß bis zum nächsten Jahr warten.»

«Und warum tut man das?»

«Damit die neuen Schößlinge wachsen können, von denen sich die Vögel ernähren.» Er zeigte mit seinem Stock. «Sie können da drüben auf Mid Hill die Streifen sehen, wo wir dieses Jahr abgebrannt haben. Die lange Heide bleibt stehen, um den Tieren Schutz zu bieten.»

Erstaunt sah Conrad auf das sich kilometerweit hinziehende Heideland. «Das ist aber ein großes Gebiet für eine Handvoll Vögel.»

Archie lächelte. «Ja, das kommt manch einem heutzutage wohl ein wenig anachronistisch vor. Aber wenn es hier im Norden die großen Jagden nicht mehr gäbe, würden riesige Landflächen ungenutzt verwildern, oder man würde sie durch intensiven Ackerbau oder kommerziell betriebene Forstwirtschaft zerstören.»

«Ist es denn so schlimm, wenn man Bäume pflanzt?»

«Das ist so eine Sache. Hier in Schottland ist die Kiefer heimisch, nicht aber die Fichte – weder die Sitka- noch die Rotfichte. Außerdem kommt alles darauf an, wie gründlich man sich um das Waldland kümmert. Eine Fichten-Monokultur wäre gleichbedeutend mit der Vernichtung der Brutgebiete unserer Hochlandvögel. Die halten von solchen lichten Wäldern fast einen Kilometer Abstand, denn darin gibt es zu viele Räuber – Füchse und Krähen. Das gilt nicht nur für das Moorschneehuhn, sondern auch für Rotschenkel, Goldregenpfeifer und den Brachvogel. Dazu kommen noch andere Vertreter der Tierwelt: Käfer, Insekten, Frösche, Schlangen. Und Pflanzen. Hier oben gibt es rundblättrige Glockenblumen, Wollgras, Junkerlilien sowie seltene Moose und Pilze. Wenn man sich richtig um ein solches Gebiet kümmert, ist es ein reicher Quell ökologisch wertvollen Lebens.»

«Aber wird nicht ziemlich viel über die reichen Männer gespottet, die herkommen, um Moorschneehühner abzuknallen?»

«Natürlich. Das Standardklischee ist der kinnlose Aristokrat, der seine Flinte mit Zehnpfundnoten lädt. Aber ich glaube, das Bild verblaßt allmählich, denn selbst die auf diesem Gebiet unbelecktesten Politiker haben inzwischen begriffen, daß die Wechselbeziehung zwischen Jagd und Hege von ungeheurer Bedeutung für die Erhaltung des Ökosystems im schottischen Hochland ist.»

Ein Schweigen trat ein. Unversehens füllte es sich mit kleinen Geräuschen, so, wie Wasser Tropfen um Tropfen einen Hohlraum füllt. Das leise Wehen des Windes. Das Murmeln des fernen Bachs, der Hochwasser führte. Auf der anderen Seite des Tals grasten verstreut Schafe, blökten von Zeit zu Zeit. Und in dem Maße, in dem diese Geräusche die Stille anfüllten, durchflutete Conrad, der sich in der Gesellschaft seines Gastgebers wohl fühlte, ein Empfinden von Ruhe und Seelenfrieden, von dem er vergessen hatte, daß es dergleichen gab.

Vielleicht war das falsch. Vielleicht mußte er nach dem, was in der vergangenen Nacht vorgefallen war, quälende Gewissensbisse und Schuldgefühle haben. Aber sein Gewissen regte sich nicht. Er war im Gegenteil durchaus mit sich eins.

«Ich komme mir so gemein vor, weil ich dich möchte», hatte er zu Virginia gesagt.

Und er *war* sich gemein vorgekommen, mit diesem körperlichen Bedürfnis, diesem Wunsch, mit der Frau eines anderen zu schlafen, hinter dessen Rücken und in dessen Haus. Er konnte aber nur wenig tun, um seine Begierde zu unterdrücken, schon gar nicht, als klar wurde, daß Virginias Bedürfnis nach Trost und Liebe ebenso groß war wie seins. Für ihn war es nach Monaten erzwungener Enthaltsamkeit eine Nacht freudiger Erlösung gewesen, und für sie vielleicht eine Linderung ihrer Einsamkeit und ein letzter ungestümer Geschmack der verlorenen Jugend.

Am Vorabend, nach der Ankunft auf Balnaid, hatte sie ihn, wie ein junges Tier der möglichen Gefahr bewußt, mit ihrer Geschäftigkeit als Gastgeberin scheu auf Armeslänge von sich gehalten. Doch heute morgen war von dieser Zurückhaltung nichts zu spüren gewesen. Er hatte tiefer als seit Monaten geschlafen. Als er ziemlich spät aufwachte, hatte er gesehen, daß sie nicht mehr im Bett lag. Er hatte sich angekleidet und war nach unten gegangen. Virginia war bereits damit beschäftigt, das Frühstück herzurichten. Sie ließ Kaffee durchlaufen und sprach mit den beiden Spaniels. Noch immer bleich, aber weit weniger angespannt als am Vortag, hatte sie ihn gefaßt begrüßt. Während er das aus Schinken und Eiern bestehende Frühstück aß, sprachen sie über alltägliche Dinge, und er respektierte es, daß sie über die Ereignisse der Nacht nicht reden wollte. Vielleicht war es auch besser, daß keiner von beiden zu analysieren oder zu erläutern versuchte, welche Gründe dazu geführt haben mochten.

Eine einzige Nacht. Für Virginia war es damit vielleicht vorbei. Er war sich nicht sicher, seinem Schicksal aber zutiefst dankbar, das sie zu einer Zeit zusammengeführt hatte, als beide verletzlich und trostbedürftig waren, einander brauchten. Die Dinge waren auf eine Weise von selbst geschehen, die ebenso natürlich war wie das Atmen.

Er empfand kein Bedauern. Um Virginia machte er sich eigentlich keine Sorgen, und was ihn betraf, so wußte er nur, daß er vor zwölf Jahren in sie verliebt gewesen war und jetzt nicht sicher sein durfte, ob sich etwas geändert hatte.

Eine Bewegung lenkte seine Aufmerksamkeit auf sich. Ein Bussard schwebte am Himmel, kreiste in einer immer enger werdenden Spirale. Eine Sekunde später stieg auf halber Höhe des Hügels eine weitere Kette Moorschneehühner aus dem Heidekraut auf und flog erstaunlich schnell mit dem Wind südwärts davon. Die beiden Männer sahen ihnen nach.

Archie sagte: «Ich hatte mehr Vögel zu sehen gehofft. Wir jagen morgen in diesem Tal und treiben über die Ansitzgruben.»

«Werden Sie da sein?»

«Ja. Das schaffe ich noch so gerade, vorausgesetzt, ich komme bis zur untersten Ansitzgrube. Daß ich nicht länger auf den Berg kann, gehört zu den Dingen, die mir wirklich fehlen. Am schönsten war es, wenn man mit ein paar Freunden und einem halben Dutzend Hunden durch die Landschaft ziehen konnte. Damit ist es jetzt vorbei.»

Conrad zögerte. Die beiden Männer hatten den größten Teil des

Tages miteinander verbracht, aber er wollte nicht neugierig oder aufdringlich erscheinen und hatte es mit Absicht vermieden, Archie auf seine unübersehbare Behinderung anzusprechen. Jetzt aber schien sich seine Frage anzubieten. «Wie haben Sie Ihr Bein verloren?» fragte er ohne besondere Betonung.

Archie beobachtete den Bussard. «Es wurde mir weggeschossen.»

«War es ein Unfall?»

«Nein. Kein Unfall.» Der Bussard ließ sich von der aufsteigenden Luft tragen, stieß herab und stieg wieder empor, seine Beute, ein kleines Kaninchen, in den Fängen. «Ein Zwischenfall in Nordirland.»

«Was haben Sie da getan?»

«Ich war Berufssoldat und mit meinem Regiment dahin abkommandiert.»

«Wann war das?»

«Vor sieben, acht Jahren.» Der Bussard war fort. Archie wandte sich an Conrad und sah ihn an. «Immerhin stehen unsere Truppen inzwischen volle zwei Jahrzehnte dort. Manchmal denke ich, die übrige Welt hat vergessen, wie lange diese verdammte Geschichte in Nordirland schon dauert.»

«Zwanzig Jahre sind eine lange Zeit.»

«Wir sind hingegangen, um der Gewalt Einhalt zu gebieten und den Frieden zu bewahren. Aber das haben wir nicht geschafft, und der Frieden scheint nach wie vor in weiter Ferne zu liegen.» Er setzte sich bequemer hin, legte das Fernglas beiseite und stützte sich auf einen Ellbogen. «Im Sommer kommen regelmäßig Amerikaner als zahlende Gäste zu uns ins Haus», sagte er. «Sie schlafen im Haus, bekommen ein opulentes Abendessen mit Wein, wir sorgen für Zerstreuung und machen Konversation mit ihnen. Bei solchen Gesprächen kommt häufig die Rede auf die Nordirland-Frage, und es gibt immer einen Witzbold, der die Meinung vertritt, Nordirland sei Großbritanniens Vietnam. Ich habe gelernt, bei solchen Gelegenheiten rasch das Thema zu wechseln und über was anderes zu reden.»

«Das wollte ich nicht sagen. Ich meine, das mit Vietnam. So anmaßend bin ich nicht.»

«Es sollte nicht so aggressiv klingen.» Er sah Conrad an. «Waren Sie in Vietnam?»

«Nein. Ich war untauglich, weil ich seit meinem achten Lebensjahr eine Brille tragen muß.»

«Hätten Sie gekämpft, wenn es Ihre eigene Entscheidung gewesen wäre?»

Conrad schüttelte den Kopf. «Ich weiß nicht. Aber mein Bruder ist hingegangen. Er war bei den Landetruppen und hat einen Bomber geflogen. Er ist dabei gefallen.»

«Was für ein verdammter, blutiger, unnötiger Krieg. Aber das gilt wohl für alle verdammten Kriege. Sie sind blutig und unnötig. Die Sache mit Nordirland ist am sinnlosesten von allen, denn sie wurzelt in der Vergangenheit, und niemand ist bereit, diese Wurzeln auszureißen, wegzuwerfen und etwas Gutes, Neues zu pflanzen.»

«Meinen Sie mit der Vergangenheit Cromwell?»

«Selbstverständlich. Aber auch Wilhelm von Oranien, die Schlacht am Fluß Boyne, die Black-and-Tans, die in den zwanziger Jahren von der englischen Regierung zur Unterstützung der irischen Polizeitruppe angeheuert wurden und wahre Schreckenstaten verrichtet haben, und die jungen Männer, die in den Hungerstreik getreten sind und ihn bis zum bitteren Ende durchgehalten haben. Außerdem die schlimmen Erinnerungen, die Arbeitslosigkeit, die Trennung zwischen Katholiken und Protestanten, die Gebiete in Städten wie Belfast, in die sich kein Mensch hineintraut, und ganz allgemein die religiöse Intoleranz. Am widerwärtigsten aber scheint mir, daß es den Leuten dort unmöglich ist, irgendwelche Sachverhalte mit Hilfe der Vernunft zu bewältigen.»

«Wie lange waren Sie in Nordirland?»

«Drei Monate. Wir waren auf vier Monate abkommandiert, aber als das Bataillon zurückkehrte, lag ich schon im Lazarett.»

«Was ist passiert?»

«Mir oder dem Bataillon?»

«Ihnen.»

Archies Antwort darauf war ein lastendes beredtes Schweigen. Als Conrad zu ihm hinsah, merkte er, daß eine Bewegung in der Ferne, auf dem gegenüberliegenden Berghang, erneut seine Aufmerksamkeit auf sich gelenkt zu haben schien. Archies Profil war scharf, offensichtlich in Konzentration erstarrt. Conrad spürte das Zögern des anderen zu reden und nahm seine Frage rasch zurück.

«Es tut mir leid.»

«Warum?»

«Es klingt, als ob ich aus Neugier fragte. Das ist aber nicht der Fall.»

«Keine Sorge. Es war ein Zwischenfall. So werden dort schönfärberisch Bombenüberfälle, Mordhinterhalte und Fälle von Verstümmelungen genannt. Man hört das Wort jeden zweiten Tag in den Abendnachrichten. Ein Zwischenfall in Nordirland. Und ich war in einen davon verwickelt.»

«Waren Sie aktiv an den Ereignissen beteiligt?»

«Das war jeder. Eigentlich war ich kommandierender Offizier der Verwaltungskompanie im Hauptquartier.»

«Man liest von solchen Zwischenfällen, aber man kann sich natürlich nur schwer vorstellen, wie es da draußen sein muß... Ich habe gehört, daß Irland sehr schön sein soll.» Fast hätte Conrad gesagt: «Das habe ich nicht so gemeint», verkniff es sich aber und ließ Archie weitersprechen.

«Manche Gegenden in Nordirland sind über alle Maßen schön. Gelegentlich hatte ich, bedingt durch meine Aufgabe, den größten Teil des Tages außerhalb des Hauptquartiers zu verbringen, und habe im ganzen Land Einheiten dort aufgesucht, wo sie postiert waren. Viele davon haben sich entlang der Grenze buchstäblich im Belagerungszustand befunden. Sie waren in ehemaligen Polizeiwachen untergebracht, die man geradezu als Festungen ausgebaut hatte und nur mit dem Hubschrauber erreichen konnte, weil man auf den Straßen ständig befürchten mußte, in einen Hinterhalt zu geraten. Über das Land hinwegzufliegen war herrlich. Einen Teil davon habe ich im Frühling und Frühsommer gesehen. Die Grafschaft Fermanagh mit ihren Seen und die Berge von Mourne.» Er hielt inne und schüttelte betrübt lächelnd den Kopf. «Dabei mußte man immer daran denken, daß sie nicht nur bis ans Meer reichen, sondern auch bis zum Ödland, wo die Grenze verläuft.»

«Waren Sie dort?»

«Ja. Mittendrin. Und es war wieder eine andere Gegend. Sehr grün, kleine Acker- und Weideflächen, gewundene Landstraßen, zahlreiche kleine Seen und Bäche. Die Landschaft ist nur dünn besiedelt. Winzige Bauerngehöfte hier und da, heruntergekommene kleine Anwesen, um die herum unbenutzte Landmaschinen verrotteten, alte Autos und Schlepper vergammelten. Aber im großen und ganzen war es ländlich. Friedlich. Manchmal war es mir unmöglich, eine Beziehung zwischen jener Umgebung und dem herzustellen, was sich da abspielte.»

«Es muß ziemlich hart gewesen sein.»

«So schlimm war es auch wieder nicht. Wir haben ja alle miteinander dringesteckt. Wenn man sich mit seinem Regiment irgendwo aufhält, ist das ein bißchen so, als wäre man bei seiner Familie. Man kann mit den meisten Dingen fertig werden, wenn man die Familie um sich hat.»

Erneut verstummte Archie. Der Granitfindling war ein schmerzhafter Ruheplatz, und er saß unbequem. Er änderte seine Stellung ein wenig und entlastete sein Bein. Der jüngere der Hunde kam herbeigeeilt, und Archie tätschelte ihm mit freundlicher Hand den Kopf.

«Hatten Sie Ihr eigenes Quartier?» wollte Conrad wissen.

«Ja, eine requirierte Kleiderfabrik. Es war alles ziemlich primitiv. Wir saßen hinter Stacheldraht, Wellblech und Sandsäcken fest, haben nur selten das Tageslicht gesehen. Kaum je hatten wir Gelegenheit, uns ein bißchen Bewegung zu verschaffen. Wir haben im Erdgeschoß gearbeitet, im Keller gegessen und oben geschlafen. Einen Vergleich mit dem *Ritz* hält das wohl nicht aus. Ich hatte einen Burschen, der gleichzeitig mein Leibwächter war und mich überallhin begleitet hat.

Es war eine Art Belagerungszustand. Auch wenn man uns nie angegriffen hat, waren wir nicht mal in Zivil unbewaffnet, weil ja immer die Drohung von irgendeiner Art Hinterhalt oder Überfall über uns hing. Wir mußten dauernd darauf gefaßt sein, daß der Gegner auf irgendeine Weise versuchte, eine Einrichtung der Polizei oder des Militärs in die Luft zu jagen. Zu den Methoden der Leute auf der anderen Seite gehörte es, daß sie einen unserer gepanzerten Landrover entführten, mit hochexplosivem Sprengstoff beluden und dann den armen Kerl am Steuer zwangen, ihn durch das offene Kasernentor zu fahren. Sobald das Fahrzeug auf dem Gelände der Einheit zum Stehen gekommen war, wurde die Sprengladung ferngezündet. Nachdem das tatsächlich ein paarmal passiert war, hat man sich eine Gegenmaßnahme ausgedacht. Die bestand darin, daß man eine massive Betongrube anlegte, in die eine steile Rampe hinabführte. Dahinter stand der Gedanke, daß bei einem solchen Anschlag der Mann den Wagen in die Grube fuhr, raussprang und weglief, so schnell ihn seine Beine trugen, und eine Warnung brüllte, bevor die ganze Sache in die Luft ging. Das Ergebnis war immer noch ziemlich entsetzlich, aber unter dem Strich hat diese Einrichtung vielen das Leben gerettet.»

«Ist Ihnen das selbst passiert?»

«Nein, mir nicht. Ich hab zwar Alpträume über die verdammten Bombengruben, ich bin aber nie selbst mit ihnen in Berührung gekommen. Ist das nicht sonderbar? Aber für das, was mit dem Unterbewußtsein eines Menschen passiert, gibt es ja wohl keine Erklärungen.»

Inzwischen hatte Conrad keine Bedenken mehr, neugierig zu erscheinen, und fragte: «Und was *ist* passiert?»

Archie umschlang seinen jungen Hund mit einem Arm, und dieser legte ihm den Kopf auf das Knie.

«Es war Ende Juni, Frühsommer. Die Sonne schien, überall blühte es. Uns wurde aus der Nähe von Keady ein Grenzzwischenfall gemeldet. An einer Kreuzung hatte man unter der Straße in einem Abwasserkanal eine Bombe versteckt. In dem Augenblick, als zwei unserer gepanzerten Fahrzeuge mit je vier Mann darin auf Grenzpatrouille dort vorbeigekommen sind, hat der Gegner die Bombe von jenseits der Grenze durch Fernzündung hochgehen lassen. Dabei ist eins der Fahrzeuge zusammen mit den vier Männern in die Luft geflogen und das andere schwer beschädigt worden. Zwei Männer waren tot und zwei verwundet. Einer der Verwundeten war der Unteroffizier vom Dienst, und er hat den Zwischenfall über Funk ans Hauptquartier gemeldet. Ich war gerade in der Einsatzzentrale, als die Mitteilung mit allen Einzelheiten durchkam. Bei solchen Gelegenheiten wurden aus Sicherheitsgründen über Funk nie Namen genannt, aber jeder Mann im Bataillon hatte seine eigene Kennummer, und so wußte ich genau, wer umgekommen war und wer noch lebte, als der Unteroffizier die Nummern durchgab. Es waren alles meine Leute.»

«*Ihre* Leute?»

«Ich sagte Ihnen ja, daß ich keiner Schützenkompanie angehörte, sondern kommandierender Offizier der Verwaltungskompanie war. Damit war ich zuständig für den Fernmeldedienst, das Quartiermachen, den Sold und die Regimentsmusik.»

«Regimentsmusik», sagte Conrad mit kaum verhohlener Ungläubigkeit in der Stimme. «Soll das heißen, daß Sie da drüben sogar eine *Militärkapelle* hatten?»

«Aber selbstverständlich. Die Regimentsmusik, und das heißt im Fall eines Hochlandregiments Dudelsackpfeifer und Trommler, ist wichtiger Bestandteil der Einheit. Sie spielen morgens das Signal zum Wecken und abends den Zapfenstreich, untermalen feierliche Anlässe, spielen zu Tanz und Unterhaltung auf, beispielsweise, wenn im Offizierskasino oder der Unteroffiziersmesse Gäste bewirtet werden. Außerdem spielen sie die Trauermusik bei Begräbnissen. ‹Die Blumen des Waldes›, das traurigste Lied auf Erden. Aber natürlich ist jeder Dudelsackpfeifer und Trommler zugleich aktiver Soldat im Bataillon und als Maschinengewehrschütze ausgebildet. Mehrere von ihnen waren also Opfer des Hinterhalts geworden. Ich kannte jeden einzelnen dieser Männer. Einer, Neil MacDonald, ein blutjunger Bursche von zweiundzwanzig Jahren, war der Sohn des Ersten Wildhüters von Ardnamore – das liegt am oberen Ende unseres Tals, noch hinter Tullochard. Ich habe ihn zum erstenmal bei den Hochlandspielen von Strathcroy gehört, da war er etwa fünfzehn. In dem Jahr hat er alle Dudelsack-Preise gewonnen, und ich habe ihm gesagt, wenn er alt genug wäre, solle er sich beim Regiment melden. Als ich an dem Tag hörte, wie die Kennummern durchgegeben wurden, wußte ich gleich, daß er unter den Toten war.»

Conrad fiel nichts Passendes ein, was er dazu hätte sagen können, und daher schwieg er klugerweise. Eine Pause trat ein, die aber nicht unbehaglich wirkte, und nach einer Weile sprach Archie unaufgefordert weiter.

«Für solche Notfälle steht immer ein Luftrettungskommando mit einem Lynx-Hubschrauber startbereit. Ich habe dem zuständigen Unteroffizier gesagt, daß er mir das Kommando überlassen solle, und bin mitgeflogen. Wir waren zu acht in der Maschine, der Pilot, ein weiteres Besatzungsmitglied, fünf Soldaten und ich. Es dauerte keine zehn Minuten, bis wir am Ort des Anschlags eintrafen. Wir haben die Stelle eine Weile überflogen, um uns ein genaues Bild davon zu machen, was passiert war. Durch die Explosion, die den ersten Wagen vollständig zerfetzt hatte, war in der Straße ein riesengroßer Krater entstanden, und der zweite Wagen stand kopfüber darin. Überall lagen Metallstücke, Uniformfetzen, Reste von Tarnnetzen, Körperteile, Kleidungsstücke und Reste von Ausrüstungsteilen herum. Rauch, Flammen, der Geruch nach verbrennendem Kraftstoff, Gummi und Lack. Aber nichts und niemand regte sich.»

Erneut über die sonderbaren Zustände dort erstaunt, fragte Conrad: «Wollen Sie damit sagen, daß niemand aus der Umgebung gekommen war, um nachzusehen – kein Bauer oder sonst jemand, der die Explosion gehört hatte?»

«Genau das. Dort hält man sich von Orten fern, an denen dergleichen passiert, sofern man nicht dringend im Lauf der nächsten Woche umgebracht oder durchs Knie geschossen werden möchte. Also war kein Mensch zu sehen, nur Rauch und die Spuren des Gemetzels.

Auf einem grasbewachsenen Fleckchen neben der Straße, so einer Art Parkstreifen, ist der Hubschrauber gelandet. Wir sind alle rausgeklettert, um das Gelände abzuriegeln und die Verwundeten zu bergen, das war unsere wichtigste Aufgabe. Inzwischen sollte der Hubschrauber zum Stützpunkt zurückfliegen, um den Regimentsarzt und seine Helfer herbeizuschaffen. Kaum war er wieder in der Luft – wir hatten nicht mal Zeit gehabt, uns im Gelände zu verteilen, wurden wir von jenseits der Grenze mit Maschinengewehrfeuer eingedeckt. Die Leute hatten auf uns gewartet. Einfach dagelegen und auf uns gewartet. Drei meiner Männer waren auf der Stelle tot, ein anderer bekam einen Schuß in die Brust, und mir haben sie das Bein in Stücke geschossen.

Als der Hubschrauber mit dem Arzt zurückkam, wurde ich mit den anderen Schwerverwundeten sofort ins Lazarett nach Belfast geflogen. Der Unteroffizier hat es nicht geschafft, er ist unterwegs gestorben. Mir haben sie dann das Bein über dem Knie abgenommen, mich ein paar Wochen im Lazarett behalten und anschließend nach England geflogen. Als die langwierige Rehabilitation vorbei war, bin ich als pensionierter Oberstleutnant nach Croy zurückgekehrt.»

Conrad versuchte im stillen die Zahl der Opfer zusammenzurechnen, verlor aber den Überblick und gab auf. «Und was war das Ergebnis dieses Zwischenfalls?» wollte er wissen.

«Nichts. Ein Loch in der Straße. Wieder ein paar tote britische Soldaten mehr. Am nächsten Morgen hat sich die IRA offiziell zu dem Anschlag bekannt.»

«Und empfinden Sie Bitterkeit? Zorn?»

«Weshalb? Weil ich mein Bein verloren habe? Weil ich mich auf diesem Aluminiumding rumschleppen muß? Nein. Ich war Berufsoffizier, und es gehört nun mal zum Risiko eines Soldaten, daß ihn ein unerbittlicher Gegner in Stücke schießt. Ebenso hätte ich ein stinknormaler Zivilist sein können, einer, der wie alle anderen sein Leben in Ruhe und Frieden zu führen versucht. Zum Beispiel ein alter Vater, der am Gedenktag des Waffenstillstands nach Enniskillen geht, um seinen toten Sohn zu betrauern, und schließlich selbst auf einem Schutthaufen stirbt. Ein junger Mann, der in Belfast mit seiner Freundin in eine Gaststätte geht, um was zu trinken, und zusehen muß, wie eine versteckte Bombe sie vor seinen Augen in

Fetzen reißt. Oder vielleicht ein dienstfreier einfacher Soldat, der zur falschen Zeit am falschen Ort im falschen Auto sitzt, von der wütenden Volksmenge auf ein freies Feld gezerrt, nackt ausgezogen, fast zu Tode geprügelt und anschließend erschossen wird.»

Conrad überlief es kalt. Er biß sich auf die Lippe, genierte sich wegen des Unbehagens, das er empfand, und sagte: «Von solchen Fällen habe ich gelesen. Ich hätte mich dabei fast übergeben müssen.»

«Sinnlose, gedankenlose, blutige Gewalttätigkeit. Dabei gibt es noch mehr Übergriffe, die nie in die Zeitungen kommen, der Öffentlichkeit nie bekannt werden. Kennen Sie beispielsweise die Geschichte, wie einmal ein ganz gewöhnlicher junger Mann, der allerdings zufällig Mitglied der IRA war, in eine Kneipe gegangen ist, um ein Glas Bier zu trinken? Einer seiner Trinkkumpane meinte, es müsse doch lustig sein, wenn er jemand ins Knie schießen würde. Das hatte der junge Mann zwar noch nie getan, war aber nach ein paar Bier dazu bereit. Sie haben ihm eine Waffe in die Hand gedrückt, er ist auf die Straße gegangen und hat an der nächsten Wohnsiedlung gewartet, bis eine junge Frau auf dem Heimweg von einem Besuch bei einer Freundin vorbeikam. Er hat sich in einem Hauseingang versteckt, sie gepackt, zu Boden geworfen und ihr beide Kniescheiben zerschossen. Sie wird in ihrem Leben nie wieder gehen können.

Das ist nur ein weiterer Zwischenfall, aber er geht mir nah, denn es hätte die Tochter eines beliebigen Mannes sein können – also auch meine. Nein, ich empfinde weder Bitterkeit noch Zorn, mir tun nur die Menschen in Nordirland entsetzlich leid, die anständigen, normalen Leute, die sich bemühen, im fortwährenden entsetzlichen Schatten von Blut, Rache und Furcht ihren Lebensunterhalt zu verdienen und ihre Kinder aufzuziehen. Mir tut das ganze Menschengeschlecht leid, denn wo man die sinnlose Grausamkeit als Regel hinnimmt, vermag ich für uns keine Zukunft zu sehen. Es ist wirklich beängstigend. Das gilt auch für mich, denn ich habe, wie ein Kind, noch immer entsetzliche Alpträume, aus denen ich schreiend erwache. Das ist aber nicht das Schlimmste. Am meisten quälen mich die Schuldgefühle und die Gewissensbisse des jungen Mannes wegen, von dem ich Ihnen erzählt habe, Neil MacDonald. Zweiundzwanzig Jahre alt und unwiderruflich tot. Nichts ist von ihm übriggeblieben, nichts, was man beisetzen könnte. Seinen Eltern ist nicht mal der Trost einer Beerdigung gegönnt, eines Grabes, das sie besuchen könnten. Ich kannte Neil als Soldaten – und er war ein guter Soldat –, aber ich weiß auch noch, wie er als Junge bei den Hochlandspielen von Strathcroy auf dem Podium stand und auf seinem Dudelsack spielte. Ich erinnere mich ganz genau an den Tag: der warme Sonnenschein auf dem Gras, der Fluß, die Berge, und er mit seinem Dudelsack gehörte zu alldem. Ein Junge. Sein ganzes Leben lag vor ihm, und er stand da und spielte diese herrliche Musik.»

«Sie können sich doch nicht die Schuld an seinem Tod geben.»

«Ich habe ihn veranlaßt, Soldat zu werden. Hätte ich mich da rausgehalten, wäre er heute noch am Leben.»

«Ach was, Archie. Wenn es ihm vorbestimmt war, in Ihr Regiment einzutreten, hätte er das auch ohne Sie getan.»

«Glauben Sie wirklich? Ich eigne mich nicht recht zum Fatalisten. Ich wollte, ich wäre einer, denn dann hätte ich die Möglichkeit, diesen Gedanken aufzugeben, und müßte mich nicht mehr fragen, warum? Warum sitze ich hier oben auf Creagan Dubh, kann sehen, atmen, spüren, empfinden, während Neil MacDonald tot ist?»

«Für den, der übrigbleibt, ist es immer besonders schwierig, weiterzumachen.»

Archie wandte den Kopf und sah zu Conrad hinüber. Die Augen der beiden Männer trafen sich. Dann sagte Archie: «Ihre Frau ist gestorben.»

«Ja. An Leukämie. Ich war dabei, und es hat lange gedauert. Die ganze Zeit war ich verbittert, weil nicht ich derjenige war, der da starb. Und als sie tot war, habe ich mich dafür gehaßt, daß ich am Leben geblieben war.»

«Sie also auch?»

«Wahrscheinlich ist es eine unausweichliche Reaktion. Man muß damit einfach fertig werden. Es dauert seine Zeit. Aber letzten Endes läßt sich keine dieser Fragen beantworten, nützen all die Selbstvorwürfe und Selbsterkundungen nichts. Deswegen ist es wohl auch sehr töricht, sich all diese Fragen zu stellen.»

Eine lange Pause trat ein. Dann lächelte Archie breit. «Ja, Sie haben recht. Es ist töricht.» Er hob das Gesicht und beobachtete den Himmel. «Sie haben recht, Conrad.» Der Himmel verdunkelte sich. Sie waren zu lange dort sitzen geblieben, es wurde kalt. «Vielleicht sollten wir aufbrechen. Ich muß Sie um Entschuldigung bitten. Einen Augenblick lang hatte ich ganz vergessen, daß Sie mit Ihrer eigenen Tragödie fertig werden müssen. Ich hoffe, Sie glauben mir, wenn ich Ihnen versichere, daß ich Sie nicht mit hier raufgeschleppt habe, um Sie mit meinen Schwierigkeiten zu belästigen.»

Conrad lächelte. «Ich wollte es ja hören», erinnerte er Archie. Dann merkte er, daß seine Glieder vom Sitzen auf dem harten Stein steif waren, und ihn fror mit einemmal. Er erhob sich mühselig und streckte die verkrampften Beine. Jetzt, da er aus dem Schutz des Felsens herausgetreten war, biß ihm der Wind ins Gesicht und drang ihm in den Kragen. Er zitterte. Die Hunde wurden bei diesen Anzeichen des Aufbruchs unruhig, freuten sich wohl schon auf ihre Abendmahlzeit, standen auf und sahen Archie erwartungsvoll an.

«Stimmt. Jetzt aber wollen wir es beide vergessen und nicht mehr darüber reden. Also los, ihr unersättlichen Viecher. Ich bring euch nach Hause und geb euch zu fressen.» Er hielt Conrad einen Arm hin. «Könnten Sie mir mal auf die Beine helfen, alter Junge?»

Schließlich fuhren sie, nicht ohne ein gewisses Zögern, aus den Bergen zurück, das Haupttal hinab nach Croy. Als sie ins Haus traten, schlug die Standuhr an der Treppe halb sechs. Die Hunde waren ausgehungert. Es war weit über ihre Fütterungszeit, und sie stürmten pfeilgerade der Küche zu. Archie warf einen Blick in die Bibliothek, fand aber dort niemanden.

«Womit wollen Sie die Zeit bis zum Abendessen herumbringen?» fragte er seinen Gast. «Wir essen gewöhnlich gegen halb acht.»

«Wenn es Ihnen recht ist, würde ich gern nach oben gehen und auspacken. Vielleicht auch duschen.»

«Sie können jedes Badezimmer benutzen, das gerade frei ist. Kommen Sie runter, wenn es Ihnen paßt. Sollte immer noch niemand dasein, finden Sie ein Tablett mit Getränken in der Bibliothek. Bedienen Sie sich, und machen Sie es sich gemütlich.»

«Das ist sehr freundlich von Ihnen.» Conrad begann die Treppe hinaufzugehen und wandte sich dann um. «Und vielen Dank für den heutigen Tag. Er war etwas Besonderes.»

«Vielleicht sollte ich mich bei Ihnen bedanken.»

Er ging. Archie folgte den Hunden in die Küche, und dort fand er Lucilla und Jeff vor. Beide hatten eine Schürze vorgebunden. Jeff machte sich am Spülstein zu schaffen, und Lucilla rührte in einem Topf. Sie wandte sich um: «Papa. Du bist wieder da. Wo warst du?»

«Oben im Heideland. Was treibt ihr beiden?»

«Wir machen Abendessen.»

«Und wo ist deine Mutter?»

«Sie nimmt ein Bad.»

«Würdest du für mich den Hunden zu fressen geben?»

«Natürlich. Kein Problem...» Sie wandte sich wieder ihrem Topf zu. «Aber sie müssen einen Augenblick warten, sonst wird die Soße klumpig.»

Er überließ die beiden ihrem Tun, schloß die Tür, ging zurück in die Bibliothek, goß sich einen Whisky mit Soda ein und ging mit dem Glas nach oben, auf der Suche nach seiner Frau.

Er fand sie in ihrem Badezimmer, von wohlriechendem Dampf umgeben. Sie sah so erheiternd aus wie immer, wenn sie ihre blau und weiß gepunktete Duschhaube aufhatte.

«Archie.» Er hockte sich auf den Toilettensitz. «Wo warst du?»

«Oben auf dem Creagan Dubh.»

«Es muß herrlich gewesen sein. Ist der melancholische Amerikaner gekommen?»

«Ja. Er heißt Conrad Tucker und ist nicht die Spur melancholisch, sondern ein sehr angenehmer Gesellschafter. Nebenbei bemerkt, ist er ein alter Bekannter von Virginia.»

«Nicht zu fassen! Heißt das, die kennen sich? Was für ein sonderbarer Zufall. Und wie gut. Dann fühlt er sich in diesem fremden Haus nicht so verloren und im Weg.» Sie setzte sich und griff nach der Seife. «Du scheinst ihn zu mögen?»

«Ein eindrucksvoller Mann und sehr angenehm.»

«Ich bin erleichtert. Was treibt er jetzt?»

«Wahrscheinlich dasselbe wie du?»

«War er schon mal in Schottland?»

«Ich glaube nicht.»

«Ich habe mir nämlich überlegt, daß weder er noch Jeff einen der Tänze kennen, die am Freitag abend gespielt werden. Meinst du nicht, daß wir mit ihnen heute abend nach dem Essen mal ein bißchen üben sollten? Wenn sie die Grundschritte von einem Reel und einem oder zwei anderen Tänzen mitbekommen, können sie doch zumindest auch ein bißchen Spaß haben.»

«Warum nicht? Guter Gedanke. Ich suche mal ein paar Kassetten raus. Wo ist Pandora?»

«Sie hat sich wahrscheinlich zu einem Schläfchen hingelegt. Wir sind erst um fünf zurückgekommen. Würde es dir was ausmachen, sie morgen mit auf den Berg zu nehmen? Ich habe ihr von Vis Picknick erzählt, aber sie hat gesagt, sie möchte lieber den Tag mit dir verbringen, mit dir in der Ansitzgrube hocken und plauschen.»

«Von mir aus, vorausgesetzt, daß sie nicht so herumzappelt und mir die Vögel verscheucht. Sieh aber zu, daß sie sich was Warmes anzieht.»

«Ich leih ihr Gummistiefel und meine Wetterjacke.»

Er nahm einen Schluck Whisky und gähnte. Er war müde.

«Wie war's beim Einkaufen? Hast du mir Patronen mitgebracht?»

«Ja. Außerdem Champagner, Kerzen und genug Lebensmittel, um eine ausgehungerte Armee wieder auf die Beine zu bringen. Und ich habe ein neues Ballkleid.»

«Du hast dir ein neues Kleid gekauft?»

«Nein. Pandora hat es mir gekauft. Es ist einfach himmlisch. Sie wollte nicht, daß ich erfahre, was es gekostet hat, wahrscheinlich hat sie ein kleines Vermögen dafür hingeblättert. Sie muß schrecklich reich sein. Meinst du, es war in Ordnung, daß ich ihr erlaubt habe, so großzügig und extravagant zu sein?»

«Wenn es ihre Absicht war, dir ein Kleid zu schenken, hättest du sie sowieso nicht daran hindern können. Sie hat schon immer gern Geschenke gemacht. Darf ich es mal sehen?»

«Erst am Freitag, wenn ich dich mit meiner Schönheit blenden werde.»

«Was habt ihr noch getrieben?»

«Wir haben in der Weinstube zu Mittag gegessen...» Während Isobel ihren Schwamm ausdrückte, überlegte sie, ob sie ihrem Mann die Geschichte mit Pandora und dem reservierten Tisch erzählen sollte, unterließ es dann aber lieber, weil ihr klar war, daß er eine solche Handlungsweise keinesfalls billigen würde. «Und Lucilla hat sich an einem Stand auf der Straße ein Kleid gekauft.»

«O Gott, wahrscheinlich ist es voller Flöhe.»

«Ich habe dafür gesorgt, daß sie es erst in die Reinigung bringt. Jemand wird es Freitag morgen in Relkirk abholen müssen. Aber das Aufregendste kommt noch. Pandora hat dir nämlich auch was gekauft, und wenn du mir mein Handtuch gibst, komm ich raus und zeig es dir.»

Das tat er. «Ein Geschenk für mich?» Er versuchte sich vorzustellen, was seine Schwester ihm mitgebracht haben mochte. Hoffentlich keine goldene Uhr, keinen Zigarrenabschneider und keine Krawattennadel, denn all das würde er nicht benutzen. Einen neuen Patronengurt allerdings könnte er gut brauchen...

Isobel trocknete sich ab, nahm die Duschhaube ab, zog den seidenen Morgenmantel an und knotete den Gürtel um die Taille zusammen. «Komm mit und sieh's dir an.» Er erhob sich von seinem Toilettensitz und folgte ihr ins gemeinsame Schlafzimmer.

«Da.»

Alles lag auf dem Bett parat. Die *tartan trews*, das weiße Hemd, noch in seiner Zellophanhülle, seines Vaters Kummerbund aus schwarzem Atlas und dessen grünsamtene Jacke, die Archie seit dem Tode des alten Herrn nicht gesehen hatte. «Woher kommt denn *das* Zeug?»

«Die Sachen waren auf dem Dachboden eingemottet. Ich habe die Samtjacke über die Badewanne gehängt, damit die Falten rausgehen. Hose und Hemd sind von Pandora. Und ich habe deine Abendschuhe geputzt.»

Er bekam den Mund nicht zu. «Und wofür das alles?»

«Für Freitag abend, du Schlaumeier. Als ich Pandora sagte, du würdest deinen Kilt nicht tragen und im Smoking zu Verenas Fest gehen, war sie entsetzt. Sie sagte, du würdest darin aussehen wie ein Aushilfskellner. Also sind wir zu Mr. Pittendriech gegangen, und er hat uns geholfen, das hier auszusuchen.» Sie hielt die Hose empor. «Ist die nicht großartig? Zieh das doch mal alles an, Archie. Ich kann es gar nicht erwarten, dich darin zu sehen.»

Einen Haufen neuer Kleidungsstücke anzuprobieren war das letzte, was Archie in dem Augenblick tun wollte, aber Isobel schien so begeistert, daß er es nicht übers Herz brachte, ihr den Wunsch abzuschlagen. Also stellte er sein Glas auf ihre Frisierkommode und begann gehorsam, seinen abgetragenen Tweedanzug auszuziehen.

«Laß das Hemd ruhig an. Wir wollen das neue eingepackt lassen, damit es nicht schon vorher schmutzig wird. Zieh aber die Schuhe und die stinkigen alten Socken aus. Jetzt...»

Mit ihrer Hilfe zog er die neue Hose an. Isobel kümmerte sich um Reißverschluß und Knöpfe, schob sein blaues Sporthemd in die Hose und tat ganz so, als kleide sie ein Kind zu einer Teegesellschaft an. Sie legte ihm den Kummerbund um, schnürte seine Abendschuhe zu und hielt ihm die Samtjacke hin. Er schob die Arme durch die seidengefütterten Ärmel, und sie drehte ihn zu sich her und machte die Schnurverschlüsse zu.

«Jetzt.» Sie strich ihm das Haar glatt. «Sieh dich mal im Spiegel an.»

Aus irgendeinem Grund kam er sich wie ein Trottel vor. Sein Stumpf schmerzte, und er sehnte sich nach einem heißen Bad, aber gehorsam hinkte er zum hohen Spiegel in der Mitte von Isobels Kleiderschrank. Er sah sich nicht besonders gern im Spiegel, weil das Bild, das er zu sehen bekam, so deutlich davon abstach, wie er früher ausgesehen hatte. Er war so mager und grau geworden, so unansehnlich in seiner schäbigen Kleidung, so schwerfällig mit seinem plumpen, verhaßten Blechbein.

Auch jetzt, da Isobels Auge voll Stolz auf ihm ruhte, kostete es ihn eine gewisse Mühe, sich seinem Spiegelbild zu stellen. Als er es aber tat, fand er sich nicht so schlecht, wie er befürchtet hatte. Eigentlich stand ihm alles recht gut. Er sah ganz annehmbar aus, offen gestanden sogar sehr ansehnlich. Die einwandfrei sitzende Hose mit den eng geschnittenen Beinen und der scharfen Bügelfalte hatte einen gewissen Pfiff, kam ihm fast militärisch vor. Und der herrlich glänzende Samt der Jacke gab dem Ganzen genau den richtigen Hauch von herrschaftlicher Eleganz, zumal das verblaßte Grün gut zu den Farben des Clan-Tartans paßte.

Isobel war ihm zwar über das Haar gefahren, doch jetzt strich er es selbst noch einmal glatt und wandte sich um. Er wollte den ungewohnten Glanz von allen Seiten auf sich wirken lassen. Er öffnete die Jacke, um den Schimmer des Kummerbundes zu bewundern, der eng um seine schmale Taille lag. Dann schloß er sie wieder, sah sich an und lächelte, ein wenig spöttisch, weil er da wie ein Pfau herumstolzierte.

Er wandte sich seiner Frau zu. «Was meinst du?»

«Du siehst blendend aus.»

Er streckte die Arme aus. «Lady Balmerino, wollen Sie mit mir Walzer tanzen?»

Sie trat zu ihm, und er hielt sie eng an sich, seine Wange auf ihrem Haar, so, wie sie vor langer Zeit in Nachtklubs getanzt hatten. Durch die dünne Seide ihres Morgenrocks spürte er ihre Haut, die noch warm vom Bad war, den Schwung ihrer Hüften, ihre schlanke Taille. Ihre von nichts gehaltenen weichen Brüste drängten sich gegen ihn, sie roch angenehm nach Seife.

Sacht hoben sie abwechselnd den einen und dann den anderen Fuß, tanzten, so gut sie konnten, einer sich in den Armen des anderen wiegend, zu einer Musik, die nur sie beide zu hören vermochten.

Er sagte: «Hast du im Augenblick irgend etwas Dringendes zu erledigen?»

«Nicht daß ich wüßte.»

«Kein Abendessen zu machen, keine Hunde zu füttern, keine Vögel zu rupfen und keine Beete zu jäten?»

«Nein.»

Er drückte ihr einen Kuß aufs Haar. «Dann komm mit mir ins Bett.»

Sie rührte sich nicht, aber Archies Hand bewegte sich weiter, fuhr liebkosend über ihren Rücken. Nach einer Weile zog sie sich von ihm zurück, sah ihm ins Gesicht, und er merkte, daß nie vergossene Tränen in ihren blauen Augen standen.

«Archie...»

«Bitte.»

«Und die anderen?»

«Sind alle beschäftigt. Wir schließen ab. Hängen ein Nicht-stören-Schild an die Tür.»

«Aber... der Alptraum?»

«Alpträume sind für Kinder. Wir sind zu alt, um Träumen zu gestatten, daß sie uns an der Liebe hindern.»

«Du bist so anders.» Sie runzelte die Stirn, ihr liebevolles Gesicht war eine große Frage. «Was ist dir widerfahren?»

«Pandora hat mir ein Geschenk gekauft.»

«Das ist es nicht. Es muß noch was anderes sein.»

«Ich habe jemanden gefunden, der bereit war, mir zuzuhören. Oben auf dem Creagan Dubh, wo außer uns nur der Wind, die Heide und die Vögel waren und uns keiner stören konnte. Also habe ich geredet.»

«Über Nordirland?»

«Ja.»

«Alles? Corporal McPherson, die toten Männer, die Bombe und die Explosion? Und den Alptraum?»

«Ja.»

«Aber du hast es *mir* doch erzählt. Mit *mir* hast du darüber gesprochen, und es hat nichts genützt.»

«Weil du ein Teil von mir bist. Bei einem Fremden ist das anders. Er ist objektiv. Ich habe noch mit keinem wie ihm gesprochen. Immer nur mit Verwandten und alten Freunden, die mich mein Leben lang kannten. Die sind zu nah.»

«Der Alptraum ist noch da, Archie. Er verschwindet nicht.»

«Schon möglich. Aber vielleicht sind ihm die Giftzähne gezogen.»

«Was macht dich so sicher?»

«Meine Mutter hat immer gesagt: Angst klopft an die Tür, Zuversicht geht und macht auf, und keiner ist da. Wir werden sehen. Ich liebe dich mehr als das Leben, und nur darauf kommt es an.»

«Ach, Archie.» Ihre Tränen flossen, und er küßte sie fort, löste den Gürtel ihres Morgenrocks und ließ seine Hand unter die sanfte Seide gleiten, liebkoste ihre Nacktheit. Seine Lippen näherten sich ihrem Mund, der sich ihm öffnete…

«Wollen wir es versuchen?»

«Jetzt?»

«Ja. Jetzt gleich. Sobald du mich aus dieser verdammten Hose rauskriegst.»

9. Kapitel

Donnerstag, der Fünfzehnte

Schon um fünf Uhr war Virginia wach und wartete auf das Morgengrauen. Es war Donnerstag, Vis achtundsiebzigster Geburtstag.

Wie versprochen, hatte Vi am Vorabend kurz vor den Neunuhrnachrichten angerufen und mitgeteilt, daß sich Lottie wieder im Relkirk Royal befand. Diese Rückverlegung schien sie in keiner Weise beeindruckt zu haben; sie war wie immer gewesen. Edie hatte sich bekümmert gezeigt, sich aber nach einer gewissen Überredung ins Unvermeidliche gefügt. Zusätzlich hatte Vi in Templehall angerufen und den Schulleiter gebeten, Henry zu beruhigen, damit er sich nicht länger um seine geliebte Edie ängstigen mußte. Die entsetzliche Episode war endlich vorüber. Virginia konnte sie aus dem Gedächtnis streichen.

Das Gespräch rief bei Virginia unterschiedliche Empfindungen hervor. In erster Linie spürte sie Dankbarkeit und eine überwältigende Erleichterung. Jetzt konnte sie sich der Dunkelheit der Nacht stellen, allein in dem großen und leeren Haus zu Bett gehen, im sicheren Bewußtsein schlafen, daß kein greuliches Ungeheuer im Schatten des Parks lauerte, jede Bewegung beobachtete, wartete, bis es zuschlagen konnte. Lottie würde nicht wiederkommen; sie war mitsamt ihren gefährlichen Geheimnissen eingesperrt. Virginia war von ihr befreit.

Dennoch empfand sie ein gewisses Unbehagen. Sie stellte sich vor, wie schlimm es für Edie sein mußte, sich ein Versagen einzugestehen; wie sie gezögert haben mußte, ihre Kusine erneut der zwar fachkundigen, aber doch unpersönlichen Pflege im Relkirk Royal anzuvertrauen. Doch gewiß fühlte sich auch Edie im tiefsten Inneren erleichtert, und sei es nur, weil sie die nahezu unerträgliche Verantwortung los war und nicht mehr den unaufhörlichen Strom von Lotties Gerede anhören mußte.

Schließlich war da noch Henry, und auch was ihn betraf, empfand Virginia Schuld. Sie wußte, wie er zu Lottie stand und wie er um seine Edie fürchtete, und dennoch war ihr der vernünftige Gedanke, in seiner Schule anzurufen, keine Sekunde lang gekommen. So sehr hatte sie sich mit sich selbst und den Ereignissen der letzten Tage beschäftigt, daß sie den Jungen schändlicherweise einfach vergessen hatte.

Erst Edmund und Pandora. Und jetzt Conrad.

Conrad Tucker. Hier in Schottland, in Strathcroy, bereits Teil des Haushalts der Balmerinos und eine wichtige Gestalt bei den Ereignissen der nächsten Tage. Seine Anwesenheit änderte alles. Vor allem sie selbst wurde davon verändert, als habe er eine unvermutete und verborgene Facette ihrer Persönlichkeit enthüllt. Sie hatte mit ihm geschlafen. Sie hatten einander geliebt, beide mit einer Begierde, die mehr dem Bedürfnis nach Trost als der Leidenschaft entsprang, und sie war bei ihm geblieben, hatte die Nacht in seinen Armen verbracht. Ein Akt der Untreue, Ehebruch. Doch obwohl Virginia das mit der schlimmsten Bezeichnung belegte, die die Welt kannte, bedauerte sie nichts.

Das darfst du unter keinen Umständen Edmund sagen.

Vi war eine kluge alte Dame, und die Beichte bei ihr hatte keine Strafe zur Folge gehabt, sondern ihr Erleichterung verschafft. Auf diese Weise hatte Virginia ihre sogenannte Sünde einem anderen Menschen aufgeladen und sich damit der Schuld entledigt. Es überraschte sie, daß sie keinerlei Gewissensbisse empfand. Es kam ihr vor, als sei sie in den letzten vierundzwanzig Stunden in gewisser Weise gewachsen, nicht körperlich, wohl aber seelisch. Es war, als habe sie sich irgendeinen steilen Hang hinaufgequält und habe jetzt

Zeit zu verschnaufen, zu rasten, die Aussicht zu genießen, der ihre Bemühungen gegolten hatten.

So lange hatte sie sich damit zufriedengegeben, einfach Henrys Mutter und Edmunds Gemahlin zu sein, eine Aird. Ihr Dasein war vom Leben des Clans bestimmt worden, und ihre gesamte Zeit und Energie, all ihre Liebe war darauf gerichtet gewesen, der Familie ein behagliches Heim zu bieten. Jetzt aber war Alexa erwachsen, Henry aus dem Haus – und Edmund...? Sie schien ihn für den Augenblick aus den Augen verloren zu haben. Damit blieb nur sie selbst, Virginia. Ein Individuum, ein Wesen für sich, mit einer Vergangenheit und einer Zukunft, zwischen denen die flüchtigen Jahre der Ehe eine Brücke bildeten. Daß Henry aus dem Hause war, bedeutete nicht nur das Ende eines Zeitabschnitts, sondern zugleich ihre Befreiung. Nichts konnte sie daran hindern, ihre Flügel auszubreiten und zu fliegen. Die Welt gehörte ihr.

Der Besuch auf Long Island, monatelang nichts als ein Traum, schob sich in den Vordergrund ihres Bewußtseins, lag jetzt im Bereich des Möglichen, ließ sich jederzeit verwirklichen, war unumgänglich. Vi mochte sagen, was sie wollte – es war Zeit, daß Virginia hinfuhr. Sofern man Gründe von ihr verlangte, würde sie das vorgerückte Alter ihrer Großeltern ins Feld führen und ihren dringenden Wunsch, sie noch einmal zu sehen, bevor sie zu alt wurden, um etwas von ihrer Gesellschaft zu haben, bevor sie krank oder invalide wurden, bevor sie starben. Das war der Vorwand. Aber der wahre Grund hatte viel mit Conrad zu tun.

Er würde dort sein, wäre in der Nähe. In der Stadt oder in Southampton, aber nie weiter als einen Telefonanruf entfernt. Sie konnten zusammensein. Ein Mann, den ihre Großeltern schon lange kannten und mochten. Ein warmherziger Mann. Er gehörte nicht zu denen, die einfach auf und davon gingen oder Versprechen brachen, er ließ niemanden im Stich, wenn er am dringendsten gebraucht wurde, und er hatte keine Affären mit anderen Frauen. Ihr fiel ein, daß Vertrauen möglicherweise wichtiger war als Liebe, wenn eine Beziehung wirklich dauern sollte. Um mit diesen Zweifeln fertig zu werden, brauchte sie Zeit und Platz, eine Art Zwischenspiel, in dessen Verlauf sie einen Schritt zurücktreten und die ganze Situation überblicken konnte. Sie brauchte inneren Trost, und sie wußte, daß sie ihn in der Gesellschaft eines Menschen finden würde, der stets ihr Freund gewesen war und jetzt ihr Liebhaber war. Ihr Liebhaber, ein Wort voller Bedeutungsschattierungen. Erneut erforschte sie ihr Gewissen auf der Suche nach dem Bedauern, das von ihr erwartet wurde, fand aber nichts als eine Art Gewißheit, eine tröstliche Kraft, als habe ihr Conrad eine Art zweiter Möglichkeit verschafft, einen erneuten Geschmack der Jugend, eine gänzlich neue Freiheit – was auch immer. Sie wußte lediglich, daß sie die Hand danach ausstrecken würde, bevor all das für immer dahinschwand. Leesport war da, in wenigen Stunden mit dem Flugzeug erreichbar. Unverändert, denn es war ein Ort, der sich nie änderte. Sie schmeckte förmlich die frische Herbstluft, sah die mit scharlachrotem Herbstlaub bedeckten breiten Straßen, den Rauch der ersten Feuer, der aus den Kaminen der stattlichen weißen Schindelhäuser stieg und gemächlich dem tiefblauen Himmel eines Altweibersommers auf Long Island entgegentrieb.

Sie dachte an frühere Jahre, stellte sich alles vor. Der erste Montag im September, Labour Day, war vorüber, die Kinder gingen wieder zur Schule, die Fähre nach Fire Island hatte den Betrieb für das Jahr eingestellt, die Bars am Ufer waren geschlossen. Aber bestimmt hatte Großvater sein kleines Motorboot noch nicht aus dem Wasser geholt, und die großen Atlantikstrände lagen in erreichbarer Entfernung. Die Dünen, über die der Wind fuhr; der endlose Sand, der voller Muschelschalen lag und auf den die Brandung in mächtigen Brechern lief. Sie spürte förmlich den Gischt auf ihren Wangen und sah sich, wie aus großer Ferne, durch das seichte Wasser waten, als Silhouette vor dem Abendhimmel, mit Conrad an ihrer Seite …

Und dann mußte Virginia unwillkürlich lächeln. Nicht aus romantischem Entzücken, sondern aus gesundem Spott über sich selbst. So sahen Backfischträume aus, wie in der Fernsehwerbung. Sie hörte die schmalzige Musik, die tiefe, aufrichtig klingende Männerstimme, die sie aufforderte, ein bestimmtes Haarwaschmittel, Deodorant oder biologisch abbaubares Waschpulver zu verwenden.

Auf einer Wolke der Phantasie durch diesen Tag dahinzutreiben wäre zu einfach. Zwar waren Tagträume nicht ausschließlich ein Vorrecht junger Leute, doch hatten ältere nicht so viel Zeit, sich in Traumwelten zu verlieren. Sie hatten zu viel zu tun, sich um zu vieles zu kümmern, zu viel zu organisieren. Wie sie selbst. Gerade jetzt. Das Leben erforderte mit Nachdruck ihre sofortige Aufmerksamkeit. Entschlossen schob sie Leesport und Conrad beiseite und dachte an Alexa. Alexa hatte jetzt Vorrang. Sie würde in ein oder zwei Stunden dasein, und vor einem Monat hatte Virginia ihr in London ein Versprechen gemacht.

Aber du und Va, hatte Alexa gebeten, streitet euch doch dann nicht mehr, nicht wahr? Es wäre mir unerträglich, wenn eine gespannte Atmosphäre herrschte.

Und Virginia hatte ihr versichert: «Natürlich nicht. Vergiß das Ganze. Ich hätte es dir gar nicht erst erzählen sollen. Wir werden uns großartig amüsieren ...»

Was man verspricht, muß man halten, war ihr Grundsatz, und sie besaß genug Selbstachtung, hier keine Ausnahme zu machen. Am Freitag würde Edmund daheim sein. Ob er ihr wohl wieder ein Goldarmband mitbringen würde? Hoffentlich nicht. Jetzt lag nicht nur Henry zwischen ihnen wie ein Knochen, über den sie sich wie Hunde streiten konnten, sondern auch Virginias neues Wissen über sich selbst und über ihren Mann. Sie hatte den Eindruck, daß von nun an nichts je wieder einfach oder unkompliziert sein konnte. Aber irgendwie würde sie um Alexas willen dafür sorgen, daß es zumindest den Anschein hatte. Es ging lediglich darum, die nächsten Tage zu überstehen. Sie stellte sich verschiedene Hürden vor: Alexas Ankunft, Vis Picknick, Edmunds Heimkehr, Isobels Abendgesellschaft und Verenas Fest. Eine nach der anderen würde sie nehmen müssen, ohne irgendeine ihrer «niedrigen» Empfindungen zu verraten, weder Zweifel noch Mißtrauen, keine Eifersucht und keine Begierde. Schließlich würde alles vorüber sein, und wenn die September-Besucher fort waren und das Leben wieder in den gewohnten Bahnen verlief, würde Virginia, von ihren Verpflichtungen befreit, ihre Abreise planen.

Sie wartete auf die Morgendämmerung. Von Zeit zu Zeit knipste sie ihre Nachttischlampe an, um zu sehen, wie spät es war, hatte aber um sieben Uhr von diesem sinnlosen Tun genug und verließ nur allzugern ihr Bett mit den zerwühlten Laken. Als sie die Vorhänge beiseite zog, sah sie einen blaßblauen Himmel. Auf dem Park lagen lange Schatten, und über Wiesen und Feldern hing leichter Bodennebel – alles wies auf einen schönen Tag hin. Wenn die Sonne höher stieg, würde der leichte Nebel verschwinden, und falls sie Glück hatten, konnte es sogar richtig warm werden.

Sie war erleichtert. Ein kalter grauer Regentag wäre heute beinahe mehr, als sie ertragen könnte. Zum einen war ihre Stimmung ohnedies gedrückt genug, und außerdem würde Vi ihr Geburtstagspicknick bestimmt nicht absagen, ganz gleich, was für Wetter es war. Ihr waren Traditionen heilig, und sie würde sich nichts daraus machen, wenn sich sämtliche Gäste unter großen Regenschirmen verkriechen, in Gummistiefeln herumstapfen und ihre nassen Würstchen über einem rauchenden und durch den Regen ständig vom Ausgehen bedrohten offenen Feuer braten mußten. Es hatte ganz den Anschein, als würden ihnen in diesem Jahr solche masochistischen Genüsse erspart bleiben.

Virginia ging nach unten, versorgte die Hunde und machte sich Tee. Sie überlegte, ob sie das Frühstück schon vorbereiten solle, verwarf den Gedanken dann aber und ging nach oben, um sich anzuziehen und ihr Bett zu machen. Dann hörte sie einen Wagen, stürzte zum Fenster, sah aber nichts. Wahrscheinlich war nur jemand am Tor vorbeigefahren.

Sie kehrte in die Küche zurück und machte eine Kanne Kaffee. Um neun klingelte das Telefon, und sie eilte hin, weil sie befürchtete, der Anruf könne von Alexa kommen, von irgendeiner Telefonzelle an der Autobahn. Doch es war Verena Steynton. «Virginia. Es tut mir leid, daß ich so früh anrufe. Warst du schon auf?»

«Selbstverständlich.»

«Ein herrlicher Tag. Du hast nicht zufällig Damasttischtücher? Riesige weiße. Daran haben wir nicht gedacht, und natürlich kann Toddy Buchanan keine besorgen.»

«Ich habe bestimmt ein halbes Dutzend, muß sie aber vorher durchsehen. Sie stammen noch von Vi. Sie hat sie hiergelassen, als sie ausgezogen ist.»

«Sind sie auch schön lang?»

«Lang genug für eine richtige Bankettafel. Vi hat sie immer bei großen Gesellschaften benutzt.»

«Könntest du mir den außerordentlichen Gefallen tun und sie noch heute morgen nach Corriehill bringen? Ich würde sie ja selbst holen, aber wir sind alle mit dem Blumenschmuck beschäftigt, und ich kann einfach keine Sekunde dafür erübrigen.»

Virginia war froh, daß Verena ihr Gesicht nicht sehen konnte. «Doch, natürlich», sagte sie, so entgegenkommend ihr das gelingen wollte. «Aber erst, wenn Alexa und Noel da sind. Wir erwarten sie jeden Augenblick. Und danach muß ich zu Vis Picknick.»

«Das ist nicht weiter schlimm. Ich bin dir schon unendlich dankbar, wenn du sie einfach vorbeibringst. Du bist ein Engel. Gib sie einfach Toddy... und bis morgen, falls wir uns nicht vorher noch sehen. Tschüüüs.»

Das Gespräch war beendet. Verzweifelt seufzte Virginia auf, denn die dreißig Kilometer bis Corriehill und zurück zu fahren war das letzte, was sie an diesem Vormittag zu tun wünschte. Doch nach all den Jahren in Schottland war sie an die örtlichen Gepflogenheiten gewöhnt, und zu denen gehörte nun einmal, daß alle mit anpackten, wenn Not am Mann war, ohne sich anmerken zu lassen, wenn ihnen das gegen den Strich ging. Auch wenn die Ausrichtung eines solchen Festes vermutlich zu dieser Art Notfall gehörte, wäre es ihr lieber gewesen, wenn Verena nicht erst im letzten Augenblick an die Tischtücher gedacht hätte.

Sie schrieb TISCHTÜCHER auf den Notizblock am Telefon. Dann fiel ihr das Picknick ein, und sie schob ein großes Huhn zum Braten in die Röhre. Bis es gar und abgekühlt war, müßte Alexa dasein, und sie würde sie bitten, es in handliche Portionen zu zerlegen.

Erneut klingelte das Telefon. Diesmal war es Edie.

«Könnten Sie mich in Ihrem Auto zum Picknick mitnehmen?»

«Selbstverständlich. Ich komme vorbei und hole Sie, Edie. Das mit Lottie tut mir schrecklich leid.»

«Ja.» Edies Stimme klang abweisend, wie immer, wenn ihr etwas auf der Seele lag, worüber sie nicht reden wollte. «Es ist mir sehr nahegegangen.» Jetzt konnte Virginia überlegen, ob sie damit Lotties Rückkehr ins psychiatrische Krankenhaus meinte oder den Anteil, den Virginia an der traurigen Geschichte hatte. «Um wieviel Uhr soll ich fertig sein?»

«Ich muß vorher noch mit ein paar Tischtüchern nach Corriehill, bemühe mich aber, gegen zwölf zurück zu sein.»

«Ist Alexa schon da?»

«Noch nicht.»

Sofort war Edie, die gleich an Tod und Zerstörung dachte, besorgt. «Ach je, hoffentlich ist denen nichts passiert.»

«Bestimmt nicht. Wahrscheinlich ist einfach viel Verkehr.»

«Ich habe auf diesen Straßen immer schreckliche Angst.»

«Machen Sie sich keine Sorgen. Also dann gegen Mittag. Bis dahin sind sie bestimmt hier.»

Virginia goß sich erneut Kaffee ein. Das Telefon klingelte.

«Balnaid.»

«Virginia.»

Es war Vi. «Alles Gute zum Geburtstag.»

«Haben wir nicht Glück mit dem Wetter? Ist Alexa schon da?»

«Noch nicht.»

«Ich dachte, allmählich könnten sie dasein.»

«Finde ich auch. Aber sie sind noch nicht aufgetaucht.»

«Ich kann es gar nicht abwarten, das liebe Kind wiederzusehen. Warum kommt ihr nicht einfach alle ganz früh nach Pennyburn, und wir unterhalten uns, bevor wir aufbrechen, bei einer Tasse Kaffee ein bißchen?»

«Leider kann ich nicht.» Virginia erklärte die Sache mit den Tischtüchern. «Ich weiß nicht mal genau, wo ich sie finde.»

«In deinem Leinenschrank, auf dem obersten Bord; sie sind in blaues Seidenpapier eingewickelt. Verena ist wirklich lästig. Warum konnte sie nicht früher daran denken?»

«Wahrscheinlich hat sie viel um die Ohren.»

«Und wann kommt ihr also?»

Virginia rechnete rasch und überlegte. «Ich schicke Noel und Alexa mit dem Subaru nach Pennyburn, fahre selbst mit dem kleinen Wagen nach Corriehill, hole auf dem Rückweg Edie ab und bringe sie mit nach Pennyburn. Dann können wir alle mit dem Picknickkram in den Subaru steigen und losfahren.»

«Wirklich ausgezeichnet, wie du das alles organisierst. Es hat sicher damit zu tun, daß deine Mutter aus Amerika stammt. Bringst du auch Decken mit? Und Weingläser für euch selbst.»

Unter TISCHTÜCHER schrieb Virginia DECKEN, WEINGLÄSER. «Ich erwarte Noel und Alexa dann gegen elf.»

«Hoffentlich sind die beiden nicht zu mitgenommen.»

«Ach, das werden sie schon nicht sein», versicherte ihr Vi mit munterer Stimme. «Die sind jung.»

Noel Keeling war ein Stadtmensch. In London geboren und aufgewachsen, hatte er von klein auf nur Stadtstraßen gekannt und war lediglich an Wochenenden in die immer dichter besiedelte unmittelbare Umgebung der Stadt gelangt. Später führte ihn sein Amüsement von Zeit zu Zeit weiter fort, und bisweilen war er an die sardische Costa Smeralda oder in die Algarve im Süden Portugals geflogen, wenn ihn jemand für längere Zeit dorthin einlud. Da hatte er dann Golf oder Tennis gespielt oder war ein wenig gesegelt. Tourismus gehörte nicht zu seinen Vorstellungen von Erholung, und Besichtigungen von Kirchen oder Schlössern entzog er sich. Wurde ein solcher Ausflug vorgeschlagen, fand er gewöhnlich gute Gründe, nicht mitzumachen. Lieber hielt er sich in der Nähe des Schwimmbeckens auf oder fuhr in die nächste Stadt, um von einer Caféterrasse aus dem Leben auf der Straße zuzuschauen.

Irgendwann vor einigen Jahren war er mit einigen Freunden zu einem einwöchigen Angelausflug nach Schottland geflogen. Von der kleinen Hafenstadt Wick an der Nordküste hatte ihn einer aus der Gruppe abgeholt und nach Oykel Bridge in Sunderland gebracht. Im Rückblick kam es Noel so vor, als sei das Hauptereignis jener Woche der Regen gewesen, nicht nur auf dem Weg dorthin, sondern auch an jedem der Tage seines Aufenthalts. Hatte sich aber, was selten genug geschah, der Himmel zwischen den Regengüssen doch einmal so weit aufgehellt, daß man etwas von der Landschaft sah, bot sich dem Auge kaum mehr als der Anblick ausgedehnter Flächen braunen und baumlosen Heidelandes.

Seine Erinnerungen an jene Woche waren gemischt. Tag für Tag hatten sie bis fast zu den Hüften im Wasser des hochgehenden Flusses gestanden und versucht, die schwer zu fassenden Forellen an die Angel zu bekommen. Die Abende hatten sie in einer munteren Runde verbracht, große Mengen köstlicher schottischer Spezialitäten verzehrt und noch größere Mengen Malt Whisky getrunken. Die Landschaft hatte ihm nicht den geringsten bleibenden Eindruck gemacht.

Doch als er jetzt am Steuer seines Golfs die letzten Kilometer ihrer langen Fahrt zurücklegte, merkte er, daß er sich einerseits auf vertrautem Boden befand, andererseits aber in einer Landschaft, mit der er nicht gerechnet hatte.

Der vertraute Boden war metaphorisch zu verstehen. Als jemand, der häufig an Wochenenden auf den Landsitzen Unbekannter zu Gast gewesen war, konnte er sich als erfahrenen Veteranen betrachten, und ein fremdes Haus, in dem er einige Tage bei Fremden zu verbringen gedachte, war keinesfalls zum erstenmal sein Ziel. In früheren Jahren hatte er ein Bewertungssystem für solche Wochenendaufenthalte entwickelt und dabei Sterne für den Grad der Bequemlichkeit und des Amüsements vergeben. Damals war er weit jünger gewesen und hatte es sich nicht leisten können, solche Einladungen auszuschlagen. Da er jetzt, älter, wohlhabender und mit dem entsprechenden Bekanntenkreis, in der Lage war, wählerischer zu sein, wurde er nur noch selten enttäuscht.

Doch gab es für das Spiel genau festgelegte Regeln, und so enthielt sein Gepäck außer seinem Smoking und einigen für das Leben auf dem Lande geeigneten Kleidungsstücken für seinen Gastgeber eine Flasche Whisky der Marke *The Famous Grouse* und für dessen Gattin eine große Schachtel von Bendicks handgemachten Pralinen.

Dieses Wochenende waren überdies Geschenke angezeigt: für Alexas Großmutter, die heute Geburtstag hatte, waren Hochglanzschachteln mit Seife und Badeöl von Floris vorgesehen – sein Standardgeschenk für ältere Damen, ob er sie nun kannte oder nicht –, und Katy Steynton, die er nie gesehen hatte, würde einen gerahmten Jagddruck bekommen, auf dem ein kummervoll dreinblickender Spaniel einen toten Fasan in der Schnauze hielt.

Indem er Geschenke mitbrachte, hielt er sich an die Spielregeln.

Aber mit dieser Landschaft hatte er nicht gerechnet, sie war etwas Wirkliches, Relkirkshires erstaunliche Schönheit verblüffte ihn. Nie hätte er sich solch sattgrünes Weideland mit gut unterhaltenen Zäunen vorgestellt, auf dem Herden wohlgenährten Viehs weideten, so ausgedehnte Anwesen. Bestimmt waren die Besitzer sehr begütert. Er hatte keine Buchenalleen erwartet und keine solche Blütenpracht der Gärten neben den Straßen. Während der Nachtfahrt hatte ihm das erste Tageslicht leichten Dunst und bedeckten Himmel gezeigt, doch jetzt war es der Sonne gelungen, das Grau des Morgens zu vertreiben. Es war ein herrlicher Vormittag. Relkirk lag hinter ihnen, auf der Straße herrschte kein Verkehr, man sah goldene Stoppelfelder, blitzende Flußläufe, Farn, der langsam safrangelb wurde. Ein gewaltiger klarer Himmel wölbte sich über allem, weder Rauch, Smog noch irgendein anderer Schrecken aus Menschenhand verunreinigte die Luft. Es kam ihm vor, als kehre er wie bei einer Zeitreise in eine Welt zurück, die man für dahingegangen hielt. Hatte er schon einmal eine solche Welt gekannt und nur vergessen, daß es sie gegeben hatte?

Die Brücke von Caple. Nachdem sie den Fluß überquert hatten, der in einer tief eingeschnittenen Schlucht unter ihnen dahinschoß, folgten sie dem Wegweiser nach Strathcroy. Mit Heidekraut bestandene Hänge säumten zu beiden Seiten die sich windende Straße. Sie kamen an einzelnen Bauerngehöften vorbei. Ein Mann trieb eine Schafherde über eine grüne Weide in die dahinterliegende offene Parklandschaft. Alexa saß neben ihm, den schlafenden Larry auf den Knien. Sie war hellwach; die Aufregung über ihre Heimkehr hatte Besitz von ihr ergriffen. Schon wochenlang war sie in einem

Zustand seliger Vorfreude gewesen und hatte, während sie die Geschäfte nach einem neuen Kleid abgesucht, Geschenke gekauft hatte und zum Friseur gegangen war, ungeduldig die Tage bis zur Abreise gezählt. In den letzten beiden Tagen hatte sie eine ungeahnte Aktivität entfaltet, lauter Dinge erledigt, die in letzter Minute getan werden mußten. Sie hatte für sich und Noel gepackt, seine sämtlichen Hemden gebügelt, den Kühlschrank geleert und sicherheitshalber bei einem Nachbarn einen Hausschlüssel hinterlassen. Keine Sekunde lang hatte die geradezu kindliche Begeisterung und Energie sie verlassen, und Noel hatte ihrem unermüdlichen Tun mit liebevoller Duldung zugesehen, ohne den Eindruck zu erwecken, als empfinde er ähnlich wie sie.

Jetzt allerdings, da die lange Fahrt hinter ihnen lag, die Sonne vom unermeßlich sich dehnenden Himmel herabschien, die frische Luft zum offenen Fenster hereinströmte und an jeder Biegung der Straße ein neuer Ausblick sichtbar wurde, steckte ihn ihre Begeisterung mit einemmal an, und ein merkwürdiges Hochgefühl erfüllte ihn. Glück hätte er es nicht nennen mögen, eher eine Woge körperlichen Wohlbehagens, das möglicherweise einem solchen Glück am nächsten kam. Impulsiv nahm er eine Hand vom Lenkrad und legte sie auf Alexas Knie. Sie legte sogleich die ihre darauf und sagte: «Ich sage deshalb nicht ‹Ist es nicht herrlich?›, weil es einfach unsäglich banal klingen würde.»

«Ich weiß.»

«Wenn jemand wieder nach Hause kommt, ist das immer etwas Besonderes. Aber diesmal gilt das noch mehr als sonst, weil du bei mir bist. Daran mußte ich denken.» Sie schlang ihre Finger in seine. «So war es früher nie.»

Er lächelte. «Ich werde mich einwandfrei benehmen und dafür sorgen, daß es so bleibt.»

Sie beugte sich zu ihm hinüber, küßte ihn auf die Wange und sagte: «Ich liebe dich.»

Fünf Minuten später waren sie da. Sie fuhren in das kleine Dorf ein und überquerten eine weitere Brücke. Dann ging es durch ein offenes Tor und eine Auffahrt hinauf. Er sah die weiten Rasenflächen, die Rhododendren, die Azaleen. Sein Blick nahm die Aussicht in sich auf, die sich von dort auf die im Süden liegenden Berge bot. Er hielt den Wagen vor dem Herrenhaus an. Zwar hatte er es auf dem Foto in Alexas Wohnung bereits gesehen, doch beeindruckte es ihn, wie es sich jetzt massig und wuchtig vor ihm erhob. Der große Wintergarten sprang an einer Seite aus der Gebäudefront vor. Sich rötlich verfärbende Jungfernrebe rahmte die Haustür ein, und noch bevor Noel den Motor abgestellt hatte, waren die beiden Spaniels da. Statt gehorsam oben auf der Treppe sitzen zu bleiben, stürmten sie Laut gebend mit fliegenden Ohren herbei, um die Neuankömmlinge zu beschnuppern. Der auf diese Weise unsanft geweckte Larry kläffte sie von Alexas Armen herunter an, während sie aus dem Wagen stieg.

Den Hunden fast auf den Fersen folgte Virginia. Trotz Jeans und Herrenhemd mit offenem Kragen sah sie ebenso bezaubernd aus wie in ihrer eleganten Aufmachung seinerzeit in London, als Noel sie zum ersten und einzigen Mal gesehen hatte.

«Alexa. Liebste. Ich dachte schon, ihr kommt überhaupt nicht mehr.» Noel streckte sich, müde von der langen Fahrt, während die beiden Frauen einander umarmten und küßten. «Und Noel.» Virginia wandte sich ihm zu. «Wie schön, Sie zu sehen.» Auch er bekam, zu seiner angenehmen Überraschung, einen Kuß. «War die Fahrt sehr anstrengend? Ist das nicht ein schrecklicher Lärm, Alexa? Laß doch Larry runter, dann können sich die drei hier draußen anfreunden – sonst macht er mir noch die Teppiche voll. Wieso kommt ihr so spät? Ich rechne schon seit Stunden mit euch.»

Alexa erklärte. «Wir haben in Edinburgh eine Frühstückspause eingelegt. Noel hat da Freunde, sie heißen Delia und Calum Robertson und wohnen gleich hinter Moray Place in einem reizenden Häuschen, das früher eine hochherrschaftliche Stallung war. Wir haben Steinchen ans Fenster geworfen, weil sie noch schliefen. Sie sind runtergekommen, haben uns aufgemacht und uns Schinken und Eier aufgetischt. Sie waren nicht die Spur böse, daß wir sie geweckt hatten. Ich weiß, ich hätte dich eigentlich anrufen müssen, aber ich habe einfach nicht daran gedacht.»

«Es macht nichts. Hauptsache, ihr seid jetzt hier. Aber wir dürfen keine Zeit mehr verlieren, weil ihr um elf bei Vi sein und mit ihr Kaffee trinken müßt, bevor wir alle zum Picknick in die Berge fahren.» Sie sah mit einem gewissen Mitgefühl zu Noel hinüber. «Sie Armer werden jetzt mitten ins Gedränge gestoßen, aber Vi will euch beide sehen. Fühlen Sie sich dem gewachsen? Sind Sie nach der langen Fahrt nicht zu müde?»

«Nicht im geringsten», versicherte er ihr. «Wir haben uns abgelöst, so daß wir immer abwechselnd ein bißchen dösen konnten...» Als er den Kofferraum öffnete, hob Virginia die Brauen.

«Großer Gott, habt ihr viel Gepäck. Schön, schaffen wir alles ins Haus...»

Nach einer Weile fand sich Noel in dem ihm zugewiesenen Gastzimmer von seinem Gepäck umgeben. Die Tür stand offen, und aus dem Flur hörte er die Stimmen Alexas und Virginias, die sich viel zu erzählen hatten. Von Zeit zu Zeit ertönte Gelächter. Er ging zur Tür, um sie zu schließen, denn er wollte gern einen Augenblick für sich haben, bevor er wieder in Anspruch genommen wurde. Er sollte den Subaru fahren, war ihm mitgeteilt worden. Es gab da irgendeine Schwierigkeit mit Tischtüchern, aber er sollte mit Alexa in aller Ruhe bei ihrer Großmutter Kaffee trinken, später würden Virginia und Edie zu ihnen stoßen, woraufhin die ganze Gesellschaft zum feierlichen Picknick in die Berge hinauffahren würde.

Diese Aussicht bedrückte ihn nicht. Im Gegenteil, er freute sich auf alles, was der Tag bringen würde. Er öffnete seinen Koffer und begann auszupacken. Er hängte den Smoking in den riesigen viktorianischen Kleiderschrank und suchte das Geburtstagsgeschenk für Alexas Großmutter heraus. Dann legte er seine Haarbürsten auf die Frisierkommode und ging nach nebenan ins Bad. Dort stand auf einem Marmorboden eine über zwei Meter lange Wanne mit kolossalen Messinghähnen. Neben hohen Spiegeln waren weiße Badelaken ordentlich über ein beheiztes Rohr gehängt. Da er sich nach der Nachtfahrt ein wenig ausgelaugt und vor allem ungewaschen fühlte, drehte er die Hähne auf, zog sich aus und nahm das kürzeste heiße Bad seines Lebens. Erfrischt kleidete er sich wieder an und trat, während er das frische Hemd zuknöpfte, ans Fenster, um das überwältigende Bild zu genießen, das die Landschaft draußen bot. Weiden, Schafe, Berge. Aus der Stille kam der Ruf eines Brachvogels, schwoll an und erstarb. Vergeblich versuchte sich Noel zu erinnern, wann er zum letztenmal diesen unverkennbaren Laut gehört hatte.

Virginia Aird war zur Hälfte Amerikanerin, jung, vital und voll modischen Schicks. Auf einer Geschäftsreise nach Amerika war Noel einige Tage im Haus eines Kollegen im Staat New York eingeladen gewesen. Es war ein großer Winkelbungalow. Die Rasenfläche, die ihn umgab, ging nahtlos in die des Nachbarhauses über, und alles war möglichst pflegeleicht angelegt. Da das Haus erstklassig geplant, zentral beheizt und mit allen Annehmlichkeiten ausgestattet war, die man sich denken konnte, hätte es das behaglichste Heim für ein Winterwochenende sein müssen. Aber irgendwie hatte er sich dort nicht recht wohl gefühlt. Vermutlich lag es daran, daß seine an sich außerordentlich liebenswürdige Gastgeberin nicht zu wissen schien, wie man Gäste behandelt. Obwohl sie eine Küche besaß, von deren Einrichtung viele Frauen träumten, hatte sie keine einzige Mahlzeit zubereitet. Allabendlich hatten sich alle feingemacht, um im Country Club am Ort essen zu gehen, und das einzige, was in dieser hypermodernen Küche je zubereitet wurde, waren Spiegeleier und im Mikrowellenherd aufgewärmte Frikadellen. Das aber war noch nicht alles. Im Wohnzimmer gab es zwar einen offenen Kamin, aber in ihm brannte kein behagliches Holzfeuer, sondern standen Topfpflanzen. Außerdem war die unvorstellbar bequeme Polstergarnitur um den Fernseher als Mittelpunkt herumgruppiert, und man hatte den Sonntagnachmittag damit zugebracht, die Übertragung eines Football-Spiels anzusehen, obwohl Regeln wie Besonderheiten dieses Sports Noel völlig fremd und unverständlich waren. Das Gastzimmer verfügte gleichfalls über einen Fernseher, und im Bad daneben gab es nicht nur eine Dusche und eine Steckdose für den Rasierer, sondern sogar ein Bidet. Doch das größte der marineblauen, farblich genau auf alles andere abgestimmten Handtücher war so klein, daß es kaum seine Geschlechtsteile bedeckte, und sehnsüchtig hatte Noel an seine eigenen riesigen weißen flauschigen Frotteetücher denken müssen. Doch am schlimmsten von allem war die Stirnhöhlenentzündung gewesen, die er sich dadurch geholt hatte, daß er in einem geheizten Zimmer schlafen mußte, dessen Fenster sich nicht öffnen ließ.

Es war undankbar und ungehörig, an alldem herumzumäkeln, denn die Leute waren ungemein liebenswürdig gewesen, doch nie im Leben hatte er sich so gefreut, wieder abreisen zu dürfen.

Erneut rief der Brachvogel. Frieden. Und... er drehte sich um und ließ den Blick über das Schlafzimmer gleiten, während er sein Hemd in die Jeans stopfte... ein stattliches Anwesen von der Art, wie es sie eigentlich gar nicht mehr gab. Es war alles ebenso luxuriös und großzügig wie in der Ovington Street, aber massiver und männlicher: die Wanne, in der sich ein Hüne ausstrecken konnte, die riesigen Badelaken, die schweren Vorhänge, die mit Seidenschnüren zur Seite gerafft waren. Erneut dachte er an Virginia und war sich klar darüber, daß er zwar keine Wiederholung jenes Aufenthaltes in einer amerikanischen Wohnstadt befürchtete, aber andererseits kaum erwartet hatte, daß sie Herrin eines vor fünfzig Jahren eingerichteten und möblierten Hauses war, an dem seither nichts geändert worden zu sein schien.

Er war mit allem einverstanden. Hier fühlte er sich wohl. Ihm gefiel alles: die Solidität, der angenehme Geruch eines Hauses auf dem Lande, der Glanz der polierten Möbel, der Duft frischer Bettwäsche, das Gefühl dazuzugehören. Während er frische Socken anzog, einen dicken Pullover überstreifte und sich die Haare bürstete, merkte er, daß er pfiff. Im Spiegel lächelte er sich breit zu. Er genoß es unendlich, hier zu sein.

Schließlich war er fertig und ging nach unten. Das Geburtstagsgeschenk nahm er mit. Dem Klang der Frauenstimmen folgend gelangte er in Virginias Küche. Sie war zwar nicht hypermodern, wie die in jenem Haus in Amerika, aber groß und behaglich. Das Sonnenlicht fiel durch die Fenster herein, und in der Luft hing der angenehme Duft von frisch gebrühtem Kaffee. Alexa hatte mit ihren geschickten Händen ein kaltes Huhn in Scheiben geschnitten, die sie gerade in eine große Kunststoffdose packte, während Virginia Kaffee in eine Thermosflasche goß. Als Noel hereinkam, stellte sie die Kanne hin und schraubte den Verschluß auf die Thermosflasche.

«Alles in Ordnung?» fragte sie.

«Mehr als das. Ich habe mich frisch gemacht und bin zu allen Schandtaten bereit.»

«Ist das ein Geschenk für Vi? Dann legen Sie es hier zu den übrigen...» Sie wies auf einen großen Karton, der bereits eine Anzahl ungleichmäßig geformter, bunt verpackter Gegenstände enthielt, und er folgte der Aufforderung. «Jemand hat ihr eine Flasche geschenkt.»

«Ja, Rhabarberwein. Mein Sohn Henry hat ihn beim Kirchenbasar gewonnen. Noel, vielleicht können Sie den Karton hier und alles andere schon einladen und ihn Vi in Pennyburn geben, wenn Sie mit Alexa zu ihr fahren. Der Subaru steht hinter dem Haus.»

Noel nahm den Karton, trug ihn durch die Küche und zur Hintertür hinaus, wo das robuste Allradfahrzeug auf dem Hof stand. Der Raum hinter den Sitzen war bereits zur Hälfte voll. Bislang war Noel der Ansicht gewesen, bei einem Picknick verzehre man belegte Brote im Freien oder nehme, wenn es besonders fein zuging, auf dem Rasen vor dem Opernhaus von Glyndebourne aus einem erlesenen Frühstückskorb aus dem vornehmen Londoner Kaufhaus Fortnum and Mason einen Imbiß ein, bei dem der Champagner unter keinen Umständen fehlen durfte. Was er aber hier an Vorbereitungen sah, schien ihm eher auf ein Heeresmanöver zugeschnitten zu sein als auf ein Picknick. Da gab es Decken, Schirme, Angelruten, Fischkörbe und Tüten aller Art; einen großen Papiersack mit Holzkohle, einen weiteren mit Feuerholz; Feuerroste und Feuerzangen; Hundenäpfe, eine Wasserflasche, Dosen mit Fleisch; einen Korb mit leuchtend bunten Kunststofftellern und Trinkbechern aus dem gleichen Material. Eine Rolle Haushaltspapier, ein großes Bündel Regenkleidung; Alexas Fotoapparat und ein Feldstecher vervollständigten die Ausrüstung.

Er stellte den Karton mit den Geschenken dazu, und sogleich kam Alexa mit einem weiteren Korb, der die Thermosflasche mit Kaffee, die Dose mit dem kalten Huhn, Pappbecher, Hundeleinen und eine Hundepfeife enthielt.

«Das sieht ja aus», sagte er, «als hätten wir einen mindestens zweiwöchigen Zelturlaub vor.»

«Hier in Schottland muß man auf alles vorbereitet sein.» Er nahm ihr den Korb ab und fand einen freien Platz dafür. «Wir müssen allmählich los. Es ist schon ziemlich spät.»

«Was ist mit den Hunden?»

«Die kommen mit. Wir müssen sie irgendwie dazwischenquetschen.»

«Können die nicht auf die Rückbank?»

«Nein. Wir fahren nachher zu fünft in die Berge, und weder Vi noch Edie sind besonders schlank.»

«Wir könnten doch zusätzlich noch meinen Wagen nehmen.»

«Mit dem würden wir nicht weit kommen. Warte nur, bis du siehst, wo wir fahren. Die Strecke ist sehr steil, und es ist kein ausgebauter Weg. Das hier ist der einzige Wagen, der es schafft.»

Da Noel sein Auto keinen unnötigen Strapazen aussetzen wollte, fügte er sich ins Unvermeidliche. Die drei Hunde wurden ins hintere Abteil gesteckt und die Heckklappe geschlossen. Sie ließen gleichmütig alles über sich ergehen. Alexa und Noel stiegen ein, er fuhr. Die Schürze noch umgebunden, trat Virginia vor das Haus, um ihnen nachzuwinken. «Ich bin gegen Viertel nach zwölf bei Vi», sagte sie. «Amüsiert euch bis dahin schön.»

Sie fuhren davon, durch das Tor, über die Brücke. Unterwegs setzte ihn Alexa über die neuesten Entwicklungen ins Bild. «Va ist in New York, soll aber irgendwann morgen zurück sein, so daß er noch rechtzeitig zum Fest eintrifft. Weißt du, was mir Virginia erzählt hat? Lucilla Blair ist auf Croy, sie war ja lange in Frankreich. Und denk dir nur, sie hat Pandora mitgebracht, Archie Balmerinos Schwester, das schwarze Schaf der Familie.»

«Kommen die beiden auch zum Picknick?»

«Vermutlich Lucilla. Bei Pandora habe ich so meine Zweifel. Dabei brenne ich darauf, sie endlich mal zu sehen; ich habe ja immer nur von ihr gehört. Sie hat übrigens einen Ruf als femme fatale.»

«Klingt interessant.»

«Steiger dich da bloß nicht rein. Sie ist mindestens ein Dutzend Jahre älter als du.»

«Ich hatte schon immer was für reifere Damen übrig.»

«Ob ‹reif› im Hinblick auf Pandora das richitge Wort ist, darf bezweifelt werden. Außerdem ist auf Croy noch ein Amerikaner zu Gast, ein gewisser Conrad Tucker – und denk dir, zufällig ist das ein alter Freund von Virginia. Ist das nicht erstaunlich? Die arme Virginia, sie mußte Henry selbst ins Internat bringen, weil Va nicht da war. Sie sagt, es war ganz und gar entsetzlich, und sie möchte am liebsten nicht darüber reden. Sie hat zwar noch nichts von Henry gehört, möchte aber nicht in der Schule anrufen und sich erkundigen, weil sie fürchtet, der Schulleiter könnte sie für eine von diesen Müttern halten, die sich dauernd unnötig Sorgen machen.» Sie fuhren inzwischen über die Dorfstraße. «Ich sehe da kein Problem. Sie könnte doch einfach anrufen und mit Henry sprechen, wenn sie das möchte. Hier links, Noel, durch das Tor da, und dann den Berg rauf. Ganz oben liegt Croy. Archie Balmerinos Besitz. Ich glaube, Archie ist heute auf der Jagd, aber wir essen morgen, bevor wir zu den Steyntons rüberfahren, auf Croy zu Abend. Da wirst du ihn kennenlernen...»

Der Weg führte steil aufwärts, durch Weide- und Ackerland, das einst mit Baumgruppen bestandenes offenes Parkland gewesen war. Das Laub stattlicher Buchen begann sich golden zu verfärben, und vor ihnen stießen die Spitzen der Berge in den leuchtend blauen Herbsthimmel. Eine kräftige Brise dämpfte die Sonnenwärme, und so war Noel froh, seinen dicken Pullover angezogen zu haben.

«Jetzt hier einbiegen. Das war mal ein restlos verkommener Fuhrweg. Er führt zu einem alten Gärtnerhäuschen, und Vi hat ihn neu anlegen lassen, als sie Archie das Grundstück mit ihrem Haus abgekauft hat. Daß sie eine geradezu besessene Gärtnerin ist, habe ich dir ja schon gesagt. Sieh nur, was für einen zauberhaften Blick sie von hier hat. Natürlich sitzt sie für den Wind auf dem Präsentierteller, aber dagegen bietet die Buchenhecke, die sie angepflanzt hat, einen gewissen Schutz...»

Das Häuschen stand blendendweiß im Sonnenschein, inmitten der grünen Rasenflächen und der Pracht der bunten Herbstblumen. Als Noel den Wagen vor der Haustür anhielt, ging diese auf, und eine stattliche Dame trat mit ausgestreckten Armen heraus, um sie zu begrüßen. Der kräftige Wind fuhr ihr durch das graue Haar. Sie trug einen sehr alten Tweedrock, eine Strickjacke, Socken und kräftige Halbschuhe, und kaum war Alexa aus dem Wagen gesprungen, als sie von ihrer Großmutter in eine erdrückende Umarmung geschlossen wurde.

«Mein liebes Kind! Welche Freude, dich zu sehen.»

«Alles Gute zum Geburtstag.»

«Achtundsiebzig, Liebling. Ist das nicht schrecklich? So alt wie Methusalem.» Sie küßte Alexa und sah dann über deren Kopf zu Noel hinüber, der gerade um den Wagen herumkam. Ihr Blick traf seinen, und sie sahen einander eine Weile unverwandt an. Aha, jetzt werde ich eingeschätzt, sagte sich Noel. Allerdings wirkte Violet trotz der kritischen Musterung, der sie ihn unterzog, nicht unfreundlich. Mit dem freundlichsten Lächeln, dessen er fähig war, sagte er: «Guten Tag. Ich heiße Noel Keeling.»

Violet ließ ihre Enkelin los und streckte ihm die Hand hin. Er nahm sie und spürte ihren kräftigen Druck. Eine trockene, warme Hand. Im wettergegerbten Gesicht dieser alten Dame erkannte er Weisheit und Lebhaftigkeit, und all die feinen Fältchen sahen aus, als stammten sie vom Lachen. Er mochte diese alte Dame gleich, und ohne daß sie Worte miteinander gewechselt hätten, war ihm klar, daß sie die Art Mensch war, die zwar ohne weiteres ein unversöhnlicher Feind sein konnte, aber ebenso der wahrste und aufrichtigste Freund. Er hoffte, sie werde auf seiner Seite stehen.

Dann stellte sie eine Frage, die ihm sonderbar vorkam. «Sagen Sie, kennen wir uns nicht von irgendwoher?»

«Ich glaube nicht.»

«Ihr Nachname sagt mir was, aber ich weiß nicht recht, wo ich ihn unterbringen soll.» Mit einem Schulterzucken ließ sie seine

Hand los und lächelte. Sie mochte einst wenn auch keine Schönheit, so doch wohl nicht unattraktiv gewesen sein. «Wie reizend, daß Sie hergekommen sind, um Alexas Angehörige zu besuchen.»

«Herzlichen Glückwunsch zum Geburtstag. Wir haben einen ganzen Karton voll Geschenke mitgebracht.»

«Bringen Sie sie einfach rein. Ich mach sie später auf. Erst möchte ich hören, was es Neues gibt.»

Er ging zum Wagen zurück und öffnete die Heckklappe, wobei er den Hunden beruhigend zuredete. Er nahm den großen Karton heraus und schloß die Klappe wieder. Alexa und ihre Großmutter waren im Haus verschwunden, und er folgte ihnen durch eine kleine Diele in ein helles Wohnzimmer, von dem aus eine Glastür auf den bemerkenswerten Garten ging.

«Sie können es da hinstellen. Kind, ein Tablett mit Kaffee und Tassen steht in der Küche. Kannst du es reinholen?» Alexa ging. «Nun, Noel... Mr. Keeling kann ich ja nicht gut sagen, das tut heutzutage kein Mensch mehr. Nennen Sie mich bitte Violet... wo möchten Sie gern sitzen?»

Aber er wollte nicht sitzen. Wie immer, wenn er in einer neuen Umgebung war, mußte er umhergehen, den Ort sozusagen erfühlen, einen Eindruck bekommen. Das blaßgelb tapezierte Zimmer mit dem bis an die Fußleisten reichenden cremefarbenen Teppichboden und den Chintzvorhängen mit einem kräftigen Rosenmuster wirkte sehr freundlich. Alexa hatte ihm erzählt, daß ihre Großmutter erst seit wenigen Jahren dort wohnte, und das war deutlich zu spüren, denn alles strahlte eine Frische und Leichtigkeit aus, die Zeugnis von der Neuigkeit des Hauses ablegte. Doch hatte Violet offensichtlich die gesamte Einrichtung aus ihrer früheren Wohnung mitgebracht, vermutlich von Balnaid: Möbel, Bilder, Bücher, Nippes und Geschirr. Die losen Polster der Sitzgarnitur hatten korallenfarbene Leinenbezüge. Ein Ebenholzschränkchen, dessen Türen offenstanden, war mit dem gleichen Stoff ausgekleidet und enthielt mehrere Stücke chinesischen Famille-Rose-Porzellans. Wohin er sah, fiel sein Auge auf eine Fülle bemerkenswert schöner oder auffällig praktischer Gegenstände. Es war der Schatz, den eine ältere

Dame um sich herum angesammelt hatte, wie ein Eichhörnchen einen Vorrat an Nüssen anlegt, die tröstlichen Besitztümer eines langen Lebens. Da waren handgearbeitete Kissen, ein Weidenkorb für das Kaminholz, ein Feuerbock aus Messing, zwei Blasebälge, ein Nähkästchen, der kleine Fernseher, Stapel von Zeitschriften, Schalen voll Krimskrams. Auf jeder freien Fläche fand sich eine Vielzahl kleiner Ziergegenstände: Emailledöschen, Krüge mit frischen Blumen, eine Kupferschale, in der lila Heidekraut arrangiert war, Fotos in silbernen Rahmen, hier und da ein Stück Meißner Porzellan.

Sie sah zu ihm hin, er erwiderte ihren Blick und sagte lächelnd: «Es kommt mir ganz so vor, als ob Sie sich an die Regeln von William Morris hielten.»

«Was meinen Sie damit?»

«Sie haben offenbar ausschließlich Dinge im Haus, die Sie für schön halten oder von denen Sie wissen, daß sie nützlich sind.»

Sie fragte belustigt: «Woher haben Sie diese Weisheit?»

«Von meiner Mutter.»

«Ist das nicht eine veraltete Ansicht?»

«Ich halte sie nach wie vor für gültig.»

Im Kamin brannte ein Feuer. Auf dem Sims darüber stand ein Paar Hunde aus Staffordshire-Porzellan, und an der Wand hing…

Mit gerunzelter Stirn trat er näher, um das Ölgemälde genauer in Augenschein zu nehmen. Es zeigte ein Kind auf einer Wiese voll Butterblumen, die im Schatten lag. Dahinter aber sah man im Sonnenschein Felsen, das Meer und, weiter entfernt, zwei größere Mädchen. Das Wechselspiel von Licht und Farbe hatte Noels Aufmerksamkeit auf sich gelenkt, nicht nur weil das Bild Wärme ausstrahlte, sondern auch weil ihn die Technik, die den Eindruck von Dreidimensionalität erzeugte, mit aller Vertrautheit eines Gesichts angerührt hatte, an das man sich aus der Kindheit erinnert.

Auch ohne den Blick auf die Signatur hätte er gewußt, wer der Maler war. Es konnte kein anderer sein.

Verwundert sagte er: «Das ist ein Lawrence Stern.»

«Wie schön, daß Sie das wissen. Ich liebe das Bild über alles.»

Er wandte sich ihr zu. «Woher haben Sie das?»

«Es scheint Sie zu erstaunen.»

«Ja. Es gibt nur so wenige davon.»

«Mein Mann hat es mir vor vielen Jahren geschenkt. Er war damals in London. Er hat es im Fenster einer Galerie gesehen und ist hineingegangen, um es mir zu kaufen, obwohl es sehr viel mehr gekostet hat, als er sich eigentlich leisten konnte.»

Noel sagte: «Lawrence Stern war mein Großvater.»

Verwundert fragte sie: «Ihr Großvater?»

«Ja. Mütterlicherseits.»

«So, aha. Mütterlicherseits...» Sie schwieg eine Weile, das Gesicht nach wie vor in nachdenkliche Falten gelegt. Mit einemmal lächelte sie erfreut. «*Deswegen* kam mir Ihr Name gleich so bekannt vor! Noel *Keeling*. Ich kannte Ihre Mutter, Penelope... Was ist aus ihr geworden?»

«Sie ist seit etwa vier Jahren tot.»

«Was für ein Jammer. Ein so bezaubernder Mensch. Ich bin ihr zwar nur ein einziges Mal begegnet, aber...»

In dem Augenblick kam Alexa mit dem Tablett aus der Küche.

«Denk dir, Kind, ist das nicht sonderbar? Noel ist mir keineswegs fremd. Ich kannte seine Mutter und hab mich mit ihr glänzend verstanden. Ich hatte so sehr gehofft, daß wir uns noch mal wiedersehen würden, aber irgendwie ist nie etwas daraus geworden...»

Diese Entdeckung, die erneut zeigte, wie klein die Welt ist, ließ alle drei für den Augenblick Picknick und Geburtstag vergessen, und während sie heißen Kaffee tranken, hörten Alexa und Noel begierig Vis Bericht zu.

«...das hat mit dem Porträtmaler Roger Wimbush angefangen. Als Geordie aus der Kriegsgefangenschaft kam und wieder in Relkirk zu arbeiten anfing, wurde beschlossen, daß er sich als geschäftsführender Direktor der Firma für die Nachwelt malen lassen müßte. Den Auftrag bekam Roger Wimbush. Er hat sich auf Balnaid einquartiert und im Wintergarten gemalt. Als das Bild fertig war, wurde es feierlich im Vorstandszimmer der Firma aufgehängt.

Soweit ich weiß, ist es immer noch dort. Wir haben uns mit Roger, während er malte, richtig angefreundet. Als Geordie starb, hat mir Roger einen so lieben Brief geschrieben und mich eingeladen, die Jahresausstellung der Porträtmaler im Burlington House zu besuchen. Ich bin zwar früher nur selten nach London gefahren, aber ich fand, daß diese Gelegenheit die lange Reise wert war. Roger hat mir die Ausstellung gezeigt. Dann hat er zwei Damen gesehen, von denen eine Ihre Mutter war, Noel, und die andere eine Tante, die sie mitgenommen hatte, um ihr eine Freude zu machen. Sie war schon ziemlich alt, sehr zierlich und mit einem ganz faltigen Gesicht, aber voller Lebenskraft...»

«Großtante Ethel», sagte Noel, denn nur auf sie konnte die Beschreibung passen.

«Richtig, so hieß sie. Ethel Stern. Sie war Lawrence Sterns Schwester.»

«Sie ist ebenfalls vor ein paar Jahren gestorben. Alle mochten sie, weil sie Freude verbreitet hat, wo sie ging und stand.»

«Kann ich mir vorstellen. Man sah gleich, daß Roger und Ihre Mutter alte Bekannte sein mußten. Ich glaube, er hatte vor Jahren als mittelloser Kunststudent bei ihr zur Untermiete gewohnt. Jedenfalls haben sich die beiden voll Freude begrüßt. Als wir dann alle einander vorgestellt wurden, erfuhr ich, daß Ihre Mutter mit Lawrence Stern verwandt war, und habe ihr von meinem Bild berichtet. Wir haben uns alle prächtig verstanden, und da wir die Ausstellung inzwischen gesehen hatten, haben wir beschlossen, miteinander zu Mittag zu essen. Ich hatte dabei zwar an ein Restaurant gedacht, aber Ihre Mutter hat darauf bestanden, uns alle in ihrem Haus zu bewirten.»

«In der Oakley Street.»

«Richtig. Das Haus in der Oakley Street. Natürlich haben wir gesagt, sie solle sich nicht so viel Mühe machen, aber sie hat alle Einwände beiseite gewischt, und so fuhren wir schon bald zu viert in einer Taxe von Piccadilly nach Chelsea. Es war ein wunderschöner Tag, ich kann mich ganz genau erinnern, warm und sonnig. Ihr wißt ja, wie herrlich London im Frühsommer sein kann. Gegessen haben wir in dem großen schattigen Garten, in dem es so herrlich nach Flieder duftete, daß man sich vorkam wie in einem anderen Land – vielleicht Südfrankreich oder Paris. Das Laub der Bäume hat den Lärm des Großstadtverkehrs gedämpft, und überall spielten Sonnenlicht und Halbdämmer. Auf einer schattigen Terrasse haben wir auf Gartenstühlen um einen Tisch gesessen und kühlen Wein getrunken, während sich Ihre Mutter in der großen Küche im Erdgeschoß zu schaffen gemacht hat. Von Zeit zu Zeit ist sie herausgekommen, um ein wenig mit uns zu plaudern, Wein nachzugießen oder Besteck auf den Tisch zu legen.»

«Was hat es denn zu essen gegeben?» fragte Alexa, völlig gefesselt von dem Bild, das Vi entwarf.

«Laß mich überlegen. Ich weiß noch genau, daß es einfach köstlich war, genau das Richtige für den Tag. Ach ja. Eine kalte Suppe – Gazpacho, glaube ich, und selbstgebackenes Brot mit einer kräftigen Kruste. Dann Salat, eine Pastete und verschiedene Sorten von französischem Käse. Außerdem stand eine Schale Pfirsiche auf dem Tisch, die Ihre Mutter an jenem Morgen gepflückt hatte, von einem Baum, der am hinteren Ende des Gartens im Schutz einer Mauer wuchs. Wir sind den ganzen Nachmittag geblieben. Wir hatten nichts weiter zu tun, oder falls doch, hatten wir es vergessen. Die Stunden sind einfach dahingeglitten, wie in einem zauberhaften Traum. Ich weiß noch, daß mir Ihre Mutter dann den Garten gezeigt hat, während Ethel und Roger am Tisch sitzen geblieben sind, Kaffee und Cognac getrunken und Gauloises geraucht haben. Obwohl wir dabei ununterbrochen geredet haben, könnte ich Ihnen kaum sagen, worüber. Ich glaube, Penelope hat mir von Cornwall erzählt, von ihrer Kindheit dort und dem Haus, in dem sie aufgewachsen war. Alles, was sie von dem Leben berichtete, das sie vor dem Krieg dort geführt hatte, klang ganz anders als mein eigenes. Schließlich mußten wir gehen, doch wäre ich am liebsten geblieben. Ich wollte nicht, daß dieser wunderschöne Tag endete. Als ich schließlich wieder daheim auf Balnaid war, hat das Bild hier, das ich schon immer geliebt hatte, für mich einen noch tieferen Sinn bekommen, da ich Lawrence Sterns Tochter begegnet war.»

«Und ihr habt euch nie wieder gesehen?» fragte Alexa.

«Nein. Wie traurig. Ich war ja so selten in London, und sie ist dann auch, glaube ich, aufs Land gezogen. Wir haben uns aus den Augen verloren. Wie töricht und gedankenlos von mir, einen Menschen aus den Augen zu verlieren, den ich so gern gehabt und dem ich mich so nahe gefühlt hatte.»

«Wie hat sie ausgesehen?» Alexa, von diesem unerwarteten Einblick in Noels Familienleben gefesselt, wollte mehr Einzelheiten wissen. Vi sah zu Noel hin. «Sagen Sie es ihr», forderte sie ihn auf.

Doch er konnte es nicht. Gesichtszüge, Augen, Lippen, Lächeln, Haar – dergleichen vermochte er nicht zu beschreiben. Er hätte das Gesicht seiner Mutter nicht einmal dann zeichnen können, wenn ihn jemand mit einer Schußwaffe bedroht hätte. Ihm waren nach vier Jahren des Lebens ohne seine Mutter von ihr das Lachen geblieben, der Eigensinn, ihre Unmittelbarkeit, ihre Wärme und ihre Freigebigkeit. Doch auch an ihre Eigenheiten, die ihn zeitlebens rasend gemacht hatten, erinnerte er sich: wie sie in ihrem unaufhörlichen Bedürfnis zu geben das Füllhorn ihrer grenzenlosen Gastfreundschaft ausstreute. Vis Beschreibung jener lange zurückliegenden Mittagsgesellschaft, zu der es spontan und formlos gekommen war, aber in einem Rahmen, der ihr jedes Detail unvergeßlich eingeprägt hatte, brachte ihm die in der Oakley Street verbrachte Zeit so lebhaft ins Gedächtnis zurück, daß ihn unvermittelt Sehnsucht nach allem überkam, was ihm zu jener Zeit so selbstverständlich erschienen war und was wirklich zu schätzen er nie Gelegenheit gefunden hatte.

Er schüttelte den Kopf. «Das kann ich nicht.»

Vi sah ihm in die Augen und beharrte nicht auf ihrem Wunsch, als begreife und akzeptiere sie seine Schwierigkeit. Sie wandte sich Alexa zu. «Sie war groß und sah sehr gut aus. Ich fand sie schön. Sie hatte dunkelgraues Haar, das sie nach hinten gekämmt trug und mit Schildpattnadeln zu einem Knoten zusammengefaßt hatte. Ihre Augen waren dunkel, sehr groß und glänzend und ihre Haut glatt und bräunlich, als habe sie stets im Freien gelebt wie eine Zigeunerin. Sie war in keiner Weise modisch oder schick gekleidet, hatte aber eine so stolze Körperhaltung, daß sie wirklich elegant wirkte. Von ihr ging, wie soll ich es sagen... von ihr ging Freude aus. Eine unvergeßliche Frau.» Sie wandte sich wieder an Noel. «Und Sie sind also ihr Sohn. Man bedenke. Wie seltsam das Leben sein kann. Man sollte glauben, daß einen mit achtundsiebzig nichts mehr überraschen kann, und dann passiert so was, und es kommt einem vor, als sei es der Anfang der Welt.»

Loch Croy lag fünf Kilometer nördlich des Besitzes der Familie Balmerino und ließ sich ausschließlich über einen sehr steilen und äußerst schlechten Fahrweg erreichen, der sich in scharfen Haarnadelkurven zum Ödland hinaufwand, dem Moorschneehuhn-Jagdrevier.

Dieser zwischen den Gipfeln im Norden und der aufragenden Masse des Creagan Dubh verborgene Bergsee war kein natürliches Gewässer. Vor vielen Jahren war das Tal, das er jetzt zum Teil ausfüllte, ein Ort ferner Einsamkeit gewesen, das Reich des Adlers, in dem Rotwild, Luchs, Moorschneehuhn und Brachvogel heimisch waren. Auf alten Sepia-Fotos ließ sich erkennen, wie es früher ausgesehen hatte. Ein Bach mit steil abfallenden Ufern, zu dessen beiden Seiten Binsen standen. In der Nähe die Ruinen eines kleinen Wohnhauses mit dem, was von Kuhstall und Schafpferchen übriggeblieben war, ohne Dach und mit eingestürzten Granitmauern. Da der erste Lord Balmerino, Archies Großvater, gern Forellen angelte, war er darauf verfallen, einen kleinen See anzulegen. Die finanziellen Mittel dafür standen ihm zur Verfügung, und so wurde eine Sperrmauer errichtet, fest wie ein Burgwall, gut vier Meter hoch und auf der Krone so breit, daß eine Kutsche darauf hätte fahren können. Als sie fertig war, schloß man die Schleusentore, die als Hochwasser-Überlauf dienten. Das Wasser des Baches staute sich auf, und nach und nach verschwand der verlassene Kleinbauernhof in den Fluten, um nie wieder daraus aufzutauchen. Wer aus dem Tal kam, sah den See wegen der massigen Mauer erst, wenn er ganz oben war. Dann aber dehnte sich übergangslos die ganze Weite des Wassers vor ihm aus – eineinhalb Kilometer breit und doppelt so lang. Je nach Tages- und Jahreszeit glänzte sie blau im Sonnenlicht, stürmte mit bleigrauen Wellen dahin oder lag ruhig im Abendlicht da, so daß sich der bleiche Mond in der glatten Fläche spiegelte, bis eine springende Forelle den Frieden störte.

Schafe weideten die Grasflächen um Loch Croy ab, die bis zum Saum des Wassers reichten, und hielten das Gras kurz, so daß man dort glänzend zelten, Ballspiele aller Art sowie Cricket-Wettspiele abhalten konnte. Das für zwei Ruderboote vorgesehene massive Bootshaus bekam an einer Seite einen Anbau, der bei ungünstiger Witterung denen Zuflucht bot, die dort oben Picknicks abhielten. Doch nicht nur sie oder Angler fanden ihren Weg dorthin. Dem Nachwuchs der Familien Blair und Aird mit seinen Freunden hatte der See als Ort ihres Freizeitvergnügens gedient. Die Kinder hatten an seinen Ufern Forellen angeln gelernt, in seinem eiskalten Wasser die ersten Schwimmstöße getan und lange, glückliche Tage mit dem Bau von Flößen oder primitiven Booten verbracht, die unweigerlich untergingen, kaum daß man mit ihnen das flache Wasser in der Ufernähe hinter sich gelassen hatte.

Der überladene Kombi rumpelte mit eingeschaltetem Allradantrieb das letzte Stück des unbefestigten steinigen Gebirgswegs empor. Seine Motorhaube schien zum Himmel zu weisen. Virginia saß am Steuer, da sie die Strecke kannte, und Noel war nach einer äußerst unbequem verbrachten halben Stunde entschlossen, den Rückweg zu Fuß zu machen. Violet hatte den bequemen Beifahrersitz bekommen, denn nicht nur war es ihr Geburtstag, sie mußte überdies den Kuchen in seiner großen Schachtel auf den Knien balancieren. Hinten ging es ein wenig gedrängter zu. Edie Findhorn, von der Noel schon so viel gehört hatte, erwies sich als füllige Dame und beanspruchte so viel Platz, daß sich Alexa auf seine Knie setzen mußte. Sie wurde von Minute zu Minute schwerer, und er fürchtete, es werde nicht mehr lange dauern, bis er einen Muskelkrampf bekam. Da sie aber bei jedem Schlagloch mit dem Kopf ans Wagendach stieß, hatte er so recht keinen Grund zur Klage.

Zweimal hatten sie angehalten – erst beim großen Herrenhaus

von Croy, wo Virginia ausgestiegen war, um zu sehen, ob die Gruppe der Familie Balmerino schon aufgebrochen war. Das mußte man annehmen, denn die Tür war verschlossen. Der zweite Halt hatte dem Öffnen und Schließen des Tors am Wildgatter gegolten. Sobald es hinter ihnen lag, hatte Alexa die beiden Spaniels freigelassen, die jetzt den Rest des Weges hinter dem sich langsam voranarbeitenden Wagen herliefen. Wahrscheinlich, überlegte Noel, wäre es klüger gewesen, ebenfalls auszusteigen und mit ihnen den Weg zu Fuß zu machen. Inzwischen war es dafür ein wenig zu spät, denn sie schienen ihr Ziel fast erreicht zu haben. Violet spähte durch die Windschutzscheibe und kündigte an: «Sie haben schon Feuer gemacht!»

Alexa drehte mühselig den Kopf, um selbst hinzusehen, was Noel zusätzliche Qual bereitete. «Woher weißt du das?»

«Ich sehe Rauch.»

«Die müssen sich ihr eigenes Anmachholz mitgebracht haben», sagte Edie.

«Wahrscheinlich haben sie abgebranntes Heidekraut genommen», mutmaßte Alexa. «Oder zwei Pfadfinder aneinander gerieben. Hoffentlich hat Lucilla den Schlüssel zum Bootshaus mitgenommen. Dann könntest du nämlich angeln, Noel.»

«Zur Zeit habe ich eigentlich keinen dringenderen Wunsch, als wieder ein bißchen Gefühl in die Beine zu kriegen.»

«Das tut mir leid. Bin ich schrecklich schwer?»

«Nein, daran liegt es nicht. Meine Füße sind einfach eingeschlafen.»

«Vielleicht bekommst du Wundbrand.»

«Wahrscheinlich.»

«Das kann in kürzester Zeit passieren, und dann breitet es sich im ganzen Körper aus wie ein Buschfeuer.»

Edie war aufgebracht. «Wie kannst du nur so was sagen, Alexa?»

«Ach, er wird es schon überleben», teilte Alexa ihr von oben herab mit. «Außerdem sind wir gleich da.»

Das stimmte. Der steile Weg wurde allmählich eben, und auch die Schlaglöcher schienen aufgehört zu haben. Der Subaru rollte jetzt über einen sanft abfallenden Grashang allmählich aus. Kaum stand er, als Noel schon die Tür öffnete, Alexa sanft hinausschob und ihr dankbar folgte. Während er sich aufrichtete und die schmerzenden Beine streckte, spürte er, wie Licht, Luft, Helligkeit, Bläue, Wasser, die Weite des Raumes, Gerüche und Wind auf ihn einstürmten. Es war deutlich kälter als unten im Windschatten des Tales, aber er war von allem, was ihn umgab, so beeindruckt, daß er das kaum spürte. Er hatte sich den See nicht so groß und so schön vorgestellt und konnte sich nur schwer an den Gedanken gewöhnen, daß diese ungeheure Landschaft mit ihren Hügeln und dem Heideland einem einzigen Mann gehören sollte. Es ging ihm ähnlich wie bei der Pracht und Größe von Croy – alles war so riesig und in so verschwenderischer Fülle vorhanden. Während er sich umsah, erfaßte sein Blick das Bootshaus mit seinen Giebeln und Fenstern sowie den nur wenige Meter davon entfernt geparkten Landrover und die aus groben Feldsteinen errichtete Feuerstelle, von der bereits Rauch zum klaren Himmel emporstieg.

Zwei Männer suchten im Kies des Ufers nach Treibholz. Hoch vom Berg über ihnen rief ein Moorschneehuhn, und aus weiter Ferne hallten aus einem anderen Tal Flintenschüsse herüber.

Inzwischen waren auch alle anderen ausgestiegen. Alexa hatte die Heckklappe geöffnet und ihr Hündchen in die vorläufige Freiheit entlassen. Von Edmunds Spaniels war zwar noch nichts zu sehen, sie mußten aber jeden Augenblick kommen. Violet schritt bereits hinab zum Bootshaus, in dessen offener Tür gerade eine junge Frau erschien.

«Hallo», rief diese. «Da seid ihr ja. Alles Liebe zum Geburtstag, Vi!»

Alle Anwesenden wurden einander vorgestellt, und anschließend widmete sich jeder seiner Aufgabe. Rasch merkte Noel, daß das Ganze nach einem wohlgeordneten Plan ablief. Der Wagen wurde entladen, das Feuer mit Holz und Holzkohle genährt. Auf zwei mit gewürfelten Tüchern gedeckte große Klapptische aus dem Bootshaus wurden Teller, Gläser und Platten mit Salaten und anderen Speisen gestellt. Gerade als Wolldecken auf Heidebüschel ausgebreitet wurden, kamen mit hängender Zunge und hechelnd die beiden Hunde über die Hügelkante, rannten schnurstracks zum See hinab, tranken gierig und legten sich dann ermattet nieder. Edie, die sich eine weiße Schürze vorgebunden hatte, packte Würstchen und Frikadellen aus und machte sich daran, sie zu braten, sobald die Holzkohle zu Asche zerfiel. Der Rauch wurde dichter. Ihre rosigen Wangen röteten sich in der Hitze noch mehr, und der Wind spielte in ihrem weißen Haar, bis es ihr wie ein Heiligenschein um den Kopf stand.

Weitere Autos kamen, immer mehr Gäste stiegen aus. Weinflaschen wurden entkorkt, man stand mit Gläsern in der Hand herum oder machte es sich auf den Decken am Boden gemütlich. Noch immer schien die Sonne. Schließlich kamen Julian Gloxby, der Pfarrer von Strathcroy, seine Gattin und Dermot Honeycombe. Da keiner von ihnen ein Fahrzeug besaß, das den Strapazen des Weges von Croy herauf gewachsen war, hatten sie ihn, in Wanderschuhen und einen Stock in der Hand, zu Fuß zurückgelegt, so daß sie völlig außer Atem ankamen. Dermot holte aus seinem Rucksack seinen Festbeitrag, nämlich sechs Wachteleier und eine Flasche Holunderwein.

Lucilla und Alexa standen vor einem der Tische und bestrichen die bei einem schottischen Picknick unerläßlichen großen runden Brötchen mit Butter. Violet wedelte Wespen von ihrem Kuchen fort, Alexas Hündchen stibitzte eine glühheiße Wurst und verbrannte sich die Schnauze daran.

Das Picknick war im schönsten Gang.

Virginia sagte: «Ich mach dir was und schenk es dir.» Eine nach der anderen pflückte sie Binsen aus einem Röhricht, das am Ufer wuchs.

«Was denn?» wollte Conrad wissen.

«Warte ab.»

Nachdem alle gegessen und im Anschluß daran Kaffee getrunken hatten, war sie mit Conrad ein wenig am See entlang spazierengegangen, über die Mauerkrone und dann ans Ostufer, wo Wind und

Hochwasser im Laufe der Jahre die Erde fortgewaschen und ein flaches Kieselufer geschaffen hatten. Niemand war ihnen gefolgt, und so waren sie bis auf die Spaniels allein.

Erwartungsvoll sah Conrad zu, wie sie aus der Tasche ihrer Kordsamthose ein wenig von einem Stacheldrahtzaun abgesammelte Schafwolle nahm und sie zu einem Faden drehte. Nachdem sie damit die Binsen zusammengebunden hatte, breitet sie diese aus und begann sie zu knicken und flach zu drücken, bis das Ganze aussah wie die Speichen eines Rades. So entstand unter ihren Fingern nach und nach ein Körbchen von der Größe einer Teetasse.

Fasziniert fragte er: «Woher kannst du das?»

«Ich habe es von Vi gelernt. Eine alte Zigeunerin hat es ihr als Kind beigebracht. So. Fertig.» Sie bog die letzten Binsenenden um und steckte sie säuberlich zwischen die anderen. Dann hielt sie das Ergebnis hoch, um es von ihm bewundern zu lassen.

«Sieht hübsch aus.»

«Jetzt kommen Moos und Blumen hinein, und dann kannst du dir das Ganze auf den Nachttisch stellen.»

Suchend sah sie sich um, entdeckte ein wenig Moos auf einem Felsen, löste es mit den Fingernägeln und stopfte es in das Körbchen. Während sie weitergingen, blieb sie immer wieder stehen, um eine Glockenblume, Heidekraut oder einen Wollgrashalm abzupflücken, die sie in das Körbchen steckte. Schließlich hielt sie es ihm hin, mit ihrer Arbeit sichtlich zufrieden. «Bitte, Conrad. Ein Andenken an Schottland.»

Er nahm es. «Wirklich hübsch. Vielen Dank. Aber eine Erinnerung brauche ich nicht, denn ich werde immer daran denken. An alles.»

«In dem Fall», sagte sie munter, «kannst du es wegwerfen.»

«Das würde mir nicht im Traum einfallen.»

«Dann solltest du es in ein Zahnputzglas mit Wasser tun, so verwelkt es nie, und du kannst es mit nach Amerika nehmen. Du mußt es aber im Waschzeug verstecken, sonst wirst du noch wegen verbotener Einfuhr schädlicher Keime bestraft.»

«Ich könnte es trocknen. Dann würde es ewig halten.»

«Ja, das könntest du.»

Sie gingen weiter, dem Wind entgegen. Kleine bräunliche Wellen leckten am Ufer, und draußen auf dem Wasser trieben die beiden Boote dahin. Die Angler, die darin saßen, hielten schweigend ihre Angelruten über die Wasserfläche. Virginia blieb stehen, beugte sich nieder, nahm einen flachen Kiesel auf und schleuderte ihn gekonnt so über die Wasserfläche, daß er ein halbes dutzendmal hüpfte, bevor er schließlich unterging. Sie fragte: «Wann fährst du?»

«Bitte?»

«Wann fliegst du zurück nach Amerika?»

«Ich habe für nächsten Donnerstag gebucht.»

Sie suchte einen weiteren Stein. «Vielleicht komme ich mit», sagte sie. Sie fand einen und schleuderte ihn. Nichts. Er versank sofort. Sie richtete sich auf und sah Conrad an. Der Wind blies ihr die Haare über das Gesicht. Er sah in ihre erstaunlichen Augen.

«Warum?» fragte er.

«Ich habe das Bedürfnis nach einem Tapetenwechsel.»

«Wann hast du dir das überlegt?»

«Ich denke schon seit ein paar Monaten daran.»

«Das ist keine Antwort auf meine Frage.»

«Na schön. Gestern. Gestern habe ich mich entschlossen.»

«Und wieviel hab ich damit zu tun?»

«Das weiß ich nicht. Aber außer mit dir hat es mit Edmund und Henry zu tun. Mir wird das alles zuviel. Ich brauche Zeit für mich und muß Abstand gewinnen, um die Dinge in der richtigen Perspektive zu sehen.»

«Wohin fährst du?»

«Nach Leesport. Wie immer. Zu meinen Großeltern.»

«Und werde ich ebenfalls in der Nähe sein?»

«Wenn du möchtest. Ich fände es schön.»

«Ich weiß nicht, ob dir klar ist, was das bedeutet.»

«Nämlich?»

«Wir würden uns auf ziemlich dünnem Eis bewegen.»

«Wir müßten ja nicht gerade mitten auf die Fläche des Sees gehen, sondern könnten am Ufer bleiben.»

«Ob ich das möchte? Ich weiß nicht recht.»

«Auch ich bin mir in der Hinsicht nicht ganz sicher.»

«Wenn zwischen uns und deinem Mann und deinen Angehörigen ein Ozean liegt, werde ich mir zwar nicht gerade wie ein Mistkerl vorkommen, mich aber möglicherweise wie einer aufführen.»

«Das Risiko nehme ich in Kauf.»

«In dem Fall sage ich nichts weiter.»

«Sollst du auch nicht.»

«Bleibt nur noch zu sagen, daß ich mit Pan Am fliege, um elf Uhr vormittags von Heathrow.»

«Ich sehe zu, daß ich einen Platz in derselben Maschine bekomme.»

Das Schlimmste am Älterwerden, fand Violet, war, daß einem das Glücksgefühl im unpassendsten Zeitpunkt versagt blieb. Sie hätte sich jetzt eigentlich glücklich fühlen müssen, tat es aber nicht.

Mit ‹jetzt› war der Nachmittag ihres Geburtstags gemeint, und eigentlich war alles vollkommen. Keine Frau konnte mehr verlangen. Sie saß auf einem Polster aus Heidekraut hoch über Loch Croy, und trotz der bedrohlich aussehenden Wolken, die sich im Westen sammelten, schien die Sonne von einem leuchtenden Herbsthimmel herab. Wie durch ein umgekehrtes Fernglas sah man weit unten, aber deutlich erkennbar, wie sich die Mitglieder der Picknickgesellschaft, in kleine Gruppen aufgelöst, ihren jeweiligen Neigungen und Beschäftigungen hingaben. Beide Boote waren zu Wasser gelassen worden; in einem fischten Julian Gloxby und Charles Ferguson-Crombie und im anderen Lucilla mit ihrem jungen australischen Freund. Dermot war allein auf die Suche nach Wildblumen gegangen, Virginia unternahm mit Conrad Tucker, von den beiden Spaniels gefolgt, einen Spaziergang über die Dammkrone zur anderen Seite des Sees. Man sah sie am schmalen Strand gegenüber nebeneinander gehen. Von Zeit zu Zeit blieben sie stehen, als seien sie in ein Gespräch vertieft, oder bückten sich, um flache Kiesel aufzunehmen und über die blitzende Wasserfläche zu schleudern. Die anderen waren in der Nähe des niedergebrannten Feuers geblieben und faulenzten im Sonnenschein. Edie saß bei Alexa, und Mrs. Gloxby, die kaum jemand untätig kannte, hatte ihr Strickzeug und ein Buch mitgebracht und genoß die friedliche Nachmittagsstimmung.

Leise Geräusche drangen an Violets Ohr. Das Rauschen des Windes, eine erhobene Stimme, das Eintauchen der Ruder, ein Vogelruf. Gelegentlich trug der Wind das Geräusch von Schüssen aus dem fernen Tal über den Gipfeln des Creagan Dubh herüber.

Alles war, wie es besser nicht sein konnte, und dennoch war ihr das Herz schwer. Das liegt daran, daß ich zu viel weiß, überlegte Violet. Mir wird zu viel anvertraut. Wie gern wäre ich unwissend und damit selig. Wie gern wüßte ich nichts davon, daß Virginia und Conrad Tucker – der freundliche und stattliche Amerikaner – etwas miteinander hatten. Nichts von der Krise in Virginias Leben; daß sie jetzt, wo Henry fort ist, imstande ist, irgendeine katastrophale Entscheidung zu treffen. Ich hätte es gern, daß sich Edie nicht länger um die arme Lottie grämt.

Aber es gab verschiedene Unsicherheiten, die sie gern gelöst gesehen hätte. Wie schön wäre es, zu wissen, daß Alexa Seelenschmerz erspart bliebe und Henry sich nicht nach seiner Mutter verzehrte. Könnte ich doch Edmunds Gedanken lesen, die kein Mensch zu ergründen vermag; wie gern wüßte ich, was in seinem Kopf vor sich geht!

All diese Menschen gehörten zu ihr. Edmund, Virginia, Alexa, Henry sowie Edie, die alte Vertraute. Liebe und Anteilnahme riefen Freude hervor, konnten einem aber auch als schrecklich schwerer Mühlstein um den Hals hängen. Und am schlimmsten war, daß sie sich nutzlos fühlte, weil es nichts gab, was sie hätte tun können, um die Schwierigkeiten der anderen zu lösen.

Sie seufzte vernehmlich. Als ihr das bewußt wurde, nahm sie sich betont zusammen und zauberte einen fröhlichen Ausdruck auf ihr Gesicht. Dann wandte sie sich dem Mann zu, der, auf einen Ellbogen gestützt, neben ihr im Heidekraut lag und sagte, was ihr gerade in den Sinn kam. «Ich mag die Farben der Heidelandschaft, weil sie mich an den herrlichsten Tweed erinnern. Lauter braunrote und lila

Töne, Lärchengrün und Torfbraun. Und ich mag auch die wundervollen Tweedstoffe, weil sie mich an die Heidelandschaft erinnern. Wie geschickt von den Menschen, die Natur so vollkommen nachzuahmen.»

«Und daran haben Sie gedacht?»

Er war kein Tor. Sie schüttelte den Kopf. «Nein», gab sie zu. «Ich dachte … daß es nicht dasselbe ist.»

«Was ist nicht dasselbe?» fragte Noel.

Violet wußte nicht recht, warum er mit ihr gekommen war. Sie hatte ihn nicht dazu aufgefordert, sie auf ihrem Spaziergang zu begleiten, und er hatte das auch nicht angeboten. Sie war den Hang hinaufgegangen, und er war einfach neben ihr hergeschritten, als hätten sie sich wortlos darauf geeinigt. Gemeinsam waren sie dann, Violet voraus, den von Schafen ausgetretenen schmalen Pfad emporgestiegen, waren hin und wieder stehengeblieben, um die mit zunehmender Höhe immer prächtigere Aussicht zu bewundern, einem vorbeifliegenden Moorschneehuhn nachzusehen oder einen Zweig weißer Heide abzubrechen. Als sie sich, oben angekommen, zu einer kurzen Rast niedergelassen hatte, war er ihrem Beispiel gefolgt und hatte es sich neben ihr bequem gemacht. Sie fand es rührend, daß er ihr Gesellschaft leistete, und wieder schmolz ein wenig der Zurückhaltung dahin, die sie ihm gegenüber ursprünglich empfunden hatte.

Sie war nämlich bei dieser ersten Begegnung durchaus argwöhnisch gewesen. Zwar war sie bereit, den von Alexa auserkorenen jungen Mann sympathisch zu finden, aber zugleich auf ihrer Hut, entschlossen, sich nicht vom schönen Schein eines charmanten Lächelns einwickeln zu lassen. Ein wenig hatten Noels gutes Aussehen und seine leuchtend blauen klugen Augen sie schon für ihn eingenommen, und daß er zu allem Überfluß Penelope Keelings Sohn war, hatte ihr noch mehr Wind aus den Segeln genommen. Außerdem verdüsterte ihr die plötzlich aufgetauchte Erinnerung an seine Mutter den Tag, denn Noel hatte ja gesagt, daß sie tot war, und aus irgendeinem Grund fiel es ihr schwer, sich damit abzufinden. Voll nachträglichen Bedauerns mußte sie sich eingestehen, daß die Verbindung zu jener lebensfrohen und faszinierenden Frau allein durch ihre Schuld abgerissen war. Und jetzt war es zu spät.

«Was ist nicht dasselbe?» wiederholte er seine Frage ohne besonderen Nachdruck.

Sie rief ihre abschweifenden Gedanken zur Ordnung. «Mein Picknick. Es ist großartig. Aber anders. Viele fehlen. Henry, Edmund und Isobel Balmerino. Es ist das erste Mal, daß sie bei meinem Geburtstagspicknick nicht dabei ist. Sie mußte unbedingt nach Corriehill und Verena Steynton mit dem Blumenschmuck für das Fest morgen abend helfen. Und mein lieber kleiner Henry wird jetzt mindestens zehn Jahre in Internate gehen. Bis er wieder zu meinem Geburtstag kommen kann, deckt mich wohl schon der grüne Rasen. Das hoffe ich jedenfalls. Dann wäre ich achtundachtzig – ich mag gar nicht daran denken. Viel zu alt. Vielleicht wäre ich dann von meinen Kindern abhängig. Das ist das einzige, was mir Sorge macht.»

«Ich kann mir nicht vorstellen, daß Sie von irgend jemand abhängig sind.»

«Wir alle werden früher oder später senil.»

Sie schwiegen. In dieses Schweigen hinein ertönten wieder über die Berge hinweg vereinzelte Schüsse aus der Ferne.

Violet lächelte. «Die zumindest scheinen heute einen erfolgreichen Tag zu haben.»

«Wer jagt da?»

«Vermutlich die Jagdgemeinschaft, die gerade am Ort ist. Archie Balmerino ist bei ihnen.» Sie wandte sich lächelnd an Noel. «Jagen Sie ebenfalls?»

«Nein. Ich stamme nicht aus dieser Art von Familie, hatte nie ein Jagdgewehr. Ich habe mein ganzes Leben in London verbracht.»

«In dem herrlichen Haus an der Oakley Street?»

«Ja.»

«Was für ein Glück für Sie, junger Mann.»

Er schüttelte den Kopf. «Das Betrübliche ist, daß ich mich selbst nie als glücklich angesehen habe. Ich bin in eine gewöhnliche Staatsschule gegangen und habe mir immer sehr leid getan, weil es sich meine Mutter nicht leisten konnte, mich nach Eton oder Harrow ins Internat zu schicken. Als ich in die Schule kam, war mein Vater schon nicht mehr im Hause; er hatte eine andere Frau geheiratet. Er hat mir zwar nicht richtig gefehlt, ich kannte ihn ja kaum, aber irgendwie hat es mich doch gewurmt.»

Ohne darauf einzugehen, sagte sie und dachte dabei an Penelope Keeling: «Es ist für eine alleinstehende Frau nicht einfach, Kinder aufzuziehen.»

«Ich glaube, darüber habe ich mir als Heranwachsender nie Gedanken gemacht.»

Violet lachte. Seine Ehrlichkeit gefiel ihr. «Die jungen Leute wissen nicht zu würdigen, was es bedeutet, jung zu sein. Aber Sie waren gern mit Ihrer Mutter zusammen?»

«Ja. Allerdings haben wir uns von Zeit zu Zeit entsetzlich gestritten. Gewöhnlich ging es um Geld.»

«Wie bei den meisten Familienkrächen. Ich kann mir nicht vorstellen, daß sie am Besitz hing.»

«Ganz im Gegenteil. Sie hatte ihre eigene Lebensphilosophie und eine ganze Reihe selbstverfertigter Grundsätze, mit denen sie sich in Notsituationen tröstete oder die sie mitten in einem schrecklichen Streit losließ. Einer davon hieß ‹Glück bedeutet genießen, was man hat, und Reichtum heißt genießen, was man besitzt›. Es klang vernünftig, aber ich bin nie ganz dahintergekommen, was es eigentlich bedeuten sollte.»

«Vielleicht wollten Sie mehr als kluge Worte?»

«Ja. So ist es. Ich wollte mir nicht als Außenseiter vorkommen, wollte einen anderen Lebenszuschnitt, einen anderen Hintergrund. Mir hatten es die sogenannten feinen Kreise angetan: alte Häuser, alte Familien, alte Namen, altes Geld. Als Kindern hat man uns eingebläut, auf Geld käme es nicht an, doch war mir schon immer klar, daß das nur für Leute gilt, die genug davon haben.»

Violet sagte: «Ich teile Ihre Ansicht zwar nicht, verstehe sie aber. Das Gras auf der anderen Seite des Berges ist stets grüner, und es entspricht der menschlichen Natur, daß wir uns nach dem sehnen, was wir nicht haben können.» Sie mußte an Alexas schönes Haus in der Ovington Street und die finanzielle Sicherheit denken, die sie ihrer Großmutter mütterlicherseits verdankte, und empfand eine leichte Unruhe. «Am schlimmsten aber ist», fuhr sie fort, «daß viele das grüne Gras gar nicht wollen, wenn sie schließlich dahin gelangt sind, wo es wächst.» Er sagte nichts darauf, und sie runzelte die Stirn. «Was halten Sie eigentlich von uns?» kam sie unvermittelt zur Sache.

Ihre unumwundene Art verblüffte ihn. «Ich ... ich hatte noch gar keine Zeit, mir ein Urteil zu bilden.»

«Papperlapapp. Natürlich haben Sie eins. Glauben Sie beispielsweise, daß wir alle miteinander zu den feinen Kreisen gehören, wie Sie es nennen? Halten Sie uns womöglich für *hochherrschaftlich*?»

Er lachte. Vielleicht, um zu überspielen, daß er sich peinlich berührt fühlte. Sie war nicht sicher. «Was ‹hochherrschaftlich› angeht, weiß ich nicht recht. Aber Sie müssen zugeben, daß Sie einen ziemlich aufwendigen Lebensstil haben. Wer in Südengland so leben wollte, müßte mindestens zehnfacher Millionär sein.»

«Das hier ist Schottland.»

«Genau.»

«Also halten Sie uns für hochherrschaftlich?»

«Nein. Einfach für anders.»

«Das sind wir nicht. Wir sind ganz gewöhnliche Menschen, die das Glück hatten, in diesem unvergleichlichen Land aufzuwachsen und zu leben. Gewiß, in unserer Familie gibt es Titel, Ländereien, ansehnliche Herrenhäuser und eine gewisse großzügige Lebensweise, aber wenn Sie der Sache auf den Grund gehen, stoßen Sie bereits ein oder zwei Generationen zurück auf einfache Kleinbauern, Fabrikarbeiter, Hirten und Kleinpächter. Das schottische Clanwesen war etwas ganz Ungewöhnliches. Keiner diente einem anderen, jeder gehörte einer großen Familie an. Das ist der Grund dafür, warum der durchschnittliche Hochlandschotte ohne Komplexe durchs Leben geht. Er ist stolz. Er weiß, daß er ebenso gut ist wie jeder andere und vermutlich erheblich besser. Außerdem hat die industrielle Revolution das Geld, das zu Königin Viktorias Zeiten ins Land gekommen ist, es vielen schwer arbeitenden Handwerkern ermöglicht, in die wohlhabende Mittelschicht aufzusteigen, die eine immense Zahl von Menschen umfaßte. Archie Blair ist der dritte Lord Balmerino. Sein Großvater wuchs auf den Straßen der Stadt auf und hat sein Vermögen mit der Herstellung schwerer Textilien verdient. Mein Vater war ursprünglich nichts als der barfüßige Sohn eines Kleinpächters auf der Hebrideninsel Lewis. Weil er aber einen klugen Kopf hatte und ehrgeizig war, hat er Stipendien bekommen, so daß er schließlich Medizin studieren konnte. Er ist Chirurg geworden, hat gut verdient und ist in der Gesellschaft aufgestiegen – zum Schluß war er Inhaber eines Lehrstuhls für Anatomie an der Universität Edinburgh und wurde von Königin Viktoria geadelt. Sir Hector Akenside. Klingt gut – finden Sie nicht? Aber sein Leben lang ist er bescheiden und anspruchslos geblieben, und so wurde er nicht nur geachtet, sondern auch geliebt.»

«Und Ihre Mutter?»

«Sie war *tatsächlich* hochherrschaftlich und kam aus gänzlich anderen Kreisen, das muß ich zugeben – eine geborene Lady Primrose Mart, aus einer durch eigenes Verschulden völlig verarmten alten und weitverzweigten südschottischen Familie. Meine Mutter war für ihre Schönheit berühmt. Sie war zierlich und elegant mit ihrem silberblonden Haar, das sie auf dem Kopf aufgetürmt trug. Es sah aus, als würde ihr schlanker Hals unter seinem Gewicht zerbrechen. Mein Vater hat sich, als er sie bei einem Ball oder irgendeinem offiziellen Empfang sah, Hals über Kopf in sie verliebt. Ich bezweifle, daß sie ihn ebenfalls geliebt hat, aber er war damals schon eine gewisse Persönlichkeit und nicht unvermögend, und sie war klug genug zu erkennen, wo ihr Vorteil lag. Ihre Familie hat keine Einwände erhoben, obwohl sie ihre Wahl kaum gebilligt haben dürfte... wahrscheinlich waren sie nur allzu froh, nicht länger für ihre Tochter aufkommen zu müssen.»

«Waren die beiden glücklich?»

«Ich glaube schon. Ich denke, sie paßten sehr gut zueinander. Sie haben in einem riesigen zugigen Haus in der Heriot Row in Edinburgh gewohnt, und da bin ich auch zur Welt gekommen. Meiner Mutter gefiel es in der Stadt ausnehmend gut: das gesellschaftliche

Leben, die vielen Bekannten, Theater und Konzerte, Bälle und Empfänge. Aber mein Vater war bodenständig, und sein Herz gehörte den Bergen des Hochlands. Er hat sich in Strathcroy stets wohl gefühlt und ist jeden Sommer zum Angelurlaub hergekommen. Als ich etwa fünf war, hat er das Gelände südlich des Flusses gekauft und darauf Balnaid gebaut. Da war er noch berufstätig, und ich bin in Edinburgh zur Schule gegangen, und so war Balnaid anfänglich eine Art Jagdhaus, wo wir uns nur während der Ferien aufhielten. Mir kam es wie ein Paradies vor, wenn wir während der Sommermonate dort lebten. Als mein Vater sich schließlich aus dem Beruf zurückzog, hat er ganz in Balnaid gelebt. Das hat meiner Mutter zwar überhaupt nicht gefallen, aber er hatte seinen eigenen Kopf, und so machte sie zum Schluß das Beste daraus und holte sich Gäste ins Haus, damit sie stets zu viert beim Bridge waren – jeden Abend gab es eine Gesellschaft. Das Haus in der Heriot Row haben wir aber behalten, und wenn es wochenlang regnete oder meiner Mutter die kalten Winde im Winter zuviel wurden, ist sie unter einem Vorwand nach Edinburgh zurückgekehrt und hin und wieder auch nach Italien oder Südfrankreich gereist.»

«Und Sie selbst?»

«Wie ich schon gesagt habe – für mich war es ein Paradies. Ich war ein Einzelkind und für meine Mutter eine entsetzliche Enttäuschung, weil ich nicht nur schrecklich dick und unförmig, sondern auch unansehnlich war. Ich habe alle gleichaltrigen Mädchen überragt und war in der Tanzstunde das Mauerblümchen vom Dienst, weil kein Junge mit mir tanzen wollte. In der Gesellschaft von Edinburgh bin ich immer unangenehm aufgefallen, aber auf Balnaid schien es egal zu sein, wie ich aussah, da konnte ich einfach ich selbst sein.»

«Und Ihr Mann?»

«Ach ja, Geordie!» Ein warmes Lächeln verwandelte Violets wettergegerbtes Gesicht. «Mein Mann war mein bester Jugendfreund und ist es über dreißig Ehejahre lang geblieben. Nicht viele Frauen können das sagen.»

«Wie haben Sie ihn kennengelernt?»

«Bei einer Jagdgesellschaft hoch im Heideland am Creagan Dubh. Mein Vater war zur Jagd bei Lord Balmerino eingeladen, und weil meine Mutter gerade irgendeine Mittelmeerkreuzfahrt machte, hat er mich mitgenommen. Für mich gab es nichts Schöneres, als mit meinem Vater auf die Jagd zu gehen, und ich habe mir immer die größte Mühe gegeben, mich nützlich zu machen, zum Beispiel seine Patronentasche zu tragen. Und still wie ein Mäuschen hockte ich in der Ansitzgrube neben ihm.»

«Gehörte Ihr späterer Mann auch zu den Jägern?»

«Nein, Geordie war einer der Treiber. Sein Vater, Jamie Aird, war Lord Balmerinos oberster Jagdaufseher.»

«Sie haben den Sohn eines Wildhüters geheiratet?» Noel konnte sein Erstaunen kaum unterdrücken, doch schwang in seiner Frage auch Bewunderung mit.

«Ja. Es klingt zwar ein bißchen nach Lady Chatterley, aber ich versichere Ihnen, daß es sich keineswegs so verhalten hat.»

«Und wann war das?»

«Anfang der zwanziger Jahre. Ich war zehn und Geordie fünfzehn. Für mich war er der am besten aussehende Junge, der mir je begegnet war, und mittags bin ich immer mit meinen belegten Broten zu den Jagdaufsehern und Treibern hinübergelaufen und habe bei denen gegessen. Man könnte sagen, ich hatte es auf ihn abgesehen. Später war er mein Freund; ich bin ihm nicht von der Seite gewichen, und er hat mich beschützt. Ich war nicht länger allein, sondern mit Geordie zusammen. Wir haben ganze Tage miteinander verbracht, stets draußen im Freien. Er hat mir beigebracht, wie man Lachse fischt und Forellen fängt. Manchmal sind wir kilometerweit gelaufen, und er hat mir all die unbekannten Stellen gezeigt, an denen das Rotwild äste, und die hohen Gipfel, auf denen die Adler ihre Horste hatten. Nach einem Tag im Heideland hat er mich dann zu seinen Eltern mitgenommen – in dem Häuschen wohnt jetzt Gordon Gillock, Archies Jagdhüter –, und Mrs. Aird hat mich mit Teekuchen und Gerstenmehlplätzchen vollgestopft und mir aus ihrer schönsten Kanne Tee eingegossen.»

«War Ihrer Mutter diese Freundschaft denn recht?»

«Vermutlich war sie ganz froh, mich aus dem Weg zu haben. Passieren würde mir nichts, das wußte sie.»

«Und ist Geordie den Fußstapfen seines Vaters gefolgt?»

«Nein. Er war sehr begabt und ein glänzender Schüler, genau wie mein Vater. Der hat ihn auch in seinem Ehrgeiz bestärkt, wohl, weil er in ihm etwas von sich selbst wiederentdeckt hatte. So konnte Geordie in Relkirk zum Gymnasium gehen. Anschließend hat er eine Ausbildung als Wirtschaftsprüfer gemacht.»

«Und Sie selbst?»

«Es ließ sich nicht vermeiden, daß ich erwachsen wurde. Ehe ich mich's versah, war ich achtzehn, und meiner Mutter wurde klar, daß aus ihrem häßlichen Entlein eine häßliche Ente geworden war. Sie hat dann beschlossen, mich, klobig und ohne jede Grazie, wie ich war, in die Gesellschaft einzuführen. Ich bin in Holyrood House der königlichen Familie vorgestellt worden, während ich eine Saison in Edinburgh verbringen mußte, ob ich wollte oder nicht. Natürlich wollte ich nicht, aber Geordie war fort, hatte ein Zimmer in Relkirk. Ich hatte mir überlegt, wenn ich zu Mutters grauenvollem Vorhaben ja und amen sagte, würde sie vielleicht irgendwann einsehen, daß Geordie Aird der einzige Mann auf der Welt war, den ich je heiraten würde. Die Einführung in die Gesellschaft war eine einzige Katastrophe, wie im übrigen die ganze Saison. Bestimmt können Sie sich das vorstellen. Es war ein Witz, wie ich da in unförmigen Abendkleidern, lauter Atlas und Glitzer, herumstand. Ich bin mir vorgekommen wie die Riesendame aus dem Zirkus. Nach der Saison wollte keiner was von mir wissen, ich war unverlobt geblieben. Zutiefst gedemütigt hat mich meine Mutter nach Balnaid zurückgebracht. Da habe ich mich um die Blumen gekümmert, die Hunde spazierengeführt und auf Geordie gewartet.»

«Wie lange hat das gedauert?»

«Vier Jahre. Er mußte ja erst Examen machen und genug verdienen, um eine Frau ernähren zu können. Zwar hätten wir ohne weiteres von meinem Geld leben können, denn es gab eine Familienstiftung, die zu meinem einundzwanzigsten Geburtstag an mich fiel. Aber davon wollte Geordie nichts wissen. Also habe ich weiter gewartet, bis er mit seiner Ausbildung fertig war. Ich weiß es noch wie heute: An dem großen Tag, als er kam, um mir zu sagen, daß es soweit war, habe ich im Waschhaus von Balnaid unseren Hund gewaschen, der sich draußen in irgendwas Ekelhaftem gewälzt hatte. Da steh ich also, trotz meiner Gummischürze patschnaß, und alles riecht nach Karbol. Mit einemmal geht die Tür auf, Geordie stürmt rein und macht mir einen Heiratsantrag. Das war der romantischste Augenblick, den man sich denken kann. Seitdem mag ich den Geruch von Karbol eigentlich ganz gern.»

«Und was haben Ihre Eltern gesagt?»

«Sie hatten das seit Jahren kommen sehen. Mein Vater war begeistert und meine Mutter bekümmert. Nachdem sie die entsetzliche Vorstellung überwunden hatte, was ihre Freundinnen dazu sagen würden, hat sie vermutlich gedacht, besser, die Kleine heiratet Geordie Aird, als daß sie eine alte Jungfer wird. Schließlich wäre ich ihr ja ständig im Weg gewesen und hätte ihr Schmetterlingsleben nur gestört. Also haben Geordie und ich im Frühsommer 1933 geheiratet. Meiner Mutter zuliebe habe ich geduldet, daß man mich in ein Fischbeinkorsett und ein weißes glänzendes Atlaskleid steckte. Es war so steif, daß man glauben konnte, es wäre aus Pappe. Nach dem Empfang bin ich mit Geordie in seinem kleinen Austin nach Edinburgh gefahren. Da haben wir die Hochzeitsnacht im Caledonian Hotel verbracht. Ich weiß noch, wie ich mich im Bad ausgezogen und mein Hochzeitskleid mitsamt dem Korsett feierlich in den Papierkorb steckte. Damals habe ich mir geschworen, daß mich nie wieder ein Mensch dazu bringen würde, ein Korsett zu tragen. Und es hat auch nie wieder jemand getan.» Sie lachte laut auf und schlug Noel aufs Knie. «Sie sehen also, ich habe mich in meiner Hochzeitsnacht von meiner Jungfräulichkeit und obendrein von meinem Korsett getrennt. Schwer zu sagen, was ich mehr genossen habe.»

Er lachte. «Und danach haben Sie glücklich und zufrieden gelebt?»

«Doch, ja, glücklich war ich. Es waren wunderschöne Jahre in einem Reihenhäuschen in Relkirk. Dann ist Edmund zur Welt gekommen, und damit ist Edie in unser Leben getreten. Sie war damals achtzehn, Tochter des Tischlers aus Strathcroy und wurde bei mir Kindermädchen. Seither haben wir uns nie für längere Zeit getrennt. Es waren schöne Jahre. So schön, daß ich von den dunklen Kriegswolken nichts wissen wollte, die sich am Horizont unseres Lebens aufzutürmen begannen. Aber der Krieg kam trotzdem. Geordie mußte mit der Hochland-Division nach Frankreich und ist im Mai 1940 bei Saint Valéry in Kriegsgefangenschaft geraten. Ich habe ihn erst fünfeinhalb Jahre später wiedergesehen. Die Kriegsjahre verbrachte ich mit Edie und Edmund auf Balnaid bei meinen Eltern. Sie waren schon ziemlich alt und haben das Kriegsende nicht mehr erlebt. Als Geordie schließlich wieder heimkam, sind wir nach Balnaid zurückgekehrt und haben den Rest unseres gemeinsamen Lebens dort verbracht.»

«Wann ist er gestorben?»

«Etwa drei Jahre nach Edmunds Hochzeit mit seiner ersten Frau, Alexas Mutter. Das ging ganz plötzlich. Wir hatten ein schönes Leben miteinander. Ich plante alles mögliche für Garten und Haus, für gemeinsame Urlaubsreisen – als würden wir ewig leben. Deswegen hat es mich wie ein Blitz getroffen, als mir klar wurde, daß Geordie von heute auf morgen schwer krank wurde. Er wollte nichts mehr essen, nahm ab, klagte über Schmerzen, ohne genau sagen zu können, was ihm fehlte. Ich war nicht bereit, mich davon ins Bockshorn jagen zu lassen, und habe mir gesagt, daß es wahrscheinlich irgendwelche Verdauungsstörungen waren, die er aus der Kriegsgefangenschaft mitgebracht hatte. Aber schließlich sind wir doch zum Arzt gegangen und außerdem zu einem Spezialisten. Geordie mußte nach Relkirk ins Allgemeine Krankenhaus, zu «Untersuchungen», wie es hieß. Das Ergebnis hat mir der Spezialist mitgeteilt. Ich weiß es noch – er saß in einem lichtdurchfluteten Sprechzimmer mir gegenüber an seinem Tisch und sagte mir sehr freundlich, was er zu sagen hatte. Anschließend bedankte ich mich bei ihm, stand auf und ging durch die langen Gänge mit ihren Linoleumböden zu Geordie, der in einem hohen Krankenhausbett auf Kissen gestützt saß. Ich hatte ihm Narzissen von Balnaid mitgebracht und stellte sie in eine Vase, mit viel Wasser, damit sie nicht verwelkten. Zwei Wochen darauf ist Geordie gestorben. Edmund war bei mir, aber seine Frau nicht. Caroline war damals gerade schwanger, und es wurde ihr leicht übel. Das Bewußtsein, daß Alexa unterwegs war, gehörte zu den Dingen, die mich in jenen schrecklichen dunklen Tagen am Leben erhalten haben. Geordie war fort, aber ein neues Wesen stand im Begriff zu zeigen, daß das Leben weiterging. Das ist einer der Gründe dafür, warum mir Alexa immer besonders am Herzen gelegen hat.»

Nach einer Weile sagte Noel: «Sie liegen ihr gleichfalls am Herzen. Sie spricht oft von Ihnen.»

Violet schwieg jetzt. Ein leichter Wind ließ das Gras schwanken und brachte den Geruch nach Regen mit sich. Sie hob den Blick und sah die Wolken von Westen heranrücken. Schon waren vereinzelte Berggipfel nicht mehr zu erkennen, und die unteren Hänge lagen im Schatten.

Sie sagte: «Der schönste Teil des Tages ist wohl vorbei. Ich hoffe nur, Sie finden nicht, daß Sie ihn vergeudet und daß ich Sie gelangweilt habe.»

«Nicht eine Sekunde.»

«Eigentlich hatte ich Ihnen meine Ansicht nachdrücklich klarmachen wollen, und jetzt habe ich Ihnen meine Lebensgeschichte erzählt.»

«Ich fühle mich geehrt.»

Sie sagte: «Da kommt Alexa.»

Er setzte sich auf und zupfte Grashalme von seinen Pulloverärmeln. «Ach ja.»

Er sah, wie sie kraftvoll und rasch den steilen Weg emporschritt. Zu ihren Jeans trug sie einen dunkelblauen Pullover, der Wind hatte ihr goldschimmerndes Haar zerzaust, und von der Wärme und der Anstrengung des Anstiegs waren ihre Wangen gerötet. Sie kam Violet geradezu lächerlich jung vor, und mit einemmal wußte sie, daß sie sprechen mußte.

«Ich hatte solches Glück, daß ich den Mann heiraten konnte, den ich liebte, und hoffe, daß dieses Glück auch Alexa widerfährt.»

Langsam wandte Noel den Kopf, und ihrer beider Blicke trafen sich. «Virginia hat mir zwar gesagt, ich soll den Mund halten und mich nicht einmischen. Aber ich glaube, Sie wissen bereits, wie sehr Alexa Sie liebt, und mir wäre der Gedanke unerträglich, daß sie verletzt werden könnte. Ich möchte Sie in keiner Weise unter Druck setzen, aber es wäre mir lieb, wenn Sie behutsam mit ihr umgingen. Sofern Sie ihr weh tun müssen, sollten Sie es gleich tun, bevor es zu spät ist. Bestimmt haben Sie sie so gern, daß Sie dazu imstande sind?»

Sein Gesicht war ausdruckslos, aber er hielt ihrem Blick stand. Nach einer Weile sagte er: «Doch, das bin ich.»

Für mehr blieb keine Zeit, und vielleicht war das auch gut so. Alexa war so nahe herangekommen, daß sie hören konnte, was gesagt wurde. Sie rannte die letzten Schritte und ließ sich neben Noel ins Heidekraut fallen.

«Worüber habt ihr beiden denn nur geredet? Ihr wart ja *ewig* hier oben.»

«Ach», sagte ihre Großmutter munter, «über dies und jenes.»

«Ich soll euch sagen, daß es Zeit ist, zusammenzupacken. Die Ferguson-Crombies müssen zu irgendeiner Abendgesellschaft und haben Dermot und den Gloxbys angeboten, sie mit nach Strathcroy runterzunehmen. Bestimmt gibt es bald Regen. Der Himmel wird schon ganz schwarz.»

«Ja», sagte Violet. Sie sah sich um. Die Boote wurden gerade aus dem Wasser gezogen. Das Feuer war schon gelöscht, und die Gäste waren bereits dabei, Decken zusammenzufalten und die Autos zu beladen. «Ja, es ist Zeit zum Aufbruch.»

Violet begann sich aufzurichten, aber Noel stand schon und streckte ihr die Hand entgegen.

«Danke, Noel.» Sie zupfte Heidekrautstückchen von ihrem schweren Tweedrock und sah ein letztes Mal lange um sich. Alles vorüber. Für ein weiteres Jahr alles vorüber. «Kommt.»

Sie machte sich an den Abstieg. Alexa und Noel folgten ihr.

Noel erwachte. Es war dunkel. Er hatte starken Durst und ein Bedürfnis, daß sich als zunehmendes Verlangen nach Liebe und Alexa herausstellte. Mit ausgedörrtem Mund, einsam und verlassen, blieb er eine Weile in dem fremden Bett liegen, in dem unvertrauten Zimmer, dessen Fenster sich weit in die dunkle und windige Nacht öffneten, in der kein Lichtschimmer zu sehen war, kein Auto vorbeikam und das einzige Geräusch, das man hörte, das Ächzen des Windes in den höchsten Ästen der Bäume war. Sehnsüchtig dachte er an das Haus in der Ovington Street in London, in dem er die letzten Monate gelebt hatte, von Behaglichkeit und Fürsorge umgeben. Wachte er dort durstig auf, brauchte er nur eine Hand auszustrecken, um ein Glas Wasser mit einer Scheibe Zitrone darin vorzufinden, das ihm Alexa allabendlich hinstellte. Wenn er in den frühen Morgenstunden das Bedürfnis nach ihrer Nähe empfand, brauchte er sich nur in dem weichen Bett umzudrehen und sie an sich zu ziehen. Nie war sie übellaunig oder müde, sondern stets, ganz gleich, um welche Uhrzeit er sie weckte, voll der sanften Leidenschaft, die er sie gelehrt hatte, stolz auf ihr neuerworbenes Wissen, sicher in dem Bewußtsein, daß sie begehrenswert war.

Solchen Gedanken nachzuhängen führte zu nichts, und so machte er schließlich Licht. Unfähig, seinen Durst länger zu ertragen, verließ er das Bett und ging im Schein der Nachttischlampe nach nebenan ins Bad. Dort ließ er eine Weile den Kaltwasserhahn laufen und füllte einen Zahnputzbecher. Das Wasser war eiskalt, rein und wohlschmeckend. Mit einem Zug leerte er den Becher, ließ ihn erneut vollaufen, ging wieder in sein Zimmer zurück und sah, im Zug des pfeifenden Windes stehend, in die finstere Nacht hinaus.

Er nahm noch einen Schluck. Sein Durst war jetzt gestillt, doch seine leidenschaftliche Begierde spürte er nach wie vor. Klares Wasser und Alexa. Ihm kam der Gedanke, daß diese beiden Grundbedürfnisse, wichtiger als alles andere im Leben, einander in gewisser Hinsicht widerspiegelten. Adjektive gingen ihm durch den Kopf: sauber, süß, rein, durchsichtig, gut, unschuldig, unbefleckt. Sie galten für das Element wie für die junge Frau. Und dann, die Krönung, lebenspendend.

Alexa.

Er war stolz darauf, daß er ihr Erblühen ausgelöst hatte. Aus einer unbeholfenen Heranwachsenden war eine ihrer selbst sichere Frau geworden. Daß sie unberührt war, hatte zu den verblüffendsten Erfahrungen seines Lebens gehört und ihn mit besonderer Zärtlichkeit erfüllt. Es war ein Geben und Nehmen. Alexa hatte ihn hingenommen, wie er war, ohne etwas von ihm zu verlangen, und er hatte von ihr ein wahres Füllhorn der Liebe empfangen. Obwohl sie über weltliche Güter verfügte, waren ihre Gaben nicht ausschließlich materieller Art gewesen. Seine Zeit mit Alexa war eine der besten Phasen seines bisherigen Lebens gewesen, und was immer von jetzt an geschehen mochte, ihm war klar, daß er sich stets dankbar daran erinnern würde.

Doch was *würde* geschehen? Er war nicht in der Stimmung, darüber nachzudenken. Es gab Wichtigeres, auf das er sich konzentrieren mußte. Alexa. Sie schlief in ihrem alten Bett, ihrem früheren Zimmer, nur wenige Meter von ihm entfernt, auf der anderen Seite des Treppenabsatzes und dann den Flur entlang. Er erwog, sie aufzusuchen, lautlos ihre Tür zu öffnen und zu schließen, neben ihr zwischen die Laken zu gleiten. Sie würde ihm Platz machen, sich ihm zuwenden, ihre Arme bereit, ihn aufzunehmen, ihr Körper würde für ihn erwachen...

Er überlegte eine Weile und verwarf den Plan – eher aus praktischen Gründen als aus edler Gesinnung, wie er sich selbst eingestand. Er wußte aus Erfahrung, daß man sich auf den unbeleuchteten Gängen solcher großen Landsitze nur allzuleicht verlief, und fand die Aussicht nicht besonders erbaulich, in irgendeinem Besenschrank neben Staubsauger und alten Staubtüchern entdeckt zu werden. Er hätte nicht einmal die Ausrede gehabt, daß er die Toilette suche, denn das Bad, das zu seinem Zimmer gehörte, war vollständig eingerichtet.

Er war sich auch nicht sicher, ob er ganz ohne diese Hindernisse den Mut hatte, Alexa zu suchen. Es hatte mit diesem Haus zu tun, seiner Atmosphäre, die er spürte, kaum daß er zur Tür hereingekommen war, eine Art Familiengefühl, das den Gedanken, heimlich über Korridore zu schleichen, einfach ausschloß. Diese Art und Weise, Balnaid zu sehen, war durch das lange Gespräch, das er am

Nachmittag mit Vi auf dem Hügel geführt hatte, noch bestärkt worden. Es war, als seien die Angehörigen der früheren Generationen, die einst hier gelebt hatten, noch anwesend, als lebten und atmeten sie, gingen ihren täglichen Verrichtungen nach, sahen zu und fällten womöglich ein Urteil: außer Alexa und Virginia auch Violet und ihr getreuer Geordie. Vor ihnen die alten Leute, Sir Hector und Lady Primrose Akenside, fest verwurzelte Menschen mit Grundsätzen, die sich nach wie vor um alle kümmerten, die im Hause lebten: die Kinder in den Kinderzimmern, die Gäste in den Gästezimmern, die Dienstboten und Kammerzofen, die oben in den Bodenkammern schnarchten. Es war die Art von Haushalt, der Noel, während er als Junge in London wie in einer Falle aufwuchs, so gern angehört hätte, ein die Zeiten überdauerndes Gemeinwesen mit einem geordneten Dasein, in dem es alles in Hülle und Fülle gab, mit den dazugehörenden Freuden, die man im Freien genoß. Tennisnachmittage und Picknickausflüge noch größeren Umfangs als der, den er gerade miterlebt hatte. Polopferde, Jagdgewehre, Angelruten, ergebene Diener und Jagdhüter, die nur zu gern bereit waren, dem jungen Herrn zur Hand zu gehen.

Als er am Vormittag mit Alexa durch Strathcroy gefahren war, hatte ihn unter dem Eindruck der Landschaft, der Farben und der flirrenden Luft die Empfindung überkommen, er sei irgendwie auf dem Weg zurück in die Vergangenheit, in eine Welt, die er einst gekannt und seither vergessen hatte. Jetzt gestand er sich ein, daß er sie nie gekannt hatte, und er zögerte, sie fahrenzulassen, nun, da er einen Blick auf sie geworfen hatte. Zum erstenmal im Leben hatte er den Eindruck dazuzugehören.

Und Alexa? Er hörte Violets Stimme. *Sofern Sie ihr weh tun müssen, sollten Sie es gleich tun, bevor es zu spät ist.*

Die Worte hatten einen bedrohlichen Klang. Möglicherweise war es schon zu spät, und in dem Fall war er am Scheideweg seiner Beziehung zu Alexa angelangt. Er begriff, während ihm Vis warnende Worte in den Ohren hallten, daß die Zeit gekommen war, die Lage zu überdenken. Bevor das Wochenende vorüber war, mußte er irgendeine Entscheidung treffen.

Er sah sich wie aus großer Ferne vor dieser Wegscheide zaudern, während er zu erkennen versuchte, welche Richtung er einschlagen sollte. Er konnte den Weg zurückgehen, den er gekommen war. Das bedeutete erklären, packen, fortgehen aus dem Haus in der Ovington Street und Rückkehr in die Kellerwohnung in Pembroke Gardens, nachdem er seine Untermieter besänftigt und ihnen klargemacht hatte, daß sie sich eine andere Bleibe suchen müßten. Er würde sein altes Leben wiederaufnehmen, sich erneut in den einstigen Kreisen bewegen, Freunde anrufen, sie in Gaststätten treffen, sich um die Telefonnummern überschlanker schöner Frauen bemühen, mit ihnen essen gehen, ihrem seichten Geplauder zuhören. Es hieß Freitag abends aufs Land fahren und sich am folgenden Sonntagabend auf verstopften Straßen wieder nach London zurückkämpfen.

Er seufzte. Er hatte das alles schon einmal getan, und es gab keinen Grund, es nicht wieder zu tun.

Der andere Weg führte zur Bindung. In bezug auf Alexa und alles, was sie vertrat, war ihm klar, daß es eine bedingungslose Bindung sein müßte. Ein Leben freiwillig eingegangener Verantwortung – Ehe und voraussichtlich Kinder.

Vielleicht war es Zeit. Trotz seiner vierunddreißig Jahre war er nach wie vor den Unsicherheiten unterworfen, die auf mangelnde Reife zurückgingen. Tiefsitzende Urängste drohten ihm, klapperten wie grauenvolle Skelette in einem vergessenen Wandschrank mit ihren Knochen. Möglich, daß es an der Zeit war, aber die Aussicht erfüllte ihn mit Beklemmung.

Ein Schauer überlief ihn. Genug. Der Wind wurde stärker. Eine Bö rüttelte am offenen Fenster. Er fror bis ins Mark, doch merkte er, daß die Nachtluft wie eine eiskalte Dusche seine körperliche Sehnsucht gedämpft hatte. Wenigstens eine Schwierigkeit war damit aus der Welt geschafft. Er ging wieder zu Bett, kuschelte sich unter die Decken und löschte das Licht. Eine ganze Weile lag er wach. Als er sich schließlich auf die Seite drehte und wieder einschlief, hatte er sich nach wie vor nicht entschieden.

10. Kapitel

Freitag, der Sechzehnte

Der Regen setzte ein, kaum daß Edmund Relkirk verlassen hatte. Als er die nordwärts führende Straße bergauf fuhr, kam feiner Nebel von den Hügeln herunter, und die Windschutzscheibe seines Wagens beschlug. Er schaltete die Scheibenwischer ein. Der erste Regen seit einer Woche, denn New York hatte in einem Altweibersommer-Sonnenschein geleuchtet, der sich in den gläsernen Hochhausfassaden spiegelte, während vor dem Rockefeller Center die Fahnen im Winde knatterten und auf Bänken im Central Park Stadtstreicher sich ausstreckten, um die letzte Wärme des Sommers zu genießen, Taschen und Tüten mit ihrer kümmerlichen Habe um sich herum versammelt.

Edmund hatte zwei Welten an einem einzigen Tag durchmessen. Von New Yorks Kennedy-Flughafen mit der Concorde nach England und von Heathrow weiter nach Turnhouse. Jetzt war er wieder in Strathcroy. Unter normalen Umständen hätte er sich die Zeit genommen, in Edinburgh im Büro vorbeizuschauen, doch wegen des Fests bei den Steyntons war er lieber gleich nach Hause gefahren. Wahrscheinlich würde es eine Weile dauern, bis er seinen Hochlandputz herausgesucht hatte, und möglicherweise hatte weder Virginia noch Edie daran gedacht, die Silberknöpfe an Jackett und Weste zu polieren. In dem Fall würde er sich dieser Aufgabe selbst unterziehen müssen.

Ein Tanzabend. Vermutlich würden sie erst um vier Uhr morgens ins Bett kommen. Sein eigener Rhythmus war gestört, und er war jetzt schon müde. Doch dagegen würde ein Schluck Whisky helfen. Seine Armbanduhr zeigte nach wie vor New Yorker Zeit, aber auf der Uhr am Armaturenbrett sah er, daß es halb fünf war. Das Tageslicht war noch nicht ganz verschwunden, doch wegen der niedrig hängenden Wolken wirkte es dämmrig. Er schaltete das Standlicht ein.

Die Brücke von Caple. Der starke Wagen schwang sich durch die engen Kurven der schmalen Straße, die dem Verlauf des Tales folgte. Naß glänzte der Asphalt, der feine Nebel hüllte die Ginsterbüsche neben der Straße ein. Er kurbelte das Fenster herunter und roch die unvergleichlich kühle Luft. Er dachte daran, daß er zwar Alexa sehen würde, nicht aber Henry. Und er dachte an Virginia.

Es stand zu befürchten, daß der brüchige Waffenstillstand zwischen ihnen beiden nicht gehalten hatte, denn ihr letztes Gespräch – das Telefonat, als er im Begriff stand, nach New York aufzubrechen – war voll Bitterkeit gewesen. Sie war nicht einmal dem Ansatz nach bereit gewesen, sich seine ganz und gar vernünftigen Erläuterungen anzuhören, hatte ihm ihre Wut entgegengeschleudert, ihm Selbstsucht, Gedankenlosigkeit, Wortbrüchigkeit vorgeworfen und schließlich zornentbrannt aufgelegt. Seine Bitte, der Junge möge ihn anrufen, hatte sie entweder weiterzugeben vergessen oder es absichtlich unterlassen. Zwar bestand die Möglichkeit, daß sie sich nach einer Woche Abwesenheit ein wenig beruhigt hatte, aber große Hoffnungen machte er sich in dieser Hinsicht nicht. In letzter Zeit hatte sie sich angewöhnt, ihren Groll zu hegen.

Alexa würde die Situation retten, denn es war klar, daß Virginia um ihretwillen eine fröhliche Miene aufsetzen und notfalls das ganze Wochenende hindurch Freude und Zuneigung heucheln würde. Für diese kleine Gunst würde er zumindest dankbar sein.

Aus dem Nebel tauchte das Ortsschild «Strathcroy» auf. Er bremste, schaltete herunter, überquerte die Brücke an der presbyterianischen Kirche, fuhr unter den Ulmen entlang, deren hohe

Äste voller Krähen saßen, dann durch die offenen Torflügel auf den Besitz Balnaid.

Daheim. Er fuhr nicht vor das Haus, sondern bog in den Weg ein, der zu den alten Stallungen führte, und parkte dort. In der Garage stand nur Virginias Auto. Daß die zur Küche führende Hintertür offenstand, bedeutete nicht unbedingt, daß jemand zu Hause war.

Er wartete eine Weile, um zu sehen, ob Virginia oder Alexa zur Tür kommen würden, um ihn willkommen zu heißen, oder wenigstens die Hunde. Aber nur Stille grüßte ihn. Niemand schien dazusein.

Erschöpft stieg er aus, ging um den Wagen herum zum Kofferraum und nahm sein Gepäck heraus: den Koffer, die pralle lederne Aktentasche, den Regenmantel und die gelbe Plastiktüte mit zollfreien Einkäufen. Sie war schwer von Flaschen mit schottischem Whisky, *Gordons* Gin und großen Flakons französischen Parfüms für Frau, Tochter und Mutter. Er trug alles durch den Regen ins Haus. Die Küche war warm, sauber gekehrt, aufgeräumt, aber leer. Das einzige Zeichen, das auf die Existenz der Hunde hinwies, waren ihre Schlafkörbe. Der große Kohleherd summte. Aus einem undichten Hahn tröpfelte es in den Spülstein. Er setzte den Koffer mit dem darüber gelegten Regenmantel ab, stellte die gelbe Plastiktüte auf den Tisch und ging zum Spülstein, um den Hahn festzudrehen. Das Tröpfeln hörte auf. Er lauschte, aber keine weiteren Geräusche unterbrachen die Stille.

Er ging, die Aktentasche in der Hand, in die Eingangshalle. Dort blieb er eine Weile stehen, wartete, ob sich eine Tür öffnen, Schritte hörbar würden, eine Stimme die Anwesenheit eines anderen Menschen ankündigte. Die alte Uhr tickte. Sonst nichts. Er ging weiter, am Salon vorbei, um die Tür zur Bibliothek zu öffnen. Der dicke Teppich dämpfte seine Schritte.

Auch dort keine Menschenseele. Er sah glatte dicke Kissen auf dem Sofa, einen ausgeräumten Kamin, einen ordentlichen Stoß der Zeitschrift *Country Life*, ein Arrangement aus Trockenblumen mit verblichenen Farben. Durch das offene Fenster zog feuchtkalte Luft herein. Er stellte die Aktentasche ab und schloß das Fenster, dann kehrte er an seinen Schreibtisch zurück, wo die Post einer Woche sorgfältig gestapelt auf ihn wartete. Er drehte den einen oder anderen Umschlag um, wußte aber, daß nichts dabei war, was nicht noch einen Tag warten konnte.

Das Telefon klingelte. Er nahm ab.

«Balnaid.»

Ein Knacken, ein Summen, die Leitung war tot. Wahrscheinlich hatte jemand die falsche Nummer gewählt. Er legte wieder auf und konnte mit einemmal die düstere Stimmung des leeren Raumes keinen Augenblick länger ertragen. Die Bibliothek des Herrenhauses Balnaid war, wenn im Kamin kein munteres Feuer brannte, wie ein Mensch ohne Herz, und so ließ man es nur an den sommerlichsten Tagen ausgehen. Er nahm Streichhölzer, entzündete das Papier, wartete, bis das Anmachholz knisterte, und legte Scheite auf. Die Flammen sprangen in den Schornstein empor, brachten Licht und Wärme, erweckten den Raum zum Leben. Auf diese Weise hieß er sich selbst willkommen und fühlte sich ein wenig besser.

Er sah den Flammen eine Weile zu, stellte dann den Feuerschirm vor die Kaminöffnung und ging zurück in die Küche. Er nahm Whisky und Gin aus der Tüte und stellte sie in den Schrank, dann brachte er den Koffer und die gelbe Plastiktüte nach oben. Das Tikken der Standuhr begleitete seine Schritte. Er ging über den Treppenabsatz und öffnete die Tür zum ehelichen Schlafzimmer.

«Edmund.»

Virginia saß vor ihrer Frisierkommode und lackierte sich die Fingernägel, sie war also die ganze Zeit im Haus gewesen. Das geräumige und feminin wirkende Zimmer wurde von dem riesigen Doppelbett beherrscht, auf dem eine antike spitzenbesetzte weißleinene Tagesdecke lag. Deutliche Spuren von Unordnung waren zu erkennen, was Virginias Art nicht entsprach. Schuhe lagen herum, und flüchtig zusammengelegte Kleidungsstücke hingen über einer Stuhllehne. An einer offenstehenden Schranktür hing auf einem gepolsterten Bügel das Abendkleid, das Virginia eigens für den heutigen Abend in London gekauft hatte. Der aus mehreren Schichten hauchdünnem Voile bestehende ausgestellte Rock war mit zahlreichen schwarzen Tupfen übersät. So, wie es da hing, sah es ein wenig traurig und leer aus.

Quer durch den Raum sahen sie einander an. Er sagte: «Hallo.»

Sie trug ihren weißen Morgenmantel und hatte das frischgewaschene Haar auf riesige Lockenwickler gedreht, mit denen sie, wie Henry immer sagte, aussah wie ein Weltraum-Ungeheuer.

«Da bist du ja wieder. Ich habe den Wagen gar nicht gehört.»

«Ich habe ihn vor die Garage gestellt. Ich dachte, es wäre niemand da.»

Er brachte den Koffer in sein Ankleidezimmer und stellte ihn dort zu Boden. Seine gesamte Abendgarderobe lag auf seinem schmalen Bett bereit: Kilt, Kniestrümpfe mit dem zugehörigen Messer, Hemd, Jackett und Weste, deren Knöpfe, ebenso wie die silbernen Schnallen auf seinen Schuhen, förmlich blitzten.

Er ging ins Schlafzimmer zurück. «Du hast meine Knöpfe geputzt.»

«Das war Edie.»

«Das war sehr lieb.» Er trat neben sie, beugte sich vor und gab ihr einen Kuß. «Das habe ich dir mitgebracht.» Er stellte die Schachtel auf ihre Frisierkommode.

«Ach, wie herrlich. Vielen Dank.» Sie war fertig, aber der Nagellack war noch nicht trocken. Sie blieb mit gespreizten Fingern sitzen und blies von Zeit zu Zeit auf die Nägel, damit es schneller ging. «Wie war es in New York?»

«Na ja.»

«So zeitig habe ich dich gar nicht zurück erwartet.»

«Ich habe in London eine frühe Maschine bekommen.»

«Bist du müde?»

«Das geht vorbei, sobald ich einen Schluck getrunken habe.» Er ließ sich auf die Bettkante sinken. «Stimmt mit dem Telefon irgendwas nicht?»

«Ich weiß nicht. Es hat vor einer Weile geklingelt, aber nur ein einziges Mal, und dann gleich wieder aufgehört.»

«Ich habe unten abgenommen, aber es hat sich kein Mensch gemeldet.»

«Das ist heute schon ein paarmal passiert. Es funktioniert aber einwandfrei, wenn man selbst anruft.»

«Hast du es schon gemeldet?»

«Nein. Meinst du, es ist nötig?»

«Ich tu's später.» Er legte sich auf die Kissen zurück, lehnte den Kopf an das gesteppte Kopfende des Bettes. «Wie war es hier?»

Sie betrachtete ihre Fingernägel. «Alles in Ordnung.»

«Und Henry?»

«Ich habe nichts gehört, und ich habe nicht dort angerufen.» Sie sah ihn an, und der Blick ihrer glänzenden Augen war kalt. «Vielleicht ist es nicht üblich. Woher soll ich wissen, ob das nicht womöglich ein Verstoß gegen die Internats-Tradition ist.»

Sie hatte ihm nicht verziehen. Doch um den Fehdehandschuh aufzunehmen und sich in ein erneutes Zerwürfnis verwickeln zu lassen, war jetzt nicht der richtige Zeitpunkt.

«Ist er gut hingekommen?»

«Ja. Ich bin selbst gefahren, weil er nicht von Isobel hingebracht werden wollte. Also haben wir Hamish mitgenommen, und der hatte eine katastrophale Laune. Henry hat auf dem ganzen Weg kein Wort gesagt, und es hat ununterbrochen geschüttet. Davon abgesehen, war alles in bester Ordnung.»

«Er hat doch nicht etwa Mu mitgenommen?»

«Sei unbesorgt, hat er nicht.»

«Gott sei Dank. Was ist mit Alexa?»

«Sie ist gestern morgen mit Noel gekommen.»

«Wo sind sie jetzt?»

«Ich glaube, mit den Hunden draußen. Nach dem Mittagessen waren sie in Relkirk, um Lucillas Kleid zu holen. Wir haben einen Hilferuf von Croy bekommen. Die hatten das Kleid in der Reinigung vergessen, und weil sie da drüben alle Hände voll mit Vorbereitungen zu tun haben, konnte niemand hinfahren.»

«Und was hat es sonst gegeben?»

«Was soll es schon gegeben haben? Vi hat ihr Picknick veranstaltet. Verena hat uns alle wie die Galeerensklaven herumkommandiert, und Edies Kusine ist wieder in der Psychiatrie.»

Edmund hob den Kopf ein wenig, wie ein wachsamer Hund die Ohren spitzt. Da der Nagellack jetzt hinreichend trocken und hart war, nahm Virginia das Päckchen, das er ihr mitgebracht hatte, und riß die Zellophanumhüllung auf.

«Wieder in der Psychiatrie?»

«Ja.» Sie entnahm der exquisiten Verpackung den kostbaren viereckigen Flakon, zog den mit einem Samtschleifchen geschmückten Stopfen heraus und betupfte ihren Hals mit einem Tröpfchen des Inhalts. «Märchenhaft. *Fendi.* Wie lieb. Ich hab mir das Parfum schon immer gewünscht, aber um es sich vom Taschengeld zu kaufen, ist es zu teuer.»

«Wann war das?»

«Du meinst, die Sache mit Lottie? Ach, vor ein paar Tagen. Sie ist so unmöglich geworden, daß Vi darauf bestanden hat. Man hätte sie nie entlassen dürfen. Sie ist nicht bei Trost.»

«Was hat sie getan?»

«Ach, geredet. Sich eingemischt. Unfrieden gestiftet. Sie hat auf mir herumgehackt. Sie ist boshaft.»

«Was hat sie getan?»

Virginia wandte sich wieder dem Spiegel zu und begann, sich die Lockenwickler aus dem Haar zu nehmen. Einen nach dem anderen legte sie auf die Glasplatte ihrer Frisierkommode. Er sah sie im Profil, das Gesicht, den Schwung ihres entzückenden Halses.

«Willst du es wirklich wissen?»

«Sonst würde ich nicht fragen.»

«Na schön. Sie hat gesagt, daß du vor Jahren ein Verhältnis mit Pandora Blair hattest, bei Archies und Isobels Hochzeit, als Lottie Hausmädchen auf Croy war. Ihr scheint nichts entgangen zu sein. Du hast doch immer gesagt, sie hat an Türen gehorcht. Sie hat mir die Sache in allen Einzelheiten beschrieben, richtig lebensecht, und war dabei ganz aufgeregt. Aufgedreht, könnte man sagen. Sie meint, Pandora sei damals *deinetwegen* mit dem verheirateten Mann durchgebrannt. Es sei alles deine Schuld gewesen. Und jetzt, sagt sie...» Einer der Lockenwickler wollte nicht recht, und Virginia zerrte daran, um ihn herauszubekommen, wobei ihr weizenblondes Haar durcheinander geriet. «…*du* seiest der Grund für Pandoras Heimkehr nach Croy; die hätte weder mit dem Fest heute abend zu tun noch mit Archie. Nur mit dir. Sie wolle noch mal anfangen, wolle dich zurückerobern.»

Ein weiterer Ruck, sie hatte den Lockenwickler in der Hand und Tränen, die vom Schmerz und der Anstrengung herrührten, schossen ihr in die Augen. Edmund sah zu, vermochte kaum die Pein zu ertragen, die sie sich selbst zufügte.

Er erinnerte sich, wie er eines Abends Lottie im Supermarkt der Familie Ishak begegnet und von ihr in die Ecke gedrängt worden war. Ihre Gegenwart war ihm widerwärtig gewesen, und jetzt mußte er an den Blick ihrer Augen denken, sah ihre bleiche Haut vor sich, den Anflug des Bartes auf ihrer Oberlippe. Ihm kam die Erinnerung an die besinnungslose Wut, die sie in ihm hervorgerufen hatte, so daß er fast die Beherrschung verloren und sie geschlagen hätte, und er mußte zugleich an die entsetzliche Beklemmung denken, die ihre Anwesenheit in ihm ausgelöst hatte. Eine durchaus begründete Beklemmung, wie sich zeigte, denn jetzt war *das* dabei herausgekommen.

Kalt sagte er: «Sie lügt.»

«Wirklich, Edmund?»

«Glaubst du ihr etwa?»

«Ich weiß nicht…»

«Virginia…»

«Ach…» Verzweifelt riß sie einen weiteren Lockenwickler heraus, schleuderte ihn gegen den Spiegel und wandte sich dann ihm zu. «Ich weiß nicht. Nichts weiß ich. Ich kann nicht mehr klar denken, und es ist mir auch gleich. Warum sollte es mir nicht gleich sein? Was bedeutet es mir, ob du früher eine wilde Affäre mit Pandora Blair hattest? Was mich betrifft, liegt das alles im Nebel der Zeiten und hat mit mir überhaupt nichts zu tun. Ich weiß nur, daß es passiert ist, als du bereits verheiratet und Vater eines Kindes warst. Ich fühle mich einfach nicht besonders sicher, das ist alles.»

«Du traust mir nicht?»

«Manchmal glaube ich, daß ich dich nicht mal kenne.»

«Das ist doch albern.»

«Von mir aus. Aber unglücklicherweise können nicht alle Menschen so kühl und objektiv sein wie du. Wenn du es schon für albern hältst, schieb es von mir aus auf menschliche Schwäche. Allerdings vermute ich, daß du nicht mal weißt, was das ist.»

«Ich fange an zu begreifen, daß ich das nur zu genau weiß.»

«Ich spreche über *uns*, Edmund. Über dich und mich.»

«In dem Fall wäre es vielleicht besser, diese Unterhaltung zu verschieben, bis du weniger gereizt bist.»

«Ich bin nicht gereizt, und ich bin auch kein Kind mehr. Außerdem bin ich nicht dein *kleines Frauchen*. Ich denke, daß dieser Augenblick unter Umständen ebenso geeignet ist wie jeder andere, dir zu sagen, daß ich für eine Weile fortgehe, zu meinen Großeltern auf Long Island. Vi hab ich es schon gesagt. Du kannst bei ihr wohnen. Wir schließen dann das Haus solange.»

Edmund sagte nichts. Als sie zu ihm hinsah, war sein Gesicht leer und ausdruckslos. Die gutgeschnittenen Züge zuckten nicht, an den Augen, die unter buschigen Brauen lagen, ließ sich keine Regung erkennen. Er zeigte sich weder verletzt noch zornig. Sie ließ das Schweigen dauern, wartete, daß er auf ihre Ankündigung reagiere. Einen irrsinnigen Augenblick lang stellte sie sich vor, wie er alle Zurückhaltung aufgab, neben sie trat, sie in die Arme schloß, sie mit Küssen bedeckte, sie liebte...

«Wann hast du dir das alles zurechtgelegt?»

Tränen drängten sich hinter ihren Lidern, aber sie biß die Zähne zusammen und ließ nicht zu, daß sie sich ihren Weg suchten.

«Ich denke schon seit Monaten daran. Seit Henry fort ist, bin ich entschlossen. Ohne ihn gibt es keinen Grund hierzubleiben.»

«Wann reist du ab?»

«Ich habe für nächsten Donnerstag einen Platz in einer Pan Am-Maschine von Heathrow ausgebucht.»

«Donnerstag? Das ist nicht mal eine Woche.»

«Ich weiß.» Sie wandte sich wieder dem Spiegel zu, zog den letzten Lockenwickler heraus, griff nach ihrem Kamm und begann, mit ihm durch das Lockengewirr zu fahren, das Haar zu glätten. «Aber es gibt einen Anlaß, und ich kann ihn dir ebensogut gleich nennen. Wenn ich es nicht tue, tut es jemand anderer. Etwas Sonderbares ist passiert. Du erinnerst dich doch sicher, wie uns Isobel am vorigen Sonntag gesagt hat, daß ein unbekannter Amerikaner zu uns komme? Er heißt Conrad Tucker, und wie der Zufall so spielt, kannte ich ihn schon als junges Mädchen in Leesport.»

«Der melancholische Amerikaner.»

«Ja. Seine Geschichte ist aber auch wirklich traurig. Vor kurzem ist seine Frau an Leukämie gestorben, und er ist jetzt mit seinem Töchterchen allein. Er hält sich seit einem guten Monat in England auf, am Donnerstag fliegt er zurück.» Sie legte den Kamm hin, schüttelte sich das schimmernde Haar aus dem Gesicht und wandte sich erneut ihm zu. «Ich fand, es sei ein guter Gedanke», sagte sie, «mit ihm gemeinsam zu fliegen.»

«War das sein Einfall oder deiner?»

«Ist das wichtig?»

«Nein. Ich nehme an, daß es völlig unerheblich ist. Wann willst du zurückkehren?»

«Ich weiß nicht. Ich habe das Datum für den Rückflug im Flugschein offengelassen.»

«Ich finde, du solltest nicht fortgehen.»

«Das klingt drohend, Edmund. Das soll doch nicht etwa eine Warnung sein?»

«Du läufst davon.»

«Nein. Ich nutze lediglich eine Freiheit, die mir aufgezwungen wurde. Ohne Henry komme ich mir vor wie in der Schwebe, und ich muß mich an den Gedanken gewöhnen, daß man ihn mir genommen hat. Das kann ich hier nicht. Ich brauche Zeit, um mir über meine Gefühle klarzuwerden. Ich muß allein sein, zu mir selbst kommen. Versuch wenigstens einmal in deinem Leben, eine Situation vom Standpunkt eines anderen aus zu sehen. In diesem Fall wäre das meiner. Immerhin könntest du es mir zugute halten, daß ich mit offenen Karten spiele.»

«Alles andere hätte mich bei dir gewundert.»

Danach schien es nichts mehr zu geben, das gesagt werden

mußte. Draußen versank der neblige Herbstabend in früher Dämmerung. Virginia machte Licht und stand dann auf, um die schweren Chintzvorhänge vorzuziehen. Von unten hörte man Geräusche. Eine Tür wurde geöffnet und geschlossen, Hunde bellten, Stimmen erklangen.

Sie sagte: «Das dürften Alexa und Noel sein. Sie sind von ihrem Spaziergang zurück.»

Er stand auf, streckte die Arme und unterdrückte ein Gähnen. «Ich geh runter. Ich muß was trinken. Willst du auch einen Schluck?»

«Vielleicht später.»

Er ging zur Tür. «Wann sollen wir auf Croy sein?»

«Um halb neun.»

«Wenn du was trinken möchtest, kannst du ja vorher noch in die Bibliothek kommen...»

«Da ist nicht geheizt.»

«Ich habe Feuer gemacht.»

Er verließ den Raum. Virginia hörte, wie er über den Treppenabsatz und die Treppe hinabging. Dann ertönte Alexas Stimme. «Va!»

«Hallooo, mein Schatz.»

Er hatte die Tür offengelassen. Virginia stand auf, um sie zu schließen, und kehrte dann zur Frisierkommode zurück, um sich zurechtzumachen. Doch die Tränen, die sie so lange zurückgehalten hatte, stiegen ihr in die Augen und liefen ihr die Wangen hinab.

Sie saß da und sah ohnmächtig ihr weinendes Spiegelbild an.

Gemächlich fuhr der Bus, der auf seinem Weg von Dorf zu Dorf immer wieder anhalten mußte, durch die im Dämmer liegende Landschaft. Nicht nur waren bei der Abfahrt von Relkirk alle Sitze besetzt gewesen, der eine oder andere Fahrgast hatte auch stehen müssen. Manche kamen von der Arbeit, andere hatten Einkäufe erledigt. Viele schienen einander zu kennen und bestiegen den Bus mit einem Lächeln und einem Gruß. Wahrscheinlich fuhren sie täglich miteinander. Einer der Männer hatte einen Schäferhund bei sich, der zwischen seinen Knien saß und dem Mann unaufhörlich in die Augen sah. Er brauchte für den Hund keinen Fahrschein zu kaufen.

Henry saß unmittelbar hinter dem Fahrer, fest neben dem Fenster eingekeilt, denn eine ungeheuer dicke Frau hatte sich neben ihn gesetzt.

«Hallo, Kleiner», hatte sie gesagt, als sie sich niederließ, wobei ihn ihr gewaltiges Hinterteil mühelos beiseite schob. Sie hatte zwei volle Einkaufstaschen. Eine stellte sie vor ihre Füße und die andere auf den Schoß. Aus ihr sah eine Stange Sellerie und eine leuchtend rosa Windmühle aus Zelluloid hervor. Wahrscheinlich ein Mitbringsel für einen Enkel.

Sie hatte ein rundes gutmütiges Gesicht, ungefähr wie Edie, und unter dem Rand ihres unmodischen, aber praktischen Hutes sahen ihn ihre freundlichen Augen an. Dennoch gab ihr Henry keine Antwort, als sie ihn ansprach, sondern wandte sich einfach ab und sah aus dem Fenster, obwohl es draußen außer dem Regen nichts zu sehen gab.

Er trug die Schuhe und Strümpfe seiner Schuluniform, den neuen Tweedmantel, der ihm viel zu groß war, und seine marineblaue dicke Kapuzenmütze. Er hatte sie wie ein Terrorist tief ins Gesicht gezogen, so daß man nur seine Augen sehen konnte. Auf den Einfall, sie aufzusetzen, war er stolz. Es war seine Verkleidung, denn er wollte von niemandem erkannt werden.

Der Bus, der schon seit einer Stunde fuhr, kam nur langsam voran. Alle ein oder zwei Kilometer hielt er an einer Wegkreuzung oder einem alleinstehenden Häuschen an, um Leute aussteigen zu lassen. Henry sah, wie er sich allmählich leerte; Fahrgäste nahmen ihre Taschen und stiegen einer nach dem anderen aus, gingen das letzte Stück ihres Heimwegs zu Fuß. Die dicke Frau neben ihm stieg in Kirkthornton aus, mußte aber nicht zu Fuß gehen, denn ihr Mann war mit seinem Kleinlaster gekommen, um sie abzuholen. Als sie sich mühsam erhob, sagte sie zu Henry: «Auf Wiedersehn, Kleiner.» Auch das fand er sehr nett von ihr, gab aber keine Antwort. Mit einer Kapuzenmütze vor dem Mund sprach es sich nicht leicht.

Erneut fuhr der Bus an. Jetzt saß nur noch ein halbes Dutzend Leute darin. Der Motor keuchte, als es aus dem kleinen Marktflekken bergauf ging, und oben auf der Kuppe wurde es ziemlich diesig, so daß der Fahrer die Scheinwerfer einschaltete. Die vom Wind niedergebeugten Buchen und in Nebel gehüllten Dornenhecken, die aus der Dunkelheit auf sie zuschossen, wirkten geisterhaft. Henry dachte an die acht leeren Kilometer zwischen der Brücke von Caple und Strathcroy, die er zu Fuß gehen mußte, weil der Bus an der Brücke abbog. Die Aussicht ängstigte ihn ein wenig, aber nicht besonders, denn er kannte die Straße. Der schwierige Teil seiner Reise war vorüber, er war fast da.

In Pennyburn rüstete sich Violet für die Anforderungen des bevorstehenden Abends.

Ihre letzte Einladung zu einem richtigen Tanzfest lag so lange zurück, daß sie sich nicht mehr daran erinnern konnte, und sie würde wohl auch keine weitere bekommen, denn immerhin war sie achtundsiebzig Jahre alt. Es dürfte also das letzte Mal sein, und sie hatte beschlossen, die Gelegenheit zu nutzen, so gut es ging. Am Nachmittag hatte sie sich in einem Frisiersalon in Relkirk die Haare waschen und legen lassen und sich eine Maniküre gegönnt. Die freundliche junge Frau hatte mit ihrem Kissen eine ganze Weile gebraucht, bis sie unter Violets Nägeln alle Erdreste hervorgeholt und ihre vernachlässigte Nagelhaut zurückgeschoben hatte.

Nach diesen Schönheitsbemühungen war sie zur Bank gegangen und hatte aus deren Tresorraum die abgewetzte Lederschatulle geholt, in der Lady Primroses nicht besonders großes Diamanten-Diadem ruhte. Zu Hause hatte sie es mit einer in reinen Gin getauchten alten Zahnbürste gereinigt, wie sie es vor langer Zeit von Mrs. Harris gelernt hatte, die einst Köchin auf Croy gewesen war. Zwar funktionierte die Sache großartig, aber Gin dafür zu nehmen schien ihr doch eine schreckliche Verschwendung.

Dann hatte sie ihr mindestens fünfzehn Jahre altes schwarzsamtenes Ballkleid aus dem Schrank geholt. Die schwarze Spitze am Hals hatte sich ein wenig gelöst und mußte wieder angenäht werden. Ein genauerer Blick auf ihre Abendschuhe aus schwarzem Atlas mit den straßbesetzten Schnallen zeigte ihr, daß sich an der Spitze einzelne Fäden gelöst hatten und abstanden, also beschnitt sie den Rand säuberlich mit einer Nagelschere.

Nach getaner Arbeit gestattete sie sich eine kleine Ruhepause. Da sie erst um halb neun auf Croy sein mußte, blieb ihr noch Zeit, sich mit einem kräftigenden Whisky und Soda an den Kamin zu setzen, sich die Fernsehnachrichten und anschließend das Programm des lustigen Moderators Wogan anzusehen. Er gefiel ihr. Sie mochte seinen munteren irischen Charme und seine übersprudelnde Art zu reden. An jenem Abend interviewte er einen jungen Popstar, der aus irgendeinem Grund die Bewahrung von Heckenwegen auf dem Lande zu seiner Herzenssache gemacht hatte. Die Menschen waren wirklich ungewöhnlich, überlegte Violet, während sie dem jungen Mann mit seiner grellbunten Punk-Frisur und seinem Ohrring zusah, der sich weitläufig über nistende Goldammern ausließ.

Nach Wogans Sendung kam ein Quiz. Vier Personen mußten den Wert verschiedener Stücke alten Trödels schätzen, die man ihnen vorlegte. Violet beteiligte sich ungefragt an der Raterunde und war sicher, mit ihren Antworten der Wahrheit näherzukommen als alle anderen. Gerade als die Sache richtig Spaß machte, läutete das Telefon.

Wie ärgerlich. Warum mußte einen das dumme Ding immer im unpassendsten Augenblick stören? Sie stellte das Whiskyglas hin, erhob sich aus ihrem behaglichen Sessel, drehte den Ton des Fernsehers ab und meldete sich.

«Ja?»

«Mrs. Aird, hier spricht Dr. Martin vom Royal Hospital in Relkirk. Ich fürchte, wir haben eine kleine Schwierigkeit. Miss Carstairs ist verschwunden.»

«Verschwunden?» Es klang wie ein abscheulicher Zaubertrick. Unwillkürlich stellte sich Violet vor, wie es einen Knall gab, Lottie im Nichts verschwand und nur eine Rauchwolke übrigblieb. «Wie konnte das denn nur *passieren*?»

«Sie ist mit einer anderen Patientin zu einem Spaziergang in den Park gegangen und nicht wiedergekommen.»

«Aber das ist ja entsetzlich.»

«Vermutlich ist sie einfach zum Tor hinausgegangen und hält sich ganz in der Nähe auf. Sie schien sich hier ganz wohl zu fühlen, hat uns keinerlei Schwierigkeiten gemacht und gut auf die Behandlung angesprochen. Obwohl wir keinen Grund sehen anzunehmen, daß sie nicht von selbst zurückkommt, haben wir der Polizei Mitteilung von ihrem Verschwinden gemacht. Als reine Vorsichtsmaßnahme teile ich es jetzt auch Ihnen mit...»

«Meinen Sie nicht, daß Sie besser auf sie hätten achten müssen?»

«Mrs. Aird, wir sind überbelegt und haben zu wenig Personal. Wir tun, was wir unter den gegebenen Umständen tun können, und haben ambulant behandelten Patienten, die wir für fähig halten, sich in gewissem Umfang um sich selbst zu kümmern, schon immer eine gewisse Bewegungsfreiheit zugestanden.»

«Und was tun wir jetzt?»

«Tun kann man nichts. Ich war lediglich der Ansicht, wie ich schon sagte, daß Sie von dem Vorgefallenen in Kenntnis gesetzt werden müßten.»

«Haben Sie es bereits ihrer nächsten Angehörigen, Miss Findhorn, mitgeteilt?»

«Noch nicht. Es schien mir besser, erst mit Ihnen zu sprechen.»

«In dem Fall werde *ich* das tun.»

«Dafür wäre ich Ihnen außerordentlich verbunden.»

«Dr. Martin...» Violet zögerte. «Glauben Sie, Lottie Carstairs wird versuchen, nach Strathcroy zurückzukehren?»

«Ausgeschlossen ist das selbstverständlich nicht.»

«In Miss Findhorns Haus?»

«Unter Umständen.»

«Ich möchte Ihnen sagen, daß mir diese Aussicht offen gestanden nicht gefällt. Ich bin beunruhigt und fürchte für Miss Findhorns Sicherheit.»

«Das verstehe ich zwar, halte Ihre Befürchtungen aber für gegenstandslos.»

«Ich gäbe was darum, wenn ich ebenso sicher sein könnte wie Sie», teilte ihm Violet trocken mit. «Jedenfalls vielen Dank für den Anruf, Dr. Martin.»

«Sobald ich Neues erfahre, rufe ich wieder an.»

«Ich werde nicht hiersein. Aber Sie können mich auf Croy erreichen. Ich bin dort zum Abendessen bei Lord Balmerino.»

«Ich notiere es mir. Vielen Dank. Auf Wiedersehen, Mrs. Aird. Und es tut mir leid, wenn ich Sie beunruhigt haben sollte.»

«Ja», sagte Violet, «das haben Sie in der Tat getan. Auf Wiedersehn.»

Sie war sogar äußerst beunruhigt. Ihr ganzer innerer Friede war dahin. Nicht nur war sie besorgt, sie empfand geradezu Angst. Grundlose Panik hielt sie in ihren Fängen, ähnlich wie vor wenigen Tagen in Relkirk, als sie mit Lottie am Fluß gesessen hatte und sich deren Finger wie ein Schraubstock um ihr Handgelenk gekrallt hatten. Sie erinnerte sich, wie sie versucht gewesen war, aufzuspringen und davonzulaufen. Dasselbe Empfinden hatte sie jetzt. Das Herz hämmerte ihr im Leibe. Es war die Beklemmung angesichts des Unbekannten, Unvorstellbaren, irgendeiner Gefahr, die im dunkeln lauerte.

Bei klarer Überlegung mußte sie sich sagen, daß sie nicht um sich selbst zu fürchten brauchte, wohl aber um Edie. Vor ihrem geistigen Auge sah sie, wie es an die Tür von Edies Häuschen klopfte, Edie hinging, um aufzumachen, und Lottie sie ansprang, die Finger wie Krallen gespreizt...

Eine unerträgliche Vorstellung. Auf dem Bildschirm war eine Frau zu sehen, die einen geblümten Nachttopf geschenkt bekommen hatte und mit offenem Mund peinlich berührt in unhörbares Gelächter ausbrach, die Hand vor die Augen schlug. Violet schaltete das Gerät ab, nahm den Hörer wieder auf und wählte die Nummer von Balnaid. Edmund mußte inzwischen aus New York zurück sein. Er würde Rat wissen.

Sie hörte das Rufzeichen. Es läutete immer weiter. Sie wartete. Wurde ungeduldig. Warum nahm denn keiner ab? Was trieben die eigentlich alle?

Am Ende warf sie verzweifelt und aufgeregt den Hörer auf die Gabel, nahm ihn erneut zur Hand und wählte Edies Nummer.

Edie saß gleichfalls vor dem Fernseher. Ein hübsches schottisches Programm mit alten Tänzen und einem Komiker im Kilt, der lustige Geschichten erzählte. Sie saß vor dem Apparat, ein Tablett auf den Knien. Ihr Abendessen bestand aus gebratenem Hühnerschlegel mit Pommes frites und Erbsbrei. Als Nachtisch wartete der Rest eines köstlichen Apfelpuddings im Kühlschrank. Sie aß später als sonst. Daß sie essen konnte, wann es ihr paßte, ohne daß Lottie ständig fragte, wann es die nächste Mahlzeit gab, war einer der Vorzüge des Alleinlebens. Es hatte aber noch weitere Vorteile, und dazu gehörte die Stille – ganz zu schweigen von der Möglichkeit, richtig im eigenen Bett zu schlafen, statt sich auf dem unbequemen Klappsofa hin und her zu werfen. Daß sie nachts wieder ruhig schlafen konnte, hatte mehr als alles andere dazu beigetragen, daß Edie wieder zu Kräften gekommen war und ihre alte Munterkeit zurückgewonnen hatte. Sie hatte immer noch ein schlechtes Gewissen, weil sie Lottie wieder ins Relkirk Royal zurückgeschickt hatte, aber es bestand kein Zweifel daran, daß das Leben ohne sie erkennbar einfacher war.

Das Telefon klingelte. Sie stellte das Tablett beiseite und stand auf, um abzunehmen.

«Ja?»

«Edie.»

Sie lächelte. «Hallo, Mrs. Aird.»

«Edie...» Irgend etwas stimmte nicht, das merkte sie schon an der Art, wie Violet ihren Namen sagte. «Edie, ich habe gerade mit Dr. Martin vom Relkirk Royal gesprochen. Lottie ist fort und keiner weiß, wo.»

Das Herz sank Edie bis in die Schuhe. Nach einer Weile sagte sie: «Ach du meine Güte.» Etwas anderes fiel ihr nicht ein.

«Die Leute im Krankenhaus haben die Polizei verständigt und sind ziemlich sicher, daß sich Lottie nicht weit vom Klinikgelände entfernt hat. Allerdings ist Dr. Martin mit mir der Ansicht, daß sie versuchen könnte, nach Strathcroy zurückzukehren.»

«Hat sie denn überhaupt Geld?» fragte die praktisch veranlagte Edie.

«Ich weiß nicht. Daran hatte ich noch gar nicht gedacht. Aber ich bin sicher, daß sie ohne ihre Handtasche nicht weit gehen würde.»

«Das stimmt.» Lottie hing an ihrer Handtasche und hatte sie sogar neben sich, wenn sie am Kamin saß. «Die Arme. Irgendwas muß sie aufgeregt haben.»

«Ja. Vielleicht. Aber Edie, um *Sie* mache ich mir Sorgen. Wenn sie tatsächlich nach Strathcroy kommt, möchte ich nicht, daß Sie allein in Ihrem Haus sind.»

«Aber hier muß ich doch sein. Ich meine, wenn sie kommt, muß ich dasein.»

«Nein. Nein, hören Sie zu. Sie müssen vernünftig sein. Wir wissen nicht, was in Lottie vor sich geht. Vielleicht hat sie es sich ja in den Kopf gesetzt, daß Sie sie im Stich gelassen und schlecht behandelt haben. Wenn sie einen ihrer Zustände bekommt, ist es ausgeschlossen, daß Sie allein mit ihr fertig werden.»

«Was könnte sie mir schon tun?»

«Was weiß ich? Ich weiß nur, daß Sie aus dem Haus müssen. Kommen Sie über Nacht zu mir, oder gehen Sie nach Balnaid, bis man Lottie gefunden und wieder ins Relkirk Royal zurückgebracht hat.»

«Aber...»

Ihre Einwände wurden beiseite gewischt. «Kein Aber. Ich hätte keinen Augenblick lang Ruhe, wenn Sie allein in Ihrem Haus blieben. Packen Sie ein Nachthemd ein, und gehen Sie nach Balnaid. Oder kommen Sie her. Mir ist beides recht. Wenn Sie nicht ja sagen, zwingen Sie mich, in mein Auto zu steigen und Sie zu holen. Da ich um halb neun auf Croy sein muß und noch nicht gebadet und mich noch nicht umgezogen habe, wäre das äußerst lästig. Die Entscheidung liegt bei Ihnen.»

Edie zögerte. Schwierigkeiten machen war das letzte, was sie wollte. Außerdem wußte sie seit Jahren, daß nichts Violet von einem einmal gefaßten Entschluß abbringen konnte. Aber trotzdem...

«Eigentlich müßte ich hierbleiben, Mrs. Aird. Ich bin Lotties nächste Verwandte und für sie verantwortlich.»

«Sie sind darüber hinaus für sich selbst verantwortlich. Ich würde es mir nie verzeihen, wenn Sie in irgendeiner Weise zu Schaden kämen oder verletzt würden.»

«Und was ist, wenn sie tatsächlich kommt und niemand im Hause ist?»

«Die Polizei ist informiert. Ich bin sicher, daß ein Streifenwagen in der Nähe ist. Es wird für die Männer nicht schwer sein, Lottie fortzubringen.»

Weitere Argumente fielen Edie nicht ein. Sie war geschlagen. Seufzend und nicht ohne Ärger sagte sie: «Na schön. Aber meiner Ansicht nach machen Sie aus einer Mücke einen Elefanten.»

«Möglich. Wenn es stimmte – nichts wäre mir lieber als das.»

«Weiß man auf Balnaid, daß ich komme?»

«Nein. Ich habe versucht anzurufen, bin aber nicht durchgekommen. Da ist wohl irgendwas mit der Leitung nicht in Ordnung.»

«Haben Sie es schon der Störungsstelle gemeldet?»

«Noch nicht. Ich habe erst mal bei Ihnen angerufen.»

«Nun, dann rufe ich da an und sage, daß sich auf Balnaid niemand meldet. Es muß ja jemand dort sein. Bestimmt machen sich alle gerade für den Tanzabend fertig.»

«Ja, Edie. Tun Sie das. Sie müssen mir aber fest versprechen, daß Sie anschließend nach Balnaid gehen. Ein Zimmer für Sie steht dort jederzeit bereit, und Virginia hat bestimmt Verständnis. Erklären Sie, was vorgefallen ist. Sofern Sie stören sollten, schieben Sie die Schuld auf mich. Ich kommandiere Sie wirklich nur ungern so herum. Aber wenn ich daran denke, daß Sie in Ihrem Häuschen allein sind, kann ich den ganzen Abend lang keinen Augenblick richtig froh sein.»

«Ich finde ja, daß es viel Lärm um nichts ist, aber eine Nacht auf Balnaid bringt mich nicht um.»

«Vielen Dank, liebste Edie. Auf Wiedersehen.»

«Viel Spaß heute abend.»

Edie legte auf. Dann wählte sie die Nummer der Störungsstelle, um die Sache mit dem Anschluß von Balnaid zu melden, bevor sie es vergaß. Ein freundlicher Mann sagte, er werde sich darum kümmern und zurückrufen.

Lottie verschwunden. Wie würde es weitergehen? Die Vorstellung, daß sie irgendwo ganz allein herumirrte, vielleicht Angst hatte, sich verlassen fühlte, war entsetzlich. Was dachte sich das törichte Geschöpf eigentlich? Warum konnte sie nicht bleiben, wo sie war und wo sich mitfühlende Menschen um sie kümmerten? Was mochte ihr nur in den Sinn gekommen sein?

Sie würde nach Balnaid gehen, aber nicht sofort. Das Tablett mit dem Abendessen wartete. Sie würde in Ruhe zu Ende essen, abwaschen, die Küche aufräumen und den kleinen Ofen noch einmal ordentlich voll Koks packen. Anschließend würde sie ein Nachthemd einpacken und sich auf den Weg machen.

Verzweifelt seufzte sie auf. Lottie war wirklich lästig und brachte Unruhe in das Leben aller Menschen. Erneut setzte sie sich mit dem Tablett auf den Knien vor den Fernseher, aber das kaltgewordene Hühnerfleisch schmeckte nicht mehr, und nicht einmal das schottische Programm vermochte ihre Aufmerksamkeit auf sich zu lenken.

Erneut klingelte das Telefon. Wieder stellte sie das Tablett beiseite und erhob sich, um abzunehmen. Der Mann von der Störungsstelle sagte, es habe den Anschein, als klingele es auf Balnaid nicht, wenn man anrief. Man werde gleich morgen früh einen Techniker hinschicken, um den Fehler beseitigen zu lassen.

Edie dankte ihm. Mehr konnte man nicht tun. Sie trug ihr Tablett in die Küche. Während sie die Reste vom Teller in den Mülleimer kratzte, die wenigen Stücke Geschirr abwusch und auf das Abtropfbrett stellte, versuchte sie zu überlegen, was um alles in der Welt ihre geistig gestörte Kusine, das arme Geschöpf, anstellen mochte.

Der frisch gebadete, rasierte und gekämmte Archie Balmerino verließ, nachdem seine Gattin ihre Billigung mit einem Kuß zu erkennen gegeben hatte, in seiner Abendgarderobe das Schlafzimmer und trat auf den Flur, während sich Isobel am Frisiertisch weiter mit ihren Wimpern beschäftigte.

Auf dem Treppenabsatz blieb er einen Augenblick lang stehen und horchte auf Lebenszeichen. Außer ihm schien niemand auf dem Weg zu sein, und so machte er sich daran, eine Hand am Geländer, Schritt vor Schritt setzend die Treppe hinabzusteigen. Den ganzen Tag über waren alle Bewohner des Herrenhauses von Croy eifrig mit letzten Vorbereitungen beschäftigt gewesen, von denen es eine Fülle gegeben hatte. Nun war das Haus bereit für die Gesellschaft, die Bühne war für den Auftritt hergerichtet, jetzt mochte der Vorhang hochgehen, konnten die handelnden Personen auftreten.

Er war der erste. Auf dem Zwischenabsatz der Treppe hielt er inne und bewunderte mit einer gewissen Befriedigung, was er im Erdgeschoß sah. Die große Eingangshalle bot, von allem gewöhnlichen Alltagsbeiwerk befreit, ein eindrucksvolles und zugleich behagliches Bild. Im großen Kamin mit dem Schnitzwerk um den Sims herum brannten riesige Scheite, und die auf Hochglanz polierte Platte des Tisches, der in der Mitte des Raumes auf dem verschlissenen Orientteppich stand, spiegelte das beachtliche Arrangement aus weißen Chrysanthemen und tiefroten Hagebutten, das Isobel irgendwann im Laufe des Nachmittags zusammengestellt hatte.

Croy zeigte sich für die Gesellschaft von seiner schönsten Seite. Erregung hing in der Luft, das Versprechen bevorstehender Freuden. Dies eine Mal sollte nicht geknausert und gespart werden. Man konnte förmlich spüren, wie sich das alte Haus dem Genuß einer selten erlebten Extravaganz hingab.

Er dachte an andere Abende. Sein eigener einundzwanzigster Geburtstag, der Abend, an dem er seine Verlobung mit Isobel gefeiert hatte, Geburtstage, Weihnachtsfeste, Jagdbälle, die Silberhochzeit der Eltern...

Dann schob er mit gerunzelter Stirn diese Erinnerungen beiseite. Der sehnsuchtsvolle Blick zurück in die Vergangenheit war seine größte Schwäche. Gelegenheiten zum Rückblick gab es immer, aber das war etwas für alte Leute. Er war nicht alt, noch nicht einmal fünfzig. Croy war sein, und doch nicht sein. Er hatte es von

Vater und Großvater geerbt, um es getreulich für seinen Sohn, für Hamish, zu verwalten. Keine Kette aber war stärker als ihr schwächstes Glied.

Er. Wohl mochten ihn die in Nordirland erlebten Schrecken bis zum Tag seines Todes nicht verlassen, doch waren die Gespenster und Träume, die ihn bedrängt hatten, endlich zur Ruhe gekommen. Jetzt, da er sich ihrer entledigt hatte, wußte er, daß es keine weiteren Gründe gab, vor sich selbst nach Entschuldigungen zu suchen. Es war Zeit, mit dem Zaudern aufzuhören und sich an die Planung für die Zukunft seiner Familie und dessen zu machen, was er einst hinterlassen würde. Zu lange hatte er auf der Stelle getreten, jetzt durften keine Jahre mehr vergeudet werden. Er war nicht ganz sicher, was er tun würde, aber etwas würde sich finden lassen. Er konnte einen Kredit aufnehmen, um mit dem Fabrikationsbetrieb zu beginnen, den Pandora für einen so glänzenden Einfall hielt. Oder im großen Stil Himbeeren und Erdbeeren anbauen und verkaufen. Oder eine Fischzucht anlegen. Es gab um ihn herum reichlich Möglichkeiten und Gelegenheiten. Er mußte nur entscheiden, was er tun wollte, und sich dann ans Werk machen.

Ans Werk. Es klang ermunternd. Er gewann einen Teil des Selbstvertrauens wieder, das ihn in der Jugend ausgezeichnet hatte. Er wußte, daß das Schlimmste vorüber war und nichts je wieder so schlimm sein konnte.

Er ging die Treppe vollends hinab, trat ins Eßzimmer. Gemeinsam mit Pandora hatte er den Tisch gedeckt, so, wie früher stets bei wichtigen Gelegenheiten, als Harris noch zuständig war und den jungen Blairs nur zu gern erklärt hatte, wie es richtig war. Es hatte den größten Teil des Nachmittags gedauert. Archie hatte die hauchdünnen Weingläser poliert und Pandora alle gestärkten weißen Servietten mit dem eingestickten Krönchen über dem Buchstaben B zu Bischofsmützen gefaltet.

Jetzt begutachtete er ihrer beider Werk mit kritischem Blick. Der Eindruck war überwältigend. Die vier schweren Silberleuchter standen exakt ausgerichtet auf der Mittellinie des Tisches, der Schein des Kaminfeuers wurde in blitzenden Reflexen vom schimmernden Silber und Glas zurückgeworfen, denn auch hier brannte ein munteres Feuer, und Jeff Howland war mit der Aufgabe betraut worden, alle Holzkörbe zu füllen. Das trockene harzige Kiefernholz strömte einen angenehmen und würzigen Geruch aus. Archie ging von Platz zu Platz, kontrollierte alles genau, rückte hier eine Gabel zurück, verschob dort kaum erkennbar einen Salzstreuer. Befriedigt ging er in die Küche.

Dort fand er Agnes Cooper, die für den Abend aus dem Dorf heraufgekommen war. Gewöhnlich kam sie in Trainingsanzug und Turnschuhen zur Arbeit, heute abend aber trug sie zur Feier des Tages unter der Schürze ihr bestes Kleid aus türkisfarbenem Kräuselkrepp. Außerdem war sie, was sofort auffiel, sogar beim Friseur gewesen.

Sie stand am Spülstein und wusch Kochtöpfe ab, wandte sich aber um, als sie ihn kommen hörte.

«Agnes. Alles in Ordnung?»

«Tipptopp. Ich muß nur auf die Kasserolle achten und kleine Stückchen Räucherlachs auf die Teller legen, wenn Lady Balmerino sagt, daß es soweit ist.»

«Es ist wirklich freundlich, daß Sie kommen, um uns zu helfen.»

«Dafür bin ich ja da.» Sie sah ihn bewundernd an. «Ich hoffe, Sie finden es nicht ungehörig, wenn ich das sage, aber Sie sehen *fantaaastisch* aus.»

«Vielen Dank, Agnes.» Das Lob war ihm ein wenig peinlich, und so fragte er, um seine Verlegenheit zu überspielen: «Wie wär's mit einem Gläschen Sherry?»

Nach kurzem Zieren sagte Agnes: «Ach ja. Das wäre sehr nett.»

Während sie sich die Hände abtrocknete, füllte Archie ein Glas bis fast zum Rand mit *Harvey's Bristol Cream.* «Hier, bitte...»

«Vielen Dank, Mylord...» Feierlich hob sie das Glas und sagte: «Auf einen schönen Abend», nahm ein damenhaftes Schlückchen und schloß die Lippen genüßlich, um das sich entfaltende Aroma zu genießen. «Der Sherry ist prima», sagte sie. «Wie ich immer sage, man kriegt ein ganz glänzendes Gesicht davon.»

Er verließ sie und kehrte durch das Eßzimmer und die Eingangshalle in den Salon zurück. Dort war ebenfalls ein anheimelndes Kaminfeuer entzündet, standen Blumen, brannte gedämpftes Licht, aber kein Mensch war im Raum. Seine Gäste schienen sich Zeit zu lassen. Das Getränketablett stand auf dem Flügel bereit. Er überlegte. Sie würden den Rest des Abends Champagner trinken, aber er brauchte etwas Kräftiges. Er goß Whisky in ein Glas, dann in ein zweites und machte sich auf den schwierigen Weg nach oben.

Auf dem Treppenabsatz begegnete er seiner Tochter, die aus unerfindlichen Gründen in Unterwäsche über den Flur huschte.

«Aber Lucilla!» sagte er tadelnd.

Angesichts seiner Erscheinung wie vom Donner gerührt, entfuhr es ihr: «Mensch, Papa, du siehst ja *umwerfend* aus. Romantisch und richtig bedeutend. Lord Balmerino wie aus dem Bilderbuch. Ist die Hose neu? Sie ist himmlisch. So eine könnte ich auch brauchen. Und dazu Opas alte Samtjacke.» Sie umschlang seinen Hals mit bloßen Armen und drückte ihm einen Kuß auf die frisch rasierte Wange. «Und wie toll du riechst! Vom Scheitel bis zur Sohle gut aussehend und appetitlich. Für wen ist der Whisky?»

«Ich dachte, ich seh mal nach, ob Pandora wach ist. Wieso hast du nichts an?»

«Ich will mir grade von Mama einen Unterrock ausleihen. Mein neues Kleid ist zu durchsichtig.»

«Beeil dich. Es ist fünf vor halb neun.»

«Ich bin sofort fertig.» Sie ging zum Schlafzimmer ihrer Eltern und riß die Tür auf. «Mama! Ich brauch *unbedingt* 'nen Unterrock von dir...»

Archie ging zum Gastzimmer hinüber. Er hörte leise Musik, Pandoras Radio. Das allerdings mußte keineswegs bedeuten, daß sie wach war. Mit den Gläsern in einer Hand jonglierend, klopfte er der Form halber an und öffnete die Tür.

«Pandora?»

Sie lag zwar nicht im Bett, wohl aber darauf und trug einen spitzenbesetzten seidenen Morgenmantel. Kleidungsstücke lagen im ganzen Zimmer verstreut, und in der Luft hing das schwere Parfüm, das Bestandteil ihrer Anwesenheit zu sein schien.

«Pandora.»

Sie schlug die schönen grauen Augen auf. Da sie bereits zurechtgemacht war, glänzten ihre dichten Wimpern schwarz. Sie sah ihn an und sagte lächelnd: «Ich schlaf nicht.»

«Ich hab dir was zu trinken gebracht.»

Er setzte sich auf die Bettkante, um das Glas neben die Lampe auf den Nachttisch zu stellen. Das Radio dudelte leise vor sich hin, Tanzmusik, die so klang, als stamme sie aus fernen Zeiten.

Sie sagte: «Wie lieb.»

«Es ist gleich Zeit, runterzugehen.» Ihr glänzendes Haar breitete sich auf dem Kissen aus, beinah, als habe es ein Eigenleben. Wie sie dalag, wirkte sie so schmal, abgezehrt und vogelleicht, daß er Sorge empfand. «Bist du müde?»

«Nein, nur träge. Wo sind die anderen?»

«Isobel kümmert sich um ihr Gesicht, und Lucilla rennt im Schlüpfer durch die Landschaft, weil sie von ihrer Mutter einen Unterrock ausborgen möchte. Von den Herren ist bis jetzt noch nichts zu sehen.»

«Die letzten Augenblicke, bevor eine Gesellschaft losgeht, sind eigentlich am schönsten, findest du nicht auch? Man hat dann so richtig Zeit, die Füße hochzulegen und sich alte Lieder anzuhören. Erinnerst du dich an das da? Ich finde es hübsch, aber es ist auch ziemlich melancholisch. Den Text weiß ich nicht mehr.»

Sie hörten gemeinsam zu. Das Tenorsaxophon trug die Melodie. Mit angestrengt gerunzelten Brauen versuchte Archie, dem schwerverständlichen Text zu folgen. Die Musik entführte ihn in eine Zeit, die zwanzig Jahre zurücklag, nach Berlin, zu einem Regimentsball. Berlin war das Stichwort.

«Es hat damit zu tun, daß es von Mai bis Dezember lange hin ist.»

«Ach, natürlich. Kurt Weill. ‹Doch wird es September, fliehen die Tage›. Dann fällt das Herbstlaub, und die Zeit läuft einem davon. Wie schrecklich gut das alles paßt.»

Sie setzte sich auf und schob die Kissen hinter sich zusammen. Als sie nach dem Glas griff, sah er ihr schmales Handgelenk, die Hand mit den roten Fingernägeln, die so fein, blaß und blaugeädert war, daß sie ihm fast durchsichtig vorkam.

Er fragte: «Bist du fertig?»

«Fast. Ich muß nur noch mein Kleid überstreifen und den Reißverschluß zuziehen.» Sie nahm einen Schluck Whisky. «Ah, genau das Richtige. Das bringt mich in Schwung.» Über den Rand des Glases wirkten ihre Augen riesig. «Du siehst hinreißend aus, Bruderherz. Genauso schick wie in alten Zeiten.»

«Agnes Cooper hat gesagt, ich sehe *fantaaastisch* aus.»

«Was für ein Kompliment! Ich hab nicht geschlafen, mein Lieber, ich hab einfach in aller Ruhe über gestern nachgedacht. Es war ein vollkommener Tag. Ganz wie früher. Du und ich haben in der Ansitzgrube gesessen und konnten uns miteinander unterhalten. Oder schweigen, je nachdem. Vielleicht hab ich zuviel geredet, aber zwanzig Jahre sind eine lange Zeit, da gibt es viel zu sagen. Hab ich dich furchtbar gelangweilt?»

«Nein. Du hast mich zum Lachen gebracht. Das war schon immer so.»

«Und die Sonne, der blaue Himmel, das Gezwitscher der Hänflinge, der Widerhall, wenn geschossen wurde, und die armen kleinen Moorschneehühner, die vom Himmel herunterfielen. Und all die schlauen Hündchen. Hatten wir nicht großes Glück, daß wir einen solchen Tag erleben durften? Es war wie ein großartiges Geschenk.»

Er sagte: «Ja. Ich weiß.»

«Es ist hübsch, zu denken, daß solche Tage wiederkommen. Daß sie nicht auf immer dahin sind.»

«Wir müssen uns ändern. Wir müssen die unerfreuliche Familienangewohnheit ablegen, uns mit der Vergangenheit zu beschäftigen.»

«Das fällt schwer, denn sie war schön. Und worüber sollte man im übrigen nachdenken, wenn nicht über sie?»

«Über die Gegenwart. Das Gestern ist tot und das Morgen noch nicht geboren. Wir haben nur das Heute.»

«Ja.»

Sie nahm ein weiteres Schlückchen. Beide schwiegen. Im Haus hörte man verschiedene Geräusche. Eine Tür öffnete und schloß sich. Dann ertönte Lucillas Stimme. «Conrad. Wie elegant Sie aussehen. Ich weiß nicht, wo Papa ist, aber gehen Sie ruhig schon runter, wir kommen gleich nach...»

«Hoffentlich hat sie wenigstens einen Unterrock an», sagte Archie.

«Conrad ist durch und durch Kavalier und würde nicht mal hinschauen, wenn sie splitternackt wäre. Ein wirklich netter Mann. Aber es wäre ja auch für uns alle fürchterlich gewesen, wenn er sich als stumpfsinniger Langweiler entpuppt hätte.»

«Du mußt unbedingt mit ihm tanzen.»

«Ich werd ihn durch den Raum wirbeln und unterwegs allen vorstellen, auf die es ankommt. Daß du nicht tanzen kannst, ist das einzige, was mich heute abend ein bißchen unglücklich macht.»

«Zerbrich dir darüber nicht den Kopf. Im Lauf der Jahre hab ich die Kunst der geistreichen Konversation vervollkommnet...»

Lucilla steckte den Kopf zur Tür herein und unterbrach damit ihr Gespräch.

«Tut mir leid, wenn ich störe, aber wir kommen nicht weiter, Papa. Jeff kann Edmunds Smokingschleife nicht binden. Er hat erst einmal im Leben eine umgehabt, und das war eine Zementfliege, so eine fertige am Gummiband. Ich hab es selbst probiert, ich hab es aber auch nicht geschafft. Kommst du bitte und hilfst uns?»

«Selbstverständlich.»

Der Ruf der Pflicht. Man brauchte ihn. Die besinnlichen Augenblicke waren vorüber. Er küßte Pandora. «Bis gleich.» Dann stand er auf und folgte Lucilla aus dem Raum. Pandora leerte langsam ihr Glas. *Diese kostbaren Tage widme ich dir.*

Das Lied war zu Ende.

Obwohl echtes Hochlandblut in ihren Adern rollte, behauptete Violet stets, sie sei nicht abergläubisch. Sie ging unerschrocken unter Leitern hindurch, scherte sich nicht darum, ob ein Freitag ein Dreizehnter war, und klopfte nie auf Holz. Wenn sich irgendein

Omen zeigte, sagte sie sich gewöhnlich, es werde wohl etwas Gutes bedeuten, und sah frohgemut in die Zukunft, dankbar, daß die Natur sie nicht mit der Gabe – oder dem Fluch – des Zweiten Gesichts bedacht hatte. Es war besser, nicht zu wissen, was die Zukunft brachte.

Sie war fest davon überzeugt, ihre Ängste würden sich in nichts auflösen, nachdem sie Edie das Versprechen abgerungen hatte, nach Balnaid zu gehen. Das aber war nicht der Fall. Als sie zu ihrem Sessel am Kamin zurückkehrte, war sie keineswegs beruhigt, sondern empfand eine immer mehr zunehmende Beklemmung. Was stimmte nicht? Warum wurde sie mit einemmal von namenlosen Ängsten bestürmt? In ihren alten Morgenmantel gehüllt, sah sie vornübergebeugt in die Flammen, versuchte zu fassen, woher das Gefühl kam, das sie plötzlich kalt überlief, das Unbehagen, das wie ein Bleigewicht tief in ihr Inneres sank.

Es war schlimm genug, zu erfahren, daß Lottie frei umherstreifte. Sie mochte Gott weiß was im Schilde führen, aber lächerlicherweise beunruhigte es Violet weit mehr, daß sie nicht nach Balnaid durchkam und nicht mit Edmund sprechen konnte. Der Grund ihrer Unruhe war aber nicht etwa ihr Ärger darüber, daß sie nicht sagen konnte, was sie ihm mitteilen wollte. Winterliche Schneestürme hatten sie in Pennyburn schon des öfteren einen oder mehrere Tage von der Außenwelt abgeschnitten, ohne daß sie das im geringsten beunruhigt hätte. Lediglich daß das Telefon zu einem so unpassenden Zeitpunkt gestört war, machte ihr Sorge – es kam ihr vor, als sei eine unbeherrschbare Kraft am Werk, die auf Unheil sann.

Sie war nicht abergläubisch, aber kein Unglück kam je allein, es war, wie der Dichter sagt, ein Zwilling, und heute schien es sogar in Gestalt von Drillingen aufzutreten: erst Lottie und dann die gestörte Telefonleitung – was würde es als nächstes geben?

Sie ließ ihre Gedanken zum bevorstehenden Abend vorauseilen, denn dort lauerte ein wahres Minenfeld möglicher Katastrophen. Zum erstenmal würden die Akteure des Stücks, das sich im Verlauf der vergangenen Woche herausgeschält hatte, um den Eßtisch von Croy zusammenkommen. Edmund, Virginia, Pandora, Conrad,

Alexa und Noel. Alle waren aus den verschiedensten Gründen verwirrt und unruhig, suchten nach einem Glück, das sich nicht fassen ließ, als könne man es am Ende eines Regenbogens finden, wie im Märchen den Topf voll Gold. Doch alles, was bei ihren Bemühungen herauszukommen schien, waren zerstörerische Gefühle, Abneigung, Mißtrauen, Selbstsucht, Habgier und Untreue. Sogar Ehebruch. Allein Alexa, schien es, blieb unbefleckt. Für Alexa gab es nur den Schmerz der Liebe.

Ein Scheit, das in der Mitte durchbrannte, sank zischend ins Aschenbett. Eine Unterbrechung. Violet hob den Blick zur Uhr an der Wand und stellte entsetzt fest, daß sie zu lange ihren Gedanken nachgehangen hatte. Es war bereits Viertel nach acht. Sie würde zu spät auf Croy ankommen. Unter gewöhnlichen Umständen hätte sie das geärgert, denn sie war stets auf Pünktlichkeit bedacht, doch an diesem Abend, an dem ihr so viel auf der Seele lag, schien ihr das kaum von Bedeutung zu sein. Niemand würde sie in der ersten Viertelstunde vermissen, und vor neun würde Isobel ihre Gäste auf keinen Fall zu Tisch bitten.

Außerdem merkte sie, daß Ausgehen das letzte war, wonach ihr der Sinn stand. Sie würde lächeln, plaudern und ihre Befürchtungen verbergen müssen. Am liebsten wäre sie in der Geborgenheit ihres Hauses geblieben, vor ihrem Kamin. Irgendwo lauerte etwas, und selbst ihr nur schwach ausgeprägter Instinkt riet ihr, sich im Haus einzuriegeln und am Telefon sitzend Wache zu halten.

Aber sie war *nicht* abergläubisch.

Sie nahm sich zusammen, stand auf, schob das Kamingitter vor das ersterbende Feuer und ging nach oben. Rasch nahm sie ein Bad und zog sich für die Gesellschaft um. Seidene Unterwäsche, schwarze Seidenstrümpfe, das altehrwürdige schwarze Samtkleid, die Atlas-Ballschuhe. Sie frisierte sich, nahm das Brillantdiadem aus seiner Schatulle und befestigte es nicht ohne Schwierigkeiten mit dem zugehörigen Gummiband auf dem Kopf. Sie puderte sich die Nase, suchte ein Spitzentüchlein heraus und besprühte sich mit ein wenig Kölnisch Wasser. Dann trat sie vor den langen Spiegel, um mit kritischem Blick ihr Erscheinungsbild zu begutachten.

Dort sah sie eine hochgewachsene und grobknochige alte Witwe, für die das Wort «würdig» die freundlichste Bezeichnung zu sein schien.

Hochgewachsen und knochig. Und alt. Mit einem Mal fühlte sie sich sehr müde. Übermüdeten Menschen spielt die Einbildungskraft die sonderbarsten Streiche, und so sah sie beim Blick in den Spiegel hinter ihrem eigenen Gesicht das verschwommene Bild einer anderen Frau. Sie war nicht schön, war es nie gewesen, aber ihr Gesicht war vollständig glatt, sie hatte braunes Haar und schien von einem unersättlichen Lebenshunger erfüllt zu sein. Sie war wieder jung, trug ihr Lieblingskleid, das leuchtendrote Atlas-Ballkleid. Und neben ihr stand Geordie. Einen Augenblick blieb das Trugbild, war so wirklich, als könne sie es berühren. Dann verschwand es, war fort, und sie war wieder allein. Seit Jahren hatte sie sich nicht so allein gefühlt. Aber sie hatte keine Zeit, voll Selbstmitleid ihren Gedanken nachzuhängen. Man wartete auf sie, wie immer verlangten andere nach ihrer Gesellschaft und ihrer Aufmerksamkeit. Sie wandte sich vom Spiegel ab, zog den Pelzmantel an, nahm die Abendtasche, löschte die Lichter, ging nach unten, verließ das Haus durch die Küchentür und schloß hinter sich ab. Es war dunkel, und die Luft war feucht von feinem Nebel. Sie ging zur Garage hinüber. Zwar hatte man ihr angeboten, sie nach Croy mitzunehmen, aber sie wollte lieber selbst hinfahren, wie auch anschließend nach Corriehill. Auf diese Weise war sie unabhängig und konnte heimgehen, wenn ihr danach war.

Eine Gesellschaft verläßt man immer, wenn es am schönsten ist.

Eine von Geordies Lebensregeln. Während sie an ihn dachte und seine liebe Stimme vor ihrem inneren Ohr hörte, überkam sie ein gewisses Gefühl des Behagens. Bei solchen Gelegenheiten hatte sie stets den Eindruck, als sei er ganz in der Nähe. Wie er sich wohl über sie lustig gemacht hätte, könnte er sie jetzt mit ihren achtundsiebzig Jahren sehen, wie sie sich in ihrem ungewaschenen Wagen mit Diamanten geschmückt, in Samt und Pelz zu einem festlichen Tanzabend aufmachte… ausgerechnet.

Während sie den Hügel emporfuhr und aufmerksam den vom

Licht ihrer Scheinwerfer erhellten Straßenabschnitt vor sich im Auge behielt, gab sie Geordie ein Versprechen.

Ich weiß, daß es eine lächerliche Situation ist, mein Liebster, aber es ist das letzte Mal. Nach diesem Abend werde ich nein sagen, falls noch einmal jemand so liebenswürdig sein sollte, mich einzuladen. Und als Begründung werde ich sagen, daß ich wirklich viel zu alt bin.

Henry schritt kräftig aus. Die Dunkelheit war hereingebrochen, und dünne Regenfäden trieben ihm ins Gesicht. Der Croy blieb ununterbrochen neben ihm, denn die Straße folgte den Windungen des Flusses. Henry konnte ihn nicht sehen, war sich aber seiner Anwesenheit ständig bewußt, hörte das Plätschern, mit dem das an vielen Stellen aufgestaute Wasser in einer Reihe kleiner Wasserfälle talwärts strebte. Die Nähe des Croy beruhigte ihn ein wenig. Die wenigen anderen Geräusche, die an sein Ohr drangen, waren ihm zwar vertraut, wurden aber von seiner Einsamkeit sonderbar verstärkt: der Ruf des Brachvogels, der Wind, der die Zweige der Bäume schwanken ließ. Seine eigenen Schritte hallten so laut, daß es ihn schauderte. Bisweilen meinte er in gewisser Entfernung hinter sich andere Schritte zu hören, doch war das wohl nur ein Echo seiner eigenen. Jede andere Möglichkeit war viel zu beklemmend, als daß er über sie auch nur hätte nachdenken dürfen.

Lediglich drei Autos waren seit der Brücke von Caple in Richtung Strathcroy an ihm vorbeigekommen, hatten dasselbe Ziel wie er. Jedesmal hatte er sich, sobald das Licht der Scheinwerfer sichtbar wurde, in den Graben geduckt und dort verharrt, bis das Zischen der Reifen auf der nassen Straße nicht mehr zu hören war. Er wollte weder gesehen noch von jemandem mitgenommen werden. Zu Fremden ins Auto zu steigen war nicht nur strikt verboten, sondern außerdem entsetzlich gefährlich. Nachdem er auf seinem langen Weg so weit gekommen war, wollte er nicht riskieren, daß man ihn irgendwohin verschleppte und umbrachte.

Aber er wurde doch noch mitgenommen, als es nur noch gut einen Kilometer bis Strathcroy war. Er konnte bereits die Lichter des Dorfes durch die Dunkelheit dringen sehen, wie Sterne, die ihn willkommen hießen. Ein doppelstöckiger Schaftransporter kam hinter ihm die Straße entlang, und irgendwie brachte Henry nicht die Kraft auf, in den Graben zu springen, bevor ihn das Licht der Scheinwerfer erfaßte. Schon wurde das schwerfällige Fahrzeug langsamer und kam mit laut dröhnendem Motor zum Stehen. Schafe, das sah Henry sofort, waren keine drauf. Der Fahrer öffnete die Tür seiner hohen Kabine und wartete, daß Henry näher kam. Er spähte in die Finsternis hinaus und sah das von der Kapuzenmütze verdeckte Gesicht des Jungen zu ihm hinaufschauen.

«Hallo, mein Junge», sagte der vierschrötige Mann, auf dessen Kopf eine runde Tweedmütze saß. Er wirkte vertraut, war kein wirklich Fremder. Außerdem wurden Henrys Beine allmählich weich wie gekochte Spaghetti, und er war nicht sicher, ob er das letzte Stück bis Strathcroy überhaupt schaffen würde.

«Hallo.»

«Wohin willst du?»

«Nach Strathcroy.»

«Hast wohl den Bus verpaßt?»

Keine schlechte Ausrede.

«Ja», log Henry.

«Möchtest du 'n Stück mitfahren?»

«Gern.»

«Dann komm rauf.»

Der Mann hielt ihm eine schwielige Hand hin, Henry legte die seine hinein und wurde hinaufgezogen, als wiege er nicht mehr als eine Fliege, erst auf das Knie des kräftigen Mannes und dann darüber hinweg auf den Beifahrersitz gehoben. In der Kabine war es warm, gemütlich und überaus schmutzig. Sie roch nach kaltem Zigarettenrauch und Schafen. Daß der Fußboden mit Bonbonpapier und abgebrannten Streichhölzern bedeckt war, störte Henry nicht. Es war ein schönes Gefühl, dort zu sein, in der Gesellschaft eines Menschen, und zu wissen, daß er nicht weiter würde gehen müssen.

Der Fahrer schlug die Tür zu, legte einen Gang ein, und der Wagen fuhr an.

«Wie weit mußtest du laufen?»

«Von der Abzweigung bei der Brücke von Caple.»

«Das ist lang, an einem regnerischen Abend.»

«Ja.»

«Wohnst du in Strathcroy?»

«Ich besuch da jemand.» Bevor ihm der Mann noch mehr Fragen stellen konnte, beschloß Henry, selbst zu fragen. «Woher kommen Sie?»

«Vom Markt in Relkirk.»

«Haben Sie da viele Schafe hingebracht?»

«Ja.»

«Waren das Ihre eigenen?»

«Nein, ich hab keine. Ich bin nur der Fahrer.»

«Wo wohnen Sie?»

«In Inverness.»

«Und fahren Sie da heute noch hin?»

«Ja.»

«Das ist aber weit.»

«Das macht nichts. Ich schlaf nun mal am liebsten in meinem eigenen Bett.»

Die Scheibenwischer schwangen hin und her. Henry spähte angespannt durch den freigewischten Teil der Windschutzscheibe, während sich die Lichter von Strathcroy näherten. Dann kam das Ortsschild, das Kriegerdenkmal. Hinter der letzten Kurve erstreckte sich vor ihnen die lange Hauptstraße des Dorfes weit in die rabenschwarze Dunkelheit.

«Wo soll ich dich absetzen?»

«Gleich hier. Vielen Dank.»

Ruckend kam der Schaftransporter zum Stehen.

«Ist das so in Ordnung?» Der Mann streckte die Hand aus, um die Tür auf Henrys Seite zu öffnen.

«Klar. Und vielen Dank. Das war sehr nett von Ihnen.»

«Paß gut auf dich auf.»

«Wird gemacht.» Henry kletterte aus der großen Höhe auf den Boden hinab. «Wiedersehn.»

«Wiedersehn, mein Junge.»

Die Tür fiel ins Schloß. Henry sah dem großen Lastwagen nach, dessen rotes Rücklicht wie ein freundliches Auge zwinkerte. Nachdem das laute Motorengeräusch erstorben war, kam ihm alles erschreckend still vor.

Er machte sich wieder auf den Weg, ging auf der verlassenen Straße in der Mitte der Fahrbahn. Er war entsetzlich müde, aber das spielte keine Rolle, denn er war fast am Ziel. Er wußte genau, wohin er wollte und was er dort tun würde, denn er hatte sein heimliches Vorhaben gründlich und sorgfältig geplant. Jede erdenkliche Möglichkeit hatte er erwogen, nichts dem Zufall überlassen. Er würde zu Edie gehen, nicht nach Pennyburn und nicht nach Balnaid. Keiner würde zu Hause sein. Seine Eltern waren mit Alexa und ihrem Freund auf Croy zum Abendessen bei den Balmerinos, bevor sie zum Fest bei den Steyntons gingen. Und nach Pennyburn ging er nicht, weil Oma Vi ebenfalls auf Croy war. Doch selbst wenn sie alle daheim gewesen wären, hätte er sich immer noch für Edies Häuschen entschieden. Sie würde auf jeden Fall dasein.

Ohne Lottie. Die abscheuliche Lottie war wieder im Krankenhaus. Diese Neuigkeit hatte ihm Mr. Henderson mitgeteilt, und die Erleichterung zu wissen, daß Edie wieder allein und geborgen war, hatte Henry mit Mut erfüllt und seinen Fluchtplan letztlich beschleunigt. Daß er einen sicheren Unterschlupf hatte, war entscheidend, gab den Ausschlag. Edie würde ihn in die Arme nehmen und keine Fragen stellen, würde ihm heißen Kakao machen. Sie würde ihm zuhören, ihn verstehen, seine Partei ergreifen. Wenn sie auf seiner Seite stand, würde jeder auf das hören, was sie sagte, und niemand ihm zürnen.

Im Supermarkt der Familie Ishak brannte noch Licht, aber er hielt sich auf der anderen Seite der Straße, damit man ihn nicht zufällig vorübergehen sah. Da die Straße im Dunkeln lag, orientierte er sich an den Lichtern, die hinter den Vorhängen der Häuser zu sehen waren. Er konnte gedämpfte Stimmen und Musik hören, wohl von den Fernsehern. Bestimmt saß Edie strickend in ihrem Sessel vor dem Fernseher.

Er erreichte ihr reetgedecktes Häuschen, das sich zwischen den Nachbarhäusern duckte. Das Fenster ihres Wohnzimmers war dunkel, sie sah also nicht fern. Doch aus dem Schlafzimmerfenster drang heller Lichtschein, und es sah ganz so aus, als habe sie vergessen, die Vorhänge zuzuziehen.

Zwar hing vor dem Fenster außerdem noch eine Spitzengardine, durch die aber konnte man bei Licht ohne weiteres hindurchsehen. Henry schob sich dicht an die Scheibe und sah hinein, wobei er die Hände neben das Gesicht hielt, wie er es bei den Erwachsenen gesehen hatte. Wegen der Gardine konnte er das Innere des Raums nicht klar erkennen, sah aber Edie sofort. Sie trug ihre neue fliederfarbene Strickjacke und stand mit dem Rücken zum Fenster vor ihrer Frisierkommode. Es sah ganz so aus, als pudere sie sich das Gesicht. Vielleicht wollte sie noch ausgehen. In ihrer besten Strickjacke...

Er klopfte mit der Faust gegen die Scheibe, um Edie auf sich aufmerksam zu machen. Sie wandte sich ruckartig vom Spiegel ab und kam auf ihn zu. Die Deckenlampe beleuchtete ihre Züge, und sein Herz krampfte sich zusammen, denn etwas Entsetzliches war mit ihr geschehen. Sie hatte ein völlig verwandeltes Gesicht, starre schwarze Augen, und ihr Mund war mit Lippenstift beschmiert, als wäre es Blut. Auch ihr Haar hatte die falsche Farbe, und ihre Wangen waren so bleich wie Papier...

Lottie.

Es waren ihre durchdringenden Augen. Ein Abscheu, der stärker war als die Panik, die von ihm Besitz ergriffen hatte, riß ihn vom Fenster. Er stürmte auf die andere Straßenseite, nur weg aus dem gelblichen Licht, das den nassen Gehweg erhellte. Jedes seiner erschöpften Glieder bebte, und sein Herz hämmerte ihm gegen die Rippen, als wolle es aus deren Käfig ausbrechen. Starr vor Panik hatte er das Gefühl, sich nie wieder rühren zu können. Er empfand Angst, vor allem um Edie.

Lottie hatte ihr etwas angetan. Sein gräßlichster Alptraum war Wirklichkeit geworden. Irgendwie hatte sie sich zurück nach Strathcroy geschlichen und auf Edie gestürzt, als die gerade nicht aufpaßte. Irgendwo in dem Häuschen lag Edie, mit einem Beil im Hals. Vielleicht schwamm der Küchenfußboden in Blut.

Er öffnete den Mund, um einen Hilfeschrei auszustoßen, aber der einzige Laut, der aus seiner Kehle kam, war ein zitterndes, kaum vernehmbares Flüstern.

Jetzt war Lottie am Fenster und schob die Gardine beiseite, um, ihr widerwärtiges Gesicht gegen das Glas gepreßt, auf die Straße hinauszuspähen. Im nächsten Augenblick würde sie zur Tür gehen, ihn entdecken und verfolgen.

Er zwang seine Beine, sich zu bewegen, ging die Straße entlang, Schritt für Schritt rückwärts, wandte sich dann um und rannte. Es war wie in einem Traum, in dem die Beine so schwer sind, daß sie sich nicht bewegen wollen, nur wußte er, daß er diesmal nicht wieder wach würde. In den Ohren dröhnte ihm der Widerhall der eigenen Schritte und das Keuchen seiner Lunge. Das Atmen fiel ihm schwer. Er riß sich die Kapuzenmütze vom Kopf, und die kalte Luft strömte ihm über Stirn und Wangen. Allmählich konnte er klarer denken, und vor sich sah er eine Zuflucht. Das hell erleuchtete Fenster des Supermarkts, in dem neben der üblichen bunten Vielfalt von Packungen mit Waschmitteln und Frühstücksflocken die Sonderangebote aufgestapelt waren.

Er floh zu Mrs. Ishak.

Mrs. Ishaks langer Arbeitstag neigte sich allmählich dem Ende zu. Ihr Mann hatte die Kassenschublade geleert und zählte wie jeden Abend im Lager die Tageseinnahmen, bevor er sie im Safe verschloß. Sie selbst hatte die Regale aufgefüllt und kehrte gerade im Laden den Boden.

Als die Tür unerwartet und kraftvoll aufgestoßen wurde, zuckte sie zusammen. Sie blickte hoch, und als sie sah, wer da kam, hob sie über ihren kajalumrandeten Augen die Brauen, aufs äußerste erstaunt.

«Henrii.»

Er sah schrecklich aus. Der schlammbedeckte Tweedmantel war ihm zwei Nummern zu groß, die Kniestrümpfe hingen herunter, und die Schuhe waren verschmutzt. Aber der Zustand von Henrys Kleidung kümmerte Mrs. Ishak weniger als der, in dem sich der Junge selbst befand. Schwer atmend stand er eine Sekunde lang mit aschgrauem Gesicht da, bevor er die Tür zuschlug und sich mit dem Rücken davorstellte.

«Henrii.» Sie stellte den Besen beiseite. «Was ist passiert?» Aber er hatte nicht genug Luft, um zu antworten. «Wieso bist du nicht in der Schule?»

Sein Mund brachte heraus: «Edie ist tot.» Sie konnte seine Worte kaum hören. Dann sagte er erneut, diesmal mit sich überschlagender Stimme: «Edie ist *tot.*»

«Aber…»

Er brach in Tränen aus. Mrs. Ishak streckte ihm die Arme entgegen, und Henry flüchtete sich hinein. Sie kniete nieder, preßte ihn dicht an ihre von Seide bedeckte Brust, umschloß seinen Hinterkopf mit der Hand. «Nein», murmelte sie. «Nein, das stimmt nicht.» Und als er nicht aufhörte zu weinen und ihr geradezu hysterisch immer wieder bekräftigte, es verhalte sich doch so, versuchte sie ihn zu trösten, wobei sie sich des Dialekts Katschi bediente, in dem sich die Angehörigen der Familie Ishak miteinander verständigten. Henry hatte die angenehmen leisen Klänge oft gehört, wenn sie ihre Tochter Kedejah getröstet oder sie auf den Schoß genommen hatte, um sie zu liebkosen. Obwohl er kein Wort verstand, fühlte er sich davon beruhigt; außerdem roch Mrs. Ishak geradezu überwältigend nach Moschus, und ihr wunderschönes rosafarbenes Kleid kühlte ihm das Gesicht.

Es nützte nichts, er mußte ihr die Umstände klarmachen. Also löste er sich aus ihrer Umarmung und wiederholte, trotz ihrer verwirrten und verstörten Miene: «Edie ist tot.»

«Aber nein, das stimmt nicht.»

«Doch.» Er schlug ihr leicht mit der Faust auf die Schulter, wütend darüber, daß sie so dumm war.

«Warum sagst du das?»

«Lottie ist in ihrem Haus. Sie hat sie umgebracht und ihre Strickjacke gestohlen.»

Mrs. Ishak sah jetzt nicht mehr verwirrt drein. Ihre Züge nahmen einen gespannten Ausdruck an. Sie runzelte die Stirn.

«Hast du sie gesehen?»

«Ja. Sie ist in Edies Schlafzimmer und...»

Mrs. Ishak stand auf. «Schamsch!» rief sie laut und mit Nachdruck ihren Mann.

«Was ist?»

«Komm schnell.» Er eilte in den Laden, und seine Frau redete auf *katschi* endlos auf ihn ein. Er fragte, sie antwortete. Er kehrte ins Lager zurück, und Henry hörte die Telefon-Wählscheibe schnarren.

Mrs. Ishak stellte Henry einen Stuhl hin, kniete sich neben ihn und hielt seine Hände.

Sie sagte: «Henrii, ich weiß nicht, was du hier treibst, aber jetzt hör mir bitte zu. Mein Mann ruft die Polizei. Die bringt Lottie wieder nach Relkirk. Sie ist da ohne Erlaubnis weggegangen, und die Polizisten wissen schon, daß sie nach ihr Ausschau halten sollen.»

«Schon. Aber Edie...»

Mit sanften Fingern wischte sie die Tränen ab, die Henry über die Wangen liefen, und tupfte ihm mit dem Ende des rosa Chiffon-Umschlagtuchs, das sie über ihrem schwarz glänzenden Haar trug, die Tropfen von der Nase.

Sie sagte: «Edie ist bei euch in Sicherheit und bleibt über Nacht auf Balnaid.»

Stumm starrte Henry sie an, voll Besorgnis, daß sie ihm nicht die Wahrheit sagte.

«Woher wissen Sie das?» fragte er schließlich.

«Weil sie auf dem Weg dahin hier vorbeigekommen ist, um eine Zeitung zu kaufen. Sie hat mir gesagt, deine Oma hätte ihr wegen Lottie Bescheid gesagt und auch, daß sie nicht wollte, daß Edie allein in ihrem Haus bliebe.»

«Oma Vi hatte also auch Angst wegen Lottie?»

«Nun, ich glaube nicht, daß Mrs. Aird Angst hatte. Aber sie hat sich um deine liebe Edie Sorgen gemacht. Du siehst also, es ist alles in bester Ordnung. Und du bist in Sicherheit.»

Immer noch sprach Mr. Ishak. Henry drehte den Kopf in seine Richtung, um zuzuhören, verstand aber nicht, was gesagt wurde. Es war zu leise. Nach einer Weile legte Mr. Ishak auf und kam durch die Tür in den Laden.

«Alles in Ordnung?» fragte ihn seine Frau.

«Ja, die Polizei schickt einen Streifenwagen. Er müßte in etwa fünf Minuten hier in Strathcroy sein.»

«Wissen die auch, wo sie hin müssen?»

«Ja.» Er sah Henry an und lächelte ihm beruhigend zu. «Armer Junge. Da hast du einen schlimmen Schreck bekommen. Aber jetzt ist alles vorbei.»

Sie waren sehr freundlich zu ihm. Mrs. Ishak kniete immer noch neben ihm und hielt seine Hände. Er zitterte nicht mehr. Nach einer Weile fragte er: «Kann ich bei Edie anrufen?»

«Das geht leider nicht, weil euer Telefon nicht funktioniert. Edie hat es noch bei der Störungsstelle gemeldet, bevor sie zu Hause weggegangen ist, aber die können vor morgen früh nichts machen. Wir warten jetzt einfach ein bißchen. Ich mach dir was Heißes zu trinken, bring dich dann nach Hause, und du bist wieder bei deiner Edie.»

Erst das überzeugte Henry endgültig davon, daß Edie nicht tot war. Sie war auf Balnaid, wartete auf ihn, und das Bewußtsein, daß er bald bei ihr sein würde, war fast mehr, als er zu ertragen vermochte. Er spürte, wie seine Lippen zitterten und ihm Tränen die Augen füllten, und da er zu müde war, etwas dagegen zu tun, weinte er wie ein kleines Kind. Mrs. Ishak sagte tröstend seinen Namen, hüllte ihn erneut in ihre seidene und duftende Umarmung ein, und er weinte sich aus.

Nach einer Weile schluchzte er nur noch ein wenig. Mr. Ishak brachte ihm einen großen Becher süße heiße Schokolade, und Mrs. Ishak machte ihm ein Marmeladenbrot.

«Sag», forderte sie ihn auf, als sich Henry deutlich besser fühlte, «du hast meine erste Frage noch gar nicht beantwortet: Warum bist du hier und nicht in deiner Schule?»

Die Finger um den heißen Becher gespannt, sah ihr Henry fest in die dunklen Augen und sagte: «Es hat mir da nicht gefallen. Ich bin weggelaufen. Ich bin nach Hause zurückgekommen.»

Bei Edmunds Eintreten zeigte die Uhr auf dem Kaminsims des Salons von Croy zwanzig vor neun. Er hatte erwartet, den Raum voller Menschen vorzufinden, sah aber lediglich Archie und einen Mann, den er nicht kannte. Vermutlich der melancholische Amerikaner, denn sonst kam niemand in Frage. Also war das dieser Conrad Tucker, die Ursache für die gespannte Beziehung zwischen ihm und Virginia.

Beide trugen elegante Abendgarderobe. Archie sah besser aus, als ihn Edmund in den letzten Jahren gesehen hatte. Sie saßen, ein Glas in der Hand, vor dem Kamin beieinander, Conrad Tucker in einem Sessel und Archie auf dem gemütlichsten Platz, nämlich dem lederbezogenen und gepolsterten Deckel des Kohlenkastens gleich neben dem Kamingitter. Als sich die Tür öffnete, unterbrachen sie ihr Gespräch, hoben den Blick, sahen Edmund und erhoben sich.

«Edmund.»

«Wir haben uns wohl verspätet. Es hat Komplikationen gegeben.»

«Nicht die Spur, wie du deutlich sehen kannst. Es ist noch kein Mensch da. Wo ist Virginia?»

«Oben, ihren Mantel ausziehen. Alexa und Noel kommen bald nach. Meine Tochter mußte sich im letzten Augenblick unbedingt noch die Haare waschen und hat sie gerade geföhnt, als wir gegangen sind. Weiß der Himmel, warum sie nicht vorher daran gedacht hat.»

«Das tun sie nie», sagte Archie aus der Erfahrung von Jahren. «Du kennst Conrad Tucker noch nicht.»

«Nein, ich glaube nicht. Nett, Sie kennenzulernen.»

Sie schüttelten einander die Hand. Der Amerikaner war ebenso groß wie Edmund und kräftig gebaut. Seine Augen hinter der schweren Hornbrille hielten Edmunds Blick stand, und Edmund schwankte, eine Empfindung, die er an sich selbst nicht kannte.

Tief in seinem Inneren lag unter dem dünnen Firnis der geschliffenen Umgangsformen eine glühende Wut auf diesen Mann verborgen, diesen Fremden, der hinter seinem Rücken die Dinge in die Hand genommen zu haben schien, Virginias Jugenderinnerungen wieder zum Leben erweckt hatte und jetzt in aller Ruhe mit ihr – seiner, Edmunds Frau – nach Amerika zurückfliegen wollte. Während er Conrad Tucker höflich anlächelte, spielte er mit dem verlokkenden Gedanken, ihm die geballte Faust in das offene sonnengebräunte Gesicht zu schlagen. Mit beschämter Wonne malte er sich die Folgen eines solchen Vergehens aus: Blut und Verletzungen.

Doch spürte er auch irgendwie, daß dieser Amerikaner unter anderen Umständen genau die Art von Mensch wäre, mit dem er auf Anhieb gut zurechtkäme.

Conrad Tuckers herzlicher Gesichtsausdruck spiegelte den Edmunds nicht wider. «Das Vergnügen ist auf meiner Seite.» Der Teufel sollte ihn holen.

Archie war schon auf dem Weg zum Tablett, auf dem die Flaschen standen.

«Ein Schlückchen Whisky?»

«Ja, danke, das könnte ich brauchen.»

Archie griff nach der Flasche mit *The Famous Grouse.* «Seit wann bist du zurück?»

«Seit etwa halb sechs.»

Conrad fragte: «Wie war es?»

«Es hätte schlimmer sein können. Ich mußte ein paar Probleme lösen und den entsprechenden Leuten ein paar passende Worte sagen. Wenn ich das richtig verstanden habe, sind Sie ein alter Bekannter meiner Frau?»

Sofern er Conrad Tucker damit aus dem Gleichgewicht zu bringen gehofft hatte, war er auf dem Holzweg. Seinem Gegenüber war kein Zeichen von Unbehagen anzumerken.

«Ja. Wir haben in unserer wilden Jugendzeit viel miteinander getanzt. Es ist schon ziemlich lange her.»

«Sie hat mir gesagt, daß Sie gemeinsam nach Amerika zurückfliegen wollen?»

Nach wie vor keine Reaktion. Falls der Amerikaner den Verdacht hatte, provoziert zu werden, ließ er sich nichts anmerken. «Hat sie tatsächlich einen Platz im selben Flugzeug bekommen?» war alles, was er dazu sagte.

«Es scheint so.»

«Das wußte ich noch gar nicht. Ist ja wunderbar. Es ist ein langer Flug, und da ist Gesellschaft angenehm. Ich fahre zwar vom Flughafen gleich nach New York rein, kann ihr aber mit dem Gepäck helfen und mich darum kümmern, daß sie einen Wagen nach Leesport bekommt.»

«Das ist überaus liebenswürdig von Ihnen.»

Archie gab Edmund ein Glas. «Nanu, Conrad. Davon wußte ich ja gar nichts. Ich hatte keine Ahnung, daß Virginia nach Amerika will...»

«Sie möchte ihre Großeltern besuchen.»

«Und wann geht es los?»

«Ich bleibe bis Sonntag hier, wenn Ihnen das recht ist, und fliege am Donnerstag von Heathrow zurück. Ich habe in London geschäftlich verschiedenes zu erledigen und brauche dafür ein paar Tage.»

«Wie lange sind Sie eigentlich schon im Lande?» fragte Edmund.

«Seit ein paar Monaten.»

«Ich hoffe, es gefällt Ihnen hier.»

«Vielen Dank. Es hat mir gutgetan.»

«Das freut mich.» Edmund hob sein Glas. «Zum Wohl.»

An dieser Stelle wurden sie durch das Eintreten Jeff Howlands unterbrochen, der offenbar zu guter Letzt im Kampf mit der Smokingschleife Sieger geblieben war, denn er war einwandfrei gewandet. Er fühlte sich in den ungewohnten Kleidungsstücken, die er mit Lucillas Hilfe aus Edmunds Beständen herausgesucht hatte, erkennbar unwohl. Leichte Befangenheit war auf seinem Gesicht zu erkennen, dabei sah er mehr als präsentabel aus. Edmund stellte belustigt fest, daß sich Jeff für ein cremefarbenes Abendjackett mit Leinenstruktur entschieden hatte, das er einmal in Hongkong gekauft hatte, weil er dringend etwas brauchte, das er zu einem gesellschaftlichen Ereignis anziehen konnte. Ein Fehlkauf, denn er hatte es nur dies eine Mal getragen.

«Sie sehen glänzend aus, Jeff.»

Der junge Mann drehte unbehaglich den Kopf. Sich mit einem Finger zwischen den engen Kragen des gestärkten Smokinghemdes und seinen Hals fahrend, sagte er: «Ich bin das nicht gewöhnt. Ich komm mir ziemlich blöd vor.»

«Unsinn. Trinken Sie was mit uns. Wir halten uns an Whisky, bevor die Damen kommen und Champagner wollen.»

Jeff entspannte sich ein wenig. In ausschließlich männlicher Gesellschaft fühlte er sich am wohlsten. «Foster's Lager haben Sie wohl nicht?»

«Ja, ja, Ihr geliebtes australisches Bier. Doch, ich denke schon. Da, auf dem Tablett. Bedienen Sie sich.»

Jeff entspannte sich noch mehr, griff nach der Dose und goß sich ein Glas voll. Zu Edmund sagte er: «Es war riesig nett von Ihnen, mir mit der Garderobe auszuhelfen. Ich bin Ihnen dankbar.»

«Ist mir ein Vergnügen. Das Jackett ist genau die richtige Mischung von salopp und förmlich.»

«Sagt Lucilla auch.»

«Sie hat recht. Außerdem steht Ihnen das erheblich besser als mir. Ich hab damit ausgesehen wie ein ältlicher Barkellner von der nutzlosen Art. Sie wissen schon, einer von denen, die keine Ahnung haben, wie man einen trockenen Martini mixt.»

Lächelnd nahm Jeff einen kräftigen Schluck und sah sich um. «Wo sind eigentlich die Damen?»

«Gute Frage», sagte Archie. «Das weiß allein Gott.» Er hatte sich erneut auf den gepolsterten Sitz am Kamin zurückgezogen, weil er nicht länger stehen wollte, als unbedingt erforderlich war. «Vermutlich schwingen sie sich gerade in ihre Abendkleider. Lucilla war auf der Suche nach einem Unterrock, Pandora wollte die Beine ein bißchen hochlegen, und Isobel ist in Panik wegen ihrer Abendschuhe.» Er wandte sich Edmund zu. «Du hast gerade gesagt, bei euch hätte es Komplikationen gegeben. Was war denn los?»

Edmund berichtete es ihm. «Erstens funktioniert unser Telefon nicht richtig. Wir können zwar anrufen, aber keiner kommt zu uns durch. Wir haben es aber schon gemeldet, und die Leute wollen sich morgen früh drum kümmern. Das ist aber die geringfügigste unserer Sorgen. Edie ist unversehens bei uns aufgetaucht und will über Nacht bleiben. Sie hat uns erzählt, daß Lottie Carstairs wieder frei rumläuft. Sie muß wohl aus dem psychiatrischen Krankenhaus verschwunden sein. Seitdem hat sie keiner mehr gesehen.»

Verzweifelt schüttelte Archie den Kopf. «Das verdammte Weibsstück ist schlimmer als 'ne läufige Hündin. Wann war das?»

«Keine Ahnung. Vermutlich irgendwann heute nachmittag. Der Arzt hat Vi angerufen, um ihr das zu sagen. Dann wollte Vi mich anrufen, ist aber nicht durchgekommen. Also hat sie Edie benachrichtigt und ihr den Marschbefehl gegeben, sich über Nacht bei uns einzuquartieren.»

«Heißt das, Vi hält das verrückte Huhn für gefährlich?»

«Was weiß ich. Ich trau ihr alles mögliche zu, und wenn Vi nicht zu Edie gesagt hätte, sie soll nach Balnaid kommen, hätte ich es selbst getan. Jedenfalls schließt Alexa das Haus ab; und die Hunde leisten Edie Gesellschaft. Du kannst dir denken, daß das alles Zeit gekostet hat.»

«Nun ja.» Nachdem diese häuslichen Schwierigkeiten abgehandelt waren, wandte sich Archie ihm wesentlicheren Dingen zu. «Ein wahrer Jammer, daß du gestern nicht dabeisein konntest. Es war ein erstklassiger Tag. Wir hatten eine Strecke von siebenundsechzig Moorschneehühnern, und die Vögel sind geflogen wie der Wind…»

Daß sie als letzte eintraf, merkte Violet sofort, denn auf der kiesbestreuten geschwungenen Auffahrt von Croy standen bereits fünf weitere Fahrzeuge: Archies Landrover, Isobels Kleinbus, Edmunds BMW, Pandoras Mercedes und Noels Golf. Ungefähr so, überlegte sie, wie der Wagenpark bei einem Gelände-Jagdrennen, und für zwei Familien ganz schön viel.

Sie stieg aus, raffte ihre langen Röcke und ging zur Haustür.

Noch als sie auf der Treppe war, wurde ihr geöffnet, Edmund erwartete sie bereits im hellen Licht der Eingangshalle. Mit seinem silbergrauen Haar und dem Kilt, der Weste und den Kniestrümpfen mit dem Jacquardmuster sah er noch dinstinguierter aus als sonst, und trotz aller Bekümmernisse empfand Violet einen gewissen mütterlichen Stolz, und die Erleichterung, daß er wirklich da war, erfüllte sie erneut mit Dankbarkeit.

«Ach, mein Junge.»

«Ich hab deinen Wagen gehört.» Er gab ihr einen Kuß.

«Wie schrecklich das alles war.» Sie ging hinein, er schloß die Tür hinter ihr und half ihr aus dem Mantel. «Euer Telefon funktioniert nicht...»

«Es ist alles in bester Ordnung, Vi. Morgen früh wird es in Ordnung gebracht...»

Er legte den Pelz über einen Stuhl, während Vi ihren weitschwingenden Samtrock ausschüttelte und die Spitzenbordüre an ihrer Schulter zurechtzupfte. «Gott sei Dank. Und wie geht es meiner lieben Edie? Ist sie bei euch eingetrudelt?»

«Ja, und auf Balnaid ist sie sicher wie in Abrahams Schoß. Du siehst abgespannt aus. Mach dir jetzt keine Sorgen, sonst verdirbst du dir die ganze Freude.»

«Kein Wunder. Diese elende Lottie. Da kommt wirklich alles knüppeldick. Aber daß du heil und gesund wieder daheim bist, ist vor allem wichtig. Ich bin wohl schrecklich verspätet, was?»

«Das scheinen heute abend alle zu sein. Isobel ist gerade erst aufgetaucht. Komm, trink ein Glas Champagner, dann fühlst du dich gleich besser.»

«Sitzt mein Diadem gerade?»

«Könnte nicht besser sein.» Er nahm ihren Arm und führte sie in den Salon.

«*Meiner* Ansicht nach», sagte Pandora, «hätte Verena das besser machen können. Es wäre doch herrlich gewesen, wenn es für jede von uns eine hübsche kleine Tanzkarte gäbe, von der ein winziger Bleistift herabhängt...»

«Da sieht man wieder, wie lange du weg warst», teilte ihr Archie mit. «Tanzkarten sind schon ewig passé...»

«Eine *Schande*. Die waren doch das halbe Vergnügen bei einem Ball. Die jungen Mädchen haben sie verschnürt, mit Schleifchen verziert aufgehoben und ihren einstigen Tänzern nachgetrauert.»

«Für Gesellschaftsschmetterlinge mag das ja in Ordnung gewesen sein», mischte sich Isobel ein, «weil die jede Menge Bewunderer hatten. Mädchen, mit denen keiner tanzen wollte, waren da eher übel dran.»

«Bestimmt waren *Sie* nie eine von denen», sagte Conrad mit transatlantischer Galanterie.

«Wie lieb von Ihnen. Aber gelegentlich hat es eben doch schreckliche Abende gegeben, bei denen man einen Pickel auf der Nase hatte oder in einem gräßlichen Kleid aufkreuzte.»

«Was haben Sie dann getan?»

«Mich geschämt und in der Damentoilette verkrochen. Die war immer voll von betrübten Mauerblümchen...»

«So wie Daphne Brownfield», meldete sich Pandora zu Wort. «Archie, weißt du noch? Sie war so massig wie ein Haus, und ihre Mutter hat sie pausenlos in weißen Tüll gesteckt... Sie war unsterblich in dich verknallt und ist jedesmal rot angelaufen wie ein Hummer, sobald sie dich nur von ferne gesehen hat...»

Ritterlich entgegnete Archie: «Sie war eine Tennisspielerin von hohen Graden.»

«Na, wenn das alles ist», spöttelte Pandora. Der Raum summte von Stimmen, und hin und wieder ertönte Gelächter. Violet, die rechts von Archie saß und nach dem ersten Glas Champagner bereits etwas weniger sorgenvoll war, hörte Pandoras Spottreden nur mit halbem Ohr zu, denn es gab weit mehr zu sehen als zu hören. Das Eßzimmer auf Croy war an diesem Abend eine wahre Augenweide. Auf der langen, mit gestärktem Leinen gedeckten Tafel prangte feierlich glänzendes Besteck, grüngoldenes Porzellan und blitzendes Kristall. Fasanen aus Silber thronten als Tafelaufsätze in der Mitte, und das Ganze wurde vom Schein des Kaminfeuers und von Kerzen erhellt.

«Nicht nur die Mädchen haben gelitten», teilte Noel mit. «Für einen jungen Mann konnte eine Tanzkarte schreckliche Einschränkungen bedeuten. Man hatte keine Gelegenheit, Initiative zu entwickeln, und bis man eine schnuckelige Kleine entdeckt hatte, war es zu spät, was in die Wege zu leiten...»

«Woher haben Sie denn die Erfahrung?» fragte ihn Edmund.

«Aus meiner Zeit als junger Salonlöwe. Die liegt aber glücklicherweise lange zurück...»

Zur geräucherten Forelle mit Zitronenscheiben gab es dünne Graubrotscheiben mit Butter. Lucilla ging mit der Weißweinflasche um den Tisch herum und goß allen ein. Es kam Violet vor, als habe die junge Frau den Kostümfundus eines Theaters geplündert. Ihr ärmelloses Flohmarktkleid aus metallischgrauem Voile hing gerade von ihren knochigen Schultern herunter, sein Rock bildete unter ihren Knien eine Reihe von Zipfeln wie zusammengenähte Taschentücher. Eigentlich hätte das Ganze gräßlich wirken müssen, aber aus irgendeinem Grund sah sie darin einfach allerliebst aus.

Und die anderen? Violet lehnte sich zurück und faßte über den Brillenrand hinweg einen nach dem anderen ins Auge. Zu dieser Feier, auf die sich alle schon lange gefreut hatten, waren Verwandte, alte und neue Freunde zusammengekommen. Sie achtete nicht auf die schwache Spannung, die die Atmosphäre elektrisch auflud, und beobachtete frei von Emotionen. Sie sah die fünf Männer, von denen zwei von den Enden der Welt hergekommen waren – alle unterschiedlich alt und aus unterschiedlichen Kulturen, aber gepflegt und ansehnlich gekleidet, fünf Frauen, jede auf ihre eigene Weise schön.

Farben bestürmten ihr Auge. Ballkleider, die einen aus dunkler Seide, andere aus geblümtem Chintz. Virgina, die kühle Weltdame, in Schwarz und Weiß, Pandora ätherisch wie eine Dryade in meergrünem Chiffon. Und Schmuck. Isobels ererbte Perlen und Diamanten, die mit Türkisen besetzte Silberkette um Pandoras schlanken Hals, der Schimmer des Goldes an Virginias Ohren und Handgelenk. Violet sah zu Alexa hin, die gerade wegen einer Bemerkung Noels laut herauslachte. Sie trug keinen Schmuck, aber ihr blaßrotes Haar leuchtete wie eine Flamme, und ihr Gesicht mit den Pfirsichwangen strahlte vor Liebe...

Mit einemmal konnte sie nicht mehr objektiv bleiben. So eng war Violet mit ihnen allen verknüpft, daß sie sie nicht mit den leidenschaftslosen Augen eines Außenstehenden zu betrachten vermochte. Ihr Herz krampfte sich zusammen, als sie daran dachte, wie verletzlich und durchschaubar Alexa war. Und Virginia? Über den Tisch hinweg sah sie ihre Schwiegertochter an und wußte, daß zwischen ihr und Edmund noch nichts geklärt war. Virginia gab sich so lebhaft wie nur je, von ihr ging ein spröder Glanz aus, und in ihren blauen Augen lag ein gefährliches Leuchten.

Nicht an das Schlimmste denken, sagte sich Violet. Hoff einfach das Beste. Sie griff nach ihrem Weinglas und nahm einen Schluck daraus.

Der erste Gang war beendet. Während Jeff aufstand und die Teller abtrug, als sei er der Butler, wandte sich Archie an Virginia.

«Hör mal, Edmund sagt, du willst nach Amerika, um deine Großeltern zu besuchen?»

«Ja, stimmt!» Ihr Lächeln kam zu rasch, sie riß die Augen zu weit auf. «Es wird mir viel Freude machen. Ich kann es gar nicht abwarten, die lieben alten Leute wiederzusehen.»

Sie hatte sich also trotz Violets Beschwörungen entschieden. Es war endgültig und amtlich. Violet fühlte ihre schlimmsten Befürchtungen bestätigt. Ihr Herz sank.

«Du fliegst also doch?» Sie gab sich keine Mühe, ihre Mißbilligung zu verbergen.

«Ja, Vi. Ich hab es dir ja gesagt. Am Donnerstag, mit Conrad. Alles ist geregelt.»

Einen Augenblick lang sagte Violet nichts. Über den Tisch hinweg trafen sich ihrer beider Augen. Virginias Blick war trotzig und hielt dem ihren stand.

«Wie lange bleibst du?» fragte Violet.

Virginia zuckte ihre bloßen gebräunten Schultern. «Das sehe ich dann. Erst mal hab ich das Rückflugdatum im Flugschein offengelassen.» Sie wandte sich an Archie. «Weißt du, ich wollte eigentlich mit Henry hin, aber jetzt, wo er nicht mehr daheim ist, dachte ich, daß ich ebensogut allein fliegen kann. Es ist schon ein sonderbares Gefühl, daß man plötzlich tun kann, was einem gefällt. Man hat keine Verantwortung mehr, ist nicht gebunden.»

«Und Edmund?» fragte Archie.

«Ach, um den kümmert sich Vi», teilte ihm Virginia leichthin mit. «Das tust du doch, nicht wahr?»

«Selbstverständlich.» Sie unterdrückte den Impuls, ihre Schwiegertochter bei der Schulter zu fassen und durchzuschütteln, bis ihre Zähne klapperten. «Kein Problem.» Damit wandte sich Violet von den beiden ab und begann eine Unterhaltung mit Noel.

Inzwischen war man beim zweiten Gang angelangt, Isobels *Fasan à la Theodora*. Jeff reichte die Gemüseplatte herum, und Conrad Tucker füllte die Weingläser nach. Auf Pandoras Bitten hin hatte sich Archie bereit gefunden, den Gästen zuliebe eine Geschichte zu erzählen, die allen Blairs und Airds bis zum Überdruß bekannt war, weil sie, ähnlich der Schilderung von Mrs. Harris und dem Wollstrumpf im Suppentopf, im Laufe der Zeit Eingang in den Anekdotenschatz der Familie gefunden hatte.

«Unser Großvater hatte einen jungen Wildhütergehilfen namens Donald Buist. Das war ein schmucker Bursche von zwanzig Jahren, der seine Arbeit ausgezeichnet tat, aber einen Fehler hatte, und der führte dazu, daß alle jungen Frauen im Umkreis von dreißig Kilometern schwanger wurden – ob es sich nun um die Tochter des Schäfers von Ardnamore oder die des Metzgers in Strathcroy handelte. Sogar das Dienstmädchen unserer Großmutter ist einmal mittags beim Auftragen des Schokoladensoufflés ohnmächtig umgefallen.»

Er ließ eine Pause eintreten. Hinter der geschlossenen Tür der Servierküche klingelte deutlich das Telefon. Es hörte aber gleich wieder auf. Offensichtlich hatte Agnes Cooper abgenommen. Archie fuhr mit seiner Geschichte fort.

«Schließlich hatte Großmutter genug und verlangte, daß sich Großvater diesen Tunichtgut Donald Buist vornahm. Er ließ ihn also zu sich ins Arbeitszimmer kommen, um ihn zur Rede zu stellen. Nachdem er ein halbes Dutzend der jungen Frauen aufgezählt hatte, die dem Burschen Kinder geboren hatten oder kurz davor standen, wollte er wissen, was dieser zu seiner Rechtfertigung zu sagen hatte. Nach längerem Nachsinnen hat Donald zu guter Letzt rausgebracht: ‹Nun, Sir, ich hab doch ein Fahrrad!›»

Als sich das Gelächter gelegt hatte, klopfte es. Die Tür zur Servierküche öffnete sich sogleich, und Agnes Cooper steckte den Kopf herein.

«Es tut mir leid, daß ich störe, aber Edie Findhorn möchte Mrs. Geordie Aird sprechen.»

Ein Unglück kommt nie allein. Kalte Finger griffen nach Violets Herz; es kam ihr vor, als sei durch die geöffnete Tür nicht nur Agnes, sondern zugleich ein eisiger Luftzug gekommen. Sie erhob sich so unvermittelt, daß ihr Stuhl umgestürzt wäre, hätte ihn Noel nicht festgehalten.

Niemand sprach. Jeder sah zu ihr hin. Auf allen Gesichtern lag Besorgnis. Sie sagte: «Entschuldigt bitte, ich bin gleich wieder da.» Sie schämte sich, weil ihre Stimme dabei zitterte.

Sie wandte sich um und verließ den Tisch. Agnes hielt ihr die Tür auf, und sie ging hindurch in Isobels große Küche. Daß Agnes ihr folgte, war unerheblich... im Augenblick war das Bedürfnis, ungestört zu sprechen, ihre kleinste Sorge. Das Telefon stand auf der Anrichte. Sie nahm den Hörer auf.

«Edie.»

«Ach, Mrs. Aird...»

«Edie, was gibt's?»

«Es tut mir leid, Sie bei der Gesellschaft zu stören...»

«Ist Lottie da?»

«Nein, das nicht. Aber Sie hatten recht. Lottie ist mit dem Bus nach Strathcroy gekommen und durch die Hintertür in mein Haus gegangen...»

«Sie waren aber nicht da?»

«Nein, ich war hier auf Balnaid.»

«Gott sei Dank. Und was ist jetzt?»

«Mr. Ishak hat die Polizei angerufen, und fünf Minuten später waren sie da und haben sie abgeholt.»

«Und ins Relkirk Royal zurückgebracht?»

«Ja.»

Vor Erleichterung fühlte sich Violet schwach, ihre Knie zitterten. Sie sah sich nach einem Stuhl um, aber es stand keiner in Reichweite. Doch Agnes Cooper, die begriffen hatte, was sie wollte, brachte einen Stuhl herbei, und Violet konnte ihre Beine entlasten.

«Und Ihnen fehlt nichts, Edie?»

«Mir geht es gut, Mrs. Aird.» Sie verstummte. Violet wartete. Da war noch etwas anderes. Sie runzelte die Stirn. «Wieso wußte Mr. Ishak von Lottie? Hat er sie gesehen?»

«Nein, eigentlich nicht.» Eine weitere lange Pause. «Wissen Sie, das ist noch nicht alles. Sie werden es Edmund sagen müssen. Er und Virginia müssen zurückkommen. Henry ist hier. Er ist aus dem Internat davongelaufen.»

Edmund fuhr zu schnell durch Regen und Dunkelheit von Croy den Hügel hinab ins Dorf. Das Kinn im Pelzkragen ihres Mantels vergraben, saß Virginia neben ihm und starrte auf die pendelnden Scheibenwischer. Sie schwieg. Nicht, weil es nichts zu sagen gab, sondern weil sie einander so fern waren, weil die Lage, in der sie sich befanden, so entsetzlich war, daß es keine Möglichkeit gab, das auszudrücken.

Die kurze Fahrt dauerte nur Augenblicke. Sie rasten durch das Zufahrtstor von Croy in die Dorfstraße hinaus und nach etwa hundert Metern über die Brücke. Die Bäume, die offenen Torflügel: Balnaid.

Nach längerem Schweigen sagte Virginia: «Tu mir den Gefallen und schrei den Jungen nicht an.»

«Anschreien?» Er vermochte kaum zu glauben, daß sie eine so schlechte Menschenkennerin sein sollte.

Sie sagte nichts mehr. Er bog auf den Hinterhof ein, bremste scharf, stellte den Motor ab, war vor ihr aus dem Wagen, stürmte ihr voran ins Haus und riß die Tür auf.

Edie saß mit Henry, dessen Gesicht kalkweiß war, am Küchentisch. Aufmerksam hielt Henry seine Augen, die rund vor Furcht waren, auf die Tür gerichtet. In seinem grauen Schulpullover sah er rührend winzig und schutzlos aus.

Wie zum Teufel hatte er es geschafft, den langen Weg allein zurückzulegen? Der Gedanke durchfuhr Edmund und war gleich wieder vergessen.

Er sagte: «Hallo, mein Junge.»

Dieser zögerte nur einen kurzen Augenblick, rutschte dann vom Stuhl und stürzte seinem Vater entgegen, der ihn hochhob, kaum schwerer als ein Säugling, wie es Edmund schien. Henrys Arme umschlangen den Hals des Vaters, und dieser spürte, wie die Tränen des Jungen an seiner Wange hinabliefen.

«Henry.» Jetzt war auch Virginia da, neben ihm. Als sich nach einer Weile Henrys Umklammerung löste, ließ ihn Edmund behutsam zu Boden gleiten. Henry wandte sich seiner Mutter zu, und Virginia kniete sich, ohne auf ihr Abendkleid zu achten, mit einer einzigen anmutigen Bewegung nieder und schloß ihn in die Arme. Er vergrub sein Gesicht im weichen Kragen ihres Pelzmantels.

«Mein Liebling, mein Liebling. Es ist ja alles in Ordnung. Nicht weinen, wein doch nicht...»

Edmund wandte sich Edie zu, die aufgestanden war und ihm über den blank gescheuerten Küchentisch hinweg schweigend ins Gesicht sah. Sie kannte ihn von Geburt an, und er war dankbar, weil in ihren Augen kein Vorwurf lag.

Statt dessen sagte sie: «Es tut mir leid.»

«Was, Edie?»

«Daß ich Ihnen den Abend verdorben hab.»

«Ach was. Außerdem ist das wirklich gleichgültig. Wann ist er gekommen?»

«Ungefähr vor 'ner Viertelstunde. Mrs. Ishak hat ihn hergebracht.»

«Hat von der Schule schon jemand angerufen?»

«Das Telefon funktioniert nicht richtig. Hier kann keiner anrufen.»

Er hatte es ganz vergessen. «Ach ja.» Es gab Dinge, um die man sich dringend kümmern mußte, praktische Fragen. «In dem Fall muß ich selbst anrufen.»

Henry weinte immer noch. Edmund ging durch das stille Haus in die Bibliothek, machte Licht, setzte sich an seinen Schreibtisch und wählte die Nummer von Templehall.

Schon nach dem ersten Läuten wurde abgenommen.

«Templehall.»

«Der Schulleiter?»

«Am Apparat.»

«Colin, ich bin's, Edmund Aird.»

«Oh...» Er konnte die Erleichterung des anderen förmlich hören und überlegte, wie lange der arme Mann versucht haben mochte, die Eltern vom Vorgefallenen in Kenntnis zu setzen. «Ich habe fast den Verstand verloren, weil ich Sie einfach nicht ans Telefon bekommen konnte.»

«Henry ist hier. Heil und gesund.»

«Gott sei Dank. Wann ist er angekommen?»

«Vor etwa einer Viertelstunde. Einzelheiten weiß ich noch nicht. Wir sind selbst gerade erst eingetroffen. Wir waren zu einer Abendeinladung aus dem Haus, und dort hat man uns angerufen.»

«Er ist kurz nach sieben verschwunden. Seither versuche ich Sie zu erreichen.»

«Unser Telefon ist gestört, Anrufe hierher kommen nicht durch.»

«Etwas Ähnliches habe ich mir nach einer Weile gedacht und bei Ihrer Mutter angerufen. Aber auch dort hat sich niemand gemeldet.»

«Sie war bei derselben Abendeinladung.»

«Und dem Jungen fehlt wirklich nichts?»

«So sieht es aus.»

«Wie hat er es nur fertiggebracht, sich nach Hause durchzuschlagen?»

«Keine Ahnung. Wie schon gesagt, ich bin selbst erst seit einer Minute im Haus und hab kaum ein Wort mit ihm gewechselt. Erst einmal wollte ich Sie benachrichtigen.»

«Dafür bin ich Ihnen aufrichtig dankbar.»

«Es tut mir leid, daß Sie solche Schwierigkeiten hatten.»

«Entschuldigen muß ich mich. Es ist Ihr Sohn, und ich bin für ihn verantwortlich.»

«Sie wissen nicht zufällig» – Edmund lehnte sich in seinem Stuhl zurück –, «was der Anlaß für sein Ausreißen gewesen sein könnte?»

«Nein. Weder die Lehrer und Erzieher noch die älteren Jungen konnten darüber etwas sagen. Er hat weder den Eindruck gemacht, besonders glücklich noch besonders unglücklich zu sein. Es dauert immer einige Wochen, bis sich ein neuer Schüler bei uns eingewöhnt hat. Er muß die Veränderung erst verdauen, braucht Zeit, bis er die unvertraute Umgebung annehmen kann. Ich habe natürlich ein Auge auf ihn gehabt, aber es gab keinerlei Hinweise auf eine so dramatische Entwicklung.»

Er sagte das mit einer Stimme, die so klang, als sei er ebenso aufgewühlt und bestürzt wie Edmund selbst, der nur «Ja. Ja. Ich verstehe» antwortete.

Nach kurzem Zögern fragte der Schulleiter: «Werden Sie ihn wieder herschicken?»

«Fragen Sie aus einem bestimmten Grund?»

«Ich wollte es nur gern wissen.»

«Spricht irgendwas dagegen?»

«Von meinem Standpunkt aus ganz und gar nicht. Er ist wirklich ein netter Junge. Ich bin sicher, daß ich aus ihm etwas machen könnte, und ich würde ihn gern jederzeit wieder hier sehen. Nur...» er ließ eine Pause eintreten, und Edmund gewann den Eindruck, daß er seine Worte mit größtem Takt wählte, «...wissen Sie, von Zeit zu Zeit kommt ein Junge zu uns nach Templehall, der eigentlich nicht von zu Hause fort sollte. Ich hatte Henry noch nicht lange genug hier, um ganz sicher zu sein, aber ich denke, er ist eins dieser Kinder. Es hat weniger damit zu tun, daß er für sein Alter nicht reif genug wäre, sondern hängt einfach damit zusammen, daß er den Anforderungen des Internatslebens nicht gewachsen ist.»

«Ja. Ja. Ich verstehe.»

«Warum überlegen Sie sich es nicht einige Tage? Behalten Sie ihn zu Hause, bis Sie Ihrer Sache sicher sind. Glauben Sie mir, ich würde ihn wirklich gern wieder aufnehmen und versuche keineswegs, meine Verantwortung zurückzugeben oder mich aus der Pflicht zu stehlen. Aber ich möchte doch ernsthaft zu bedenken geben, daß Sie sich die Sache reiflich überlegen.»

«Und was könnte ich in dem Fall tun?»

«Ihn wieder in die Grundschule am Ort schicken. Es ist offensichtlich eine gute Schule, und er hat durchaus brauchbare Grundlagen. Wenn er zwölf ist, können Sie ja über die Sache erneut nachdenken.»

«Sie sagen Wort für Wort das, was mir meine Frau schon seit einem Jahr klarzumachen versucht.»

«Das tut mir leid. Aber im Rückblick muß ich sagen, daß sie recht haben dürfte. Die Schuld liegt wohl ebenso bei mir wie bei Ihnen, und vielleicht haben wir uns beide geirrt...»

Sie redeten noch ein wenig und vereinbarten, in einigen Tagen wieder Verbindung miteinander aufzunehmen, dann legte Edmund auf.

Er ist eins von diesen Kindern. Er ist den Anforderungen des Internatslebens nicht gewachsen. Wir beide haben uns vielleicht geirrt.

Geirrt. Das Wort hatte ihn getroffen wie ein Nagel, den man in einen Holzklotz schlägt. Es hieß nichts anderes als: Ihre Frau hat recht, und Sie haben unrecht. Es dauerte einen Augenblick, bis er zu akzeptieren vermochte, was dahinterstand. Allmählich begriff er, daß er entsetzlich im Unrecht gewesen war. Dergleichen geschah nicht oft, es dauerte eine Weile, bis er das verarbeitet hatte.

Dann aber stand er auf. Das Feuer war niedergebrannt. Er durchquerte den Raum und legte noch einmal einige Scheite nach. Als das trockene Holz Feuer gefangen hatte und erneut behaglich wärmende Flammen emporzüngelten, verließ er die Bibliothek und kehrte in die Küche zurück.

Dort waren die Dinge mehr oder weniger normal. Alle saßen um den Tisch, Henry auf den Knien seiner Mutter, die ihren Pelzmantel noch nicht abgelegt hatte. Edie hatte Tee gemacht und Kakao für Henry. Als Edmund hereinkam, sahen alle zu ihm hin. Henrys Tränen waren getrocknet, und sein Gesicht hatte wieder ein wenig Farbe.

Mit munterer Miene sagte Edmund: «Das wäre erledigt...» Er fuhr seinem Sohn durchs Haar und zog sich einen Stuhl herbei. «Krieg ich auch eine Tasse Tee?»

«Was hast du gemacht, Papa?»

«Mit Mr. Henderson gesprochen.»

«War er schrecklich wütend?»

«Nein. Nicht wütend. Er hat sich Sorgen gemacht.»

«Das tut mir leid», sagte Henry.

«Wirst du uns jetzt alles erzählen?»

«Natürlich.»

«Wie bist du nach Haus gekommen?»

Henry nahm noch einen Schluck von dem heißen süßen Kakao, stellte den Becher auf den Tisch und sagte: «Mit dem Bus.»

«Aber wie hast du es geschafft, von da zu verschwinden, ohne daß es jemand gemerkt hat?»

Henry erklärte es. Es klang lächerlich einfach. Als die jüngeren Schüler zu Bett mußten, hatte er sich im Schutz der Bettdecke wieder angezogen. Nachdem das Licht gelöscht worden war, hatte er den Bademantel übergezogen und so getan, als müsse er austreten. In einem großen Schrank im Waschraum, der unter anderem zum Lüften der Handtücher diente, hatte er seinen Mantel versteckt. Mit ihm hatte er den Bademantel vertauscht und war dann über die Feuerleiter aus dem Fenster geklettert. Danach war er über die hintere Zufahrt auf die Hauptstraße gegangen, wo die Busse fuhren.

«Aber wie lange hast du auf den Bus warten müssen?» wollte Virginia wissen.

«Nur ganz kurz. Ich wußte ja, daß einer kam.»

«Woher?»

«Ich hatte einen Fahrplan.» Er sah zu Edie hinüber. «Ich hab ihn einmal aus deiner Tasche stibitzt und behalten.»

«Ich *wußte* doch, daß ich einen hatte, und dann war er mit einemmal weg.»

«Ich hatte ihn genommen. Ich hab den Bus nach Relkirk rausgesucht. Deshalb wußte ich, daß einer kommen würde, und so war es ja auch.»

«Aber hat dich denn keiner gefragt, was du da so mutterseelenallein wolltest?»

«Nein. Ich hab mich mit meiner Kapuzenmütze verkleidet. Die Leute konnten nur meine Augen sehen. Weil ich meine Schulmütze nicht aufhatte, hab ich auch nicht ausgesehen wie einer aus dem Internat.»

«Und womit hast du den Fahrschein bezahlt?» fragte Edmund.

«Oma Vi hatte mir zum Abschied zwei Pfund geschenkt. Ich hab das Geld in der Schule nicht abgegeben, sondern in der Innentasche von meinem Mantel versteckt. Da hatte ich auch den Fahrplan, damit ihn keiner entdecken konnte.»

«Und dann bist du also nach Relkirk gefahren?»

«Ja, zum Busbahnhof. Es war schon ziemlich dunkel, und ich mußte den anderen Bus finden, der zur Brücke von Caple fährt. Es gab auch 'nen Bus nach Strathcroy, aber den wollte ich nicht nehmen, falls jemand drin war, der mich kennt. Es war ziemlich schwer, den richtigen Bus zu finden, denn da waren ganz viele, und ich mußte bei allen die Namen lesen, die vorne dran standen. Aber dann hab ich ihn gefunden. Es hat aber lange gedauert, bis er losgefahren ist.»

«Und wo bist du ausgestiegen?»

«Ich sag doch, an der Brücke von Caple. Ab da bin ich zu Fuß gegangen.»

«Du bist von da *zu Fuß* gekommen?» Erstaunt sah Virginia ihren Sohn an. «Aber Henry, das sind acht Kilometer...»

«Nicht den ganzen Weg», gab er zu. «Ich weiß ja, daß ich zu keinem ins Auto steigen soll, aber ganz zum Schluß hat mich ein sehr netter Lastwagenfahrer in einem Schaftransporter das letzte Stück nach Strathcroy mitgenommen. Und dann...» Seine Stimme, die bis dahin so sicher und bestimmt geklungen hatte, begann abermals zu zittern. «Und dann...» Seine Augen suchten Edie.

Sie nahm jetzt das Heft in die Hand. «Nicht weinen, mein Liebling. Wenn du nicht möchtest, reden wir nicht darüber...»

«Erzähl *du* es.»

Also erklärte Edie die Zusammenhänge so kühl und sachlich ihr das möglich war. Doch nicht einmal das vermochte den Schrecken von Henrys entsetzlichem Erlebnis zu mildern. Als der Name Lottie fiel, entfärbte sich Virginias Gesicht, sie zog ihren Sohn dicht an sich, drückte ihr Gesicht in sein Haar, legte ihm die Hände über die Augen, als könne sie damit auf immer den Anblick verscheuchen, wie Lottie Carstairs durch Edies Schlafzimmer zum Fenster kam, um nachzusehen, wer dort stand.

«Ach, Henry.» Sie wiegte ihn wie einen Säugling. «Ich kann es gar nicht ertragen... Wie schauderhaft. Wie schauderhaft für dich.»

Edmund, der gleichfalls erschüttert war, sagte mit betont gelassener Stimme: «Was hast du dann getan, Henry?»

Der gleichmütige Klang der Stimme seines Vaters gab Henry wieder ein wenig Mut. Er tauchte zerzaust aus Virginias Umarmung auf und sagte: «Ich bin zu Mrs. Ishak gegangen. Der Laden war noch offen, und sie hat gerade den Fußboden gewischt. Sie war sehr lieb zu mir. Mr. Ishak hat die Polizei angerufen, und sie sind dann mit Blaulicht und Sirene gekommen. Wir haben den Wagen vom Laden aus gesehen, und als er wieder weg war, hat sich Mrs. Ishak den Mantel angezogen und hat mich hergebracht. Sie hat geläutet, weil abgeschlossen war, dann haben die Hunde gebellt, und Edie ist gekommen.» Er griff nach seinem Kakaobecher, leerte ihn mit einem Zug und stellte ihn dann auf den Tisch. Er sagte: «Ich dachte, Lottie hätte sie *umgebracht*! Sie hatte ihre fliederfarbene Strickjacke an, und ihr Mund war ganz rot, und ich hab gedacht, sie hätte Edie umgebracht...»

Sein Gesicht verzog sich. Es war zuviel für ihn. Sie ließen ihn sich ausweinen. Statt ihn aufzufordern, er solle sich wie ein Mann benehmen, saß Edmund einfach da und sah voll Stolz und mit wachsender Bewunderung seinen schluchzenden kleinen Sohn an. Immerhin war Henry mit seinen acht Jahren nicht einfach aus der Schule davongelaufen, sondern hatte seine Flucht geradezu bewundernswürdig geplant und das ganze Unternehmen auf eine so unerschrockene und kaltblütige Weise durchgeführt, wie er ihm das nicht zugetraut hätte. Er schien alle denkbaren Hindernisse einkalkuliert zu haben, und gescheitert war sein Plan erst daran, daß zum Schluß in so katastrophaler und unseliger Weise die elende Lottie Carstairs wiederaufgetaucht war.

Nach einer Weile versiegten Henrys Tränen. Edmund gab ihm sein sauberes Leinentaschentuch, Henry richtete sich auf, schneuzte sich hinein und sagte: «Ich glaube, ich möchte jetzt schlafen gehen.»

«Selbstverständlich.» Virginia lächelte. «Willst du vorher noch baden? Du frierst doch sicher und bist bestimmt auch furchtbar schmutzig.»

«Ja, in Ordnung.»

Er rutschte von ihren Knien, schneuzte sich erneut und ging zu seinem Vater hinüber, um ihm das Taschentuch zurückzugeben. Edmund nahm es, zog Henry eng an sich und beugte sich über ihn, um ihn auf die Stirn zu küssen.

«Nur eins hast du uns noch nicht erklärt», sagte er. Henry hob den Blick. «Warum wolltest du fortlaufen?»

Henry überlegte und sagte dann: «Es hat mir da nicht gefallen. Es war alles anders, als es sein sollte. Wie wenn man krank ist und Kopfschmerzen hat.»

«Ja», sagte Edmund nach einer Weile. «Ja, ich verstehe.» Nach kurzem Zögern fuhr er fort: «Du könntest doch eigentlich mit Edie nach oben gehen und baden. Deine Mutter und ich müssen wieder zu der Gesellschaft. Aber zuerst ruf ich Oma Vi an und sag ihr Bescheid, daß es dir gutgeht. Dann kommen wir noch schnell rauf und sagen dir gute Nacht.»

«Gut.» Henry legte seine Hand in Edies Hand, und die beiden gingen zur Tür. Dann wandte er sich noch einmal um: «Aber ihr kommt doch bestimmt?»

«Großes Ehrenwort.»

Die Tür schloß sich hinter ihm.

Nachdem Henry gegangen war, saß Virginia vornübergebeugt auf dem Küchenstuhl. Jetzt gab es keinen Grund mehr, den Schock und die Belastung zu überspielen, und Edmund sah, daß ihr Gesicht unter dem Make-up bleich und angespannt war. Ihre Augen wirkten umschattet, die Fröhlichkeit des Abends war aus ihnen geflohen.

Sie sah kraftlos aus. Er stand auf, nahm ihre Hand und zog sie hoch. «Komm», sagte er und führte sie über den Flur in die leere Bibliothek. Das Feuer, das er erneut in Gang gebracht hatte, brannte noch kräftig, und der große Raum war angenehm warm. Sie war dankbar für die Wärme, trat ans Feuer, ließ sich auf den Hocker daneben sinken und hielt die ausgebreiteten Hände den Flammen entgegen. Ihr langer Rock mit den vielen Unterröcken schwang um sie, und der Kragen des Pelzmantels schien ihren Kopf zu stützen, ihr klares Profil.

«Du siehst wie ein besonders wohlhabendes Aschenputtel aus.» Sie hob den Blick und schickte ihm den Abglanz eines Lächelns hinüber. «Möchtest du was trinken?»

Sie schüttelte den Kopf. «Nein danke, es geht schon.»

Er trat an seinen Schreibtisch, schaltete die Lampe ein und wählte die Nummer von Croy. Archie nahm ab.

«Archie, hier ist Edmund.»

«Ist mit Henry alles in Ordnung?»

«Ja, bestens. Er hatte ein ziemlich schlimmes Erlebnis, aber das braucht Vi nicht zu wissen. Sag ihr einfach, daß Edie bei ihm ist und er jetzt zu Bett geht.»

«Kommt ihr wieder her?»

Edmund sah zu Virginia hinüber, die mit dem Rücken zu ihm saß, so daß sich ihr Umriß vor dem Feuer im Kamin abzeichnete. Er sagte: «Ich glaube nicht. Wir fahren wohl gleich nach Corriehill und treffen euch alle da.»

«Schön. Ich sag Bescheid. Bis dann, Edmund.»

«Wiedersehen.»

Er legte auf, ging wieder ans Feuer, blieb stehen, einen Fuß auf der Kamineinfassung und eine Hand auf dem Kaminsims, und schaute wie seine Frau in die Flammen. Doch das Schweigen zwischen ihnen war nicht mehr das der Feindseligkeit, sondern bekundete das friedliche Einssein zweier Menschen, die keiner Worte bedurften, nachdem sie gemeinsam eine schwere Zeit überstanden haben.

Virginia brach das Schweigen und sagte: «Entschuldige.»

«Was?»

«Daß ich das gesagt hab, im Wagen. Daß du den Jungen nicht anschreien sollst. Es war dumm von mir. Ich hätte wissen müssen, daß du nichts dergleichen tun würdest.»

«Warum auch? Ich bin stolz auf ihn. Er hat sich hervorragend geschlagen.»

«Es muß ihm elend gegangen sein.»

«Ich glaube, er ist sich da furchtbar verloren vorgekommen. Ich hatte unrecht, und du hattest recht. Colin Henderson hat gesagt, der Junge ist noch nicht soweit, daß er ins Internat gehen könnte.»

«Du hast keinen Anlaß, dir Vorwürfe zu machen.»

«Das ist äußerst großherzig von dir.»

«Absolut nicht. Ich bin dankbar. Weil wir jetzt damit aufhören können, uns zu streiten und uns gegenseitig zu zerstören. Eigentlich wolltest du nur das Beste für den Jungen und warst davon überzeugt, daß es so das beste für ihn war. Jeder irrt früher oder später. Nur wer immerzu die Hände in den Schoß legt, begeht nie einen Fehler. Jetzt ist es vorüber. Wir sollten jetzt in die Gegenwart zurückkehren und einfach dafür dankbar sein, daß dem Jungen nichts Entsetzliches passiert und er in Sicherheit ist.»

«Lottie ist ihm passiert. Ich könnte mir denken, daß das genügt, um ihm für den Rest seines Lebens Alpträume zu verursachen...»

«Aber er hat die Sache bewältigt, noch dazu auf eine außerordentlich vernünftige Weise. Er ist zu Mrs. Ishak gelaufen, hat sich in Sicherheit gebracht und Alarm geschlagen. Es hat keinen Sinn, sich jetzt darüber Gedanken zu machen, Edmund.»

Dazu sagte er nichts. Nach einer Weile ging er vom Feuer fort und setzte sich auf das große Sofa, die langen Beine von sich gestreckt, so daß man die rotweiß karierten Kniestrümpfe und die Schuhe mit den silbernen Schnallen sah. Der Feuerschein brach sich in den polierten Knöpfen und der schmuckbesetzten Schließe seines *sporran*.

Sie sagte: «Du mußt ziemlich erschöpft sein.»

«Nun, es war ein langer Tag.» Er rieb sich die Augen. «Aber ich glaube, wir müssen miteinander reden.»

«Das hat Zeit bis morgen.»

«Nein. Jetzt. Bevor es zu spät ist. Ich hätte es dir heute abend sagen müssen, als ich zurückgekommen bin und du mir die Sache mit Lottie erzählt hast. Lottie und ihr Geschwätz. Ich habe gesagt, es wäre eine Lüge. Das stimmte nicht.»

«Du willst mir etwas über Pandora sagen?» Virginias Stimme war kühl und distanziert.

«Ja. Das muß sein.»

«Du warst in sie verliebt.»

«Ja.»

«Ich habe Angst vor ihr.»

«Wieso?»

«Weil sie so schön ist. Geheimnisvoll. Hinter ihrem leeren Geplauder weiß man nie, was sie denkt. Ich habe nicht die entfernteste Ahnung, was sich in ihrem Kopf abspielt. Und weil sie dich schon ewig kannte, lange vor mir. Das gibt mir das Gefühl, ausgesperrt zu sein, macht mich unsicher. Warum ist sie nach Croy zurückgekommen, Edmund? Weißt du das?»

Er schüttelte den Kopf. «Nein.»

«Ich habe Angst, daß sie immer noch in dich verliebt ist. Sie möchte dich immer noch.»

«Nein.»

«Wie kannst du so sicher sein?»

«Wie auch immer Pandoras Motive aussehen mögen, sie sind unerheblich. Mir bedeutet ausschließlich ihr etwas – du, Alexa und Henry. Alles andere ist zweitrangig. Das scheinst du nicht bedacht zu haben.»

«Als du Pandora geliebt hast, warst du mit Caroline verheiratet. Ihr hattet ein Kind. War das so viel anders?»

Er stellte sich der Anklage.

«Du hast recht. Ich war beiden untreu. Aber Caroline war nicht du. Vermutlich würdest du nicht verstehen, warum ich sie geheiratet habe, wenn ich versuchen würde, dir meine Beweggründe zu erklären. Es hing damit zusammen, wie die Dinge damals in den wilden sechzigern waren, als wir alle jung waren und ein gewisser unruhiger Materialismus in der Luft lag. Ich bin gut vorangekommen, habe ordentlich verdient und war in der Londoner Gesellschaft gut gelitten. Caroline gehörte zu meinem Ehrgeiz-Programm, war ein Teil von dem, was ich wollte. Ihre Eltern waren immens reich, sie war das einzige Kind, und ich wollte unbedingt die Sicherheit einer festen gesellschaftlichen Position und den Abglanz des Erfolges genießen.»

«Aber du hast sie doch *geliebt*?»

Edmund schüttelte den Kopf. «Ich weiß nicht recht. Besonders viel habe ich nicht darüber nachgedacht. Ich weiß nur, daß sie blendend aussah, ungeheuer elegant, die Art Frau, die ein gewisses Neidgefühl hervorruft, nach der sich immer alle Köpfe umdrehen. Ich habe mich gern mit ihr gezeigt, ich war sehr stolz auf sie. Mit der geschlechtlichen Seite unserer Beziehung, mit der Liebe, sah es nicht so rosig aus. Ich weiß nicht genau, wann die Sache anfing, aus dem Ruder zu laufen. Bestimmt trug ich daran ebensoviel Schuld wie Caroline. Weißt du, sie war eine eigenartige Frau. Sie hat ihre Geschlechtlichkeit als Waffe verwendet und mich abgewiesen, wenn sie mich bestrafen wollte. Wir waren noch kein Jahr verheiratet, da habe ich schon die halbe Zeit in meinem Ankleidezimmer geschlafen, und als sie merkte, daß sie mit Alexa schwanger war, hat sie sich nicht etwa gefreut, sondern mir unter Tränen Vorwürfe gemacht. Sie wollte kein Kind, denn sie hatte Angst vor der Niederkunft. Wie sich zeigen sollte, hatte sie dazu allerdings auch jeden Grund. Nach Alexas Geburt hatte sie mehrere Monate lang eine postnatale Depression. Sie mußte lange ins Krankenhaus. Sobald sie wieder reisefähig war, hat ihre Mutter sie über den Winter mit nach Madeira genommen. Im Frühsommer desselben Jahres war Archies Hochzeit mit Isobel. Ich mußte unbedingt hin, denn immerhin war er mein ältester und bester Freund, und wir hatten uns so gut wie nie gesehen, seit ich nach London gegangen war. Also habe ich mir eine Woche Urlaub genommen und bin allein nach Strathcroy gefahren. Damals war ich neunundzwanzig. Gewohnt habe ich auf Balnaid, bei Vi, denn Croy steckte bis zum Dach voller Besuch. Es ist da zugegangen wie in einem Zirkus mit drei Manegen. Gleich am ersten Tag zu Hause bin ich zu Archie rübergegangen und habe bei allem mitgemacht.

Pandora hatte ich seit fünf Jahren nicht gesehen. Sie war achtzehn, nicht das Schulmädchen und nicht das Kind, das ich gekannt hatte. Von klein auf hatte sie zu meinem Leben gehört und war immer dagewesen. Als Säugling im Kinderwagen, als kleines Mädchen, das mit Archie und mir herumgezogen ist und alles mitmachte und mitbekam. Sie war entsetzlich verzogen, unberechenbar, durchaus auch boshaft, aber ganz und gar bezaubernd und liebenswert. Ich habe sie wiedergesehen und gemerkt, sie hatte sich nicht geändert, nur daß sie erwachsener geworden war. Ich weiß noch, wie sie durch die Eingangshalle von Croy auf mich zugekommen ist, wie ich ihre Augen und ihr Lächeln gesehen habe und ihre langen Beine. Sie war von einer sinnlichen Ausstrahlung umgeben, die sich fast mit Händen greifen ließ. Sie hat mir die Arme um den Hals gelegt, mich auf den Mund geküßt und gesagt: ‹Edmund, du abscheulicher Mann. Warum hast du nicht auf mich gewartet?› Sonst nichts. Ich bin mir vorgekommen, als müßte ich ertrinken und als wäre das Wasser schon über meinem Kopf zusammengeschlagen.»

«Ihr habt euch geliebt.»

«Ich habe sie nicht verführt. Trotz ihrer achtzehn Jahre hatte sie irgendwo unterwegs ihre Unschuld verloren. Es war nicht schwer, sich auf Croy abzusondern, wo es zuging wie in einem Taubenschlag und so viel los war. Kein Mensch hat gemerkt, daß wir unsere eigenen Wege gegangen sind, uns abgesondert haben.»

«Sie liebte dich.»

«Das hat sie gesagt. Sie hat behauptet, sie hätte mich schon immer geliebt, schon als kleines Mädchen. Daß ich verheiratet war, war für sie ein zusätzlicher Anreiz. Man hatte ihr noch nie etwas verweigert, was sie haben wollte, und als ich versucht habe, vernünftig mit ihr zu reden, hat sie sich die Ohren zugehalten und die

Augen zugemacht. Sie konnte nicht glauben, daß ich sie verlassen und nicht zurückkommen würde.

Die Hochzeit war an einem Samstag. Am Sonntag nachmittag mußte ich nach London zurückfahren und bin am Sonntag morgen mit Pandora den Weg zum Bergsee raufgegangen. In dem kleinen Talkessel haben wir am Bach Rast gemacht und uns ins Gras gelegt. Schließlich habe ich sie davon überzeugt, daß ich zurück mußte. Sie hat geweint und sich dagegen aufgelehnt, sich an mich geklammert, und das Ende vom Lied war, daß ich ihr versprochen habe, ich würde wiederkommen, ihr schreiben. Ich habe gesagt, ich hätte sie gern – alles, um sie zu beruhigen. Wie das eben so ist, wenn man nicht den Mut hat, einen Schlußstrich zu ziehen, nicht die Kraft, sich den Dingen zu stellen, es nicht über sich bringt, den Traum eines anderen zu zerstören.»

«Ach, Edmund.»

«Ich habe bei der Sache einfach katastrophal versagt. Ich war so ein abscheulicher Feigling. Mit jedem Kilometer, den ich mich auf dem Rückweg nach London von Strathcroy entfernte, habe ich mich mehr verabscheut – für das, was ich Caroline und Alexa angetan hatte, wie für das, was ich Pandora anzutun im Begriff stand. Ich nahm mir vor, ihr von London aus zu schreiben. Ich wollte ihr zu erklären versuchen, daß das Ganze eine Art Traumspiel gewesen war, gestohlene Tage, nicht wirklicher und dauerhafter als eine Seifenblase. Aber dazu ist es nicht gekommen. Am nächsten Morgen mußte ich wieder ins Büro, und schon am Abend saß ich mit meinem Chef in einer Maschine nach Hongkong. Es ging um eine wichtige Transaktion, die ich durchboxen sollte. Als ich nach drei Wochen wieder in London war, lagen die Tage, die ich auf Croy verbracht hatte, in so unwirklicher Ferne, daß sie mir vorgekommen sind wie eine Zeit aus dem Leben eines anderen. Ich konnte kaum glauben, daß *mir* das passiert war. Immerhin war ich ein nüchterner Geschäftsmann und kein unentschlossener schwärmerischer Jüngling, den eine vorübergehende sexuelle Lockung mit sich gerissen hatte. Außerdem war der Einsatz viel zu hoch. Zum Beispiel meine Stellung. Ein Lebensstil, den zu erreichen ich mir die

Seele aus dem Leib gearbeitet hatte. Alexa. Sie aufgeben zu müssen war völlig unvorstellbar. Und Caroline. Meine Frau, in guten und in schlechten Tagen. Sie war von Madeira zurück, braun, gesund, erholt. Wir hatten eine schlimme Zeit hinter uns, aber es würde wieder besser werden. Wir waren zusammen, und es war einfach nicht der richtige Zeitpunkt, das Ganze aufs Spiel zu setzen. Wir haben da weitergemacht, wo wir aufgehört hatten, und haben eine Ehe geführt, die uns beiden ganz gut paßte.»

«Und Pandora?»

«Nichts. Schluß, aus, Feierabend. Ich habe den Brief nie geschrieben.»

«Ach Edmund. Das war herzlos von dir.»

«Ja. Eine schlimme Unterlassungssünde. Kennst du das schreckliche Gefühl, wenn man was ungeheuer Wichtiges tun müßte, es aber nicht tut? Mit jedem Tag, der verstreicht, wird die Aufgabe schwieriger, bis sie endlich unmöglich geworden und man ihr einfach nicht mehr gewachsen ist. Es war vorbei. Archie und Isobel waren inzwischen in Berlin, so daß meine Beziehungen zu Croy vollständig gekappt waren. Ich habe nichts mehr gehört, bis zu dem Tag, an dem Vi aus Balnaid anrief, um zu sagen, daß Pandora verschwunden war. Durchgebrannt, ans andere Ende der Welt mit einem reichen Amerikaner, der alt genug war, ihr Vater zu sein.»

«Du machst dir Vorwürfe?»

«Selbstverständlich.»

«Hast du es Caroline je gesagt?»

«Nie.»

«Warst du glücklich mit ihr?»

«Nein. Sie war keine Frau, die Glück um sich verbreitet. Es hat ganz gut funktioniert, weil wir uns irgendwie ähnlich waren und weil wir wollten, daß es funktionierte. Aber Liebe, welcher Art auch immer, gab es nur hier und da. Wie gern wäre ich mit Caroline glücklich gewesen. Dann wäre es mir leichter gefallen, ihren Tod hinzunehmen, und ich hätte mir nicht sagen müssen, daß es letzten Endes» – er suchte nach Worten – «nichts als zehn vergeudete gute Jahre gewesen waren.»

Damit schien alles gesagt zu sein. Mann und Frau sahen einander an. Virginia erkannte, daß Edmunds halbgeschlossene Augen voller Verzweiflung und Trauer waren, erhob sich von dem niedrigen Hocker, setzte sich neben ihn, legte ihm die Finger auf die Lippen, küßte ihn. Er nahm sie in die Arme und zog sie eng an sich.

«Und wir?» fragte sie.

«Ich hatte nie gewußt, wie es sein konnte, bis ich dir begegnet bin.»

«Hättest du mir das nur alles vorher gesagt.»

«Ich hab mich geschämt. Ich wollte nicht, daß du das erfährst. Ich hätte sonstwas gegeben, um die Sache aus der Welt zu schaffen, aber das geht nicht, denn es ist nun mal passiert. So was wird Teil von einem, bleibt auf alle Zeiten bei einem.»

«Hast du mit Pandora darüber gesprochen?»

«Nein, ich habe sie ja kaum gesehen. Dazu war noch keine Gelegenheit.»

«Du mußt dich unbedingt mit ihr aussprechen.»

«Ja.»

«Ich glaube, sie bedeutet dir nach wie vor viel.»

«Ja. Aber sie ist Teil meines früheren Lebens, gehört nicht zu meinem heutigen Leben.»

«Weißt du, ich habe dich immer geliebt. Ich glaube, sonst hättest du gar nicht die Möglichkeit gehabt, mir so zuzusetzen. Aber jetzt, wo ich merke, daß auch du ein schwacher Mensch bist und dieselben idiotischen Fehler machst wie wir alle, ist es besser. Ich hätte nie gedacht, daß du mich brauchst, weißt du, ich habe immer geglaubt, du genügst dir selbst. Gebraucht zu werden ist wichtiger als alles andere.»

«Ich brauche dich jetzt. Geh nicht fort. Bleib bei mir. Geh nicht mit Conrad Tucker nach Amerika.»

«Ich wollte dir nicht mit ihm *davonlaufen*.»

«Das hatte ich aber angenommen.»

«Nein, brauchst du nicht. Er ist wirklich nett.»

«Ich hätte ihn am liebsten umgebracht.»

Das darfst du unter keinen Umständen Edmund sagen. Nach wie vor ohne Schuldbewußtsein, wollte sie ihren Mann beschützen, ihr Geheimnis wie eine stolze und nur ihr gehörige Trophäe bewahren. Sie sagte leichthin: «Das wäre aber schrecklich schade gewesen.»

«Werden deine Großeltern sehr enttäuscht sein?»

«Wir fahren ein anderes Mal zu ihnen nach Leesport. Du und ich. Wir lassen Henry einfach bei Vi und Edie und fliegen hin.»

Er küßte sie, lehnte den Kopf an die dicken Polster der Sofalehne und seufzte: «Wenn wir doch nicht zu diesem elenden Fest müßten.»

«Ach ja. Aber es geht nicht anders. Wir müssen uns zumindest kurz dort zeigen.»

«Ich würde viel, viel lieber mit dir ins Bett gehen.»

«Oh, Edmund. Dazu bleibt noch genug Zeit, Jahre um Jahre. Unser ganzes Leben.»

In dem Augenblick klopfte Edie an die Tür. Sie war auf der Suche nach ihnen. Als sie eintrat, ließ das Licht aus der Eingangshalle ihr weißes Haar wie eine Aureole erscheinen.

«Ich wollte nur sagen, daß Henry im Bett ist und auf Sie wartet...»

«Vielen Dank, Edie...»

Sie gingen hinauf. Henry lag in seinem Bett, die Nachttischlampe brannte gedämpft, so daß der Raum im Schatten lag. Virginia setzte sich auf die Bettkante, beugte sich über ihren Sohn und küßte ihn. Er schlief schon halb.

«Gute Nacht, mein Liebling.»

«Gute Nacht, Mami.»

«Es wird alles wieder gut.»

«Ja.»

«Keine bösen Träume.»

«Ich glaub nicht.»

«Wenn böse Träume kommen, Edie ist unten.»

«Ja, ich weiß.»

«Papa und ich müssen jetzt weg.»

Sie stand auf und ging zur Tür.

«Viel Spaß», murmelte Henry.

«Danke, mein Liebling. Haben wir bestimmt.» Sie verließ den Raum. Edmund nahm ihren Platz ein.

«Nun, Henry, jetzt bist du ja wieder zu Hause.»

«Es tut mir leid mit der Schule. Es war nicht recht.»

«Nein, ich weiß. Mr. Henderson denkt das ebenfalls.»

«Ich muß aber nicht wieder hin?»

«Ich glaub nicht. Wir müssen sehen, ob dich die Grundschule in Strathcroy wiederhaben will.»

«Meinst du, die sagen nein?»

«Wohl nicht. Du wärst dann wieder mit Kedejah zusammen.»

«Das wär schön.»

«Gute Nacht, mein Junge. Das hast du gut gemacht. Ich bin stolz auf dich.»

Henrys Augen schlossen sich. Edmund stand auf und ging zur Tür. Dort wandte er sich noch einmal um und merkte überrascht, daß seine Augen feucht waren.

«Henry?»

«Ja?»

«Hast du Mu bei dir im Bett?»

«Nein», teilte ihm Henry mit. «Mu brauch ich nicht mehr.»

Draußen merkte Virginia, daß es aufgehört hatte zu regnen. Von irgendwoher kam Wind, kühl und frisch wie Schnee, ließ in der Dunkelheit die hohen Ulmen von Balnaid rascheln, knacken und die Häupter schütteln. Es war sternklar, der Wind hatte alle Wolken ostwärts davongetrieben, und so dehnte sich jetzt der Himmel, für das Auge endlos, mit dem Juwelengeglitzer einer Million Gestirne besetzt. Die kalte, reine Luft erfrischte ihr Gesicht angenehm. Sie atmete tief ein und fühlte sich sogleich neu belebt, war nicht mehr müde, elend, zornig, verärgert, richtungslos. Henry war daheim und würde dort bleiben, und Edmund war auf mehr als eine Weise zu ihr zurückgekehrt. Sie war jung, sie wußte, daß sie gut aussah, sie war festlich gekleidet und bereit, die ganze Nacht durchzutanzen.

Der Wagen fuhr in den Lichtkegel der Scheinwerfer hinein, ließ die schmalen, sich windenden Landstraßen hinter sich. Als er sich

Corriehill näherte, konnte man erkennen, wie sich der Glanz der auf die Fassade des Hauses gerichteten Lichter am Nachthimmel spiegelte. Wie es Verena geplant hatte, zogen sich Lichterketten die gesamte Auffahrt entlang von Baum zu Baum, und etwa alle zwanzig Meter flackerte die Flamme einer am Wegrand in den Boden gesteckten Fackel.

Die letzte Krümmung der Auffahrt, und jetzt lag das Haus in seinem ganzen Glanz vor ihnen, ragte ungeheuer eindrucksvoll und stolz vor dem dunklen Hintergrund des Himmels empor.

Virginia sagte: «Heute abend fühlt es sich bestimmt richtig gut.»

«Was fühlt sich gut?»

«Corriehill. Wie ein Denkmal. Zur Erinnerung an all die Abendeinladungen, Hochzeiten und Bälle, die es im Lauf seiner Geschichte miterlebt haben muß, die Kindstaufen und wohl auch die Beerdigungen. Aber hauptsächlich Gesellschaften.»

Drei himmelwärts gerichtete Suchscheinwerfer strahlten das stattliche Anwesen vom Kellergeschoß bis zu den Schornsteinaufsätzen an. Dahinter stand das große Zelt. Die Beleuchtung in seinem Inneren ließ es von außen wie ein Schattentheater wirken. Man hörte Musik, und hinter der hellen Leinwand drehten und wanden sich verzerrte Silhouetten. Offensichtlich wurde bereits getanzt.

Ein weiterer Suchscheinwerfer, der links von der Auffahrt in einem Baum hing, erhellte die große eingefriedete Grasfläche, die sonst als Viehweide diente. Auf ihr standen in langen geordneten Reihen Autos, so weit das Auge reichte. Eine Gestalt kam, eine Taschenlampe schwenkend, durch die Dunkelheit auf den Wagen zu. Edmund hielt an und kurbelte das Fenster herunter. Der Mann mit der Taschenlampe beugte sich vor, wohl um zu sehen, mit wem er es zu tun hatte. Es war Hughie McKinnon, das alte Faktotum der Familie Steynton und für diesen Abend offenkundig als Parkwächter eingesetzt. Er roch unverkennbar nach Whisky.

«Guten Abend, Sir.»

«Guten Abend, Hughie.»

«Ach, Sie sind es, Mr. Aird! Es tut mir leid, ich hab den Wagen nicht gleich erkannt. Wie geht's Ihnen, Sir?» Er drehte den Kopf ein wenig weiter, richtete den Blick auf Virginia und sagte, wobei seinem Mund erneut Whiskygeruch entströmte: «Und Mrs. Aird. Wie geht es?»

«Bestens. Danke, Hughie.»

«Freut mich zu hören», sagte dieser. «Sie sind schrecklich spät dran. Die anderen sind schon vor 'ner Stunde gekommen.»

«Wir sind leider aufgehalten worden.»

«Macht nichts. Die Nacht ist lang. Nun Sir» – jetzt, da es zum Geschäftlichen ging, richtete er sich wieder auf –, «lassen Sie ruhig erst Ihre Gattin vor dem Eingang aussteigen. Wenn Sie dann wieder herkommen, zeig ich Ihnen, wo Sie *da*hinten parken können.» Der Lichtkegel seiner Lampe wies in die ungefähre Richtung, und er unterdrückte einen Rülpser. «Ich wünsche Ihnen beiden viel Vergnügen.»

Er trat zurück. Edmund kurbelte das Fenster wieder hoch.

«Ich kann mir nicht vorstellen, daß Hughie den ganzen Abend durchhält.»

«Auf jeden Fall läuft seine Zentralheizung auf Hochtouren. An Unterkühlung stirbt er nicht.»

Edmund fuhr zum Eingang, wo bereits ein großer Audi mit einer auffälligen Nummer stand. Ihm entstiegen junge Männer und junge Frauen, die ebenfalls gerade angekommen waren und bester Laune zu sein schienen. Virginia folgte ihnen die Stufen hinauf, während sich Edmund auf die Suche nach Hughie machte, um den Wagen abzustellen.

Im Haus hüllten Licht, Wärme, Musik, der Duft von Blumen, Grünpflanzen und Holzrauch sie ein. Stimmen ertönten zur Begrüßung, sie hörte Gelächter und angeregte Unterhaltung. Während Virginia langsam die Treppe emporstieg, warf sie einen Blick auf das bunte Treiben um sie her. Viele der Anwesenden kannte sie, andere, ihr Unbekannte, waren eigens für dies Ereignis aus allen Teilen des Landes zusammengekommen. Den gewaltigen Kamin, in dem ein Feuer brannte, umstanden junge Männer in Kilt oder Gesellschaftsanzug, die sich, das Glas in der Hand, unterhielten. Zwei von ihnen waren Offiziere aus der Garnison von Relkirk, unübersehbar wegen der scharlachroten Röcke ihrer Ausgehuniform.

Aus dem Eßzimmer, dessen Türen mit blauseidenen Behängen geschmückt waren, dröhnte der machtvolle Rhythmus der Diskomusik. Ununterbrochen strömten Menschen in beiden Richtungen durch diese Türen. Tanzlustige junge Männer verschwanden, ihre Partnerin im Schlepptau, in der Dunkelheit, andere tauchten so erhitzt und schweißbedeckt daraus auf, als hätten sie gerade eine Runde Squash hinter sich gebracht. Die jungen Damen hingegen fuhren sich betont gleichmütig mit den Fingern durch das in Unordnung geratene Haar und griffen nach einer Zigarette. Das gedämpfte Licht und der Lärm erzeugten ganz offenkundig eine gewisse sexuelle Erregung.

Auf einem der Sofas neben dem Eingang zur Bibliothek saß im Kilt, die Knie unanständig weit gespreizt, der alte General Grant-Palmer, in ein Gespräch mit einer Virginia nicht bekannten walkürenhaften Dame mit stattlichem Busen vertieft. An ihnen vorbei gingen Leute in die Bibliothek, die den Zugang zum Zelt bildete. «Virginia!» rief ein Mann, der sie erspäht hatte.

Sie winkte lächelnd und schritt die Treppe weiter empor. In einem Schlafzimmer, an dessen Tür das Schild DAMEN hing, legte sie den Pelzmantel zu den bereits auf das Bett gehäuften anderen Mänteln und trat an den Spiegel, um ihre Frisur zu ordnen. Hinter ihr öffnete sich die Tür zum Bad, und eine junge Frau trat heraus. Ihr Haar wirkte auffallend hell, und ihre Augen waren schwarz wie die eines Pandabären. Fast hätte Virginia sie höflich darauf hingewiesen, daß sie ihr Kleid versehentlich in den Schlüpfer gesteckt habe, doch dann begriff sie, daß es sich um einen Ballonrock handelte. Während sie daran denken mußte, wie schön es wäre, wenn sie jetzt mit Edmund gemeinsam darüber lachen könnte, strich sie sich rasch den Rock glatt, steckte den Kamm wieder in ihr Abendtäschchen und verließ den Raum.

Edmund wartete unten an der Treppe auf sie. Er nahm ihre Hand und fragte: «Alles in Ordnung?»

«Ich muß dir was Lustiges erzählen. Bist du den Wagen gut losgeworden?»

«Hughie hat einen freien Platz gefunden. Mal sehen, was hier geboten wird.»

Zwar hatte sie alles schon an jenem Vormittag gesehen, an dem sie ihre Blumenvasen und -übertöpfe hergebracht hatte. Da hatte das Zelt leer und unfertig gestanden, und alles hatte von Arbeitern gewimmelt. Jetzt war das Ganze wie durch einen Zauberschlag verwandelt. Virginia fand, daß die Monate, die Verena mit Organisieren, Sichsorgen und Schuften verbracht hatte, nicht vergebens gewesen waren. Ohne weiteres hätte Corriehill eigens für diese Gelegenheit entworfen sein können. Der Weg aus der Bibliothek ins Zelt bezog die breite Treppe mit ein, die zum Garten hinausführte. Die großen Pflanzschalen an ihrem oberen und unteren Ende enthielten ungeheure Mengen weißer Chrysanthemen und Grün. Die Lampen, die das Ganze beleuchteten, schwankten in dem leisen Luftzug, der unter der Markise zwischen Zelt und Haus herrschte.

Oben auf der Treppe, von wo aus man einen herrlichen Blick über das Ganze hatte, blieben sie stehen, um bewundernd und staunend den Anblick zu genießen, der sich ihnen bot.

Die hohen Zeltmasten sahen aus wie Bäume, die Gerstengarben, Buchenzweige und von roten Beeren leuchtende Ebereschenzweige trugen. Hoch über allem hingen vier blitzende Kronleuchter. Am anderen Ende des Zelts war ein Podium errichtet und mit silberglänzenden heliumgefüllten Ballons geschmückt. Dort spielte die Kapelle einen Achtertanz. Tom Drystone saß mit seinem Akkordeon als Melodieführer in der Mitte zwischen seinen Kollegen, einem Klavierspieler, zwei Geigern und einem jungen Schlagzeuger. Mit ihren weißen Jacketts und karierten Hosen sahen die Männer gut aus, und Tom nickte und zwinkerte Virginia zu, als er merkte, daß sie zu ihm hersah. Ein bis zum Rand gefülltes großes Bierglas stand auf dem Boden neben ihm.

Die Tänzer, teils in Achter-, teils in Sechzehnerformation, drehten sich wirbelnd, hängten die Arme ineinander, flogen zu einem neuen Partner, klatschten und stampften den mitreißenden Rhythmus mit. In der Mitte einer dieser Gruppen fiel ein ungewöhnlich hochgewachsener junger Mann besonders auf. Er sah kräftig genug aus, um bei Hochlandspielen schwere Felsbrocken zu schleudern oder Baumstämme zu werfen, konzentrierte aber jetzt seine gesamte Energie auf den Tanz. Mit fliegendem Kilt, die Arme hoch über die breiten Schultern gereckt, gab er sein Bestes. Das Hemd quoll ihm aus der scharlachroten Weste, und seine muskulösen Beine zuckten, während er mit wilden Schreien hoch in die Luft sprang.

«Wenn der nicht aufpaßt», sagte Edmund, «tut er sich noch was an.»

«Sich nicht – schon eher einem von den Mädchen.»

Bei denen schien er außerordentlich beliebt zu sein. Alle kreischten vor Begeisterung, wenn er sie von den Füßen hob oder wie Kreisel drehte. Virginia hätte sich gar nicht gewundert, wenn er eine von ihnen wie eine Puppe hoch ins Zeltdach geschleudert hätte.

Edmund stieß sie an. «Sieh mal da – Noel.»

Sie folgte mit den Augen der Richtung, die sein Finger wies, und konnte angesichts des Anblicks, der sich ihr bot, das Lachen nicht verkneifen. Verwirrt stand Noel in der Mitte einer der Tänzergruppen und wußte sichtlich nicht, was von ihm erwartet wurde. Kichernd zeigte ihm Alexa, wo seine nächste Tänzerin stand, die ihrerseits bewußt teilnahmslos dreinsah und gespielte Langeweile zur Schau trug.

Nachdem sich Virginia und Edmund eine Weile suchend umgesehen hatten, entdeckten sie schließlich Vi, Conrad und Pandora, die wie Jeff und Lucilla in einer großen Sechzehnergruppe mittanzten. Vis Partner war ein pensionierter höherer Richter aus Edinburgh, etwa halb so groß wie sie und wahrscheinlich der einzige Anwesende, der noch älter war als sie. Trotz ihrer Größe und Masse bewegte sich Vi beim Tanzen leicht wie eine Feder, flog anmutig, stets den Rhythmus wahrend, von einem Mann zum anderen. Jetzt nahm sie ihren Platz im Kreis erneut ein, und zwei andere Tänzer traten in die Mitte. Sie hob den Blick und sah über deren Köpfe hinweg Sohn und Schwiegertochter Hand in Hand oben auf der steinernen Treppe stehen.

Einen Augenblick lang verfinsterte sich ihr fröhliches, vom Tanz erhitztes Gesicht. Furchtsam fragend hob sie die Brauen. Als Antwort hielt Edmund ihrer beider ineinandergeschlungene Hände wie im Triumph empor. Vi verstand. Ein Lächeln lief über ihr Gesicht. Das Tempo der mitreißenden Musik steigerte sich, sie und der alte Richter hängten die Arme wieder ineinander, und Violet drehte ihn so heftig im Kreis, daß es ihn um ein Haar von den spindeldürren Beinen geschleudert hätte.

Zum Schluß kam die Große Kette, eine letzte Drehung, ein langgezogener Schlußakkord, und der Achtertanz war vorüber. Nahezu im selben Augenblick ertönte begeisterter Beifall für die Musiker. Die erhitzten, atemlosen Tänzer klatschten, johlten und stampften. Sie wollten mehr. Laut ertönte der Ruf nach einer Wiederholung, einer weiteren Runde.

Violet aber hatte genug. Mit einer Entschuldigung verließ sie ihren Tänzer und überquerte die Tanzfläche in die Richtung, wo Edmund mit Virginia stand. Sie kamen zu ihrer Begrüßung die steinerne Treppe herab, und Violet umarmte ihre Schwiegertochter.

«Endlich seid ihr hier. Ich hatte mir solche Sorgen gemacht. Ist alles in Ordnung?»

«Ja.»

«Wie geht es Henry?»

«Er ist gesund und wohlbehalten.»

Violet warf ihrem Sohn einen scharfen Blick zu. «Edmund, du schickst ihn doch nicht wieder dahin zurück?»

«Wenn du mich so ansiehst, würde ich es gar nicht wagen. Nein, wir behalten ihn noch eine Weile zu Hause.»

«Gott sei Dank, daß du zu Verstand gekommen bist. Und falls ich das richtig sehe, in mehr als nur einer Hinsicht. So kommt es mir jedenfalls vor.» Sie öffnete ihre Tasche, nahm ein Taschentuch heraus und tupfte sich die Schweißperlen von der Stirn. «Ich», verkündete sie, «hab jetzt genug und fahr nach Hause.»

«Aber Vi», wandte Edmund ein, «ich hab doch noch gar nicht mit dir getanzt.»

«Dann muß ich dich eben enttäuschen. Ich gehe. Ich hatte einen glänzenden Abend, habe exquisit gespeist und einen Achter getanzt. Das genügt. Ich habe mich rundum amüsiert, und jetzt ist der Augenblick, Schluß zu machen.»

Sie ließ sich nicht umstimmen. «Wenn du möchtest», machte sich Edmund erbötig, «hol ich deinen Wagen und bring ihn an die Tür.»

«Das wäre nett. Ich geh nach oben und hol meinen Mantel.» Erneut küßte sie Virginia. «Wir haben so viel zu bereden, aber das ist weder die rechte Zeit noch der rechte Ort dafür. Jedenfalls bin ich für euch beide sehr glücklich. Gute Nacht, meine Liebe. Ich wünsche euch viel Vergnügen.»

«Gute Nacht, Vi.»

Nach einigem Suchen geriet Edmund in den Salon, wo an einer der Längsseiten eine lange Bar eingerichtet war und Sofas und Sessel so gruppiert standen, daß man sich unterhalten konnte. Hier war es vergleichsweise ruhig, auch wenn man den hämmernden Rhythmen der Musik, die aus der Diskothek und dem Tanzzelt drang, nicht gänzlich entgehen konnte. In der Tür stehend sah er, daß mehrere Gäste einen oder zwei Tänze lang pausierten, um zu verschnaufen und eine Kleinigkeit zu trinken. Einige blutjunge Mädchen saßen auf dem Fußboden, von wo aus sie die um sie bemühten jungen Männer prächtig anhimmeln und zu ihnen aufblicken konnten. Eine von ihnen war Edmund bereits aufgefallen, denn sie trug das kürzeste schwarze Paillettenkleid, das er im Leben je gesehen hatte – kaum, daß es ihre Scham bedeckte. Auf seine Frage, wer sie war, hatte er erfahren, es handele sich um eine frühere Mitschülerin Katy Steyntons. Kaum glaublich. Irgendwie vermochte er so recht keine Beziehung zwischen den endlos wirkenden langen Beinen, den provozierenden Pailletten und den in britischen Mädcheninternaten für das La-Crosse-Spiel üblichen Hockeyschlägern zu sehen.

Endlich erspähte er in der Nähe des brennenden Kamins in eine Sofaecke gekuschelt Pandora im Gespräch mit einem Mann. Als Edmund quer durch den Raum auf sie zuging, schien sie das zu spüren, denn sie wandte den Kopf.

«Edmund.»

«Kommst du mit ins Zelt?»

«Ach, mein Lieber, dazu bin ich zu schlapp. Ich bin schon den ganzen Abend wie ein Jojo auf und ab gehüpft.»

«Und wie wär's dann mit der Diskothek? Da spielen sie gerade ‹Lady in Red›.»

«Ein herrliches Lied. Edmund, kennst du Robert Bramwell? Ach, natürlich, er ist ja einer eurer Jagdgäste. Wie dumm von mir.»

«Entschuldigung, Robert. Macht es Ihnen was aus, wenn ich sie Ihnen entführe?»

«Natürlich nicht...» Der Angesprochene erhob sich nicht ohne Schwierigkeiten vom Sofa, denn er war von stattlicher Leibesfülle. «Es wird sowieso Zeit, daß ich mich mal wieder bei meiner Frau melde. Sie will unbedingt einen Reel mit mir tanzen. Ich hab zwar keine Ahnung, wie der geht, aber irgendwie pack ich das schon...»

«Es war wirklich nett...» dankte ihm Pandora.

«War mir ein Vergnügen.»

Sie sahen ihm nach, wie er durch den belebten Raum hinausging. Dann nahm Edmund unverfroren den Platz auf dem Sofa ein, den der andere innegehabt hatte.

«Du bist ja ein Schlimmer. Ich dachte, du wolltest tanzen.»

«Armer Kerl. Wahrscheinlich hat er lange manövrieren müssen, um dich ganz allein für sich zu haben, und jetzt hab ich es verdorben.»

«*Mir* nicht. Du hast ja nichts zu trinken.»

«Ich leg 'ne kurze Pause ein. Hab heute abend sowieso schon viel zuviel getrunken.»

«Armer Schatz, du hast so viel um die Ohren. Wie geht's Henry?»

«Glänzend, wenn man bedenkt, was er mitgemacht hat.»

«Schrecklich tapfer von ihm, aus der Schule auszureißen. Wirklich tapfer von dem kleinen Mann, einfach davonzulaufen.»

«Hast du doch auch gemacht.»

«Ach je. Geht das wieder los? Ich hatte gedacht, mit dem Thema wären wir durch.»

«Entschuldige.»

«Entschuldigst du dich, weil du darüber sprichst?»

«Nein. Für alles, was passiert ist. Für mein Verhalten. Ich habe dir nie eine Erklärung abgegeben, und vermutlich ist es inzwischen zu spät dazu.»

«Das denke ich auch», teilte sie ihm mit, «nach all den vielen Jahren.»

«Du hast es mir nie verziehen?»

«Ach, Edmund, das Wort ‹Verzeihen› kommt in meinem Wortschatz nicht vor. Ich verzeih Leuten nie was. Dafür bin ich nicht edel genug. Wie könnte ich das außerdem, wo ich im Lauf meines Lebens selbst so viele Menschen furchtbar unglücklich gemacht habe?»

«Darum geht es doch gar nicht.»

«Wenn du darüber sprechen möchtest, sollten wir das ohne alle Emotionen tun. Du hast mir damals gesagt, du würdest dich melden, mir schreiben, mich immer lieben. Nichts davon hast du getan. Es sah dir gar nicht ähnlich, dein Wort zu brechen, und ich habe nie verstanden …»

«In einem Brief hätte ich dir lediglich mitteilen können, daß es leere Versprechen waren und daß ich kneifen würde. Ich habe zu lange damit gewartet. Als ich endlich genug Mut zusammengekratzt hatte, dir zu schreiben, war es zu spät … Und da habe ich mich für den einfacheren Weg entschieden.»

«Genau das war so schlimm. Ich dachte, ich kenn dich wer weiß wie gut, und hätte nie angenommen, daß du dich je für den einfacheren Weg entscheiden würdest. Deswegen habe ich dich doch so über alle Maßen geliebt. Ich wollte dich, und ich konnte mir nicht vorstellen, daß du mich nicht liebtest. Wie töricht von mir. Immer hatte ich gekriegt, was ich haben wollte, mein Leben lang, und es war eine neue und grausame Erfahrung, daß mir etwas verweigert wurde, was ich wollte. Ich war nicht bereit, mich mit der Wirklichkeit abzufinden. Es mußte einfach ein Wunder geben, das die Tatsachen ungeschehen machte – daß du nach London gegangen warst, Caroline geheiratet hattest, Alexa zur Welt gekommen war. Ich war davon überzeugt, daß all das irgendwie verschwinden würde, wenn man es unter den Teppich kehrte. Wie töricht von mir. Aber schließlich war ich erst achtzehn, und Verstandesschärfe war nie meine Stärke.»

«Es tut mir leid.»

Sie lächelte ihn an und legte ihm die Fingerspitzen auf die Wange. «Machst du dir Vorwürfe für das, was ich verkorkst hab? Laß es gut sein. Ich bin als Katastrophe auf die Welt gekommen. Das weißt du so gut wie ich. Wärst du nicht gewesen, hätte es einen anderen getroffen, und wäre da nicht der steinreiche lüsterne Harald Hogg gewesen, hätte ich bestimmt einen anderen Unseligen gefunden, mit dem ich davongelaufen wäre. Glücklich hätte ich dich nie gemacht. Andererseits kann ich mir nicht so recht vorstellen, daß Caroline dich glücklich gemacht hat. Aber mit Virginia hast du endlich die Richtige gefunden. Das macht mich auch glücklich.»

«Und was noch?»

«Selbst wenn ich es wüßte, würde ich es dir nicht sagen.»

«Warum bist du zurückgekommen?»

«Ach, eine Anwandlung. Eine Laune. Ein spontaner Einfall. Ich wollte euch alle wiedersehen.»

«Wirst du bleiben?»

«Ich glaube nicht. Dazu bin ich wohl nicht seßhaft genug.»

«Das macht mir ein schlechtes Gewissen.»

«Wieso?»

«Ich weiß nicht. Wir alle haben reichlich Grund, in vieler Hinsicht ein schlechtes Gewissen zu haben.»

«Stimmt, ich auf jeden Fall. Aber bei mir sind es andere Dinge.»

«Mir behagt die Vorstellung nicht besonders, daß du allein bist.»

«So ist es aber besser.»

«Du bist Teil von uns allen. Das weißt du doch?»

«Vielen Dank. Das ist das Netteste, was du mir sagen konntest. Genau so möchte ich es, und genau so soll es bleiben.» Sie beugte sich vor und gab ihm einen Kuß auf die Wange. Ihre Nähe, die

Berührung ihrer Lippen, der Geruch ihres Parfüms stürmten auf ihn ein.

«Pandora...»

«Und jetzt, mein Lieber, haben wir hier lange genug gehockt... Meinst du nicht auch, daß wir uns den anderen zeigen sollten?»

Ein Uhr war vorüber. Die Festlichkeit hatte ihren Höhepunkt erreicht, als sich Noel Keeling, weder imstande noch bereit, die Schwierigkeiten eines Tanzes mit Namen *Duke of Perth* zu meistern, mit einemmal allein fand. Er kam zu dem Ergebnis, daß er eine Erfrischung brauchte. An der Bar bot man ihm Champagner an, doch da er wirklich Durst hatte, ließ er sich ein eiskaltes Bier einschenken. Kaum hatte er das Glas an die Lippen gesetzt und einen langen und erfrischenden Schluck genommen, als Pandora Blair neben ihm auftauchte.

Seit dem Abendessen hatte er sie kaum gesehen, was er bedauerlich fand. Sie gefiel ihm, war sie doch neben Virginia die bei weitem ansehnlichste und amüsanteste Frau, der er begegnet war.

«Noel.»

Es war ihm angenehm, von ihr angesprochen zu werden. Sofort stellte er sein Glas hin und rückte zur Seite. Sie machte es sich auf einem Barhocker gemütlich und lächelte ihn verschwörerisch an.

«Ich möchte Sie um einen Gefallen bitten», begann sie.

«Gern. Wollen Sie was trinken?»

Sie griff nach einem randvollen Champagnerglas und leerte es, als sei es mit Wasser gefüllt.

Er lachte. «Machen Sie das den ganzen Abend schon so?»

«Natürlich.»

«Und wie sieht der Gefallen aus?»

«Ich würde gern nach Haus fahren. Würden Sie mich hinbringen?»

Diese Bitte überraschte ihn. Sie war das letzte, womit er gerechnet hätte.

«Aber warum wollen Sie nach Haus?»

«Ich glaube, ich war lange genug hier. Ich habe mit jedem getanzt, hab alles gesagt, was zu sagen war, und möchte jetzt ins Bett. Ich würde Archie bitten, mich heimzufahren, aber er unterhält sich in Angus Steyntons Arbeitszimmer mit einer Flasche *Glenmorangie* so großartig mit dem alten General Grant-Palmer, daß ich ihm die Freude nicht verderben möchte. Und alle anderen widmen sich im Zelt unseren Stammestänzen. Sogar Conrad, der gar nicht so melancholische Amerikaner.»

«Ich bin ganz platt, daß der die so gut kann.»

«Archie und Isobel haben ihm Mittwoch abend Stunden gegeben. Aber ich muß gestehen, ich hätte nie gedacht, daß er so darauf anspringt. Ist es furchtbar schlimm, wenn ich Sie bitte, mich nach Croy zu fahren, Noel?»

«Aber nein. Das tue ich selbstverständlich gern.»

«Ich habe meinen Wagen zwar hier, aber ich bin alles andere als fahrtüchtig. Bestimmt würde ich unterwegs einschlafen und im Graben landen. Außerdem müssen die anderen ja auch irgendwie nach Hause. Also laß ich ihnen den besser hier...»

«Ich fahr Sie mit meinem Wagen.»

«Sie sind ein Schatz.» Sie leerte ihr Glas. «Ich hole nur rasch meinen Mantel und treffe Sie dann an der Haustür.»

Er überlegte, ob er jemandem Bescheid sagen sollte, unterließ es dann aber. Die Fahrt würde höchstens eine halbe Stunde dauern, und vermutlich würde ihn während dieser Zeit niemand vermissen. Während er am Fuß der Treppe wartete, empfand er eine eigentümliche Vorfreude, so, als stehe ihm eine Art Abenteuer bevor. Er überlegte, daß Pandora vermutlich auf alle Männer so wirkte, die sie mit ihrer Aufmerksamkeit bedachte.

«Fertig.» Sie kam in ihrem langen weitschwingenden Nerzmantel die Treppe heruntergeeilt. Er nahm ihren Arm, und sie gingen die Freitreppe hinab über den Kiesweg. Da das Gras kalt und naß und der Boden schlammig war, bot er ihr an, sie auf seinen Armen zum Auto zu tragen. Sie aber lachte nur, zog ihre Abendsandaletten aus und ging barfuß neben ihm weiter.

Der alte Hughie war verschwunden. Nach einer Weile fand Noel seinen Wagen. Kaum saßen sie darin, als er fragte: «Musik?»

«Lieber nicht. Sie könnte mich beim Anblick des Sternenhimmels stören.»

Er wendete und verließ Corriehill über die nach wie vor von den Lichterketten erhellte Auffahrt, tauchte in die dunkle Landschaft ein. Er schaltete die Heizung ein, damit Pandora warme Füße bekam. Parfümgeruch hing im Wageninneren, und er hatte das seltsame Gefühl, daß er künftig immer, wenn er dies Parfüm riechen würde, an die Fahrt mit Pandora denken müßte.

Sie begann zu sprechen. «Es war ein herrlicher Abend. Von Anfang bis Ende genau richtig. So wie früher, vielleicht sogar noch besser. Vor Urzeiten, als wir alle noch jung waren, gab es auch bei uns auf Croy solche Tanzfeste, an Weihnachten und zu Geburtstagen. Einfach zauberhaft. Sie müssen unbedingt wieder nach Croy kommen, denn da wird es in Zukunft besser werden. Die trübe Stimmung ist jetzt vorbei. Mein Bruder Archie ist wieder wie früher. Er hat eine fürchterliche alptraumhafte Zeit durchgemacht, aber das ist vorbei. Er hat sich mit seinem Schicksal abgefunden, ist wieder er selbst.»

Eine Weile sagte sie nichts, saß mit abgewandtem Kopf so, daß er die Fülle ihres Haares sah, das über den weichen Pelz gebreitet war. Verträumt, wie es schien, schaute sie hinaus in die lichtlose Nacht, während die Straße unter ihnen dahinzog. Außer ihnen war weit und breit keine Menschenseele unterwegs.

Nach einer Weile fragte sie: «*Werden* Sie wieder nach Croy zurückkommen, Noel?»

«Warum fragen Sie das?»

«Vielleicht meine ich damit in Wirklichkeit was anderes und frage Sie nach Alexa.»

Er war auf der Hut. «Ja?»

«Ich habe den Eindruck, daß Sie unentschlossen sind und nicht wissen, was Sie tun sollen.»

Die Klarheit ihrer Wahrnehmung überraschte ihn. «Haben Sie mit Violet Aird gesprochen?»

«Mein Lieber, über Dinge, die mir wichtig sind, spreche ich nie mit anderen.»

«Alexa ist wichtig.»

«Das denke ich auch. Wissen Sie, ich habe das merkwürdige Gefühl, daß Sie und ich uns ziemlich ähnlich sind. Ich habe nie genau gewußt, was ich wollte, und wenn ich es dann kriegte, merkte ich auf einmal, daß ich es gar nicht wirklich gewollt hatte. Wahrscheinlich, weil ich auf der Suche nach etwas war, was es gar nicht gab.»

«Sprechen Sie von einem bestimmten Mann oder von einer bestimmten Lebensweise?»

«Wohl von beidem. Gehört das nicht zusammen? Und Vollkommenheit. Das Äußerste. Das aber bekommt man nie, weil es das nicht gibt. Liebe besteht nicht darin, daß man Vollkommenheit findet, sondern daß man schreckliche Fehler verzeiht. Ich nehme an, daß alles auf einen Kompromiß hinausläuft. Und darauf, daß man den Augenblick erkennt, in dem man sich entscheiden muß, ob man die Angel auswerfen oder einziehen soll.»

Noel sagte: «Ich mag Alexa, aber ich bin nicht in sie verliebt.» Er überlegte, was er da gesagt hatte, und lächelte dann. «Wissen Sie, ich habe das noch keinem Menschen laut gesagt. Weder vor mir selbst noch zu anderen.»

«Und wie ist es, wenn man es laut sagt?»

«Es macht angst. Ich fürchte mich davor, Zusicherungen zu machen, weil es nie meine Stärke war, Versprechen zu halten.»

«Furchtsamkeit ist der schlechteste Ratgeber, wenn es um die Frage geht, ob man was tun soll oder nicht. Sie verneint. Das ist so ähnlich, als wenn man wegen anderer Menschen was unterläßt, was man eigentlich tun wollte. ‹Pandora, das darfst du nicht tun. Was sollen nur die Leute denken?› Als ob das wichtig wäre. Nein, so nicht. Sie müssen sich eine bessere Rechtfertigung ausdenken.»

«Nun, wie wäre es mit der hier: Wer keine Verpflichtungen eingeht, bleibt Herr seines eigenen Lebens.»

«Für einen jungen Menschen stimmt das. Aber in vielen Fällen endet so ein ungebundener junger Mann der Gesellschaft, wenn er nicht aufpaßt, als einsamer und ziemlich jämmerlicher Hagestolz, die Art Junggeselle, der zu Abendgesellschaften eingeladen wird, wenn noch ein Gast fehlt. Anschließend kehrt er dann in eine leere Wohnung zurück, wo außer einem treuen Hündchen kein Mensch auf ihn wartet.»

«Keine besonders angenehme Aussicht.»

«Man hat nur ein Leben und bekommt nicht zweimal dieselbe Möglichkeit geboten. Wer sich eine wirklich gute Sache entgleiten läßt, hat sie für immer aufgegeben. Dann bemüht man sich den Rest seines Lebens darum, sie wiederzufinden... und stolpert von einer unbefriedigenden Affäre zur nächsten. Nach einer Weile kommt dann der Tag, an dem man begreift, daß alles vergeblich war. Sinnlos. Zeit und Mühe verschwendet.»

«Was also ist die Lösung?»

«Ich weiß nicht. Ich bin nicht Sie. Ich nehme an, ein bißchen Mut und viel Zuversicht.» Sie dachte über das nach, was sie gesagt hatte. «Das klingt wohl so ungefähr wie die Rede einer Schulleiterin am Abschlußtag. Oder wie das, was ein Politiker sagen könnte. ‹Wir wollen die Hand an den Pflug legen und vorwärtsblicken, denn dort liegt die Zukunft.›» Sie begann zu kichern. «‹Wählt Blair, und ihr kriegt kostenlose Hühneraugenpflaster.›»

«Sie sprechen sich also für Kompromisse aus?»

Ihr Kichern erstarb. «Es gibt Schlimmeres. Heute abend habe ich Alexa zum erstenmal in meinem Leben gesehen, aber ich habe euch beide beim Abendessen beobachtet. Alexas Gesicht war von Liebe erfüllt. Sie ist ein gebender Mensch. Sie ist lauteres Gold.»

«Das weiß ich.»

«Gut, dann muß ich ja nichts mehr sagen.»

Erneut trat Schweigen ein. Sie waren fast am Ziel. Aus dem langen Tal glänzten schwach einige Lichter herauf: Strathcroy. Nur noch die Straßenlaternen brannten. Da es im Wagen jetzt sehr warm geworden war, öffnete Noel das Fenster ein wenig. Er spürte die frische kalte Luft auf dem Gesicht und hörte den Fluß neben der Straße.

Sie erreichten das Tor von Croy. Er schaltete herunter und fuhr die vordere Auffahrtsallee hinauf. Das Haus wartete mit dunklen Fenstern. Archies alter Landrover stand einsam vor der Haustür.

Noel hielt an und stellte den Motor ab. Die Nacht war still; nur der Wind rührte sich.

«So, da sind Sie, sicher daheim.»

Mit dankbarem Lächeln wandte sie sich ihm zu. «Sie waren wirklich lieb. Hoffentlich habe ich Ihnen nicht das Vergnügen verdorben. Ich würde es bedauern, wenn ich mich eingemischt hätte.»

«Mir ist nicht ganz klar, warum Sie das alles gesagt haben.»

«Wahrscheinlich, weil ich zuviel Champagner getrunken habe.» Sie beugte sich zu ihm herüber und küßte ihn auf die Wange. «Gute Nacht, Noel.»

«Ist die Tür offen?»

«Natürlich. Hier wird nie abgeschlossen.»

«Ich bring Sie noch rein.»

«Lassen Sie nur.» Sie drückte ihn mit einer Hand auf den Sitz. «Ich finde mich allein zurecht. Fahren Sie lieber zu Alexa zurück.»

Sie stieg aus und schlug die Wagentür zu. Im Scheinwerferlicht sah er, wie sie über den Kies und dann die Treppe hinaufging. Er sah ihr nach. Die große Haustür öffnete sich, Pandora wandte sich um, winkte und glitt hinein. Die Tür fiel ins Schloß. Pandora war fort.

Nicht einmal Tom Drystone konnte ohne Pause spielen. Nachdem der *Duke of Perth* zweimal schwungvoll getanzt worden war, ließ er die ganz und gar unschottischen Klänge von «The Girl I Left Behind» ertönen, schob den Balg seines Akkordeons in einem letzten wimmernden Akkord zusammen, legte das Instrument auf den Boden, stand auf und teilte über das Mikrofon mit, er und die anderen Musiker würden sich jetzt eine Stärkung gönnen. Nicht einmal übertrieben verzweifeltes Stöhnen und spöttische Zurufe brachten ihn von seinem Entschluß ab, und er führte seine erhitzten Kollegen über die Tanzfläche dorthin, wo der wohlverdiente Imbiß ihrer harrte.

In der darauffolgenden Stille standen die Tänzer einen Augenblick lang ratlos herum. Als sich dann der Duft nach gebratenem Schinken und frischem Kaffee bemerkbar machte, lief ihnen das Wasser im Munde zusammen, und mit einemmal fiel ihnen auf, daß sie seit mehreren Stunden nichts gegessen hatten. Allmählich leerte sich das Zelt, und ein allgemeiner Aufbruch in Richtung auf das Haus setzte ein. Doch dann sprang ein junger Mann – vielleicht spontan, vielleicht auf Verenas Anweisung hin – auf das Podium, setzte sich ans Klavier und begann zu spielen.

«Virginia...» Sie war auf halber Höhe der steinernen Freitreppe, die zum Haus führte, wandte sich um und sah Conrad hinter sich. «Komm, tanz mit mir.»

«Möchtest du nicht Schinken mit Spiegelei essen?»

«Später. Das Lied ist so schön, das sollten wir uns nicht entgehen lassen.»

Es war genau die Art von sanfter, einlullender Stimmungsmusik, die beide in eine ferne Vergangenheit entführte, an teure, geschmackvoll eingerichtete Restaurants und schummrige Nachtlokale denken ließ, an sentimentale Filme, an deren Ende man nasse Augen und eine Handvoll feuchter Taschentücher in der Hand hatte.

Bewitched. «Du hast mich mit Wildheit verzaubert...»

Sie gab nach. «Na schön.»

Sie kehrte um, seinen wartenden Armen entgegen. Conrad zog sie dicht an sich, drückte seine Wange an ihr Haar. Sie tanzten, fast auf der Stelle stehend, der Anwesenheit anderer Paare kaum bewußt, die, den lockenden Tönen des Klaviers folgend, erneut den Tanzboden aufgesucht hatten.

Er fragte: «Glaubst du, daß der da oben ‹The Look of Love› spielen kann?»

Sie lächelte. «Woher soll ich das wissen? Frag ihn doch einfach.»

«Es war ein herrlicher Abend.»

«Mich hat beeindruckt, wie du die schottischen Tänze hingelegt hast.»

«Wer Square Dance kann, kann alles.»

«Man braucht nur Mut.»

«Ist eigentlich Samstag abends im Country Club von Leesport Tanz?»

«Ich denke schon. Eine ganze neue Generation schmust unter den Sternen auf der Terrasse rum.»

«Ich hab nicht den Eindruck, daß die uns beiden viel beibringen könnten.»

Sie sagte: «Ich bleibe hier, Conrad. Ich fliege nicht mit zurück.»

Sie spürte seine sanft liebkosende Hand auf ihrem Rücken, hob den Blick und sah ihn an. «Das war dir doch klar, oder?»

«Ja», gab er zu, «ich hab's mir mehr oder weniger gedacht.»

«Es hat sich alles geändert. Henry ist wieder daheim. Edmund und ich haben uns ausgesprochen. Die Situation ist anders. Alles ist wieder in Ordnung.»

«Das freut mich.»

«Edmund ist mein Leben. Ich hatte ihn aus den Augen verloren, aber er ist wieder da, und wir sind zusammen.»

«Das freut mich wirklich, für dich.»

«Jetzt ist also nicht die Zeit, von ihm fortzugehen.»

«Ein beneidenswerter Mann.»

«Ein besonderer Mann.»

«Und nett.»

«Es tut mir wirklich leid, Conrad. Was immer du jetzt empfindest, ich möchte nicht, daß du meinst, ich hätte dich benutzt.»

«Ich denke, wir haben einander benutzt. Wir haben uns gegenseitig etwas gegeben, als wir es gebraucht haben. Genau im richtigen Augenblick war der richtige Mensch da. Zumindest war das für mich so. Du warst da.»

«Du bist ebenfalls etwas Besonderes. Das weißt du doch, nicht wahr? Und eines Tages, früher oder später, wird dir eine Frau begegnen, die ein ebenso besonderer Mensch ist. Sie wird nicht Marys Platz ausfüllen, denn sie wird einen eigenen haben, und alles wird gut und richtig sein. Daran mußt du stets denken. Um deinetwillen und um deines Kindes willen.»

«Natürlich. Man muß das Leben bejahen.»

«Es wäre mir nicht recht, wenn du melancholisch wärest.»

«Nicht länger der melancholische Amerikaner.»

«Erinnere mich bloß nicht *daran*!»

«Wann sehe ich dich wieder?»

«Bestimmt schon bald. Edmund und ich fliegen sicher mal nach Amerika. Da können wir uns dann alle treffen.»

Sie legte ihm die Hand auf die Schulter und sagte leise den Text des Liedes, dessen letzte Töne vom Klavier her erklangen. «Behext, bekümmert und verwirrt bin ich.»

Er sagte: «Ich hab dich wirklich gern.»

«Ich dich auch», gab Virginia zurück. «Es war zauberhaft.»

Noel fuhr nach Corriehill zurück. Der Fahrtwind strömte durch das offene Wagenfenster. Er ließ sich Zeit, fuhr langsam. So allein zu sein war merkwürdig friedlich, eine kleine Atempause, in der er seine Gedanken einerseits sammeln und andererseits ziellos umherschweifen lassen konnte. Bei der Abfahrt von Croy hatte er überlegt, ob er eine Kassette einlegen sollte, es aber unterlassen. Dies eine Mal brauchte er Ruhe und Stille. Außerdem wäre es ihm beinahe wie eine Lästerung vorgekommen, die unendliche Dunkelheit der Nacht dadurch zu stören, daß er sie mit lauter Rockmusik erfüllte.

Die Landschaft um ihn herum lag in einsamer Finsternis da. Nur hier und da zeigten sich Spuren von Besiedlung. Gleichwohl hatte er den Eindruck, auf irgendeine unerklärbare Weise beobachtet zu werden. Es war ein altes Land. Die Berge, die zum Himmel emporragten, hatten ihre Gestalt schon von Anbeginn der Zeiten an, und seine unmittelbare Umgebung sah wahrscheinlich schon seit Jahrhunderten genauso aus wie jetzt.

Vor ihm stieg die schmale Straße in Windungen bergan. Als man sie vor langer Zeit gebaut hatte, war sie wohl den Ackergrenzen gefolgt und um die Trockenmauern herumgeleitet worden, die das Pachtland von Kleinbauern umgaben. Jetzt gehörten diese Ländereien anderen, Ackerschlepper, Milchautos und Busse benutzten die Straße, dennoch wand sie sich, führte wie eh und je ohne erkennbaren Grund auf und ab.

Unfähig, das Gefühl abzuschütteln, daß er beobachtet wurde, dachte er an die längst dahingegangenen Kleinpächter, die all ihre

Kräfte gegen das harte Klima, den kargen Boden und das widerspenstige Land eingesetzt hatten. Er sah sie vor sich, wie sie hinter einem einzelnen Pferd die dünne Ackerkrume gepflügt, mit Sicheln die magere Ernte eingebracht, auf der Suche nach Schafen Schneestürmen getrotzt und Torf gestochen hatten, um es als Hausbrand für den Winter zu stapeln. Er versuchte sich auszumalen, wie ein solcher Mann auf dem Rücken seines Pferdes oder gar zu Fuß heimwärts strebte, so wie jetzt er in seinem Golf. Er sah ihn vor sich, wie er sich, gegen den Westwind geneigt, bergan mühte. Damals mußte ihm die Straße wohl geradezu unendlich lang vorgekommen sein und endlos die mit dem Überleben verbundenen Mühen.

Es war ihm unmöglich, sich solche Entbehrungen, eine solche karge Existenz vorzustellen. Ihm, der es in der Sicherheit des zwanzigsten Jahrhunderts gewohnt war, nicht nur das Lebensnotwendige, sondern auch den Luxus für selbstverständlich zu halten, hatte sich nie die Frage des Überlebens gestellt, ganz davon zu schweigen, daß er sich je der Notwendigkeit dazu gegenübergesehen hätte, und verglichen mit alldem schien ihm das, was ihn zögern ließ, so unbedeutend, daß es ihn verlegen machte.

Trotz allem, es war sein Leben. *Man hat nur ein Leben*, hatte Pandora gesagt, *und bekommt dieselbe Möglichkeit nicht zweimal geboten. Wer sich eine wirklich gute Sache entgleiten läßt, hat sie für immer aufgegeben.*

Damit war er wieder bei Alexa. *Alexa ist lauteres Gold.* Pandora hatte recht, das war ihm durchaus klar. *Wenn Sie ihr weh tun müssen, sollten Sie es gleich tun, bevor es zu spät ist...* Das waren Vis Worte gewesen, als sie ihm auf dem Berg oberhalb von Loch Croy ihr Herz ausgeschüttet hatte.

Er dachte an Vi, Pandora, die Familien Balmerino und Aird. Sie verkörperten für ihn eine Lebensweise, die er nie zuvor wirklich kennengelernt hatte. Verwandte, Freunde, Nachbarn; alle hingen miteinander zusammen, hingen voneinander ab. Er dachte an Balnaid und empfand wieder einmal die grundlose Überzeugung, daß er dort hingehörte.

Alexa war der Schlüssel.

Jetzt meldete sich unerwarteterweise auch noch seine Mutter zu Wort. *Glück bedeutet, aus dem, was man besitzt, das meiste zu machen.* Ihre kräftige und sichere Stimme klang vernehmlich in seinem Kopf, duldete keinen Widerspruch, bestimmte das Gesetz des Handelns, wie stets, wenn ihr etwas wichtig gewesen war.

Was also besaß er?

Die Antwort war von qualvoller Klarheit. Eine junge Frau. Weder eine Dame von Welt noch besonders schön. Eigentlich das genaue Gegenteil all der Weibchen, die früher in seinem Leben eine Rolle gespielt hatten. Eine junge Frau, die ihn liebte. Sie war nicht hoffnungslos in ihn verschossen, peinigte ihn nie mit Forderungen; aber sie liebte ihn mit einer Beständigkeit, die so hell leuchtete wie eine ruhige Flamme. Er dachte an die letzten Monate, die er mit Alexa in ihrem kleinen Haus in der Ovington Street verbracht hatte, und unwillkürlich trat eine Reihe unzusammenhängender Bilder vor sein inneres Auge. Ihn überraschte, daß sein Unterbewußtsein aus irgendeinem Grund keins der kostbaren materiellen Besitztümer an die Oberfläche brachte, die an jenem ersten Abend, als Alexa ihn auf ein Glas zu sich eingeladen hatte, zum erstenmal seine Aufmerksamkeit erregt hatten: weder die Bilder, die Möbel, die Bücher noch das Porzellan, die herrlichen silbernen Untersetzer auf der Anrichte oder die beiden Fasanen aus Silber, die als Tafelaufsätze in ihrem Eßzimmer standen. Statt dessen sah er angenehme häusliche Dinge: eine Schale mit frischen Äpfeln, einen Laib frischgebackenes Brot, einen Krug voll Tulpen, den Glanz der Abendsonne, die sich in den Böden der Kupferkasserollen in der Küche spiegelte.

Und die anderen guten Dinge, die sie gemeinsam erlebt hatten. Kiri te Kanawa in der Oper in Covent Garden, die Bilder in der Tate Gallery an einem Sonntag vormittag, ein Mittagessen im San Lorenzo. Mit ihr im Bett. Er dachte an das friedliche Gefühl, wenn er abends aus dem Büro heimkehrte und im Bewußtsein in die Ovington Street einbog, daß sie dort war und auf ihn wartete.

Das besaß er. Alexa. Dort. Sie wartete auf ihn. Das war alles, was er begehrte, alles, worauf es ankam. Warum zum Teufel also zögerte er? Was zum Teufel suchte er? Mit einem Schlag waren diese

Fragen so belanglos, daß er sich nicht einmal die Mühe machte, nach Antworten zu suchen.

Der Gedanke an eine Zukunft ohne sie war unvorstellbar.

Er wußte, daß er über die Wasserscheide hinweggeschritten und auf dem Weg zur Bindung war. In guten und in schlechten Tagen. Bis daß der Tod uns scheidet. Aber diese Donnerworte jagten ihm keine Angst mehr ein. Statt dessen empfand er ein ungewohntes und unerwartetes Gefühl der Zielstrebigkeit und der Beschwingtheit.

Und der Dringlichkeit. Es gab keinen Grund mehr, sich zu verzetteln. Statt dessen empfand er eine neue Art von Ungeduld. Er hatte genug Zeit vergeudet. Er atmete tief ein und gab Gas. Der Motor reagierte, und der Wagen beschleunigte bergauf, die Straße entlang, die nach Corriehill führte.

Seine Mutter war noch immer um ihn. «In Ordnung», sagte er, «ich hab dich gehört. Du hast klargemacht, was du klarmachen wolltest. Ich bin auf dem Weg.» Der Wind riß ihm die Worte vom Mund und schleuderte sie nach hinten. Laut rief er: «Ich komme!» Es war eine Bekräftigung, die beiden galt, der toten Mutter und der lebenden Geliebten.

Die ersten Festgäste fuhren ab. Von weitem konnte man sehen, wie sich die Scheinwerfer ihrer Wagen von Corriehill fortbewegten, hangabwärts zwischen den Bäumen und hinaus durch das imposante Tor. Einigen von ihnen begegnete Noel auf der breiten Auffahrt, aber sie bot genug Platz. Fröhliche Scherzworte flogen zu ihm herüber; spöttische Bemerkungen über sein allem Anschein nach übertrieben spätes Eintreffen und Zurufe, die ihm zu verstehen gaben, man komme besser spät als nie.

Die Heimkehrenden hatten sich ganz offenkundig gut unterhalten.

Da der Aufbruch sichtlich in vollem Gange war, machte sich Noel gar nicht erst die Mühe, den Wagen wieder auf der Viehweide abzustellen, sondern ließ ihn gleich neben der Freitreppe auf der geschwungenen kiesbestreuten Auffahrt stehen. Als er vor der Haustür stand, kam ein älteres Paar heraus. Er trat beiseite, hielt den beiden die Tür auf und ließ sie vorbei. Der Mann dankte ihm herzlich und wünschte ihm eine gute Nacht, nahm dann ritterlich den Arm seiner Frau und geleitete sie die Stufen hinab. Noel sah ihnen nach, wie sie, ins Gespräch vertieft, vorsichtig ihre Schritte setzten. Er hörte beide lachen. Alt mochten sie sein, aber offenkundig hatten sie das Fest genossen und machten sich jetzt gemeinsam auf den Heimweg. Erneut dachte er ‹bis daß der Tod uns scheidet›. Aber im Grunde war der Tod ja nichts als ein Bestandteil des Lebens, und entscheidend war das Leben.

Er trat ein und machte sich auf die Suche nach Alexa. Er fand sie weder in der Diskothek noch im Salon. Als er aus dem Salon kam, hörte er seinen Namen.

«Noel.»

Er blieb stehen, wandte sich um und sah eine junge Frau. Zwar war er ihr nicht vorgestellt worden, wußte aber, daß es sich um Katy Steynton handelte, denn Alexa hatte sie ihm gezeigt. Sie war blond, sehr schlank und wirkte mit ihrem makellosen Teint, dem langen Gesicht, den blaßblauen Augen und dem winzigen Mund ungeheuer englisch. Sie trug ein Kleid aus schimmerndem Atlas, von genau derselben Farbe wie die ihrer Augen, und hielt die Hand eines Mannes, der es erkennbar nicht abwarten konnte, in die dröhnende, von Stroboskop-Blitzen durchzuckte Höhle der Diskothek zu gelangen.

«Hallo.»

«Sie sind doch Noel Keeling, nicht? Alexas Freund?»

Aus irgendeinem Grund kam er sich ein wenig töricht vor. «Ja.»

«Sie ist im Zelt. Ich bin Katy Steynton.»

«Ich weiß.»

«Sie tanzt mit Torquil Hamilton-Scott.»

«Ach, vielen Dank.» Da das etwas abrupt klang, fügte er weltmännisch hinzu: «Ein überaus gelungenes Fest. Bestimmt genießen Sie es in vollen Zügen. Es war wirklich reizend von Ihnen, mich einzuladen.»

«Ach was, es war toll, daß Sie...», sie wurde bereits von ihrem jungen Mann fortgezerrt, «...kommen konnten.»

Ein Kellner kam mit einem Tablett randvoller Champagnergläser vorbei. Noel nahm geschickt eins herunter und ging dann durch die Bibliothek auf das Zelt zu. Das Dröhnen der Musik dort hatte ein Crescendo erreicht, denn die Kapelle war bereits bei der Wiederholung des Tanzes, und das Tempo schien sich mit jedem Augenblick noch zu steigern. Oben auf der Treppe blieb er stehen und hielt Ausschau nach Alexa. Doch trotz seines dringenden Wunsches, sie zu finden, und trotz seiner Ungeduld lenkte ihn der Anblick ab, der sich ihm bot. Er tanzte nicht besonders gern, schon gar keine schottischen Volkstänze, doch selbst er merkte, daß die Atmosphäre hochgradig aufgeladen war. Außerdem reagierten die mit seinem Beruf verbundenen kreativen Instinkte automatisch auf den optischen Anprall, der sich ihm da bot, die umherzuckenden Kreise aus Farbe und Bewegung. Er empfand den dringenden Wunsch, dies Bild mit der Kamera festzuhalten, war dieser Tanz doch von einer aggressiven Symmetrie, die ihn an die Präzision einer oft geübten Militärparade erinnerte. Der Bretterboden im Zelt ächzte hörbar, während hundert Paar Füße in völlig gleichem Takt auf ihn herniederfuhren, und die Mitte eines jeden Kreises war ein Wirbel, der einen Tänzer in sich sog und ihn eine Sekunde später mit dem vollen Schwung der Zentrifugalkraft auf der gegenüberliegenden Seite wieder ausspie. Auf den bloßen Armen junger Frauen sah man die Abschürfungen von den silbernen Ärmelknöpfen der Jacketts ihrer Tänzer, doch konzentrierten sie sich, ohne darauf zu achten, wie gebannt auf die komplizierte Schrittfolge des Tanzes, während sie darauf warteten, ein weiteres Mal in das rasende Inferno hineingesogen zu werden.

Nach einer Weile erspähte er Alexa in ihrem geblümten Kleid. Ihre Wangen waren gerötet, ihr Haar flog. Sie tanzte mit einem der jungen Soldaten, der mit seinem rabenschwarzen Haar und seiner scharlachroten Ausgeh-Uniformjacke überaus eindrucksvoll aussah. Sie hatte Noels Anwesenheit nicht bemerkt, und er sah, wie sie völlig hingegeben und glücklich das lachende Gesicht ihrem Partner zugekehrt hielt.

Alexa.

«Ein hinreißender Tanz, was?»

Verblüfft wandte sich Noel um und sah einen Mann neben sich stehen. Vermutlich war er gleichfalls gekommen, um das Schauspiel in sich aufzunehmen.

«Kann man wohl sagen. Wie heißt er eigentlich?» fragte Noel.

«Das ist der Reel der 51. Hochland-Division.»

«Davon hab ich noch nie gehört.»

«Er ist während des Kriegs in einem Kriegsgefangenenlager in Deutschland entstanden.»

«Sieht verdammt kompliziert aus.»

«Kein Kunststück. Die Jungs hatten ja auch fünfeinhalb Jahre Zeit, sich das Ding auszudenken.»

Noel lächelte höflich und sah erneut Alexa zu. Er merkte, daß seine Geduld nachließ. Hoffentlich war bald Schluß. Wenige Augenblicke darauf wurde sein unausgesprochener Wunsch erfüllt. Noch ein, zwei Takte, ein abschließender ohrenbetäubender Trommelwirbel. Beifall ertönte, Klatschen und Rufe traten an die Stelle der Musik, doch Noel vergeudete keine Sekunde. Er lehnte sein Champagnerglas in einen Palmkübel, der in der Nähe stand, und drängte sich durch die Menge zu Alexa, die gerade von ihrem erhitzten Tänzer dankbar und kräftig umarmt wurde.

«Alexa.»

Sie sah her, erkannte ihn, und ihr gerötetes Gesicht hellte sich auf. Sie löste sich und reichte ihm die Hand.

«Noel, wo hast du nur gesteckt?»

«Das sag ich dir gleich. Komm mit und trink was...» Kräftig zog er sie von der Tanzfläche fort, während sie dem jungen Soldaten über die Schulter ihren Dank zurief, ohne aber Noels Drängen Widerstand entgegenzusetzen.

Auf der Suche nach einem ruhigen Plätzchen führte er sie aus dem Zelt und durch die Bibliothek und kam nach einer Weile zu dem Ergebnis, daß er so ein Plätzchen am ehesten auf halber Höhe der Treppe finden würde.

«Aber Noel, ich dachte, wir gehen was trinken.»

«Kommt gleich.»

«Willst du mich etwa zur Damentoilette bringen?»

«Aber nein.»

Auf dem dämmrig beleuchteten Absatz zwischen den Geschossen war es still. Er setzte sich auf eine breite, von einem Orientläufer bedeckte Stufe und zog sie neben sich nieder. Dann nahm er ihren Kopf zwischen die Hände und küßte sie auf die warmen geröteten Wangen, die Brauen, die Augen und schließlich, um ihre lachenden Einwände zu ersticken, den süßen offenen Mund.

Erst nach einer ganzen Weile lösten sie sich voneinander, und er sagte: «Ich hab dich tanzen gesehen, und die ganze Zeit hatte ich nichts anderes vor als das.»

«Ich versteh nicht, Noel.»

«Ich auch nicht», lächelte er.

«Was ist passiert?»

«Ich hab Pandora nach Croy gebracht.»

«Ich hatte keine Ahnung, wo du warst.»

«Ich liebe dich.»

«Ich hab nach dir gesucht, aber...»

«Ich möchte dich für immer.»

«Du hast mich.»

«Bis daß der Tod uns scheidet.»

Sie sah mit einemmal fast ängstlich drein. «Ach, Noel...»

«Bitte.»

«Aber das heißt auf immer.»

Er dachte an das ältere Paar, das sich in der Dunkelheit auf den Heimweg gemacht hatte. Gemeinsam. «Ich weiß.» Noch nie im Leben war er so zuversichtlich, furchtlos und sicher gewesen. «Weißt du, meine liebste Alexa, ich möchte dich bitten, meine Frau zu werden.»

Pandora schloß die Tür hinter sich. Alle Vorhänge waren zugezogen, alle Türen geschlossen. Das ganze Haus lag im Dunkeln, nur die große Eingangshalle wurde ein wenig vom Schein der schwach unter der Asche schimmernden roten Glut erhellt. Pandora war allein. Zum erstenmal in ihrem Leben hatte sie Croy für sich. Fortwährend waren andere dort gewesen: Archie, Isobel, Lucilla, Conrad, Jeff. Lange vor ihnen die Eltern, die Dienstboten, der unaufhörliche Strom von Besuchern und Bekannten. Immerzu war jemand dagewesen, kam oder ging jemand. Ferne Stimmen, fernes Gelächter.

Sie machte Licht und stieg die Treppe empor, ging durch den Flur zu ihrem Zimmer. Dort fand sie alles genau so vor, wie sie es verlassen hatte. Kleidungsstücke lagen in wilder Unordnung herum, das Bett war nicht gemacht, das leere Whiskyglas stand noch auf dem Nachttisch neben ihrem Radio und einem Taschenbuch mit Eselsohren. Die Frisierkommode war mit Flakons und Döschen bedeckt, Gesichtspuder war auf ihr verschüttet, die Kleiderschranktür stand offen, und einzelne Schuhe lagen auf dem Fußboden herum.

Sie warf ihre Abendtasche aufs Bett und ging hinüber zum Zylinderschreibtisch. Dort lag der Brief, den sie begonnen hatte, bevor sie der Mattigkeit nachgegeben und sich zu einer ihrer häufigen Erholungsschläfchen aufs Bett gelegt hatte. Sie nahm ihn zur Hand und las ihn durch. Es dauerte nicht lange. Sie faltete das Blatt, steckte es in einen Umschlag, leckte daran, verschloß ihn und legte ihn auf das Löschblatt der Schreibunterlage.

Sie ging nach nebenan. Auch das Badezimmer befand sich im gewohnten Zustand der Unordnung. Auf dem Fußboden waren neben der nassen Badematte gebrauchte Handtücher verstreut, die Seife lag naß und vergessen auf dem Boden der Wanne. Am Waschbecken füllte sie ein Glas mit Wasser und leerte es, wobei sie sich in dem großen Spiegel ansah. Ihre Tablettenröhrchen standen auf der Ablage darunter. Als sie nach einem davon griff, stieß sie ungeschickt den Flakon mit *Poison* um, der daneben stand. Vielleicht hatte aber auch ihre Hand ein wenig gezittert. Er fiel herunter, sie sah zu, und es kam ihr vor, als geschehe es in Zeitlupe. Erst als das Glas auf das Waschbecken prallte und in tausend Splitter zersprungen war, streckte sie die Hand aus, als wolle sie den Flakon auffangen.

Zu spät. Dahin. Das Waschbecken lag voller Glassplitter, und sie selbst war beinahe betäubt von dem konzentrierten Geruch des kostbaren goldenen Parfüms…

Mist.

Ach was. Es hatte keinen Sinn aufzuräumen. Sie würde sich nur die Finger zerschneiden. Darum würde sich morgen früh Isobel kümmern.

Sie brachte das Tablettenröhrchen in der Tasche ihres Nerzmantels in Sicherheit, löschte sorgfältig alle Lichter, schloß die Tür zu ihrem Schlafzimmer, stieg die Treppe erneut hinab und ging in den Salon. Dort machte sie Licht, und der Schein des riesigen Kronleuchters, der in der Mitte von der Decke hing, brach sich in tausend Facetten blitzenden Kristalls. Auch hier war das Feuer nahezu ausgegangen, doch war der Raum mit seiner vertrauten Schäbigkeit noch angenehm warm. An den Wänden hingen auf karmesinrotem Damast die alten Porträts und Ölbilder, die Pandora seit ihrer Kindheit kannte. All das war ihr ans Herz gewachsen. Die abgewetzten Sessel und Sofas, die nicht zueinander passenden Kissen, das mit grünem Samt bezogene Hockerchen, auf dem sie als kleines Mädchen gesessen hatte, während ihr der Vater vorgelesen hatte, bevor sie zu Bett ging. Und das Klavier. Mama hatte abends immer darauf gespielt, und Pandora hatte mit Archie die alten Lieder dazu gesungen. Schottische Lieder von Treue, Liebe und Tod, eins wie das andere voll Traurigkeit.

Ihr Ufer und Hänge des herrlichen Doon,
Wie könnt ihr so herrlich nur grünen…

Wie schön wäre es, wenn sie so spielen könnte wie einst Mama. Aber die heranwachsende Pandora hatte die Klavierstunden bald satt gehabt, und ihre nachgiebige Mutter hatte ihr wie stets den Willen gelassen. So hatte sie es nie gelernt.

Ein weiteres Bedauern neben all den anderen. Eine weitere verpaßte Gelegenheit zur Freude.

Sie trat ans Klavier, klappte den Deckel auf und stoppelte mit einem Finger die Melodie eines Liedes zusammen:

Es ist so lang schon vorbei.
Bald ist Dezember, es war im Mai,
Doch wird es September…

Falscher Ton, noch mal.

…wird es September, fliehen die Tage.

Ziemlich miserabel, ihr Geklimper.

Sie klappte den Deckel zu, verließ den Salon und ging ins Eßzimmer. Hier herrschte ebenfalls Unordnung: leere Kaffeetassen, Portweingläser, zusammengeknüllte Servietten, Pralinenpapiere auf dem Tisch. In der Luft hing Zigarrenrauch. Inmitten der zahlreichen Karaffen auf der Anrichte fand sie eine noch zu drei Vierteln gefüllte Champagnerflasche, auf die ihr Bruder irgendeinen Patentverschluß gesetzt hatte, damit die Kohlensäure nicht verflog. Sie nahm sie und verließ das Haus durch die Eingangshalle.

Vor der Haustür stand Archies Landrover, der deutliche Gebrauchsspuren zeigte. Als sie auf den Fahrersitz kletterte, fiel ihr auf, daß es in dem Fahrzeug streng roch. Da sie es nie zuvor gefahren hatte, dauerte es eine Weile, bis sie wußte, wie sie es in Gang setzen mußte, wie Schaltung und Scheinwerfer funktionierten. Als sie alles herausbekommen hatte, ließ sie den Motor an und fuhr mit Standlicht davon.

Die Auffahrt entlang zwischen den dunklen Massen der Rhododendren, über den Viehrost, nach rechts hinauf in die Berge. Sie fuhr äußerst langsam, ungeheuer vorsichtig, tastete sich in fast vollständiger Finsternis im Schrittempo voran, als gehe sie auf Zehenspitzen. Am Bauernhof mit seinen Nebengebäuden vorbei. Dann kam das Haus des Jagdverwalters. Sie hatte gefürchtet, das Motorgeräusch werde Gordon Gillocks Hunde aufstören, so daß sie bellten und ihren Herrn weckten, das aber geschah nicht.

Jetzt schaltete sie das Abblendlicht ein und konnte ein wenig schneller fahren. Sie kannte jeden Zentimeter des Weges, der sich jetzt aufwärts wand. Nach einer Weile erreichte sie das große Tor im Rotwildgatter. Das letzte Hindernis. Sie hielt an, zog bei laufendem Motor die Handbremse an, stieg herab und öffnete das Tor. Der rostige Bolzen ließ sich nur schwer herausziehen, aber endlich gelang es ihr, und das Tor schwang auf. Zurück in den Wagen, durch die Öffnung im Zaun, und dann das Ganze in umgekehrter Reihenfolge erneut – sie mußte das Tor hinter sich schließen und verriegeln.

Frei. Jetzt war sie frei. Brauchte vor nichts mehr Angst zu haben, sich um nichts mehr zu sorgen. Rumpelnd schob sich der Landrover die kaum als Weg zu bezeichnende Piste empor, die Scheinwerfer strahlten den Himmel an, die angenehm feuchte Luft drang durch die schlecht schließenden Fenster und kühlte ihre Wangen.

Hinter ihr blieb die Welt zurück, wurde kleiner, unendlich winzig, unerheblich. Die Berge schlossen sich enger zusammen, zogen sie an sich wie tröstende Arme. Das war Pandoras Land. Sie hatte es in all den vergeudeten Jahren in ihrem Herzen mit sich getragen und war jetzt auf immer zurückgekehrt. Das war die Wirklichkeit. Die Dunkelheit, das Gefühl, dazuzugehören. Warm, sicher und tröstlich wie der Mutterleib.

Ihr seid mein Mutterleib, sagte sie zu den Bergen. Ich kehre in den Mutterleib zurück. Sie begann zu singen.

Ihr Ufer und Hänge des herrlichen Doon,
Wie könnt ihr so herrlich nur grünen…

Ihre dünne brüchige Stimme, die die Melodie nicht zu halten vermochte, klang einsam wie der Ruf des Brachvogels. Zu banal. Etwas Munteres.

Die schwarze Katze pieselt der weißen ins Auge,
Und als die fragt: «Was soll das?», sagt die schwarze:
«Tut mir leid, wenn ich dich naß gemacht hab.
Wie sollte ich wissen, daß du hinter mir warst?»

Es dauerte eine Weile, bis sie den Loch Croy erreichte, aber die Frage der Zeit war jetzt völlig belanglos. Nichts eilte, nichts beschwerte sie, nichts drängte, nichts mehr rief Panik hervor. Alles war bedacht, nichts hatte sie übersehen. Vertraute Wegzeichen wurden sichtbar und verschwanden wieder. Eins davon war der bewußte Talkessel. Sie dachte an Edmund, ließ den Gedanken hinter sich.

Als das Rumpeln aufhörte und der Boden eben wurde, wußte sie, daß sie sich dem Bergsee näherte. Die Räder rollten jetzt über kurzes glattes Gras.

Im Licht der Scheinwerfer sah sie das dunkle Wasser. Das jenseitige Ufer war unsichtbar, verschmolz mit der dahinter liegenden Ödlandfläche. Sie sah den schwarzen Umriß des Bootshauses, den bleichen Schwung des kiesbedeckten Ufers.

Sie schaltete Motor und Scheinwerfer aus, griff nach der Champagnerflasche und kletterte vom Wagen herab. Die hohen Absätze ihrer Sandaletten versanken im weichen Grasboden. Die Luft in der Höhe war kalt. Sie raffte den Pelzmantel dicht um sich und blieb einen Augenblick lang stehen, lauschte auf die Stille. Nach einer Weile hörte sie das Pfeifen des Windes, das Plätschern des Wassers auf einem großen Stein, das ferne Seufzen der hohen Bäume am anderen Ende des Staudamms.

Sie lächelte, denn alles fühlte sich an wie immer. Sie ging zum Wasser hinab und setzte sich auf den grasbedeckten Randstreifen über dem Kiesufer. Sie stellte die Flasche neben sich, holte das Röhrchen mit den Schlaftabletten aus der Manteltasche, nahm den Verschluß ab und schüttete sich den Inhalt in die Hand. Es schienen entsetzlich viele Tabletten zu sein. Sie steckte alle auf einmal in den Mund.

Der widerliche Geschmack und das sonderbar pelzige Gefühl im Mund ließen sie erschauern und verursachten ihr Würgereiz. Unmöglich konnte sie das kauen oder schlucken. Sie griff nach der Flasche, riß den Verschluß ab, setzte sie an den Mund und spülte alles mit einemmal herunter. Der Champagner war noch frisch und perlend. Keinesfalls durfte sie sich übergeben. Sie trank noch mehr und spülte den Mund aus, als habe sie eine anstrengende Behandlung beim Zahnarzt hinter sich.

Dann beugte sie sich vor, um sich die hochhackigen Sandaletten von den Füßen zu zerren. Als sie sich wieder aufrichtete, drehte sich ihr alles im Kopf, als habe ihr jemand einen Nackenschlag versetzt. Nur keine Zeit verlieren, sagte sie sich entschlossen. Achtlos ließ sie den Mantel zu Boden gleiten, stand auf und ging das kleine Stück, das sie vom Wasser des Loch Croy trennte. Die Steine schmerzten höllisch unter ihren bloßen Füßen, aber irgendwie war es ein von ihr abgelöster Schmerz, so, als widerfahre er einem anderen.

Der See war kalt, aber nicht kälter als in den Sommern, an die sie sich erinnerte, wenn sie um Mitternacht dort geschwommen waren. Hier fiel das Ufer ziemlich steil ab. Ein Schritt, und sie stand knöcheltief im Wasser, ein zweiter, und es reichte ihr bis zu den Knien. Der dünne Stoff ihres aus mehreren Schichten bestehenden Kleides sog sich voll und zog sie schwer nach unten. Noch ein Schritt, noch einer. Das genügte.

Sie tat einen Sprung nach vorn, ins Tiefe, und das Wasser schlug über ihrem Kopf zusammen. Keuchend und nach Luft ringend kam sie hoch. Das lange Haar klebte ihr naß an den bloßen Schultern. Sie tat einige Schwimmstöße, hatte aber keine Kraft in den Armen. Um ihre Beine hatten sich mehrere Lagen nassen Chiffons gewickelt. Vielleicht konnte sie sich frei strampeln, aber sie war für diese Anstrengung zu müde… immer zu müde…

Gewiß war es weniger anstrengend, sich einfach treiben zu lassen.

Die Berge waren jetzt verhüllt, aber sie waren da, und das tröstete sie.

Ständig müde. Ich werde einfach die Füße ein bißchen hochlegen.

Mit dankbarem Staunen sah sie den Nachthimmel voller Sterne. Sie legte den Kopf zurück, um sie anzuschauen, und das dunkle Wasser strömte ihr über das Gesicht.

11. Kapitel

Samstag, der Siebzehnte

Es war schon halb sechs morgens, als Archie Balmerino auf die Uhr sah. Als er begriff, wie spät es war, erhob er sich zögernd aus dem Sessel, in dem er gesessen und sich mit dem jungen Jamie Ferguson-Crombie unterhalten hatte, während er genußvoll dem restlichen Malt Whisky zusprach.

Das Fest war vorüber. Weder von Isobel noch von den Gästen des Hauses Croy war etwas zu sehen. Die Kapelle war heimgegangen, und das Zelt lag verlassen. Nur aus der Diskothek drang noch Musik herüber, und als er einen Blick hineinwarf, sah er in der Dunkelheit zwei oder drei Paare, die auf ihren Füßen hin und her schwankten, als seien sie im Stehen eingeschlafen. Auch von den Gastgebern war keine Spur zu sehen. Aus der Küche hörte man Stimmen. Er überlegte, ob er hingehen und nach Verena suchen sollte, beschloß dann aber, lieber heimzukehren. Es war Zeit, und er konnte seinen tief empfundenen Dank am nächsten Morgen in einem ansprechenden Brief formulieren.

Er ging aus dem Haus, stelzte vorsichtig die Stufen der Freitreppe hinab und machte sich in Richtung Parkplatz auf. Die Nacht schwand allmählich, der Himmel war schon grau. Lange würde es bis zur Dämmerung nicht mehr dauern. Wenn er eine Weile wartete, fand er vielleicht jemanden, der ihn fahren konnte. Womöglich waren die anderen in kleinen Grüppchen nach Croy zurückgekehrt, hatten Archie ganz vergessen und kein Fahrzeug für ihn dagelassen. Dann aber sah er in der Mitte der großen Viehweide Isobels Kleinbus als nahezu einziges Fahrzeug stehen. Sie hatte ihn also nicht vergessen. Voll liebender Dankbarkeit pries er ihre Voraussicht.

Er fuhr von Corriehill fort. Die Fackeln waren ausgebrannt, die Lichterketten gelöscht worden. Er wußte, daß er nicht ganz nüchtern war, glaubte aber einen völlig klaren Kopf zu haben. Er fuhr langsam und konzentriert, sich nur zu sehr dessen bewußt, daß er nicht die geringste Aussicht hatte, ungeschoren davonzukommen, wenn er ins Röhrchen blasen mußte. Andererseits durfte er sich mehr oder weniger darauf verlassen, daß der einzige Polizeibeamte, dem er begegnen konnte, der junge Bob McCrae aus Strathcroy war, und dem würde es wohl im Traum nicht einfallen, den Laird wegen Fahrens unter Alkoholeinfluß vor die Schranken des Gerichts zu zerren.

Entsetzlich ungerecht, überlegte er. Aber das war nun einmal einer der Vorteile, die es mit sich brachte, zur Oberschicht am Ort zu gehören.

Es war ein angenehmes Fest gewesen. Er hatte jeden Augenblick genossen, viele alte Bekannte getroffen, eine ganze Anzahl Menschen kennengelernt, vorzüglichen Whisky getrunken, ein wohlschmeckendes Frühstück aus Schinken, Eiern, Würstchen, gebratenen Blutwurstscheiben, Pilzen, Tomaten und Toast bekommen. Dazu hatte er schwarzen Kaffee getrunken, und wahrscheinlich fühlte er sich deshalb so wach und munter.

Das einzige, worauf er hatte verzichten müssen, war das Tanzen gewesen. Aber es hatte ihm großes Vergnügen bereitet, bei einigen der Tänze zuzusehen und den mitreißenden Rhythmen zu lauschen. Ein wenig niedergeschlagen war er lediglich beim *Duke of Perth* gewesen. Zu diesem Tanz wählte man traditionsgemäß die Ehefrau als Partnerin, und es hatte ihm schon einen Stich gegeben, daß er mit ansehen mußte, wie ein anderer Isobel herumwirbelte. Aber immerhin war er mit ihr einige Male in der Diskothek gewesen, und es war herrlich und sehr romantisch gewesen, wie in alten Zeiten Wange an Wange mit ihr über den Boden zu gleiten.

Als er in die Zufahrtsallee nach Croy einbog und den Hang hinauffuhr, schob sich allmählich im Osten die Sonne über den Horizont. Vor dem Haus war kein Wagen zu sehen, auch nicht der Landrover. Wahrscheinlich hatte ihn Jeff, der gute Bursche, in die Garage gestellt.

Er stieg aus und ging ins Haus. Er war körperlich sehr müde, und sein Beinstumpf schmerzte entsetzlich, wie immer, wenn er zuviel gestanden hatte. Schritt für Schritt erstieg er die Treppe, wobei er sich am Geländer festhielt. In ihrem gemeinsamen Schlafzimmer fand er Isobel tief schlafend vor. Überreste der festlichen Kleidung bildeten eine kleine Spur auf dem Fußboden: Schuhe, Strumpfhose, das wunderschöne saphirblaue Ballkleid war über das Sofa gebreitet, das am Fuß des Bettes stand. Isobels Schmuck lag auf der Frisierkommode, ihr Abendtäschchen auf einem Stuhl. Er setzte sich auf die Bettkante und sah sie an. Ihre Wimpern waren noch getuscht, ihre Frisur verstrubbelt. Er beugte sich über sie und gab ihr einen Kuß. Sie rührte sich nicht.

Er ließ sie weiterschlafen, ging in sein Ankleidezimmer und zog sich langsam aus. Im Bad ließ er die Wanne voll heißes Wasser laufen. Es erfüllte den Raum mit Dampf. Er setzte sich auf den Toilettensitz, löste seine Prothese und legte sie auf die Bädematte. Dann stieg er mit einer im Lauf der Jahre erworbenen Gelenkigkeit in die Wanne.

Gemütlich blieb er eine ganze Weile liegen und ließ immer wieder heißes Wasser nachlaufen, wenn es ihm in der Wanne zu kalt zu werden begann. Er seifte sich ein, rasierte sich und wusch sich die Haare. Er überlegte, ob er zu Bett gehen solle, beschloß dann aber aufzubleiben. Der neue Tag hatte begonnen, und er konnte ihn ebensogut gleich in Angriff nehmen.

Später ging er in einer alten Kordsamthose und einem uralten dicken Pullover nach unten. In der Küche warteten die Hunde schon auf ihren morgendlichen Auslauf. Er stellte den Wasserkessel auf den Herd, in dem das Feuer nie ausging. Wenn er mit den Hunden zurückkam, würde er sich eine Tasse Tee machen. Er ging durch die Eingangshalle nach draußen. Die Tiere stürmten ihm voraus über den Kies auf die Grasfläche, den Fährten der Kaninchen nach, die dort während der Nachtstunden herumgetollt waren. Er blieb auf der obersten Stufe stehen und sah ihnen nach. Sieben Uhr, und die Sonne am Himmel begann zu steigen. Ein perlgrauer Morgen mit kaum wahrnehmbarer Bewölkung im Westen. Vögel sangen. Es war so still, daß er weit aus dem Tal herauf hören konnte, wie im Dorf ein Auto angelassen wurde und davonfuhr.

Ein weiteres Geräusch. Schritte auf dem Kies, vom Viehrost herüber. Er sah hin. Nanu? Das war doch die unverkennbare Gestalt Willy Snoddys, dem sein Hund auf den Fersen folgte. Mit seiner Schirmmütze, dem Schal um den Hals und der alten Jacke mit den sich beulenden Wilderertaschen sah Willy so heruntergekommen aus wie immer.

Archie ging ihm die Treppe hinab entgegen. «Was treibst du denn hier, Willy?» Eine alberne Frage. Als wüßte er nicht haargenau, daß es um diese Tageszeit nur eins gab, was Willy Snoddy trieb, und das war nichts Gutes.

«Ich...» Der Alte öffnete den Mund, schloß ihn wieder und sah betreten beiseite. Als Archies Blick auf den seinen traf, vervollständigte er: «Ich... ich war oben am Loch... mit meinem Hund. Ich...»

Erneut hielt er inne.

Archie wartete. Willy steckte die Hände in die Taschen und zog sie wieder heraus. Dann begann der Hund zu jaulen, als spüre er etwas. Fluchend gab ihm Willy eins auf den Kopf, doch ein Schauer lief Archie über den Rücken, und er wandte sich voll schrecklicher Vorahnung an den Mann.

«Nun, was gibt's?» fragte er scharf.

«Ich war oben am Loch...»

«Das sagtest du schon.»

«Nur ein Forellchen oder zwei...» Aber um ihm das mitzuteilen, war der Mann bestimmt nicht eigens gekommen. «Ihr Landrover steht da oben. Und daneben liegt der Pelzmantel von der Dame...»

Nachdem er das herausgebracht hatte, nahm er als instinktives und anrührendes Zeichen der Achtung die Mütze ab und drehte sie in den Händen. Noch nie zuvor hatte Archie ihn barhäuptig gesehen. Die Mütze war Bestandteil von Willys Erscheinungsbild, und man hörte gerüchteweise, er nehme sie nicht einmal zum Schlafen ab. Jetzt sah Archie zum erstenmal, daß der alte Wilderer kaum noch Haare auf dem Kopf hatte. Sie bedeckten in einer dünnen weißen Schicht die wehrlose Kopfhaut. Ohne die ihm keck auf dem Ohr sitzende Mütze wirkte der Alte wie entwaffnet. Er war nicht mehr der wohlbekannte Halunke, der überall herumschlich, die Taschen voller Frettchen, sondern lediglich ein alter Landbewohner, ungebildet und völlig außerstande, Worte für das zu finden, was ihm begegnet war.

«Lucilla.»

Die Stimme kam von weit her. Lucilla beschloß, nicht darauf zu hören.

«Lucilla.»

Eine Hand auf ihrer Schulter, die sie sacht rüttelte.

«Wach auf, mein Liebling.»

Die Stimme der Mutter. Stöhnend vergrub Lucilla den Kopf im Kissen und erwachte allmählich. Einen Augenblick lang blieb sie still liegen, dann drehte sie sich auf den Rücken und öffnete die Augen. Ihre Mutter saß auf der Bettkante, die Hand auf der von einem T-Shirt bedeckten Schulter Lucillas.

«Liebling. Du mußt aufwachen.»

«Ich bin wach», murmelte Lucilla. Gähnend streckte sie sich, blinzelte einige Male. «Wieso weckst du mich?» fragte sie aufgebracht.

«Es tut mir leid.»

«Wie spät ist es?»

«Zehn Uhr.»

«Erst zehn! Ach Mutti, ich wollte doch bis Mittag schlafen.»

«Ich weiß. Entschuldige bitte.»

Allmählich gelang es Lucilla, ihre Umwelt wahrzunehmen. Die Vorhänge waren zurückgezogen, und die Morgensonne schien bis in den letzten Winkel ihres Zimmers. Sie sah ihre Mutter mit verschlafenen Augen an. Isobel war vollständig angezogen, trug einen Pullover und einen groben Tweedrock, war aber nur oberflächlich gekämmt, als habe sie keine Zeit gehabt, sich sorgfältig mit ihrer Frisur zu beschäftigen. Ihr Gesichtsausdruck wirkte angespannt. Kein Wunder – Schlafmangel. Keiner von ihnen war vor vier ins Bett gekommen.

Aber sie lächelte nicht.

Lucilla runzelte die Stirn. «Stimmt was nicht?»

«Liebling, ich mußte dich einfach wecken. Ja, etwas stimmt nicht. Es ist was passiert. Etwas sehr Trauriges. Du mußt versuchen, tapfer zu sein.» Lucillas Augen weiteten sich furchtsam. «Es ist wegen Pandora...» Ihre Stimme versagte. «Ach, Lucilla. Pandora ist tot...»

Tot. Pandora *tot*? «Nein.» Sie verneinte diese Möglichkeit spontan. «Das kann nicht sein.»

«Liebling, es ist so.»

Lucilla war jetzt hellwach. Jeder Rest von Schläfrigkeit war durch diese Mitteilung von ihr abgefallen. «Aber wann denn nur?» Noel Keeling hatte Pandora doch heimgefahren. «Und wie?» Sie stellte sich vor, wie Pandora geisterbleich reglos und ohne zu atmen auf dem Bett lag. Vielleicht hatte sie einen Herzschlag erlitten.

Sie konnte nicht tot sein. Nicht Pandora.

«Sie ist ins Wasser gegangen...»

«Pandora ins Wasser gegangen?» Der Gedanke war zu schrecklich, als daß sie ihm hätte Raum geben können.

«Ja. Sie hat sich oben im Bergsee ertränkt. Wir nehmen an, daß sie mit Archies Landrover dahin gefahren ist. Dazu mußte sie am Haus der Gillocks vorbei, aber die haben keinen Ton gehört. Das Tor am Wildgatter war verschlossen und verriegelt. Sie muß es wieder hinter sich zugemacht und den Riegel vorgeschoben haben.»

Pandora ertrunken. Unwillkürlich mußte Lucilla daran denken, wie Pandora, während sie irgendwo in Frankreich in einem tiefen Fluß gegen die kräftige Strömung angeschwommen war, Jeff und ihr zugerufen hatte, wie herrlich es im Wasser sei. Sie hatte sie aufgefordert, doch ebenfalls ein wenig zu schwimmen.

Pandora ertrunken. Das schwere Tor hinter ihr verschlossen. Das konnte doch nur bedeuten, daß sie keinen Selbstmord begangen hatte? Gewiß würde jemand, der so etwas vorhatte, sich keinesfalls die Mühe machen, ein Wildgatter zu schließen.

Nein, nie im Leben.

«Es war bestimmt ein Unfall. Sie hätte sich nie, nie umgebracht. Mama, doch nicht *Pandora*...»

«Nein, mein Kind. Es war kein Unfall. Wir hatten das natürlich auch gehofft, hatten gedacht, vielleicht wollte sie nach ihrer Rückkehr vom Fest aus einer Augenblickslaune heraus unbedingt da oben im Bergsee schwimmen gehen. Zu solchen verrückten Entschlüssen war sie ja ohne weiteres imstande. Aber man hat dort außer ihrem Nerzmantel und ihren Sandaletten auch ein leeres Schlaftablettenröhrchen und den Rest einer Flasche Champagner gefunden.»

Und den Rest einer Flasche Champagner. Die Neige des Weines. Als hätte sie den grauenvollen Abschied auch noch festlich begehen wollen.

«...und als wir in ihrem Zimmer nachgesehen haben, lag da ein Brief für deinen Vater.»

Da wußte Lucilla, daß es stimmte. Pandora hatte sich tatsächlich ertränkt. Ein Schauer überlief sie. Eine alte Strickjacke lag auf einem Stuhl neben ihrem Bett. Sie richtete sich auf, griff danach und legte sie sich um. Dann sagte sie: «Erzähl mir, was passiert ist.»

Isobel nahm die Hände ihrer Tochter. «Willy Snoddy war heute morgen ganz früh oben am Loch. Er war mit seinem Hund vom Dorf zu Fuß hingegangen und wollte wohl beim ersten Springen ein paar Forellen herausholen. Als er den Landrover vor dem Bootshaus und den Pelzmantel am Ufer gesehen hat, war er zuerst der Ansicht, daß vielleicht jemand gekommen war, um mitten in der Nacht zu schwimmen. Wir hätten das ja wohl auch gedacht. Dann hat er die Leiche gesehen, die gegen das Schleusentor getrieben war.»

«Wie *fürchterlich* für ihn. Der arme alte Mann.»

«Ja. Der arme Willy. Aber einmal im Leben hat er das Richtige getan und ist sofort hergekommen, um Archie Bescheid zu geben.

Bis er hier ankam, war es sieben. Zufällig war Archie gerade mit den Hunden draußen. Er war gar nicht erst im Bett, hat nur ein Bad genommen und sich wieder angezogen. Er war also mit den Hunden draußen und hat Willy kommen sehen. Der hat ihn dann vom Vorgefallenen unterrichtet.»

Lucilla konnte sich das Bild nur allzu deutlich vorstellen. Sie dachte an ihren Vater, brachte es aber nicht fertig, weil Pandora seine Schwester war, die er geliebt und immer wieder beschworen hatte, nach Croy zurückzukommen. Schließlich war sie seiner Bitte auch nachgekommen, und jetzt war sie für immer davongegangen.

Sie fragte: «Was hat Papa getan?»

«Mich geweckt. Ich hab ja noch geschlafen. Wir sind dann in Pandoras Zimmer gegangen und haben da als erstes gemerkt, daß es geradezu unerträglich nach einem schweren Parfüm roch. Die Flasche muß ihr heruntergefallen sein, überall im Waschbecken lagen Glassplitter. Weil das Zeug wie eine Art Droge in der Luft hing, haben wir erst mal die Vorhänge zurückgezogen und die Fenster aufgerissen. Anschließend haben wir nachgeforscht, ob es irgendwelche Hinweise gab. Wir brauchten nicht lange zu suchen, denn Pandora hatte einen Brief an ihren Bruder offen auf den Tisch gelegt.»

«Was steht darin?»

«Nicht sehr viel. Nur, daß es ihr leid tut. Und... etwas über Geld. Ihr Haus auf Mallorca. Sie hat erklärt, sie sei müde und habe keine Kraft mehr zu kämpfen. Aber einen Grund hat sie nicht genannt. Sie muß schrecklich unglücklich gewesen sein, und keiner von uns hat es gemerkt. Niemand hatte den leisesten Verdacht, hatte die blasseste Ahnung von dem, was in ihr vorging. Ach, hätte ich es doch nur gewußt! Ich hätte aufmerksamer sein müssen, einfühlsamer. Vielleicht hätte ich mit ihr reden... ihr helfen können...»

«Wie denn! Du darfst dir keine Vorwürfe machen. Wie hättest du wissen sollen, was Pandora dachte? Niemand hat das je gewußt.»

«Ich dachte, ich hätte ihr Vertrauen und wäre ihr nahe...»

«Das *warst* du doch auch. So nahe, wie ihr eine Frau nur sein konnte. Sie hat dich sehr gemocht, das weiß ich. Aber ich glaube nicht, daß sie je Menschen zu nahe an sich heranlassen wollte. Das war wohl ihr Schutzschild vor der Welt.»

«Ich weiß nicht.» Es war deutlich zu sehen, daß Isobel bestürzt und verwirrt war. «Möglich.» Ihre Hand schloß sich fester um die ihrer Tochter. «Ich muß dir auch den Rest noch sagen.» Sie atmete tief ein, um sich zu beruhigen. «Dann hat Archie bei der Polizei in Relkirk angerufen, erklärt, was passiert ist, und dazu gesagt, daß man nur schwer da oben hinkommt. Die haben dann statt einem Rettungswagen einen Landrover der Polizei hingeschickt. Der Gerichtsarzt ist gleich mit raufgefahren, und Archie natürlich...»

«Etwa allein?»

«Nein, Willy und Conrad Tucker sind auch mitgefahren. Conrad war schon auf und hat angeboten, deinen Vater zu begleiten. Wirklich sehr hilfsbereit von ihm. Er ist ein wahrhaft warmherziger Mann. Archie wollte nicht, daß ich mitfahre, und mir wär es nicht recht gewesen, wenn er da oben niemand bei sich gehabt hätte.»

«Wo sind sie jetzt?»

«Wohl noch in Relkirk. Sie wollten Pandora ins Allgemeine Krankenhaus dort bringen. Vermutlich kommt sie da ins Leichenschauhaus.»

«Wird es eine gerichtliche Untersuchung der Todesursache geben?»

«Das ist in solchen Fällen vorgeschrieben.»

Die Worte klangen kalt und fremd. Lucilla stellte sich den Gerichtssaal vor, die Zeugenaussagen, das Ergebnis. Dann die Zeitungsberichte, irgendein altes unscharfes Foto von Pandoras wunderschönem Gesicht, die Schlagzeile: «Lord Balmerinos Schwester aus dem Leben geschieden».

Ihr war klar, daß die unvermeidliche Publizität der fürchterlichste aller Schrecken sein würde. «Der arme Papa.»

Isobel sagte: «Es heißt immer ‹Das geht vorbei. Die Zeit heilt alle Wunden›. Aber so weit mag man nicht denken, wenn man mittendrin steckt. Jetzt ist der Augenblick, und er kommt einem unerträglich vor. Es gibt keine Trostworte.»

«Ich kann es gar nicht fassen. Es scheint alles so *sinnlos*.»

«Ja, mein Liebling. Ich weiß.»

Isobels Stimme klang beruhigend, aber sie vermochte Lucilla nicht zu trösten. Statt dessen brach sich ihre Verzweiflung in einem Anfall von Empörung Bahn. «Es ist alles so *unverständlich. Warum* hat sie das nur getan? Was mag sie dazu getrieben haben?»

«Das wissen wir nicht. Wir haben nicht die Spur einer Ahnung.»

Seufzend fragte Lucilla: «Weiß es sonst schon jemand? Wem habt ihr es schon gesagt?»

«Außer Edmund und Vi gibt es niemand, dem man es sagen müßte. Ich denke, Archie wird Edmund anrufen, sobald er aus Relkirk zurück ist. Aber Vi darf das nicht am Telefon erfahren. Das wäre für die alte Dame wohl zuviel. Also wird jemand zu ihr gehen und ihr die traurige Mitteilung persönlich überbringen müssen…»

«Wo ist Jeff?»

«Ach je, den hab ich ganz vergessen. Er ist schon seit einer ganzen Weile unten in der Küche. Der Arme. Da kommt er zum Frühstück runter und wird mit einer solchen Nachricht empfangen. Ich glaube, er brät sich gerade selbst was, ich hatte nämlich noch gar nichts gemacht.»

«Ich muß unbedingt zu ihm runter.»

«Ja, wahrscheinlich kann er Gesellschaft brauchen.»

«Was meinst du, wann Papa mit Conrad zurückkommt?»

«Wohl gegen halb elf oder elf. Die haben dann bestimmt auch Hunger, denn sie hatten keine Zeit zu frühstücken, bevor sie aufgebrochen sind. Ich mach ihnen was, wenn sie kommen. Bis dahin…»

Sie stand auf. «Ich fang schon mal an, das Eßzimmer aufzuräumen. Da steht ja noch alles von gestern herum.»

«Mir kommt es vor, als läge der gestrige Abend ewig zurück. Warum läßt du nicht einfach alles stehen und liegen? Das können Jeff und ich später machen, oder wir bitten Agnes Cooper, daß sie kommt…»

«Nein, ich möchte was tun. In der Hinsicht sind wir Frauen den

Männern gegenüber im Vorteil. Wir finden immer was, womit wir die Hände beschäftigen können. Das ist bei so schrecklichen Anlässen genau richtig – und wenn es darum geht, den Fußboden in der Küche zu schrubben. Gläser spülen und Silber polieren ist genau das, was ich jetzt brauche...»

Lucilla stand auf, zog Jeans und Pullover an, fuhr sich im Bad flüchtig mit der Bürste über das Haar und putzte sich nicht besonders gründlich die Zähne. Dann legte sie sich einen in kochendheißes Wasser getauchten Waschlappen auf das Gesicht. Die Wärme reinigte die Poren, erfrischte die Haut und machte ihr einen klaren Kopf. Anschließend lief sie nach unten.

Jeff saß an einem Ende des Küchentisches vor einem Becher Kaffee und einem Teller mit Schinken und Würstchen. Er hob den Blick, als sie hereinkam, schluckte hinunter, was er im Mund hatte, legte das Besteck hin und stand auf. Sie ging zu ihm, er nahm sie in die Arme, und eine Weile standen sie einfach so da. Sie fühlte sich warm und geborgen, die dicke Schafwolle seines Pullovers roch angenehm vertraut. Aus der Servierküche hörte man Wasser laufen und Gläser klirren. Isobel hatte sich an die Arbeit gemacht.

Jeff sagte nichts. Nach einer Weile lösten sie sich voneinander. Lucilla lächelte ihm Dank für seinen Trost zu, zog sich einen Stuhl heran, setzte sich und legte die Ellbogen auf die gescheuerte Tischplatte.

«Willst du was essen?» fragte er.

«Nein.»

«Du würdest dich aber besser fühlen, wenn du was im Leibe hättest.»

«Ich könnte keinen Bissen runterbringen.»

«Wenigstens 'nen Schluck Kaffee.» Er ging zum Herd, goß einen Becher voll Kaffee und stellte ihn vor sie hin. Dann setzte er sich wieder und beschäftigte sich weiter mit seinen Würstchen.

Sie trank ein Schlückchen und sagte: «Ich bin richtig froh, daß wir die schöne Zeit mit ihr zusammen hatten.»

«Ja.»

«Und daß sie mit uns hergekommen ist.»

«Es war gut.» Er nahm über den Tisch hinweg ihre Hand und teilte ihr mit: «Lucilla, ich glaube, ich sollte wohl besser verschwinden.»

«Wieso?» Sie sah in verblüfft an. «Und wohin?»

«Nun, für deine Eltern ist das gewiß nicht der rechte Augenblick, einen Fremden im Haus zu haben...»

«Aber du bist doch kein Fremder.»

«Na, ich weiß nicht. Ich denke, ich sollte packen und mich auf die Socken machen...»

«Aber nein, das geht nicht...» Die bloße Vorstellung erfüllte sie mit Panik. «Du kannst doch nicht einfach weggehen...» Unwillkürlich erhob sie die Stimme, und er mahnte sie freundlich, leise zu sein, damit Isobel hinter der offenen Tür nicht mitbekam, worüber sie sprachen. Wütend flüsterte Lucilla: «Du kannst mich jetzt nicht allein lassen. Ich brauch dich. Aus eigener Kraft werd ich mit der furchtbaren Sache nicht fertig.»

«Ich hab das Gefühl, daß ich störe.»

«Aber nein. Nicht die Spur. Bitte bleib.»

Nach einem Blick in ihre flehenden Augen gab er nach und sagte: «Na schön, wenn du meinst, daß ich von Nutzen sein kann. Aber lange bleib ich auf keinen Fall. Du weißt ja, daß ich Anfang Oktober wieder nach Hause muß.»

«Ja. Aber jetzt darfst du nicht fort.»

«Wenn du möchtest, kannst du mitkommen.»

«Wie bitte?»

«Ich sagte, wenn du möchtest, kannst du mitkommen. Ich meine, nach Australien.»

Lucillas Finger umschlossen den Kaffeebecher. «Was soll ich da?»

«Wir können weiter zusammensein. Meine Eltern haben reichlich Platz im Haus. Bestimmt würden sie dich mit Vergnügen aufnehmen.»

«Wieso sagst du das jetzt?»

«Es schien mir ein guter Gedanke zu sein.»

«Und was könnte ich da bei euch in Australien tun?»

«Was du willst. Dir 'ne Stelle suchen. Malen. Mit mir zusammensein. Wir könnten auch was Eigenes finden.»

«Jeff... ich weiß nicht recht, was du da von mir erwartest.»

«Nichts. Ich lad dich einfach ein.»

«Aber... das... ich meine, du und ich... das wäre doch nicht für immer?»

«Nun, vielleicht könnten wir das bei der Gelegenheit feststellen.»

«Oh, *Jeff.*» Ein Kloß saß in ihrer Kehle, und sie merkte, daß ihre Augen naß wurden. Um Pandora hatte sie nicht geweint, und so war es einfach lächerlich, daß ihr jetzt die Tränen kamen, nur weil Jeff so mitfühlend war und sie einlud, mit ihm nach Australien zu reisen. Sie würde dem keine Folge leisten, denn sie liebte ihn nicht, und ihr war auch klar, daß er sie nicht liebte.

«Nun, nun, wein doch nicht.»

Sie nahm ein Geschirrtuch und schneuzte sich hinein. Es war ihr einerlei, ob das hygienisch war oder nicht.

«Es ist nur, weil du so ein Schatz bist. Ich würde ja gern mitkommen, aber nicht gerade jetzt. Jetzt muß ich hierbleiben. Außerdem kann ich mir nicht vorstellen, daß du mich wirklich dabeihaben willst, wenn du wieder nach Hause fliegst. Du hast bestimmt schon genug Sorgen ohne mich, mußt wieder mit deiner Arbeit anfangen, mußt zusehen, wie du mit deinem Leben zurechtkommst...» Erneut schneuzte sie sich und brachte ein gequältes Lächeln zustande. «Irgendwie glaub ich nicht, daß ich die Richtige für dich bin. Wenn du mal heiratest, und das wirst du ja bestimmt, soll es sicher eine stramme Australierin sein. Eine sonnengebräunte Uschi mit einem breiten Hintern und dicken Titten...»

Er gab ihr einen freundlichen Stups. «Das ist überhaupt nicht komisch.» Aber er lächelte.

Sie sagte: «Das war die liebenswürdigste Einladung, die ich im ganzen Leben gekriegt hab, und du bist der süßeste Mann, den ich je kennengelernt hab. Von dem Tag an, an dem wir uns in Paris begegnet sind, war es einfach wunderbar. Eines Tages überfall ich dich *bestimmt*, und dann erwarte ich einen großen Bahnhof – mit rotem

Teppich, Konfettiparade und allem Drum und Dran. Aber jetzt… und für immer… kann ich nicht kommen.»

«Nun, falls du es dir anders überlegen solltest, das Angebot gilt…»

Er hatte sein Frühstück beendet, legte Messer und Gabel auf den Teller und trug ihn zum Spülstein. Im Eßzimmer dröhnte der Staubsauger. Jeff ging durch den Raum, schloß die Tür zur Servierküche, kehrte an den Tisch zurück und setzte sich Lucilla gegenüber.

Er sagte: «Ich frag das nicht gern, und es geht mich auch nichts an, aber hat Pandora irgend so was wie 'nen Abschiedsbrief hinterlassen?»

«Ja. Für Papa. Auf dem Schreibtisch in ihrem Zimmer.»

«Steht da drin, warum sie es getan hat?»

«Nein. Wohl nicht.»

«Und was glaubt deine Mutter?»

«Im Augenblick ist sie zu bekümmert, um überhaupt darüber nachzudenken.»

«Es gibt also keinen ersichtlichen Grund?»

«Nein.»

«Und was glaubst du, warum sie sich umgebracht hat?»

«Ich hab keine Meinung dazu, Jeff.» Als er darauf schwieg, stutzte sie. «Wieso? Hast du eine?»

«Ich hab mir dies und jenes durch den Kopf gehen lassen. Erinnerst du dich noch an den Kerl, den wir an unserem ersten Tag bei Pandora gesehen haben? Diesen Carlos Macaya?»

«Carlos?» Der gutaussehende liebenswürdige Herr mit den bezaubernden Umgangsformen und der auffallenden Armbanduhr. «Aber natürlich.» Sie wußte gar nicht, warum sie nicht vorher an ihn gedacht hatte. «Glaubst du, der weiß was?»

«Nicht unbedingt. Aber er schien ihr sehr nahezustehen. Vielleicht hat sie ihm Sachen gesagt, von denen wir keine Ahnung haben…»

Ihr fiel der rätselhafte Satz ein, den Carlos beim Davonfahren Pandora zugerufen hatte… *Sag mir Bescheid, wenn du es dir anders überlegst.* Sie hatte darauf geantwortet: *Das werde ich bestimmt nicht.* Lucilla hatte mit Jeff darüber gesprochen, und sie waren zu dem Ergebnis gelangt, daß es sich höchstwahrscheinlich um etwas ganz Alltägliches handelte: eine abgesagte Verabredung zum Tennis oder eine Einladung, die Pandora nicht angenommen hatte.

«Ja, du hast recht. Ich glaube, die beiden haben sich sehr nahe gestanden. Sie war bestimmt seine Geliebte, und vielleicht weiß er wirklich was…»

«Wenn sie einander so nahe waren, müßte man ihn wohl auf jeden Fall wissen lassen, was vorgefallen ist.»

«Ja.» Eine durchaus vernünftige Anregung. «Aber wie?»

«Wir rufen ihn an.»

«Wir haben seine Nummer nicht.»

«Pandora hatte doch bestimmt ein Adreßbuch. Da drin finden wir ihn garantiert.»

«Stimmt. Natürlich.»

«Am besten rufen wir gleich an, bevor dein Vater und Conrad zurück sind und solange deine Mutter hier unten zu tun hat. Gibt es irgendwo 'nen Apparat, wo uns keiner stören kann?»

«Nein. Außer… in Mamas Schlafzimmer…»

«Also los.» Er stand auf. «Ans Werk.»

Isobel war nach wie vor mit Staubsaugen beschäftigt. Leise verließen sie die Küche und schlichen die teppichbelegte Treppe empor. Lucilla führte ihn in das von Pandora benutzte Zimmer, und sie schlossen die Tür hinter sich.

Das Bett war nach wie vor ungemacht, alles lag noch genauso auf dem Boden und den Möbeln herum, wie Isobel und Archie es vorgefunden hatten. Es war kalt im Raum. Obwohl die Fenster offenstanden, lastete noch immer der schwere Geruch von *Poison* in der Luft.

Lucilla sagte: «Ich war mir nie sicher, ob ich das Parfüm mag oder nicht.»

«Wieso riecht das so stark?»

«Die Flasche muß ihr wohl ins Waschbecken gefallen sein und ist dabei zerbrochen.»

Lucilla ließ den Blick schweifen. Sie sah die Vorhänge, die sich im

Luftzug bauschten, sah Pandoras hauchdünnen Morgenrock auf dem Bett, ihr Abendtäschchen, den Schrank voller Kleider, den randvollen Papierkorb, die Frisierkommode, auf der sich alles mögliche drängte, die Schuhe, die auf dem Teppich verstreut lagen.

Diese unpraktischen hochhackigen Schuhe, teure spanische Arbeit, schienen ihr irgendwie die persönlichste und nachdrücklichste Erinnerung zu sein, weil sie niemandem außer Pandora gehört haben konnten.

Lucilla beschloß, nicht daran zu denken.

Sie sagte: «Wo mag sie ihr Adreßbuch haben?»

Es lag auf dem Tisch neben der Schreibunterlage, ein ledergebundenes Buch, das in Blattgold geprägt Pandoras Anfangsbuchstaben trug. Vorsatzblatt und Spiegel waren aus exquisit wirkendem, gemustertem Papier. Lucilla setzte sich, fuhr mit dem Finger die Buchstaben des Alphabets entlang und öffnete das Büchlein beim Buchstaben M.

Mademoiselle, Modeboutique.
Maitland, Lady Letitia.
Mendoza, Philip und Lucia.
Macaya...

Carlos Macaya. Reglos sah sie auf das Blatt. Sie sagte kein Wort.

Nach einer Weile fragte Jeff: «Hast du es?»

«Ja.»

«Und?»

«Jeff», sie sah zu ihm auf, «er ist Arzt.»

«Arzt?» Er runzelte die Stirn. «Zeig mal.»

Sie wies hin. «Hier. ‹Macaya, Dr. Carlos und Lisa›. Vermutlich seine Frau. Glaubst du, er hat Pandora behandelt?»

«Höchstwahrscheinlich. Wir werden es ja sehen.» Er sah auf die Uhr. «Jetzt ist es halb elf, also auf Mallorca halb neun. Heute ist Samstag, da erwischen wir ihn höchstwahrscheinlich zu Hause. Probieren wir es doch einfach.»

Mit dem Büchlein in der Hand erhob sich Lucilla. Aus Pandoras

Zimmer gingen sie zum Elternschlafzimmer des Hauses. Dort stand an diesem unwirklichen Morgen, an dem nichts wie sonst war, gleichfalls ein ungemachtes Bett. Jeff suchte aus dem Verzeichnis die Vorwahl für Spanien heraus, und bedächtig wählte Lucilla am Nachttisch die Nummer, Ziffer auf Ziffer.

Warten. Klicken und Summen. Dann läutete es. Lucilla mußte an jenen Nachmittag auf Mallorca denken, die Sonne über dem Mittelmeer schien brennend heiß, der klare Himmel hatte einen weiteren herrlich wolkenlosen Tag versprochen.

«*Hola?*» Eine Frauenstimme.

«Mrs. ...» Irgend etwas stak in Lucillas Kehle. Sie räusperte sich und begann erneut. «Mrs. Macaya? Señora Macaya?»

«*Si?*»

«Entschuldigung, aber sprechen Sie englisch?»

«Ja, ein wenig. Wer ist da?»

«Ich heiße Lucilla Blair.» Sie gebot sich Ruhe, sprach betont langsam und deutlich. «Ich rufe aus Schottland an. Ich würde gern mit Ihrem Mann sprechen, falls er da ist.»

«*Un momento...*»

Der Hörer wurde hingelegt. Schritte entfernten sich über einen Steinboden. Aus der Ferne hörte Lucilla, wie «Carlos!» gerufen wurde. Dann einige unverständliche spanische Sätze.

Sie wartete. Sie streckte eine Hand aus, und Jeff nahm sie.

Er kam. «Dr. Macaya.»

«Ach, Carlos, hier spricht Lucilla Blair, Pandora Blairs Nichte. Ich habe Sie im August in der Casa Rosa kennengelernt. Ich war mit einem Freund von Ibiza herübergekommen, und Sie haben damals mit Pandora Tee getrunken. Erinnern Sie sich?»

«Aber natürlich. Wie geht es Ihnen?»

«Mir geht es gut. Ich bin gerade bei meinen Eltern in Schottland. Verzeihen Sie bitte, aber waren Sie Pandoras Arzt?»

«Ja. Warum?»

«Weil... es tut mir schrecklich leid, aber es ist eine sehr betrübliche Nachricht. Sie ist tot.»

Er schwieg eine Weile, dann fragte er: «Wie ist sie gestorben?»

«Ertrunken. Sie ist ins Wasser gegangen. Sie hat all ihre Schlaftabletten genommen und sich ertränkt. Heute nacht...»

Eine weitere Pause. Dann sagte Carlos Macaya: «Aha.» War das etwa alles, was ihm dazu einfiel?

«Sie scheinen nicht sehr erstaunt zu sein?»

«Ich bin erschüttert, aber nicht besonders überrascht. Ich hatte immer gefürchtet, daß etwas in dieser Art geschehen würde.»

«Warum?»

Er sagte es ihr.

Über dem Dröhnen des Staubsaugers hörte Isobel das vertraute Motorengeräusch des alten Landrover, der vom Dorf heraufkam. Archie war aus Relkirk zurück. Sie schaltete das Gerät aus, dessen Geräusch langsam erstarb, spähte zum Fenster hinaus und sah, daß Conrad am Steuer saß.

Sie ging den beiden Männern bis auf den Kies der Auffahrt entgegen. Sie stiegen gerade aus. Archie humpelte stark, was nie ein gutes Zeichen war. Sie trat zu ihm, umarmte ihn und gab ihm einen Kuß. Sein Gesicht war totenbleich, grau vor Müdigkeit, und er fühlte sich kalt an.

Sie nahm seinen Arm und half ihm die Treppe hinauf. Conrad folgte ihnen. Er war barhäuptig und trug Gummistiefel sowie eine alte Jacke, beides von Archie ausgeborgt. Auch im Gesicht des Amerikaners erkannte sie Spuren der Anspannung. Sie unterdrückte jede Frage und konzentrierte sich auf die praktischen Dinge des Alltags.

«Bestimmt seid ihr müde und habt Hunger. Ich hab noch nichts fertig, weil ich warten wollte, bis ihr kommt. Aber es geht ganz schnell. Euch geht es bestimmt besser, wenn ihr was im Magen habt.»

«Ja, das klingt gut», sagte Conrad.

Archie schüttelte den Kopf. «Ich muß jetzt erst mal Edmund anrufen.»

«Das kann doch bestimmt warten, Liebling...»

«Nein.» Er hob die Hand. «Ich möchte es gleich hinter mich

bringen. Ihr beiden könnt ja schon mal weitermachen. Ich komm gleich nach.»

Isobel öffnete den Mund zum Widerspruch, überlegte es sich dann aber anders und schwieg. Archie wandte sich um und ging schleppenden Schritts durch die Eingangshalle zu seinem Arbeitszimmer. Conrad und Isobel sahen ihm nach, bis sich die Tür hinter ihm schloß. Es war deutlich zu merken, daß ihn jeder Schritt schmerzen mußte.

Sie sahen einander an. Isobel sagte: «Wahrscheinlich möchte er einen Augenblick lang allein sein.»

«Verständlich.» Conrads Augen hinter den dicken Brillengläsern waren voll Mitgefühl.

«War es *sehr* schlimm?» fragte sie.

«Ja», gab er zur Antwort. «Es war äußerst deprimierend.»

«Wo hat man sie gefunden?»

«Genau, wo Willy gesagt hat. Am Schleusentor.»

«War sie...» Sie setzte erneut an. «Ich meine, wie lange war sie schon da?»

«Erst ein paar Stunden.»

«Aha.» Wenige Stunden. Nicht lange genug, um aufzuquellen und in Verwesung überzugehen. «Ich bin froh, daß Willy sie so bald gefunden hat. Es war sehr zuvorkommend von Ihnen, Archie zu begleiten und ihn zurückzufahren. Ich kann Ihnen gar nicht sagen, wie dankbar ich bin...»

«Das war das mindeste, was ich tun konnte.»

«Ach ja. Man kann nicht wirklich etwas tun, nicht wahr?»

«Nicht sehr viel.»

«Nun...» Für den Augenblick war das Thema erschöpft. Sie mußte sich um das Frühstück für die beiden Männer kümmern. «Gewiß haben Sie einen Bärenhunger.»

«Ehrlich gesagt ja. Aber erst würde ich gern die Stiefel ausziehen und mir die Hände waschen.»

«Natürlich. Sie finden mich in der Küche.»

In der Küche sah sie Lucilla und Jeff nicht. Sie waren wohl fortgegangen. Sie stellte die Pfanne auf den Herd, gab Würstchen, Schinken, Tomaten und Eier hinein, steckte Brotscheiben in den Röster und brühte frischen Kaffee auf. Dann legte sie zwei Gedecke auf. Als Conrad zurückkam, war sein Frühstück fast fertig. Sie goß ihm Kaffee ein und stellte den Becher neben seinen Teller.

«Trinken Sie, solange er heiß ist. Ich muß nur noch ein Ei braten. Wie hätten Sie es gern? Das Gelbe eher hart oder weich?»

«Eher weich. Isobel...»

Sie wandte sich vom Herd um. «Ja?»

«Ich halte es für besser, wenn ich heute nachmittag abreise. Sie haben auch ohne Gäste genug Sorgen.»

Sie war wie vor den Kopf geschlagen. «Aber ich dachte, Sie wollten bis morgen bleiben?»

«Ich kann ohne weiteres eine Taxe zum Flughafen nehmen...»

«Aber Conrad, Sie dürfen nicht glauben, daß Sie wegfahren müssen...»

«Das ist nicht die rechte Zeit, fremde Leute im Haus zu haben...»

«Ich sehe in Ihnen keinen Fremden, sondern einen Freund. Und es wäre mir gar nicht recht, wenn Sie den Eindruck hätten, daß Sie uns früher verlassen müßten, als Sie das vorhatten. Natürlich habe ich Verständnis, wenn Ihnen das so lieber ist.»

«Es geht nicht darum, daß es mir lieber wäre...»

«Ich verstehe. Sie denken an uns. Aber wissen Sie, im Augenblick ist es schön, Freunde in der Nähe zu haben. Was hätten wir beispielsweise heute morgen ohne Sie getan? Ich bin sicher, daß es Archie auch lieber wäre, wenn Sie blieben. Auf jeden Fall und zumindest bis morgen.»

«Wenn es Ihnen damit Ernst ist, bleibe ich gern.»

«Das ist es. Ebenso Ernst damit, wie, daß ich Sie als Freund ansehe. Zwar sind Sie als Fremder hergekommen, niemand von uns kannte Sie oder wußte etwas über Sie. Aber nach den wenigen Tagen kommt es mir so vor, als hätten wir Sie unser Leben lang gekannt. Ich würde mich freuen, wenn Sie uns auch später einmal besuchen würden.»

«Das nehme ich sehr gern an. Vielen Dank.»

Isobel lächelte. «Und Ihre kleine Tochter dürfen Sie selbstverständlich mitbringen. Für Kinder ist Croy genau das richtige.»

«Seien Sie vorsichtig, ich mache das womöglich wahr.»

Gekonnt bugsierte Isobel das Ei in die Pfanne.

«Wann fliegen Sie zurück?»

«Donnerstag.»

«Mit Virginia?»

«Nein. Jetzt hat sie Henry ja wieder zu Hause. Sie macht ihre Buchung rückgängig und ruft bei ihren Großeltern an, um ihnen alles zu erklären. Vielleicht wird sie im nächsten Frühjahr mit Edmund nach Amerika fliegen. Dann treffen wir uns alle wieder.»

«Für Virginia ist das sicher eine Enttäuschung, aber vielleicht ist es besser so. Es macht einer Frau mehr Spaß, im Urlaub den Mann dabeizuhaben.»

Sie bückte sich, um den Teller mit den anderen Bestandteilen seines Frühstücks aus dem Warmhaltefach des Herdes zu nehmen, legte das Ei dazu und stellte ihn vor Conrad hin. «Und jetzt verputzen Sie das, wie sich mein Sohn Hamish auszudrücken pflegt.» Sie sah auf die Uhr. «Wo Archie nur bleibt? Vielleicht sollte ich ihm eine Tasse Kaffee bringen. Es macht Ihnen doch hoffentlich nichts aus, wenn ich Sie einen Augenblick allein lasse?»

«Ganz und gar nicht. Schon gar nicht bei einem solchen Frühstück. Es kommt mir vor, als hätte ich noch nie ein so gutes bekommen.»

«Sie haben es sich redlich verdient», teilte ihm Isobel mit.

Archie saß in seinem Arbeitszimmer am Schreibtisch, im Sessel seines Vaters und von dessen einstigen Besitztümern umgeben. Der Raum lag nach Westen, und so schien jetzt die Sonne nicht herein. Im Augenblick war Archie dankbar für die Stille und Einsamkeit. Stumpf vor Ermüdung und Verzweiflung wartete er, bis er die Kraft aufbrachte, den Hörer abzunehmen, die Nummer von Balnaid zu wählen und mit Edmund zu sprechen.

Seit dem Augenblick, da Willy Snoddy endlich Worte gefunden hatte, um seine grauenvolle Botschaft mitzuteilen, war Archie wie benommen, zu keinem vernunftbestimmten Handeln fähig. Irgendwie war es ihm – wie einem Schlafwandler in einem Alptraum – gelungen, mechanisch zu tun, wovon er wußte, daß es erledigt werden mußte.

Als erstes hatte er Isobel geweckt, um sie an seiner Seite zu wissen. Nur mit ihr konnte er seinen Kummer teilen. Mit ihr war er in Pandoras Zimmer gegangen, in dem ein für sie so bezeichnendes Tohuwabohu herrschte. Es sah aus, als habe sie den Raum gerade erst verlassen. Isobel hatte die Vorhänge zurückgezogen und die Fenster geöffnet, um den buchstäblich atemberaubenden Geruch des verschütteten Parfüms zu vertreiben. Sie hatte auch den Umschlag auf dem Tisch entdeckt und ihn Archie gegeben.

Gemeinsam hatten sie Pandoras letzte Botschaft gelesen.

Anschließend waren die unvermeidlichen und bedrückenden Dinge zu erledigen. Der Anruf bei der Polizei, dem ein sich endlos hinziehendes Warten folgte, bis der Polizeiwagen mit dem Arzt eintraf. Die lange Fahrt zum Loch Croy hinauf, mit peinigender Langsamkeit über die steile Rüttelpiste. Die qualvolle und gräßliche Aufgabe, den Leichnam seiner toten Schwester aus dem See zu bergen.

Das Paradoxe an der Situation war seine eigene Hoffnungslosigkeit. Kaum war es ihm gelungen, mit seinen Erinnerungen an Nordirland fertig zu werden, als ihm dies neue Entsetzen aufgebürdet wurde. Der Anblick Pandoras, die wie eine nasse Puppe am Schleusentor angetrieben war. Ihr blutleeres Gesicht, das nasse Haar wie Seidenschnüre um ihren Hals gelegt. Ihre weißen Arme, dünn und bleich, wie treibende Zweige, die Röcke ihres Kleides bildeten ein Nest, wie Treibgut, Schilf und zerbrochene Äste.

Wie wohltuend wäre es, wenn das Unmögliche möglich würde und er das Bild auf immer von seinem inneren Auge verscheuchen könnte.

Seufzend nahm er ihren Brief zur Hand. Pandoras krakelige Schrift, wie die eines Kindes, auf dem festen blauen Bogen, in den die Adresse von Croy eingeprägt war. Der Schatten eines Lächelns trat auf seine Lippen, weil er daran denken mußte, daß sie sich nie die Mühe gemacht hatte, irgend etwas richtig zu lernen, und daher auch zum Schluß kaum ordentlich hatte schreiben können.

Freitag abend.

> Mein liebster Archie. Ich war einmal bei einer Beerdigung, da ist jemand aufgestanden und hat etwas wirklich Nettes gesagt, nämlich, daß Tote nur nach nebenan gegangen sind und darüber niemand elend oder traurig sein müßte, sondern daß man weiter über dieselben alten Witze lachen kann. Falls Du mir ein schönes christliches Begräbnis gönnen solltest (vielleicht bist Du ja so fuchsteufelswild, daß Du mich einfach auf Isobels Komposthaufen wirfst), wäre es hübsch, wenn jemand das über mich vorlesen könnte.

Er legte den Brief vor sich hin und sah, ohne etwas zu erkennen, über den Rand seiner Brille auf die gegenüberliegende Wand. Das Eigentümliche war, daß er genau wußte, auf welchen Text sich Pandora bezog, denn er selbst hatte ihn während der Beisetzungsfeier für seinen Vater in der Kirche vorgelesen. Da aber Pandora nicht dabeigewesen war, konnte sie das nicht wissen. Außerdem hatte er den Text, weil er bei der Erfüllung seiner Sohnespflicht nicht aus dem Konzept geraten wollte, nicht nur schriftlich formuliert, sondern ihn sich zu Hause mehrfach vorgelesen, so daß er ihn schließlich auswendig wußte.

> Der Tod bedeutet nichts. Er zählt nicht. Ich bin nur nach nebenan gegangen. Nichts ist geschehen. Alles bleibt genau, wie es war. Ich bin ich, und Ihr seid Ihr, und das alte Leben, das wir in so herzlicher Gemeinsamkeit geführt haben, ist davon unberührt und bleibt unverändert. Wir sind füreinander nach wie vor, was wir immer waren. Nennt mich mit dem alten vertrauten Namen. Sprecht von mir ebenso unbeschwert wie sonst auch. Ändert Euren Ton nicht. Tragt keine feierliche oder traurige Miene zur Schau. Lacht, wie wir im-

mer über die kleinen Späße gelacht haben, über die wir uns gemeinsam gefreut haben. Spielt, lächelt, denkt an mich, betet für mich. Laßt Euch meinen Namen stets so vertraut sein, wie er Euch früher war. Er soll leichthin ausgesprochen werden, ohne die kleinste Spur eines Schattens darauf. Alles geht weiter, wie es war, ohne Unterbrechung. Was ist denn dieser Tod anderes als ein kaum wahrnehmbarer Zwischenfall? Warum sollte ich Euch aus dem Gedächtnis schwinden, weil ich Euch nicht mehr sichtbar bin? Ich warte nur auf Euch, irgendwo ganz in der Nähe, gleich um die Ecke, für eine kleine Weile. Alles steht zum besten.

Alles steht zum besten.

Allerdings hatte sich der alte Lord Balmerino nicht das Leben genommen.

Archie, ich war sehr vernünftig und sachlich und habe ein Testament gemacht, in dem ich all meine irdische Habe Dir hinterlasse. Du könntest Dich vielleicht mit meinem Anwalt in New York in Verbindung setzen. Er heißt Ryan Tyndall, und seine Adresse und Telefonnummer findest Du in meinem Adreßbuch. (Er ist schrecklich nett.) Mir ist klar, daß Ihr annehmt, ich hätte das Geld mit vollen Händen ausgegeben, aber es müßte noch eine ganze Menge auf der Bank sein. Außerdem gibt es verschiedene Aktien, Schuldverschreibungen und auch einen kleinen Grundbesitz in Kalifornien. Und natürlich das Haus auf Mallorca. Mit dem kannst Du machen, was Dir recht ist – verkauf es oder behalt es (herrliche Ferien für Dich und Isobel). Was auch immer Du damit tust, sorg dafür, daß es der lieben Seraphina und ihrem Mario an nichts fehlt.

Ich würde mich freuen, wenn Du einen Teil des Geldes dazu verwenden könntest, aus dem Stall oder der Scheune auf Croy eine Werkstatt zu machen, und anfingest, Deine netten Holzfigürchen in Serie herzustellen und mit einem Mordsgewinn auf der ganzen Welt zu verkaufen. Ich weiß, daß Du das kannst. Dazu brauchst Du nur ein wenig Schwung und Unternehmungslust. Falls Dir das Kaufmännische Sorgen machen sollte, würde Dir Edmund sicher helfen und Dich beraten.

Liebster Bruder, das alles tut mir so schrecklich leid. Es ist einfach mit einemmal so kompliziert und anstrengend geworden, und ich hab nicht die Kraft, länger dagegen anzukämpfen. Ich war nie besonders ausdauernd und tapfer.

Es war ein merkwürdiges und lustiges Leben.

Ich bewundere Euch beide und möchte Euch sagen, wie sehr ich Euch liebhabe.

Pandora.

Würde Dir Edmund sicher helfen und Dich beraten.

Damit war er wieder bei Edmund.

Er dachte an den anderen Brief, der wohlverwahrt in seiner Schreibtischschublade ruhte. Er schloß sie auf und nahm ihn heraus. Der zerknitterte Luftpostumschlag trug einen Stempel aus dem Jahre 1967 und war an ihn in Berlin adressiert.

Er nahm die beiden dünnen Briefbogen heraus, die mit der gleichen unreifen Handschrift bedeckt waren, und entfaltete sie.

Mein liebster Archie. Es war eine so wunderschöne Hochzeitsfeier. Ich hoffe, Ihr hattet wunderschöne Flitterwochen, und hoffe auch, daß es Euch in Berlin gefällt und Du mit Isobel glücklich wirst. Wie sehr Ihr mir fehlt! Alles ist fürchterlich, weil alle fortgegangen sind, die ich liebe. Ich habe keine Menschenseele, mit der ich reden könnte. Mit Mama und Papa kann ich nicht sprechen, denn es geht um Edmund. Das überrascht Dich doch nicht, oder? Du hast es doch bestimmt gewußt. Ich weiß nicht, wieso ich das selbst nie gemerkt habe, aber ich muß ihn schon immer geliebt haben, denn als ich ihn ein paar Tage vor der Hochzeit wiedersah, wurde mir mit einemmal klar, daß es nie einen anderen gegeben hatte, nie einen anderen geben kann, nie wieder. Und das Abscheuliche, Tragische, Unerträgliche – er ist mit einer anderen verheiratet. Aber wir lieben einander. Ich kann es in Großbuchstaben schreiben. WIR LIEBEN EINANDER. Aber keinem darf ich das sagen, weil Caroline seine Frau ist, weil sie das Kind haben und alles. Er ist zu ihr zurückgekehrt, liebt sie aber nicht, Archie. Er liebt mich, und ich sitz hier ohne ihn fest. Ich brauch Dich so schrecklich, und Du bist in Berlin. Er hat gesagt, er würde schreiben, aber er ist schon einen ganzen Monat weg, und ich hab kein Wort von ihm gehört. Ich halte das nicht aus. Was soll ich nur tun? Ich weiß, daß es sich nicht gehört, eine Ehe zu zerstören, aber das tue ich gar nicht, denn ich hatte Edmund lange vor ihr. Natürlich ist mir klar, daß Du nichts tun kannst, um mir zu helfen, aber ich mußte es einfach jemandem sagen. Ich wußte gar nicht, daß es auf Croy so einsam sein kann, und ich benehme mich widerwärtig zu Papa und Mama, aber ich kann nichts dagegen machen. Wenn ich auf alle Zeiten hierbleiben müßte, würde ich verrückt. Du bist der einzige, dem ich das sagen kann. Mit vielen lieben Grüßen und in Tränen, Pandora.

In den vergangenen Jahren hatte ihn die tiefe Verzweiflung der heranwachsenden jungen Frau stets schmerzlich ergriffen; jetzt, im Licht der Tragödie dieses Morgens, gewann sie eine noch bedeutendere Dimension. Er legte die Hand über die Augen. Hinter ihm öffnete sich die Tür.

«Archie.»

Es war Isobel. «Ich hab dir eine Tasse Kaffee gebracht.» Er wandte sich nicht um. Über seine Schulter hinweg stellte sie den aromatisch duftenden Kaffee auf den Tisch vor ihm, legte ihm dann die Arme um den Hals und beugte sich über ihn, drückte ihre warme Wange gegen seine.

«Warum bleibst du so lange fort? Was tust du?»

«Ich lese.» Er legte den Brief hin.

Sie zögerte und sagte dann: «Das ist doch der Brief, den dir Pandora kurz nach unserer Hochzeit geschickt hat.»

«Ja.»

«Ich wußte gar nicht, daß du ihn noch hast. Warum nur?»

«Ich hatte nicht das Herz, ihn zu zerreißen und fortzuwerfen.»

«Wie traurig. Das arme kleine Mädchen. Hast du Edmund schon angerufen?»

«Nein, noch nicht.»

«Du weißt wohl nicht, was du sagen sollst?»

«Ich weiß nicht, was ich denken soll.»

«Vielleicht hat sie ihn noch *immer* geliebt. Vielleicht ist sie deswegen heimgekommen. Und als sie ihn dann wiedergesehen hat, mit Virginia, Alexa und Henry, ist ihr aufgegangen, daß es aussichtslos war.»

Sie verlieh seinen Befürchtungen, seiner unausgesprochenen Sorge die Worte, die er selbst nie herausgebracht hätte. Daß Isobel sie laut sagte, erfüllte ihn mit Liebe und Dankbarkeit für ihre Furchtlosigkeit und ihren klaren Verstand. Jetzt konnten sie darüber reden.

«Ja», gab er zu, «das befürchte ich.»

«Sie war eine richtige kleine Hexe. Hat alle Menschen bezaubert. Großzügig und lustig. Aber du weißt, Archie, sie konnte auch rücksichtslos sein. Wenn sie etwas wollte, war sie imstande, sich erbarmungslos durchzusetzen. Wenn sie sich etwas in den Kopf gesetzt hatte, waren andere Menschen für sie nicht vorhanden.»

«Ich weiß. Es war unsere Schuld. Wir alle haben sie verzogen, ihr stets alles zu Gefallen getan...»

«Ich glaube, alles andere wäre unmöglich gewesen...»

«Sie war erst achtzehn, als sie das Verhältnis mit Edmund hatte, und er war neunundzwanzig, verheiratet und gerade Vater geworden. Mir ist klar, daß Pandora sich ihm an den Hals geworfen hat, und statt sich zurückzuziehen, hat er seine Verantwortung in den Wind geschlagen. Sie brannte schon lichterloh, und damit, daß er das Feuer noch geschürt hat, ist es förmlich zu einer Explosion gekommen.»

«Hast du je mit ihm darüber geredet?»

«Nein. Damals wäre das möglich gewesen. Danach aber hätte ich es nicht mehr tun können. Seinetwegen ist sie davongelaufen und nie zurückgekommen.»

«Das hast du ihm nie verziehen, nicht wahr, Archie?»

«Nein, eigentlich nicht», gestand er unumwunden.

«Zögerst du deshalb? Hast du ihn deswegen noch nicht angerufen?»

«Für den Fall, daß unsere Annahme zutrifft, würde ich eine solche Schuld nicht mal meinem ärgsten Feind aufbürden wollen.»

«Archie, das meinst du doch nicht im –»

Sie unterbrach sich unvermittelt und hob den Kopf, um zu lauschen. Durch die geschlossene Tür hörte sie Schritte in der Eingangshalle.

«Mama!» Es war Lucilla.

«Wir sind im Arbeitszimmer.»

Die Tür öffnete sich einen Spalt weit. «Kann ich reinkommen? Ich stör euch doch nicht?»

«Natürlich nicht, mein Liebling.»

Lucilla schloß die Tür hinter sich. Es sah aus, als habe sie geweint, ihre Tränen aber getrocknet. Archie streckte ihr die Arme entgegen, sie nahm seine Hand, beugte sich über ihn, um ihn auf die Wange zu küssen, und sagte: «Es tut mir so entsetzlich leid.» Sie setzte sich auf die Tischkante und sah ihre Eltern an. «Ich muß euch was sagen», begann sie. «Es ist sehr traurig. Hoffentlich geht es euch nicht zu nahe...»

«Hat es mit Pandora zu tun?»

«Ja. Ich weiß jetzt, warum sie es getan hat.» Abwartend sahen die Eltern sie an. «Sie war nämlich... sie hatte Krebs. Unheilbar.»

Sie sagte das mit leiser, ruhiger und fester Stimme. Beim Blick ins Gesicht ihrer Tochter erkannte Isobel hinter den jugendlichen Zügen eine große Stärke. Sie war mit ihren neunzehn Jahren auf einmal erwachsen geworden. Lucillas Kindheit war auf immer vorbei. Nie wieder würde sie ihr Kind sein.

«Krebs?»

«Ja.»

«Woher weißt du das?»

«An dem Nachmittag, an dem ich mit Jeff bei ihr auf Mallorca angekommen bin, war da ein gewisser Carlos Macaya. Ich hab euch doch von ihm erzählt. Er sah sehr gut aus. Jeff hat vorgeschlagen, daß wir ihn anrufen sollten, einfach für den Fall, daß er was weiß, was wir nicht wissen. Wir waren fest davon überzeugt, daß er Pandoras Liebhaber war. Das stimmt aber nicht. Wir haben seine Telefonnummer in Pandoras Adreßbuch gefunden, auf Mallorca angerufen und mit ihm gesprochen. Er ist Arzt und nicht einfach irgendein Bekannter. Er hat uns alles gesagt.»

«War sie bei ihm in Behandlung?»

«Ja. Wohl eine ziemlich schwierige und undankbare Aufgabe für ihn. Er hatte gemerkt, daß etwas nicht stimmte, als sie so entsetzlich abmagerte, aber es hat ihn die größte Mühe gekostet, sie dazu zu bringen, daß sie sich untersuchen ließ. Und selbst dann wollte sie von den Tatsachen nichts wissen und hat auch keine Termine eingehalten. Als er sie endlich soweit hatte, daß sie zu ihm in die Praxis kam, hatte sie die Krankheit schon ziemlich lange, und obendrein noch ein Mamma-Karzinom. Er hat vom Pathologen im Krankenhaus in Palma einen Bericht darüber angefordert. Aus dem ging hervor, daß der Brustkrebs bösartig war und weiterwuchern könnte. Also hat er sie aufgesucht und ihr erklärt, daß eine Brustamputation nötig sei und anschließend natürlich eine Chemotherapie. Das hatte er ihr gerade an dem Tag mitgeteilt, als Jeff und ich bei ihr aufkreuzten. Sie wollte nichts davon wissen und hat gesagt, sie würde sich auf keinen Fall operieren lassen und nie einer Behandlung mit Strahlen oder Medikamenten zustimmen. Hoffnung auf eine vollständige Heilung konnte er ihr nicht machen... dazu war die Krankheit wohl schon zu weit fortgeschritten... aber er hat ihr gesagt, daß sie mit keiner besonders hohen Lebenserwartung rechnen dürfte, wenn sie nicht auf ihn hörte.»

«Hatte sie Schmerzen?»

«Manchmal. Sie hat ziemlich starke Mittel dagegen genommen. Deswegen war sie auch immer so müde. Ich glaube nicht, daß sie viel gelitten hat, aber im Laufe der Zeit wäre es natürlich ziemlich schlimm geworden.»

«Krebs.» Archie sagte das Wort vor sich hin. Es klang schicksalhaft. Das Ende. Der Summenstrich unter einer Zahlenkolonne. «Ich hatte keine Ahnung, nie den leisesten Verdacht. Aber wir hätten es uns denken können. Sie war ja nur noch Haut und Knochen. Wir hätten es wissen müssen...»

«Ach, Papa...»

«Warum hat sie es uns denn nicht *gesagt*... wir hätten ihr helfen können...»

«Hättet ihr nicht. Sie hätte es euch auch nie gesagt. Sie wollte offensichtlich auf keinen Fall, daß du oder Mama davon erfuhrt. Sie wollte einfach nach Croy zurückkommen und alles so haben, wie es früher war, alles, was der September bietet. Gesellschaften, kleine Einkaufsausflüge nach Relkirk, Menschen, die kommen und gehen, das Haus voller Gäste. Keine Trauer. Keine Rede vom Sterben. Und das hat sie von euch bekommen. Verenas Fest für Katy hat ihr den idealen Vorwand geliefert, nach Hause zu kommen und zu tun, was sie wohl schon lange beabsichtigt hatte. Die Einladung ist dafür genau zur richtigen Zeit gekommen.»

«Wußte der Arzt, was sie vorhatte?»

«Nicht genau. Aber er hat gesagt, er hätte ihr die lange Reise durch Spanien und Frankreich ohne Jeffs und meine Begleitung nie gestattet.»

«Aber er hatte eine Vermutung?»

«Ich weiß nicht. Ich konnte ihn nicht fragen. Aber ich denke schon. Er kannte sie sehr gut, und ich glaube, er hat sie sehr gemocht.»

«Wie konnte er sie einfach gehen lassen?»

«Du darfst ihm keine Vorwürfe machen, Papa. Er hat getan, was in seinen Kräften stand, um sie zu überreden, daß sie sich mit einer Behandlung einverstanden erklärte, sie dazu zu bringen, daß sie ihre einzige Chance nutzte, wie winzig auch immer sie sein mochte. Aber sie wollte einfach nichts davon wissen.»

«Du meinst also, sie ist heimgekommen, um zu sterben?»

«Nicht nur deshalb. Sie wollte auch bei dir und auf Croy sein. Um uns alle zu erfreuen, uns schöne Geschenke zu machen, uns zum Lachen zu bringen. Sie ist zu ihrer Kindheit zurückgekehrt, zu den Orten, an die sie sich erinnerte und die sie liebte. Das Haus, das Tal, die Berge, der See. Wenn du es recht bedenkst, war es äußerst mutig von ihr. Aber das macht es für euch natürlich nicht leichter. Es tut mir leid. Ich hab dir das nicht gern gesagt. Ich hoffe nur, daß damit alles ein bißchen besser zu verstehen ist.» Lucilla schwieg, während sie darüber nachdachte. Dann sagte sie, und ihre Stimme, die so stark gewesen war, zitterte plötzlich: «Allerdings hilft es nicht sehr viel, wenn man es versteht.» Isobel sah, daß sie ihr Gesicht verzog wie ein kleines Kind, dann traten ihr Tränen in die Augen und liefen haltlos über ihre Wangen. «Sie war so lieb zu Jeff und mir... wir hatten es so schön miteinander... und jetzt kommt es mir so vor, als wäre ein Licht aus unserem Leben verschwunden...»

«Ach, mein Liebling.» Isobel konnte es nicht ertragen. Sie trat zu ihrer Tochter und legte ihr die Arme um die schmalen zuckenden Schultern. «Ich weiß. Es tut mir leid. Du warst ja so tapfer... Aber du bist nicht allein, denn sie wird uns allen fehlen. Und ich glaube, wir müssen dankbar sein, daß sie nach Hause gekommen ist. Wie entsetzlich wäre es gewesen, wenn wir sie nie wiedergesehen hätten. Du hast sie uns zurückgebracht, auch wenn es nur für kurze Zeit war...»

Nach einer Weile beruhigte sich Lucilla und hörte auf zu weinen. Isobel gab ihr ein Taschentuch, und Lucilla schneuzte sich hinein. Sie sagte: «Ich hab schon vorher geheult, und ich hatte gehofft, das wär jetzt vorbei. Wißt ihr, Jeff hat mich eingeladen, mit ihm nach Australien zu fliegen, aber das will ich nicht. Aus irgendeinem albernen Grund hab ich da auch schon heulen müssen...»

«Ach, Lucilla...»

«Ich bleib jetzt eine Weile hier. Wenn es dir und Papa nichts ausmacht, mich im Haus zu haben.»

«Ich wüßte nicht, was uns lieber wäre.»

«Ich auch nicht.»

Lucilla lächelte ihrer Mutter unter Tränen zu, schneuzte sich ein letztes Mal, stand auf und sagte: «Ich laß euch beide jetzt allein. Aber komm bitte bald frühstücken, Papa. Danach fühlst du dich bestimmt besser.»

«Wird gemacht», versprach er.

Sie ging zur Tür. «Ich seh zu, daß die beiden Gierschlünde in der Küche nicht den ganzen Schinken aufessen.» Sie lächelte. «Bleibt nicht so lange.»

«Nein, mein Liebling, und vielen Dank.»

Sie war fort. Nach einer Weile trat Isobel an das hohe Fenster. Dahinter lag der Garten, der Krocketrasen, stand die schlecht geölte alte Schaukel. Die Sonnenstrahlen erreichten das Gras noch nicht, und so war es noch feucht vom Morgentau. Sie sah die silbrig glänzenden Birken, deren Blätter sich golden verfärbt hatten. Bald würden sie abfallen und die Äste den ganzen Winter hindurch kahl sein.

Isobel sagte: «Arme Pandora. Aber ich glaube, ich verstehe sie.»

Sie richtete den Blick auf die Berge, den Himmel und sah von Westen dunkle Regenwolken heranziehen. Am frühen Morgen Sonnenschein, wenige Stunden später Regen, wie so häufig in Schottland. Der beste Teil des Tages war vorüber.

«Ist Edmund damit nicht entlastet?»

«Doch.»

Sie wandte sich vom Fenster ab. Archie sah zu ihr hin. Sie lächelte. «Du solltest ihn jetzt anrufen. Und ich denke, jetzt ist der richtige Zeitpunkt, ihm zu verzeihen. Es ist alles vorbei, Archie.»

Edie eilte, atemlos vom langen Anstieg, den Weg nach Pennyburn entlang.

Das war ungewöhnlich, denn der Samstag gehörte zu den wenigen Wochentagen, die sie für sich selbst reserviert hatte und an denen sie sich um ihr eigenes Häuschen kümmerte, Schränke ausräumte oder buk. Bei schönem Wetter arbeitete sie im Garten. An diesem Vormittag hatte sie, weil die Sonne so schön schien, eine lange Leine voll Wäsche vors Haus gehängt und war dann in den Supermarkt der Familie Ishak gegangen, um Lebensmittel und die

Zeitung zu holen. Außerdem hatte sie für Lottie eine Zeitschrift und eine Schachtel Schokoladenplätzchen gekauft, denn sie wollte am Nachmittag mit dem Bus nach Relkirk fahren und ihre arme Kusine besuchen, derentwegen sie ein schlechtes Gewissen hatte. Allerdings grollte sie ihr auch, weil sie ihre neue fliederfarbene Strickjacke mitgenommen hatte. Natürlich hatte die Polizei nicht wissen können, daß sie nicht Lottie gehörte, aber Edie war entschlossen, sich ihr Eigentum zurückzuholen. Sie würde sie gründlich auswaschen, bevor sie sie wieder anzog. Die arme Lottie. Vielleicht würde Edie ihr außer der Zeitschrift und den Schokoladenplätzchen noch aus dem Garten einen Strauß Heidekrautastern mitnehmen, um etwas Farbe in ihr unpersönliches Klinikzimmer zu bringen. Nicht, daß sie mit Dank für ihre Mühe rechnen durfte, aber sie würde ihr eigenes Gewissen damit entlasten. Man konnte ja das arme Geschöpf nicht einfach seinem Schicksal überlassen, nur weil sich alles so fürchterlich entwickelt hatte.

Alles war bestens geplant.

Doch gerade als sie sich etwas zum Essen aufwärmte, war Edmund gekommen. Er war in Pennyburn gewesen, um seiner Mutter die schreckliche Nachricht zu überbringen, die er von Croy bekommen hatte. Als Edie wußte, worum es ging, war jeder Gedanke an Lottie aus ihrem Kopf geschwunden, und ihr Tag lag in Stücken vor ihr. Sie hatte versucht, sie wieder zusammenzusetzen, aber alles sah anders aus als zuvor. Ein sonderbares Gefühl, irgendwie beunruhigend.

Gelegentlich las man in der Zeitung, wie eine Familie eine Autofahrt unternahm, vielleicht, um Freunde zu besuchen oder die Schönheiten der Landschaft zu genießen, und mit einemmal löschte ein Unfall ihrer aller Leben auf immer aus; eine Massenkarambolage auf der Autobahn, der Fahrer tot am Steuer, und hier- und dorthin geschleuderte zerstörte Fahrzeuge. Jetzt kam es ihr vor, als sei sie, wenn schon nicht an einer solchen Katastrophe beteiligt, so doch deren Zeugin und stehe inmitten von Wracks, mit dem Gefühl, daß es doch irgend etwas geben müsse, was sie tun könnte.

«Ich hab es meiner Mutter gesagt», hatte ihr Edmund mitgeteilt, «aber sie ist allein. Sie war nicht bereit, mit nach Balnaid zu kommen, mit uns zu Mittag zu essen und den Tag über bei uns zu bleiben, obwohl ich ihr das angeboten habe. Sie sagt, sie möchte allein sein.»

«Ich geh zu ihr.»

«Dafür wäre ich Ihnen dankbar. Wenn es irgend jemanden auf der ganzen Welt gibt, mit dem sie zusammensein möchte, dann mit Ihnen.»

Also hatte Edie den Suppentopf vom Herd genommen, Mantel und Ausgehschuhe angezogen, Brille und Strickzeug in ihre große Tasche getan, die Haustür verschlossen und sich auf den Weg nach Pennyburn gemacht.

Jetzt war sie dort. Sie betrat das Haus durch die Küchentür. Alles war ordentlich und sauber. Violet hatte ihr Frühstücksgeschirr bereits abgewaschen und weggeräumt und sogar den Boden gefegt.

«Mrs. Aird!» Sie legte die Tasche auf den Tisch und ging, noch im Mantel, durch die Diele, öffnete die Tür zum Wohnzimmer.

Dort saß Violet reglos in ihrem Sessel, den Blick auf den Kamin gerichtet, in dem kein Feuer brannte. Weder strickte noch stickte sie, sie las nicht Zeitung, sondern saß einfach da. Der Raum fühlte sich ganz kalt an. Nachdem der Vormittag so hell und strahlend begonnen hatte, war der Himmel jetzt bewölkt, und ohne die Sonnenstrahlen, die durch das Fenster drangen, fühlte sich alles sonderbar unbehaglich an.

«Mrs. Aird.»

Aufgeschreckt wandte Violet den Kopf. Ihr Anblick entsetzte Edie, denn zum erstenmal im Leben sah sie Vi als alten, einsamen, verwirrten, ja sogar schwachen Menschen. Einen Augenblick lang schien sie nicht zu verstehen, was vor sich ging, es kam Edie vor, als erkenne die alte Freundin sie nicht. Dann aber hellte sich ihr Gesicht auf und nahm den Ausdruck unermeßlicher Erleichterung an.

«Ach, *Edie*.»

Edie schloß die Tür hinter sich. «Ja, ich bin's.»

«Warum sind Sie gekommen?»

«Edmund war bei mir und hat mir wegen Pandora Bescheid gesagt. Wie entsetzlich. Er sagte, Sie wären allein. Da dachte ich, vielleicht können Sie Gesellschaft brauchen...»

«Nur Sie, Edie, sonst niemanden. Ich sollte mit ihm nach Balnaid fahren. Es war wirklich lieb gemeint, aber irgendwie fühl ich mich dem nicht gewachsen. Nicht stark genug. Bei seinen Kindern muß man immer tapfer sein und derjenige, der Trost spendet. Irgendwie hab ich den Eindruck, daß mir im Augenblick die Energie fehlt, irgend jemanden zu trösten. Es geht bestimmt vorbei. Morgen ist es sicher wieder besser.»

Edie sah sich um. «Hier drin ist es schrecklich kalt.»

«Ja. Ich hab es noch gar nicht gemerkt.» Violet sah auf den Kamin. «Ich bin heute morgen ziemlich früh aufgestanden, hab die Asche rausgeräumt und alles hergerichtet. Ich bin nur nicht dazu gekommen, Feuer zu machen.»

«Das haben wir gleich.» Edie knöpfte ihren Mantel auf, zog ihn aus, legte ihn über eine Sessellehne, kniete sich auf den Kaminvorleger und griff nach der Zündholzschachtel. Das Papier fing sofort Feuer, dann brannte das Anmachholz. Die Flammen leckten an dem kleinen Kohlenhäufchen empor.

Violet sagte: «Ich bin ganz beschämt, Edie. Wir hätten das früher merken sollen, erkennen müssen, daß Pandora krank war, vielleicht auf den Tod. Sie war so schrecklich dürr. Ein richtiger Strich in der Landschaft. Wir hätten sehen müssen, daß mit ihr was nicht stimmte. Aber ich war so mit meiner eigenen Familie beschäftigt, daß ich überhaupt nicht über Pandora nachgedacht hab. Vielleicht hätte ich gespürt, daß nicht alles zum besten stand, wenn ich etwas weniger auf mich und meine Sorgen geachtet hätte.» Seufzend zuckte sie die Schultern. «Dabei war sie so wie früher. Schön, kokett, lustig. Bezaubernd.»

«Sie war immer ein eigener Mensch.»

Edie nahm einige Scheite und stellte sie um die inzwischen mit heller Flamme brennenden Kohlen herum. Dann richtete sie sich auf, was bei ihrer Masse nicht einfach war, und setzte sich Violet gegenüber in einen Sessel. Sie trug ihren besten Tweedrock und die Shetland-Strickjacke mit den hellen Farbstreifen um den Hals, und ihr gumütiges Gesicht war von der Anstrengung des langen Wegs den Berg hinauf gerötet. Als das Feuer brannte und Edie ihr gegenübersaß, durchflutete ein Gefühl der Wärme Violet. Sie fühlte sich nicht mehr ganz so verlassen.

«Willy Snoddy soll sie gefunden haben», sagte Edie mit ihrer Klatschtantenstimme.

«Ja, der Ärmste. Bestimmt kommt er nach diesem Erlebnis jetzt ein paar Tage lang aus dem Suff nicht heraus.»

«Krebs ist fürchterlich. Aber sich selbst umzubringen...» Edie schüttelte den Kopf. «Ich kann nicht verstehen, wie jemand das tut.»

«Ich denke, wir müssen Verständnis haben, Edie, sonst können wir ihr nie vergeben...»

«Aber die Balmerinos. Und die kleine Lucilla. Hat sie an die alle nicht gedacht?»

«Bestimmt. Vielleicht hat sie aber auch nie sehr viel über andere Menschen nachgedacht. Sie war so schön, alle Männer sind auf sie geflogen. Wer sie verstehen will, muß versuchen, ihre Zukunft so zu sehen, wie Pandora sie sich wahrscheinlich ausgemalt hat. Krank, im ständigen Kampf gegen das Leiden von einer Operation entstellt, verliert sie ihr herrliches Haar und sieht überhaupt nicht mehr gut aus.» Die Flammen schlugen jetzt bis in den Schornstein empor, und Violet breitete die Hände aus, genoß das Behagen, das ihr die Wärme schenkte. «Mit alldem wäre Pandora nie fertig geworden, Edie. So, wie sie war.»

«Und Edmund?» fragte Edie.

Die beiden hatten keine Geheimnisse voreinander. Es war ein schönes Gefühl.

«Sie haben ihn doch gesehen, Edie.»

«Er hat nicht viel gesagt.»

«Mit mir hat er ziemlich viel gesprochen. Natürlich hat es ihn entsetzlich getroffen, wie uns alle, aber ich denke auch, nicht mehr als uns. Ich vermute, daß jetzt alles in Ordnung kommt, weil er

Virginia, Alexa und Henry hat. Der liebe kleine Henry. Und vielleicht, wer weiß, ich hab so das Gefühl, daß demnächst auch Noel Keeling zu unserer Familie gehört.»

«Tatsächlich?»

«Es ist nur eine Ahnung, Edie. Wir müssen es abwarten. Jedenfalls hat mir Edmund gesagt, daß er ein paar Tage Urlaub machen will. Er möchte eine Weile mit Virginia und Henry zusammensein und muß natürlich auch in der Nähe bleiben, um während der nächsten Tage Archie Balmerino beizustehen. Da gibt es so viel zu tun. Eine gerichtliche Untersuchung läßt sich unter keinen Umständen vermeiden, dann kommt die Beerdigung, und anschließend ist dies und jenes zu erledigen, lauter traurige und schmerzvolle Kleinigkeiten. Wenn alles vorbei ist, will er vielleicht mit Archie für eine Weile zum Angeln nach Sutherland fahren. Wissen Sie, das finde ich eigentlich schön. Ich hatte Edmund immer sehr gern, hab ihn aber in letzter Zeit nicht mehr wirklich verstanden. Ich denke, daß jetzt alles anders wird. Vielleicht hat er endlich begriffen, daß die kleinen Dinge im Leben manchmal unendlich viel wichtiger sind als die großen. Es ist ein Trost, zu wissen, daß diese greuliche und überflüssige Tragödie doch etwas Gutes bewirkt hat, nämlich, daß Archie und Edmund wieder Freunde sind, ganz wie früher.»

«Lang genug hat es ja auch gedauert», kommentierte Edie, trocken wie immer und ohne Hemmung, ihre Meinung zu sagen. «Über zwanzig Jahre.»

«Ja. Aber Edmund hat sich wirklich schändlich benommen. Das wissen wir beide ja wohl.»

Edie schwieg eine Weile und sagte dann lediglich: «Alexas Mutter war ziemlich gefühlskalt.»

Es war keine besonders gute Entschuldigung, aber die Treue, die Edie damit Edmund bewies, erfüllte Violet mit Dankbarkeit. «Nun, Sie müssen es wissen. Sie haben im Haushalt meines Sohnes in London gelebt und kannten beide, vielleicht besser als sonst jemand.»

«Sie war ganz nett, aber gefühlskalt.»

Auf dem Kaminsims schlug Violets kleine vergoldete Uhr die Stunde. Eins. Edie sah überrascht auf. Die Zeit war nur so dahingeflogen.

«Sieh mal einer an», sagte sie. «Schon eins. Sie brauchen bestimmt was zu essen. Ich geh in die Küche und seh nach, was ich finde. Ich hab gestern Rindfleisch-Eintopf in die Speisekammer gestellt, den könnte ich aufwärmen. Das reicht ohne weiteres für uns beide. Was halten Sie davon? Wir können gleich hier am Kamin essen; ich bring ein Tablett mit.»

«Ich wüßte nicht, was mir lieber wäre. Vielleicht noch ein Gläschen Sherry, um uns ein bißchen aufzumuntern?»

Mißbilligend schnalzte Edie mit der Zunge, lächelte aber dabei. Sie stand auf und ging zur Tür. «Ach, und Edie, Sie bleiben doch bei mir, nicht wahr? Wir verbringen den Nachmittag gemeinsam und reden über die alten Zeiten.»

«Natürlich», gab Edie zur Antwort. «Ich möchte heute auch nicht gern allein sein und hab mein Strickzeug mitgebracht.»

Sie ging. Einen Augenblick später klapperte in der Küche Geschirr, hörte Violet, wie die Tür zur Speisekammer geöffnet und geschlossen wurde. Wohlige und angenehme Geräusche. Sie stand auf und hielt sich am Kaminsims fest, bis sich ihre Knie nicht mehr so steif anfühlten. Hinter der Uhr sah sie die Einladungskarte, die schon so viele Wochen dort stand. Sie war an den Ecken eingerollt und vom Rauch aus dem Kamin ein wenig angestaubt.

Mrs. Angus Steynton
lädt ein
für Katy

Sie nahm sie hinter der Uhr hervor, las sie zum letztenmal und zerriß sie dann in kleine Fetzen, die sie in die Flammen warf. Sie loderten auf, verbrannten, wurden zu Asche, waren dahin.

Sie öffnete die Fenstertür, ging ans untere Ende des Gartens, stellte sich an die Lücke in der Hecke und genoß den unvergleichlichen Ausblick. Im Süden lagen das Tal, der Fluß, die Hügel in der Ferne: die Sonne schien heute nicht, es war ein bedeckter Herbsttag, aber er war wunderschön. Alles um sie herum war schön. Niemals würde sie müde werden, das alles zu lieben. Niemals würde sie müde werden, das Leben zu lieben.

Ein Laut drang an ihre Ohren. Er kam aus der Höhe, weit oberhalb der dahinziehenden Wolken. Ferne Schreie, schwermütig und vertraut zugleich. Die Wildgänse kehrten zurück. Es waren die ersten, die sie hörte, seit sie am Ende des Frühlings nordwärts geflogen waren. Sie sah zum Himmel empor, kniff die Augen zusammen, suchte nach ihnen. Dann teilten sich die Wolken einen kurzen Augenblick, und sie sah die Vögel in einer langen Kette südwärts fliegen, die Vorhut von vielen Tausend, die bereits unterwegs waren.

Sie kamen früh. Sie waren spät aufgebrochen und kehrten früh zurück. Vielleicht würde es sehr kalt werden. Vielleicht würde es ein harter Winter.

Aber sie hatte schon früher harte Winter überstanden, und auch dieser würde nicht schlimmer sein als die vorigen. Eigentlich würde er sogar besser sein, denn auf seltsame Weise hatte sie das Gefühl, daß ihre Familie ihr wiedergegeben war, und sie wußte, daß die Airds vereint genug Kraft hatten, allem zu widerstehen, was das Schicksal ihnen antun mochte. Das war das Wichtigste. Zusammenhalt. Darin lag die größte Stärke. Ihre Familie, die den Blick aus der Vergangenheit in die Zukunft richtete und nie vergaß, daß hinter dem Winter bereits ein neues Frühjahr wartete.

«Mrs. Aird.»

Sie wandte sich um und sah Edie in der offenen Tür stehen. Sie hatte eine von Violets Schürzen über ihren guten Rock gebunden, und ihr weißes Haar flatterte im Wind. «Kommen Sie rein, essen.»

Lächelnd hob Violet eine Hand. «Ich komme, Edie.» Sie ging… erst langsam, dann kräftig ausschreitend… den ansteigenden Rasen empor, ihrem Haus entgegen. «Ich komme.»